Gonzalo Torrente Ballester
<u>Licht und Schatten</u>
Das Osterfest
Roman
Aus dem Spanischen
von Hartmut Zahn und
Carina von Enzenberg

Klett-Cotta

für María Fernanda

Das Frühjahr brachte wenig Regen, und im Sommer fiel kein einziger Tropfen. Der Mais ist verkümmert, die Weinreben wirken krank. Wenn der Nordwind bläst, erobert der Staub Pueblanueva, hüllt die kleine Stadt in eine Wolke, verdunkelt sie. Außerdem könnte man meinen, daß sich hier alle Fliegen der Welt ein Stelldichein gegeben haben: Fliegen auf der Straße und in den Häusern, freche, wütende Fliegen, die wie Wespen stechen, den ganzen Tag herumsummen und nicht einmal nachts Ruhe geben. Die tresillo-Spieler im Casino beschlossen, den Vereinsvorstand um den Kauf von Fliegenpapier zu ersuchen und die klebrigen Streifen an mehreren Stellen aufhängen zu lassen, um den Insekten auf diese Weise beizukommen. Der Vorstand gab dem Gesuch statt, und so wurde in großen Mengen Fliegenpapier angeschafft. Jeden Morgen nimmt der Bursche, der sich um die Bar kümmert, als erstes die langen gelben, mit toten Fliegen übersäten Streifen ab, verbrennt sie im Innenhof und hängt neue auf, die innerhalb kürzester Zeit zu glänzen aufhören, weil die Fliegen zu Hunderten daran kleben bleiben und zugrundegehen. Trotzdem – immer neue Fliegen nehmen den Platz der toten ein, bevölkern die Luft und bedecken die Wände, ein unermeßliches Heer, dem die Zahl der Gefallenen nichts anhaben kann. Manch einer im Casino beobachtet die Fliegen stundenlang, und wenn wieder eine kleben bleibt, ruft er triumphierend die jeweilige Zahl der Opfer aus: „Dreihundertachtundsechzig!" Die klebrigen Streifen im Saal wirken fast wie eine Festdekoration. Da sie allein nicht ausreichen, hat man zusätzlich kegelförmige Blechbehälter mit einer kleinen Öffnung an der Spitze angeschafft. Man macht sie oben auf, legt ein Stück Würfelzucker hinein und stellt sie in eine Ecke des Raums; die Fliegen krabbeln, vom Zucker angelockt, durch die Öffnung ins Innere, finden jedoch nicht wieder hinaus, so daß es in dem Gefäß bald von ihnen wimmelt und ein dumpfes Summen nach außen dringt. Sobald eine Falle voll ist, knotet der Bursche von der Bar eine Schnur daran, geht zum Meer hinunter und ertränkt die Fliegen; danach leert er das Behältnis aus und legt ein neues Stück Würfelzucker hinein, damit es sich wiederum mit Insekten füllt. Angeblich hat Cayetano aus England eine Flüssigkeit mitgebracht, deren Geruch die Fliegen tötet, so daß es in den Büros der Werft keine gibt und man dort ungestört arbeiten kann.

 Alles konnte ja nicht schlecht sein, und so brachte die Saison den Fischern immerhin überdurchschnittliche Fangergebnisse. Vor allem Sardi-

nen gibt es in Hülle und Fülle: Man braucht das Netz nur auszuwerfen, schon ist es voll. Lastwagen von außerhalb transportieren den Fisch in Kisten voll Eisbrocken ab, angeblich bis nach Madrid. Aber wegen der schieren Menge sind die Preise derart eingebrochen, daß sie nicht einmal die Betriebskosten decken. In Vigo und den anderen Fischereihäfen ist es dasselbe. Eines Tages erschienen ein paar Männer und setzten sich mit dem Vorstand der Gewerkschaft zusammen. Man vereinbarte, weniger Fisch zu fangen, damit die Preise wieder anzogen. Cayetano meint, wenn es in Pueblanueva eine Konservenfabrik gäbe, bräuchte man den Fisch nicht zu verschleudern, und zumindest hätten dann die Frauen Arbeit, aber niemand will eine Konservenfabrik bauen. Deshalb geht es der Gewerkschaft nicht eben glänzend, und Don Carlos Deza hat ein- oder zweimal mit einem Darlehen aushelfen müssen, damit die Rechnungen für den Köder beglichen werden konnten.

Don Carlos Deza ist nämlich nicht fortgegangen. Zuerst hatte er gesagt, er wolle ein paar Monate länger bleiben, doch nach einiger Zeit war von Abreise keine Rede mehr. Vermutlich wartet er auf die „Französin". Eines Tages wird sie bestimmt kommen, aber wann das sein wird, weiß niemand von uns. Manchmal spricht man im Casino über sie, aber das Thema ist schon nicht mehr interessant. Tatsächlich wird im Casino wenig geredet, sogar beim Kartenspiel: Meist herrscht dumpfes, verstocktes Schweigen. Hin und wieder entfährt einem der Spieler ein Schimpfwort, dann haut er mit der Faust auf den Tisch und ruft, diese Hitze sei nicht zu ertragen. Und noch dazu die Fliegen! Das sei zuviel für die Nerven. Da es jedoch in den Stunden der Siesta und bis zum frühen Abend nichts Besseres zu tun gibt, wird weitergespielt.

Mitte Juli erschien Don Carlos Deza im Casino und meinte, die Bauarbeiten in der Kirche seien abgeschlossen, und ob wir nicht hingehen wollten, um uns selbst davon zu überzeugen, wie gut alles gelungen sei. Die Sonne brannte jedoch so heiß, daß niemand Lust hatte, sich von der Stelle zu rühren. Nur Don Lino, der es mit der Kultur hatte und immer viel darüber redete, stand auf, ging mit Don Carlos und ließ sich von ihm die Kirche zeigen. Sowohl im Inneren als auch außen hatte man bereits die Baugerüste entfernt. Bei seiner Rückkehr gab sich Don Lino begeistert, und eine Woche lang redete er über nichts anderes als über die Romanik: wie man vor sieben Jahrhunderten gebaut habe und daß die Maurer damals wie heute Zünften angehört hätten, aus denen die heutigen Freimaurerlogen hervorgegangen seien. Er erklärte, wie das vonstatten gegangen war, doch niemand verstand ihn so recht. Jemand hat einmal behauptet, Don Lino lese alles, was er im Casino erzähle, immer erst nachmittags zu Hause in einem Buch nach, und deshalb sei er so gebildet. Ehrlich gesagt interessiert sich niemand von uns für Romanik und Freimaurer, und auch der Zustand der Kirche ist uns herzlich egal. Das ist was für Pfaffen wie Don Julián, den Pfarrer von Santa María de la Plata, den man oftmals über die Dauer der Bauarbeiten hatte meckern hören. Als sich anschließend Bruder Eugenio Quiroga zusammen mit zwei anderen Mönchen daran machte, die Wände zu bemalen, meinte Don Julián, mit einem Kalkanstrich sei es getan, und in der Kirche habe es nie Gemälde gegeben, doch da Doña Mariana testamentarisch verfügt hatte, daß die Wände mit Gemälden auszuschmükken seien, mußte der Pfarrer den Mund halten und sich fügen. Seitdem arbeiten Bruder Eugenio und die anderen Mönche Tag für Tag, und man weiß nicht, was genau in der Kirche vorgeht, weil sie niemanden einlassen. Bruder Eugenio hat am Portal ein kleines Schild anbringen lassen: ZUTRITT VERBOTEN. Lediglich Don Carlos darf hinein.

Clara Aldán verläßt ihren Laden kaum. Sie öffnet früher als alle anderen und steht schon hinter dem Ladentisch, wenn auf dem Platz noch nicht einmal die Verkaufsstände aufgebaut sind. Zu ihrer Kundschaft gehören überwiegend Frauen vom Land, mit denen sie sich gut versteht. Wie die anderen Ladenbesitzer stellt auch sie ihre Waren vor dem Geschäft zur Schau, allerdings präsentiert sie sie viel ansprechender, und es bleiben immer ein paar Bäuerinnen stehen, um alles eingehend zu betrachten. Es heißt, daß Clara viel verkauft. Jemand, der sie sich von nahem angesehen hat, behauptet, sie sei ein bißchen schlanker und noch hübscher geworden. Seit einiger Zeit kleidet sie sich gut. Sie hat sich zwei Sommerkleider genäht, ein weißes und ein rotes, beide kurz und ausgeschnitten. Sonst gibt es nichts über sie zu berichten. Oft geht sie abends auf der Uferpromenade spazieren, aber immer allein. Don Carlos ist noch nie in ihrem Laden oder sonstwo mit ihr gesehen worden. Mit der Freundschaft zwischen den beiden ist es wohl nicht eben weit her.

Über Don Carlos heißt es, er widme sich ausgiebig seinen Studien und schreibe viel. Er wohnt weiterhin im Haus der Alten, doch während der größten Hitze überließ er die beiden Ruchas sich selbst und zog in den *pazo*, weil es dort oben kühler war. Im August kam er kein einziges Mal in die Stadt hinunter, nicht einmal in der Kirche ließ er sich blicken, um nachzusehen, wie die Mönche mit ihrer Arbeit vorankamen. Während der ersten Sommermonate beherbergte er im *pazo* die Eltern und Brüder der Galana, nachdem diese sie auf die Straße gesetzt hatte. Don Carlos gewährte ihnen zuerst in einem Schuppen und später in ein paar Zimmern im Erdgeschoß Unterschlupf, bis er ihnen schließlich ein Stück Land sowie ein Haus verpachtete, die der Alten gehört hatten und ziemlich weit außerhalb der Stadt lagen. Dort richteten sich Rosarios Eltern mit einem ihrer Söhne ein; der andere wanderte nach Kuba aus, und Don Carlos zahlte ihm die Überfahrt. Als der Sommer zu Ende ging, bekam der jüngere der beiden Brüder eine Arbeit auf der Werft, mit einem Tagelohn von sechs Peseten. Martínez Couto berichtete, Don Carlos habe bei Cayetano für ihn ein gutes Wort eingelegt, und nur deshalb sei er wieder eingestellt worden.

La Galana läßt sich nur selten in der Stadt blicken, und wenn, dann in der Frühe. Ihr Gesicht ist von der Sonne ein bißchen verbrannt, aber sonst ist sie noch genauso hübsch und drall wie früher. Mit ihrem Mann kommt sie gut zurecht; er arbeitet den lieben langen Tag auf der *finca*, und trotzdem müssen ihm ein paar Tagelöhner zur Hand gehen. Rosario näht nach wie vor Weißwäsche, allerdings zu Hause; nur als in Don Carlos' *pazo* Laken ausgebessert werden mußten, verbrachte sie dort ein paar Tage. Fragt man Paquito den Uhrmacher, ob sie noch mit Don Carlos ins Bett geht, antwortet er mit einem Grunzlaut, den jeder auf seine Weise auslegen kann, als ein Ja oder Nein. Wahrscheinlich geht sie noch mit ihm ins Bett, und Don Carlos hat die Hitze im August nur zum Vorwand genommen und ist in den *pazo* gezogen, weil sich dort alles leichter arrangieren läßt. Auf jeden Fall ist die Geschichte schon nicht mehr interessant, und wenn La Galanas Mann mal auf der Straße zu sehen ist, was selten genug passiert, schauen die Leute weg.

Cayetano fuhr für etwa zwei Wochen nach England. Anschließend besuchte er mehrere Werften in der Umgebung. Er brachte neue Maschinen mit, außerdem die Flüssigkeit gegen die Fliegen, eine Menge Tabak, den er zum Teil anderen Pfeifenrauchern schenkte, Krawatten und Kekse und Konfitüren für seine Mutter. Im Casino erzählte er, was er alles gesehen hatte, und als man ihn fragte, wie denn die englischen Frauen seien, antwortete er, für solchen Unfug habe er keine Zeit gehabt. Alle rissen vor

Staunen den Mund weit auf, und Cubeiro entfuhr es: „Das ist doch nicht unser Don Juan! Der ist ja wie ausgewechselt!" Entweder fiel Cayetano darauf keine Erwiderung ein oder er zog es vor, so zu tun, als hätte er es nicht gehört. Am 15. August erschien er dann zum Tanzabend im Casino und tanzte ein halbes Dutzendmal mit Julia Mariño. Die Leute kamen aus dem Staunen nicht heraus und tuschelten, Cayetano wolle anscheinend nachträglich den Lohn dafür kassieren, daß er Señor Mariño vor ein paar Monaten finanziell aus der Klemme geholfen hatte.

Wir waren alle ziemlich beruhigt, denn Cayetano schien wieder ganz der alte zu sein, jemand, mit dem wir gut zurechtgekommen waren, doch am darauffolgenden Tag verließ er das Werftgelände kein einziges Mal, mochte Julia Mariño sich noch so oft auf der Straße zeigen. Auch abends, als auf dem Platz ein Volksfest stattfand, erschien er nicht. Julia wich den ganzen Abend nicht von der Seite ihrer Mutter, war schlechtgelaunt und machte ein finsteres Gesicht. Am nächsten Morgen schickten ihre Eltern sie zu Verwandten nach Santiago, und sie blieb dort bis weit in den Oktober hinein. Als sie zurückkehrte, erinnerte sich niemand mehr an die Geschichte. Julia redete jetzt viel über Politik. Sie war in Santiago in die Jugendgruppe der Acción Popular eingetreten und mit dem Auftrag zurückgekommen, in Pueblanueva einen Ortsverband zu gründen. Mittlerweile hat sie aus Bruder Ossorios ehemaliger Gemeinde und ein paar anderen Mädchen einen rund zwanzig Mitglieder umfassenden Verein gebildet, dessen Vorsitzende sie ist.

Die große Neuigkeit jedoch ist das Café. Marcelino, genannt El Pirigallo, hatte ein großes, heruntergewirtschaftetes Lokal, von allen gemieden. Als sein Vater starb, erbte er ein paar Duros und renovierte den Laden. Trotzdem ging niemand hin. Da hatte er eine geniale Idee: Er ließ ein Podium bauen, kaufte ein betagtes Piano und engagierte einen ehemaligen Jesuitenzögling, der nicht wußte, wohin mit sich, als Klavierspieler. Von den zwischen La Coruña und Vigo pendelnden Kabarettsängerinnen macht seitdem manch eine hin und wieder für eine Woche einen Abstecher über Santiago nach Pueblanueva. Es gibt solche und solche: Manche treten nackt auf, andere geben sich sittsam und sentimental. Eine von der letztgenannten Sorte kam zur Einweihung des Lokals, zu der El Pirigallo die ganze Stadt einlud. Die Künstlerin erntete stürmischen Applaus, und tags darauf war das Café bereits kurz nach dem Mittagessen *gerammelt voll. Täglich gibt es drei Vorstellungen: nachmittags und am frühen Abend je eine für Familien, bei der sich die Künstlerinnen artig und zurückhaltend aufführen. Später am Abend jedoch, wenn getanzt wird, ergreift die männliche Jugend von dem Lokal Besitz. Die Pfaffen wettern von der Kanzel herab gegen das leichtfertige Treiben, und die weibliche Ortsgruppe der Acción Popular ist an zwei aufeinanderfolgenden Sonntagen mit Flugblättern gegen das Kabarett zu Felde gezogen – vergeblich. Wir haben uns längst daran gewöhnt, niemand protestiert, und nicht selten unterbrechen die Spieler im Casino eine Partie tresillo, um ins Café von El Pirigallo zu gehen und die Beine der Tänzerinnen zu begutachten. Übrigens kostet der Kaffee dort eine Pesete fünfundsechzig.*

1. KAPITEL

Die ersten heftigen Böen kamen Ende Oktober auf. Danach fiel Regen, unablässig und in dicken Tropfen. Die Steine wurden schwarz, die weißgekalkten Wände wirkten schmutzig, die Luft kühlte sich allmählich ab. Zwischen dunklen Fichten leuchte hier und dort das gelblich verfärbte Laub einer einzelnen Kastanie herüber. Am Martinstag war der Winter da.

Bruder Eugenio legte morgens den Weg vom Kloster zur Kirche nicht mehr zu Fuß zurück, sondern ritt, unter den schützenden Regenschirm geduckt, auf dem Maultier, das er im Stall einer Taverne an einem Ring anband. Der Wirt versorgte das Tier, und Don Carlos Deza bezahlte das Futter.

Bruder Eugenio eilte, in den braunen Umhang gehüllt und gegen den Wind gestemmt, mit großen Schritten die Straße entlang. Die Ladenbesitzerinnen bekreuzigten sich bei seinem Anblick. Eine meinte:

„Der hat den Teufel im Leib! Man sagt, daß er durch seine Augen ein- und ausfährt."

Bruder Eugenio betrat die Kirche immer durch den Seiteneingang, legte den Umhang ab und krempelte die Ärmel hoch. Carlos schenkte ihm hin und wieder ein Päckchen Tabak. Der Mönch genehmigte sich eine Zigarette und rührte den Mörtel sowie die Farben an. Seit einiger Zeit arbeitete er allein. Während er die erste Zigarette zu Ende rauchte, machte er einen kleinen Rundgang und begutachtete die unvollendeten Gemälde. Dann kletterte er plötzlich heftig erregt auf das Gerüst und fing an, mit wildem Eifer drauflozumalen. Solche Anfälle konnten ein paar Minuten, aber auch eine Viertelstunde dauern: nervöses Gefuchtel mit der Palette, schnelle, lange Pinselstriche. Danach stieg er vom Gerüst, ging auf und ab, rauchte noch eine Zigarette, machte Licht, löschte es wieder, begab sich in den hintersten Winkel der Kirche, in ein Seitenschiff oder in den Chor. Er machte sich Notizen, veränderte etwas an einem Profil oder entwarf im Geiste bestimmte Details.

Manchmal zerstörte er einen Teil dessen, was er geschaffen

hatte: Ruhig und gelassen zertrat er mit den Schuhen die farbigen Putzbrocken so gründlich, bis nur noch Sand übrig war. Dann setzte er sich niedergeschlagen auf eine Bank und wartete auf Carlos, der meist gegen elf Uhr kam und ihm nicht nur einen Imbiß, sondern auch ein bißchen Schnaps gegen die Kälte mitbrachte. Der Abt, Pater Fulgencio, hatte ihm erlaubt, außerhalb der üblichen Essenszeiten etwas zu sich zu nehmen und auch Alkohol zu trinken, falls es ihm in der Kirche zu kalt wurde. Was Carlos zu ihm sagte, während er aß, war ihm wichtig und half ihm, wieder Vertrauen zu sich selbst zu fassen.

Carlos äußerte sich stets anerkennend, manchmal sogar begeistert.

„Sie machen mir etwas vor, Don Carlos! Das ist alles noch längst nicht, wie es sein soll. Sie loben mich nur, um mich nicht zu entmutigen."

Ohne ein weiteres Wort kletterte Bruder Eugenio wieder auf das Gerüst, malte weiter und vergaß, daß Carlos dort unten war, zitternd vor Kälte und allein. Um nicht steifzufrieren, ging Carlos in den Seitenschiffen auf und ab, und seine raschen Schritte hallten in der feuchten Luft wieder – klack, klack –, bis er es satt hatte.

„Also dann bis später, Bruder Eugenio! Ich hole Sie zum Mittagessen ab."

Carlos schaute im Casino vorbei, blätterte in den Zeitungen, sah den Spielern zu und ging wieder zur Kirche, um den Mönch abzuholen. Er nahm ihn mit zu Doña Marianas Haus, und die junge La Rucha servierte ihnen das Essen. Nach dem Kaffee zog sich Bruder Eugenio zum Gebet zurück. Gegen drei Uhr machte er sich wieder auf den Weg, sperrte sich in der Kirche ein und arbeitete bis spät abends. Irgendwann holte er das Maultier und ritt im Dunkeln durch Wind und Wetter zurück ins Kloster.

Wenn er unterwegs ein paar Frauen begegnete, traten sie beiseite.

„Man sagt, er hat den Teufel im Leib."

Bruder Eugenio ritt weiter, er kämpfte gegen den Wind und den störrischen Regenschirm.
Manchmal wartete der Abt auf ihn.
„Nun? Kommen Sie voran?"
„Ja, es geht."
„Werden Sie zu Weihnachten fertig sein?"
„Ich hoffe. Vielleicht sogar schon vorher."
„In der Stadt wird schon über die Wandgemälde geredet."
„Und was sagen die Leute?"
„Seltsame Dinge."
„Niemand außer Doktor Deza hat die Gemälde bisher gesehen, und ihm gefallen sie."
„Die Leute setzten schnell Gerüchte in die Welt. Oder jemand hat durch eine Ritze gespäht."

Der Pfarrer drückte gegen die kleine Tür und stellte fest, daß sie offen war. Lautlos schlüpfte er hinein und zog die Tür hinter sich zu. Die Kirche war erleuchtet, und es herrschte Stille. Er machte ein paar Schritte, lauschte, streckte den Kopf vor, um besser sehen zu können: Auf dem Gerüst war anscheinend niemand, und auch sonst rührte sich nichts in der Kirche. Er versteckte sich hinter einem Pfeiler und versuchte, mit den Augen den Teil der Kirche zu durchdringen, der im Dunkeln lag. Nach einer Weile ging er behutsam durch das Seitenschiff in Richtung Apsis.
„Wer ist da?"
Die dröhnende Stimme kam aus dem Chor.
„Ich bin's, Don Julián."
„Und wer hat Ihnen erlaubt hereinzukommen?"
Der Pfarrer trat ins Mittelschiff. Bruder Eugenio beugte sich mit dem Oberkörper weit über die Balustrade, sah drohend auf ihn hinab und wies mit dem ausgestreckten Arm auf die Tür.
„Kommen Sie da runter, Bruder Eugenio!" rief Don Julián.
„Ich wiederhole: Wer hat Ihnen erlaubt hereinzukommen?"
Gleich darauf waren die raschen Schritte des Mönchs auf

der Wendeltreppe zu hören, und schon eilte er, sichtlich erregt, zur Kirchenmitte. Er wirkte wütend.

Der Pfarrer machte lächelnd ein paar Schritte auf ihn zu. Den flachen Priesterhut hatte er nicht abgenommen, und zwischen den Falten seines Umhangs streckte er Bruder Eugenio beschwichtigend eine Hand entgegen.

„Man kann es mir wohl nicht verdenken, daß ich mich in meiner eigenen Kirche umsehe, oder?"

„In Ihrer Kirche? Sie wissen genau, daß diese Kirche nicht Ihnen gehört."

„Das stimmt leider, aber ich hätte nie gedacht, daß auch Sie sich auf dieses Gesetz berufen würden."

„Der Zutritt ist verboten, und das Verbot gilt für alle, auch für Sie. Bis zur Weihe der Kirche haben Sie hier nichts verloren, und wie Sie wissen, wird der Abt die Weihe vornehmen. Das ist so abgemacht."

Der Pfarrer lächelte immer noch.

„Ich war nur neugierig auf die Gemälde. Es wird soviel darüber geredet..."

Bruder Eugenio ging rasch an ihm vorbei, stieg die Stufen zum Presbyterium hinauf und verschwand hinter einem Pfeiler. Ein lautes Klicken war zu hören, und die Kirche lag im Dunkeln.

„Ein bißchen habe ich trotzdem gesehen", sagte der Pfarrer gehässig, „und es hat mir nicht gefallen."

Bruder Eugenio erschien wieder.

„Und wenn schon!"

„Ich werde dem Erzbischof schreiben. Diese Figuren haben nichts Christliches."

„Der Erzbischof hat seinerzeit die Entwürfe begutachtet und gebilligt."

„Ich werde ihm trotzdem schreiben."

„Von mir aus."

Bruder Eugenio schickte sich an, auf das Gerüst zu klettern, aber die Stimme des Pfarrers ließ ihn innehalten.

„Warten Sie, Bruder Eugenio."

Der Pfarrer trat auf ihn zu.

„Die Leute kommen in diese Kirche, um zur heiligen Rita, zur Schmerzensmutter und dem Herzjesu zu beten. Ich kann sie nirgends entdecken."

„Dort drüben ist die Gottesmutter. Sie ist fast fertig. Und diese große Figur, das wird der Heiland. Können Sie ihn nicht erkennen?"

„Das soll der Heiland sein? Ich sehe eine riesige Vogelscheuche, weiter nichts. Zu so etwas wollen die Leute bestimmt nicht beten. Wenn Sie die Heiligenbilder nicht so malen, wie ich sie mir vorstelle, werde ich um meine Versetzung ersuchen."

„Tun Sie, was Sie für richtig halten."

„Aber wie gesagt, vorher schreibe ich dem Erzbischof."

Bruder Eugenio stieg auf die Plattform und fing an, Kalkmörtel anzurühren.

„Ich habe nie verstanden, warum für solch einen Unsinn soviel Geld vergeudet wird. Angeblich kassiert das Kloster reichlich zwanzigtausend Duros dafür! Dabei stehen die Wahlen vor der Tür. Wir werden schon sehen, ob man für den Wahlkampf genausoviel lockermacht."

Bruder Eugenio begab sich in die Wölbung der Apsis und zündete ein Lämpchen an. Er verputzte ein kleines Stück Mauerwerk mit Kalkmörtel und fing an, es zu bemalen. Geräuschlos kletterte der Pfarrer auf das Gerüst. Bruder Eugenio malte die Umrisse eines Buches, dann Finger, die das Buch hielten, und schließlich einige Worte:

Qui sequitur me non ambulat in . . .

„Sie müssen wohl alles komplizieren! Die Leute werden das nicht verstehen."

„Sind Sie nicht dazu da, es ihnen zu erklären?"

„Schon, aber . . ."

Bruder Eugenio legte die Pinsel beiseite.

„Gehen Sie jetzt bitte! Ich habe keine Zeit für Sie, und ich will auch nicht mit Ihnen diskutieren. Wenn der Putz antrocknet, muß ich alles vernichten und von vorn anfangen."

Der Pfarrer trat vorsichtig den Rückzug an.
„Der Verlust wäre leicht zu verschmerzen."
Bruder Eugenio funkelte ihn zornig an. Der Pfarrer lächelte. Ohne den Umhang abzunehmen, stieg er langsam und umständlich vom Gerüst. Unten angekommen, sagte er „Guten Tag!" und verschwand. Seine Schritte waren zu hören, dann fiel die Tür ins Schloß. Bruder Eugenio trat zurück und hielt die Lampe hoch. Dann stellte er sie auf den Boden, setzte sich auf einen Schemel und verbarg das Gesicht zwischen den Händen.

Sie hatten zusammen zu Mittag gegessen. Bruder Eugenio war wortkarg und schroff gewesen. Er werde sich jetzt zurückziehen und seine Gebete verrichten, meinte er und stand auf.
„Warten Sie, Bruder Eugenio, ich habe Ihnen wohl noch nicht gesagt, daß ich Post aus Paris bekommen habe."
Der Mönch zuckte zusammen.
„Kommt Germaine?"
„Ja, endlich bequemt sie sich dazu."
Carlos zog einen Brief aus der Tasche und hielt ihn Bruder Eugenio hin.
„Lesen Sie!"
„Warum? Es reicht doch, wenn Sie mir sagen, was darin steht."
„Sie kommt mit ihrem Vater. Sie kann ihn nicht alleinlassen."
„Das war zu erwarten."
„Sie will Geld für die Reise. Das war auch zu erwarten."
„Kommt sie, um zu bleiben?"
Carlos faltete den Brief zusammen und steckte ihn weg.
„Dazu hat sie sich nicht geäußert. Sie kündigt lediglich an, daß sie kommt. Sie wird zu Weihnachten eintreffen und bei der Weihe der Kirche dabei sein."
Bruder Eugenio spielte mit seinem Messer.
„Gonzalo Sarmiento muß inzwischen ein Greis sein. Er ist älter als Doña Mariana."

„Ja, er ist alt, tatterig und gebrechlich. Auf mich machte er einen schlechten Eindruck, als ich ihn vor einem Jahr sah."
„Aber sein Gedächtnis wird doch wohl noch funktionieren?"
„Machen Sie sich deswegen etwa Sorgen?"
Der Mönch legte das Messer beiseite.
„Nein. Warum sollte ich?"
„Es gibt unangenehme Erinnerungen."
„Stimmt. Wer wollte das bestreiten? Unangenehm ist vor allem das, was man vergessen will und nicht vergessen kann. Aber wenn man sich gern seinen Erinnerungen hingibt und sie zu einem Teil seines gegenwärtigen Lebens macht, also zu einem Bestandteil der Lebensweise, für die man sich entschieden hat, dann gibt es keinen Grund zur Klage."
Der Mönch stand auf und nahm das Gebetbuch.
„Selbst wenn ich mich gegen meine Erinnerungen gesperrt und alles getan hätte, um sie zu verdrängen, wären sie beim Malen trotzdem in mir aufgestiegen. Dreiundzwanzig Jahre sind vergangen. 1913 ... 1914 ... Eugenio Quiroga ahnte damals nicht, daß er bald Mönch sein würde. Eugenio Quiroga war wirklich ein anderer Mensch, und diesen Menschen habe ich getreu dem Rat des heiligen Paulus zu begraben versucht. Begraben habe ich ihn tatsächlich, aber gestorben ist er nicht. Sich an ihn zu erinnern heißt, ihn zu neuem Leben erwecken."
Auch Carlos stand auf. Er ging zu Bruder Eugenio und klopfte ihm auf die Schulter.
„Vergessen Sie nicht, daß meine Wissenschaft darauf beruht, einen Patienten dazu zu bringen, seine Erinnerungen wachzurufen und alles zu erzählen, woran er sich erinnert."
„Wie im Beichtstuhl. Dort habe ich meine Erinnerungen vor zwanzig Jahren abgeliefert."
Carlos mußte lachen.
„Anscheinend waren sie da nicht gut aufgehoben."
„Der Mensch, der mich damals angehört hat, lebt nicht mehr."
„Aber wie ich sehe, hat er vergessen, die Schlüssel mit ins Grab zu nehmen."
Bruder Eugenio zuckte mit den Achseln.

„Ich gehe jetzt beten."
An der Tür drehte er sich noch einmal um.
„Haben Sie heute nachmittag schon etwas vor? Oder möchten Sie mich nachher zur Kirche begleiten?"
„Störe ich Sie nicht bei der Arbeit?"
„Nein. Kommen Sie ruhig mit."
Er ging hinaus. Carlos schob die Hände in die Taschen und trat ans Fenster. Der Regen hing in der Luft wie ein Schleier, und auf dem Meer kämpfte ein Fischerboot gegen die Wellen an. Der Himmel war düster, und die Möwen zogen ihre Bahnen. Ein Fischer eilte geduckt im Regen vorbei. Von der Mole scholl ein Ruf herüber.

La Rucha trat ein, um den Tisch abzuräumen.
„Bring mir noch einen Kaffee."
„Ja, Señor."
„Und laß den Cognac hier."
„Ja, Señor."
Carlos setzte sich an den Sekretär, klappte die Platte herunter und schrieb:

„Srta. Germaine Sarmiento
Paris
Liebe Freundin,
ich habe Ihren Brief erhalten und freue mich, daß Sie sich endlich entschlossen haben, nach Pueblanueva zu kommen. Mir war es unerklärlich, warum Sie sich so wenig für Dinge interessieren, die Sie angehen und die mir ein Mensch in die Hände gelegt hat, dessen Wille ich mehr respektiere als den irgendeiner anderen Person.

Auch über den Zeitpunkt, den Sie gewählt haben, freue ich mich. Gleich morgen werde ich die Überweisung eines Betrages an Sie veranlassen, der so bemessen sein wird, daß Sie und Ihr Vater bequem hierher reisen können. Sicherlich wissen Sie, daß es für solche Überweisungen eine Höchstbetrag gibt und es nicht leicht ist, diese ärgerlichen Bestimmungen zu umgehen, doch werde ich mich bemühen, der von Ihnen angeforderten Summe möglichst nahezukommen.

Am besten reisen Sie direkt nach Madrid. Ich werde Sie dort erwarten und genügend Geld mitbringen, damit Sie alle erforderlichen Einkäufe machen können. Es erübrigt sich wohl der Hinweis, daß die obengenannten gesetzlichen Beschränkungen nicht im Inland gelten.

Ich könnte für Sie auch einen bestimmten Betrag bei einer Bank in Irún hinterlegen. Bitte geben Sie mir telegraphisch Bescheid und teilen Sie mir auch möglichst bald mit, wann Sie in Madrid eintreffen.

Mit herzlichen Grüßen
Ihr Carlos Deza"

Er klebte das Kuvert zu, adressierte und versiegelte es. Dann klingelte er nach La Rucha.

„Geh zur Post und gib diesen Brief als Einschreiben auf."

„Ja, Señor. Wollen Sie keinen Kaffee mehr?"

„Doch. Deine Mutter soll ihn mir bringen."

Er betrachtete den Brief und prüfte, wie hart der Siegellack war. Dann machte er eine wegwerfende Handbewegung und sagte:

„Sie werden ihn sowieso öffnen."

Bruder Eugenio machte alle Lampen an. Sie leuchteten die Kirche grell aus, ohne Schatten und Abstufungen, als würde das Licht aus den Steinen hervorbrechen – oder als wollte es sie verzehren.

„Ich möchte, daß Sie sich zuerst die seitlichen Apsiden ansehen, vor allem die mit den Evangelisten. Ich finde, sie sind am besten gelungen."

Er faßte Carlos am Arm und ging mit ihm durch die Kirchenschiffe. Vor einem mit Sackleinen zugedeckten Altar blieb er stehen, hob den Arm und zeigte mit seinem langen Finger auf die Darstellungen an den Wänden.

„Ich habe Ihnen schon erklärt, daß ich mich wegen der Größenverhältnisse in dieser Kirche nicht an die byzantinische Regel halten konnte. Deshalb habe ich die Muttergottes hier gemalt. Immerhin kann ich mich auf Präzedenzfälle berufen. Sehen Sie, der da ist Johannes der Täufer, und das da drüben sind, wie Sie bestimmt erkannt haben, die vier Evangelisten. Ich habe mich wohl nicht ganz von Dürers Vorbild freimachen können, zumindest was die Farbgebung betrifft, aber es ist trotzdem etwas ganz Eigenständiges daraus geworden."

Er wies auf die schlanke Gestalt der Muttergottes: blauer Umhang, erhobene Arme, an der Stirn ein Stern.

„Gefällt sie Ihnen?"

„Das wissen Sie doch. Ich habe es Ihnen schon zwanzigmal gesagt."

„Bitte haben Sie Verständnis dafür, daß ich es heute noch einmal von Ihnen hören möchte. Nach dem Besuch, den mir der Pfarrer abgestattet hat..."

Er wies auf die gewölbte Wand der Apsis.

„Ich will nicht über den künstlerischen Wert dieser Darstellung reden, aber in liturgischer Hinsicht ist sie einwandfrei."

„Außerdem ist sie schön. Diese Figur hat Anmut und Zauber."

Bruder Eugenio ließ den Arm sinken.

„Aber es fehlt ihr das, was man Mysterium nennt."

„Sie hat es vielleicht für den, der wie Sie an sie glaubt. Vergessen Sie nicht, daß ich nach wie vor ein Außenseiter bin."

Der Mönch erwiderte nichts. Er schob Carlos vor sich her zur mittleren Apsis.

„Klettern Sie auf das Gerüst."

„Was? Sie erlauben es mir?" fragte Carlos lachend. „Sind alle Gelübde und Bannflüche aufgehoben?"

„Ja, aber nur heute."

„Darf ich Ihnen wirklich beim Malen zusehen?"

„Ich bin mir nicht sicher, ob ich heute nachmittag überhaupt malen werde, aber da oben gefällt es uns bestimmt besser."

Sie kletterten auf die Plattform. Der Mönch legte seinen Umhang auf einen Schemel.

„Treten Sie so weit wie möglich zurück. Man braucht einen gewissen Abstand."

„Verstehe."

„Vorsicht, fallen Sie nicht runter!"

Vom äußersten Rand des Gerüsts aus betrachtete Carlos die Gestalt des Heilands. Bruder Eugenio, dessen Augen von der Mönchskappe beschattet waren, stand ein wenig abseits und beobachtete ihn.

„Nun?"

Carlos antwortete nicht gleich.

„Ich kann dazu nichts sagen. Ohne Gesicht vermittelt er einen Eindruck von Leere, einer grauenhaften Leere, wenn Sie es genau wissen wollen. Es ist, als hätte man ihn enthauptet."

„Ich verstehe, und ich habe nichts anderes erwartet. Jetzt können Sie sich hinsetzen."

Er zeigte auf das Wandgemälde.

„Sobald ich den Arm und das Buch gemalt habe, werde ich mich in der Kirche einrichten. Ich werde hier übernachten und erst dann hinausgehen, wenn der Kopf und das Gesicht fertig sind. Ich wäre Ihnen dankbar, wenn Sie mich in der Zeit nicht besuchen."

Carlos lachte.

„Sie werden doch hoffentlich dafür sorgen, daß Sie etwas zu essen haben?"

„Ich werde mir selbst etwas zu essen machen, wie vor dreiundzwanzig Jahren. Auch damals –"

Er verstummte. Carlos hob langsam den Kopf und sah ihn an. Das Gesicht des Mönchs hatte sich verdüstert. Seine Augen funkelten, die Lippen waren zusammengekniffen, und er preßte die Fäuste gegen die Oberschenkel.

„Sie haben bestimmt längst erraten, daß ich damals gescheitert bin. Irgendwann mußte ich mir eingestehen, daß ich ein mittelmäßiger Künstler bin, aber ich war zu stolz, um mich damit abzufinden."

„Ich habe eines Ihrer Bilder aus jener Zeit gesehen. Es war kein mittelmäßiges Gemälde."

Der Mönch setzte sich hin, legte die Hände auf die Knie, schüttelte den Kopf und holte tief Luft. Er warf Carlos einen Blick zu und sagte:

„Es ist so beliebig wie tausend andere, obwohl es gut gemalt ist. Ich war noch nicht einmal dreißig und beherrschte das Handwerk schon perfekt. Aber Technik allein reicht nicht."

Wieder seufzte er. Mit gesenktem Kopf fuhr er so leise fort, als redete er mit sich selbst:

„Es reicht nicht, das Handwerk bis zur Perfektion zu beherrschen. Die Welt der modernen Kunst akzeptiert nur den genialen Künstler, sie läßt nur das Genie gelten. Auf gute Maler kann man genauso verzichten wie auf gute Schriftsteller. Die moderne Kunst ist gefräßig, sie verschlingt Menschen mit geradezu satanischer Grausamkeit. Jeder Neuling muß in der Kunst da weitermachen, wo seine Vorgänger aufgehört haben, er muß ihren Weg weitergehen, sofern ihn nicht schon andere beschritten haben, oder er muß sich ins Leere stürzen. Moderne Kunst – das ist eine tragische Angelegenheit, und uns Malern war das schon vor fünfundzwanzig Jahren klar. Einige wußten es aufgrund persönlicher Erfahrungen oder intuitiv, andere, weil sie davon hatten reden hören. Ich zählte zur zweiten Kategorie. Meine Lehrer hatten mich die Geheimnisse der Maltechnik gelehrt, doch sie hatten mir nicht etwa gesagt, daß sie lediglich der Anfang ist, sondern mir weisgemacht, sie sei das Ziel, und man müsse nur seelenruhig drauflosmalen, um Geld zu verdienen und Preise zu gewinnen. Ich ging jedoch nicht nach Rom, sondern nach Paris, und dort entdeckte ich eine andere Welt, eine rastlose Welt von brutaler Aufrichtigkeit, hektisch, richtungslos, jedoch lebendig, vielleicht teuflisch lebendig. Wohlgemerkt spreche ich von den Verhältnissen vor fünfundzwanzig Jahren."

Er kramte ein Päckchen Zigaretten hervor und bot Carlos eine an.

„Sie können sich vielleicht nicht vorstellen, was es für einen Menschen mit abgeschlossener Ausbildung bedeutet, wenn er plötzlich begreift, daß er von vorn anfangen muß und alles, was er bisher getan hat, wertlos ist. So erging es mir und vielen anderen. Mein erster Eindruck damals war, daß alle um mich herum verrückt geworden waren. Ich begriff überhaupt nichts von dem, was ich sah, ja ich lachte die anderen sogar aus und sagte mir, daß sie nichts vom Malen verstünden, sondern nur Unfug fabrizierten. Doch allmählich wurde mir klar, daß sie durchaus malen konnten, daß sie die Bilder, die ich nicht verstand, absichtlich so gemalt hatten und daß eine solche Malweise ihre Daseinsberechtigung hatte, eine ebenso unabweisbare, tiefe Daseinsberechtigung wie das Leben selbst. Sie verkörperten die lebendige Kunst, während ich innerlich tot war, trotz all meines Könnens und meiner mühelosen Technik."

Bruder Eugenio stand auf, ging in die Apsis, nahm einen Pinsel und veränderte eine Linienführung. Lachend sagte er:

„Sehen Sie? Was ich gerade getan habe, ist bei einem Fresko eigentlich nicht erlaubt, aber schon Goya hat es getan. Es ist ein Kunstgriff."

Er legte den Pinsel beiseite.

„Sie kennen den Vorgang des Malens wie so viele andere Menschen nur als Außenseiter, er ist für Sie ein fremdes Kapitel der Kunstgeschichte. Sie interessieren sich für ein paar Bilder und Maler, lesen Bücher darüber, besuchen Ausstellungen und bilden sich ein Urteil. Aber jeder Augenblick des schöpferischen Prozesses gehört zum Leben eines Menschen, der es geschafft hat, einen Schritt weiterzugehen, der etwas Neues erfunden oder entdeckt hat. Hinter allem steckt ein Herz, das gelitten und gehofft, gejubelt und gehadert hat, während viele andere Herzen stehenblieben. Der Weg der modernen Kunst ist mit Leichen gepflastert, und nur wenigen gelingt es, ihn aufrecht weiterzugehen. Vom Künstler alten Stils wurde keine Genialität verlangt, sondern Meisterschaft. Er erlernte die Malkunst, vervollkommnete sie oder auch nicht, fügte ihr etwas hinzu oder hielt sich an Altbewährtes."

„Aber auch in der Kunst alten Stils gab es den schöpferischen Prozeß", wandte Carlos ein, „und ihr Weg war nicht nur von Leichen, sondern auch von Genies gesäumt."

„Wer will das bestreiten? Ich habe ja nicht von genialen

Künstlern geredet, sondern von denen, die lediglich ihr Handwerk verstehen. Sie hatten früher eine Funktion, erfüllten eine wichtige Aufgabe, aber damit ist es vorbei. Sie meine ich, wenn ich von Leichen rede."

Er lächelte.

„Sie haben eine vor sich."

„Gut, aber auf jeden Fall sind Sie eine Leiche, die gern zu neuem Leben erwachen würde."

„Oder die vielleicht drauf und dran ist, sich ein zweites Mal selbst zu betrügen. Wer will das wissen?"

Er ging langsam zu seinem Hocker, rückte ihn näher an Carlos heran, setzte sich und klopfte ihm auf die Schulter.

„Ist Ihnen nicht kalt?"

„Ehrlich gesagt, ja."

„Warten Sie, ich mache den Heizofen an."

Carlos wärmte sich die Hände.

„Es gibt Augenblicke", fuhr Bruder Eugenio fort, „in denen man als Mensch zwischen Wahrheit und Lüge wählen muß. Das Bequeme, Gemütliche ist immer verlogen, denn es gibt nur eine einzige Wahrheit, aber viele Lügen, so daß man sich immer die aussuchen kann, die einem am besten paßt. Ich habe einmal zu Ihnen gesagt, Gonzalo Sarmiento sei damals eine Lüge auf zwei Beinen gewesen. Vielleicht gab sein schlechtes Beispiel für mich den Ausschlag, jedenfalls entschied ich mich für die Wahrheit, weil Gonzalo mich anwiderte und beschämte. Ich nahm mir vor, mich ernsthaft mit moderner Kunst zu befassen, ihr Wesen und ihre Entstehungsgeschichte zu ergründen. In materieller Hinsicht konnte ich mir das ohne größere Probleme leisten: Was ich geerbt hatte, warf ein paar Peseten ab, und damit kam ich aus. Ich versichere Ihnen, daß ich besser lebte als viele andere. Nein, die Not war nicht an meinem Scheitern schuld. Oh, wäre es doch so gewesen! Dann könnte ich jetzt das alte Klagelied vom unverstandenen Künstler anstimmen, von der grausamen Gesellschaft und unbarmherzigen Zwängen, die mich nötigten, die hehrsten Ziele zu verraten. Dem war jedoch nicht so, und auch wegen eines lasterhaften Lebens scheiterte ich nicht. Nein, ich war gesund und munter. Ich betrank mich nie, und die Frauen machten mir nicht mehr zu schaffen, als es die Regel ist." Er warf Carlos einen verstohlenen Blick zu. „Ich lebte bescheiden und arbeitete hart, ernsthaft und methodisch, ja ich wage sogar zu behaupten, mit Intelligenz und Beharrlichkeit."

„Sie verbarrikadierten sich in Ihrem Atelier, wollten niemanden sehen und machten sich Ihr Essen selbst", sagte Carlos lachend.

„Nein, so war es später. So war es erst, als ich ahnte, daß es mir an Begabung fehlte."

Bruder Eugenio stand abrupt auf.

„Haben Sie so etwas schon mal erlebt, Don Carlos? Wissen Sie, wie man sich fühlt, wenn man entdeckt, welch enge Grenzen einem gesetzt sind – und das, nachdem man sich die ganze Zeit nach unbegrenzten Möglichkeiten gesehnt hat? Wissen Sie, wie es ist, wenn man Tag für Tag unbeirrbar daran geglaubt hat, dieses oder jenes vollbringen und über sich selbst hinauswachsen zu können, nur um eines Tages feststellen zu müssen, daß man nichts kann, absolut nichts?"

„Ja, ich kenne das. Leute wie ich haben keine schöpferische Begabung. Aus mir ist, rein technisch gesehen, ein guter Psychoanalytiker geworden, aber ich habe immer nur Methoden angewandt, die andere entwickelt haben. Ich kenne ihre Mängel, doch ich habe mir nie zugetraut, sie zu korrigieren oder zu verbessern. Menschen wie ich besitzen nur kritische Intelligenz."

„Und Sie haben sich damit abgefunden? Haben Sie keine anderen Ziele?"

„Ich bin, wie ich bin."

„Ich konnte und wollte nicht aufgeben. Meine handwerkliche Meisterschaft hatte mich dazu verführt, mich selbst zu überschätzen. Ich war ehrgeizig und eingebildet."

„Ich auch."

„Ich redete mir ein, daß meine normale, fast schon spießige Lebensweise an meiner Beschränktheit schuld war. Mein Leben verlief geordnet, methodisch, streng, und nur so hatte ich mir in einem einzigen Studienjahr aneignen können, worum dreißig

Meister dreißig Jahre lang hatten ringen müssen. Offenbar gab es zwischen van Goghs Begabung und seiner abnormen Persönlichkeit eine Verbindung, jedenfalls sagte ich mir das. Es war ja bekannt, daß viele der großen Werke der modernen Kunst dem Alkohol, dem Rauschgift und sonstigen künstlichen Stimulantien zu verdanken waren, weil sie den Sprung in den Wahn erleichterten. Empfindsamkeit im Normalzustand reichte längst nicht mehr aus. Es kam darauf an, sie zu steigern, sie notfalls bis um Zerreißen zu überspannen. Ich beschloß, es mit Wein zu versuchen."

„Aber Sie haben doch gerade gesagt, Sie hätten sich nie betrunken."

„Nur während der Zeit, als ich diese Experimente machte. Ich schloß mich in meinem Atelier ein und trank Wein, das erstemal viel zu viel. Es brachte mich nicht weiter. Als ich wieder zu mir kam, lag ich auf dem Boden, hatte Kopfschmerzen und ein Übelkeitsgefühl im Magen."

Bruder Eugenio lachte schallend, aber seine dunkle Stimme klang hohl.

„Können Sie sich das vorstellen, Don Carlos? Ich schüttete Wein in mich hinein, um hinter das Geheimnis der Farbe Gelb zu kommen, aber ich landete auf dem Fußboden und streckte alle Viere von mir! Auf der Leinwand befanden sich nur ein paar nichtssagende Farbkleckse, mehr war dabei nicht herausgekommen, doch statt über mich selbst zu lachen, beschloß ich, das Experiment fortzusetzen, allerdings mit Methode, indem ich meinen Rausch dosierte. Ich wollte nur soviel trinken, daß mein Geist seine Fesseln sprengen konnte, ohne daß mich mein Bewußtsein im Stich ließ." Wieder lachte Bruder Eugenio, diesmal leiser und ein wenig traurig. „Der Wein beflügelte tatsächlich meine Phantasie. Mir fielen neue Dinge ein, aber wissen Sie, es war nicht die Phantasie, die man zum Malen braucht, sondern eher eine literarische Einbildungskraft. Ich erfand Gegenstände und Figuren! Ist das nicht lachhaft? Ich erfand solche Dinge, obwohl sich die Malerei doch schon längst davon befreit hatte."

„Picasso hatte sich nicht vom Gegenständlichen abgewandt", warf Carlos ein.

„Lassen wir Picasso besser aus dem Spiel! Ich weiß nicht, was und wie er jetzt malt. Zwanzig Jahre sind seitdem vergangen, Don Carlos! Vielleicht ist die Malkunst längst Wege gegangen, von denen ich keine Ahnung habe. Ich weiß nicht, ob sie sich schon selbst zerstört hat oder aus sich selbst heraus neu erstanden ist. Auf jeden Fall hatte ich auf die Entwicklung keinen Einfluß, trotz meines geschickten Umgangs mit dem Pinsel und meiner Kunstfertigkeit, trotz eines Monats systematischer Besäufnisse, in dem mir der Wein zu neuen Gelbtönen verhelfen sollte, trotz allem, was seither geschehen ist."

Er brach abrupt ab, schwieg eine Weile und starrte mit leerem Blick in den hinteren Teil der Kirche. Schließlich stand er auf, stellte sich vor die Wand der Apsis und schlug mit der Faust gegen eine trockene Stelle.

„Es gibt bestimmt nicht viele Menschen, die ein so haltbares Fresko wie dieses hier malen können. Glauben Sie mir, eher stürzt die ganze Kirche ein, als daß dieser Putz abbröckelt. Es wird Jahrhunderte dauern, bis er Risse bekommt. Eines weiß ich immerhin mit Sicherheit: Viele Generationen von Gläubigen werden diese Bilder betrachten können. Und wenn mir der Christuskopf gelingt, dann..."

Er sprach den Satz nicht zu Ende.

„Aber das ist schon kein Problem der Malkunst mehr, sondern der Theologie. Ich werde den Leuten einen Christus malen, wie ich ihn seit Jahren vergeblich gepredigt habe. Ich werde ihnen Seine Gestalt zumindest vor Augen führen, wenn es mir schon nicht gelungen ist, sie in ihr Herz zu pflanzen. Dafür braucht man kein genialer Maler zu sein. Was ich weiß und kann, reicht aus. Es muß mir nur gelingen, das Bild, das ich in mir trage, in Farben und Formen umzusetzen."

„Es ist mehr als ein Bild."

„Ja, leider. Es ist eine Idee, aber auch die kann man umsetzen. Die großen Christusdarstellungen in der Geschichte der Malerei sind in Bilder übersetzte Ideen."

Carlos stand auf und stellte sich vor Bruder Eugenio.

„Sie haben mir nicht erzählt, wie Ihr Experiment ausgegangen ist. Gerade als die Geschichte spannend wurde, sind Sie abgeschweift."

Bruder Eugenio wich seinem Blick aus. Er hob den Kopf und betrachtete das halb fertiggemalte Buch.

„Sie brauchen mich nur anzusehen: Das Experiment endete damit, daß ich Mönch wurde."

„Ein Mönch, der der Malerei nie abgeschworen hat."

„Richtig, aber anders weitergemacht hat. Pater Hugo half mir über meine persönlichen Probleme hinweg und eröffnete mir neue Perspektiven: ‚Sie werden sehen, Bruder, wir gründen im Kloster eine bedeutende Schule für religiöse Malerei, und dafür müssen Sie etwas von Theologie verstehen.' Doch dann starb Pater Hugo, und Pater Fulgencio hat sich nie für eine große Malschule interessiert. Sie wissen genau, daß ich diese Bilder hier nur male, weil sie dem Kloster Geld einbringen. Pater Fulgencio ist es egal, ob ich ein gelungenes Werk schaffe oder nicht. Er will nur kassieren."

Bruder Eugenio trat ein paar Schritte zurück und betrachtete die Stelle, die er für den Christuskopf freigelassen hatte.

„Der Heiland ist Gerechtigkeit und Liebe, Schönheit und Vernunft, Stärke und Sanftmut. Wie kann man all das aus einem Augenpaar, aus Lippen, Haar und Stirn sprechen lassen? Der Heiland ist vor allem ein Mysterium, und nur wenn man sich in dieses Mysterium hineinbegibt, kommt man der wirklichen Natur des Heilands ein wenig näher. Doch sein Mysterium ist unergründlich."

Er fuhr mit einer heftigen Bewegung herum.

„Und dann muß man die Leute auch noch davon überzeugen, daß dies der Heiland ist! Man muß den Pfarrer überzeugen, der sich ein hübsches Herzjesulein wünscht. Wissen Sie, was das heißt? Manchmal verläßt mich der Mut, und ich würde am liebsten alles vernichten und die Wände weiß kalken, dann können sie draufmalen, was ihnen gefällt."

„Haben Sie das nicht damals gemacht? Ich meine, alles aufgegeben?"

„Ich habe Ihnen doch schon gesagt, was ich getan habe: Ich bin Mönch geworden."

Carlos ging ein paar Schritte auf und ab und blieb dann so dicht vor Bruder Eugenio stehen, daß er ihn fast berührte.

„Ich nehme an, es reicht nicht, die halbe Wahrheit zu sagen, wenn man den Drang verspürt, sich auszusprechen."

„Wieso sagen Sie das?"

Carlos zuckte mit den Schultern.

„Sie haben mir diese Geschichte sicher aus einem bestimmten Grund erzählt, und es gibt wohl auch einen Grund dafür, daß Sie sie mir nur halb erzählt haben. Als Ihr Freund respektiere ich das natürlich."

Bruder Eugenio schaltete unvermittelt das Licht aus.

„Gehen wir! Es ist spät geworden. Wir reden ein andermal weiter."

Er zündete eine Laterne an und hob sie hoch.

„Vorsicht! Da drüben ist die Leiter. Fallen Sie nicht runter."

Die Nachricht, daß Germaine zu Weihnachten nach Pueblanueva kommen wollte, wurde von Cubeiro im Casino verbreitet. Er hatte sie aufgeschnappt, während er sich beim Friseur rasieren ließ. Andere Kunden hatten sich darüber unterhalten und allerlei Vermutungen angestellt.

Von allen Mitgliedern des Casinos hatte nur Don Baldomero ein Photo von Germaine gesehen.

„Na los, nun sagen Sie uns schon, wie sie aussieht!"

„Auf einem Photo ist nicht viel zu sehen."

„Ich brauchte als junger Bursche nicht einmal ein Photo, um mir gewisse Dinge vorzustellen, das können Sie mir glauben", sagte Cubeiro und riß die Augen weit auf.

„Sie ist ein hübsches Mädchen, soviel steht fest. Und sie hat ganz schön was in der Bluse."

Alle lachten. Cubeiro schob die Hände unter den Pullover, so daß es aussah, als hätte er einen Busen.

„Ist ihrer rund?"
„Eher spitz."
„Na, auch nicht übel. Und der Hintern?"
„Das Photo zeigt sie von vorn und sitzend."
„Was ist mit dem Gesicht? Kann man von ihrem Gesicht nichts ablesen?"
„Was denn?"
Cubeiro meinte augenzwinkernd:
„Ihre Lebensweise."
„Sie können nicht erwarten, daß sie sich jedesmal, wenn man sie photographiert, ein Schild um den Hals hängt, auf dem steht, was sie so treibt."
„Genau das sollte sie tun! Aber bei einer Französin weiß man ja sowieso Bescheid."
Er zwinkerte wieder und lachte.
„Ich nehme an, auch in Frankreich gibt es anständige Frauen", wies Don Baldomero ihn verärgert zurecht.
„Stimmt, aber die werden nicht exportiert."
„Sie wollen doch wohl nicht bestreiten, daß es auch bei uns liederliche Weiber gibt."
„Schon, aber das ist nicht dasselbe."
„Dann erklären Sie mir bitte den Unterschied!"
„Es gibt einen, glauben Sie mir."
Don Baldomero schlug mit der Faust auf den Tisch.
„Hören Sie, Cubeiro, so etwas gibt es überall, ob es uns gefällt oder nicht, und die verbotene Frucht schmeckt immer gleich, egal ob in Havanna oder Pueblanueva."
Cubeiro warf ihm einen geringschätzigen Blick zu.
„So redet nur einer, der nie in Havanna war! Da gibt es Mulattinnen, die..."
Er schilderte ausführlich die Tugenden, Vorzüge und Fertigkeiten der Mulattinnen. In jungen Jahren war er in Kuba gewesen und wußte also, wovon er sprach. Ach, waren das Zeiten gewesen! Leider habe der Krieg gegen die USA alles verdorben. Das sei besonders schade für die Jugend, weil es in Kuba mehr Freiheit und auch mehr Chancen gegeben habe.

Chancen habe man natürlich nicht so sehr bei weißen, sondern eher bei farbigen Frauen gehabt, bei Mulattinnen und so weiter.

„Lust, was man so Lust nennt, habe ich nie wieder so erlebt wie mit dem Zimmermädchen in meiner Herberge. Übrigens ist sie später im Theater als Rumbatänzerin aufgetreten. Mein Gott, was für einen Körper die hatte! Und wie sie sich bewegte! Im Vergleich zu ihr sind die Frauen hier Anfängerinnen, und das gilt auch für Französinnen."

„Haben Sie auch mit Französinnen geschlafen?"

„Na klar! Man muß im Leben alles ausprobieren."

„Aber Sie sind doch nie in Frankreich gewesen!"

„Haha! Frankreich ist überall. Man braucht nur nach Vigo zu fahren, in die Calle de la Cruz Verde Nr. 7. Haben Sie noch nie von Renée gehört? Sie ist ein Prachtweib, und an Raffinesse nimmt es keine so leicht mit ihr auf. Man braucht nur zwanzig Duros lockerzumachen, dann..."

Cayetano trat ein, die Pfeife im Mund. Er hängte den Regenmantel an die Garderobe und fragte, warum denn keine Partie gespielt werde.

„Ach, wir haben uns ein bißchen unterhalten. Don Baldomero hat eine gute Nachricht gebracht."

Don Baldomero protestierte:

„Nein, das war Cubeiro!"

„Egal."

Cubeiro sah Cayetano lachend und mit zusammengekniffenen Augen an.

„Wissen Sie denn noch nicht, daß die Französin über Weihnachten kommt?"

„Doch, das weiß ich. Und?"

„Hm, wir haben uns gefragt, wie sie wohl aussieht. Tja, und beim Reden sind wir dann auf Renée gekommen, die Nutte in Vigo, die Sie bestimmt auch kennen."

Cayetano nahm Platz und verlangte nach einem Blatt Karten.

„Sie haben wohl keine Lust, sich mit uns zu unterhalten?"

„Doch, aber nicht über so einen Unfug."

Cubeiro erwiderte, noch immer lachend:

„Von wegen Unfug! Lassen Sie sich von Don Baldomero erzählen, was für einen Busen die Französin hat! Dann halten Sie es bestimmt nicht mehr für Unfug."

Er beugte sich vor und flüsterte Cayetano ins Ohr:

„Don Baldomero hat ein Photo von ihr gesehen. Sie ist ein verdammt hübsches Ding, und wo Sie doch wieder frei sind..."

Cayetano sah ihn verächtlich an.

„Setzen Sie sich bitte hin und spielen Sie", sagte er. „Und reden Sie nicht so degeneriert daher!"

Cubeiro zuckte zurück, als hätte man ihm ins Gesicht gespuckt.

„Degeneriert! Was zum Teufel ist in Sie gefahren?"

Don Lino, der Leiter der Volksschule, kam quer durch den Saal auf sie zu, warf den Hut auf den Diwan, hob eine Hand, als wollte er Schweigen gebieten, und verkündete feierlich:

„Meine Herren, ich bringe zwei wichtige Nachrichten. Beide sind brandneu und aus sicherer Quelle. Erstens: Es wird bald Wahlen geben."

Cayetano, der mit sparsamen Bewegungen die Karten mischte, blickte auf.

„Und die zweite?"

„Zu Weihnachten kommt die Französin. Für beides wurde es ja allmählich Zeit, verdammt nochmal! Unsereins hat von den Parteien der Rechten die Nase voll, und seit die Alte gestorben ist, weiß man in der Stadt nicht mehr, worüber man sich unterhalten soll. Früher hatten Sie wenigstens Ihre Weibergeschichten, und es gab alle paar Monate neuen Gesprächsstoff, aber seit Sie so keusch leben..."

Er setzte sich und legte die Hände auf den Tisch.

„Spaß beiseite: Wenn hier eine Partie gespielt wird, bin ich gern dabei."

Cayetano hörte auf zu mischen und wandte sich an den Lehrer:

„Sagen Sie, Don Lino, was wäre Ihnen lieber, Abgeordneter im Parlament zu werden oder mit der Französin zu schlafen?"

Don Lino knöpfte die Weste auf, und sein runder Bauch quoll hervor. Er trug ein blaugestreiftes Hemd und keine Krawatte. Die Streifen krümmten sich über der Wölbung des Bauchs. Am Gürtel baumelte eine Uhrkette.
„Das müßte ich mir überlegen."
„Nehmen wir einmal an, es liegt in meiner Macht, Ihnen beides zu ermöglichen und Sie wählen zu lassen."
„Nun, wenn Sie mich so fragen..."
Er lehnte sich zurück und sah die anderen der Reihe nach an.
„Vielleicht halten Sie mich für einen Idioten, meine Herren, aber ich würde lieber Abgeordneter werden. Wenn man sich's genau überlegt: Was hat man schon außer ein bißchen Spaß davon, daß man mit einer Frau ins Bett geht? Aber Abgeordneter zu werden..." Rasch stellte er klar: „Der Linken natürlich, versteht sich."
„Aha!"
„Also Abgeordneter zu werden, das..."
Er richtete sich auf, warf sich in die Brust, schloß die Augen, streckte die Arme aus und spreizte die Finger.
„... das ist etwas, was man sich immer gewünscht und wovon man nicht einmal zu träumen gewagt hat."
Cayetano gab ihm einen Klaps auf den Bauch, und sofort sank Don Lino in sich zusammen.
„Dabei sollte eigentlich jeder Bürger diese Möglichkeit haben."
„Ja, und Sie auch. Wer weiß, vielleicht sorge ich dafür, daß Sie als Kandidat aufgestellt werden. Eine Nacht mit der Französin kann ich Ihnen wohl kaum bieten."
Don Lino sah Cayetano sprachlos vor Staunen an. Dann grinste er, warf sich wieder in die Brust, hob die rechte Hand und blieb in dieser Stellung sitzen.
„Wenn Sie mich fragen", schaltete sich Cubeiro ein, „ich würde lieber mit der Französin ins Bett gehen. Als Abgeordneter hat man nichts als Ärger."
„Sie sind degeneriert", sagte Cayetano, ohne ihn eines Blickes zu würdigen.

Nach dem Abendessen blieb Don Lino in sich gekehrt und geistesabwesend am Tisch sitzen. Aurora kam und gab ihm einen Gutenachtkuß. Sein Sohn, der in einer Ecke über seinen Schulaufgaben saß, meinte, er wolle noch eine Weile aufbleiben.

„Gute Nacht, meine Tochter."

Aurora sah zu ihrer Mutter hinüber, die gerade den Tisch abräumte. Die Mutter lächelte ihr zu. Zusammen verließen sie das Zimmer, und draußen fragte Aurora leise:

„Redest du heute mit ihm darüber?"

„Ja, heute abend."

Don Lino rauchte eine Zigarette.

Sein Sohn fragte ihn, wie „Sucre (a) Charcas, verfassungsmäßige Hauptstadt von Bolivien" zu verstehen sei, und es dauerte ein paar Minuten, bis er es ihm erklärt hatte. Seine Frau ging unterdessen mehrmals aus und ein.

„Willst du noch ins Casino oder gehen wir schlafen?"

„Heute gehe ich nicht ins Casino, heute..."

María war schon wieder hinausgegangen. Als sie zurück war, betrachtete er sie. Noch immer war sie hübsch, nur die Falten um ihre Augen fand er häßlich. Aus der Art, wie sie sich bewegte, sprachen Trauer und Resignation.

„Wenn du willst, gehen wir bald zu Bett."

Er zog einen Duro aus der Westentasche und legte ihn auf den Tisch.

„Da, den habe ich heute gewonnen – nein, ehrlich gesagt habe ich heute sechs Peseten fünfundzwanzig gewonnen, aber den Rest brauche ich selbst."

María nahm die Münze.

„Danke. Ich kann es gut gebrauchen."

„Geld kann man immer gut gebrauchen."

„Was du nicht sagst!"

„Aber man geht nicht immer richtig damit um. An mindestens der Hälfte von allen Mißständen dieser Welt ist das Geld schuld. Es ist Gift für das Gewissen, führt die Gerechten in Versuchung, wird von den Skrupellosen als Waffe eingesetzt, erweist sich für die Reichen als Fluch und stürzt die Armen in Verzweiflung. Geld..."

Der Junge schaute von seinem Buch auf, warf seinem Vater einen raschen Blick zu, lächelte und lernte weiter. María wischte auf dem Wachstuch die Brotkrumen zusammen.

„Geh ruhig schon zu Bett. Ich bin gleich fertig."

„Na gut."

Don Lino stand auf, gab seinem Sohn einen Kuß und ging auf den Flur hinaus. Bevor er das Schlafzimmer betrat, streckte er die Hand aus und knipste das Licht an. Das Bett war schon aufgeschlagen. Er zog das Jackett aus und legte es auf einen Stuhl. Im Zimmer nebenan trällerte Aurora leise vor sich hin. Als sie ihren Vater hörte, verstummte sie.

Als María kam, ging Don Lino gerade ins Bett. Aus dem Ausschnitt seines Nachthemds ragte graues, gekräuseltes Brusthaar heraus, dicht und borstig.

„Ich muß mit dir über Aurora reden", sagte María.

Don Lino sah sie beunruhigt an.

„Stimmt mit unserer Tochter etwas nicht?"

„Sie hat einen Freund."

„Einen Freund?"

„Ja, einen Verehrer. Du kennst ihn, er war einer deiner Schüler. Es ist Ramiro, der Sohn von Benito, dem mit dem Autoverleih."

„Ramiro ist kein übler Kerl."

„Unsere Tochter möchte, daß du Bescheid weißt."

„Das ist ein gutes Zeichen..."

María, schon im Nachthemd, zog die Strümpfe aus. Sie hatte noch immer eine gute Figur, und wenngleich sie etwas fülliger und schlaffer geworden war, wirkte sie nach wie vor attraktiv.

„Auch ich habe dir etwas mitzuteilen", sagte er.

María hob den Kopf, und ihre Hände, die einen Strumpf halb heruntergestreift hatten, hielten mitten in der Bewegung inne.

„Etwas Schlimmes?"

„Nein, etwas Gutes. Es ist etwas, das zu Hoffnung und Zuversicht Anlaß gibt, und ich habe außer dir niemanden, dem ich davon erzählen könnte."

María wandte den Kopf ab und zog den Strumpf ganz aus.

„Ja, ich habe nur dich, und obwohl du mich enttäuscht hast, bist du trotzdem meine Gefährtin geblieben. Ob du es glaubst oder nicht – jedesmal, wenn ich mich über etwas freue und es mich drängt, mit jemandem darüber zu reden, denke ich an dich, wie in unseren glücklichsten Jahren, als das Vertrauen zwischen uns noch nicht zerstört war. Genau genommen heißt das, daß du mir noch immer soviel bedeutest wie du mir zu Anfang – als wäre nichts passiert."

Als er María schluchzen hörte, richtete er sich auf.

„Es war nicht meine Absicht, schlimme Erinnerungen zu wecken. Verzeih mir, ich wollte dir nur erklären, warum ich ..."

Sie schüttelte den Kopf und sah ihn an. Er stand auf, trat ein paar Schritte zurück und lehnte sich an das Fußende des Bettes.

„Es sind immer ein paar Worte vorneweg nötig, eine Einleitung, bevor man zur Sache kommen kann. Eigentlich wollte ich dir nur erzählen, daß ... Hörst du mir überhaupt zu? ... daß nach vielen Jahren der Hoffnungslosigkeit einige vielleicht nicht einmal ernstzunehmende Worte alte Hoffnungen in mir geweckt haben. Soll ich dir etwas sagen?" Er ging zu María und streichelte sie. „Man hat mir vorgeschlagen, bei den Wahlen zu kandidieren."

María hob den Kopf und sah ihn aus tränennassen Augen an.

„Ich könnte Abgeordneter werden! Weißt du, was das heißt? Abgeordneter im Parlament!"

Sie wischte sich mit dem Handrücken die Augen trocken.

„Würde uns das aus der Armut heraushelfen?"

Don Lino schüttelte den Kopf.

„Ich bin ein ehrlicher Mensch und als solcher dazu verurteilt, bis ans Ende meines Lebens in bescheidenen Verhältnissen zu leben. Nein, mit der Armut ist nicht Schluß, wenn ich

Abgeordneter werde, aber das Amt verleiht Würde, und das ist immerhin etwas."

María hatte wieder zu schluchzen angefangen, jedoch leiser als zuvor. Don Lino redete trotzdem weiter.

Clara wollte gerade den Laden abschließen, als Carlos erschien. Es regnete heftig. Die ausgetretenen Steinplatten unter den Kolonnaden glänzten naß. Clara hatte ein paar Eimer Wasser vor die Tür gekippt und dann gefegt, bis alles blitzsauber war. Vom Ladentisch aus warf sie einen Blick auf ihr Werk. Da fiel Carlos' Schatten auf die glänzende Fläche. Clara erkannte ihn sofort, und unwillkürlich hielt sie inne. Schon erschien Carlos selbst. Ein scheues Lächeln auf den Lippen, sah er sie unter der Hutkrempe hervor an. Zögernd blieb er in der Tür stehen.

„Ich war drüben in der Kirche, und als ich sah, daß der Laden noch offen ist, da –"

„Komm rein."

Clara stützte sich mit den Ellbogen auf den Ladentisch und sah zu, wie Carlos die Stufe hinaufging und sich nach einer Sitzgelegenheit umsah. Er bewegte sich noch linkischer als sonst und lächelte die ganze Zeit. Schließlich entdeckte er den Schemel und rückte ihn zurecht, setzte sich jedoch nicht.

„Sechs Monate lang hast du dich nicht blicken lassen", sagte Clara. „Wenn man mir nicht erzählt hätte, was du so treibst, hätte ich genausogut glauben können, du seist gestorben."

„Man hat dir von mir erzählt?"

„Na klar! In dieser Stadt gehörst du zu den Personen, über die man sich allerlei erzählt."

„Und was erzählt man sich?"

„Das habe ich vergessen."

Sie wies auf den Hocker.

„Setz dich, falls du es nicht eilig hast. Ich freue mich, dich zu sehen. Und ich mache dir keine Vorwürfe, weil du mich nie besucht hast. Ich hatte dich ja selbst gebeten, es nicht zu tun..."

Carlos nahm den Hut ab und legte ihn auf den Ladentisch. Dann setzte er sich.

„Wie geht das Geschäft?"
„Sieht man es mir nicht an?"
„Du siehst hübsch aus, aber das ist ja nichts Neues."
„Danke."
„Wolltest du damit andeuten, daß das Geschäft gut geht?"
„Zumindest nicht schlecht. Ich arbeite den ganzen Tag, und was ich verdiene, reicht zum Leben."

Carlos hörte auf zu lächeln. Mit seinem Schnürsenkel schien etwas nicht zu stimmen, denn er beugte sich vor und nestelte daran.

„Ich finde es komisch, dich so reden zu hören."
„Ich bin eben eine Krämerin geworden und rede auch wie eine. Alles hinterläßt seine Spuren."
„Na, jedenfalls freue ich mich, daß du Erfolg hast. Was ist mit Juan?"
„Er schreibt mir ab und zu. Ständig hat er neue Pläne, aber es wird nie etwas daraus."
„Du mußt mir seine Adresse geben."
„Willst du ihm etwa schreiben?"
„Wahrscheinlich werde ich ihn sogar besuchen. Ich muß demnächst nach Madrid."

Clara betrachtete Carlos' Kopf, sein drahtiges, rotes Haar, das wie bei einem schlechtgekämmten Bengel in die Höhe stand. Sie streckte die Hand aus, um es über den Ladentisch hinweg zu berühren, besann sich jedoch und zog die Hand zurück.

„Für immer?"
„Nein, mit Rückfahrkarte."

Carlos war es endlich gelungen, eine Schleife in seinen Schnürsenkel zu binden. Ohne aufzublicken, fügte er hinzu:

„Doña Marianas Nichte kommt nämlich bald. Ich muß sie abholen."
„Na endlich!"
Carlos richtete sich langsam auf und wiederholte:
„Ja, endlich."
„Und danach?"

„Danach kann ich vielleicht abreisen – sofern sie sich hier um alles kümmert."

„Sie wird bestimmt nicht so dumm sein, auf so ein Vermögen zu verzichten."

„Hoffentlich nicht."

„Mich würde es nicht wundern, wenn sie bald wieder abreist und das Geld von der Alten mitnimmt..."

„Das Testament – "

„Das Testament bist du, und von dir wird sie alles bekommen, was sie will, wenn sie es darauf anlegt. Genau wie La Galana."

Carlos hob protestierend die Hände.

„Das ist nicht dasselbe. La Galana habe ich etwas gegeben, das mir gehörte. Ich hatte dafür meine Gründe."

„Wenn du der Französin etwas gibst, das dir nicht gehört, dann wirst du schon Gründe finden, um dich zu rechtfertigen. Falls nicht gleich, dann später."

„Sie kommt mit ihrem Vater."

Clara lachte.

„Warum erzählst du mir das? Um mich zu beruhigen?"

„Nein, damit du im Bilde bist. Er ist alt und ziemlich klapperig. Ich habe ihn kennengelernt."

„Ich glaube nicht, daß sie sich von ihrem alten Vater stören läßt, wenn sie dich bezirzen will. Im Gegenteil. Was mehr könnte er sich für seine Tochter wünschen, wo sie doch so hübsch ist? Er wird ihr sogar zureden."

„Warum sollte er? Ich möchte nur eines: diese ganze Angelegenheit möglichst schnell loswerden. Deshalb werde ich ihr entgegenkommen."

Wieder lachte Clara. Sie sah Carlos von der Seite an, aber er wich ihrem Blick aus.

„Und wenn sie dir nicht entgegenkommt?"

„Was willst du damit sagen?"

„Menschenskind, in dieser Sache hast du die Schlüssel in der Hand! Das muß dir doch klar sein! Wenn du ihr von Anfang an alles zu leicht machst, dann –"

„Ich werde ihr alles auf einem silbernen Tablett servieren."
Clara setzte sich auf den Ladentisch.
„Sag mal, Carlos, hast du vor diesem Mädchen etwa ein bißchen Angst?"
„Wieso sollte ich?"
„Ich habe den Eindruck, daß dir jede Frau Angst macht, die dir ebenbürtig ist."
„Du irrst dich. Ich habe kein bißchen Angst vor ihr. Kannst du dir denn nicht vorstellen, welche Mittel jemand wie ich gegen ein solches Mädchen in der Hand hat? Nach ihren Briefen zu schließen ist sie ziemlich einfältig."

Er stand auf, stellte sich dicht vor den Ladentisch und fuhr leise fort:

„Sie ist ein Mädchen aus der Großstadt, das in bescheidenen Verhältnissen großgeworden ist. Ich finde es normal, daß Geld sie interessiert, aber ich muß alles tun, damit sie auch für die anderen Dinge Interesse aufbringt. Zumindest muß ich es aus Loyalität zu Doña Mariana versuchen. Sie wollte, daß ihre Nichte nicht nur ihr Geld, sondern auch ihre Gesinnung erbt, sie wünschte sich, daß sie nach und nach die Menschen und Dinge lieben lernt, die sie selbst geliebt hat, und daß sie so in ihrer Mitte lebt, wie sie es getan hat. Es wird nicht leicht sein, sie dazu zu bringen, aber es ist eine interessante Aufgabe. Ich werde mich jedenfalls nicht langweilen."

„Sie wird sich bestimmt in dich verlieben."

„Da bin ich mir nicht so sicher. Außerdem wäre es mir nicht recht."

Clara blickte nachdenklich vor sich hin. Ihr Profil zeichnete sich vor einem Stapel säuberlich aufeinandergeschichteter Kartons und Pakete ab. Es fiel Carlos erst jetzt auf, daß sie das Haar kürzer trug als früher und daß der rote Pullover, den sie anhatte, neu war und über ihrer Brust eng anlag. Sie hatte die übereinandergeschlagenen Beine leicht angewinkelt und die Hände in den Schoß gelegt. Es waren sehr weiße und schöngeformte Hände. Am linken Handgelenk schaute unter dem Pulloverärmel ein phantasievoll gestalteter Armreif hervor. Carlos ergriff die Hand und betrachtete den Reif neugierig. Clara ließ ihn gewähren, wandte ihm jedoch nicht einmal den Kopf zu.

Plötzlich sagte sie:

„Hast du vor, mich mit ihr bekanntzumachen?"

„Warum nicht? Ich hoffe sogar, daß ihr euch miteinander anfreundet."

Clara zuckte zusammen. Carlos ließ ihre Hand los. Brüsk fuhr sie zu ihm herum.

„Das ist unmöglich."

„Warum? Es wäre ganz natürlich."

„Ich werde sie mit Sicherheit nicht mögen, verstehst du? Und wenn ich sie nicht mag, kann ich auch nicht freundlich zu ihr sein. Ich werde sie beneiden – nein, ich beneide sie schon jetzt, und es zerreißt mich fast, wenn ich daran denke, daß sie alles fertig serviert bekommt, wofür ich mich abrackern muß."

Sie packte Carlos am Arm und sah ihm in die Augen.

„Wenn du dich in sie verliebst, werde ich sie bis zu meinem Tod hassen!"

„Das ist für mich Grund genug, um mich nicht in sie zu verlieben."

Clara zog ihre Hand zurück, sagte nichts mehr und ließ sich geräuschlos vom Ladentisch gleiten. Einen Moment lang stand sie da und kehrte Carlos den Rücken zu. Dann ging sie zu einem Regal im hinteren Teil des Raums, nahm ein paar Schachteln, stellte sie an ihren Platz zurück, hob etwas auf, das heruntergefallen war. Dabei stand sie die ganze Zeit mit dem Rücken zu Carlos und drehte sich kein einziges Mal um. Carlos tastete mit dem Fuß nach dem Hocker, fand ihn und setzte sich. Der Regen prasselte noch heftiger auf den Platz.

„Du verstehst bestimmt", sagte Clara unvermittelt, „daß ich mir keine falschen Hoffnungen mehr mache. Als wir uns das letzte Mal sahen, habe ich alles aufgeboten, was ich als Frau zu bieten habe, und es hat nichts gebracht. Trotzdem – ich möchte, daß wenigstens du dein Leben in den Griff bekommst. Dieses Mädchen ist für dich genau die Richtige. Ich bitte dich nur um eines: Geh mit ihr fort! Sonst muß ich von hier weggehen."

Carlos machte ein verblüfftes Gesicht.

„Dazu wärst du in der Lage? Sogar jetzt noch?"

„Warum nicht? Ich habe den ganzen Sommer mit dem Gedanken gespielt und tue es auch jetzt noch."

Carlos schüttelte lächelnd den Kopf.

„Du glaubst mir nicht?"

„Nein. Du bist nämlich genau wie ich an diese Stadt gefesselt, und wenn uns das Schicksal nicht hilft, hier rauszukommen, ist alles zu spät."

„Und wer sagt dir, daß das Schicksal nicht diese Französin schickt?"

„Genau das schwebte Doña Mariana vor: Sie wollte Schicksal spielen und das Mädchen durch die testamentarischen Bestimmungen noch aus dem Grab heraus steuern. Aber sie hat weder mit ihr noch mit mir gerechnet. Ihre Nichte wird bekommen, was sie verlangt, und ich schwöre dir, daß ich nicht versuchen werde, es zu verhindern. Wenn die junge Dame zu bleiben wünscht, soll sie bleiben. Ich werde sie nicht daran hindern. Und wenn sie es vorzieht, bald wieder abzureisen, werde ich dafür sorgen, daß sie mit vollen Taschen wegfährt. Meinetwegen kann sie alles mitnehmen und damit machen, was sie will. Eine ähnliche Situation trieb meinen Vater ins Unglück, aber sie kann sich nicht wiederholen, weil ich nicht wie mein Vater bin und Germaine bestimmt nicht so ist wie Doña Mariana."

Er verstummte und wartete ab, aber Clara sagte nichts.

„Vorhin", fuhr er fort, „habe ich nur Spaß gemacht, als ich sagte, ich wolle dieses und jenes tun. Ich habe mir vorgenommen, überhaupt nichts zu tun."

Wieder schwieg er, als wartete er auf eine Antwort, und erst jetzt sah er, daß Clara die Hände vors Gesicht geschlagen hatte.

Es klopfte an der Zellentür. Bruder Eugenio öffnete. Draußen stand ein Laienbruder.

„Der Abt schickt mich. Sie sollen zu ihm kommen, bevor Sie weggehen."

„Ich gehe gleich zu ihm."

Der Laienbruder verschwand. Bruder Eugenio ließ die Tür offenstehen, legte sich den Umhang um und bekreuzigte sich, bevor er die Zelle verließ.

Kalte Windstöße fegten durch den Kreuzgang. Bruder Eugenio streckte den Kopf ins Freie und sah zum Himmel auf: Schwarze Wolken jagten nach Süden, verknäuelt und drohend.

„Da kommt noch mehr Regen."

Er kehrte in seine Zelle zurück, holte den Regenschirm und hängte ihn sich über den Arm. Gleich darauf stand er vor der Zelle des Abtes. Die Tür war offen.

„Kommen Sie herein, Bruder, und haben Sie einen Moment Geduld."

Der Abt erteilte einem jungen Mönch Anweisungen für ein paar Messen. Danach brachte er ihn zu Tür und schloß sie hinter ihm.

„Ein schönes Schlamassel haben Sie da angerichtet, Bruder Eugenio!"

Er nahm hinter dem Tisch Platz und bedeutete dem Mönch, sich ebenfalls zu setzen.

„Gestern hat mich der Pfarrer von Santa María aufgesucht. Sie ahnen ja nicht, wie er sich aufgeführt hat! Er werde an den Erzbischof schreiben, die Gemälde seien unerhört..."

„Ja, ich weiß. Er war auch bei mir."

„Und was haben Sie dazu zu sagen?"

Bruder Eugenio machte eine ratlose Geste.

„Was soll ich schon dazu sagen? Ich mache weiter und vertraue auf Gott. Sie wissen so gut wie ich, daß der Erzbischof die Entwürfe gebilligt hat. Ich habe mich genauestens an sie gehalten, und was die Bauarbeiten angeht, so sind sie genau nach Plan ausgeführt worden. Alle Papiere sind Ihnen vorgelegt worden."

Der Abt nickte zerstreut.

„Ja, gewiß."

Er blickte durch das offene Fenster zum Himmel auf.

„Schlechtes Wetter heute, wie?"

„Ja, es ist sehr windig. Wir bekommen noch mehr Regen."

„Egal. Ich muß nach Pueblanueva und mir diese Malereien ansehen. Noch heute vormittag. Es geht nicht anders, verstehen Sie? Der Pfarrer schäumt vor Wut, und mir scheint, daß hinter ihm jemand steckt, der das Feuer kräftig schürt."

Bruder Eugenio stand auf.

„Ich überlasse Ihnen gern das Maultier."

„Nein, Bruder, nein. Das Maultier brauchen Sie selbst, aber Sie könnten Ihren Freund, diesen Doktor Deza bitten, mir die Kutsche zu schicken. Er hat doch eine kleine Kutsche, nicht wahr? Ja, er hat mich schon einmal mitgenommen. Oder aber..."

Er erhob sich lächelnd und trat ans Fenster. Der Wind zerwühlte sein Haar.

„Was halten Sie davon, Doña Angustias um den Wagen zu bitten?"

Bruder Eugenio senkte den Kopf.

„Wie Sie meinen, Hochwürden."

„Gut, abgemacht. Sie wird sich freuen, daß ich mich an sie wende. Sobald Sie in der Stadt sind, gehen Sie zum nächsten Telephon und bitten sie, mir gegen elf Uhr den Wagen zu schicken. Am besten geben Sie sich nicht zu erkennen, sondern sagen nur, Sie seien ein Mönch aus dem Kloster."

„Verstehe."

Der Abt legte Bruder Eugenio eine Hand auf die Schulter.

„Falls Doña Angustias hinter diesem Aufruhr steckt, sieht sie immerhin, daß der Besuch des Pfarrers nicht vergeblich war und ich mich um die Angelegenheit kümmere. Malen Sie inzwischen getrost weiter!"

Bruder Eugenio sah ihn niedergeschlagen an, grüßte und ging zur Tür.

„Machen Sie nicht so ein Gesicht, Bruder! Versuchen Sie, sich ein bißchen mehr wie ein ganz normaler Mensch zu benehmen. Wissen Sie eigentlich, daß die Leute in der Stadt glauben, Sie hätten den Teufel im Leib?"

„Wirklich?"

„Ja, und Sie sind selbst schuld. Ein Mönch sollte nicht mit so einem tragischen Gesichtsausdruck herumlaufen. Seit Sie zu malen angefangen haben, ist es noch schlimmer geworden. So ein Gesicht erweckt nur Argwohn gegen den Menschen, dem es gehört, und gegen alles, was er verkörpert."

Der Abt ging langsam auf den Mönch zu und zeigte mit dem Finger auf ihn.

„Vergessen Sie nicht, daß Sie die Kirche und somit die Hoffnung auf Erlösung verkörpern!"

Carlos kam um kurz vor elf. Bruder Eugenio war schon auf das Gerüst gestiegen. Mit gesenktem Kopf und auf dem Rücken verschränkten Händen ging er von einem Ende des Seitenschiffs zum anderen.

Die Kirche wurde nur spärlich vom fahlen Morgenlicht erhellt. Carlos drückte die Tür hinter sich zu. Die raschen Schritte des Mönchs erzeugten ein trockenes Geräusch.

„Bruder Eugenio!"

Er steuerte auf den hinteren Teil der Kirche zu. Bruder Eugenio kam ihm entgegen.

„Gibt es Probleme?" fragte Carlos.

„Möglicherweise. Der Abt wird gleich eintreffen, und ich möchte, daß Sie dabei sind. Ich brauche Ihre Unterstützung."

Er berichtete mit knappen Worten von der Unterredung am frühen Morgen.

„Und Sie glauben, daß der Abt für den Pfarrer Partei ergreift?"

„Was weiß ich? Wenn ihm die Gemälde nicht gefallen, was sehr wahrscheinlich ist, dann –"

„Aber Sie haben doch Rückendeckung vom Erzbischof."

„Na und? Wenn sich jemand beschwert, bleibt das beim Erzbischof trotzdem nicht ohne Wirkung."

„Auf jeden Fall ist diese Kirche Privatbesitz, und ich vertrete die Rechte des Eigentümers. Notfalls könnte ich einfach auf dem bestehen, was ich für richtig halte."

„Das bezweifelt niemand, aber dann würde die Kirche leer

bleiben, und ich habe diese Bilder nicht gemalt, damit Sie und ich jeden Nachmittag herkommen, uns an ihnen erfreuen und darüber jammern, daß die Leute nichts damit anfangen können. Gestern sagte ich zu Ihnen, daß ich den Gläubigen eine bestimmte Vorstellung von Christus vor Augen führen möchte, eine Vorstellung, die ich ihnen mit Worten nicht habe vermitteln können."

Er hob die geballten Fäuste.

„Ich schwöre Ihnen, Don Carlos, diese Darstellungen sind keine Kunstwerke und sollen auch keine sein, sondern ein Bußgebet, ein Akt der Reue und eine theologische Lektion zugleich!"

Er setzte sich niedergeschlagen auf eine Kirchenbank und ließ den Kopf hängen, mutlos und resigniert.

„Was Ihnen vorschwebt, entzieht sich vielleicht meinem Verständnis. Ich verstehe diese Bilder schlicht und einfach als Kunstwerke, und als solche gefallen sie mir."

„Falls die christliche Gemeinde dieser Kirche sie nicht akzeptiert, bedeutet das, daß der Herr mein Gebet nicht erhört hat."

Carlos mußte lachen.

„Warum ziehen Menschen wie Sie immer den lieben Gott in alles hinein? Ich kann ihn in diesem ganzen Durcheinander nirgends entdecken, glauben Sie mir, und ich sage dies ohne die geringste gotteslästerliche Absicht. Der Pfarrer handelt offensichtlich auf Geheiß einer anderen Person, aber woher will man wissen, daß diese andere Person ihrerseits auf Geheiß Gottes handelt? Oder bedient sich Gott etwa einer bigotten Frömmlerin, um seinen Willen kundzutun?"

Carlos stand auf.

„Kommen Sie, hören Sie mit diesen Grübeleien auf und helfen Sie mir, hier alles hübsch herzurichten, damit der Abt einen guten Eindruck erhält."

Er packte den Mönch am Arm und zog ihn hoch.

„Wissen Sie", sagte Bruder Eugenio, „ich habe diese Bilder von Anfang an aus einem alttestamentarischen Geist heraus als

Opfergabe begriffen und den Herrn angefleht, mir durch ein Zeichen zu verstehen zu geben, ob er das Opfer annimmt oder nicht."

„Wie kommen Sie dazu, Gott zu einer solchen Entscheidung zu nötigen?"

„Ich muß unbedingt herausfinden, ob er mir vergeben hat."

Wieder lachte Carlos.

„Vergeben? Was denn? Jenen Monat in Ihrer Jugend, als Sie sich betrunken haben, weil Sie ein neues Gelb erfinden wollten?"

Der Mönch warf ihm einen raschen Blick zu, wandte sich ab und ging eilig zum hinteren Teil des Kirchenschiffs. Es klickte laut, und alle Lichter gingen an.

„Nehmen Sie bitte das Sackleinen von den Altären und machen Sie sie ein bißchen sauber. Ich räume unterdessen hier oben auf."

Bruder Eugenio kletterte aufs Gerüst und verschwand in der Apsis. Carlos nahm die Abdeckung von den Altären und säuberte die Tische.

„Es muß dem Abt einfach gefallen, und wenn er noch so ein Dummkopf ist!" rief er.

Bruder Eugenios Antwort klang wie von weither:

„Der Abt ist kein Dummkopf."

Draußen fuhr ein Auto vor. Carlos ließ den Besen fallen.

„Da ist er schon!"

Er lief zum Seiteneingang, öffnete und wartete ab. Es hatte wieder zu regnen begonnen. Ein dicker Wasserstrahl plätscherte auf die Schwelle. Der Abt bog um die Ecke der Kirche, hob die Hand zum Gruß und eilte auf Carlos zu, der ihm entgegenging. Der Abt hielt den Regenschirm über ihn.

„Ich hätte mir denken können, daß Bruder Eugenio Sie in dieses Schlamassel verwickeln würde. Er ist unverbesserlich."

Er hielt Carlos die Hand hin.

„Sie sind auf seiner Seite und gegen den Pfarrer, nehme ich an."

„Ja, und außerdem geht diese Sache in erster Linie mich an.

Ich finde es richtig, daß Bruder Eugenio mich hat rufen lassen. Ich habe von Anfang an die Verantwortung für das Ausmalen der Kirche übernommen."

„Mag sein, mag sein."

Sie traten ein. Carlos schloß die Tür und schob den Riegel vor. Der Abt stellte den Regenschirm zum Abtropfen in eine Ecke, ging ein paar Schritte und sah sich um.

„Na, für die Beleuchtung haben Sie wohl auch schon ganz schön berappen müssen."

„Wir wollten die Bilder natürlich nicht im Dunkeln lassen."

„Natürlich. Aber glauben Sie nicht, daß die Kirche bei soviel Licht einen Teil ihres Mysteriums einbüßt? Ich würde nur die Apsiden ausleuchten und den Rest im Halbdunkel lassen."

Er wartete die Antwort nicht ab, sondern ging in den hinteren Teil der Kirche, lehnte sich mit dem Rücken an eine Tür und schaute sich um. Bruder Eugenio stand, mehrere Pinsel in der Hand, abwartend am Rand des Gerüsts. Der Abt rief ihm zu:

„Malen Sie ruhig weiter, Bruder. Daß die Inspiration Sie bloß nicht im Stich läßt! Ich komme gleich rauf."

Er wandte sich an Carlos.

„Wissen Sie was? Das ist gut! Es gefällt mir."

Seine Züge waren so kantig und scharf wie eine Messerklinge, die kleinen Augen funkelten maliziös. Er hatte die Hände vor der Brust gefaltet und die Kapuze tief in die breite Stirn gezogen. Beim Betrachten der Gemälde hob er ein wenig das bleiche, starre, vom Bartwuchs teilweise verdunkelte Gesicht.

„Ja, es ist wirklich gut", sagte Carlos.

„Sagen Sie das nicht zu oft, sonst kriegt Bruder Eugenio zu sehr Oberwasser. Um sich in einer Angelegenheit wie dieser zu behaupten, muß man auch Abstriche machen können, und wenn er merkt, daß er Verbündete hat, wird er nicht nachgeben."

Er ging zu der Apsis mit den Evangelisten, sah sie sich an und strich mit der Hand über den steinernen Altar. Dann schlenderte er quer durch die Kirche und blieb vor der Steinplatte von Doña Marianas Grab stehen.

„Hier also wollte die Señora unbedingt bestattet werden!

Dabei wäre sie auf dem Friedhof viel besser aufgehoben!"

Er nahm Carlos am Arm.

„Sie sind wahrscheinlich auf ihrer Seite, aber ich finde, man sollte nicht soviel Theater machen. Warum hatte sie sich wohl in den Kopf gesetzt, hier zu ruhen? Damit alle auf ihr herumtrampeln?"

Bei der Epistel-Apsis ließ er Carlos' Arm los und trat ein paar Schritte zurück.

„Der Pfarrer ist ein Trottel", sagte er leise. „Mal sehen, was unser Bruder Eugenio gerade macht. Haben Sie ihm schon mal beim Malen zugesehen?"

„Das hat er nicht gern."

„Die Schamhaftigkeit des Künstlers, wie?"

Er sprach mit einem leisen Lächeln, und in seiner Stimme schwang eine Spur von Spott mit.

„Ich verstehe nicht, warum er sich beim Malen so anstellt."

Bruder Eugenio war auf einen Hocker gestiegen und konturierte eine Schulter Christi. Er drehte den Kopf zur Seite und sagte:

„Bitte verzeihen Sie, Hochwürden, aber ich kann jetzt nicht aufhören, sonst wird der Mörtel zu trocken."

Der Abt stieß Carlos mit dem Ellbogen an und sagte:
„Sehen Sie?"

Der Heizofen brannte. Sie setzten sich. Der Abt beobachtete Bruder Eugenio, Carlos den Abt.

„Rauchen Sie, Hochwürden?"

„Nein, danke, das ist ein Laster, das ich mir nicht leisten kann."

Bruder Eugenio ließ den Pinsel fallen und stieg vom Hocker. Er versuchte sich nicht anmerken zu lassen, wie nervös er war. Das Licht fiel auf ihn.

Der Abt erhob sich.

„Darf man jetzt einen Blick daraufwerfen, Bruder?"

Der Mönch nickte.

„Das ist ja noch nicht fertig. Das Wichtigste fehlt noch."

„Ja. Das Schwierigste."

„Und wie wollen Sie es bewältigen?"

„Das kann ich nicht mit Worten erklären."

„Verstehe. Sie wollen das Unerklärliche malen. Sehr gut."

Carlos sagte sich, daß er den Abt ganz sympathisch finden könnte, hätte er nicht diesen humorlosen Tonfall.

„Zum erstenmal bin ich ganz auf Ihrer Seite, Bruder Eugenio. Ihr Werk gefällt mir, und ich werde mich dafür einsetzen, keine Sorge."

Bruder Eugenio hob den Kopf, seine ganze Gestalt straffte sich, sein Gesicht strahlte.

„Wirklich?"

„Was hatten Sie denn geglaubt? Daß ich Sie im Stich lasse? Ich trage genausoviel Verantwortung wie Sie. Außerdem gefallen mir diese Malereien. Eigentlich müßten sie allen gefallen."

Carlos stand ein wenig abseits. Der Abt winkte ihn herbei.

„Haben Sie vor, die Weihe der Kirche irgendwie festlich zu begehen? Es wäre nützlich, wenn gewisse Leute dies zu sehen bekämen, Geistliche aus Santiago und dergleichen. Es gibt viele Kirchen, die ausgemalt werden müßten, und Bruder Eugenio wäre dafür der Richtige, davon bin ich überzeugt. Allerdings..."

Ein Stückchen weiter standen die Staffeleien mit den Entwürfen. Der Abt begutachtete sie.

„... allerdings kostet es Bruder Eugenio große Überwindung, gewisse Zugeständnisse zu machen. Ich würde mich an seiner Stelle nicht so haben. Die Mutter Gottes ein bißchen hübscher, Christus ordentlich gekämmt – das gefällt den Leuten. In ganz Galicien könnte er Figuren wie diese an die Wände der Apsiden malen, dafür verbürge ich mich. Unserem Kloster käme das sehr zugute. Und Sie wären auch zufrieden."

Er lachte.

„Heute morgen habe ich zu Bruder Eugenio gesagt, daß er mit einem viel zu tragischen Gesichtsausdruck herumläuft. Soll er doch wenigstens die Tragik auf dem Gesicht des Heilands ein bißchen mildern!"

Der Abt nahm Carlos' und Bruder Eugenios Arm und

steuerte mit ihnen auf die Leiter zu. Er hatte ein gewinnendes Lächeln aufgesetzt.

„Gleich morgen fahre ich nach Santiago zum Erzbischof. Wir müssen verhindern, daß dieser Don Julián noch mehr Staub aufwirbelt. Am besten sollte sich irgendein hohes Tier die Kirche ansehen. Wären Sie bereit, Don Carlos, die Kosten zu übernehmen?"

Carlos wurde früh am Morgen geweckt. Jemand klopfte an die Tür und rief: „Sieben Uhr, Señor!" Er antwortete: „Gut, ich stehe gleich auf!", doch dann schlief er weiter. Ab acht Uhr war das Haus von allerlei Geräuschen erfüllt: die alte Rucha hatte ein paar – „absolut vertrauenswürdige" – Frauen angeheuert, die alles putzten, aufräumten und auf Hochglanz brachten, bis an keinem Gegenstand mehr ein Staubkörnchen haftete und kein Teppich ungeklopft war. Die Fußböden wurden frisch gebohnert, Lampen und Leuchter erhielten neue Kerzen, Petroleum wurde nachgefüllt. Dagegen hatte die junge La Rucha Einwände:

„Aber Señor, jetzt kommt doch die Señorita! Wieso nutzen Sie nicht die Gelegenheit, um elektrisches Licht installieren zu lassen? Auf der ganzen Welt will niemand mehr etwas von Kerzen wissen. Die Señorita wird gar nicht zufrieden sein."

„Glaubst du?"

„Klar, Señor! Wir jungen Frauen tappen nicht gern im Dunkeln rum."

„Sie wird sich schon selbst dazu äußern, wenn sie hier ist."

„Klar. Wenn das Haus erst ihr gehört, macht sie damit sowieso, was sie will."

Carlos klingelte nach dem Frühstück. Danach rauchte er eine Zigarette. Das Mädchen brachte ihm saubere, gebügelte Wäsche und einen Stapel Hemden.

„Es wäre auch keine schlechte Idee, wenn Sie sich einen von diesen Anzügen machen ließen, die jetzt alle tragen. In diesem Jackett sehen Sie überhaupt nicht wie ein Herr aus!"

Carlos stand auf. Nachdem er sich gewaschen und angekleidet hatte, machte er einen Rundgang durchs Haus. Im Salon rollten gerade zwei Frauen den Teppich zusammen, eine dritte putzte alles, was aus Bronze oder Messing war. Ein gertenschlankes, keckes Mädchen wischte die Türrahmen ab.

Carlos gab Anweisung, den kleinen Koffer von oben aus seinem Zimmer zu holen und ihn in die Eingangshalle zu stellen, bis der Wagen kam.

„Nehmen Sie denn nicht mehr mit? Warum habe ich dann stundenlang Hemden gebügelt?"

Anscheinend war nichts, was er tat, nach dem Geschmack der jungen la Rucha. Mit einer Handbewegung gab er ihr zu verstehen, daß sie sich damit abzufinden habe, und sagte:

„Schick deine Mutter zu mir."

Die alte La Rucha kam aus der Küche und trocknete sich die Hände an der Schürze ab. Carlos gab ihr Geld.

„Macht zwei Zimmer fertig, das von der Señora für die Señorita, und meins für ihren Vater."

„Wie? Wohnen Sie denn ab heute nicht mehr hier?"

„Nein, wahrscheinlich nicht."

Das Blitzen in den Augen der alten La Rucha konnte durchaus ein Zeichen der Freude sein.

„Sie werden uns sehr fehlen, Señor. Wir haben uns so an Sie gewöhnt! Zwei neue Menschen im Haus, und noch dazu aus dem Ausland, jeder mit seinem eigenen Kopf!"

„Ich schicke euch ein Telegramm mit der genauen Ankunftszeit, damit ihr das Essen fertig habt."

„Sie werden schon sehen, Señor, die beiden werden sich die Finger lecken!"

Der Wagen war vorgefahren. Carlos machte noch eine Runde durchs Haus, gab die eine oder andere Anweisung. Unter Doña Marianas Porträt blieb er stehen.

„Sollen wir das Bild in den pazo bringen? Soviel ich weiß, gehört es jetzt Ihnen, Señor."

„Nein, noch nicht. Wir müssen vorher einen Ersatz finden."

„Stimmt. Ohne das Bild würde der Kamin sehr kahl aussehen."

Es war kalt. Carlos ließ die Autofenster hochkurbeln. Er bot dem Fahrer eine Zigarette an. Kaum hatten sie Pueblanueva hinter sich gelassen, fing es an zu regnen.

„Glauben Sie, daß wir den Schnellzug nach Madrid noch erreichen?"

„Ja, Señor, mit ein bißchen Glück schaffen wir es, glaube ich."

2. KAPITEL

Sie nähten in dem großen Zimmer, wo sie auch die Mahlzeiten einnahmen und Freunde empfingen. Ihre Stühle hatten die Näherinnen – es waren vier, manchmal auch fünf – im Halbkreis vor dem Fenster aufgestellt. An sonnigen Vormittagen rückten sie ein bißchen vom Fenster ab, so daß sie sich die Beine und den Schoß wärmen konnten, ohne daß das Sonnenlicht sie blendete.

Pili und Nati sangen die ganze Zeit. Pili merkte sich die neuesten Schlager – sie hatte ein Radio – und brachte sie beim Nähen Nati bei, die kein Radio besaß. Lola und Reme schwiegen meist: Lola dachte an ihren Verlobten, der in Afrika war, und Reme dachte ebenfalls an ihren Verlobten, allerdings an ihren zukünftigen, denn sie hatte noch keinen.

„Schau zu, daß du dir endlich einen Kerl an Land ziehst, Mädchen! Das wird dir guttun."

Im Zimmer nebenan, dessen Fenster ebenfalls auf den Hinterhof ging, wurden die Kleidungsstücke anprobiert. Auf der Bettcouch schlief nachts die Meisterin.

Bevor sie abends gingen, räumten die Näherinnen immer alles weg und verwahrten es in zwei Schränken. Die Stühle stellten sie in die Rumpelkammer. Nun konnte der Bruder der Meisterin ohne weiteres seine Freunde mit nach Hause bringen.

„Der würde nicht schlecht zu dir passen. Gut, er ist fünfzehn Jahre älter als du, aber man kann sich mit ihm sehen lassen."

„Mensch, sei still! Mit der Nase und den Sommersprossen! Außerdem will ich mit Anarchisten nichts zu tun haben."

„Ja, ich weiß, du stehst mehr auf Kerle von der Rechten."

„Und darauf bilde ich mir sogar was ein!"

„Na, du wirst schon sehen, was für eine Schlappe die bei den Wahlen erleiden werden."

Sie unterhielten sich leise. Die Meisterin war einkaufen gegangen, aber sie bewegte sich so immer so lautlos, daß man nie sicher sein konnte.

„Wenn man am wenigsten darauf gefaßt ist, beobachtet sie einen mit ihren pechschwarzen Augen."

„Du willst doch wohl nicht behaupten, daß sie böse ist."

„Nein, aber seltsam ist sie. Und wie!"

„Ich habe gehört, daß einer sie sitzengelassen hat."

Es klingelte. Keines der vier Mädchen blickte von der Arbeit auf.

„Geh du aufmachen, Reme, und seufze im Flur schon mal auf Vorrat! Wir haben schon genug von Lolas Geschmachte."

Reme legte das Nähzeug beiseite und steckte die Nadel in den Kragen ihrer Bluse.

„Ihr behandelt mich, als wäre ich euer Mädchen für alles."

Sie ging hinaus und öffnete. Die anderen hörten sie mit jemandem reden. Gleich darauf war sie zurück.

„Da draußen ist einer, der die Meisterin oder ihren Bruder sprechen will. Wahrscheinlich ein Verwandter."

„Und du hast ihn nicht hereingebeten? Du benimmst dich wirklich wie ein Landei!"

Pili sprang flink auf, und als sie am Spiegel vorbeikam, richtete sie sich rasch noch die Frisur. Reme sagte:

„Und wenn er so alt ist, daß er dein Vater sein könnte?"

„Man kann nie wissen."

Mit wippenden Hüften ging sie den Flur entlang. Der Mann, der an der Tür wartete, war hochgewachsen, ungefähr so groß wie der Bruder der Meisterin. Im Gegenlicht war nicht viel von ihm zu erkennen. Pili mußte ganz nah an ihn herantreten, um feststellen zu können, wie er aussah.

„Die Meisterin kommt gleich. Wenn Sie bitte nähertreten wollen..."

„Gern."

Carlos trat ein und wartete, bis Pili die Tür hinter ihm geschlossen hatte.

„Kommen Sie bitte. Sie haben doch hoffentlich nichts dagegen, bei uns im Zimmer zu warten? Sind Sie ein Cousin von der Meisterin?"

„Ja, sozusagen."

„Entweder ist man einer, oder man ist keiner. Sie sehen ihrem Bruder so ähnlich, und da dachte ich mir..."

Sie wies auf einen Stuhl dicht neben dem Nähkränzchen.

„Bitte setzen Sie sich. Es stört Sie doch nicht, wenn wir singen, nicht wahr? Das tun wir immer."

Carlos lächelte sie an. Sie nahm sich wieder ihre Näharbeit vor. Nati sah sie von der Seite an und lachte.

„Wie häßlich der ist!"

„Man soll nicht voreilig urteilen..."

Pili fing an zu singen, und Reme stach sich in den Finger. Fast hätte der Stoff einen Blutfleck abbekommen.

„Wenn du doch bloß deinen Grips zusammennehmen und besser aufpassen würdest!"

„Sag bloß, du hast dich noch nie gestochen!"

Carlos blätterte in einer Modezeitschrift. Er beugte sich weit vor, damit die Mädchen ihn nicht lächeln sahen.

Im Hof rief jemand:

„Señorita Inés!"

„Die schon wieder!" sagte Nati. „Sie will bestimmt die Bluse abholen."

Pili stand auf und öffnete das Fenster. Sie rief nach unten, die Meisterin sei bald zurück, und an der Bluse müßten nur noch die Knöpfe angenäht werden.

„Ich bringe sie Ihnen gleich nach dem Mittagessen vorbei."

Die Wohnungstür wurde aufgesperrt und gleich wieder geschlossen. Es war Inés, aber sie kam nicht gleich ins Nähzimmer.

„Wir sollten ihr sagen, daß der Herr hier auf sie wartet."

„Sag du es ihr, Reme."

Reme ging hinaus und war schnell wie der Blitz zurück.

„Sie sagt, wir können für heute vormittag Schluß machen. Aber wir sollen nachmittags pünktlich anfangen. Und sie, Señor, möchten bitte hier warten."

Sie räumten ruckzuck alles weg, dann sagten sie eine nach der anderen:

„Auf Wiedersehen, Señor."

„Buenos días."

„Alles Gute."

Draußen im Flur lachten sie gedämpft. Die Frau im Hof rief erneut nach Inés und kurz darauf nach einem Jungen namens Felipe.

„Felipe! Felipe!"

Carlos blätterte noch immer in der Modezeitschrift. Er bemerkte erst, daß Inés ins Zimmer getreten war, als er ihre Stimme vernahm:

„Carlos!"

Beim Aufstehen stieß er den Stuhl um. Verlegen und ein bißchen linkisch stand er da. Inés bückte sich, um den Stuhl aufzuheben. Dann hielt sie ihm die Hand hin. Er nahm sie und ließ sie nicht gleich wieder los. Wortlos sahen sie sich an. Schließlich meinte Carlos lächelnd:

„Tja, da bin ich also ..."

„Ich freue mich sehr, dich wiederzusehen ... Ich freue mich wirklich! Du hast ein bißchen zugenommen."

„Und du bist nicht wiederzuerkennen. Wie hübsch du dich kleidest!"

Inés sah ihn zufrieden an. Sie setzten sich auf die niedrigen Stühle am Fenster. Die Sonne schien ihnen auf die Beine. Wieder rief die Nachbarin nach Inés, aber sie achtete nicht darauf.

„Erzähl mir von Clara und ihrem Laden. Stimmt es, daß es ihr gut geht? Was ist mit unserer Mutter?"

Carlos berichtete ausführlich und beantwortete ihre Fragen. Inés interessierte sich für alles. Mit der Neugier einer Verbannten hörte sie eifrig zu.

„Stimmt es, daß man unser Haus abgerissen hat? Und daß du die Kirche renovieren läßt? Erzähl mir, wie Doña Mariana gestorben ist!"

Clara hatte ihr in ihren Briefen alle Neuigkeiten mitgeteilt, war jedoch nicht ins Detail gegangen.

„Wir möchten gern wissen, was bei euch passiert, obwohl wir nicht vorhaben, jemals zurückzugehen. Nein, wir werden nie zurückkehren, Juan und ich, das verstehst du bestimmt. Ich –"

Sie hob eine Hand und lachte.

„– ich werde bald heiraten. Clara weiß noch nichts."

Juan aß meistens nicht zu Hause. Carlos schlug vor, irgendein Lokal aufzusuchen, aber Inés wollte lieber bleiben: ihre Näherinnen würden bald zurückkommen.

„Wenn du nicht zu anspruchsvoll bist, mache ich uns hier etwas zu essen. Danach können wir uns unterhalten. Noch nie haben wir ungestört und ausgiebig miteinander reden können, stimmt's? Trotzdem kommt es mir vor, als wären wir schon seit einer Ewigkeit miteinander befreundet."

Inés kochte, und Carlos kaufte unterdessen Obst und Wein ein. Es war ein strahlender, aber kalter Vormittag. Die Einkaufstüte in der Hand, ging Carlos bis zur Calle de Rosales. Wie sich seit seiner Studentenzeit alles verändert hatte!

Inés deckte den Tisch. Während sie aßen, erklärte Carlos ihr den Grund seines Kommens. Inés schien sich nicht sonderlich für Germaine zu interessieren.

„Und was treibt Juan so?"

Inés hörte auf zu lächeln.

„Wie soll ich wissen, was Juan treibt? Ich weiß ja nicht einmal, was er will."

„Arbeitet er?"

„Den ganzen Tag, aber er verdient keinen Céntimo. Er kämpft wie immer für Dinge ohne Zukunft."

Ihre Stimme klang bitter, ihre Augen blickten traurig.

„Du hast ihn sehr lieb, stimmt's?"

„Ja, aber ich bin nicht mehr wie früher."

Sie schälte einen Apfel und schnitt ihn in kleine Stücke.

„Wie soll ich es dir erklären? Ich verstehe Clara jetzt besser als mich selbst. Ich habe mir etwas vorgemacht, und Clara hatte oft recht. Jetzt sehe ich die Dinge, wie sie sind, und ich habe Verständnis für Clara."

„Ich habe Juan einmal in Schutz genommen, als Clara ihm Vorwürfe machte."

„Das habe ich oft getan. Vielleicht ahnte ich, daß sie im

Recht war, aber damals ... damals vergötterte ich Juan und hatte etwas gegen Clara – du weißt ja, warum." Carlos nickte. „Wir leben erst seit wenigen Monaten getrennt, aber ich bin nicht mehr wie früher." Die letzten Worte sagte sie mit Nachdruck. „In Pueblanueva hielten Juan und ich zusammen, gegen Clara und alle anderen. Aber jetzt haben wir keine Feinde mehr, niemand kümmert sich um uns, und wir müssen uns nicht zur Wehr setzen. Juan und ich haben uns zwar nicht entzweit, ich habe ihn noch genauso lieb wie früher, aber ich bin nicht mehr blind. Mir ist klargeworden, daß Juan seit Jahren versucht, seine Lebensuntauglichkeit zu vertuschen, um mich davon zu überzeugen, daß er kein Taugenichts ist."

Sie spießte mit der Gabel ein Stückchen Apfel auf und betrachtete es kritisch.

„Wir haben uns diese Wohnung genommen, sie eingerichtet und das restliche Geld geteilt. Die Miete bezahle ich mit meinen Einkünften, und ich kann sogar etwas beiseitelegen, aber Juan verplempert sein Geld, als wollte er es so schnell wie möglich loswerden. Manchmal denke ich daran zurück, was für ein armseliges Leben er in Pueblanueva führen mußte, und dann staune ich. Können ein paar tausend Peseten einen Menschen wirklich so verändern?"

Nachdenklich kaute sie auf dem Apfelstück herum. Sie hatte kleine, regelmäßige Zähne und wie Clara volle, sinnliche Lippen. Das Haar trug sie jetzt kurz und sorgsam frisiert, und sie hatte sich dezent geschminkt. Ihre Fingernägel waren manikürt. Die Bluse betonte diskret ihre Figur und hatte einen V-Ausschnitt, der bis zum Brustansatz reichte.

„Ich mache mir Sorgen um Juan. Er ist selten zu Hause, trifft sich in der Stadt mit seinen Freunden und legt Wert auf gute Kleidung. Was wird er tun, wenn ihm das Geld ausgeht? Wird er sich hier verbarrikadieren, sich selbst und auch mich quälen, allein schon durch seinen Anblick, obwohl er sich über nichts beklagt? Ich weiß nicht, ob du schon einmal erlebt hat, wie weh es tut, jemanden furchtbar lieb zu haben, vor dem man keinen Respekt mehr hat."

Sie legte die Hände auf das Tischtuch und ließ den Kopf sinken, doch dann blickte sie plötzlich auf und sah Carlos aus glühenden Augen durchdringend an. Ein paar schwarze Haarsträhnen waren ihr in die Stirn gefallen.

„Ich bin nicht mehr so resigniert wie früher, verstehst du? Wie gesagt, ich habe mich sehr verändert. Früher war ich sozusagen noch ein Mädchen, aber jetzt bin ich eine richtige Frau geworden. Es gibt eine Menge Dinge, für die es sich zu leben lohnt, und ich sehe nicht ein, weshalb ich Juan zuliebe auf sie verzichten sollte. Noch kann ich Kinder bekommen."

Sie lachte. Carlos sah sie überrascht an.

„Da staunst du, nicht wahr? Ich finde das ganz normal. Ich hatte Scheuklappen vor den Augen, aber irgendwann sind sie mir heruntergefallen."

Sie räumte die Dessertteller weg.

„Hoffentlich nimmt Juan dich nicht zu sehr in Beschlag, um dich herumzuzeigen. Es wäre schön, wenn du ein bißchen Zeit hättest, um meinen Verlobten kennenzulernen. Er weiß schon über dich Bescheid. Wie sollte er auch nicht? Juan redet die ganze Zeit nur von dir. Für Juan bist du das Genie unter den Churruchaos."

Er hatte nachmittags nichts vor. Das Gepäck – den kleinen Koffer – hatte er in einem Café gelassen und sich dann auf die Suche nach dem Haus gemacht, in dem Inés und Juan wohnten. Jetzt galt es, sich um eine Unterkunft zu kümmern. Vergeblich versuchte er, sich an die Namen von ein paar passablen Hotels zu erinnern: Ihm fiel nur ein sehr luxuriöses ein.

Er betrat ein Café an der Puerta del Sol und bestellte einen Cognac. Es waren nicht viele Gäste da, und der Kellner zeigte sich gesprächig. Er schickte ihn zu einem Hotel in der Calle de Echegaray.

Bis dorthin war es nicht weit. Der Himmel hatte sich bezogen, es wehte ein schneidend kalter Wind. Carlos schlug den Kragen seines Regenmantels hoch.

„Ich muß mir einen Mantel kaufen."

Im Hotel reservierte er drei Zimmer: eines ab sofort für sich, die beiden anderen für Germaine und ihren Vater, die tags darauf mit dem ersten Zug aus Paris eintreffen würden.

„Mit Bad?"

„Ja."

Der Hotelangestellte nannte den Preis. Carlos nickte. Es entging ihm nicht, daß der Mann ihn argwöhnisch beäugte.

„Ich bringe nachher mein Gepäck vorbei. Es ist nur ein kleiner Koffer, aber ich habe einen bestimmten Betrag bei mir, den ich gern im Hotelsafe hinterlegen würde."

Der Hotelmensch lächelte ein bißchen liebenswürdiger.

Carlos händigte ihm zweitausend Peseten in bar und einen Scheck über fünfzehntausend aus und erhielt eine Quittung. Dann unterschrieb er das Anmeldeformular für die Polizei.

„Wenn Sie zurück sind, Herr Doktor, wird Ihr Zimmer gerichtet sein, und dann können Sie sich auch die anderen ansehen und entscheiden, ob sie Ihnen recht sind."

Carlos schlenderte ziellos durch die Straßen. Als ihm zu kalt wurde, ging er in ein Warenhaus und kaufte einen Mantel sowie einen Schal. Er gab Auftrag, den Regenmantel in sein Hotel zu schicken. Anschließend wanderte er weiter durch Madrid. Er dachte an Inés und sah dem Wiedersehen mit Juan mit gemischten Gefühlen entgegen.

Gegen sechs holte er den Koffer ab und kehrte ins Hotel zurück. Sein Zimmer war geräumig und hatte zwei Balkons zur Straße. Das Bett war riesig, die Möbel aus Palisander, die Spiegel zahlreich und die Teppiche dick. Germaines Zimmer war kleiner, jedoch luxuriöser.

Carlos wusch und rasierte sich, dann verließ er das Hotel wieder. Es war fast sieben Uhr. Er nahm ein Taxi zur Calle de Altamirano Nr. 33, wo Juan und Inés wohnten. An der Gran Vía kam das Taxi ein paar Minuten lang nicht weiter: eine Handvoll Studenten prügelte sich mit der Bereitschaftspolizei. Es gab viel Gebrüll und Gerenne.

Nebenan, in einem anderen Taxi, diskutierte ein dicker Herr mit dem Fahrer und schimpfte, diese Studenten müßten alle eingelocht werden, und wenn er an der Regierung wäre, würde er schon mit ihnen fertigwerden.

„Und mit denen, die hinter ihnen stecken und sie aufhetzen, auch! Nach Guinea würde ich sie schicken, ohne Pardon, egal ob sie Kommunisten oder Faschisten sind."

Der Taxifahrer war anderer Meinung, und als der Weg wieder frei war, hörte es sich so an, als hätte sich der Krawall ins Innere des Wagens verlegt.

Inés machte ihm auf. Sie hatte sich schon zurechtgemacht und war ausgehfertig. Carlos ging gar nicht erst hinein.

„Juan war kurz hier. Er kommt in ein Café hier in unserem Viertel und freut sich sehr auf dich."

Bis zu dem Lokal war es wirklich nicht weit. Es war groß und schmucklos und hatte viele Spiegel. Inés ging vor Carlos her zu einem Tisch im hinteren Teil des Raumes.

„Hier treffen wir uns oft. Der Kaffee ist nicht besonders, aber die Heizung funktioniert gut."

Sie bestellte heiße Schokolade mit Toast und empfahl Carlos dasselbe. Kaum hatte der Kellner die Bestellung aufgenommen, erschien Paco Gay. Er lächelte ihnen schon von weitem zu, und während er Inés die Hand gab, sagte er zu Carlos:

„Sie sind bestimmt Doktor Deza. Wer sonst könnten Sie sein?"

Er setzte sich neben Inés und schob seinen Arm unter ihren.

„Ich freue mich sehr, Sie kennenzulernen. Man hat mir viel von Ihnen erzählt."

Er ließ Inés' Arm los und zog, ohne aufzustehen, den Mantel aus.

„Juan behauptet, Sie hätten Siegmund Freud gekannt."
„Stimmt."
„Tatsächlich? Haben Sie bei ihm studiert?"
„Nein, nicht direkt, ich bin nur in viele seiner Vorlesungen und Vorträge gegangen und habe mit Schülern von ihm zusammengearbeitet. Dabei bin ich ihm einmal vorgestellt worden, und er hat mir die Hand geschüttelt."

Paco Gay warf einen ehrfürchtigen Blick auf Carlos' rechte Hand.

„Ich gehe bald für eine Zeitlang nach Deutschland."

„Sind Sie Arzt?"

„Nein. Hat Inés Ihnen nichts von mir erzählt? Ich studiere Romanistik, und sobald wir verheiratet sind..."

Sein bisher so heiteres Gesicht verfinsterte sich schlagartig, und er ergriff wieder Inés' Arm.

„Weißt du was? Ich habe heute einen Brief von meiner Mutter bekommen. Sie schreibt, daß sie zu unserer Hochzeit kommt."

„Aber das ist doch normal."

„Ja, aber... wenn sie kommt, dann... dann müssen wir uns kirchlich trauen lassen. Sie wäre furchtbar enttäuscht, wenn sie wüßte, daß..."

Er machte einen ratlosen Eindruck.

„Wissen Sie", erklärte er Carlos, „ich bin Mitglied der Sozialistischen Partei, und wenn wir uns kirchlich trauen lassen, gibt es Probleme. Juan hätte auch etwas dagegen."

„Auf meinen Bruder brauchen wir nicht zu achten."

„Angenommen, er drückt ein Auge zu –"

„– dann brauchst du nur noch deinen anderen Freunden die Lage zu erklären."

„Und was ist, wenn sie mich in die Mangel nehmen?"

Wieder wandte sich Paco an Carlos:

„Meine Mutter ist sechzig Jahre alt und sehr fromm. Sie würde vor Enttäuschung sterben."

„Ihre Mutter ist ein Mensch aus Fleisch und Blut, die Partei hingegen eine anonyme Organisation."

Paco Gay sah ihn groß an.

„Gut gesagt! Darauf wäre ich nie gekommen! Vielleicht haben Sie recht."

„Es kommt natürlich darauf an, was eine anonyme Organisation von ihren Mitgliedern verlangt."

Inés meinte:

„Man braucht es ja nicht an die große Glocke zu hängen

und Prieto oder Largo Caballero zu informieren. Die würden sich sowieso nicht um uns kümmern, sie haben noch nicht einmal unsere Namen gehört."

Paco Gay mußte lachen.

„Stimmt. Sie sind die Bosse und kümmern sich nicht um solchen Kleinkram. Das Problem sind meine Kameraden. Wissen Sie, fünf von uns haben sich um ein Stipendium beworben, und ich habe es bekommen. Die anderen vier sind deswegen wütend auf mich, und zwei von ihnen sind wie ich in der Sozialistischen Partei."

„Das hätten Sie bedenken sollen, bevor Sie der Partei beitraten."

„Glauben Sie, daß ich mir darüber keine Gedanken gemacht habe? Ich habe das Stipendium bekommen, weil ich Sozialist bin, aber vielleicht hätten sie es mir auch gegeben, wenn ich einer Partei der Rechten angehört hätte. Entweder man schließt sich den einen an oder den anderen. Wenn man Karriere machen will, muß man irgendeinem Lager angehören."

Paco Gay hatte Ines' Hand genommen und streichelte sie. Inés schien es nicht zu bemerken, oder sie achtete einfach nicht darauf.

Wenig später kam Juan. Er hatte einen tadellos geschnittenen grauen Anzug aus gutem Stoff an, trug jedoch keine Krawatte. Nachdem er Carlos herzlich umarmt hatte, bestellte er sich ein Bier und nahm neben ihm Platz, so daß er Paco Gay gegenübersaß.

„Das also ist Doktor Deza, ein Gelehrter, der in Pueblanueva del Conde versauert. Er ist nicht nur ein bedeutender Arzt, sondern versteht auch etwas von Kunst und Literatur und ist über alles auf dem laufenden, was auf der Welt passiert. Er benimmt sich wie einer von unseren vielen Dichtern und Malern, Paco, deren Namen du genausogut kennst wie ich und die sich in ihrer Verbitterung aufs Land zurückgezogen haben, um nichts weiter zu tun als zu lamentieren. Unsere Heimat frißt ihre Menschen, weicht sie mit ihrem Dauerregen auf, lähmt ihren Willen. Wer nicht weggeht, dem sind alle Wege verschlossen, er versinkt im Mittelmaß und kann sich nur in den Alkohol flüchten. Du mußt nach Madrid kommen, Carlos! Hier ist alles anders, hier weht einem ein frischer Wind um die Nase. Tag für Tag muß man kämpfen, um sich in seiner Stellung zu behaupten, weil immer zehn andere hinter ihr her sind. Dies ist das Land der Mißgunst und der Vergeßlichkeit. Wenn du nicht aufpaßt, machen dich die anderen fertig, und wenn du nichts auf die Beine stellst, kennt dich morgen niemand mehr. Es ist wie im Krieg."

„Ich ziehe nach Madrid, sobald ich Doña Marianas Nachlaß geregelt habe."

„Wieso kümmerst du dich darum? Doña Marianas Angelegenheiten erledigen sich von selbst – das heißt, da braucht sich überhaupt nichts zu erledigen. Hierzulande wird sich demnächst alles ändern. Bald finden Wahlen statt, und dann kommt es darauf an, Spanien im Sinne des Sozialismus oder des Anarchosyndikalismus neu zu gestalten. Die Frage des privaten Eigentums wird jedenfalls auf die eine oder andere Weise gelöst werden. Verplempere also lieber nicht deine Zeit als Testamentsvollstrecker."

Wieder klopfte er Carlos auf die Schulter.

„Wir brauchen Männer wie dich, Menschen die frei von Vorurteilen sind und beim Aufbau einer neuen Gesellschaft mitwirken können. Dein Platz ist hier bei uns. In Spanien muß alles umgekrempelt werden, und alles wird von hier aus geschehen, von oben. In dieser Hinsicht bin ich mit den Kommunisten einer Meinung. Der Nachteil des Anarchosyndikalismus liegt in seiner regionalen Zersplitterung. Vielleicht brauchen wir erst eine Diktatur der Mitte, bevor an die Schaffung einer wirklich freiheitlichen Ordnung gedacht werden kann. Wenn meine Genossen nicht so dogmatisch wären, hätten sie das längst begriffen! Leider haben sich die Anarchosyndikalisten nicht weiterentwickelt. In dieser Hinsicht ähneln sie den Karlisten, die auch noch mitten im neunzehnten Jahrhundert leben."

Juan sprach mit ruhiger Stimme, legte hin und wieder eine Pause ein und begleitete seine Worte mit kleinen Gesten der rechten Hand, wobei er Daumen und Zeigefinger gegeneinander rieb. Carlos mußte daran denken, wie er in der Taverne von El Cubano zu den Fischern gesprochen hatte. Als Redner hatte er Fortschritte gemacht.

„Du bist ein Träumer, Juan", sagte Paco Gay. „Bei uns wird es noch wer weiß wie viele Jahre eine bürgerliche Gesellschaftsordnung geben. Glaubst du etwa, man könnte die traditionellen Kräfte, also den Klerus, das Militär und die Großgrundbesitzer, einfach so ausschalten? Eine langsame und entbehrungsreiche Entwicklung unter der Führung der Sozialistischen Partei, allerdings –"

„Nein, nein! Wir brauchen eine Revolution. Spanien ist wie ein kranker Körper, der schnellstens operiert werden muß, auch wenn es noch so wehtut. Und was die Sozialisten angeht..."

Er machte eine rhetorische Pause und lachte.

„Der schlimmste Kapitalist in meiner Heimatstadt, ein wirklicher Unterdrücker des Proletariats, ist Mitglied der Sozialistischen Partei. Wie soll ich einem Verein vertrauen, der solche Typen duldet? Carlos kann dir sagen, um wen es sich handelt, aber ich habe dir sicher schon von ihm erzählt. Übrigens, Carlos: Wie geht es meinen Fischern? Ich weiß, daß sie es dir zu verdanken haben, wenn Doña Marianas Boote jetzt praktisch ihnen gehören."

„Sie haben finanzielle Probleme. Ein paar Boote mußten verpfändet werden, aber damit sind die Schwierigkeiten nicht behoben."

„Und Cayetano Salgado mischt bestimmt kräftig mit und sabotiert alles?"

„Nein, Cayetano hält sich völlig raus. Wir haben uns mit ihm arrangiert."

„Wirklich? Du darfst ihm nicht trauen! Wenn er sich in nichts einmischt, dann nur, weil es ihm einstweilen in den Kram paßt. Ich an deiner Stelle würde die Augen offenhalten."

Er legte die Hände aneinander und senkte den Kopf.

„Manchmal mache ich mir Vorwürfe, weil ich sie im Stich gelassen habe. Ich hätte mich nicht mit Cayetano arrangiert, ich hätte bis zum Ende weitergekämpft –"

„– und du hättest verloren", warf Inés ein.

„Mag sein. Vielleicht war es politisch klug, sich mit ihm zu arrangieren. Damit könnte ich meinen Abgang vor mir selbst rechtfertigen. Ich bin zu unnachgiebig, und meine Unnachgiebigkeit hätte einer Handvoll wehrloser Fischer nur geschadet. Menschen wie ich..."

Er sah Carlos flüchtig an, und sein Blick flackerte.

„... können zwar die allgemeinen politischen Zusammenhänge klar erkennen, aber wir scheitern an der konkreten Wirklichkeit. Meine Meinungsverschiedenheiten mit den Anarchosyndikalisten rühren daher. Sie verstehen sich darauf, einen Streik zu inszenieren oder eine Gewerkschaft zu leiten, aber sie begreifen nicht, daß die Möglichkeiten revolutionären Handelns damit nicht erschöpft sind und daß es nicht reicht, ein paar überholten Ideen die Treue zu halten. Der Anarchosyndikalismus muß sich weiterentwickeln, er muß die nicht zu leugnende Existenz des Marxismus und der von ihm angestrebten Revolution anerkennen, die schon vor der Tür steht, ob es uns nun gefällt oder nicht."

Er wies mit dem Finger auf Paco Gay.

„Die Wahrheit liegt auf halbem Weg zwischen eurer und unserer Position. Wenn wir uns einigen und zusammenhalten, können wir die Revolution steuern. Andernfalls..."

Resigniert ließ er die Hand auf den Marmortisch sinken.

„... andernfalls liegt die Zukunft der Revolution im Ungewissen."

Inés und Paco Gay wollten erst essen und dann ins Kino gehen. Sie nahmen sich vor dem Café ein Taxi. Carlos schlenderte mit Juan die Calle de la Princesa hinunter und erklärte ihm den Grund seiner Reise.

„Kennst du Germaine?" fragte Juan.

„Nein, nur ihren Vater. Ich glaube, ich habe dir schon mal von ihm erzählt."

„Ich würde dich morgen gern zum Bahnhof begleiten, aus reiner Neugier. Mein Respekt vor Doña Mariana war, wie du weißt, einer meiner Schwachpunkte. Ob dieses Mädchen es schafft, in Pueblanueva genauso die Stellung zu halten, wie die Alte sie gehalten hat?"

„Du hast vorhin gesagt, daß sich alles von selbst erledigen wird. Was spielt das also noch für eine Rolle? Sobald es soweit ist, wird Germaine nichts anderes übrigbleiben, als nach Frankreich zurückzukehren. Allerdings müßten du und deine Leute ihr genug Geld geben, damit sie die Reise bezahlen kann."

„So schnell und einfach wird das nicht gehen. Ich rede nur so daher, wenn Paco dabei ist, weil er Sozialist ist und von Politik keine Ahnung hat, aber unter uns gesagt sehe ich das alles nicht sehr klar. Bei den nächsten Wahlen werden die Linken gewinnen, daran ist nicht zu rütteln, aber die Linken sind keine homogene politische Gruppierung. Sie reicht vom eher bürgerlichen Lager eines Azaña bis hin zu den Kommunisten der ‚Pasionaria'. Wir, die Anarchosyndikalisten, werden leer ausgehen, genau wie die Faschisten. Die Rechte wird sich wahrscheinlich um Gil Robles sammeln, aber ich glaube nicht, daß Azaña mit der Linken etwas Ähnliches gelingen wird. Das wird an den Kommunisten und an Largo Caballero scheitern. Privatbesitz wird es in diesem Land also noch auf unabsehbare Zeit geben."

„Ich werde Germaine auf jeden Fall behilflich sein müssen, und das wird mich noch ein paar Monate in Pueblanueva festhalten."

„Verstehe. Zugegeben, dort zu leben, ist schön, aber es ist auch frustrierend. Ich will dir nichts vormachen: Manchmal habe ich Heimweh. Für ein paar Becher Wein in der Taverne von El Cubano oder einen Spaziergang zum Kloster würde ich wer weiß was geben."

„Und wie sieht dein Leben hier aus? Schreibst du?"

„Nein, nicht mehr."

Carlos hatte das Gefühl, eine indiskrete Frage gestellt zu haben. Schweigend gingen sie eine Weile nebeneinander her, dann sagte Juan:

„Es ist unmoralisch, sich mit Poesie zu befassen, während

die Menschen um einen herum unterdrückt werden. Das gilt auch für politisch engagierte Dichtung. Neulich hat im Ateneo jemand Alberti verteidigt, weil er Kommunist geworden ist und gesellschaftskritische Gedichte schreibt. Das ist nichts als Augenwischerei. Was macht es für einen Unterschied, ob man die Revolution oder die Rosen besingt? Dies ist keine Zeit für Gedichte, sondern für Taten. Ich habe mich fürs Handeln entschieden."

Wieder verstummte er und sah Carlos an. Aber Carlos ging im selben Tempo weiter und blickte geradeaus. Sein Gesicht war halb vom Schal vermummt.

„Ich arbeite mit ein paar Intellektuellen zusammen, aber auch allein. Ich bin ein Anarchist unter Anarchisten. Von den anderen trennen mich meine abweichenden Ansichten über politische Strategien, aber in den wesentlichen Dingen sind wir uns einig. Ich will nicht bestreiten, daß sie mir vielleicht mißtrauen und mich für einen feinen Pinkel halten, aber gerade ihr Argwohn gewährt mir eine Handlungsfreiheit, die ich sonst wohl nicht hätte. Auch bei Anarchisten gibt es so etwas wie Dogmatik und Orthodoxie. Ein Freischärler wie ich kann sich den Luxus ketzerischer Meinungen erlauben, die in den Kreisen, in denen ich mich bewege, eigentlich zum Einmaleins gehören sollten. Besonders im Ateneo muß man bei Diskussionen mit Studenten eine geistige Beweglichkeit und eine umfassende dialektische Argumentationsweise haben, die mit Dogmen egal welchen Typs unvereinbar wären."

Sie hatten das Ende der Calle de la Princesa erreicht. Carlos blieb stehen.

„Wohin gehen wir jetzt?"

„In ein kleines Lokal ganz in der Nähe."

Juan nahm Carlos' Arm.

„Hier lang."

Sie überquerten die Plaza de España und gingen ein Stück die Gran Vía entlang.

„Dort drüben, am Mostenses-Markt. Du erinnerst dich doch daran, oder?"

Carlos erinnerte sich nur noch vage. Es roch nach Fisch und fauligem Gemüse. Die Straße war von Lastwagen blockiert, die be- und entladen wurden.

In der Kneipe bestellte Juan ihnen etwas zu essen.

„Die Kommunisten haben schon ein paarmal die Fühler nach mir ausgestreckt. Sie brauchen Leute wie mich, verstehst du? Aber ich habe sie abblitzen lassen. Erstens will ich meine Freiheit nicht verlieren, und außerdem habe ich moralische Bedenken. Den Kommunisten sind alle willkommen. Sogar Mönche wie dieser Mensch aus Pueblanueva arbeiten für sie."

„Meinst du etwa Bruder Ossorio?"

„Ja, ich glaube, so nannte er sich früher."

Juan schenkte sich ein Glas Wein ein und nahm einen Schluck.

„Er treibt sich hier irgendwo herum. Ab und zu läuft er mir über den Weg, und ich hätte ihm schon längst die Hölle heißgemacht, wenn er nicht die Kommunisten im Rücken hätte. Er hat sich bei ihnen angebiedert, weil sie ihm Schutz bieten. Das kann mir keiner ausreden."

„Ich habe den Eindruck, daß Inés ihn vergessen hat."

„Wahrscheinlich ist sie ihm im Grunde sogar dankbar. Nach dieser Geschichte hat sie nie wieder vom lieben Gott und all seinen Heiligen gefaselt. Du hast ja selbst gesehen, wie sie jetzt ist: eine starke junge Frau, aufgeschlossen und belastbar, die gut mit dem Leben fertig wird. Einen Sozialisten will sie heiraten! Das ist eine ganz andere Inés als vor einem Jahr."

Der Kellner servierte Calamares.

„Ich habe ihr Ratschläge und Orientierungshilfen gegeben. Sogar ein bißchen Lebensart habe ich ihr beigebracht. Weißt du, sie ist überhaupt nicht schwer von Begriff. Jetzt liest sie Bücher, kann mitreden und ein Gespräch führen. Und was ihre Heiratspläne angeht – nun, die sind auch mein Werk. Ich kann nicht erwarten, geschweige denn mir wünschen, daß sie immer an meiner Seite lebt. Auf die Dauer würde mich das sogar stören. Wie könnte ich mich eines Tages auf direkte politische Aktionen und die damit verbundenen Risiken einlassen, wenn ich wüßte, daß sie zu Hause auf mich wartet und Angst um mich hat? Dafür habe ich sie viel zu lieb, wie du weißt. Paco ist ein netter Kerl, er betet sie an und ist intelligent genug, um Karriere zu machen, aber auch dumm genug, um einen guten Ehemann abzugeben. Bei ihm ist sie in besten Händen."

Er wischte sich mit der Serviette den Mund ab.

„So, jetzt erzähle mir etwas von dir."

Carlos hob die Schultern und blickte ins Leere.

„Ach, ich sehe immer noch den anderen zu, wie sie leben."

Er war gerade mit dem Rasieren fertig, als man ihm meldete, ein Señor Aldán wolle ihn sprechen. Er schob die Gardine beiseite und blickte zum Himmel auf: Die Sonne war noch nicht über den Häuserdächern zu sehen, und graues Licht erfüllte die Straßen.

Juan erwartete ihn in der Halle. Er trug einen dunklen Mantel von guter Qualität und einen schwarzen Hut.

„Wenn du einverstanden bist, frühstücken wir erst einmal. Zeit genug haben wir."

Sie gingen in den Speisesaal. Juan zog den Mantel aus. Er trug eine Krawatte.

„Hast du schon Zeitung gelesen?"

„Nein, noch nicht."

„Es geht los."

Er kommentierte die politische Lage und die Niederlage der Rechten bei den Wahlen. Carlos betrachtete die gedrechselten Verzierungen einer Anrichte aus Palisander. Dem Kellner, der in der Nähe stand, war anzusehen, daß er sich gern in die Unterhaltung eingeschaltet hätte.

„Es gibt eine unbekannte Größe: das Militär."

Nach dem Frühstück nahmen sie sich ein Taxi. Juan bestand darauf, daß er die Fahrt bezahlte. Der Zug aus Irún hatte Verspätung. Als sie den leeren Bahnsteig entlanggingen, blies ihnen die naßkalte Luft ins Gesicht, die vom Manzanares aufstieg. Unvermittelt sagte Juan:

„Du solltest das Mädchen heiraten. Es ist nichts dagegen einzuwenden, wenn ein Intellektueller eine Zweckehe eingeht. Außerdem bin ich mir sicher, daß das ganz im Sinne von Doña Mariana wäre."

„Stimmt, aber sie hat nicht bedacht, daß sowohl Germaine als auch ich unseren eigenen Kopf haben."

„Männer wie du machen oft den Fehler, ledig zu bleiben."

„Deine Schwester Clara denkt so ähnlich."

Die Lokomotive tauchte auf. Carlos und Juan blieben stehen.

„Sag mal, wie willst du sie überhaupt erkennen?"

„Sie sieht Doña Mariana ähnlich. Außerdem wird sie aus dem Schlafwagen steigen, und ich kenne ihren Vater."

„Ach ja, der Vater! Den hatte ich ganz vergessen. Ein alter Versager, stimmt's?"

Der Dampf der Bremsen hüllte sie ein: warme, klebrige Luft. Zwei oder drei Gepäckwagen und mehrere Waggons rollten an ihnen vorbei. Carlos fragte einen Gepäckträger nach dem Schlafwagen.

„Der ist hinten, fast am Zugende."

Sie gingen den Bahnsteig entlang. Der Zug hielt. Carlos' Blick schweifte über die Gesichter an den Fenstern. Juan hielt sich im Hintergrund und tat so, als schaute er nicht hin.

Germaine hatte sich nicht herausgebeugt, aber Carlos entdeckte sie hinter einer Fensterscheibe. Sie trug Trauerkleidung, und unter dem schwarzen Hütchen schauten ein paar rötliche Haarsträhnen hervor. Carlos winkte ihr zu. Sie winkte lächelnd zurück, verschwand im Abteil, kam gleich darauf mit ihrem Vater zurück und zeigte auf Carlos. Gonzalo hob eine Hand, die in einem Handschuh steckte.

„Kümmern Sie sich bitte um das Gepäck der Herrschaften."

Der Gepäckträger verschwand im Zug. Carlos wartete an der Tür. Juan stand ein wenig abseits.

„Komm her! Hast du sie gesehen? Sie ist die –"

„Ja, ich sehe sie. Hübsch, nicht?"

Germaine hüpfte auf den Bahnsteig, ihrem Vater mußte sie

jedoch beim Aussteigen helfen. Er ging mit schleppenden Schritten und hustete.

„Es war verrückt von mir, dich mitzunehmen, Papa", sagte Germaine auf Französisch zu ihm.

Sie streckte Carlos die Hand hin, sah dabei aber Juan an. Carlos machte die beiden miteinander bekannt.

„Was, noch ein Churruchao?" Germaine reichte ihm lachend die Hand. „Kein Zweifel, da ist jeder Irrtum ausgeschlossen."

Sie trug einen dicken Mantel und hielt einen Muff aus Pelz in der Hand.

Ihr Vater sagte:

„Wickel dir gut den Hals ein, meine Tochter, Madrid hat ein rauhes Klima."

„Ja, Papa."

Sie wickelte sich den Schal um den Hals, zog einen Inhalator aus der Handtasche, hielt ihn sich an den Mund und drückte mehrmals auf die Gummibirne: zisch, zisch, zisch!

„Wegen einer Erkältung hat ihre Mutter das verloren, was ihr am meisten bedeutete", erläuterte ihr Vater, „und deshalb mache ich mir natürlich Sorgen um die Stimme meiner Tochter."

„Auch wir müssen aufpassen, das können Sie mir glauben. Die Luft in Madrid ist scharf wie ein Messer."

„Aber Sie müssen wohl nicht so um ihre Kehle besorgt sein wie meine Tochter. Es ist eine wunderbare Kehle, ein wahrer Schatz!"

Er verdrehte die Augen. Germaine ergriff seinen Arm.

„Komm, Papa, wenn wir uns hier um jemanden kümmern müssen, dann um dich. Wollen sie bitte seinen anderen Arm nehmen?"

Sie hatte sich an Juan gewandt, und er beeilte sich, der Aufforderung nachzukommen. Der Gepäckträger hatte unterdessen zwei große Koffer, beide neu, auf den Karren geladen. Carlos ging bis zum Ausgang neben ihm her. Hin und wieder blickte er zurück. Der Abstand zu den anderen vergrößerte sich immer mehr. Juan gestikulierte heftig mit dem freien Arm, und Germaine sah so aus, als amüsierte sie sich.

Sie führten Gonzalo zum Fahrstuhl, und seine Tochter fuhr mit ihm hoch.

„Sie ist ein außergewöhnlicher Mensch", sagte Juan. Er starrte die Spiegeltür aus Palisanderholz an, hinter der der Aufzug entschwunden war. Carlos packte ihn an der Gürtelschnalle seines Mantels und schüttelte ihn.

„Stimmt, aber jetzt ist sie erst einmal davongeschwebt. Komm, wir setzen uns irgendwohin."

„Ich muß gehen."

Doch dann folgte er Carlos trotzdem und nahm neben ihm Platz.

„Ich beneide dich. Ich würde gern mit dir tauschen und deinen Platz einnehmen."

„Du willst für mich den Buhmann spielen?"

Juan sah ihn ernst an.

„Ach was, du wirst ihr Freund werden."

„Das würde ich gern, aber ich habe leider die Pflicht, dafür zu sorgen, daß Doña Marianas letzter Wille respektiert wird, und es wird nicht leicht sein."

„Glaubst du wirklich, daß diese junge Frau fünf Jahre lang in Pueblanueva vor sich hindarben wird? Ihre ganze Karriere wäre ruiniert!"

„Doña Mariana hat nicht bedacht, daß ihre Nichte einen schönen Sopran hat. Wahrscheinlich wußte sie es nicht einmal. Weder Germaine noch ihr Vater sind jemals damit herausgerückt, daß sie im Konservatorium Gesang studiert und Opernsängerin werden will. Ihr Vater hat mich hinters Licht geführt, als er behauptete, sie sei in der Normandie in einem Internat."

„Na gut, aber jetzt weißt du Bescheid."

„Trotzdem, ich kann die Bestimmungen des Testaments nicht ändern."

„Du kannst tun und lassen, was du willst. Niemand wird dagegen protestieren oder dir einen Prozeß anhängen. Deine Pflicht ist es, Germaine beizustehen, nichts weiter. Sie hat eine glänzende Zukunft vor sich. Stell dir vor! Sie darf sich in der Pariser Oper vorstellen und die *Carmen* singen. Du hast es ja selbst gehört."

„Nein, davon weiß ich nichts."

„Natürlich, wie solltest du es auch wissen. Du mußtest auf die Koffer aufpassen, als sie es erzählte. In der Pariser Oper, Carlos! Ihr fehlt nur eines: Geld."

„Ich dachte, dazu braucht man nur eine gute Stimme."

Juan bot ihm eine Zigarette an.

„Nimm die Sache mit dem Testament nicht so ernst, Carlos. Du hast nichts zu gewinnen oder zu verlieren, aber sie . . . Wenn du wüßtest, wie ratlos die Arme ist! Sie findet das Testament der Alten absurd, und noch absurder kommt es ihr vor, daß die Alte alles in deine Hände gelegt hat. Ich habe ihr natürlich klargemacht, daß du der beste Mensch der Welt bist."

Carlos spielte mit der Zigarette, die er nicht angezündet hatte. Er steckte sie sich zwischen die Lippen, nahm sie aber gleich wieder aus dem Mund.

„Das hat sie bestimmt beruhigt, wie?"

Jetzt zündete er die Zigarette doch an. Juan war aufgestanden und zog die Handschuhe an.

„Ich habe jetzt keine Zeit mehr, aber ich komme um elf wieder, um sie abzuholen. Wir wollen zusammen in den Prado gehen. Du hast doch nichts dagegen, daß ich sie dazu eingeladen habe, oder? Komm doch einfach mit."

Er setzte sich den Hut auf und wickelte den Schal um den Hals.

„Denk mal darüber nach: In der Pariser Oper die *Carmen* zu singen muß für sie ungefähr so sein, als würde man dir Freuds Lehrstuhl anbieten."

„Das hat mich nie gereizt, glaube mir."

Carlos ging auf sein Zimmer, ließ sich aufs Bett fallen und zog die Decke über sich. Die Zigarette ließ er auf dem Rand des Nachttischs liegen und vergaß sie. Eine dünne Rauchfahne stieg senkrecht in die Höhe und löste sich in Kringel auf. Nach einer Weile erlosch die Zigarette.

Carlos schloß die Augen. Er war so müde, daß er einschlief. Ein Klopfen an der Tür weckte ihn. Der Page richtete ihm aus, die Señorita warte auf ihn. Er sah auf die Uhr: Es war fast eine Stunde vergangen. Er kämmte sich flüchtig und ging rasch hinunter. Auf der Treppe mußte er umkehren, weil er etwas vergessen hatte.

Germaine trug einen Pelzmantel, der noch ganz neu roch. In der Hand hielt sie einen Hut. Sie war etwa so groß wie Doña Mariana, also nur wenig kleiner als Carlos. Vielleicht hatte sie als kleines Mädchen Sommersprossen gehabt. Das rote Haar fiel ihr bis auf die Schultern, und ihre Nase war leicht gebogen.

Während Carlos die letzten Stufen hinunterging, nahm er ihr Bild in sich auf. Sie lehnte an der Rezeption und unterhielt sich mit dem Hotelangestellten. Als sie Carlos erblickte, lächelte sie ihm entgegen.

„Entschuldigen Sie, ich bin eingeschlafen."

„Wollen wir uns nicht lieber duzen? Ich glaube, das ist in Spanien üblich."

„Danke, gern."

Carlos ließ sich den Scheck geben. Der Hotelangestellte war auffällig um Germaine bemüht. Er erklärte ihr bestimmte Dinge in Madrid. Als sie mit Carlos wegging, grüßte er sie sehr liebenswürdig. Carlos würdigte er nicht einmal eines Blickes.

„Die Bank ist ganz in der Nähe. Wir brauchen kein Taxi zu nehmen."

Es dauerte über eine Viertelstunde, bis man ihnen das Geld endlich auszahlte. Carlos nahm es entgegen und reichte es Germaine.

„Fünfzehntausend Pesten."

„Das ist viel Geld!"

Sie verstaute es in ihrer kleinen Handtasche.

„Es wird reichen, um etwas zum Anziehen zu kaufen. Und ob es reicht! Es wird sogar eine Menge übrigbleiben."

„Etwas zum Anziehen?"

„Ja, ich habe nur das Nötigste mitgebracht."

„Ich weiß nicht, was du unter dem Nötigsten verstehst, aber

ich mache dich darauf aufmerksam, daß Pueblanueva nicht einmal eine richtige Stadt, sondern eher ein großes Dorf ist. Dort brauchst du dich nicht wer weiß wie oft umzuziehen. Zum Nötigsten reichen dort ein paar Sachen."

„Ich dachte, meine gesellschaftliche Stellung würde eine komplette Garderobe erforderlich machen."

Sie verließen die Bank.

„Möchtest du mit mir in ein Café gehen?"

Sie überquerten die Straße. Carlos betrachtete unschlüssig zwei dicht nebeneinanderliegende Cafés und entschied sich schließlich aufs Geratewohl. Sie gingen hinein. Aus einer Ecke drang Juan Aldáns Stimme an ihr Ohr. Er saß mit vier oder fünf Männern an einem Tisch, und sie redeten laut aufeinander ein.

Carlos und Germaine fanden ein ruhiges Plätzchen hinten im Innenhof.

„Wie stellst du dir Pueblanueva vor?"

„Ich weiß nicht. Papa hat mir oft davon erzählt, aber er erinnert sich auch nicht mehr so genau. Er war damals noch ein Kind."

„Und was für eine Vorstellung hast du von deiner Stellung dort?"

„Nach allem, was ich so höre, eine falsche."

„Deine Tante hatte auch eine falsche Vorstellung von dir. Wieso hast du ihr eigentlich verheimlicht, daß du Gesang studierst?"

Germaine wurde rot.

„Es war Papas Idee. Ich bin dafür nicht verantwortlich."

„Dein Vater wußte, daß sie es nicht gern gesehen hätte."

„Ja, aber sie hatte kein Recht, mich daran zu hindern."

„Mag sein. Immerhin hat sie euch –"

Peinlich berührt hielt er inne. Germaine lächelte ihn an.

„Du brauchst nicht weiterzureden. Ja, mein Vater und ich sind die ganzen Jahre über von ihr unterstützt worden. Wir mußten sehr bescheiden leben, verstehst du? Sie war kein großzügiger Mensch."

„Vermutlich hat sie sich immer ein bißchen als dein Vormund gefühlt und deinem Vater nie verziehen, daß er dich von ihr ferngehalten hat. Du warst für sie ihre Erbin, und verständlicherweise wünschte sie sich, daß du ihrem Bild und ihren Vorstellungen entsprichst."

„Wir hatten aber andere Vorstellungen als sie, und deshalb mußten wir sie täuschen."

„Ich bin mir nicht ganz sicher, ob euch das gelungen ist."

Germaine warf ihm einen beunruhigten Blick zu.

„Was willst du damit sagen?"

„Daß die testamentarischen Bestimmungen in Wirklichkeit Vorsichtsmaßnahmen sind."

„Das ganze Testament ist der reinste Wahnsinn."

„Ja, darin sind sich alle einig, und ich selbst teile diese Meinung. Trotzdem, aus Doña Marianas Sicht ist es vernünftig. Sie dachte nicht wie wir, sie glaubte nicht daran, daß das viele Geld uns nützlich sein und helfen könnte, unser Leben in bestimmte Bahnen zu lenken. Für sie war das Schicksal nichts, das man lenken, annehmen oder zurückweisen kann, sondern etwas, das einem auferlegt ist wie eine Pflicht, die erfüllt werden muß. Aus ihrer Sicht habe ich mein eigenes Schicksal verraten, genau wie du, von deinem Vater ganz zu schweigen. Für ihn empfand sie nicht die geringste Achtung. Sie hat ihm nur deinetwillen geholfen."

Germaine saß mit gesenktem Kopf da und rührte in ihrem Kaffee herum.

„Ich glaube, es ist besser, wenn ich ganz offen mit dir rede", fuhr Carlos fort.

„Ich liebe meinen Vater über alles in der Welt."

„Weißt du eigentlich, daß deine Tante einen Sohn hat?"

Germaine ließ den Löffel los, hob ruckartig den Kopf und sah Carlos verblüfft an.

„Einen unehelichen Sohn. Das ist eine alte Geschichte, und ich werde sie dir demnächst erzählen, weil du in Pueblanueva sowieso davon hören wirst. Dieser Sohn lebt irgendwo in Amerika, hat es zu etwas gebracht und braucht kein Geld, glaube ich. Vor ein paar Jahren stellte deine Tante ihn vor die Wahl: Entweder sie erkannte ihn amtlich als ihren unehelichen

Sohn an, mit allen sich daraus ergebenden gesetzlichen Konsequenzen, oder er behielt den Namen seiner Adoptiveltern. Er zog es vor, seine uneheliche Geburt weiterhin zu verheimlichen und ging nach Amerika. Seine Mutter verweigerte ihm zwar nicht ihre Unterstützung, aber von dem Tag an verachtete sie ihn, und ich glaube nicht, daß sie für ihn auch nur die Spur von Zuneigung empfunden hat. Immerhin hat sie ihm testamentarisch einen bestimmten Geldbetrag vermacht."

„Meine Tante war ein Monstrum."

„Nein, sie war einfach nur anders als wir. Gut, sie hat es einem nicht leicht gemacht, sie zu mögen, aber man konnte nicht anders, als sie zu bewundern."

„Mir ist mein Vater lieber. Er ist immer ein schwacher Mensch gewesen, ein Gescheiterter, wenn du willst, aber er hat meine Mutter geliebt, und er liebt mich. Für mich ist er immer Vater und Mutter zugleich gewesen. Im Leben hat er nichts Bedeutsameres vollbracht als uns zu lieben, zuerst meine Mutter, dann mich, aber er war imstande, aus Liebe alle Opfer und Demütigungen auf sich zu nehmen. Zu der Zeit, als ich geboren wurde und meine Mutter starb, bekam er von Doña Mariana noch keinen Céntimo. Ich bin niemals dahintergekommen, was er damals getan hat, um mich aufziehen zu können. Jedesmal wenn ich ihn danach fragte, antwortete er, er habe es vergessen, aber ich vermute, daß es für ihn furchtbare Jahre waren, Jahre, in denen er niedrigste, vielleicht sogar entwürdigende Arbeiten verrichten mußte. Auch später –"

„Ja, ich weiß. Als ich ihn vor einem Jahr besuchte, überraschte ich ihn beim Kochen."

„Damit ist jetzt Schluß. Er ist krank. Wir haben uns ein Hausmädchen nehmen müssen. In Frankreich ist das Luxus. Deshalb brauchen wir mehr Geld."

Germaine vermied es, Carlos anzusehen und spielte geistesabwesend mit ihren Handschuhen.

„Wir haben immer ein ärmliches Leben geführt. Wenn wir nicht weiter wußten, fiel uns Doña Mariana ein, und dann erzählte mir Papa, daß sie in einem Palast lebte und eine Art

Feudalherrin war. ‚Möchtest du, daß wir hier alles aufgeben und zu ihr ziehen?' Manchmal fühlte ich mich so mutlos und ohne Hoffnung, daß ich fast zu ihm gesagt hätte: ‚Ja, komm, wir ziehen zu ihr.' Mein Vater hatte dafür Verständnis, aber um mich zum Durchhalten zu bewegen, erinnerte er mich daran, daß mir Tante Mariana bestimmt nicht gestatten würde, Opernsängerin zu werden. Also biß ich die Zähne zusammen und machte weiter, denn ich wußte, welche Hoffnungen mein Vater in meine Stimme setzte."

„Auch du hast also dein Schicksal nicht frei gewählt, sondern hast einen Weg eingeschlagen, den dein Vater dir vorgab."

„Stimmt, aber es gibt da einen Unterschied: Ich möchte gern Sängerin werden, und ich wäre sehr unglücklich, wenn ich auf dieses Ziel verzichten müßte. Nichts auf der Welt könnte mich dafür entschädigen."

„Das kommt daher, daß dein Vater dir von kleinauf die Liebe zu einer bestimmten Sache eingepflanzt hat. Bei mir ist es ähnlich."

„Was bist du eigentlich von Beruf, Carlos?"

„Eine Art Landarzt."

Sie kehrten zum Hotel zurück. Germaine ging hinauf, um nach ihrem Vater zu sehen. Juan war nicht da. Er saß noch in dem Café, hatte aber Nachricht für sie hinterlassen, daß er sie pünktlich abholen würde. Carlos setzte sich in die Hotelhalle. Auf einem Sofa kauerte eine schwarze Katze. Er beobachtete sie eine Weile. Plötzlich mußte er lachen. Die Katze wandte ihm hoheitsvoll den Kopf zu, sprang vom Sofa und trollte sich seelenruhig.

„Nein, das war nicht Doña Mariana."

Juan erschien in Begleitung eines ziemlich verlotterten Zeitgenossen mit Aktentasche und Regenschirm. Die beiden diskutierten noch ein paar Minuten an der Tür. Carlos bemerkte, wie beredt und mit welchem Nachdruck Juan gestikulierte. Schließlich verabschiedete sich der andere.

Juan setzte sich neben Carlos. Den Mantel zog er nicht aus. Aus den Taschen schaute ein Paar hellbraune Handschuhe hervor. Er zog sie heraus und spielte mit ihnen.

„Hundekalt heute morgen. Wir kriegen bald Schnee."

Er erkundigte sich nach Germaine.

„Sie kommt bestimmt gleich runter."

„Habt ihr schon etwas unternommen?"

„Nein, wir haben uns nur ein bißchen unterhalten."

„Du darfst nicht vergessen, daß hier in Spanien bald die Hölle los sein wird. Es sieht schlecht aus. Der Mann, mit dem ich vorhin geredet habe, ist immer gut unterrichtet. Höchstwahrscheinlich werden die Militärs einen Triumph der Linken nicht hinnehmen. Es wäre unverzeihlich, wenn dieses Mädchen durch deine Schuld mitten in eine Revolution hineingeraten würde."

„Ich halte sie hier nicht fest."

„Gut, aber sie kann nicht mit leeren Händen nach Paris zurückfahren."

„Du weißt genau, daß die Ausfuhr von Devisen verboten ist. Außerdem erinnere ich mich, wie du einmal in meiner Gegenwart über die Bürger geschimpft hast, die ihr Kapital heimlich in die Schweiz schaffen."

„Das ist ein anderes Thema. In Germaines Fall wäre es gerechtfertigt, das Geld in Sicherheit zu bringen. Sie ist keine Fabrikbesitzerin, sie saugt dem Proletariat nicht das Blut aus den Adern, sondern sie ist eine Künstlerin. Die menschliche Gesellschaft ist so idiotisch organisiert, daß Germaine Geld braucht, um sich durchsetzen zu können."

„Und wieso sollte sie sich durchsetzen? Doña Mariana hat sie nicht zu ihrer Erbin gemacht, damit sie in der Pariser Oper singen kann, soviel steht fest. Das Erbe ist an Bedingungen geknüpft: Ich gebe dir dies, und du tust dafür jenes. Wenn du dich weigerst, bekommst du gar nichts. Im übrigen sind Doña Marianas Bedingungen durchaus human. Sie zwingt Germaine nicht, den Kampf gegen Cayetano fortzusetzen oder so ähnlich, sondern sie will nur, daß sie in ihrem Geiste weitermacht und sich an gewisse Grundsätze hält."

Juan sah Carlos durchdringend an.

„Willst du, daß sie genauso scheitert wie wir beide?"

„Das ist nicht mein Problem. Es steht ihr frei, die Erbschaft anzutreten oder sie auszuschlagen. Wenn sie sie jedoch annimmt – kann man dann von ihr nicht auch verlangen, daß sie die Verantwortung für das übernimmt, was sie erbt?"

Juan mußte lachen.

„Ich weiß, daß du nicht grausam und böse bist, Carlos, und ich weiß auch, daß du nicht die Mentalität eines Menschen hast, der zur besitzenden Klasse gehört, aber was du gerade gesagt hast, klang wirklich zu komisch. Man könnte meinen, jemand anderer hätte für dich gesprochen."

„Ja, vielleicht war es Doña Mariana oder ihre Seele, die meine eigene verdrängt hat." Carlos lachte ebenfalls. „Eigentlich sind mir solche Ansichten eher fremd, aber das heißt nicht, daß ich sie nicht gelten lasse. Vor einiger Zeit habe ich sie noch als falsch von mir gewiesen."

Germaine kam die Treppe herunter, den Mantel über dem Arm und den Hut in der Hand. Carlos stand auf. Juan eilte ihr entgegen.

„Papa geht es heute nicht gut. Ich habe zu ihm gesagt, daß er auf jeden Fall das Bett hüten muß."

Sie hakte sich bei den beiden ein, zog sie hinter sich her zum Sofa und nahm zwischen ihnen Platz.

„Tut mir leid, aber wir müssen den Museumsbesuch auf morgen verschieben."

Juan machte ein so betrübtes Gesicht, daß Carlos sich erbot, bei Don Gonzalo zu bleiben.

„Ich habe schon Übung darin, kranken Churruchaos Gesellschaft zu leisten. Ich werde mich um ihn kümmern, und vielleicht langweilt er sich mit mir nicht einmal."

Germaine ergriff seine Hand.

„Das ist sehr liebenswürdig von dir, Carlos, aber ich kann dein Angebot nicht annehmen. Mein Vater kann einem manchmal ganz schön auf die Nerven gehen, und dann muß man schon seine Tochter sein, um ihn zu ertragen. Nein, vielen Dank.

Ich werde die Gelegenheit nutzen, um mich ein bißchen auszuruhen und –" Lächelnd drehte sie sich zu Carlos um. „– nachzudenken."

Sie verabschiedete sich bis zum Nachmittag, eventuell sogar bis zum Abend.

„Morgen geht es meinem Vater bestimmt besser, und dann habe ich für euch ein paar Stunden Zeit, das verspreche ich."

Carlos und Juan begleiteten sie zum Fahrstuhl.

„Und was machen wir jetzt?" fragte Juan, als sie fort war.

„Ich gehe jetzt auf mein Zimmer, und du kannst dich wieder deiner Revolution widmen."

„Willst du nicht mit mir essen gehen?"

„Nein. Du würdest nur die ganze Zeit auf mich einreden und mich zu überzeugen versuchen, daß es das Beste ist, Doña Marianas Besitz an Cayetano zu verkaufen und Germaine das Geld zu geben."

„Ich schwöre dir, daß ich nicht davon anfangen werde."

„Gut, dann gehe ich mit, aber wenn du auch nur ein einziges Mal Germaines Namen sagst, lasse ich dich sitzen."

„Darauf kann ich nicht eingehen. Wieso sollte ich Germaine aus dem Spiel lassen? Gerade über sie will ich doch mit dir reden. Die Erbschaft können wir meinetwegen ausklammern."

„Gefällt sie dir?"

Juan blieb ihm die Antwort schuldig.

Sie gingen zu einem Lokal in der Nähe der Glorieta de Bilbao. An den Tischen saßen fünfzehn bis zwanzig Gäste unterschiedlichster Couleur. Juan erklärte:

„Hier trifft man nur Handwerker oder Intellektuelle. Die Handwerker essen hier für fünf Reales einen Teller Eintopf. Wir Intellektuellen geben ein bißchen mehr aus, weil wir uns mit Eintopf nicht zufriedengeben, aber mehr als drei Peseten muß man nie berappen."

„Und kommt es hier zu Verbrüderungen?"

„Verbrüderungen? Zwischen wem?"

„Zwischen den Handwerkern und euch Intellektuellen."

„Nein."

Der Kellner trat an ihren Tisch. Juan bestellte für sie Suppe und Schweinekoteletts mit Kartoffeln.

„Und Wein. Bring uns einen halben Liter von dem offenen Wein."

Der Kellner wiederholte laut die Bestellung.

„Die spanische Gesellschaft hegt ein tiefverwurzeltes Mißtrauen gegen die Intellektuellen. Sogar unsere derzeitige, von Professoren und Lehrern regierte Republik hat diesen Argwohn nicht ausräumen können, sondern ihn eher noch verstärkt. Auch Arbeiter gehören zur Gesellschaft, ob einem das nun paßt oder nicht."

Er knöpfte die Weste auf. Der Kellner kam und servierte den Wein. Am Tisch nebenan diskutierten zwei Arbeiter über Löhne.

„Was muß sich ein Mensch für Lügen ausdenken, damit die anderen ihm nicht mißtrauen!"

„Vielleicht sollte er einfach die Wahrheit sagen..."

„Nein, nicht in Spanien, da kennst du unser Land schlecht! Wir Intellektuellen sind so unbeliebt, weil wir versuchen, die Wahrheit zu sagen, jeder auf seine Weise. Schon Quevedo mußte deswegen in den Kerker, später auch Jovellanos. Uns fehlt es an Mut und Moral, um für die Wahrheit einzutreten und notfalls für sie zu sterben."

„Gilt das auch für die Anarchisten?"

„Ach, die sterben für die große Lüge, die das ‚Nichts' heißt."

Die beiden Arbeiter brüllten sich jetzt fast an. Jemand rief: „Ein bißchen leiser, bitte!" Einer der Arbeiter antwortete mit einem Schimpfwort, der andere ermahnte ihn, lieber den Mund zu halten.

„So habe ich dich noch nie reden gehört", sagte Carlos zu Juan.

„Das liegt daran, daß mir heute danach ist, frei heraus zu reden, und bei dir kann ich das ohne Risiko tun."

Der Kellner brachte die Suppe. Juan nahm rasch drei oder vier Löffelvoll zu sich, dann ließ er den Löffel im Teller liegen und aß nur noch Brot.

„Jahr für Jahr speist man sich selbst mit allerlei Lügen ab, mit fremden und selbsterfundenen, das ist egal, und nur so hält man durch, doch irgendwann bricht alles zusammen, aber nicht etwa, weil man die Lügen durchschaut und von sich gewiesen hätte, sondern weil ein an und für sich belangloses Ereignis sie plötzlich sinnlos und untauglich erscheinen läßt."

Diesmal hatte er nicht gestikuliert und auch keine rhetorischen Pausen eingelegt. Seine nervösen Finger spielten mit dem, was gerade zur Hand war: mit dem Besteck oder einem Stück Brot.

„Meinst du mit dem belanglosen Ereignis Germaines Ankunft?"

Bevor Juan antwortete, sah er Carlos lange an. Carlos senkte den Blick und aß einen Löffel Suppe.

„Ja."

„Hast du dich in sie verliebt?"

„Nein, aber ich weiß, daß ich mich in sie verlieben würde, wenn ich sie ein halbes Dutzendmal wiedersähe. Gottseidank bin ich aus Pueblanueva weggegangen."

Er trank sein Weinglas halb leer und schob den Teller weg. Die beiden Arbeiter brüllten sich wieder an.

„Ich habe nachgedacht. Nehmen wir einmal an, ich verliebe mich. Ein Mann, der in eine Frau verliebt ist, möchte gern mit ihr zusammenleben, verheiratet oder nicht. Sich verlieben ist ein bißchen mehr als nur der Wunsch, mit einer Frau zu schlafen, glaube ich. Es gibt einem wahrscheinlich das Gefühl, einen Menschen gefunden zu haben, dem man sich so zeigen kann, wie man tatsächlich ist. Auf jeden Fall ist es riskant, sich eine Frau zu suchen und sie dann mit dem Lügengebäude zu konfrontieren, das man sich selbst zurechtgezimmert hat: Das Zusammenleben würde auf die Dauer an der Lüge scheitern. Aber welche Wahrheit hätte ich einer Frau wie Germaine auf die Dauer zu bieten? Die Antwort auf diese Frage ist niederschmetternd."

„Nicht niederschmetternder als die Antwort, die sich andere Männer darauf geben müßten, und diese anderen Männer verlieben sich trotzdem, heiraten und kultivieren ihre Lügen mit Geschick und Ausdauer, manchmal ein ganzes Leben lang. Es gibt Fälle, wo die Frau nicht dahinterkommt, aber meistens kommen die Frauen ihren Männern auf die Schliche, finden sich jedoch damit ab."

„Die Lügen anderer trösten mich nicht darüber hinweg, daß mir etwas so Elementares und Menschliches wie die Liebe zu einer Frau und ein gemeinsames Leben mit ihr versagt sind. Ich bestehe aus lauter Lügen, und das wenige Echte und Wahre an mir ist so kümmerlich und armselig, daß ich es am liebsten vernichten würde, weil es tröstlicher ist weiterzulügen."

Der Kellner brachte die Schweinekoteletts. Er stellte die Teller auf den Tisch und zeigte auf Juans Suppe. Juan hatte sie kaum angerührt.

„Kann ich die abräumen? Sie haben ja kaum davon gegessen!"

„Stimmt."

„Hat sie nicht geschmeckt?"

„Doch, Pepe, keine Sorge, sie ist sehr gut. Ich hatte einfach keinen Appetit darauf."

Carlos nahm mit den Fingern ein Stück Bratkartoffel und steckte es in den Mund. Der Kellner entfernte sich mit den Suppentellern.

„Ich verstehe, warum sich manche Menschen umbringen", fuhr Juan fort. „Sie sind wahrscheinlich von dem Wunsch besessen, sich selbst zu zerstören. Es muß für sie ein lustvolles Erlebnis sein und ihnen als Akt der Gerechtigkeit erscheinen. Gestern abend – "

Er kippte seinen Stuhl nach hinten, so daß er sich mit dem Rücken an die Wand lehnen konnte. Die Arbeiter am Nachbartisch ließen sich vom Kellner ihre Zeche vorrechnen.

„– gestern abend bin ich spät nach Hause gegangen. Trotz der Kälte bin ich bis zum Morgengrauen ganz allein durch die Straßen gelaufen. Anfangs machte ich mir noch etwas vor, aber nur am Anfang, dann setzte sich allmählich die Wahrheit durch, und je klarer ich sah, desto mehr spürte ich, wie ich zu einem anderen Menschen wurde, der mich anklagte, mich beschämte, mir befahl, mich umzubringen. Ich bekam es mit der Angst."

„Du auch?" fragte Carlos.

Juan sah ihn mit vor Verblüffung weit aufgerissenen Augen an.

„Ich kenne diesen Gemütszustand, Juan, und nur weil ich ihn wer weiß wie oft analysiert und seinen Mechanismus verstanden habe, habe ich mich von ihm befreien können. Er ist ein Teil von mir und lauert irgendwo im Verborgenen auf die Gelegenheit, ans Tageslicht zu kommen, um mich zu verhexen und zu terrorisieren. Manchmal kommt es mir so vor, als würde mein ganzes gegenwärtiges Leben von ihm gelenkt und beherrscht. Denn was tue ich schon anderes, als Tag für Tag ein Stück von mir zu zerstören? Bei dir liegen die Dinge anders. Du willst nicht du selbst sein, also legst du dir ein paar Lügen zurecht, die dir in den Kram passen, machst sie dir zu eigen und zerstörst dich auf diese Weise selbst, ohne zu wissen, was du da tust. Würdest du es nämlich wissen, hättest du, vor die Wahrheit über dich selbst gestellt, nicht diese Anwandlungen von Selbstzerstörung. Das ist der Unterschied zwischen uns: Du verspürst in Augenblicken der Aufrichtigkeit den Drang, dich umzubringen, während ich seit langem durchblicke. Mag sein, daß ich das auch einer Frau verdanke, die sich von uns nichts vormachen läßt."

Juan legte den Löffel auf den Tisch.

„Von uns?"

„Ja. Ich rede von deiner Schwester Clara. Ich habe in meinem ganzen Leben noch nie einen so gnadenlos ehrlichen Menschen gekannt. Sie ist wie eine Säure, die jede Lüge zersetzt. Bei ihr gibt es keine Ausflüchte. Sie lebt so mittendrin in ihrer schmerzlichen Wahrheit, daß keine Lüge vor ihr Bestand hat."

Juan nahm das Messer, schnitt ein Stück von dem Kotelett ab und kaute darauf herum. Er sah Carlos hin und wieder an und lächelte.

„Ich dachte, du meinst die Alte."

„Nein, die Alte konnte man hinters Licht führen, weil sie

selber nicht ganz frei von Lügen war. Aber bei Clara ist das unmöglich. Du hast fünfundzwanzig Jahre lang an ihrer Seite gelebt, ohne zu ahnen, daß sie die einzige Person war, der du nichts vormachen konntest."

Juan senkte den Kopf. Er schnitt von dem Kotelett kleine Stücke ab und aß sie schweigend. Carlos mochte die Kartoffeln lieber. Er hatte keine einzige übriggelassen, während das Kotelett unangetastet am Tellerrand lag.

Juan bestellte mehr Wein.

„Bist du in Clara verliebt?"

„Ach, Juan, ich bin noch erschöpfter als du, und für mich hat Liebe etwas mit Frieden zu tun. An Claras Seite würde ich nie zur Ruhe kommen. Friede ist für mich nicht gleichbedeutend mit Wahrheit, sondern mit einer bequemen, in sich schlüssigen Lüge. Ich fühle mich nicht imstande, den Helden zu spielen, und ich bringe nicht einmal den Mut auf herauszufinden, wer ich tatsächlich bin. Das Problem besteht wohl darin, die Selbstzerstörung zu verlangsamen und möglichst sogar zu vergessen, daß man sich selbst zerstört. Es kommt darauf an, all seinen Glauben in etwas Dummes und zugleich Befriedigendes zu investieren, beispielsweise in die Wissenschaft oder den beruflichen Erfolg. An Claras Seite würde mir das nicht gelingen."

Der Kellner brachte noch eine halbe Flasche Wein. Juan schenkte erst Carlos und dann sich selbst ein.

„Was die bequeme Lüge betrifft, bin ich mit dir einer Meinung. Manchmal scheint mir, daß wir Menschen nicht dazu geschaffen sind, die Wahrheit zu ertragen, und daß die anderen genausowenig mit der Wahrheit über sich selbst fertig würden wie ich mit der Wahrheit über mich. Manch einer findet im Leben die Lüge, die zu ihm paßt, und hält sie bis zum Ende aufrecht, aber es gibt auch Menschen mit weniger Glück, die wie ich wissen, daß ihre Lügen kurze Beine haben. Ein Beispiel: Zur Zeit habe ich Geld, weil ich Clara um ein Haus gebracht habe, das ihr rechtmäßiges Eigentum war und auf das weder Inés noch ich einen Anspruch hatten. Zum erstenmal im Leben besitze ich ein paar tausend Peseten. Du kannst dir vielleicht nicht ausmalen, wieviel Leid, Schmerz und Erniedrigung die Armut für mich bedeutete. Du erinnerst dich doch, wie ich in Pueblanueva war, oder? Ich verschanzte mich hinter meiner Strenge, und einmal habe ich Clara geschlagen, weil sie sich von dem Geld, das sie für den Mais bekommen hatte, Strümpfe kaufte. Dabei gehörte der Mais ihr! Ich machte gegen Cayetano Front, aber wußte ich eigentlich, warum? Vielleicht weil er reich und ich arm war? Habe ich etwa als Gerechtigkeitssinn ausgegeben, was nichts weiter als Neid war? Jetzt, wo ich selber Geld habe, denke ich nämlich überhaupt nicht mehr an Cayetano. Geld ist etwas Reales, man kann sich damit Dinge kaufen, aber es gibt einem auch das Gefühl, reich und vor allen Demütigungen der Armut sicher zu sein. Insofern ist es für mich nichts Reales, sondern es verwandelt sich in meinen Händen in eine Lüge, denn was ich mir mit Geld erkaufe, ist nicht real, es ist eine Illusion, die ich brauche und von der nur ich mich täuschen lasse, sonst niemand. Es ist eine Illusion mit begrenzter Dauer. Ich gebe jeden Monat tausend Peseten aus. Mehr brauche ich nicht, um mich reich zu fühlen. Jetzt habe ich noch sechstausend Pesten. Am 30. Juni 1936 werde ich mit leeren Taschen dastehen und mich verabschieden müssen..."

Er brach ab und ballte grimmig die Fäuste.

„Aber wovon werde ich mich verabschieden müssen, Carlos? Vielleicht von..."

Seine Hände öffneten sich, und er machte eine ratlose Geste. Lächelnd sagte er:

„Wer weiß, vielleicht gibt es da einen putschenden General, der umgebracht werden muß, und ich kann mich freiwillig melden."

„Wünschst du dir wirklich, einen putschenden General umzubringen, Juan?"

„Nein."

„Dann wäre also auch eine solche Tat verlogen."

„Ja, das stimmt, aber danach würde man mich umbringen, und ich könnte mit der Hoffnung sterben, daß mein Tod keine Lüge ist."

Carlos drehte sich seelenruhig eine Zigarette, kramte in der Tasche nach den Streichhölzern und zündete eines an. Die Zigarette zwischen den Lippen und das Streichholz in der Hand, sagte er:

„Wer weiß, vielleicht würde ich es sogar schaffen, meinen eigenen Tod zu einer Lüge zu machen."

Don Gonzalo Sarmiento döste in einem Sessel. Er war bis zu den Hüften in eine Decke gewickelt, hatte eine Schirmmütze auf dem Kopf und trug wollene Handschuhe. Sein Kopf war auf die Brust gesunken, und sein Atem ging schwer. Er zog die Luft mit einem dünnen, pfeifenden Geräusch ein, und wenn er ausatmete, drang ein leises Schnarchen aus seiner Kehle. Hin und wieder hustete er, dann wachte er auf und sah zu Germaine hinüber, die am Fenster saß und Papiere durchsah. Sie blickte ab und zu auf, betrachtete ihren Vater und las weiter. Oder sie ging zu ihm, um die Decke hochzuziehen, wenn sie von den Knien des alten Mannes gerutscht war.

Als sie zu Ende gelesen hatte, faltete sie die Dokumente zusammen und schob sie in ihre Handtasche. Draußen wurde es Abend. Der hintere Teil des Zimmers lag schon im Dunkeln. Germaine trat ans Fenster und blickte auf die Straße hinab. Matschige Schneeflocken fielen vom Himmel. Menschen mit Regenschirmen oder hochgeschlagenen Mantelkrägen und gesenkten Köpfen eilten vorbei. Der heftige, böige Wind trieb den Schneeregen immer wieder gegen die Fensterscheiben, an denen das Wasser in dünnen, zittrigen Rinnsalen herablief.

Germaine ging zum Nachttisch, nahm den Telephonhörer ab, bestellte Tee und Gebäck. Dann knipste sie das Licht an. Die Helligkeit weckte Don Gonzalo.

„Wieviel Uhr ist es? Ist es schon spät?"
„Sechs Uhr. Ich habe uns Tee bestellt."
„Aha, sechs Uhr. Sagtest du Tee?"
„Ja."
„Ob man dich richtig verstanden hat?"
„Ja, bestimmt."

Don Gonzalo versuchte aufzustehen. Germaine ging zu ihm, um ihm zu helfen.

„Ich frage ja nur, weil es hier in Spanien nicht üblich ist, Tee zu trinken. Die Leute trinken hier nachmittags Kakao, verstehst du? Das habe ich dir bestimmt schon erzählt. Sie haben sich wahrscheinlich gewundert, daß du Tee haben willst."

Er stand jetzt und sah sich suchend um.

„Papa, wir sind hier in einem Hotel, und man weiß bestimmt, daß Ausländer nachmittags keinen Kakao trinken. Suchst du etwas?"

„Ja, ich suche... hm, ich habe es vergessen... Du hättest es ihnen genau erklären sollen: Tee, wie die Engländer ihn trinken... Jetzt weiß ich wieder, was ich suche..."

Er steuerte mit schlurfenden Schritten auf die Badezimmertür zu.

Germaine ging rasch hin, machte sie auf und schloß sie hinter ihm. Dann schob sie einen kleinen Tisch neben den Sessel, holte sich einen Stuhl und nahm Platz. Sie mußte jedoch gleich wieder aufstehen, weil es an der Tür klopfte. Draußen stand ein Zimmermädchen mit einem Tablett.

„Stellen Sie es bitte auf den Tisch."

„Ist alles so, wie Sie wünschen?"

Germaine begutachtete das Tablett: Toast, Kekse, Konfitüre, Butter.

„Ja, danke."

Das Mädchen ging. Germaine schenkte Tee ein und bestrich ein paar Scheiben Toast. Don Gonzalo kam zurück. Er sagte nichts, sondern aß und trank, was seine Tochter ihm reichte.

„Ich habe mir noch einmal das Testament angesehen", sagte sie.

„Ach ja? Und?"

„Ich finde, wir sollten es einem Anwalt vorlegen. Vielleicht gibt es eine Lösung oder einen Ausweg."

Die Teetasse in einer Hand, blickte Don Gonzalo aus trüben, bläulichen Augen zu ihr auf.

„Einem Anwalt? Ja, warum nicht. Und dann?"

Germaine biß in einen Keks. Sie sah ihren Vater zärtlich an.

„Ein Anwalt kann uns sagen, ob wir in dieser Angelegenheit etwas unternehmen können. Es muß ein Anwalt von hier ein, einer aus Madrid, und wir sollten ihn konsultieren, ohne daß Carlos davon erfährt."

„Wieso?"

„Ach, Papa, das ist doch klar! Carlos ist unser Feind."

Don Gonzalo streckte den Arm aus und stellte die Tasse auf den Tisch.

„Carlos scheint ein netter Kerl zu sein. Außerdem ist er ein echter Churruchao, genau wie der andere."

Er zögerte.

„Wie heißt er doch gleich, der andere?"

„Aldán. Juan Aldán."

„Richtig, Aldán. Sein Vater war ein Graf. Er sieht sehr gut aus, er hat das Gesicht eines Churruchao. Siehst du? Du wolltest mir nicht glauben, als ich dir erzählte, daß wir eine Sippe sind, eine richtige Sippe. Seit fünf Jahrhunderten sind alle Churruchaos so wie wir, und auch deine Tante war so."

Germaine stand auf.

„Papa, vergiß nicht, daß wir hierher gekommen sind, um eine Erbschaft anzutreten. Wir werden reich sein, und ich kann in der Pariser Oper singen, wann ich Lust habe! Wir werden alles haben, wovon wir immer geträumt haben, aber vorher müssen wir dieses Testament annullieren lassen."

Don Gonzalo hob die Hand.

„O ja, wir müssen so leben, wie es sich für unsereins gehört, das habe ich dir immer wieder gesagt. Auch du bist eine Churruchao, man braucht dich nur anzusehen. Seit deinem zwölften Lebensjahr gab es daran keinen Zweifel... Vorher warst du noch zu klein, aber ab dem zwölften Lebensjahr bist du in die Höhe geschossen. Die Concierge sagte immer zu mir: ‚Monsieur, das Mädchen wird genauso groß wie sie.' Wir waren damals arm, aber damit ist jetzt Schluß. Das Haus deiner Tante ist ein richtiger Palast, ich habe dir davon erzählt. Ihr Vater war sehr reich. Wir werden es dort sehr schön haben."

Germaine setzte sich auf die Armlehne seines Sessels und streichelte ihn.

„Nein, Papa, wir werden dort nicht wohnen. Genau das dürfen wir nicht tun, verstehst du? Wir werden ein Haus in einer Gegend haben, wo es schön warm und sonnig ist, ein Haus mit einer Terrasse für dich. Aber es wird kein Palast sein. Erinnerst du dich? Wir haben immer von einem schönen kleinen Haus geträumt, das zu einer Sängerin paßt, in das ich mich nach meinen Tourneen zurückziehen kann und in dem du auf mich wartest."

Sie nahm Don Gonzalos Hände und sah ihm in die Augen.

„Hör zu, Papa, dieser Juan Aldán hat auf mich einen guten Eindruck gemacht. Ich glaube, ich bin ihm sympathisch, und ich werde ihn bitten, mich heimlich zu einem guten Anwalt zu bringen, damit er das Testament unter die Lupe nimmt. Heimlich, verstehst du? Carlos darf es nicht erfahren. Ich bin mir sicher, daß Juan das für mich tun wird. Ich habe Geld, um den Anwalt zu bezahlen. Carlos hat mir welches gegeben."

Don Gonzalo war zu Bett gegangen und schlief schon halb. Juan stand am Fußende des Bettes und blätterte im Telephonbuch.

„Er ist ein bedeutender Anwalt und war mit meinem Vater befreundet, obwohl mein Vater sich am Ende von den Monarchisten abgewandt hat. Hoffentlich erinnert er sich an ihn."

Er nahm den Hörer ab und meldete ein Gespräch an. Germaine stellte sich neben ihn. Juan nannte den Namen des Anwalts und fügte rasch hinzu:

„Ich bin der Sohn von Graf Bañobre. Der Herr Rechtsanwalt erinnert sich bestimmt an ihn."

Er mußte eine Weile warten. Germaine lächelte ihn an, und einen Moment lang wünschte er, daß ihm niemand antwortete und sie immer weiter so lächelte. Da knackte es am anderen Ende der Leitung, und eine Stimme sagte: „Señor Aldán?" Germaine hörte auf zu lächeln.

„Ja, ich bin es, Juan Aldán, der Sohn von Don Remigio. Erinnern Sie sich an meinen Vater? Ich würde Sie gern wegen einer rechtlichen Angelegenheit aufsuchen. Es geht um ein Testament."

Germaine hörte eine ferne, metallische Stimme. Juan nickte mehrmals und sagte „Ja, ja", manchmal auch respektvoll „Ja, Señor" oder fast gerührt „Danke!". Zwischendurch sah er Germaine mit einer gewissen Genugtuung an, als wäre kein anderer als er in der Lage gewesen, das Gespräch zustandezubringen.

„Ja, wir werden pünktlich sein." Er legte auf. „Morgen um vier in seiner Kanzlei. Wir erzählen Carlos irgendeine Ausrede."

Germaine streckte die Hand aus und legte sie auf Juans Arm.

„Du bist ein Schatz! Am liebsten würde ich mit mir jetzt irgendwo hingehen, ins Theater oder so, aber ich bin zu müde. Verzeih."

Sacht zog sie die Hand weg. Juan meinte, das mache nichts, auch er sei müde.

Der berühmte Anwalt, Mitglied der Illustren Anwaltskammer von Madrid, las die Abschrift des Testaments im Schein einer Lampe, deren Schirm die Form einer altertümlichen Petroleumlampe hatte. Beim Lesen strich er mit der Hand zärtlich über eine silbern gerahmte, mit einer Widmung versehene Photographie des entthronten Königs. Er las mit halblauter Stimme und leierte den Text herunter wie ein altvertrautes Gebet. Der riesige Schreibtisch aus Eiche oder Kastanie war mit Schriftstücken, Gesetzbüchern und Gegenständen aus Bronze und Silber übersät: einer Schreibgarnitur, einer kleinen Don Quijote-Figur, Brieföffnern, Bleistiften, Füllfederhaltern. Der berühmte Anwalt hatte einen weißen, sorgsam gestutzten Bart im Stil der Parlamentsmitglieder des Ancien Régime. Er war dunkel gekleidet. Germaine beobachtete aufmerksam jede seiner Gesten, sie sah, wie sich seine Augen hinter den Brillengläsern bewegten und wie er mal nickte, mal den Kopf schüttelte. Juan Aldán, der etwas abseits saß, betrachtete die gedrechselten Beine des Tisches. Sie waren nicht nur gedrechselt, sondern wiesen auch geschnitzte Darstellungen von Kriegern und Kentauren auf, die sich an den Gesimsen der Sitzmöbel, des Sekretärs und der Bücherschränke wiederholten. Die Wände waren mit einer roten Damasttapete bespannt, und auf dem Boden lag ein roter Teppich, dick und üppig, in dem die Füße einsanken. Alles war solide, teuer, prunkvoll.

Der berühmte Anwalt hob den Kopf.

„War diese Dame sehr wohlhabend?"

Germaine antwortete „Ja" und gab die Frage mit den Augen an Juan weiter. Juan erklärte:

„Altes Geld, sehr sicher angelegt. Was die Aktien der Salgado-Werft wert sind, wüßte ich nicht zu sagen, aber die Fischerboote können mit mindestens einer halben Million Peseten veranschlagt werden. Außerdem sind da Immobilien – ausgedehnte Ländereien, mehrere Bauernhäuser und das Herrenhaus, das bestimmt sehr viel wert ist, wahrscheinlich eine halbe Million, ohne die Einrichtung, die sehr kostbar ist: alte Möbel, Silber, Gemälde – Sie verstehen schon. Sicherlich gibt es auch ein Bankguthaben."

Der berühmte Anwalt faltete das Testament zusammen und reichte es Germaine, dann nahm er die Brille ab und legte sie auf den Tisch.

„In meinem ganzen Leben habe ich noch nie einen so hieb- und stichfesten Unfug gesehen. Dieser Text ist eine juristische Meisterleistung. Kein Anwalt der Welt kann ihn annullieren lassen."

Er nahm die Brille und machte sich daran, sie mit einem Tuch zu putzen.

„Diese Doña Mariana muß nicht ganz bei Verstand gewesen sein, oder sie war –"

Er sah Germaine durchdringend an, und seine Augen waren wie glühende Stecknadelköpfe.

„Sind Sie ledig?"

„Ja."

„Nun, dann möchte ich wetten, daß die Señora mit ihrem Testament alles so einrichten wollte, daß Sie und dieser Señor Deza am Ende heiraten."

„Aber das ist ja absurd!" entfuhr es Germaine.
Der Anwalt lächelte.
„Ja, auf den ersten Blick ist dieses Testament absurd, doch wenn man meine Hypothese gelten läßt, sieht alles ganz anders aus, will mir scheinen."
Germaine saß mit gesenktem Kopf da. Sie starrte ihre Handschuhe und ihre Handtasche an. Der Anwalt stand auf und ging um den Schreibtisch herum. Sein Jackett war offen, und unter der weißen Weste wölbte sich sein dicker Bauch.
„Gibt es keinen Ausweg?" fragte Germaine.
„Wenn Sie wollen, daß Ihnen das gesamte Erbe ohne Einschränkungen und Bedingungen ausgehändigt wird, können Sie das nur über diesen Señor Deza erreichen. Er kann schalten und walten, ohne jemandem Rechenschaft schuldig zu sein. Es gibt keine Ansprüche Dritter."
„Und was mit dem geheimen Nachtrag?"
Der Anwalt kratzte sich am Kopf.
„Wie wollen Sie bei dem launischen Charakter, den die Erblasserin gehabt haben muß, wissen, was da drinsteht? Sie kann Sie genausogut zur Universalerbin erklärt haben, was das Naheliegendste wäre, weil es keine näheren Verwandten gibt, oder alles einem Kloster vermacht haben."
„Nein, das scheidet aus", fiel Juan ihm ins Wort. „Doña Mariana hatte mit der Kirche nicht viel im Sinn."
„Egal, mein Rat lautet, daß Sie sich mit Señor Deza arrangieren sollten. Nur im äußersten Fall sollten Sie die Eröffnung des Nachtrags beantragen, wirklich nur im äußersten Fall. Und bloß keine Prozesse! Die hätten Sie von vornherein verloren."
Der berühmte Anwalt, Mitglied der Illustren Anwaltskammer von Madrid, wünschte Germaine viel Glück und kassierte von ihr für die Rechtsberatung eingedenk seiner einstigen Freundschaft mit dem Grafen Bañobre, „diesem Wirrkopf", lediglich zweihundertfünfzig Peseten.
„Sie, lieber Señor Aldán, sind doch wohl kein Republikaner, nicht wahr? Sie machen doch hoffentlich nicht denselben Fehler wie Ihr Vater?"

„Nein, ich bin kein Republikaner."

Der Anwalt brachte sie zur Tür und rief ihnen den Fahrstuhl. Bevor er ihnen die Hand gab, steckte er die zweihundertfünfzig Peseten in die Tasche.

„Wie gesagt, Señorita: Alles hängt von Ihrer Geschicklichkeit und Überzeugungskraft ab. Am einfachsten wäre es natürlich, wenn sich dieser Señor Deza als ein hübscher Bursche entpuppt und Sie ihn heiraten..."

Bis sie vor dem Portal standen, sagten sie kein einziges Wort. Juan schlug vor, ein Café aufzusuchen, denn es regnete und war noch früh am Abend. Die Kanzlei des Anwalts befand sich jedoch in der Calle de Serrano, und Juan kannte sich in dem Viertel nicht aus. Also nahmen sie ein Taxi und fuhren ins Zentrum zurück. Germaine war in sich gekehrt, sie hatte die Hände vor der Brust gefaltet und starrte mit gesenktem Kopf geistesabwesend vor sich hin. Juan betrachtete sie in dem dämmerigen Taxi hingerissen, aber sie schien seine bewundernden Blicke nicht zu bemerken.

„Am besten fahren wir bis zur Gran Vía weiter. Hier, in den Cafés an der Calle de Alcalá, riskieren wir, Carlos über den Weg zu laufen."

Er betrat mit ihr eine ruhige Bar in einer Seitenstraße. Die Tische waren niedrig, die Sessel bequem. Die wenigen Gäste unterhielten sich mit gedämpfter Stimme, und von irgendwoher kam leise Musik. Es war warm. Germaine zog den Mantel aus, inhalierte ein paarmal und bestellte einen Kaffee. Juan fragte, ob sie aus Angst vor einer Erkältung inhalierte, und sie antwortete, ihre Mutter habe wegen eines Katarrhs ihre Stimme verloren.

„Ich mache mir große Sorgen. Es steht zu befürchten, daß Carlos nichts von einem Arrangement wissen will, und wenn es stimmt, daß er mich heiraten möchte...!"

Juan beobachtete sie verstohlen; aufmerksam studierte er ihre Mimik und die Gesten ihrer Hände.

„Nein, das hat Carlos wohl nicht vor. Außerdem –"

Er beugte sich vor und sagte leise:

„Ich kann doch mit deiner Verschwiegenheit rechnen, oder?

Carlos ist in eine ziemlich ernste Geschichte verwickelt. Gleich nach seiner Ankunft in Pueblanueva hat er sich mit einer Frau aus dem Volk eingelassen. Es ist eine von diesen peinlichen Affären, aus der man nicht so leicht herauskommt. Wie gesagt, ich rechne mit deiner Verschwiegenheit..."

Germaine drehte ihm abrupt den Kopf zu.

„Ist Carlos reich?"

„Nein. Er hat ein schönes, aber sehr verwahrlostes Haus und ein paar Ländereien, die nicht soviel abwerfen, daß er davon leben könnte."

„Wußte meine Tante von der Affäre mit dieser Frau?"

Juan zögerte.

„Keine Ahnung. Wohl kaum. Deine Tante war in solchen Dingen sehr eigen. Wenn sie es gewußt hätte, hätte sie Carlos bestimmt nicht so vertraut."

Germaine nahm Juans Hand und drückte sie fest.

„Ich bin völlig durcheinander und weiß nicht, was ich tun soll, Juan. Glaubst du, Carlos wird von mir verlangen, fünf Jahre lang in Pueblanueva zu leben? Hältst du es für möglich, daß er nicht begreift, welchen Schaden er damit anrichten würde oder daß er sogar darauf besteht, obwohl es ihm klar ist?"

Sie zog Juans Hand an ihre Brust. Juan erschauerte, und es dauerte ein paar Sekunden, bis er antwortete.

„Meiner Meinung nach solltest du Forderungen stellen und nicht von ihnen abweichen. Natürlich kennt niemand Carlos' wahre Absichten, aber –"

Er stockte.

Germaine nahm seine Hand von ihrer Brust, ließ sie jedoch nicht los.

„– aber als letzte Möglichkeit gibt es immer eine gütliche Einigung, ich meine, daß er dich mit Geld abfindet. Es muß eine Menge da sein."

„Ich will alles haben, nicht nur das Geld: das Haus, die Möbel, die Ländereien. Ich will alles mitnehmen, was ich kann, und den Rest verkaufen."

Sie hatte das voller Leidenschaft und Inbrunst gesagt und

dabei Juans Hand freigegeben. Er ließ sie noch eine Weile in ihrem Schoß liegen, dann zog er sie langsam weg.

„Ich brauche alles! Und ich will nichts zurücklassen, verstehst du? Ich will nie wieder nach Spanien kommen und in Spanien auch nichts haben, das mir gehört und um das sich niemand kümmert."

„Klar. Du fühlst dich bestimmt als Französin."

„Nein, das nicht. Ich bin keine Französin geworden, und weder ich noch Papa haben in Frankreich unser Glück gefunden. Ich möchte mit ihm nach Italien ziehen, ein sonniges Haus und ein Stück Land kaufen, wo er in aller Ruhe auf seinen Tod warten kann." Sie preßte die Lippen zusammen und sah Juan entschlossen an. „Er hat soviel für mich getan, daß ich zumindest dies für ihn tun möchte. Das ist mir fast wichtiger als meine Karriere. Aber um dieses Ziel zu erreichen, brauche ich eine Menge Geld." Ihre großen, hellen Augen weiteten sich, und Juan fühlte sich von diesem Blick umfangen, liebkost.

„Ja, es tut weh, sich dies eingestehen zu müssen, aber wir leben in einer ungerechten Gesellschaftsordnung, in der sich ein begabter Mensch ohne Geld nicht durchsetzen kann."

„Oh, ich würde mich auch ohne durchsetzen! Ich könnte genauso weiterkämpfen wie bisher, und ich bin mir sicher, daß ich am Ende triumphieren würde. Aber es geht um Papa. Er hat ein bißchen Glück und Ruhe verdient. Zugegeben, das Geld würde mir natürlich bei meiner Karriere helfen."

Sie lächelte, und in ihre Augen trat ein freudiger Ausdruck. Juan freute sich nicht: Ihre Augen sahen ihn nicht an.

„Diese Idee mit Italien war schon immer ein Wunschtraum meines Vaters. Wäre meine Mutter nicht gestorben..."

Sie wurde traurig, und dieser Gemütszustand übertrug sich auf Juan, der plötzlich auch traurig dreinblickte.

„Papa ist sehr alt, ihm bleibt nicht mehr viel Zeit. Ich habe Angst, daß er sterben könnte, ohne jemals richtig glücklich gewesen zu sein, verstehst du? Deshalb habe ich es eilig. Es geht um Tage! Ich persönlich mache mir nichts aus Geld. Nach Papas Tod könnte ich ohne weiteres in Armut weiterleben, weil ich mir sicher bin, daß ich eines Tages aus der Armut herauskommen werde."

Juan gab sich einen Ruck und fragte:

„Und was hast du nach dem Tod deines Vaters vor? Eine Sängerin kann nicht ohne Mann in der Welt herumreisen. Sie muß nicht unbedingt einen Ehemann haben, aber zumindest einen Sekretär oder eine Vertrauensperson, jemanden, der verläßlich und ihr ergeben ist..."

Wieder sah Germaine ihn aus so großen Augen an, daß er seine eigenen verwirrt und mit flatternden Lidern halb schloß.

„Du meinst, jemanden wie dich?"

„Nein, ich dachte nicht unbedingt an mich. Wie könnte ich so vermessen sein?"

Germaine nahm seine Hand.

„Warum nicht, Juan? Du bist ein guter Mensch, aber du darfst nicht wegen meiner Karriere auf deine eigene verzichten. Das wäre ungerecht."

Er lachte kurz und voll Bitterkeit.

„Meine Karriere? Weißt du, woraus in Spanien die Karriere eines Intellektuellen besteht? Aus Leid, Rückschlägen, Verbitterung und Not. Wenn man Glück hat, wird man nach dem Tod berühmt. Spanien ist nicht Frankreich."

„Du darfst den Mut nicht verlieren! Du darfst nicht aufgeben! Glaubst du etwa, du hast größere Sorgen als ich? Wenn du wüßtest!"

Sie drückte Juans Hand fest und ließ sie los.

„Du bist ein wertvoller Mensch, und ich wünsche dir viel Glück, aber falls das Glück dich im Stich läßt und ich jemanden wie dich an meiner Seite brauchen könnte, werde ich mich an dich erinnern. Ich werde mich voll Freude und Vertrauen an dich wenden, weil du der erste Mann bist, der sich mir gegenüber so anständig verhalten hat."

„Hoffen wir, daß auch Carlos sich anständig verhält. Übrigens –"

Er warf einen Blick auf die Uhr.

„Er wartet wohl schon auf uns."

„Wir sollten nicht zusammen zurückkommen."
Germaine lachte.
„Wir betrügen ihn", sagte sie.
Juan stand auf und zog Geld aus der Tasche.
„Ich verteidige dich gegen ihn, und wenn man in der Defensive ist, sind alle Tricks erlaubt." Er half Germaine in den Mantel. „Ich nehme ein Taxi, dann bin ich vor dir da. Mach einen Bummel, kauf dir etwas, wenn du Lust hast, und komm eine Viertelstunde später nach. Hast du Geld?"
„O ja! Carlos hat mir welches gegeben."
Sie traten auf die Straße. Es regnete noch immer. Passanten eilten vorbei. Germaine spannte den Schirm auf. Juan nahm ihren Arm und begleitete sie bis zur Gran Vía.
„Hör zu, wahrscheinlich werden wir keine Gelegenheit mehr zu einem Gespräch unter vier Augen haben. Ich möchte dir etwas erzählen... Ich habe zwei Schwestern. Eine lebt hier mit mir in Madrid, die andere in Pueblanueva. Du wirst sie bestimmt kennenlernen und dich wundern, daß ich so eine Schwester habe. Sie ist keine üble Person, aber aus Gründen, die ich dir hier nicht in aller Kürze auseinandersetzen kann, hat sie eine andere Erziehung erhalten als du und ich. Nimm ihr also ihre ruppige Art nicht übel. Meine andere Schwester, Inés, konnte ich dir diesmal nicht vorstellen, aber du wirst sie bei deinem nächsten Aufenthalt in Madrid kennenlernen, und sie wird dir gefallen. Sie ist eine Frau mit Charakter und sehr schön. Bis ich dir begegnet bin, war sie für mich die perfekteste Frau der Welt. Sie wird bald einen Professor der Literaturgeschichte heiraten. Es wäre schön, wenn ihr euch anfreunden würdet."
Ein Mann mit einem Regenschirm rempelte sie an und entschuldigte sich.
„Es wird bestimmt nicht leicht sein, das Geld nach Frankreich zu schaffen. Ich glaube, daß ich dir dabei helfen könnte. Hebe meine Visitenkarte gut auf und schreibe mir, bevor du das nächste Mal herkommst, oder wenn du Probleme hast. Es braucht dir nicht peinlich zu sein. Notfalls fahre ich nach Pueblanueva und rede mit Carlos."

Sie hatte sich bei ihm eingehakt und warf ihm einen dankbaren Blick zu.

„Im Grunde ist Carlos ein willenloser Mensch und hat jemandem, der bessere Argumente hat, nicht viel entgegenzusetzen. Mir gegenüber ist er ... tja, wie soll ich sagen –"

„Glaubst du, daß er –?"

„Ja, aber ich möchte mich nur in allerletzter Instanz einschalten. Wir sind Freunde, und wenn er sich auf die Hinterbeine stellt, müßte ich vielleicht mit ihm brechen."

Er entzog Germaine seinen Arm.

„Ich nehme dieses Taxi. Wie gesagt, komm in einer Viertelstunde nach."

Das Taxi hielt am Straßenrand. Germaine gab Juan die Hand, und er drückte sie kräftig. Als der Wagen anfuhr, hob Germaine einen Arm und schickte ihm ein dankbares, komplizenhaftes Lächeln hinterher. Während das Taxi durch die Straßen schaukelte, saß Juan mit geschossenen Augen da, und erst am Ende der Fahrt machte er sie wieder auf. Beim Bezahlen war sein Blick geistesabwesend in die Ferne gerichtet.

„Ihr Wechselgeld, Señor!"

„Behalten Sie es."

Carlos saß in der Hotelhalle, neben sich einen Stapel Bücher, und blätterte in einem Band. Er erzählte Juan, daß er den ganzen Vormittag in Büchereien herumgestöbert hatte.

„Ich bin in meinem Fach allmählich ein bißchen hintendran. Dabei mache ich erst seit einem Jahr Pause, aber du siehst ja: lauter Neuerscheinungen, die ich nicht kenne! Ich hätte noch wer weiß wieviele Werke kaufen können."

Er packte die Bücher wieder ein und beauftragte einen Pagen, sie auf sein Zimmer zu bringen.

„Germaine hat heute morgen das Hotel verlassen und ist noch nicht zurück."

„Sie wird sich doch nicht verlaufen haben?"

„Das wäre ja gelacht! Sie macht bestimmt einen Einkaufsbummel. Vergiß nicht, daß wir heute nachmittag abreisen."

Juan setzte sich neben ihn und rauchte eine Zigarette.

„Schade, daß ihr nicht länger bleibt. Ich habe mich in der kurzen Zeit wieder richtig an dich gewöhnt."

„Du willst wohl sagen, daß du Germaine –"

Juan machte eine Geste, die Carlos noch nicht an ihm kannte. Sie gehörte offenbar zu seiner neuen Körpersprache: Er zog leicht die Schultern ein, hob ein wenig die Arme, öffnete die Hände und schnippte zu guter Letzt mit den Fingern.

„Ja, das auch, warum nicht? Sie ist ein Mensch, mit dem ich gern befreundet wäre, aber es ist gut, daß sie wegfährt, weil ich nämlich spüre, daß sie mir gefährlich werden könnte. Ich habe dir ja schon gesagt, daß ich –"

„Ja."

„Kann man es mir verdenken? Weißt du, es hat mich richtig gerührt, wie hingebungsvoll sie ihren Vater liebt. Sie will nichts für sich, all ihr Denken und Trachten dreht sich nur um ihren Vater. Ich habe den Eindruck, daß sie ihm ihre Jugend opfert, und obwohl das eigentlich schrecklich ist, ist es doch auch rührend."

Carlos sah ihn überrascht an.

„Stimmt, aber das ist kein Einzelfall."

„Kein Einzelfall?"

„Nicht in unserer Familie. Ich wäre noch jahrelang bei Doña Mariana geblieben, und deine Schwester Clara ist wegen eurer Mutter an Pueblanueva gefesselt. Germaine weiß immerhin, daß ihr Vater ihr dankbar ist, aber Clara . . ."

Er klopfte Juan aufs Knie.

„Entschuldige, daß ich etwas zur Sprache gebracht habe, das dir wehtut, aber ich glaube, daß auch Clara Respekt verdient. Was sie ertragen muß, ist genauso ungerecht und bewegend."

Durch die Glastür erblickten sie Germaine. Sie stand mit dem Rücken zu ihnen und sagte etwas zu dem Mann an der Rezeption. Juan eilte zu ihr. Carlos stand in aller Ruhe auf und wartete ab.

3. KAPITEL

Sie kamen kurz nach Mittag in einem Leihwagen an, den sie sich in La Coruña genommen hatten. Die beiden Ruchas waren telegraphisch benachrichtigt worden und verbreiteten die Neuigkeit beim Krämer, Metzger und Fischhändler. Der Telegrammbote hatte sich sowieso schon in einer Kneipe verplaudert, und die alte La Rucha erzählte herum, was für ein Essen sie aufzutischen gedachte. Die junge La Rucha trug unter der Schürze Germaines Porträtphoto mit sich herum und zeigte es jedem, der es sehen wollte. Don Baldomero erfuhr die Nachricht von seinem Apothekergehilfen und grübelte eine Stunde darüber nach, ob er Carlos willkommen heißen sollte oder nicht. Clara wurde von einer Kundin eingeweiht: „Heute kommt Ihre französische Cousine an." Sie machte ein nachdenkliches Gesicht und antwortete nicht gleich. Schließlich sagte sie: „Mir soll es recht sein, aber sie ist nicht meine Cousine. Ich bin mit ihr nicht einmal entfernt verwandt."

Zur Werft wurde die Neuigkeit telephonisch übermittelt, und Martínez Couto nahm sie entgegen. Da er es für geraten hielt, Cayetano zu verständigen, begab er sich zu dessen Büro, traf ihn jedoch nicht an. Deshalb suchte er ihn bei den Arbeitern und fand ihn schließlich in den Docks. Es regnete. Cayetano hatte sich einen Regenmantel übergezogen. Martínez Couto, weder durch Mantel noch Schirm geschützt, rannte auf ihn zu.

„Ist was passiert?"

Martínez Couto duckte sich unter den Rumpf des Schiffes, das gerade gebaut wurde.

„Ja, Señor, ich habe soeben erfahren, daß die Nichte der Alten heute ankommt, und da habe ich mir gedacht –"

„Was geht mich das an, Sie Schwachkopf? Wegen so einem Blödsinn rennen Sie von der Arbeit weg?"

Martínez Couto sah ihn perplex an. Er murmelte „Entschuldigung, ich hatte gedacht..." und rannte zurück. Im Büro erzählte er, der Chef habe schlechte Laune und sei überhaupt ganz anders als sonst.

Um fünf Minuten nach zwölf versammelten sich die

Stammgäste des Casinos um den tresillo-Tisch. Niemand hatte Lust auf eine Partie. Don Baldomero traf ein wenig verspätet ein. Bisher war kein Wort über Germaine gefallen.

Der Kinobesitzer sagte zu ihm:

„Sie sind doch mit Don Carlos befreundet. Was wissen Sie über die Französin?"

Don Baldomero nahm wortlos Platz.

„Ich weiß nichts. Wieso sollte ich etwas wissen?"

„Weil Sie und Don Carlos gute Freunde sind..."

Cubeiro hatte ein Glas Wein und Miesmuscheln bestellt. Er tunkte Brotstücke in die Soße. Jetzt blickte er auf und zwinkerte Don Baldomero zu.

„Ich verstehe Don Carlos. Er will sie bestimmt vor einer Gefahr schützen. Für die Frauen sind Sie nämlich eine Gefahr, Don Baldomero!"

„Scheren Sie sich zum Teufel!"

„Na, na, regen Sie sich nicht so auf! Ich habe doch nichts Schlimmes gesagt. Im Grunde würden wir doch alle gern den Weibern gefährlich werden."

„Die Gefahr besteht wohl eher darin", meinte Don Lino, „daß der Friede gestört wird, den wir hier seit dem Tod der Alten genossen haben."

„Haben Sie neulich nicht selbst gesagt, daß mit dem Kommen der Französin diese Flaute hoffentlich zu Ende ist?"

„Jeder kann sich mal irren."

„Nun, ich kann Ihnen sagen, was passieren wird." Cubeiro schob den Teller mit den leeren Muscheln von sich und gab dem Burschen ein Zeichen, mehr Wein zu bringen. „Don Carlos wird der jungen Dame den Hof machen und versuchen, sie zu heiraten."

„Und ich versichere Ihnen, daß Don Carlos bald von hier weggeht", hielt Don Baldomero dagegen. „Er hat es mir tausendmal gesagt."

„Mensch, seien Sie nicht naiv! Wenn sie so hübsch ist, wie behauptet wird – wird sich Don Carlos dann so eine Gelegenheit durch die Lappen gehen lassen? Nicht einmal, wenn sie häßlich wäre! Sie hat eine Menge Geld geerbt, und er hat nicht gerade viel."

„Von mir aus kann Don Carlos tun, was er will. Er allein schafft es nicht, hier ein großes Schlamassel anzurichten. Aber wie wird sich Cayetano verhalten?"

„Wieso? Glauben Sie, Cayetano führt etwas im Schilde, Don Lino?"

„Wenn Sie ein bißchen Grips im Kopf hätten, würden Sie von selbst draufkommen. Für Cayetano ist es fast schon Ehrensache, in dieser Angelegenheit etwas zu unternehmen."

„Aber was?" Don Baldomero wurde allmählich ärgerlich.

„Ich versuche, mich in ihn hineinzuversetzen, und Sie können sich denken, wie schwer mir das fällt. Ich stelle nämlich meine Pflichten als Bürger über meinen Eigennutz. Wenn Sie mich fragen, wird Cayetano es als Ehrensache betrachten, dieses Mädchen ins Bett zu kriegen."

„Cayetano gibt schon seit längerer Zeit Ruhe", schaltete sich Cubeiro ein. „Seit die Alte tot ist, macht er kaum mehr von sich reden. Wer weiß, vielleicht –"

Don Lino schlug auf den Tisch.

„Machen Sie sich doch nichts vor, Cubeiro! Was würden Sie von Cayetano denken, wenn er sich diesen Leckerbissen entgehen läßt?"

„Hier darf man nicht laut sagen, was man über den mächtigsten Mann der Stadt denkt. Es gibt Petzer."

„Mir kann niemand den Mund verbieten, und ich bekomme mein Gehalt nicht von Cayetano, sondern von der Regierung der Republik. Deshalb kann ich frei heraus sagen, was ich denke. Also, wenn Cayetano sich nicht an sie herantrauen sollte –"

„– oder sie ihn abblitzen läßt –"

„– dann wäre er für mich einfach nur jemand, der sein ganzes Pulver mit Bauernmädchen verschießt, die er mit ein paar Geschenken rumkriegt, oder mit ein paar Dummchen, die er mit falschen Versprechungen einwickelt. Jawohl, das würde ich dann über ihn denken."

Der Richter, der neben Don Baldomero saß, hatte bisher geschwiegen. Jetzt streckte er den Arm aus und klopfte auf den Tisch.

„Moment mal! Sie haben einen Präzedenzfall übersehen. Don Jaime war kein Frauenheld wie Cayetano, aber er hat der Alten trotzdem ein Kind gemacht. Für Cayetano ist es, wie Don Lino soeben gesagt hat, eine Ehrensache, mit seinem Vater gleichzuziehen. Wenn er sich davor drückt, würde ich ehrlich gesagt den Respekt vor ihm verlieren und die ganze Stadt wäre enttäuscht. Statt hier Stammtischgespräche zu führen, meine Herren, sollten Sie sich lieber für die öffentliche Meinung interessieren, dann wüßten Sie nämlich, was alle erwarten, hoffen und glauben: daß Cayetano die Beute so gut wie sicher ist. Ich teile die Meinung der Leute."

„Nehmen wir einmal an", sagte Don Baldomero, „er heiratet sie. Warum sollte man ihm nicht zutrauen, daß er sich einmal so benimmt, wie es sich gehört? Eine Hochzeit nach den Gesetzen Gottes und der Republik: mit Pfarrer und Standesbeamtem..."

„Richtig! Das wäre das Beste, das passieren könnte. Endlich wäre Schluß mit der Rivalität. Es wäre nicht das erstemal, daß ein Streit im Bett beigelegt wird. Sogar in der Politik ist das so. Hätte Isabel II. den Grafen von Montemolín geheiratet, wären Sie heute kein Karlist."

Cubeiro gab dem Richter einen Klaps auf die Schulter.

„Herr Richter, Sie sind ein Einfaltspinsel. Für mich liegen die Dinge nicht so einfach. Don Carlos ist auch noch da, und niemand von uns weiß, was für Karten er im Ärmel hat. Jedenfalls glaube ich nicht, daß er sich die Französin so ohne weiteres wegschnappen läßt."

„Don Carlos", sagte Don Lino, „ist ein Träumer. Ich halte schon lange nichts mehr von ihm. Wie viele andere in dieser Stadt tut er nichts anderes als reden, wenn auch ein bißchen klüger als die anderen. Noch so ein geschwätziger Kaffeehausspanier!"

„Stimmt, er ist ein Träumer, aber er hat Cayetano die

Geliebte ausgespannt, und Cayetano hat die bittere Pille schlukken müssen."

„Dafür haben Sie keine Beweise."

„Haha! Das ist so sicher wie ein Hauptgewinn in der Lotterie, wenn man ihn erst einmal hat."

„Wo wir schon bei der Lotterie sind", sagte Don Baldomero, „ich habe läuten gehört, daß die Regierung der Republik mogeln will."

„Eine Regierung der Rechten, wohlgemerkt! Eine Regierung, die diese Republik usurpiert hat und alles tut, um sie zu entehren! Ja, Sie haben recht: Morgen wird gemogelt, und übermorgen erheben wir Spanier uns gegen diese schamlose Gaunerbande."

Cubeiro klopfte mit seinem Glas auf den mit grünem Tuch bespannten Tisch.

„Immer schön der Reihe nach! Mir ist es schnurzegal, ob bei der Lotterie gemogelt wird, weil ich nicht spiele. Hier geht es um etwas ganz anderes. Die Lotterie wird keinen von uns reich machen, aber was sich zwischen Cayetano und der Französin abspielen wird, ist von großer Tragweite. Stellen wir uns einmal vor, alles läuft gut, und die beiden heiraten. Wie die Familienväter, Ehemänner und Verlobten dann aufatmen werden! Man glaubt nämlich, daß Cayetano, wenn er erst einmal verheiratet ist –"

Die Tür ging auf, und der Arzt kam hereingestürzt. Er blieb vor dem Spieltisch stehen, holte tief Luft und sagte:

„Und Sie sitzen hier seelenruhig herum?"

„Was ist los? Ist jemand gestorben?"

Der Arzt wischte sich den Schweiß von der Stirn.

„Die Französin. Die Französin ist da! Mein Gott, was für eine Frau! Was unsereins zu Hause hat, ist dagegen der reinste Dreck – entschuldigen Sie die Ausdrucksweise!"

Er ließ sich auf den Stuhl sinken, den man ihm hinschob.

„Eine Frau, wie es sich gehört, schlank und trotzdem schön rund, vornehm und keine von diesen Kühen, wie wir sie hier haben."

„Die Alte war auch schlank."

„Richtig, sie ist wie die Alte, allerdings in einer schöneren Ausgabe. Sie ist hochgewachsen, wiegt sich in den Hüften und wackelt beim Gehen mit dem Hintern. Sie ist eine Frau wie eine von diesen kleinen Porzellanfiguren. Und wie sie sich kleidet! Klar, sie kommt ja aus Paris."

„Wir sind uns hier alle einig, daß sie uns nicht interessiert."

„Wie die Trauben, die zu hoch hängen?"

„Wir überlassen sie Cayetano."

„Sie ist übrigens nicht allein gekommen. Der Herr in ihrer Begleitung muß ihr Vater sein, weil er wie ein Churruchao aussieht. Also –"

„Hat sich ein Don Juan jemals von einem Vater stören lassen? Die Anwesenheit des Vaters steigert höchstens den Appetit. Außerdem: Kommt Zeit, kommt Rat..."

„Wie hat sie sich bei ihrer Ankunft verhalten? Hat sie das Volk begrüßt?"

„Die Leute standen dicht an dicht. Sie stieg aus dem Auto, als wäre es die größte Selbstverständlichkeit, half ihrem Vater, reichte ihm den Arm und verschwand mit ihm im Haus. Als Don Carlos die vielen Menschen sah, mußte er lachen."

„Don Carlos lacht dauernd."

„Das ist sein gutes Recht, oder?"

„Schon, aber ich fange allmählich an, mich zu ärgern, weil er von oben herab lacht, verstehen Sie, und der einzige, der hier wirklich oben ist, lacht nie." Don Lino unterstrich seine Worte mit einer energischen Geste.

„Mensch, nun übertreiben Sie mal nicht! Manchmal lacht er auch."

„Aber dann muß man sich besonders vorsehen. Nein, wer von oben herab lacht, lacht andere Leute aus, und ich lasse mich von niemandem auslachen."

Als Cayetano eintrat, war er tatsächlich ernst.

„Keine Partie heute?"

„Wir haben uns unterhalten."

„Über die Französin, das sage ich Ihnen auf den Kopf zu."

„Sie ist das Thema des Tages."

Cayetano setzte sich, nahm die Baskenmütze ab und legte sie auf den Tisch.

„Sie haben es verdient, bis in alle Ewigkeit ein Sklavendasein zu führen. Wie Sklaven denken Sie nur ans Essen und ans Vergnügen. Um den Rest soll sich der Herr kümmern. Aber der Herr hat bald die Schnauze voll."

Cubeiro zog eine Zigarette heraus und warf sie so auf den grünen Tisch, daß sie vor Cayetano liegen blieb.

„Ich glaube, es gibt keinen Grund, uns so auszuschimpfen. Wir sind so wie immer. Was erwarten Sie noch von uns? Wir haben unser ganzes Vertrauen in Sie gesetzt, und dafür müssen Sie uns sagen, wo es lang geht. Irgendeinen Vorteil muß das Sklavendasein doch haben!"

Cayetano schlug die Zigarette aus und zog seine Pfeife hervor.

„Wissen Sie eigentlich, daß dieser Stadt Not und Elend drohen?"

„Sie meinen doch nicht wegen der Fischerei?"

„Diese Stadt lebt nicht vom Fischfang, sondern von der Werft. Dank der Werft haben Sie alle etwas zu essen."

„Außer mir", protestierte Don Lino. „Ich bin Beamter der Republik."

„Eine schöne Republik ist das! Den Leuten, die am Ruder sind, ist es herzlich egal, ob eine ganze Stadt am Hungertuch nagt."

Er wollte die Pfeife anzünden, aber das Feuerzeug funktionierte nicht. Drei Streichholzschachteln fielen vor ihm auf den Tisch. Der Richter hielt ihm sein brennendes Feuerzeug hin.

„Danke."

Cayetano zog zwei- oder dreimal an der Pfeife. Er machte ein ernstes Gesicht und runzelte die Stirn. Cubeiro gab Don Lino ein Zeichen, und der fing seinerseits einen beunruhigten Blick des Richters auf. An Don Baldomeros Stirn war eine Ader angeschwollen, und er wandte den Blick, der auf den Spielmarken geruht hatte, mit einem Ruck Cayetano zu.

„Die Regionalbanken wollen mir keinen Kredit mehr geben, mir, dem ehrlichsten und wohlhabendsten Unternehmer der Provinz, in dessen Firma nie ein Wechsel zu Protest gegangen oder eine Zahlung versäumt worden ist! Sie haben zu mir gesagt: Wenn Sie Geld haben, dann arbeiten Sie doch damit, und wenn Sie keins haben, machen Sie ihren Laden eben dicht. Von uns kriegen Sie jedenfalls keinen Céntimo."

„Aber Sie sind doch reich!" sagte Don Baldomero mit einem Beben in der Stimme.

„Das ist relativ. Ein moderner Industrieller schafft keine Rücklagen, sondern investiert die Gewinne, um zu expandieren. Klar, ich habe Geld, aber ich kann damit nicht einmal die Betriebskosten von sechs Monaten decken. Dafür gibt es Banken. Aber anscheinend wollen die Banken mich ruinieren und gegenüber den Gewerkschaften diskreditieren. Dahinter steckt ein Wahlkampfmanöver. Angeblich sollen ja bald Wahlen stattfinden..."

„Nach den Wahlen könnte manches anders werden", meinte Don Lino, dem man anhörte, wie bestürzt er war. „Das gegenwärtige Bankensystem kann sich auf Dauer nicht halten. Sie wissen ja, es gibt gut durchdachte Projekte zur Verstaatlichung der Banken, und bis es soweit ist, wird die Regierung intervenieren müssen. Es gibt Abgeordnete, die diese Mißstände mit Freuden im Parlament anprangern werden, und es mangelt nicht an einsichtigen Bankiers, die gute Republikaner sind."

„Mag sein, daß es nicht an ihnen mangelt und daß sich manches verändern wird..."

In Cayetanos Stimme lag keine Überheblichkeit. Er drehte sich zu Don Lino um und sprach mit ihm zum erstenmal wie mit einem Ebenbürtigen. Don Lino freute sich darüber so sehr, daß er Cayetano ein paarmal freundschaftlich mit der Hand auf die Schulter klopfte.

„Wer will das bezweifeln? Aber vom Parlament erhoffe ich mir nichts. Wenn wir diese Bande, die uns regiert, nicht davonjagen, wird es uns übel ergehen. Dann werde ich die Werft verkaufen müssen."

Fünf bestürzte Gesichter beugten sich über den Tisch; fünf fragende Gesichter.

„Verkaufen? Sagten Sie verkaufen?"

„Ja, Sie haben richtig gehört. Man hat mir einen Krieg auf Leben und Tod erklärt, und wissen Sie, warum? Weil ich mich gegen eine Einmischung von außen gewehrt habe. Der Arbeitgeberverband von Vigo hat versucht, mich an die Kandare zu nehmen. Ich gäbe ein schlechtes Beispiel ab, weil ich meine Arbeiter besser bezahle als die anderen. Don Carlos Deza kann es bezeugen. Sie brauchen ihn nur zu fragen."

„Was interessiert mich jetzt Don Carlos Deza! Oder diese Französin..."

„Die Französin, meine Herren, hätte zu einem anderen Zeitpunkt für viel Spaß sorgen können. Wer weiß, vielleicht hätte sogar ich meinen Spaß mit ihr gehabt. Aber so, wie die Dinge jetzt liegen..."

Er verstummte. Alle hatten eine ernste Miene aufgesetzt. Ein Päckchen Zigaretten wurde herumgereicht.

„Falls wir etwas für Sie tun können...", sagte, nein säuselte Cubeiro fast.

„Sie? Die Zukunft der Stadt wäre gesichert, wenn sie in Händen von Männern wie Ihnen liegen würde!"

Er schob den Stuhl zurück und stand auf.

„Ich wollte, daß Sie Bescheid wissen, und ich möchte, daß alle es erfahren."

„Aber... wird es Entlassungen geben?"

„Nein, vorerst nicht. Ich werde das Schlimmste solange verhindern, wie ich kann, aber vielleicht brauche ich eines Tages die Unterstützung von Ihnen allen."

Er wandte sich Don Lino zu. Der Lehrer erschauerte unmerklich.

„Auch Sie werde ich brauchen können, Don Lino. Auf Sie wartet eine besondere Aufgabe. Wenn wir die Wahlen gewinnen, werden Sie Abgeordneter. Aber wenn wir sie verlieren –"

Er setzte die Baskenmütze auf.

„– wird Pueblanueva eben wieder ein Fischerdorf. Sie

werden schon sehen, wie gut es Ihnen dann geht! Ich gebe das Heft aus der Hand und überlasse der Französin das Kommando."

Sie brachten Don Gonzalo gleich nach ihrer Ankunft zu Bett. Er hatte sich auf der Reise erkältet, hustete und fieberte. La Rucha machte im Kamin ein Feuer und legte Wärmflaschen ins Bett, sie holte mehr Decken und brachte Doña Marianas schwarze Stola mit, damit Don Gonzalo sie sich bis zum Essen umlegte. Germaine servierte ihm die Mahlzeiten und half ihm beim Essen: Sie schnitt das Fleisch in kleine Stücke, schälte das Obst und prüfte, ob der Kaffee süß genug war. Vater und Tochter unterhielten sich auf französisch. Carlos stand abseits, hörte schweigend zu und wartete ab.

„Er wird jetzt schlafen", sagte Germaine. „und wir können selbst essen."

Die junge La Rucha hatte sich mächtig herausgeputzt: Ihr Haar war noch krauser, der Busen noch spitzer, das gestärkte Häubchen noch makelloser als sonst. Beim Servieren erlaubte sie sich keinen Patzer. Carlos lobte sie. Germaine war hinausgegangen, um nachzusehen, ob ihr Vater schlief. La Rucha fragte:

„Glauben Sie, daß die Señorita mich mitnimmt?"
„Mitnimmt? Wohin denn?"
„Nach Paris. Wenn sie wieder zurückfährt."

Don Gonzalo war eingeschlafen. La Rucha brachte den Kaffee. Germaine wies den Cognac zurück, den Carlos ihr eingeschenkt hatte.

„Ich darf keinen Alkohol trinken. Das ist nicht gut für meine Stimme."

Sie hatte sich an den Kamin gesetzt. Über den Holzscheiten züngelten längliche Flammen. Carlos stand mit der Kaffeetasse in der Hand reglos da und betrachtete ihre Beine. Sie erzählte ihm von Paris und ihrer Karriere: Sie habe das Konservatorium absolviert, wolle jedoch bei einem berühmten Professor einen Meisterkurs machen, um ihre Stimme zu perfektionieren. (Es folgten ein paar Fachausdrücke, die Carlos mit dem Gesichtsausdruck absoluten Unverständnisses quittierte.) Außerdem besitze jener Professor den Schlüssel zur Pariser Oper.

„Er verlangt viel Geld, soviel, daß er für mich eigentlich unerschwinglich ist, und er mag keine Mauerblümchen, die bei ihm in abgeänderten Kleidern aus zweiter Hand erscheinen. Für ihn ist eine gute Verpackung genauso wichtig wie eine gute Stimme, und eine Einladung zu Ente à l'Orange im Tour d'Argent ist die beste Art, sich ihm zu empfehlen. Andererseits hat er etwas gegen vornehme Namen. Hoffentlich ist ihm ‚Germana de Sarmiento' genehm."

„Germana?"

„Ja, in Frankreich klingt das nicht so abgeschmackt wie hier. Ich trete dort unter meinem spanischen Namen auf."

„Und warum de Sarmiento?"

„Weil es in Frankreich vorteilhaft ist, zumindest in den Kreisen, in denen ich mich bewege."

„Klar, die große Welt. Sie muß auf dich große Anziehungskraft ausüben."

„Ich muß dazugehören. Arme Leute gehen nicht in die Oper."

Germaines schlanke, gepflegte Hände bewegten sich beim Kaffeetrinken mit verhaltener Geschicklichkeit, mit leicht antiquierter Eleganz. Carlos malte sich aus, wie Gonzalo Sarmiento seine Tochter von klein auf in die Geheimnisse des guten Benimms eingeweiht hatte. Diese Art, sich zu bewegen, hätte Doña Mariana gefallen: Sie stammte aus ihrer Zeit – wie die Oper.

Carlos fragte:

„Soll ich dir jetzt das Haus zeigen oder willst du es lieber allein erkunden?"

Germaine lachte.

„Spukt es hier?"

„Nein. Ich weiß, das gehört sich eigentlich so in einem Palast, aber deine Tante glaubte nun einmal nicht an Geister."

„Na gut, dann führ du mich herum."

Carlos ging mit ihr in den Salon. Die Fensterläden waren offen. Germaine wies lachend auf die Gemälde.

„Sagtest du nicht, es gibt hier keine Gespenster?"

„Zumindest nicht die üblichen."

Er nahm ihren Arm und stellte sich mit ihr unter Doña Marianas Porträt.

„So sah deine Tante als Dreißigjährige aus."

„Das Bild gehört jetzt dir, nicht wahr?"

„Ja, es ist meines."

Germaine betrachtete es kurz.

„Sie war hübsch."

„Mehr sagt dir das Bild nicht?"

„Nun, sie trägt ein schönes Kleid und ein Kollier..."

„Das Kleid und das Kollier sind noch da."

Germaine zuckte zusammen. Ihre Augen glänzten, und sie ballte die Hände.

„Das Kollier gibt es noch? Und es gehört mir?"

Carlos antwortete nicht. Er ging in eine Ecke des Raums, hängte ein Gemälde ab und öffnete den Safe. Germaine war ihm gefolgt. Voller Ungeduld sah sie zu, wie Carlos' Hände sich an dem Zahlenschloß zu schaffen machten. Als sich die dunkle Öffnung des Panzerschranks endlich vor ihr auftat, holte sie tief Luft. Carlos legte ihr einen Arm um die Schulter und zog sie näher heran.

„Sieh mal!"

Er griff mit der Rechten hinein, nahm die Schatulle heraus, klappte sie auf und hielt sie ihr hin.

„Da, leg es um."

Germaine streckte zitternd die Hand aus und griff entschlossen zu. Carlos hielt die leere Schatulle.

„Gibst du es... Ist es für mich?"

„Leg es um."

Germaine lief zu einem Spiegel. Ihre Hand umschloß fest das Kollier.

„Knipst du bitte das Licht an? Ich sehe kaum etwas."

„Deine Tante verabscheute elektrisches Licht."

Germaine hielt sich das Kollier an. Carlos machte hinten den Verschluß zu.

„Wenn ich damit *La Traviata* singe!"

Sie drehte sich zu ihm um.

„Ist es echt?"

„Ja. Es sind Smaragde in einer alten Fassung."

„Macht nichts. Für *La Traviata* ist sie gut genug... Das Kollier ist wunderbar! Mein Lehrer wird beeindruckt sein! Ich muß es gleich Papa zeigen. Entschuldige."

Sie eilte hinaus. Carlos sah im Spiegel sein graues, enttäuschtes Gesicht.

„Germaine!" murmelte er und verzog die Lippen zu einem schiefen Lächeln.

Er entnahm dem Safe mehrere Schatullen, ein samtenes Handtäschchen, ein seidenes Schultertuch und legte alles auf den Tisch: die Schatullen aufgeklappt, die leere Handtasche offen, das Tuch auseinandergefaltet. Als Germaine zurückkam, sagte er zu ihr:

„Ich habe zwar von allen Gegenständen im Haus ein Inventar gemacht, aber dies hier ist nirgends aufgeführt. Egal wie du dich in dieser Erbschaftsangelegenheit entscheidest – auf jeden Fall kannst du das alles mitnehmen. Einige Stücke kannst du vielleicht bei deinen Auftritten brauchen. Dies ist der gesamte Schmuck deiner Tante, darunter auch die Brautgabe, die die Frauen deiner Familie seit jeher zur Hochzeit bekommen haben, und ein paar Dinge mehr."

Er klappte die Schatullen wieder zu.

„Was die Einrichtung angeht... Ich habe begriffen, daß dich der ganze alte Krempel nicht interessiert. Vielleicht freut es dich, wenn ich dir sage, daß die Sitzmöbel französisch sind und sich genau wie der Teppich seit anderthalb Jahrhunderten in diesem Raum befinden."

„Ach ja?"

„Sie sind viel wert. Auch das Klavier –"

„Oh, ein Klavier ist auch da? Ich hatte es ganz übersehen."

„Ich weiß nicht, wie lange nicht darauf gespielt worden ist. Wenn du willst..."

Er hob den Deckel hoch.

„Es ist nicht abgeschlossen."

Germaine spielte eine Tonleiter.

„Und gestimmt ist es auch."

„Deine Tante hoffte, daß du sie eines Tages besuchen würdest, und als ich ihr erzählte, daß ihr bei euch zu Hause ein Klavier habt..."

Germaine setzte sich und fing an zu spielen.

„Es hat einen guten Klang, ja, es klingt nach einem guten Klavier." Sie brach ab. „Stört es dich, wenn ich ein bißchen spiele?"

„Da drüben ist ein Notenschränkchen."

„Ich brauche keine Noten. Ein paar Stücke kann ich auswendig. Ich spiele seit meinem fünfzehnten Lebensjahr."

Sie improvisierte ein paar Takte. Carlos lehnte sich an die Wand und achtete darauf, daß sich sein Gesicht im Schatten befand.

„Ich spiele dir etwas vor. Du warst so gut zu mir! Oder soll ich lieber singen?"

„Wie du willst."

„Gut, dann zuerst einen Walzer von Chopin. Chopin war ein polnischer Komponist und hat im vergangenen Jahrhundert gelebt. Vielleicht hast du schon von ihm gehört."

„Nein, von Musik verstehe ich nichts."

Germaine fing an zu spielen.

„Es ist ein Walzer, weißt du?"

Carlos sagte nichts. Er beobachtete ihre Hände, vermerkte ihre Fingerfertigkeit. Als Germaine geendet hatte, sagte er:

„Das war schön. Sing mir jetzt etwas vor."

„Ich singe –"

Germaine schloß die Augen, legte den Kopf in den Nacken. Ihre rechte Hand kramte in der Tasche, und dann inhalierte sie: zisch, zisch!

„Ich singe die Habanera aus *Carmen*. Die kennst du bestimmt. Man hört sie oft im Radio."

„Ich habe kein Radio, aber vielleicht habe ich sie schon mal gehört. Deine Tante mochte solche alten Melodien. Vielleicht hat sie sogar die Schallplatte."

Germaine sang gut. Sie hatte eine herbe, dramatische Stimme.

„Hat es dir gefallen?"

„Schon, aber ... aber ich hatte das Stück noch nie gehört, jedenfalls erinnere ich mich nicht. Ich habe ein schlechtes Gedächtnis, und ich bin nicht daran gewöhnt, daß –"

Germaine klappte das Klavier zu.

„Es ist sehr berühmt und sehr schwer zu singen. Nur ein großer Sopran kann es bewältigen." Sie spähte in die Ecke, in der Carlos noch immer stand: Lediglich seine Umrisse waren zu erkennen, und sein Gesicht nahm sie nur als einen hellen, verschwommenen Fleck wahr. Sie selbst stand voll im Licht, das zum Fenster hereinfiel, und Carlos hatte registriert, wie sie beim Singen immer mehr in Fahrt gekommen war.

„Damit möchte ich in der Pariser Oper debütieren."

„Nur mit einem einzigen Lied?"

„Nein, du Dummkopf! Mit der ganzen Rolle. Eine Oper ist ein Bühnenwerk."

„Aha."

„Hast du noch nie eine Oper gesehen?"

„Nein, ich glaube nicht. Aber natürlich habe ich schon eine von diesen Komödien gesehen, in denen auch gesungen wird."

Er trat aus dem Halbdunkel heraus und ging auf Germaine zu. Sie sah ihm in die Augen und glaubte darin Bewunderung zu erkennen.

„Aber du bist doch schon aus Spanien herausgekommen..."

„Stimmt, aber nur für kurze Zeit. Ich bin bald zurückgekommen, weil ich mich nicht zurechtfand. Schade, ich hätte eine Menge lernen können."

Germaine drehte sich auf dem Klavierstuhl zu ihm hin.

„Juan meinte, du seist sehr intelligent."

„Pah! Daß die Leute immer übertreiben müssen! Ich bin

kein schlechter Arzt, und Juan ist ein guter Freund. Hat er dir auch von seinen Schwestern erzählt?"

„Nur andeutungsweise."

Carlos stützte sich auf den Klavierdeckel. Er sagte voller Wärme:

„Eine von ihnen lebt hier in Pueblanueva. Du solltest sie kennenlernen. Und dann gibt es da noch diesen Mönch ... Sag mal, du hast doch noch das Porträt von deiner Mutter?"

Germaine preßte die Hände an die Brust.

„Natürlich. Ich hüte es wie einen Schatz. Du kennst es?"

„Eugenio Quiroga hat es gemalt. Wußtest du, daß er Mönch geworden ist? Er hat hier die Kirche ausgemalt, und früher war er mit deinem Vater befreundet. Dein Vater hat mich vor einem Jahr, als ich ihn in Paris besuchte, fast mit ihm verwechselt."

Carlos lachte.

„Ich fand das komisch, aber wir Churruchaos sehen uns tatsächlich alle ähnlich."

Er umfaßte die Gemälde an der Wand mit einer ausladenden Handbewegung.

„Du kannst dich davon selbst überzeugen, indem du einen Blick auf diese Gespenster wirfst. Allerdings ist nur eins darunter, das dir ähnelt."

Er stand auf. Mariana Quirogas Porträt leuchtete schwach im Dämmerlicht.

„Dieses! Sie hieß Mariana Quiroga und muß deine Ururgroßmutter gewesen sein. Du bist allerdings viel schöner als sie. Deine Tante erinnerte sich gern an sie. Ich werde dir an einem der nächsten Tage ihre Geschichte erzählen, falls du sie dir anhören magst."

Im Inneren der Kirche war ein lautes Klopfen zu hören. Carlos stieß die Tür auf und ging hinein. Es roch nach Holz. Ein paar Arbeiter bauten gerade das Gerüst ab. Der Fußboden in den Seitenschiffen war schon gekehrt und frei von Bauschutt, die Altäre geschmückt. Viel war nicht zu sehen, und man hätte meinen können, daß Nebel in die Kirche eingedrungen war und sich in ihr verdichtet hatte.

Carlos fragte nach Bruder Eugenio. Einer der Arbeiter sagte:

„Er muß irgendwo da hinten sein. Schauen Sie mal in die Sakristei."

Carlos fand ihn auf einem Feldbett sitzend, vor sich einen Stuhl. Im Halbdunkel war er kaum zu erkennen. Auf dem Stuhl lagen Essensreste, auch ein Weinglas stand darauf. Als Bruder Eugenio Carlos erblickte, schob er den Stuhl weg und eilte zur Tür.

„Sind sie schon da?"

„Die Prinzessin hat sich in ihrem Palast eingerichtet, nachdem sie alle Prüfungen bestanden hat, nur die mit der Erbse noch nicht, weil sich dazu noch keine Gelegenheit ergeben hat. Was ihren Vater den Regenten betrifft, so mußte er zu Bett gebracht werden, da er sich keiner guten Gesundheit erfreut. Haben Sie etwas zu trinken? Draußen ist es hundekalt."

„Ich kann Ihnen einen Kaffee machen, wenn Sie wollen."

„Wie ich sehe, haben Sie sich hier mit allem Komfort häuslich eingerichtet. Sogar eine Kaffeekanne gibt es!"

„Haben Sie sich die Gemälde angesehen?"

„Nein, in der Kirche ist es zu dunstig."

Der Mönch zündete einen Spirituskocher an und stellte die Kaffeekanne darauf.

„Sehen Sie sich die Bilder lieber noch nicht an. Warten Sie, bis das Gerüst weg und der Hauptaltar geschmückt ist. Morgen ist es soweit. Erzählen Sie mir, was es Neues gibt."

Er wies auf das Feldbett.

„Nehmen Sie Platz. Dort sitzen Sie einigermaßen bequem."

Carlos zog den Mantel aus, hängte ihn sich um die Schultern und setzte sich.

„Ich wollte eine verschollene Prinzessin heimholen und traf eine Adelina Patti. Eine wunderschöne, elegante Señorita wollte ich heimholen und traf eine Adelina Patti. Verstehen Sie? Eine wunderschöne, elegante Señorita, in deren Kehle herrliche Triller wohnen, die, so Gott es nicht anders fügt, dereinst die Philister entzücken werden! Sie ist tatsächlich eine Art Adelina Patti, jedenfalls etwas Besonderes, fast Sublimes! Man muß sich vorsichtig über sie äußern, wie ein Kritiker oder Wissenschaftler. Auf jeden Fall sollte man dabei zwei oder drei Verbeugungen machen. Als ich sie im Bahnhof die ersten Worte sagen hörte, bekam ich einen Schreck: Sie hat eine volle, wohlklingende, theatralische Stimme, und das sogar, wenn sie lacht; eine Stimme, die genauso attraktiv ist wie ihre sonstigen Vorzüge, aber ich habe trotzdem einen Schreck gekriegt, weil sie mir vorkam wie die Stimme einer Frau mit Kehlkopftuberkulose. Übrigens hatte sie etliche Vorsichtsmaßnahmen ergriffen: Sie hatte sich einen Schal umgewickelt und benutzte einen kleinen Inhalator. Ich war erschüttert, Ehrenwort! Glauben Sie mir, noch nie habe ich für einen Menschen mehr Mitleid empfunden. Ich stellte mir vor, daß sie das viele Geld, das jetzt ihr gehört, in all den Jahren hätte gut gebrauchen können, um etwas für ihre Gesundheit zu tun, und ich fürchtete, daß es nun zu spät dafür ist. Das ging mir durch den Kopf, und das Herz tat mir weh, während sie, den Kopf leicht angehoben, den Inhalator an den Mund führte und mit routinierter Geschicklichkeit, die lange Übung verrät, auf die Gummibirne drückte."

Carlos hielt kurz inne, und der Bruchteil einer Sekunde reichte aus, um alles ins Theatralische zu wenden: Er machte eine heftige Geste und wies mit dem Zeigefinger auf einen Punkt an der dunklen Decke, ja er blickte sogar selbst hinauf, als würden dort gleich die von ihm heraufbeschworenen Geister erscheinen. Bruder Eugenio verfolgte befremdet jede seiner Bewegungen und Gebärden.

„Germaine ist ein Mensch, der dafür lebt, sich einen Inhalator an den Mund zu halten und die kostbaren Stimmbänder mit irgendeinem Zeug zu besprühen. Das ist die wichtigste Verrichtung ihres Lebens. Es ist ihr ein Bedürfnis, ihre Stimme zu pflegen und zu schützen: Sie lebt für ihre Stimme, im Bann ihrer Stimme, unter der Fuchtel ihrer Stimme."

Er fing an zu singen:

„Trallali, trallala, tirili, tirila, tralla, tralla, trallala! Vor einer knappen halben Stunde hat sie mich gratis mit der Habanera aus *Carmen* beglückt. O ja, sie hat sie sehr gut gesungen, mit einer schönen, warmen und ein wenig herben Stimme! Es ist eine Stimme, die Liebe und Leid ausdrücken kann, die Liebe einer Marguérite Gautier und das Leid einer Aida. Aber es ist keine echte Liebe und kein wahres Leid, sondern nur Theater, untermalt von Verdis Musik, die der Gipfel an Banalität ist."

Der Mönch stellte alles, was Carlos für den Kaffee brauchte, vor ihn auf den Stuhl.

„Kein Wunder, ihre Mutter sang ja auch."

„Sie müssen mir von ihrer Mutter erzählen. Es ist nötig, damit ich die ganze Geschichte verstehe und nichts außer acht lasse."

„Ihre Mutter hätte eine große Sängerin werden können, wenn sie nicht die Stimme verloren hätte. Habe ich das noch nie erwähnt?"

„Nicht, daß ich wüßte."

„Doch, ich habe es Ihnen schon erzählt. Sie verlor die Stimme und heiratete Gonzalo Sarmiento."

„Und dann ist sie im Kindbett gestorben. Wie schade! Die Welt hätte es den Göttern gedankt, wenn jene Kehle erhalten geblieben wäre, denn dann hätte die Besitzerin nicht Gonzalo Sarmiento geheiratet, und es gäbe Germaine nicht. Doch genau besehen haben die Götter vielleicht Germaine mit Gonzalo Sarmientos Unterstützung hervorgebracht, um die Welt für den Verlust jener kostbaren Kehle zu entschädigen. Ja, ja, ich bin mir sicher: Germaine ist ein Geschenk der Götter, die dadurch ein Unrecht gutmachen oder, wenn Ihnen dieser Ausdruck lieber ist, eine Scharte auswetzen wollten. Verzeihen Sie mir, daß ich die Götter ins Spiel bringe, aber das haben Sie mir selbst beigebracht."

„Warum spotten Sie?"

Carlos hob die Hände.

„Spotten? Ich? Gott bewahre! Das Schicksal, nein, die Götter sind es, die spotten, aber nicht über mich. Sie verspotten

Doña Mariana, die alles bis ins kleinste vorbereitet hat, damit wir, die Lebenden, nach ihrem Tod ihren Willen befolgen müssen. Leider hat Doña Mariana nicht damit gerechnet, daß die Lebenden verlogen sind. Sie selbst war treu und rechtschaffen. Ihre Nichte dagegen ist eine Schwindlerin, die jahrelang ihre beruflichen Pläne verheimlicht hat, damit Doña Mariana ihr nicht die Unterstützung entzog. Fünfzehn Jahre lang hat sie bei den besten Lehrern Musik und Gesang studiert, und die ganze Zeit hat ihre Tante geglaubt, sie bereite sich in einem piekfeinen Internat darauf vor, in ihre Fußstapfen zu treten."

Bruder Eugenio brachte die dampfende Kaffeekanne.

„Ich finde, das Mädchen hat das Recht, über ihr eigenes Leben zu bestimmen."

„Wer bestreitet das? Sie hat auch das Recht zu schwindeln. Hauptsache, sie wird Opernsängerin. Man sollte nicht vergessen, daß die Götter ihrer Mutter einen bösen Streich gespielt haben, und deshalb darf sie notfalls sogar die Götter hinters Licht führen. Für sie besteht das Problem darin, möglichst rasch Opernsängerin zu werden, und das ist ein ehrbarer, ja sogar glanzvoller Beruf: Die Zeitungen schreiben über sie, den Kritikern in aller Welt fehlen die Worte, um die schöne Stimme von Germaine Sarmiento zu preisen, und am Ende jeder Vorstellung erhält die Diva Blumensträuße, riesige Blumensträuße. Die Diva! Um es soweit zu bringen, gibt es zwei Wege: Der eine ist mühsam, beschwerlich und mit Demütigungen gepflastert, der andere bequem – falls eine reiche Erbtante netterweise in irgendeinem entfernten Winkel der Welt stirbt. Señorita Sarmiento hatte Glück. Die reiche Tante ist gestorben. Und jetzt ist die Nichte gekommen, um die Beute abzuholen."

Er gab Zucker in den Kaffee und rührte ihn bedächtig um.

„Und was soll ich jetzt tun? Die Prinzessin ist liebenswürdig und bezaubernd. Sie spricht mit ihrer eindrucksvollen Stimme, und man wünscht sich, diese Stimme von Liebe reden zu hören. Sie besitzt diese besondere Anmut der Französinnen, die Sie bestimmt nicht vergessen haben. Ein persönlicher Zauber umgibt sie, der einen in den Bann schlägt und daran hindert zu sagen, was man denkt, ja am Denken selbst hindert. Ich weiß nicht, ob sie eine schlaue Kokotte oder sich ihrer faszinierenden Ausstrahlung noch nicht bewußt ist, aber ich kann Ihnen versichern, daß sie sich schon als Mitglied einer erhabenen Kaste fühlt, als Diva, und daß sie uns alle von oben herab betrachtet, was sie allerdings hinter der Maske tadelloser Wohlerzogenheit verbirgt."

„Sie sind ungerecht."

„Nein. Ich wollte, ich könnte alle ihre Vorzüge in Worte fassen. Sogar ihre Tante wäre ihnen erlegen! Ich gestehe Ihnen unter vier Augen, daß ich mich bestimmt in sie verlieben werde."

Der Mönch steckte sich lachend eine Zigarette an.

„Besser könnte es nicht kommen."

„Gott bewahre, Bruder Eugenio! Es hätte mir gerade noch gefehlt, mich in eine Diva zu verlieben. Können Sie sich vorstellen, wie ich ihr heimlich auf ihren Tourneen hinterherreise, mich vom Betteln ernähre und in öffentlichen Parks Blumen stehle, um sie ihr zu irgendeiner Benefizvorstellung zu schicken?"

Der Mönch rückte den kleinen elektrischen Heizofen näher heran.

„Den schalte ich jetzt an. Diese Kälte ist nicht auszuhalten, und Sie... Sie meinen das alles bestimmt nicht ernst."

„Auch ich bin nicht auszuhalten, das können Sie mir ruhig ins Gesicht sagen. Ich finde mich ja selber nicht zum Aushalten."

„Warum versetzen Sie sich nicht in Germaine hinein?"

„Mir fiel es leichter, mich in Doña Mariana hineinzuversetzen, und Doña Mariana hätte an Germaines Geträller wenig Gefallen gefunden. Ich verstehe, daß das ungerecht gewesen wäre, weil sie selbst Opern mochte, allerdings keine von ihrer Nichte gesungenen. Doña Mariana war voller Vorurteile, voll überholter, nicht mehr vertretbarer Vorurteile. Wie die Monarchen vergangener Zeiten amüsierte sie sich über Narren, doch sie hätte nie geduldet, daß sich jemand aus ihrer Sippe zum Narren machte. Wissen Sie, mit all meiner Rhetorik und Redegewandtheit hätte ich sie nie davon überzeugen können, daß eine Opernsängerin nicht zur Zunft der Hofnarren gehört."

„Aber Sie selbst glauben doch wohl nicht an einen solchen Blödsinn."

„Ich, Bruder Eugenio, bemerke seit einiger Zeit, daß sich mein Denken hier und dort in anderen Bahnen bewegt als früher. Manchmal fürchte ich, daß mir Doña Marianas Seele in den Leib gefahren ist und jetzt vielleicht dort wohnt, wo früher der Teufel gehaust hat. Dieser Tausch hat sich bestimmt ohne größere Probleme vollzogen, denn, aus dem Blickwinkel Gottes betrachtet, was macht es schon für einen Unterschied, ob es der Teufel ist oder Doña Mariana? Die Sache ist doch die, daß ich mich jetzt nicht mehr mit dem Teufel auseinandersetzen, ihn überzeugen und mich gegen ihn verteidigen muß, sondern daß Doña Mariana an seine Stelle getreten ist. Sie ist jedoch stärker als der Teufel, oder zumindest hat sie sich hartnäckiger in meiner Seele eingenistet. Lernen Sie also zu unterscheiden, wann ich rede, und wann sie aus mir spricht. Und gießen Sie mir bitte Kaffee ein. Wenn Sie außerdem ein Schlückchen Schnaps hätten..."

Der Mönch holte die Flasche, die auf einer Kommode stand.

„Ein bißchen ist noch drin."

„Geben Sie her! Wir teilen es uns. Ich kann das jetzt gut gebrauchen."

Carlos nahm einen großen Schluck und mußte husten. Die Tasse in der Hand und den Blick in die Weite gerichtet, lehnte er sich an die Kommode. Bruder Eugenio schüttelte ein paarmal den Kopf und warf ihm mehr oder weniger verstohlene Blicke zu.

„Das tut gut. Doña Mariana hatte etwas für solche verworrenen Geschichten übrig. Wäre sie noch am Leben, würde sie sich jetzt über alles den Kopf zerbrechen und mir in den Ohren liegen, damit ich sämtliche Details über die verstorbene Diva herausfinde, die eines fernen Tages von den Göttern hinweggerafft worden ist. Die Tochter muß von ihr mehr als nur die

Stimme geerbt haben, und aus allem, was ich weiß, folgere ich, daß diese Dame in biologischer Hinsicht stärker als ihr Gatte gewesen sein muß. Gonzalo Sarmiento verkörpert in noch viel höherem Maße als wir den Niedergang der Sippe. Er ist jetzt über siebzig, und seine Tochter hat er mit ungefähr fünfzig gezeugt. Germaine hat seine Statur, das ist nicht zu übersehen, aber die Augen, der Mund, die Hände und alle sonstigen wesentlichen Dinge zeugen von anderem Blut. Gut, das Kinn hat sie vom Vater, und diese zarte Kinnpartie ließ mich eher einen schwachen Charakter vermuten, den sie vielleicht sogar hat, doch zugleich besitzt sie einen Starrsinn, der den Mangel an Kraft durchaus wettmacht. Warum erzählen Sie mir nicht ein bißchen von ihrer Mutter? Sie haben sie gekannt, ein Porträt von ihr gemalt und sie folglich eine Zeitlang beobachten können. Das Porträt ist im alten Stil gemalt, es spiegelt ihre Seele wieder, wenn ich mich recht erinnere. Nein, ich täusche mich nicht, weil ich das Bild vor kurzem wiedergesehen habe: Germaine hat es mitgebracht. Ihre Mutter hieß –"

„Suzanne."

„Suzanne? Das ist in Frankreich ein ganz alltäglicher Name, aber sie war nicht alltäglich, es sei denn, Sie haben sie idealisiert. Sie war hübscher als ihre Tochter, wenn auch nicht so fremdartig... Hm, ich weiß nicht, wie ich mich ausdrücken soll. Vielleicht können Sie es besser sagen?"

„Alles, was ich dazu zu sagen habe, ist in dem Bild verkörpert."

„Gemalt ist gemalt, aber ich möchte es in Worten hören."

„Ich bin Maler."

Carlos ging eine Weile schweigend hin und her. Ab und zu nahm er die Hände aus den Taschen und hauchte auf die Fingerspitzen.

„Sie sind auch Geistlicher, doch zwischen dem einen und dem anderen gibt es – wie soll ich mich ausdrücken – keine guten Beziehungen. Wenn Sie mit Worten sagen könnten, was Sie gemalt haben, könnten Sie die Pinsel beiseite legen. Und umgekehrt: Dinge, die mit Worten ausgedrückt werden können,

können nicht gemalt werden. Angenommen, Sie kämen auf die Idee, ein Porträt von der Tochter zu malen. Niemand könnte dem Bild ansehen, daß diese Señorita aus guter Familie das Bedürfnis hat, sich als Mitglied einer auserwählten und privilegierten Kaste zu fühlen, um auf diese Weise all die Demütigungen und Nöte zu kompensieren, die sie in ihrem armseligen Leben hat erdulden müssen. Seltsam, auf ein klinisches Grundmuster reduziert, gleicht der Fall Germaine Sarmiento dem Fall Juan Aldán wie ein Ei dem anderen. Natürlich sind Juan Aldán und Germaine Sarmiento trotzdem eigenständige, unverwechselbare Personen. Genau deshalb traue ich meiner Wissenschaft ja nicht. Was heißt das schon – kompensierter Minderwertigkeitskomplex? Früher glaubte ich es zu wissen, jetzt wird es immer nebulöser. Schlimmer noch: Je weniger ich an Komplexe glaube, desto mehr glaube ich an Sünden. In der Sprache Doña Marianas wäre alles viel klarer: Hochmut, Neid, Rachsucht..."

Carlos blieb mitten in der Sakristei stehen und zog den Mantel, der verrutscht war, wieder über seine Schultern.

„Ich teile auch die Meinung jener, die sagen, man soll nicht definieren, sondern beschreiben. Die Wirklichkeit läßt sich nicht in Definitionen zwängen. Leider fehlen mir gewisse Details, um Germaine beschreiben zu können. Wie war ihre Mutter?"

Der Mönch zuckte mit den Achseln.

„Das ist alles so lange her..."

„Das Porträt, das Sie von ihr gemalt haben, zeigt eine traurige Frau. Dabei haben Sie es doch kurz vor ihrer Heirat als Hochzeitsgeschenk gemalt."

„Sie war operiert worden und hatte die Stimme verloren. Vergessen Sie nicht: Eine Kehlkopfoperation hatte all ihre Hoffnungen zunichte gemacht."

„Heißt das, daß die Heirat den Verlust der Stimme nicht aufwog? Warum hat sie dann geheiratet?"

„Vermutlich aus... aus Existenzangst. Sie war arm und hatte keine Familie."

„Und deshalb heiratete sie den Millionär Sarmiento, einen Versager, außerstande, auch nur einen Franc zu verdienen?"

„Ich habe Ihnen schon erzählt, wie es war."

„Nein, nicht mir, sondern Doña Mariana. Sie hat es mir natürlich weitererzählt und mich um meine Meinung gebeten, aber ich habe sie für mich behalten. Sie hätte sich nur in ihrem Verdacht bestätigt gesehen, und vielleicht hätten wir uns dann beide geirrt."

Der Mönch hatte sich an die Kommode gelehnt, im Rücken ein Kruzifix und einen Spiegel. Carlos ging vor ihm auf und ab, und während er sprach, sah er ihn hin und wieder an oder blickte ins Halbdunkel.

„Und was ... was für einen Verdacht hatte Doña Mariana?"

Carlos warf Bruder Eugenio von weitem eine Zigarette zu, und der Mönch fing sie auf.

„Gonzalo ist ein guter Kerl, aber ein bißchen dumm. Er hat sich schon immer von der Welt der Künstler angezogen gefühlt, ohne selber einer zu sein, aber was macht das schon, wenn man sich den Anschein geben kann? In jenen Kreisen wimmelte es von Künstlern, die nichts vorzuweisen hatten, von Leuten, die vierzig Jahre lang den Roman des Jahrhunderts ankündigten, ihn aber nie schrieben, weil die grausamen Fügungen des Lebens es ihnen verwehrten. Mag sein, daß Gonzalo einer von ihnen war – bis er Ihnen begegnete. Sie waren ein echter Künstler und außerdem ein Churruchao wie er selbst. Gonzalo hörte auf zu simulieren und versuchte, ein bißchen in Ihre Haut zu schlüpfen. Das tat er ganz naiv und unbewußt. Es war, als hätten Sie ihn angesteckt. Der Beweis für seine Einfalt ist, daß er den eigentlichen Urheber, nämlich Sie, nie verleugnet hat. Sie machten damals eine schwere, ernste Krise durch. Neulich haben Sie mir selbst davon erzählt."

„Und weiter?"

Carlos blieb vor ihm stehen.

„Genau das frage ich mich auch: Und weiter?"

Er legte dem Mönch die Hände auf die Schultern und schüttelte ihn sacht.

„Sagen Sie es mir nicht, Bruder, es ist nicht nötig."

Sie sahen sich lange an, dann senkte der Mönch den Blick.

Carlos' Hände glitten an ihm hinab, bis er Bruder Eugenios Hände berührte. „Trinken Sie noch einen Schluck! Es ist kalt. Und zerbrechen Sie sich nicht länger den Kopf darüber, ob Ihnen vergeben worden ist."

„Was wissen Sie schon!"

Carlos nahm die Flasche, goß ein wenig Schnaps in ein Glas und hielt es ihm hin.

„Trinken sie! Wer sollte Ihnen nicht vergeben haben? Gott? Sie glauben an Ihn und an die Berechtigung eines Priesters, in Seinem Namen die Absolution zu erteilen. Nur erbitten Sie in diesem Fall selbst Absolution. Oder haben Sie Angst vor unserer Sippe? Vor einem Familientribunal der Churruchaos, das Sie des Ehebruchs anklagt? Doña Mariana ist tot. Außerdem hätte sie Ihnen verziehen. Und ich? Wie könnte ich es wagen, Sie zu verurteilen? Was Gonzalo betrifft, so glaube ich nicht, daß Sie sich ihm zu Füßen werfen und ihm die Wahrheit beichten sollten. Das wäre ein Verstoß gegen das Gebot der Nächstenliebe, egal ob er, seine Tochter oder alle beide ahnungslos sind."

„Ich bin nicht Germaines Vater", sagte der Mönch mit dumpfer, ausdrucksloser Stimme, „und Sie haben keine Ahnung, was gerade in mir vorgeht. Sie werden es nie verstehen, weil Sie nur die menschliche Seite sehen und –"

Carlos fiel ihm ins Wort:

„Stimmt, und Sie verlegen alles in den Himmel, wohin ich Ihnen unmöglich folgen kann."

„Ich kann nicht anders, weil ich so empfinde."

Bruder Eugenio ließ die Hand mit dem Glas sinken, das er in Brusthöhe gehalten hatte. Carlos schenkte ihm nach. Der Mönch trank und stellte das Glas auf die Kommode.

„Sie verwandeln alles in einen Gesellschaftsroman und ich in Theologie. Doch wo ist die Wahrheit?"

„Nun, das kommt auf den Blickwinkel an. Ein Gesellschaftsroman ist jedenfalls meist unterhaltsamer."

„Aber die Theologie ist seriöser. Eigentlich bin ich mit meiner Sünde nicht aus freien Stücken vor Gott getreten.

Darauf wäre ich nicht verfallen. Nein, wie Sie erraten haben, tat ich es in einem kritischen Augenblick, und es half mir, die Krise zu überwinden. Zu verhindern, daß meine Angst, gescheitert zu sein, nicht zu einer Obsession wurde – mit diesem Versuch glaubte ich mich als Mensch einigermaßen rechtfertigen können. Es waren keine großen Gefühle im Spiel: Suzanne wandte sich, vom Nachahmer enttäuscht, dem Urheber zu, und ich dachte, daß mich ein rauschhaftes Abenteuer mit einer schönen Frau aus einer verzweifelten Lage befreien könnte. Nie kam ich auf den Gedanken, etwas Böses getan zu haben, zumal es sich als nützlich erwiesen hatte, als ein Ausweg. Es war im Frühjahr 1914. Suzanne war seit kurzem schwanger. Dann brach der Krieg aus, und ich verließ Frankreich."

„Das hat noch nichts mit Theologie zu tun, Bruder Eugenio. Ich muß Sie enttäuschen, aber es gehört in die Rubrik Gesellschaftsroman, und Sie spielen dabei die undankbarste Rolle: die des Verräters."

„Irgendwann kam ich nach Pueblanueva und schloß mit Pater Hugo Freundschaft. Er lehrte mich, das Leben mit anderen Augen zu sehen. Wissen Sie, wenn ich nicht ihm, sondern Pater Fulgencio begegnet wäre, hätte ich jetzt keine Probleme. Pater Fulgencio ist ein Moralist, um nicht zu sagen ein Jurist. Er ist einer von denen, die Prostitution als das geringere Übel tolerieren und Ehebruch verurteilen, weil er die Familie zerstört. Pater Hugo war ein religiöser Mensch, er erblickte Christus in allen Kreaturen. Seine Hände rührten an das Mysterium, seine Worte bezeugten es, aber er versuchte nicht, in es einzudringen oder es auf etwas verstandesmäßig Erfaßbares zu reduzieren. Er kniete vielmehr vor dem Mysterium, ging in ihm auf, und er lehrte uns, es zu schauen und ebenfalls vor ihm niederzuknien. Für Bruder Hugo waren wir Menschen das tiefste aller greifbaren Mysterien, alle zusammen und auch jeder für sich. ‚Denken Sie an die Menschen, die Sie kennen, und denken Sie auch an sich – scheint es nicht absurd, daß Christus gestorben ist, um uns zu erlösen, wo doch niemand von uns, die Lebenden ebensowenig wie die Toten und die Ungeborenen, das Opfer Gottes verdient?

Und dennoch ist das Opfer erbracht worden! Es gibt in jedem Menschen etwas, das wir nicht mit dem Verstand erfassen können, etwas, das nur jene erahnen, die ihre Mitmenschen lieben. Deshalb hat Gott uns seine Liebe geschenkt und es uns zur Plicht gemacht, uns gegenseitig zu lieben. Merken Sie sich: Die von Christus verkündete Moral besteht nur aus zwei Geboten, die uns zur Liebe verpflichten. Folglich ist es unmoralisch, nicht zu lieben. Ja, die große Sünde besteht darin, seinen Nächsten nicht zu lieben, und die allergrößte Sünde ist die Verachtung. Der Lüstling sündigt, weil er die Frau zum Werkzeug seiner Lust, der Ausbeuter, weil er den, der für ihn arbeitet, zum Werkzeug seiner Habgier macht. In beiden Fällen büßt ein Mensch durch einen anderen das ein, was ihn zum Menschen macht. Die Offenbarung Christi besagt jedoch, was uns Menschen angeht, daß wir alle nach dem Ebenbild Gottes geschaffen worden und folglich gleich sind. Wir sind alle in Christus geborgen, denn er ist die Grundlage unseres Seins, und kein Mensch, gleich wie er sich verhält, kann daran etwas ändern, denn sonst wäre er kein Mensch. Es gibt also keine verächtlichen Menschen, und wer dennoch einen anderen verachtet, egal ob Lüstling oder Ausbeuter, maßt sich an, ihm seine Teilhabe am Göttlichen abzusprechen.'"

Es war Abend geworden, und von Bruder Eugenio, der mit erhobenen Armen an der Kommode lehnte, waren kaum mehr als die schattenhaften Umrisse zu erkennen. Carlos stand an der Wand und hörte ihm zu. Er trat ein paar Schritte vor und hielt ihm die Hand hin.

„Verzeihen Sie mir, Bruder Eugenio, wenn ich Cayetano wäre, könnte ich mit Pater Hugos schönen Worten, an die Sie sich soeben erinnert haben, etwas anfangen. Und ob ich das könnte! Ein Cayetano könnte sie sich zueigen machen, um seinem Sozialismus einen christlichen Anstrich zu verleihen, falls er das für interessant und nützlich hält. Aber ich bin kein Erneuerer der Gesellschaft und der Sitten, ich bin nicht einmal ein achtbarer Bürger. Warum haben Sie also das Gespräch darauf gebracht?"

„Haben Sie noch nicht begriffen, daß ich Suzanne damals als Werkzeug benutzt und für Gonzalo nur Verachtung empfunden habe?"

„Gut, aber Sie haben bereut, und Ihnen ist vergeben worden."

„Sind Sie sich da sicher? Ob mir vergeben worden ist, das weiß nur Gott, aber ob ich bereut habe –"

„Das haben Sie doch selbst angedeutet. Sie sind ins Kloster gegangen und Mönch geworden, und Ihre Sünden haben Sie bestimmt nicht mitgenommen."

„Richtig, *ich* ging ins Kloster, aber der *Maler* blieb draußen. Ich habe meine Sünden bereut, doch der Maler in mir steht noch immer zu dem schäbigen Abenteuer, das mir half, aus einer Klemme herauszukommen und zu retten, was zu retten war."

Er legte die Hände vor die Augen und blieb eine Weile so stehen.

„Etwas in mir hat sich immer gegen Gott gesperrt, und ich weiß, warum. Das Künstlerische in mir und alles, was ich an mir sogar in Augenblicken der Selbstverachtung schätze und liebe, hat nur dank jener Sünde überleben können. Ohne sie wäre es zerstört worden. Später wollte ich es nicht in mir austilgen, ja nicht einmal vergessen. Ich habe immer gehofft, es retten, läutern, in Kunst und Gebet verwandeln zu können. Jetzt müßten Sie eigentlich verstehen, was ich neulich zu Ihnen gesagt habe."

Das Hämmern in der Kirche hatte aufgehört. Die Tür ging auf, und ein Zimmermann schaute herein.

„Wir sind fertig, Pater. Die Rundhölzer haben wir draußen neben dem Portal gestapelt."

Der Mann, der seine Mütze in der Hand hielt, verschwand.

„Warum sehen wir uns jetzt nicht die Gemälde an?"

„Wenn Sie wollen..."

Sie verließen die Sakristei. Die Zimmerleute hatten das Hauptportal geöffnet und schleppten gerade die letzten Balken hinaus. Bruder Eugenio ging schnell hin und schloß das Portal hinter ihnen ab.

„Morgen sind die Lichtverhältnisse bestimmt besser."

Er schaltete die Beleuchtung der Seitenaltäre ein und wiederholte ein paar Gedanken und Überlegungen, die Carlos schon kannte.

„Gut, schauen wir uns erst einmal dies an. Stellen Sie sich bitte dort in die Mitte."

Carlos stellte sich auf Doña Marianas Grabplatte. Der Mönch drückte auf einen Lichtschalter. Die Bemalung der Apsis schien fertig zu sein. Bruder Eugenio beschattete die Augen mit der Hand und sah zu Carlos hinüber.

„Nun?"

„Gut, sehr gut."

„Ist das alles? Was ist mit dem Gesicht? Sagt es Ihnen nichts?"

Carlos setzte sich auf den Rand einer Bank.

„Es sagt mir, daß Sie vor Christus Angst haben."

„Wie kommen Sie darauf?"

„Weil Sie ihn als gestrengen Richter dargestellt haben."

Der Mönch kam die Stufen des Altarvorraums herunter, ging auf Carlos zu und fragte fast keuchend:

„Es ist also nicht gelungen?"

„Es geht nicht darum, ob es gelungen ist oder nicht. Sie haben ein beeindruckendes Gemälde geschaffen, das Bild eines Wesens, das voller Gerechtigkeit und Erbarmen ist. Nur scheinen Sie das Erbarmen vergessen zu haben."

Der Mönch wollte in der Kirche übernachten: Es seien noch ein paar Retuschen und Details auszuführen. Außerdem müsse er in aller Herrgottsfrühe die Ausschmückung der Kirche beaufsichtigen und später an der Weihe teilnehmen, die vom Abt und den Mönchen unter Ausschluß der Öffentlichkeit vorgenommen werden sollte.

Als Carlos auf den Platz hinaustrat, war es schon dunkel. Die Steinplatten glänzten, und es fiel feiner, bläulicher Regen. Unter den Kolonnaden lärmten ein paar Kinder. Er schlug den Mantelkragen hoch, schob die Hände in die Taschen und stapfte durch die Pfützen quer über den Platz. Claras Laden war noch offen. Er ging darauf zu. Es schien niemand da zu sein.

„Clara!"

Clara saß auf einem niedrigen Stuhl und las. Sie hob den Kopf, sah Carlos und lachte.

„Na so was! Schon zurück?"

„Ich war in der Kirche."

„Wirst du etwa ein Frömmler? Das steht dir nicht."

Carlos zog den Mantel aus und schüttelte ihn.

„Kann ich den irgendwo aufhängen?"

„Hinter der Tür ist ein Nagel."

Sie reichte ihm einen Stuhl über den Ladentisch.

„Da, setz dich, falls du es nicht eilig hast. Hast du meine Geschwister getroffen?"

Carlos stellte den Stuhl hin und trat an den Ladentisch. Das polierte Holz glänzte.

„Ja, ich habe Juan, Inés und ihren Verlobten getroffen."

„Ihren Verlobten?"

Clara lachte. Es war ein volles, fröhliches Lachen, aber dann wurde sie plötzlich ernst.

„Erzähl mir alles und versuche nicht, mir etwas vorzumachen!"

„Habe ich das schon mal getan?"

„Nein, aber du stellst die Dinge so dar, wie es dir paßt, und man weiß bei dir nie, woran man ist."

„Willst du es in allen Einzelheiten wissen?"

„Ich will wissen, was los ist."

„Gut. Also, ich betrat eine Wohnung, in der vier junge Näherinnen arbeiteten..."

Clara unterbrach ihn kein einziges Mal. Eine halbe Stunde lang hörte sie ihm zu, sah ihm in die Augen, betrachtete seine Hände oder blickte auf den Platz hinaus, auf den noch immer der Nieselregen herabfiel. Manchmal sah sie Carlos eindringlicher an, dann wich er ihren Augen aus und ließ den Blick über die auf den Regalen säuberlich zurechtgerückten Schachteln gleiten, spielte mit einem Stück Bindfaden oder einem Knopf.

„... und am Schluß begleitete Juan uns zum Bahnhof. Er fragte Germaine, ob er ihr ab und zu schreiben dürfe, und sie antwortete, daß sie sich nicht nur über Post von ihm freuen, sondern ihm auch antworten würde. Die beiden verabschiedeten sich sehr herzlich. Danach brachte Juan mich zu meinem Abteil, das ziemlich weit weg von Germaines war, weil sie mit ihrem Vater im Schlafwagen und ich zweiter Klasse fuhr. Er umarmte mich und sagte: ‚Vergiß nicht, daß die künstlerische Zukunft und das Glück dieser jungen Frau in deinen Händen liegen.' Ich fragte ihn: ‚Und du – was liegt dir mehr am Herzen, ihre Zukunft als Künstlerin oder ihr Glück?' Er lachte. ‚Das weißt du doch.' Ich stieg ein. Er winkte mir zu und lief wieder zu Germaine, um sich nochmals von ihr zu verabschieden. Die Lokomotive tutete, und –"

Clara sagte:

„Es ist Zeit, den Laden dichtzumachen. Willst du nicht kurz auf mich warten? Ich möchte nur eben nach Mama sehen. Danach kannst du mit mir irgendwo hingehen und mich zu einem Gläschen einladen."

Es dauerte nicht lange, bis sie zurück war. Sie hatte einen Mantel angezogen und einen Regenschirm mitgebracht.

„Komm, gehen wir."

Sie gingen unter den Kolonnaden entlang. Vor dem Kabarett blieb Carlos stehen.

„Wollen wir nicht lieber zu Doña Marianas Haus gehen? Dann lernst du Germaine kennen."

„Ich bin mir noch nicht ganz schlüssig, ob ich sie überhaupt kennenlernen möchte."

„Sie ist ganz reizend und spricht sehr gut Spanisch."

„Nein, lieber ein andermal."

Sie betraten das Lokal. Marcelino, genannt El Pirigallo, saß über seiner Buchhaltung. Als er sie erblickte, kam er herbeigeeilt. Hinten, auf der unbeleuchteten Bühne, probte der Klavierspieler mit einer Sängerin halblaut ein Chanson.

Clara bestellte einen Teller Muscheln und Wein.

„So spare ich mir das Abendessen."

Sie aß mit gutem Appetit.

„Jetzt kannst du dich zu meinen Geschwistern äußern, wenn du willst."

„Ich finde es gut, daß Inés heiraten will, und ich glaube, daß Juan nichts mit sich anzufangen weiß."

„Mehr fällt dir dazu nicht ein?"

„Ich habe mich so oft geirrt, daß ich lieber ein bißchen vorsichtig bin. Menschen sind voller Überraschungen."

„Und was ist mit Germaine?"

„Ich sagte doch: Sie ist reizend. Die meisten Mädchen wären gern wie sie."

Clara brach resolut eine Muschel auf.

„Ich nicht."

„Wie willst du das wissen? Du kennst sie doch nicht!"

„Ich möchte auf keinen Fall wie eine Frau sein, in die sich mein Bruder verlieben könnte. Und in die du dich vielleicht auch verlieben könntest."

„Falls das passiert, wäre es gegen meinen Willen."

„Du täuschst dich. Sie ist die Frau, in die du dich gern verlieben würdest. Genau wie Juan. Sie ist eine Frau außerhalb eurer Reichweite, hat mit euch überhaupt nicht gerechnet, stellt euch gefühlsmäßig vor keine Probleme und bringt euch nicht in Zugzwang. In sie könnt ihr euch verlieben und euch sogar vor Liebe verzehren, ohne sie aushalten oder gar heiraten zu müssen. Ihr braucht ihr nicht einmal ein Kind zu machen, verdammt!"

Carlos zog abrupt die Hände zurück.

„Du scheinst für Juan und mich nur Verachtung zu übrig zu haben."

„Nein, mein Lieber, warum sollte ich dich verachten?" Ihre Stimme bebte ein wenig. „Ich versetze mich nur in euch hinein. Die Alte hat alles so eingerichtet, daß Germaine und du am Ende ein Paar werdet. Das hat sie mir gegenüber selbst angedeutet. So ist das. Und? Was gedenkst du zu tun? Hast du dich ihr schon erklärt? Machst du ihr schon den Hof?"

„Sie gefällt mir nicht."

„Du lügst. Sie gefällt dir genauso, wie sie Juan gefällt. Das war dir anzumerken, als du mir vorhin von Madrid erzählt hast. Du ärgerst dich nur, weil sie meinem Bruder den Vorzug gegeben hat."

„Das war nicht anders zu erwarten. Wenn du Juan gesehen hättest, den eleganten jungen Revolutionär aus gutem Hause! Er sah richtig gut aus. Und wie gut er reden kann! Er hat etwas Wildes, Romantisches, das auf Frauen sehr anziehend wirken muß. Im Vergleich zu ihm bin ich ein Bauernlümmel. Deshalb fühle ich mich ihm aber durchaus nicht unterlegen, obwohl er natürlich ein richtiger Blender geworden ist. Manchen Frauen gefällt das, aber mir gefallen solche Frauen nicht."

„Ich kann mir Juan nicht als Casanova vorstellen, der artig mit einem Mädchen plaudert."

„Hm, weißt du, Geld gibt einem einen großen Spielraum. Man kann sich die Verkleidung aussuchen, in der man sich am wohlsten fühlt, oder sie vervollkommnen, wenn man sie sowieso schon trägt."

Clara blickte von den Muscheln auf.

„Und du? Verkleidest du dich nicht?"

„Ich habe kein Geld. Ich bin so arm, so schrecklich arm, daß mir nichts anderes übrigbleiben wird, als zu arbeiten. Und von dem Tag an –"

„A propos: Hast du schon gehört? Cayetano will die Werft stillegen."

Carlos schüttelte den Kopf.

„Das nehme ich ihm nicht ab."

„In der Stadt geht das Gerücht um, und alle haben vor Angst die Hosen voll. Wenn es stimmt, werden wir hier am Hungertuch nagen. Und ich war mit meinem Laden so zufrieden!"

Sie zog ein Taschentuch heraus und wischte sich die Lippen ab.

„Danke für die Muscheln. In den nächsten Tage lade ich dich mal zum Essen ein. Ich möchte, daß du mein Haus kennenlernst. Ich kaufe nach und nach ein bißchen Hausrat zusammen, und irgendwann habe ich bestimmt ein anständiges Zuhause."

Sie seufzte.

„Besser wenig als überhaupt nichts, meinst du nicht auch? In diesem Monat bleiben mir nach Abzug aller Kosten und der Rate für die Tilgung von dem Darlehen reichlich sechzig Duros, doppelt soviel, wie ich zum Leben brauche. Dabei habe ich mir schon Winterkleidung gekauft und kann also den Rest beiseite legen. Ich bin ziemlich zufrieden."

Sie hatte das frei heraus, aber mit einer Spur von Traurigkeit in der Stimme gesagt. Carlos hakte nach:

„Wieso nur ziemlich?"

Clara schob den Stuhl zurück, lehnte sich ein bißchen nach hinten und legte die Hände auf den Rand des Tischs.

„Ich habe einen Pakt mit dem Teufel geschlossen. Eines Nachts, als ich noch im pazo wohnte, wollte er mich heimsuchen. Er erschien in der Gestalt einer Fledermaus und flatterte um mich herum. Ich war in jener Nacht verzweifelt und fühlte mich elend, weil ich vergeblich auf jemanden gewartet hatte. Es war für die Fledermaus ein leichtes, mich davon zu überzeugen, daß es keinen Unterschied macht, ob ich sündigte oder nicht."

Sie faltete die Hände und senkte den Kopf.

„Ich habe meine Ziele zur Hälfte erreicht, aber auf Kosten der anderen Hälfte. Die Leute fangen an, mich zu respektieren. Auf der Straße belästigt mich niemand mehr, und ich kann mit erhobenem Kopf durch die Stadt gehen, weil ich alles, was ich kaufe, gleich bezahle und niemandem etwas schulde. Aber wenn der Tag zu Ende geht und ich allein bin, fange ich an zu zittern, weil in einem Winkel meines Schlafzimmers der Teufel auf mich lauert."

Carlos erreichte Doña Marianas Haus, als die Turmuhr von Santa María neun Uhr schlug. Er hatte wenig Lust, noch vor dem Abendessen mit Germaine zu plaudern, und machte deshalb auf dem Absatz kehrt, ging die Uferpromenade und die

Mole am Fischereihafen entlang, bis er vor der Taverne von El Cubano stand. Unter dem Vordach war kein Mensch, und das Lokal selbst war halb leer. Er fragte nach El Cubano.

„Er ist bestimmt hinten."

El Cubano hatte das Hinterzimmer seiner Taverne zu einem Büro umfunktioniert. Ein Banner der Anarchisten zeigte das Emblem der Republik, und auf einem Tisch aus Fichtenholz lagen Papiere, Rechnungsbücher und Schreibutensilien.

„Kommen Sie herein, Don Carlos."

El Cubano, der Vorsitzende der Gewerkschaft und ein Schiffsführer hatten über die Bilanz diskutiert. Als Carlos eintrat, standen sie auf.

„Da haben Sie's! Wir schlagen uns hier mit diesem Papierkram rum und kommen nicht weiter."

El Cubano reichte Carlos ein Bündel Abrechnungen.

„Wir können uns nicht beklagen, weil der Fischfang gut läuft. Heute sind die beiden *Sarmientos* ihren Fang in Vigo zum bislang besten Preis losgeworden. Trotzdem steht uns das Wasser bis zum Hals, und wenn das Quartal um ist, können wir die Zinsen für die Hypothek nicht bezahlen. Niemand kann behaupten, daß wir unser Geld zum Fenster rauswerfen. Bei uns kassiert nur, wer arbeitet. Wollen Sie etwas trinken?"

Carlos bat um ein Glas Rotwein.

„Wie hoch ist das Defizit jetzt?"

„Wir steuern auf die zweiundzwanzigtausend zu."

„Ich kann Ihnen ein Darlehen geben. Möglicherweise wird es das letzte sein. Sie haben bestimmt gehört, daß heute die Erbin angekommen ist."

Der Schiffsführer kratzte sich am Kopf und sah den Vorsitzenden an.

„Wir bedanken uns."

„So kann es nicht weitergehen, Don Carlos", sagte El Cubano. „Lange dauert es nicht mehr, dann haben wir die ganze Fangflotte beliehen. Was dann?"

Carlos trank einen Schluck Wein.

„Was ist mit Ihren Leuten?"

„Was soll mit ihnen sein? Noch sind sie ruhig, aber was ist, wenn wir die Boote vertäuen oder die Löhne senken müssen?"

Der Vorsitzende drehte seine Baskenmütze zwischen den Fingern.

„Wenn wir einen erstklassigen Kapitän anheuern könnten, einen von diesen jungen, die sagen: Hier müßt ihr das Netz ausbringen, dann holt ihr es voll wieder ein. Solche Leute gibt es, allein in Bouzas würden wir ein halbes Dutzend finden."

Er seufzte.

„Aber im Augenblick können wir uns nicht darauf einlassen, ihnen den Lohn zu zahlen, den sie verlangen, und sie haben keine Lust, zu denselben Bedingungen zu arbeiten wie wir, also für ein Fixum plus Gewinnbeteiligung."

„Ja, ja, die Gewinne! Bevor Sie kamen, Don Carlos, ging es bei dem ganzen Gerede nur darum, daß wir den Leuten gern ein Weihnachtsgeld von zehn Duros pro Kopf zahlen würden, weil morgen Heiligabend ist, aber mehr als fünf können wir nicht lockermachen. Wer will schon ein ganzes Jahr auf dem Meer rumschippern, wenn er für den Weihnachtsbraten nur fünf Duros kriegt?"

„Die Sache ist einfach die, daß wir ohne einen guten Kapitän auf Grund laufen."

„Was uns wieder flottmachen könnte, ist eine staatliche Unterstützung. Juan Aldán hat immer gesagt, daß die Regierung so ein Unternehmen nicht einfach im Stich lassen kann, sondern daß sie es als Musterbetrieb vorzeigen könnte. Aber Sie sehen ja, die jetzige Regierung kann man vergessen. Die denkt nur an die nächsten Wahlen."

„Und wenn obendrein die Werft dichtgemacht wird..."

„Was ist mit der Werft?" fragte Carlos.

El Cubano sammelte die verstreuten Papiere zusammen und legte sie zur Seite.

„Ich verstehe das nicht. Angeblich soll sie stillgelegt werden, weil Don Cayetano kein Geld hat."

Er warf Carlos einen fragenden Blick zu.

„Glauben Sie das? Wenn Cayetano kein Geld hat, wer dann?"

Er schob die Baskenmütze nach hinten und hob den Kopf. Seine Stirn glänzte im Schein der Deckenlampe.

„Wenn es stimmt, wird uns hier in Pueblanueva bald ganz schön der Magen knurren. Eins steht nämlich fest: Wer hier sein Brot nicht bei Cayetano verdient, der –"

„Ja, das ist wahr. Mehr als achthundert Arbeiter und Angestellte stehen bei ihm im Lohn."

„Und Sie betrifft das auch ein bißchen, Don Carlos, weil Doña Mariana eine Menge Geld in die Werft gesteckt hat."

Carlos stand auf.

„Nehmen Sie es mir nicht übel, wenn ich Sie jetzt allein lasse. Ich werde mich informieren."

„Aber fehlen Sie bitte nicht, wenn wir morgen das Weihnachtsgeld auszahlen, auch wenn es wenig ist..."

Bis zur Werft war es nur ein Katzensprung. Das große Tor war abgeschlossen, aber die kleine Tür stand offen. Carlos fragte den Wächter nach Cayetano.

„Ich habe ihn nicht hinausgehen sehen."

„Dann richten Sie ihm bitte aus, daß ich mit ihm sprechen möchte."

Der Wächter betrat ein graues Häuschen. Ein Klingeln war zu hören, dann seine Stimme, als er eine Frage stellte.

„In Ordnung. Er erwartet Sie. Kommen Sie bitte mit."

Sie gingen durch kalte, verlassene Büroräume, in die von draußen spärliches Licht fiel. Cayetano war in seinem Arbeitszimmer und öffnete selbst.

„Ich bin für niemanden zu sprechen", sagte er zu dem Wächter.

Er klopfte Carlos auf die Schulter.

„Was ist? Warum machst du so ein Gesicht?"

Er wies auf das Sofa. Carlos nahm Platz.

„Man hat mir gesagt, du willst die Werft schließen. Stimmt das?"

Cayetano lächelte. Er holte eine Flasche und Gläser.

„Wie wär's mit einem Schluck?"
„Gern."
„Nein, es stimmt nicht. Ich werde sie nicht schließen."
Carlos nahm das Glas, das Cayetano ihm hinhielt.
„Sondern?"
„Ich weiß, daß alle in Pueblanueva panische Angst haben. Eigentlich sollte ich sie noch ein paar Tage zappeln lassen und ihnen das Weihnachtsfest verderben, damit sie kapieren, wie sehr sie von mir abhängen, aber ich werde es nicht tun. Morgen mittag werde ich zu meinen Männern sprechen und ihnen klarmachen, was los ist."

Er setzte sich neben Carlos.

„Unsere Freunde, die Masquelets, haben zum Angriff auf mich geblasen. Sie stehen nicht allein da, sondern haben den Arbeitgeberverband geschlossen hinter sich. Es wird angeblich bald Wahlen geben, verstehst du? Wer mich schwächt, schwächt den Sozialismus, und wer mich ruiniert, nimmt der Arbeiterschaft den Wind aus den Segeln. Der Zeitpunkt ist gut gewählt. Gestern habe ich von den Banken die Mitteilung erhalten, daß ich keinen Kredit mehr bekomme und man mir nur Geld gibt, wenn ich auf die Werft eine Hypothek aufnehme. Und heute habe ich ein Übernahmeangebot mit, wie man behauptet, sehr guten Bedingungen bekommen, aber in Wahrheit ist es ein Ultimatum, weil man mir für die Antwort eine Frist von zwei Wochen einräumt. Und all das, nachdem man nachweislich meine wirtschaftliche und finanzielle Lage genauestens ausgeforscht hat! Soweit alles klar?"

Er sprang auf und blieb leicht vornübergebeugt vor Carlos auf dem Teppich stehen, den rechten Arm ausgestreckt, die Faust geballt.

„Die Geschichte fängt an, mir zu gefallen! Der Kampf gegen Doña Mariana war langweilig und hatte nur rein lokale Bedeutung, aber diese verdammten Hurensöhne repräsentieren hier in der Gegend das Kapital und sind für mich deshalb ernstzunehmende Gegner. Es wird mir einen Heidenspaß machen, ihnen anständig den Kopf zu waschen."

Er steckte die Hände in die Hosentaschen und lehnte sich an den Tisch.

„Die Löhne auf der Werft belaufen sich monatlich auf knapp vierhunderttausend Peseten, die kurzfristig fälligen Wechsel auf ungefähr eine Million. Natürlich muß ich für eine Menge Geld unaufschiebbare Materialkäufe tätigen, aber da räumt man mir eine Zahlungsfrist von neunzig Tagen ein. Andere Unternehmer würden in meiner Lage klein beigeben, die Hälfte der Belegschaft entlassen, die Auslieferungstermine für die Schiffe überschreiten oder die Werft verkaufen. Ich setze alles auf eine Karte. Die beiden auf Kiel gelegten Schiffe werden im stürmischen April zu Wasser gelassen und zum vertraglich festgelegten Termin übergeben. Ich bin sicher, daß sich in den nächsten drei Monaten vieles ändern wird, und wenn alles so läuft, wie ich hoffe, werden ich diesen Kerlen zeigen, wer Cayetano Salgado ist."

Carlos stellte das leere Glas auf den kleinen Tisch.

„Und das alles wegen dem Aktienverkauf!"

„Der war nur ein Vorwand. Diese Leute haben schon seit langem Lust, mich kleinzukriegen, damit ich vor ihnen kusche. Du hast ja selbst gehört, was sie über mich gesagt haben: Ich gäbe ein schlechtes Beispiel ab."

Cayetano zog sich einen Stuhl heran und setzte sich Carlos gegenüber.

„Wenn du nicht so ein Romantiker wärst, könntest du jetzt die große Gelegenheit beim Schopf packen und reich werden, aber dein zögerliches Wesen läßt nicht zu, daß du dich mit mir verbündest. Ich weiß, daß von der Summe, die ich dir für die Aktien gezahlt habe, vierhundertfünfundzwanzigtausend Peseten für Doña Marianas Sohn auf ein Bankkonto eingezahlt worden sind und daß du dieser Französin demnächst den gleichen Betrag aushändigen wirst. Fast eine Million ist auf Eis gelegt worden! Wie sich da meine Freunde, die Bankiers, die Hände reiben! Wenn ich das Geld noch hätte, wäre das Spiel für mich nicht so riskant. Du könntest dich als ebenbürtiger Partner mit mir zusammentun und dir eine starke Position schaffen."

„Ich würde nie Geld einsetzen, das mir nicht gehört."

Cayetano klopfte Carlos mit dem Pfeifenkopf aufs Knie.

„Du hast dich selbst in die Ecke manövriert, und jetzt gibt es keinen Ausweg mehr. Ich finde das schade, glaube mir. An dem Tag, an dem du der Französin Doña Marianas Geld gibst, wird sie dir den Stuhl vor die Tür stellen."

Er schenkte sich einen Cognac ein und steckte eine Zigarette an. Carlos stand auf.

„Danke für die offenen Worte. Ich zweifle nicht daran, daß du gewinnen wirst."

„Das garantiere ich dir."

Schon an der Tür, fügte Cayetano hinzu:

„Ich weiß, daß morgen die Kirche eingeweiht wird und daß dieser spinnerige Mönch Eugenio Quiroga ein paar Heiligenbilder gepinselt hat, vor denen es den Leuten grausen wird. Ich wäre gern gekommen, aber ausgerechnet morgen muß ich zwei Aufsichtsratsvorsitzenden ein paar Nettigkeiten sagen. Sie sind das, was man eine Zierde des Bankgewerbes nennt. Ich fahre am späten Vormittag nach La Coruña und bleibe über Nacht. Falls du etwas brauchst..."

Er hielt Carlos die Hand hin, und Carlos ergriff sie.

„Ist dir klar, daß wir uns zum zweitenmal die Hand geben? Das erstemal war vor einem Jahr am Tag deiner Ankunft."

Unvermittelt fing er an zu lachen.

„Weißt du, daß ich neulich La Galana gesehen habe? Sie hat mich nicht gegrüßt, aber ich habe ihr zugerufen, auf der Werft sei für ihren Mann immer ein Platz frei. Da hat sie mir mit todernstem Gesicht geantwortet, sie sei nicht auf Gefälligkeiten angewiesen. Sie und ihr Mann könnten von ihrer Arbeit leben. Klar können sie das! Mit einer finca, die fünf- bis sechstausend Duros wert ist! Da kann jeder stolz sein."

Es regnete noch immer. Neben den Helligen wärmte sich ein Mann an einem kleinen Feuer.

4. KAPITEL

Die Werftarbeiter versammelten sich kurz nach zwölf in der Werkhalle. Cayetano sprach zehn Minuten lang zu ihnen: nüchtern, ruhig, offen. „Ich kann gewinnen oder verlieren, und dann gewinnen oder verlieren wir alle. Ich verspreche euch hiermit, daß ich euer Los teilen werde."
Hochrufe ertönten, und es wurde applaudiert. Dann strömten alle zum Ausgang, wo zahlreiche Frauen und Töchter warteten. Sie waren gekommen, das vormittags ausgezahlte Weihnachtsgeld abzuholen – sonst würde ein nicht geringer Teil davon in den Tavernen und dem Kabarett bleiben. Außerdem wollten sie erfahren, was Cayetano gesagt hatte.

„Niemand wird entlassen."

Diese Nachricht und das vor allen Gefahren gerettete Weihnachtsgeld freute die Frauen. Es regnete, doch sie gingen singend in Grüppchen weg. Jedem, dem sie unterwegs begegneten, riefen sie zu:

„Niemand wird entlassen!"

Sie wiederholten es in der Fischhalle, den Kolonialwarenläden und der Bretterbude, wo einer aus Alcoy Marzipan und Mandelnougat verkaufte: „Niemand wird entlassen."

„Niemand wird entlassen", sagten die Menschen an jenem Tag in allen Häusern von Pueblanueva. „Niemand wird entlassen", lautete die Weihnachtsbotschaft, und es klang so ähnlich wie „Heute wird der Heiland geboren."

„Niemand wird entlassen", verkündete auch Cubeiro beim Betreten des Casinos, und der Richter erwiderte:

„Das wissen wir schon."

„Spielen wir eine Partie?"

„Wenn Sie wollen..."

„Cayetano kommt heute nicht. Ich habe ihm gerade zwanzig Liter Benzin verkauft. Er fährt weg."

„Der Apotheker kommt bestimmt."

Vor Don Baldomero trafen drei andere Stammgäste ein. Sie wußten bereits, daß Cayetano zu seinen Arbeitern gesprochen und auch, was er zu ihnen gesagt hatte.

„Auf jeden Fall sollte man ihm nicht zu sehr trauen. Er kann die Werft von einem Tag auf den anderen dichtmachen."

„Mensch, reden Sie keinen Quatsch!"

Don Baldomero schien sich nicht sonderlich für das Thema zu interessieren.

„Gehen Sie heute abend nicht in die Kirche?"

„In die Kirche? Wieso?"

„Nun, sie wird doch sozusagen eingeweiht."

Cubeiro lachte schallend.

„Seit zwanzig Jahren habe ich keinen Fuß reingesetzt, seit meiner Hochzeit. Ich weiß ja kaum noch, wie man sich bekreuzigt."

„Mag sein, aber wer die Französin sehen will, sollte hingehen. Ich habe gehört, daß sie erscheinen wird."

„Sie sagen das so, als würde sie im Badeanzug auftreten."

Wieder mußte Cubeiro lachen. Er kniff die Augen zusammen und stieß ein paar spitze Quietschlaute aus.

„In einem Badeanzug, der schön den Hintern betont! Aber haben wir denn nicht Dezember? Wenn heute Sankt Johannis wäre . . ."

Don Baldomero teilte Karten aus.

„Lachen Sie ruhig! Die Französin ist das, was man eine richtige Dame nennt. Wer sie sehen will, muß entweder in die Kirche gehen oder versuchen, einen Blick von ihr zu erhaschen, wenn sie im Auto vorbeifährt – falls es nicht zu schnell fährt."

„Ich habe gehört, daß die Frauen im Ausland öfter ausgehen als hier bei uns. In anderen Ländern gibt es freiere Sitten und Gebräuche."

„Ja, im Ausland! Aber was hat man davon, sich mit so einer Frau in Pueblanueva auf der Straße sehen zu lassen?"

„Von mir aus kann sie sich zu Hause verbarrikadieren", sagte der Richter. „Spiel!" Er hatte gewonnen. Das Glück war ihm an diesem Tag gewogen.

„Wie Sie wissen, hat Bruder Eugenio Quiroga die Kirche ausgemalt. Es sind Gemälde von hohem Wert, und es lohnt sich bestimmt, sie anzusehen."

„Ach was, das sind die Bilder eines Spinners!"

„Alle Künstler sind ein bißchen verrückt, das dürfte Ihnen bekannt sein."

„Ja, aber ich habe es nie geglaubt."

„Und ich", sagte der Richter, „habe neulich den Pfarrer sagen hören, die Figuren seien die reinsten Vogelscheuchen und demnächst würde ein Bischof kommen und anordnen, daß sie übermalt werden."

„Noch ein guter Grund, sie sich anzuschauen. Ich glaube übrigens nicht, daß man es wagen wird. In dieser Kirche hat der Bischof nichts zu sagen."

„Hören Sie, Don Baldomero, heute abend hätte ich eigentlich nichts gegen einen Kirchenbesuch einzuwenden, aber was wird meine Frau dazu sagen? Sie wird mir nie abnehmen, daß ich wegen der Gemälde hingehe, sondern glauben, daß ich die Französin begaffen will."

„Als hätten Sie sich jemals um Ihre Frau geschert!"

„Stimmt, aber verdammt nochmal, ich weiß trotzdem nicht, ob ich mich in die Kirche traue! Man hat ja schließlich einen Ruf zu verlieren, und hier wird man leicht als einer von der Antonier-Jugend abgestempelt."

„Das würde Ihnen so passen, zu irgendeiner Jugendgruppe zu gehören!"

„Wir könnten alle zusammen hingehen."

„Ach ja? Darauf wäre ich nie gekommen!"

„Ja, alle zusammen, mit Don Baldomero an der Spitze! Er könnte die Standarte vor sich hertragen, die er immer am Fronleichnamstag rauskramt. Was halten Sie davon, Don Baldomero?"

„Lachen Sie ruhig! Ich sagen Ihnen auf den Kopf zu, daß heute abend eine Menge Leute in die Kirche gehen, und Sie werden auch dabei sein! Einige gehen hin, um die Französin zu sehen, andere wegen der Gemälde, und viele, weil sie sehen wollen, wer alles hingegangen ist."

Don Lino trat ein, wichtigtuerisch in seiner Gestik und im Auftreten. Mit knappen Bewegungen zog er den Regenmantel aus. Cubeiro erkundigte sich, ob er vorhabe, abends in die Kirche zu gehen.

„Jawohl, meine Herren, ich habe vor hinzugehen, aber wohlgemerkt aus rein künstlerischen Beweggründen. Sie haben mich wer weiß wie oft sagen gehört, daß die Kirche Santa María, dieses Juwel der Spätromanik, restauriert werden sollte. Dies ist jetzt geschehen, und ich habe Ihnen gegenüber schon vor einiger Zeit geäußert, daß ich in architektonischer Hinsicht zufrieden sei, daß ich es aber auch für meine Bürgerpflicht erachte, mich mit eigenen Augen davon zu überzeugen, ob die Kirche schön ausgemalt oder entstellt worden ist. Falls letzteres zutrifft, werde ich die Verschandelung in einem Artikel anprangern. Vergessen sie nicht, daß ich nicht von der Hoffnung ablasse, die Kirche könnte eines Tages säkularisiert und zu dem werden, was sie sein sollte: Eigentum des Volkes, Stätte geistiger und körperlicher Ertüchtigung, Ort der Gelehrsamkeit und Sporthalle. Doch dies wird erst geschehen, wenn wir die Kneipen leergefegt haben und all die Mittel, die jetzt für Kirche und Militär vergeudet werden, für die Volksbildung bereitstellen – in einem Wort, wenn wir Spanien von Grund auf erneuert haben."

Don Baldomero unterbrach die Partie.

„Sie wollen mir doch wohl nicht weismachen, daß es ein Spanien ohne Pfaffen und Generäle geben könnte!"

„Sogar ohne Toreros, Zigeuner und Großgrundbesitzer! Das wird nicht der traditionelle Saustall sein, den Sie vertreten, sondern eine wahrhaftige Republik der Arbeiterklasse!"

„Eine Republik aller Klassen", berichtigte Cubeiro ihn. „Merken Sie sich das, Don Lino: aller Klassen. Denn wenn es nicht so wäre – was hätte unsereins dann noch in der Republik zu vermelden, sage ich. Ich nehme doch an, daß Sie gerne weiterleben möchten, oder?"

„So wie ich die Dinge sehe", sagte Don Baldomero ohne aufzublicken, „gibt es ein paar tausend Spanier zuviel, und ich würde keinen Finger krumm machen, um ihre Haut zu retten, schon gar nicht die der Lehrer."

„Und wie ich die Dinge sehe, sind noch viel mehr Spanier überflüssig, vor allem Leute wie..."

Die beiden sahen sich wütend an. Don Baldomero stand auf, und man hätte meinen können, er wollte seinen dicken Bauch mit dem von Don Lino messen.

Der Richter streckte beschwichtigend die Hand aus.

„Kurz: Egal wer gewinnt – den anderen wird die Gurgel durchgeschnitten. Also wissen Sie, bevor es soweit kommt, soll von mir aus lieber einer wie Portela Valladares weiterregieren! Der läßt uns wenigstens am Leben."

„Er läßt alle leben, die kuschen! Sie haben ja gesehen, wie letztes Jahr der Aufstand in Asturien niedergeschlagen wurde."

Don Baldomero nahm wieder Platz.

„Alles in allem", resümierte Cubeiro, „geht es also darum, daß Don Baldomero heute abend in der Kirche Don Lino umbringen und Don Lino Don Baldomero fertigmachen will. Mal sehen, wie sich der Herr Richter vor beiden in Sicherheit bringt! Soll ich Ihnen etwas verraten? Das ist alles Zeitverschwendung! Ich für mein Teil werde mich nämlich, sofern ich mich entschließe hinzugehen, so nah wie möglich neben die Französin setzen und nachsehen, ob sie wirklich so ein tolles Weibsstück ist, wie behauptet wird, oder ob sie so ist wie alle anderen. Vergessen Sie nicht, was ich neulich gesagt habe: In Spanien gibt es keinen Frieden, solange nicht genug gevögelt wird! Die einzig vernünftige Politik hierzulande müßte sich das Motto BROT UND BEISCHLAF aufs Panier schreiben. Wenn Sie nämlich, Don Lino, und auch Sie, Don Baldomero, mit jeder Frau, einschließlich der Französin, ins Bett gehen könnten, würden Sie nicht an Mord und Totschlag denken oder daran, Spanien zu erneuern. Spanien ist gut, so wie es ist, verdammt! Wir brauchen nur die freie Liebe – oder zumindest mehr Nutten."

„Sie meinen also, die Kirche muß weg, weil es die Pfaffen sind, die die Leute daran hindern, munter draufloszuvögeln?"

„Genau."

„Na, sehen Sie, da wären wir wieder, wo wir angefangen haben! Santa María de la Plata, unser spätromanisches Kleinod, würde also säkularisiert, nachdem wir zuvor die Pfaffen verjagt hätten, und statt weiterhin als Schauplatz lächerlicher Zeremonien und als Versteck eines tückischen, rachsüchtigen Gottes herhalten zu müssen, wäre die Kirche fortan eine Stätte der Erbauung für eine im Dienst der Wahrheit erzogene Jugend, gesund an Geist und Körper, einer Jugend, der die Mißachtung atavistischen Irrglaubens und der Kult der Brüderlichkeit eingeflößt wurde. Wenn es soweit käme, meine Herren – wo bliebe dann das sexuelle Problem, das alle Spanier sich ängstlich vor einem rachsüchtigen, lebensfeindlichen Gott ducken läßt? Dann würden sich, wie es alle zivilisierten Völker anstreben und fast schon verwirklicht haben, die Beziehungen zwischen Mann und Frau in etwas Schönes und Natürliches verwandeln, ohne Tragik und Sünde. Glauben Sie mir, meine Herren, Santa María de la Plata wäre ihrer hehrsten Bestimmung zugeführt, sobald die Kirche künftigen Geschlechtern als Hort ungezwungener, fruchtbarer Liebe dienen würde."

„Verstehe", sagte Cubeiro tiefernst. „Sie plädieren dafür, das Gottes- in ein Freudenhaus umzuwandeln. Einverstanden."

Carlos holte Bruder Eugenio gegen sieben Uhr ab. Er fand ihn vollauf damit beschäftigt, jüngeren Mönchen, die ihm bei der Arbeit halfen, Anweisungen zu erteilen.

Die Kirche war sauber, die Altäre geschmückt, die Bänke aufgestellt. Eilige Schritte trappelten über die nackten Steinplatten, und Bruder Eugenios Stimme, scharf und ungeduldig, hallte durch die leeren Gewölbe.

„Ich freue mich, daß Sie gekommen sind. Es gibt ein Problem mit der Beleuchtung. Wollen Sie bitte mitkommen?"

Er zog Carlos hinter sich her zum Chor.

„Passen Sie gut auf! Ihre Meinung wird nämlich ausschlaggebend sein."

Er rief:

„Achtung, Bruder Pedro! Alle Lichter an!"

Die Kirche war plötzlich in Licht gebadet. Glühbirnen, hinter den Kanten von Kapitellen und in den Winkeln von Pilastern verborgen, leuchteten die weißgekalkten Gewölbe aus. Die Bogenrundungen blieben im Halbdunkel, und so entstand zwischen hellen und dunklen Flächen ein Spiel von Licht und Schatten, das die steinernen Gebilde plastisch aus der samtenen Finsternis hervortreten ließ.

„Wie finden Sie das, Don Carlos?"

„Gut. Sehr gelungen. Vielleicht ein bißchen zu unwirklich."

„Jetzt nur die Beleuchtung der Apsiden, Bruder Pedro!"

Die Kirchenschiffe lagen wieder im Dunkeln.

„Und so?"

Die Wandmalereien in den Apsiden wurden von Scheinwerfern angestrahlt, die hinter den Altären verborgen waren. Figuren und Farbflächen hoben sich scharf von einem Geflecht aus Schatten ab.

„So ist es besser. Zumindest dieses eine Mal gebe ich dem Abt recht. So scheint mehr von dem Mysterium durch."

„Dann soll es so bleiben, obwohl es dem Abt gefällt. Bruder Pedro!"

Bruder Pedro kam den Mittelgang entlang auf sie zu. Er war ein junger, fast jünglingshafter Mönch.

„Sie kümmern sich um die Beleuchtung. Vergessen Sie nicht: nur die Lichter in den Apsiden einschalten!"

„Aber die Leute werden in der Dunkelheit überall anstoßen!"

„Stellen Sie in den Seitenschiffen Kerzen auf. Und machen Sie auch die Außenbeleuchtung über dem Portal an. Punkt neun Uhr."

„Zur selben Zeit wie in den Apsiden?"

„Nein, Bruder Pedro, um Gotteswillen! Die Apsiden kurz vor Beginn der Messe, wenn ich Ihnen ein Zeichen gebe. Gehen Sie jetzt mit dem anderen Bruder zurück zum Kloster und vergessen Sie nicht, daß Sie um Viertel vor zwölf wieder hier sein müssen."

Bruder Eugenio wandte sich Carlos zu:

„Ich habe mir die Freiheit genommen, einen Bus zu mieten, damit die Mönche zwischen der Kirche und dem Kloster hin und her fahren können. Vielleicht habe ich Ihnen noch nicht gesagt, daß sie die Messe singen werden. Ich glaube, so wird es feierlicher – und es klingt auch besser."

„Ich weiß schon Bescheid. Der Abt hat es mir gesagt."

„Sie haben ihn gesehen?"

„Ich habe ihn zum Abendessen bei uns eingeladen, und ich bin gekommen, um Sie abzuholen. Ich möchte, daß Sie schon da sind, wenn der Abt eintrifft."

„Zum Abendessen? Mit wem?"

„Keine Angst, Bruder, nur wir drei, Germaine und ihr Vater. Dagegen ist nichts einzuwenden. Der Abt meinte das auch. Sie brauchen nichts zu befürchten, es wird fleischlose Kost geben."

„Meine Befürchtungen gehen nicht in diese Richtung. Ich kann nicht an dem Essen teilnehmen, das müssen Sie verstehen."

„Aber Bruder Eugenio, was wird Ihr einstiger Freund Gonzalo sagen? Er möchte Sie gern wiedersehen und erinnert sich voll Bewunderung und Zuneigung an Sie: ‚Ein großer Künstler ist er, dieser Eugenio Quiroga, jawohl!' Und Germaine ... Germaine möchte sich bei Ihnen für das Porträt ihrer Mutter bedanken. Legen Sie sich Ihren Umhang um und kommen Sie mit! Draußen wartet die Kutsche."

Die Stimme des Mönchs zitterte, als er antwortete:

„Don Carlos, warum wollen Sie mich in diese Falle locken?"

„Weil es zwei Menschen gibt, die mich jeden Tag nach Ihnen fragen, Bruder Eugenio. Zwei Menschen, die Sie umarmen und vielleicht sogar gegen mich mobilisieren möchten. Na los! Sie erwarten Sie voller Ungeduld."

„Ich habe ein Recht darauf, den Heiligen Abend in Frieden zu verbringen."

„Wer bestreitet das? Sie haben auch ein Anrecht auf ein gutes Abendessen, jedenfalls auf ein besseres als im Kloster. Vielleicht werden Sie sogar die wunderschöne Stimme unserer

Adelina Patti hören. Es wird gewissermaßen ein Heiliger Abend im Schoß der Familie."

Carlos holte den Umhang des Mönchs und legte ihn ihm über die Schultern. Bruder Eugenio ließ sich von ihm zur Kutsche führen. Beim Einsteigen sagte er:

„Ich werde nur kurz bleiben, weil ich mir nicht sicher bin, ob diese jungen Mönche alles behalten haben, was ich ihnen eingeschärft habe, und wenn die geistlichen Herren eintreffen..."

Das Portal von Doña Marianas Haus war beleuchtet, die Tür offen. Bruder Eugenio blieb am Fuß der Treppe stehen.

„Don Carlos, bitte..."

„Seien Sie nicht albern! Wer erinnert sich noch an das, was vor zwanzig Jahren passiert ist?"

„Ich weiß es noch genau, und das reicht mir."

„Dann vergessen Sie es eben!"

Sie gingen hinauf. Gedämpfte Klaviermusik war zu hören.

„Sehen Sie? Man empfängt Sie mit Musik! Unsere liebe Germaine spielt Debussy, vielleicht, um sich heute abend mehr wie eine Französin vorzukommen. Möchten Sie, daß wir sie beim Spielen überraschen? Sie könnten applaudieren, bevor Sie sie begrüßen. So etwas hilft sehr, das Eis zu brechen."

„Mein Gott, hören Sie auf zu spotten!"

Bruder Eugenio blieb im Salon vor dem Kamin stehen. Lampen wurden gebracht.

„Warten Sie hier bitte einen Moment, Bruder Eugenio, und wärmen Sie sich auf. Hier werden Sie zumindest nicht frieren."

Carlos ging hinaus. Gleich darauf verstummte das Klavier. Im Flur war das eilige Klappern von Absätzen zu hören.

„Bruder Eugenio! Welche Freude!"

Germaine blieb in der Mitte des Zimmers stehen. Der Mönch fuhr herum und blickte ihr entgegen.

„Darf ich Sie umarmen oder Ihnen nur die Hand küssen?"

Wortlos und wie versteinert stand Bruder Eugenio mit ausgestreckten Armen da.

„Gott segne dich!"

Germaine ergriff völlig unbefangen die Hände des Mönchs, beugte sich vor und küßte ihm die Rechte. Er zog sie rasch zurück.

„Oh, que je suis heureuse de vous voir! Asseyez-vous près de moi, parlez-moi, je vous en prie!"

Sie zog den Mönch hinter sich her zu einem Sessel und setzte sich zu ihm. Bruder Eugenio wirkte schon sichtlich entspannter. Er lächelte sogar.

„Dites-moi: Est-ce que je ressemble à Maman?"

Bruder Eugenio erwiderte stockend:

„Non, mais tu es aussi belle."

Carlos war an der Tür stehengeblieben, hatte zugesehen und gelächelt. Plötzlich fühlte er sich von dem Gespräch ausgeschlossen. Nach kurzem Zögern ging er in die Küche.

„Paquito der Uhrmacher wird demnächst hier auftauchen. Geben Sie ihm etwas zu essen."

Germaine ließ den Abt zu ihrer Rechten und Bruder Eugenio zu ihrer Linken Platz nehmen. Während des Essens unterhielt sie sich überwiegend mit dem Mönch. Don Gonzalo, der sich neben den Abt gesetzt hatte, hustete viel, unterbrach mehrmals die Unterhaltung und kam auf Ereignisse und Personen zu sprechen, die zwanzig Jahre zurücklagen und mit denen die anderen nichts anfangen konnten. Carlos saß zwischen Bruder Eugenio und Don Gonzalo. Er sagte kaum etwas, sondern hörte zu. Sein Blick wanderte immer wieder von seinem Teller zur Tür, durch die La Rucha aus und ein ging. Er beobachtete auch Germaine, die sich beim Essen sehr anmutig bewegte. Don Gonzalos infolge der Arteriosklerose geschwollene Hände vollführten unbeholfene Gesten, Bruder Eugenio versteckte seine, so gut er konnte, und die des Abts, schlank und hager, verrieten Tatkraft und Selbstsicherheit. Germaine plauderte leichthin drauflos, Bruder Eugenio gab sich zurückhaltend. Don Gonzalo verhaspelte sich immer wieder und führte die Sätze nie zu Ende, während der Abt stets mit leicht spöttischem Unterton sprach. Germaine trug ein schwarzes, ausgeschnittenes Kleid und hatte sich Doña Marianas Smaragdkollier umgelegt. Sie war sehr schön. Über die Eleganz der Tafel und La Ruchas Qualitäten beim Servieren hatte sie sich lobend geäußert, und sie hatte es sich auch nicht nehmen lassen, die französische Herkunft von Gläsern und Geschirr zu würdigen. La Rucha richtete sich beim Servieren anfangs eher nach Carlos, aber dann hatte Germaine unmerklich das Heft in die Hand genommen. Als La Rucha fragte, wo sie den Kaffee servieren solle, sah sie nur noch Germaine an.

„Oh, ich weiß nicht. Wo er immer serviert wird."
Doch rasch fügte Germaine hinzu:
„Am Kamin, meine ich. Dort ist es schön warm."
Don Gonzalo zog sich vor dem Kaffee zurück. Sein Husten hatte sich so verschlimmert, daß er zu Bett gebracht werden mußte. Germaine sagte:

„Er wird bald sterben. Was würde ich dafür geben, wenn er noch einige Jahre zu leben hätte! Wenn er doch wenigstens bei meinem Debüt dabei sein könnte! Dann würde er zufriedener sterben."

Carlos hatte sich abseits in die Fensternische gestellt und rührte in seinem Kaffee.

„Hoffen wir, daß Gott ihm seine langjährigen Wunschträume zu Lebzeiten erfüllt."

„Das sagen Sie so, als hätten Sie kein großes Vertrauen in den Herrn."

„Oh, ganz im Gegenteil, Hochwürden! Niemandem vertraue ich mehr als Ihm."

„Sie sind nicht sehr gläubig, oder?"

„Wie man's nimmt. Verglichen mit anderen Ärzten bin ich sogar verblüffend gläubig."

„Und Sie, Señorita? Ich frage nicht aus Neugier, sondern weil wir in einer halben Stunde zur Weihnachtsmesse gehen und ich Sie, falls Sie gläubig sind, um eine Gefälligkeit bitten möchte."

„Was kann ich für Sie tun?"
„Wollen Sie nicht in der Kirche singen?"

„Singen?"

„Ja, irgend etwas, vielleicht ein *Ave Maria*. Beispielsweise nach der Wandlung."

Germaine warf Bruder Eugenio einen fragenden Blick zu. Er beeilte sich zu sagen:

„Ja, du mußt unbedingt singen. Das wäre sehr schön."

„Aber ich weiß nicht, ob meine Stimme die Kirche ausfüllt."

Carlos hob eine Hand.

„Die Kirche ist um einiges kleiner als die Pariser Oper und hat eine ausgezeichnete Akustik. Man wird dich nie wieder so schön singen hören wie in Santa María de la Plata." Rasch fügte er hinzu: „Das sage ich natürlich nur so daher."

Der Abt trank einen Schluck Cognac. Er wirkte munter und gutgelaunt.

„Es ist ein großes Glück, daß Sie singen können. Es wird der Messe etwas Feierliches verleihen. Ohne Sie, nur mit dem Klosterchor, wären viele Leute bestimmt enttäuscht. Meine Mönche singen gregorianische Choräle, aber die Leute haben mehr für Schlager übrig. Auf einen so außergewöhnlichen Abend war ich überhaupt nicht gefaßt! Der Herr Bischof mit seinem ewigen Asthma traut sich nicht zu kommen, obwohl er es Doña Mariana versprochen hatte, und kein anderer hoher Geistlicher will für ihn einspringen. Deshalb wird ein von Ihnen gesungenes *Ave Maria* eine echte Überraschung sein."

„Aber ich bin daran gewöhnt, mit Klavierbegleitung zu singen."

„Eine Orgel tut es doch auch, oder? Unser Organist wird sich Mühe geben. Er ist kein Meister, aber er spielt nicht übel, und er kennt mehrere *Ave Maria*. Warten Sie, wie war das doch gleich ..."

Er sang zuerst leise vor sich hin, dann schwoll seine Stimme an.

„Kennen Sie das?"

„Ja, es ist das *Ave Maria* von Gounod."

„Gut, abgemacht. Ich sage dem Organisten Bescheid. Sobald er einsetzt –"

Bruder Eugenio stand auf.

„Ich muß jetzt gehen."

„Ich gehe mit, Bruder Eugenio. Ich möchte dabei sein, wenn die geistlichen Herren eintreffen." Er wandte sich an Germaine. „Den Pfarrern gefallen Bruder Eugenios Gemälde nämlich nicht, aber das wissen Sie bestimmt schon. Jedenfalls muß ich hingehen und Sie daran erinnern, daß der Herr Erzbischof keine Einwände hatte und ich selbst die Bilder gut finde. Immer muß man auf andere Leute Rücksicht nehmen!"

Er erhob sich ebenfalls.

„Werden Sie im Presbyterium sitzen?" fragte er Germaine unvermittelt.

„Im Presbyterium? Wie soll ich das verstehen?"

Carlos trat näher.

„Es handelt sich um ein Vorrecht der Frauen unserer Familie. Deine Tante hat davon immer Gebrauch gemacht."

„Wenn Sie heute darauf verzichten, gewinnen Sie das Wohlwollen der Pfarrer, aber wenn sie sowieso bald wieder abreisen – was haben Sie dann davon? Tun Sie also, was Sie für richtig halten. Es ist nur ein Problem von lokaler Bedeutung, und außerdem sind Sie derzeit die einzige Frau, die das Privileg wahrnehmen kann."

„Sie kann darauf nicht verzichten", sagte Carlos, während er dem Abt half, den Umhang umzulegen.

„Sie kann nicht? Wieso nicht?"

„Weil sie nicht die Verfügungsgewalt über das Privileg besitzt. Sie muß es nicht in Anspruch nehmen, aber es bleibt allen anderen Frauen der Familie erhalten. Wenn eine von ihnen verzichtet, ist das nicht verbindlich. Nicht einmal alle lebenden Frauen unserer Familie zusammen könnten darauf verzichten, weil die noch nicht geborenen genauso ein Anrecht darauf haben, wie die Toten es hatten."

Er drehte sich zu Germaine um.

„Wenn du Bedenken hast, setze dich einfach auf irgendeine Bank. Ich muß dich allerdings darauf aufmerksam machen, daß deine Tante dich gerade zum heutigen Anlaß gern auf dem fraglichen Platz hätte sitzen sehen."

Germaine machte eine rasche Handbewegung und sagte lächelnd:

„Auf so etwas war ich nicht vorbereitet. Was raten Sie mir, Bruder Eugenio?"

Bruder Eugenio antwortete nicht gleich. Er sah erst den Abt, dann Carlos an. Der Abt antwortete für ihn:

„Bruder Eugenio hat nichts gegen das Privileg. Auch seine Mutter hat auf der Bank im Presbyterium gesessen."

„Dann soll ich mich also dort hinsetzen?"

„Ich persönlich kann Ihnen versichern, daß es keine Sünde, kein Vergehen gegen Gott und keine Respektlosigkeit wäre."

„Gut, wenn es so ist..."

Der Abt und der Mönch gingen hinaus. Germaine begleitete sie zur Treppe. Carlos blieb, auf den Kaminsims gestützt, allein im Salon zurück. Die Glut wärmte ihm die Beine.

„Wie seltsam das alles ist, nicht wahr?" sagte Germaine zu ihm, als sie wieder zurück war.

„Ja. Es wird eine Weile dauern, bis du daraus schlau wirst." Er zögerte. „Merkwürdig..."

„Was?"

„Vor vierzig Jahren kam deine Tante nach Pueblanueva, um das Erbe ihres Vaters anzutreten. Sie hatte vor, alles zu verkaufen und nach Madrid zurückzukehren, wo sie ein ziemlich amüsantes Leben geführt hatte. Dann lernte sie hier meinen Vater kennen, und er erklärte ihr viele Dinge, über die sie nicht Bescheid wußte, ähnliche Dinge wie dieses Privileg."

Er schnippte die Asche seiner Zigarette auf die Glut im Kamin. Das Gesicht hatte er ein wenig abgewandt, so daß Germaine es nicht sehen konnte.

„Zum Beispiel, daß der ganze Besitz ihr eigentlich nicht gehört, sondern sie nur die Treuhänderin ist, weil die Sarmientos die wahren Eigentümer sind – die toten, die lebenden und die ungeborenen –, und daß der Verkauf der Güter, die Veräußerung gegen Geld, folglich ein Unrecht ist. Sie habe vielmehr die Pflicht, das Erbe anzunehmen, es zu erhalten und weiterzugeben. Mein Vater hatte dabei natürlich nicht den

Geldwert im Sinn: Für ihn war Geld etwas Blutleeres, Geistloses. Er dachte an das, was die toten Vorfahren durch ihr Dasein in etwas Menschliches verwandelt hatten, was sie vergeistigt und zu einem Teil ihrer selbst gemacht hatten – dieses Haus mit seinen Gegenständen, Möbeln, Schmuckstücken und auch gewissen grotesken Privilegien, wie zum Beispiel dem Vorrecht unserer Frauen, im Presbyterium Platz nehmen zu dürfen."

„Und sie – was hat sie getan?"

„Deine Tante war damals eine ziemlich leichtsinnige junge Frau. Sie war so, weil ihr niemand gezeigt hatte, daß man auch anders sein kann. Anfänglich machte sie sich über meinen Vater lustig, doch allmählich begriff sie, was er sagen wollte. Sie blieb in Pueblanueva, inmitten all dieser Dinge, und auch sie hauchte ihnen dank ihrer gewaltigen Geisteskraft Leben ein. Sie trat nicht nur das materielle, sondern auch das spirituelle Erbe an – ja, vor allem das spirituelle. Sie bewahrte, um weitergeben zu können, verstehst du?"

Germaine schüttelte den Kopf.

„Und von dir erwartete sie, daß du bei mir bewirkst, was dein Vater bei ihr bewirkt hat?"

„Vielleicht."

„Aber dein Vater –"

„– mein Vater konnte besser reden als ich, und vor allem glaubte er an das, was er sagte. Was er bewirkt hat, ist mir wahrscheinlich versagt."

Germaine ging langsam auf Carlos zu und legte ihre Hand auf seinen Arm.

„Es gibt noch einen anderen Unterschied, Carlos. Ich bin keine leichtsinnige junge Frau. Noch nie in meinem Leben habe ich mich amüsiert. Ich weiß nur, was es heißt, zu arbeiten, sich zu ängstigen und dagegen anzukämpfen, daß die Hoffnung ganz und gar erstirbt. Ich habe eine Berufung, die mir am Herzen liegt, und sie hat mich – nein, uns, meinen Vater und mich – zwanzig entbehrungsreiche Jahre gekostet."

Carlos senkte den Blick.

„Verstehe."

Sie schwiegen. In der Küche waren Stimmen zu hören. Unten auf der Straße zogen singend ein paar Fischer vorbei.

„Gehen wir in die Kirche?"

„Wenn du willst."

Sie zogen sich im Flur Mäntel an. Carlos ging in den Stall hinunter, um die Kutsche zu holen. Er wartete vor dem Portal und sah, wie Germaine im Gegenlicht die Treppe hinunterschritt. Es hätte Doña Mariana sein können.

Clara machte das Licht aus und ging zur angelehnten Tür. Es hatte gerade halb zwölf geschlagen. Ein Omnibus kam angefahren, drehte auf dem Platz eine Runde und hielt vor der Kirche. Clara sah eine Anzahl Mönche aussteigen, etwa anderthalb Dutzend. Anschließend wurde der Bus in einer Ecke des Platzes geparkt.

Die Mönche gingen in die Kirche, deren Tür hinter ihnen nicht geschlossen wurde. Aus dem Inneren drang gedämpftes Licht. Schattenhafte Gestalten bewegten sich hin und her. Jemand zündete mit einer brennenden Kerze andere Kerzen an. Dann wurde die Außenbeleuchtung über dem Portal eingeschaltet, und der sanfte Lichtschein im Inneren der Kirche wurde überstrahlt.

Die Frömmlerinnen erschienen, allein, in Grüppchen oder paarweise. Auch ein paar Männer tauchten auf. Clara erkannte die alten Lüstlinge aus dem Casino und mußte lachen.

„Was, die auch?"

Die Männer aus dem Casino gingen nicht gleich hinein, sondern zündeten sich Zigaretten an und spazierten vor dem Portal auf und ab. Sie unterhielten sich laut, aber was sie sagten, war nicht zu verstehen. Als Doña Marianas Kutsche vorfuhr, bezogen sie am Eisengitter neben dem Portal Stellung. Clara schloß die Ladentür ab und ging quer über den Platz. Sie kam gerade rechtzeitig, um zu beobachten, wie Carlos Germaine die Hand reichte und ihr beim Aussteigen half, aber die Gesichter der beiden konnte sie nicht sehen. Die Männer aus dem Casino zogen die Mützen. Carlos und Germaine verschwanden in der Kirche.

Clara ging ebenfalls hinein und stellte sich weit hinten neben einen Pfeiler. Nach und nach füllte sich die Kirche. Die Altäre lagen noch im Dunkeln, und die Gestalten, die sich davor hin und her bewegten, waren kaum zu erkennen. Oben auf dem Chor übte jemand auf der Orgel.

Clara sah, wie Carlos in einiger Entfernung an ihr vorbeiging und durch die Tür verschwand, die hinter der eine Treppe zum Chor hinaufführte. Er blieb ein paar Minuten oben, tauchte wieder auf, blieb kurz stehen und sah sich suchend um. Dann entfernte er sich durch das Seitenschiff. Clara drückte sich gegen den Pfeiler. Auf dem Platz lärmten Trommeln und Schellenbäume, und ein paar kleine Mädchen sangen Weihnachtslieder. Ein Mönch kam angelaufen, schloß das Portal und ließ nur die kleine Durchgangstür offen. Die Mädchen, die draußen gesungen hatten, kamen herein, und der Mönch ermahnte sie, sich in der Kirche ruhig zu verhalten.

Die Kirche war nun voll. Vor dem Presbyterium drängten sich viele Menschen. Draußen fuhr ein Wagen vor, und gleich darauf trat Doña Angustias in Begleitung eines Hausmädchens ein. Clara hörte Doña Angustias sagen:

„Wie düster es hier ist!"

Das Hausmädchen antwortete:

„Halten Sie sich an mir fest, Señora, damit Sie sich nicht stoßen."

Die beiden Frauen gingen den Mittelgang entlang. Gerade als Doña Angustias Platz nahm, fing die Turmuhr an, zwölfmal zu schlagen. Das Orgelspiel setzte aus. Ein Trupp Mädchen kam herein, und die Stille, die in der Kirche herrschte, ließ sie verstummen. Auf Zehenspitzen tappten sie ein Seitenschiff entlang. Beim letzten Glockenschlag erstrahlten plötzlich die Altäre in hellem Licht. Clara schloß die Augen und öffnete sie gleich wieder. Orgelmusik erklang. Alle Augen waren auf die Apsiden gerichtet, nur Clara blickte zum Presbyterium. An der Stelle, wo früher immer Doña Mariana gesessen hatte, kniete Germaine. Clara ging ohne Eile mit leicht gesenktem Kopf den Mittelgang entlang. Sie hörte, wie ein paar Frömmlerinnen aufgebracht flüsterten: „Das ist nicht Christus, das ist der Teufel!" Von Carlos war nichts zu sehen. Clara stand im Licht, das aus einer Apsis fiel und sie blendete. Sie schlug die Augen nieder und sah, daß sie vor einer großen Steinplatte stand, in die Doña Marianas Name gemeißelt war. Um nicht daraufzutreten, machte sie einen Bogen um die Platte. Sie hatte jetzt die vorderen Bankreihen erreicht. Linkerhand tuschelte Doña Angustias mit ihrer Nachbarin. Clara ging die Stufen hinauf, durchquerte das Presbyterium, machte einen Knicks und kniete neben Germaine nieder. Germaine drehte den Kopf zu ihr hin. Clara nickte ihr zu, dann zog sie den Schleier übers Gesicht. Die Geistlichen erschienen in vollem Ornat. Ein Raunen erhob sich. Clara hörte deutlich eine Stimme sagen:

„Was für ein Skandal! Wie kann sie sich unterstehen!"

In diesem Augenblick begannen die Mönche zu singen.

Don Baldomero lehnte an dem ersten Pfeiler vor der Apsis mit der Darstellung der Heiligen Schrift. Von dort aus würde er Germaine gut sehen können. Hinter ihm, im Dämmerlicht kaum zu erkennen, unterhielt sich Don Lino mit dem Richter. Cubeiro hatte mit ein wenig Schieben und Schubsen einen Sitzplatz ergattert.

Don Baldomero sah Carlos' schemenhafte Gestalt auf das Presbyterium zusteuern. Der Schatten hinter ihm war zweifellos Germaine. Don Baldomero korrigierte seine eigene Position. Er hörte Don Lino sagen:

„Wenn es so weitergeht, wird es eine Schwarze Messe."

Die Tür zur Sakristei wurde kurz geöffnet. Eine Lichtbahn fiel ins Presbyterium, erfaßte aber nicht die Bank, die auf der Seite stand. Carlos war wieder verschwunden, und jener verschwommene dunkle Fleck war wohl Germaine, die inzwischen Platz genommen hatte oder niedergekniet war.

„Wenn die hier plötzlich alle Lichter anmachen, wird es sein wie im Theater."

Ein Mönch trat vor den Hauptaltar und zündete die Kerzen an. Jetzt sah Don Baldomero Germaine. Sie kniete. Von den Wandgemälden war nichts zu erkennen.

„Sie werden sehen, um Punkt zwölf..."

Don Baldomero zog die Taschenuhr heraus. Die leuchtenden Zeiger standen fast genau übereinander. Gleich darauf begann die Turmuhr, zwölfmal zu schlagen: dong, dong, dong...

„Na, wenn das hier eine Stunde lang so weitergehen soll, dann –"

Die Altäre erstrahlten in hellem Licht. Don Baldomero achtete nicht auf die unterdrückten Ausrufe, das Geflüster, die Kommentare. Sein Blick war starr auf Germaine gerichtet, aber er konnte ihre Züge nicht erkennen. Sie hielt den Kopf gesenkt, und der Schatten der Mantille fiel auf ihr Gesicht.

„Na, so was Ärgerliches!"

„Sie haben doch wohl nicht erwartet, daß sie hier aufkreuzt wie zu einem Ball, oder?"

„Nein, aber wir sind doch hier, um sie uns anzusehen!"

Plötzlich verdrehte Don Baldomero die Augen, und sein Körper verkrampfte sich. Er preßte sich gegen den Pfeiler. Seine Fingernägel krallten sich in den Stein, und sein Hut fiel zu Boden.

„Ist etwas, Don Baldomero?"

Er antwortete nicht, sondern stand reglos da. Etwas preßte ihm das Herz zusammen, schnürte ihm die Kehle zu, nahm ihm den Atem. Er riß sich zusammen. Die krampfartige Anspannung ließ nach, und er fing an zu zittern.

„Geht es Ihnen nicht gut?"

Er bückte sich, um den Hut aufzuheben. Dann sagte er „Entschuldigen Sie" und verschwand im Seitenschiff. Unterwegs rempelte er links und rechts Leute an. Taumelnd erreichte er einen Beichtstuhl, in dessen Schatten er, die Augen geschlossen und den Hut an die Brust gepreßt, stehen blieb – lange, unendlich lange und ohne wahrzunehmen, was um ihn herum geschah.

„Man könnte meinen, er hat den Leibhaftigen erblickt!" sagte Don Lino.

Carlos ließ Germaine auf ihrem privilegierten Platz allein

zurück und ging in den Chor hinauf. Der Organist besprach sich gerade mit den Mönchen, die später singen sollten.

Carlos stützte sich mit den Ellbogen auf die Brüstung. Von unten drangen gemurmelte Gebete, gedämpfte Gespräche, das leise Klickern der Rosenkränze und das Geräusch behutsamer Schritte herauf. Weit hinten gaben die Scharniere einer Tür jedesmal, wenn sie geöffnet oder geschlossen wurde, ein Quietschen von sich, das wie ein Klagelaut klang. Die warmen Ausdünstungen einer großen Menschenmenge stiegen zu Carlos hinauf und hüllten ihn ein. In der Kirche roch es nach brennenden Kerzen und Moder.

„Nein, wir fangen an, wenn die Priester erscheinen. Wie immer."

„Ich glaube aber, Bruder Eugenio hat gesagt..."

Da kam der Genannte eilig die Wendeltreppe herauf. Er ging quer durch den Chor und sagte zu Carlos:

„Es schlägt gleich zwölf."

Er kniete nieder. Einer der Mönche flüsterte dem Orgelspieler etwas zu und zeigte auf Bruder Eugenio. Der Orgelspieler schüttelte den Kopf. In diesem Augenblick rasselte der Mechanismus der Turmuhr, und die Glocke begann zu läuten: dong, dong, dong...

„Beim letzten Glockenschlag!"

„Wie im Märchen, nicht wahr?"

Beim letzten Glockenschlag hub der Organist zu spielen an, und die Lichter flammten auf. Die Mönche standen reglos da und starrten auf ihre Notenblätter. Das Gemurmel in der Kirche schwoll an. Carlos kniff die Augen zusammen und blickte zum Presbyterium: Germaine kniete noch immer mit gesenktem Kopf. Bruder Eugenio zupfte an seinem Mantel.

„Na, wie finden Sie es?"

„Großartig."

„Glauben Sie, daß das Gemurmel -?"

„Das weiß ich nicht, Bruder Eugenio."

Eine Frau ging den Mittelgang entlang. Als sie die erste Bankreihe fast erreicht hatte, erkannte Carlos, daß es Clara war.

„Was sie wohl vorhat?"
Er gab Bruder Eugenio ein Zeichen.
„Schauen Sie, da geht Clara Aldán!"
Clara kniete neben Germaine nieder. Carlos lächelte.
„Warum bin ich nicht selbst darauf gekommen? Ja, das ist genau richtig!"
„Was haben Sie gesagt?"
„Ach, ich habe mich nur selber einen Esel geschimpft."
Die Priester erschienen. Der Abt war auch dabei. Er trug einen weitärmeligen Chorrock und verneigte sich vor dem Altar. Die Mönche hatten zu singen begonnen. Carlos kniete nieder. Er flüsterte Bruder Eugenio ins Ohr:
„Ich wüßte gern, was Doña Angustias und die anderen jetzt denken."
„Über die Gemälde?"
„Nein, über Claras Unverfrorenheit."
„Glauben Sie, daß sie sich dafür mehr interessieren als für die Gemälde?"
„Vielleicht werfen sie beides in einen Topf."
„Sie meinen, sie wundern sich über das eine genauso sehr wie über das andere?"
„Ja, genau."
Am Altar hatte die Zeremonie begonnen.
„Ich weiß nicht, was die Leute davon halten, Bruder Eugenio, aber ich finde es eindrucksvoll. Lassen Sie das Gesamtbild auf sich wirken."
„Sie sollten es aber nicht nur nach ästhetischen Gesichtspunkten beurteilen. Ich habe einmal zu Ihnen gesagt, daß diese Gemälde ein Gebet im Namen aller Gläubigen sein sollen – und eine Offenbarung Christi."
Bruder Eugenio sah Carlos fragend an, aber Carlos wich seinem Blick aus und hielt die Augen starr auf den Altar gerichtet, wo der Priester jetzt aus dem Evangelium las. Germaine hörte hocherhobenen Hauptes zu, während Clara mit gesenktem Kopf lauschte. Germaine hatte das Gebetbuch zugeklappt und drückte es mit beiden Händen an die Brust; Clara

hatte die Arme verschränkt. Der Abt sah mal die eine, mal die andere an.

„Ich möchte wetten, daß er sich insgeheim amüsiert."

Bruder Eugenio hatte Carlos' Bemerkung nicht gehört oder tat zumindest so. Abrupt stand er auf und gesellte sich zu den Mönchen. Carlos ließ, die Ellbogen auf die Brüstung gestützt, den Blick über die dichtgedrängte Gemeinde schweifen. Nur wenige der Gläubigen hörten der Lesung aus der Heiligen Schrift zu. Die anderen tuschelten miteinander und waren sogar so dreist, in Richtung Altar zu zeigen. Meinten sie Clara? Die Gemälde? Erst als der Abt niederkniete, vom Priester den Segen empfing, beweihräuchert wurde und auf die Kanzel stieg, setzten sich alle hin.

„Liebe Brüder und Schwestern im Herrn..."

Auch Carlos nahm Platz. Der Abt zitierte etwas auf lateinisch und erläuterte die Worte anschließend: *„Qui sequitur me non ambulat in tenebras, sed hubebit lumen vitae."* Das war offensichtlich als Gefälligkeit gegenüber Bruder Eugenio gedacht, denn zu diesem Anlaß hätte ein Text über die Geburt Jesu natürlich besser gepaßt. Carlos wollte gerade aufstehen und zu Bruder Eugenio gehen, um sich mit ihm darüber zu unterhalten, als er plötzlich an der Schulter gepackt und geschüttelt wurde. Er fuhr herum und erblickte Don Baldomero, der sich über ihn beugte.

„Kommen Sie bitte mit!"

„Was ist los?"

„Kommen Sie, ich flehe Sie an!"

Carlos sprang auf.

„Kommen Sie bitte mit, Don Carlos, es dauert nur eine Minute."

Don Baldomero packte ihn am Arm, und sie gingen rasch die Treppe hinunter.

„Wo wollen Sie mit mir hin?"

„Ich will mit Ihnen reden."

Carlos betrat die Familienkapelle der Churruchaos. Es war niemand dort, und unter dem Kruzifix brannte nur eine Öllampe.

„Hier können wir uns sogar hinsetzen."

Er wies auf einen Sarkophag.

„Setzen Sie sich da drauf! Wenn man Doña Marianas Grab mit Füßen treten darf, wird Don Payo Suárez de Deza es Ihnen nicht übelnehmen, daß Sie sich mit dem Hintern auf ihn setzen."

„Ich bin nicht zu Scherzen aufgelegt, Don Carlos! Haben Sie sich den Christus in der einen Apsis genau angesehen?"

„Ja, und ich finde ihn sehr schön. Ein bemerkenswertes Gemälde. Es stellt Christus, wie Ihnen bestimmt nicht entgangen ist, als den Ewigen Richter dar."

„Er hat mich angesehen, Don Carlos! Er hat mich angesehen – und er hat mich angeklagt! Er hat mich einen Mörder genannt!"

„Hauchen Sie mich bitte mal an, Don Baldomero!" Carlos war lachend auf ihn zugetreten. „Sie haben heute abend anscheinend ein bißchen zu tief ins Glas geschaut."

Der Apotheker ließ die Arme sinken.

„Nein, ich bin nicht betrunken."

„Sie wollen mir doch wohl nicht weismachen, daß Christus zu Ihnen gesprochen hat? Das ist ein Gemälde, und Gemälde sprechen nicht, nicht einmal bei einem Wunder."

„Nein, nein, es handelt sich hier um kein Wunder. Wenn es doch bloß so wäre! Christus richtet das Wort nur an einen Sünder, um ihm zu sagen, daß er ihm vergeben hat."

„Gut, Sie haben also keine Stimme vernommen. Wenn Sie Schuldgefühle haben, dann liegt das nicht an Christus, sondern an Ihnen selbst. Sie haben das Gemälde angesehen und kamen sich plötzlich vor wie ein Mörder. Na und? Genausogut hätten Sie sich wie ein Dieb fühlen können."

„Nein, ich bin kein Dieb, ich habe noch nie etwas gestohlen. Aber meine arme Lucía – wer hat sie denn umgebracht?"

„Noch ist Ihre Frau nicht tot."

„Sie wird sterben, sie wird bald sterben, und ich bin es, der sie in den Tod geschickt hat, ich habe ihren Tod kommen sehen und ihn nicht aufgehalten, sondern ihm die Tür geöffnet und es ihm leichtgemacht. Stimmt, ich habe meine Frau nicht erdolcht oder ihr Arsen ins Essen gemischt, aber es gibt viele Methoden, einen Menschen umzubringen. Erinnern Sie sich noch daran, wie ich einmal zu Ihnen gesagt habe, daß ich ihr den Tod wünsche?"

„Warum suchen Sie sich nicht einen Pfarrer und beichten ihm? Bruder Eugenio hat gerade Zeit. Auch ich könnte Ihnen, wenn Sie mir dabei helfen, derartige Gedanken austreiben, aber ich bin nicht befugt, Ihnen die Absolution zu erteilen."

„Ich ... mir ... niemand wird mir vergeben! Das habe ich Christus von den Augen abgelesen."

Carlos schlenderte in die andere Ecke der Kapelle und setzte sich. Die Kirche hallte dumpf von der Predigt des Abtes wieder; es klang wie aus weiter Ferne.

„Ich glaube, Sie haben Christus in der kurzen Zeit ein bißchen zuviel von den Augen abgelesen."

„Ein einziger Blick hat genügt, um alle Hüllen von meinen Sünden fallen zu lassen, er reichte aus, um die grauenhaften Dinge aufzudecken, die ich mit mir herumtrage."

„Ich kenne jemanden, der sich freuen würde, Sie so reden zu hören. Es ist jemand, der an der Wirksamkeit dieses Christusbildes zweifelt."

Don Baldomero ließ den Kopf hängen und faltete die Hände. Er wirkte zutiefst verstört.

„Es ist ein erbarmungsloser Christus! Niemand wird ihn in aller Ruhe betrachten können. Und dann diese Inschrift! Diese schrecklichen Worte, die der Abt vielleicht gerade verharmlost! Haben Sie sie gelesen?"

„Mein Latein habe ich so gut wie vergessen, Don Baldomero."

Der Apotheker sah Carlos von der Seite an und ließ den Kopf wieder sinken.

„*Ich bin das Licht, die Wahrheit und das Leben. Wer mir nachfolgt, wird nicht im Finsteren wandeln, sondern im Licht des Lebens.*"

„Sehr schön. Aus der Heiligen Schrift, nicht wahr?"

„Ja, aus dem Evangelium."

„Und? Das ist keine neue Botschaft, nicht einmal für mich. Vermutlich täuschen Sie sich und der Abt versucht gerade, sie in ihrer ganzen Tragweite zu würdigen."

„Im Evangelium stehen viele Dinge geschrieben, die wir vergessen haben oder gern vergessen würden. Sie werden auf lateinisch zitiert, und man hört nur mit halbem Ohr hin. Wie könnte man weiterleben, wenn man sie sich zu Herzen nehmen würde! *Wer mir nachfolgt, wird nicht im Finsteren wandeln* ... Aber wer *kann* Ihm denn nachfolgen? Das ist die Frage, und weder der Abt noch sonst wer weiß darauf eine Antwort. Niemand von denen, die heute in dieser Kirche sind, folgt Christus nach, und die anderen, die draußen geblieben sind, auch nicht. Wir wandeln alle im Finsteren, nur wollen wir es nicht wahrhaben. Wir sagen, dies ist das Licht, und mogeln uns weiter durchs Leben. Immer gibt es eine Hoffnung, verstehen Sie? Oder einen Selbstbetrug. Man klammert sich an alles, was gerade zur Hand ist. Lucía hat Tuberkulose und geht langsam an dieser Krankheit zugrunde. Da kommt ein spinneriger Mönch daher und malt einen Christus mit Augen, die einen verfolgen und anklagen. Wer könnte es wagen, vor solchen Augen zu heucheln? Keine Hoffnung mehr, kein Selbstbetrug, sondern die Wahrheit! Woher nimmt dieser Bruder Eugenio das Recht? Er kennt kein Mitleid. Einer wie ich kommt in die Kirche, um sich zu sammeln, und er sucht eine Wahrheit, die ihn tröstet, keine, die ihn beunruhigt und erst recht keine, die ihn namentlich anprangert."

Don Baldomero stand auf und schob die Hände in die Hosentaschen.

„Hören Sie, Don Carlos, ich besuche diese Kirche seit vierzig Jahren. Wenn ich mich recht entsinne, fühle ich mich, seit ich denken kann, als Sünder, als unverbesserlicher, eingefleischter Sünder. Sie wissen schon. Heute habe ich zum erstenmal erfahren, was Angst ist, panische Angst. Er ist schrecklich! Ich werde mich nachher betrinken, und ich glaube nicht, daß ich diese Kirche nochmals betrete, solange dieser Christus da ist."

Der Abt hatte anscheinend seine Predigt beendet, denn in der Kirche herrschte Stille. Don Baldomero lehnte stumm mit hängenden Schultern und gesenktem Kopf an der Wand. Carlos rührte sich nicht. In der Ferne läutete eine Glocke, dann kehrte wieder Stille ein, bis der Chor plötzlich zu singen anfing.

„Wissen Sie, was das ist?"
„Ja, das *Benedictus*."
„Wird es vor oder nach der Wandlung gesungen?"
„Danach."
„Dann müssen Sie mich jetzt entschuldigen. Ich muß wieder nach oben. Kommen Sie mit, wenn Sie wollen. Falls Sie wirklich glauben, die Kirche nicht mehr betreten zu können, weil Sie den Blick dieses Christus nicht aushalten, könnten Sie sich von mir dagegen behandeln lassen."
„Nein, das geht nicht."

Sie verließen die Kapelle. Don Baldomero eilte, ohne sich zum Hauptaltar umzudrehen und zu bekreuzigen, auf die kleine, halboffene Tür zu, und gleich darauf verschluckte ihn draußen vor dem Portal die Dunkelheit. Carlos stieg zum Chor hinauf. Das *Benedictus* war zu Ende. Bruder Eugenio kniete noch immer. Carlos setzte sich hinten an der Wand auf eine Bank. Der Christuskopf, riesengroß und faszinierend, überragte die sacht schwankenden Silhouetten der Mönche. Carlos betrachtete ihn.

„Hm, vielleicht hat der Apotheker sogar recht."

Bruder Eugenio stand auf, sagte etwas zum Organisten und kehrte an seinen Platz zurück. Der Organist spielte die ersten Takte des *Ave Maria*. Carlos erhob sich lautlos und trat an die Brüstung. Er sah Germaine, die jetzt stand und sich mit einer Hand auf die Lehne der Bank stützte. Als sie zu singen begann, fuhren alle Köpfe zu ihr herum. Wer gerade gebetet hatte, brach ab, und auf ein kurzes Raunen folgte Stille. Auch die Blicke der Priester ruhten auf Germaine. Der Abt stand reglos am Rand des Presbyteriums.

Die Menschen in den hinteren Bankreihen erhoben sich, und alle, die sich in den Seitenschiffen drängten, reckten die Hälse. Die vordersten besetzten die Stufen, die zum Altar hinaufführten, und knieten auf ihnen nieder, das Gesicht Germaine zugewandt.

Clara rückte ein wenig von Germaine ab. Auch die Meßdiener traten beiseite und drückten sich an die Wand.

Germaine sang mit ihrer vollen, herben, tiefen Stimme, einer kraftvollen Stimme, die die Kirche ausfüllte, einer bebenden, reich modulierten Stimme, die das *Ave Maria* nicht wie ein Gebet, sondern wie ein Klagelied vortrug.

„Sie hat eine fabelhafte Stimme", sagte einer der Mönche und fiel leise in das *Ave Maria* ein, doch Bruder Eugenio brachte ihn mit einem Wink zum Schweigen.

Nach dem *Agnus* verstummte das Gemurmel, doch als der Chor endete, erhob es sich von neuem, allerdings schwächer als zuvor. Beim Abendmahl bildete es ein gleichmäßiges Hintergrundgeräusch, und nach dem *Ite* erstarb es vollends, allerdings nicht schlagartig, sondern nach und nach: Zuerst verstummte eine Gruppe von Männern, dann ein paar Frömmlerinnen, die beisammenstanden, und schließlich die jungen Mädchen in den hinteren Bankreihen... Germaine kniete wieder. Der Abt, der sich während der Zeremonie vor dem Altar hin und herbewegte, sagte, als er einmal an ihr vorbeikam, zu ihr:

„Gut, sehr gut. Sie können sich jetzt erheben." Rasch fügte er hinzu: „Meinen Glückwunsch!"

Türen gingen auf, und die Priester zogen sich zurück. Die Leute, die während der Messe gestanden hatten, wandten sich still dem Ausgang zu, blieben jedoch draußen vor dem Portal stehen und warteten. Clara sah Carlos den Mittelgang entlangkommen. Sie nickte Germaine knapp zu und verschwand in einem der Seitenschiffe. Alle, die auf den Bänken gesessen hatten, waren aufgestanden, machten jedoch keine Anstalten, die Kirche zu verlassen.

„Gehen wir", sagte Carlos zu Germaine.

Vom Portal drangen laute Stimmen zu ihnen. Germaine schritt ruhig und majestätisch die Stufen hinab. Dabei sah sie sich unauffällig um.

Carlos folgte ihr mit gesenktem Kopf, ein Lächeln auf den Lippen. Doña Angustias, die in der ersten Bank auf dem Eckplatz am Mittelgang gesessen hatte, begaffte Germaine unverhohlen und lächelte sie wohlwollend und zufrieden an. Señora Mariño, die neben ihr saß, sagte:

„Wie hübsch sie ist!"

Und Doña Angustias erwiderte:

„Kaum zu glauben, daß sie eine Nichte von der alten Hexe ist!"

Wer Germaine nicht gut sehen konnte, kletterte auf eine Bank. Germaine war von Frauen umringt, die die Hände ausstreckten, um ihren Mantel zu berühren. Vor dem Portal hatten Männer und junge Burschen eine Gasse gebildet. Als Germaine hindurchging, fing ein Junge an zu klatschen, und fast alle fielen ein. Germaine blieb stehen. Ihre Augen glänzten vor Genugtuung.

„Was soll ich tun?" fragte sie Carlos.

„Geh weiter, und wenn du in der Kutsche sitzt, winke ihnen zu."

Eine Menschentraube folgte ihnen. Carlos öffnete den Schlag der Kutsche und half Germaine beim Einsteigen.

„Jetzt!"

Da blickte Germaine hinaus und lächelte. Die Kutsche war zwischen den vielen Menschen eingekeilt, die zu Germaine aufsahen.

„Danke! Guten Abend und frohe Weihnachten!"

„Hü, Bonito!"

Die Kutsche fuhr an. Es regnete sacht, und kein Lüftchen wehte. Mit aufgespannten Schirmen und klappernden Holzschuhen gingen die Leute im Regen auseinander, und alle redeten über Germaine.

„Die hast du in der Tasche", sagte Carlos. „Der Abt ist allem Anschein nach ein guter Politiker. Er hat dir zu etwas geraten, worauf ich nie gekommen wäre, und es war der beste Rat, den man dir geben konnte."

„Was willst du damit sagen?"

„Daß von jetzt an alles genau umgekehrt verlaufen wird, wie ich es mir vorgestellt hatte, und nicht nur ich, sondern auch Doña Mariana und alle anderen. Du erbst nicht den Haß, den die Leute auf sie hatten, sondern du hast ihre Bewunderung, vielleicht sogar ihre Zuneigung gewonnen. Und all das hast du deiner schönen Stimme zu verdanken!"

„Sie haben meine Tante also nicht gemocht?"

„Sie haben deine Tante gehaßt, allerdings ohne Grund. Sie haben sie gehaßt, weil Menschen alles hassen, was sie nicht verstehen."

„Meine arme Tante!"

„Sie braucht dir nicht leid zu tun. Es hat ihr nie etwas ausgemacht, daß man sie haßte. Der Haß der anderen war für sie ein Maßstab ihrer Macht."

Die Kutsche fuhr die regennasse, leicht ansteigende Straße hinauf und rumpelte über Schlaglöcher hinweg. Grüppchen von Jungen und Mädchen, Weihnachtslieder singend, kamen ihnen entgegen. Am Ende der Straße spielte ein von Menschen umringter Sackpfeifer munter drauflos.

Die Kutsche hielt an. Carlos sprang heraus und reichte Germaine die Hand. Die junge La Rucha, die unter dem Portal gewartet hatte, kam mit aufgespanntem Regenschirm angelaufen.

„Wie schön das war, Señorita! Was für eine herrliche Stimme Sie haben! Wenn Sie wüßten, wie begeistert die Leute sind!"

Vor Bewunderung riß sie die Augen weit auf und streckte die freie Hand aus, als wollte sie Germaine streicheln.

„Wie sich die tote Señora gefreut hätte, wenn sie Sie gehört hätte! Sie ruhe in Frieden!"

Unter dem Portal klappte La Rucha den Regenschirm zusammen und bat um Erlaubnis, schon hinaufgehen zu dürfen.

„Ja", sagte Carlos zu Germaine, „auch ich gratuliere dir. Von heute an kannst du in Pueblanueva del Conde schalten und walten, wie es dir beliebt. Dank deiner Stimme hast du freie Hand."

„Danke."

„Mag sein, daß dies für dich auch ein paar Unannehmlichkeiten mit sich bringt, zum Beispiel Einladungen oder dergleichen. In diesem Augenblick denken bestimmt ein paar respektierliche Damen darüber nach, wie sie dich am besten zu sich nach Hause einladen und bewirten – natürlich, um dich noch einmal singen zu hören."

„Soll ich mich nett und gefällig geben?" fragte Germaine naiv.

„Ich weiß nicht, wie sich eine Diva gegenüber einem ignoranten Publikum verhalten sollte, doch ich würde dir eher raten, solche Einladungen anzunehmen. Du solltest die Gelegenheit beim Schopf ergreifen: Zum erstenmal bewundern die Leute jemanden aus der Churruchao-Sippe. Bisher hat man uns entweder gefürchtet oder verachtet. Ob du vielleicht dazu ausersehen bist, uns mit dem Volk zu versöhnen?"

Germaine hielt ihm die Hand hin. Es war ihr anzumerken, wie sehr sie sich freute.

„Bis morgen, Carlos."

„Frohe Weihnachten!"

Germaine ging zwei Stufen hinauf und blieb stehen.

„Sag mal, Carlos, wer war die junge Frau, die sich neben mich gesetzt hat?"

„Das war Clara, Juan Aldáns Schwester."

„Sie ist sehr schön. Ich hätte mich gern mit ihr unterhalten, aber sie ist gleich nach der Messe weggegangen. Sie ist fast geflohen."

„Keine Sorge, du wirst sie schon noch kennenlernen", erwiderte Carlos trocken.

Germaine sah ihm in die Augen.

„Magst du sie nicht?"

„Neben deiner Tante ist sie der Mensch, den ich auf dieser Welt am meisten bewundere und achte."

Der Ministrant half Don Julián, die anderen Priester legten ihr Ornat allein ab. Den gefalteten Chorrock über dem Arm, sah sich der Abt suchend nach seinem Umhang um.

„Gehen Sie noch nicht, Pater!" sagte der Pfarrer zu ihm. „Ich muß mit Ihnen reden."

„Die Mönche warten draußen auf mich."

„Sollen sie ruhig ein bißchen warten! Wozu sind Sie der Abt?"

„Es ist heute nacht sehr kalt."

„Ja, wir frieren alle, auch Sie und ich. Allerdings ist der Umhang eines Mönchs ein bißchen dicker als ein Priestermantel."

Der Pfarrer hatte die Sutane anbehalten.

„Wie wäre es mit eine Gläschen? Heute ist Heiligabend."

„Ich nehme dankend an."

Don Julián schickte den Ministranten los, Gläser für alle zu holen.

„Wir sollten uns die Gemälde zusammen ansehen, Pater. Ich habe Ihnen schon neulich gesagt, daß ich –"

„Und ich war inzwischen in Santiago. Der Erzbischof hat nichts an ihnen auszusetzen."

„Was kümmern sich die in Santiago um solche Dinge! Sie müssen sich nicht wie ich mit den Gläubigen herumschlagen und sich ihr Gemecker anhören. Morgen wird es bei mir zugehen wie in einem Tollhaus! Ich kann mir vorstellen, was sie zu mir sagen werden, die Vorsitzende der Töchter Mariä, der Katholischen Jugend und der Nächtlichen Beter..."

Der Abt trank einen Schluck Wein und räusperte sich.

„Sie haben bestimmt schon Übung darin, diese Frauen an der Nase herumzuführen. Wenn man immer danach gehen würde, was die Gläubigen wollen..."

„Diesmal geht es aber nicht anders, glauben Sie mir! In solchen Zeiten darf man nichts auf die leichte Schulter nehmen. Bald sollen Wahlen stattfinden! Es wäre doch ein Witz, wenn wir wegen dieser Gemälde die Stimmen unserer Gläubigen verlieren würden."

Der Diakon und der Subdiakon traten zu ihnen.

„Diese Herren hier teilen bestimmt meine Meinung. Haben sie sich die Bilder in der Kirche angesehen?"

Der Subdiakon war ein kleiner, rundlicher Mensch mit einem fröhlichen, geröteten Gesicht.

„Also, ehrlich gesagt habe ich ... ich habe ein bißchen was gesehen, aber nicht sehr genau hingeschaut."

„Ich habe sie mir genau angesehen", sagte der Diakon.

„Und was halten Sie davon?"

„Ich verstehe davon nichts. Schön sind sie wirklich nicht."

„Nehmen Sie sich ein Glas Wein und lassen Sie uns in die Kirche gehen. Man muß das Eisen schmieden, solange es heiß ist."

Der Ministrant ging ihnen voran. Don Julián befahl ihm, alle Lampen anzuschalten.

Mit einer ausladenden Geste umfaßte der Abt die strahlend hell erleuchteten Kirchenschiffe.

„Als die Kirche Santa María de la Plata vor sieben Jahrhunderten gebaut wurde, muß sie ungefähr so ausgesehen haben. Wie schön sie ist!"

„Ja, aber nur, wenn man mit dem Rücken zum Altar steht, Pater. Sie ist jetzt so weiß und sauber wie kaum jemals, und der Regen läuft wohl auch nicht mehr hinein, aber schauen Sie sich diese Karikaturen an, die uns Ihr Bruder Eugenio an die Wände gemalt hat!"

Er zeigte auf den Christuskopf. Der Abt betrachtete ihn mit leicht geneigtem Kopf, verdrehte ein wenig die Augen, machte eine pathetische Gebärde und sagte:

„Ich finde ihn grandios!"

Er breitete die Arme aus und nickte mit dem Kopf – einmal, zweimal, dreimal. „Grandios!" wiederholte er.

Don Julián verzog das Gesicht zu einer erbosten Grimasse und fuchtelte heftig mit den Händen.

„Mein Gott, was sagen Sie da! Wie können Sie so ein Bild schön finden? Glauben Sie etwa, daß Christus so ausgesehen hat?"

„Wir wissen nicht, wie Christus ausgesehen hat. Alle unsere Darstellungen beruhen auf Vermutungen und sind mehr oder weniger überzeugend."

„Aber er kann unmöglich ein Gesicht wie ein Straßenräuber gehabt haben! Und erst die Muttergottes! Haben Sie die Güte, mich zum Evangelienaltar zu begleiten."

Mit raschen, behenden Schritten ging er voraus.

„Das ist keine Mutter Gottes!" sagte er und blieb stehen. „Sie ist so dürr wie ein toter Ast. Was sollen diese erhobenen Arme? Und dieser in Felle gewickelte Heilige? Ich nehme an, das soll Johannes der Täufer sein, und ich frage mich, was zum Teufel er neben der Jungfrau Maria zu suchen hat. Der heilige Matthäus ginge ja noch an!"

Ein spöttisches Lächeln umspielte die Lippen des Abtes.

„Ich weiß nicht, ob Ihnen bekannt ist, Hochwürden, daß die Muttergottes die betende Kirchengemeinde vertritt und daß Johannes der Täufer als Wegbereiter Christi zugleich der Vertreter des –"

„Lassen Sie mich mit Ihren Vertretern in Ruhe! Ich brauche eine Mutter Gottes, die den Leuten gefällt, und einen Christus, bei dem man Lust bekommt zu beten und nicht zu fliehen."

„Nun, Sie werden sich mit dem zufriedengeben müssen, was Sie haben, denn die Gemälde sind fertig, und der Erzbischof hat sie gebilligt."

Der Subdiakon betrachtete noch immer die Jungfrau Maria.

„Ich finde sie nicht übel. Natürlich könnte es genausogut die Darstellung einer anderen Heiligen sein."

„Ich verstehe nichts davon", sagte der Diakon, während er seine Brille mit dem Saum des Priestermantels putzte, „aber wenn ich mich nicht täusche, habe ich noch nie so eine Mutter Gottes gesehen."

Don Julián packte den Abt an den Schultern.

„Reden wir nicht länger um den Brei herum! Richtig, was gemalt ist, ist gemalt, aber es kann verändert werden. Sagen Sie Bruder Eugenio, daß er sich bei mir melden soll. Wir könnten der Mutter Gottes statt des roten ein weißes Gewand anziehen, von wegen Unbefleckter Empfängnis. Und was Christus angeht, so muß sein Gesicht überarbeitet werden. Er darf nicht das Evangelium in der Hand halten, sondern es muß die Weltkugel sein. Wenn außerdem noch ein Herz dazugemalt wird, schön rot natürlich, damit es sich gut abhebt, dann garantiere ich Ihnen, daß ich das Gemälde meinen Schäfchen schmackhaft machen kann."

„Gut, ich werde es Bruder Eugenio ausrichten."

„Nein, nicht ausrichten, sondern befehlen! Wozu sind Sie der Abt?"

„Aber was ist mit Don Carlos Deza? Ziehen Sie seine Meinung überhaupt nicht in Betracht? Zur Zeit hat er in allem, was die Kirche betrifft, das letzte Wort."

„Don Carlos ist ein Spinner. Außerdem geht die Schirmherrschaft über die Kirche demnächst an dieses Mädchen. Sie können sich selbst ausrechnen, daß eine junge Frau, die so schön und mit soviel Gefühl singen kann, bestimmt nichts für solche Vogelscheuchen übrig hat. Ich übernehme es, ein Wörtchen mit ihr zu reden."

Der Abt klopfte dem Pfarrer mit der flachen Hand auf die Schulter.

„Sie werden ihr doch wohl nicht einschärfen, daß es eine Todsünde wäre, wenn sie –"

„Ich weiß genau, was ich ihr sagen werde."

Der Abt erinnerte daran, daß die Mönche auf ihn warteten, und verabschiedete sich. Die anderen Geistlichen diskutierten im Presbyterium weiter. Der Ministrant hatte sich in eine Ecke gesetzt und war eingenickt.

Der Abt stieg in den Omnibus und gab dem Fahrer das Zeichen loszufahren. Die Mönche hatten den Kopf in den Nacken oder auf die Schulter des Nachbarn gelegt und dösten vor sich hin. Bruder Eugenio saß in der ersten Reihe und blickte starr in die Nacht hinaus. Der Abt setzte sich zu ihm.

„Eine schneidende Kälte ist das heute!"

Der Bus fuhr durch die Stadt und bog in die dunkle, von nackten Kastanien gesäumte Landstraße ein. Der Abt hatte die Augen geschlossen. Bruder Eugenio klopfte ihm leicht auf den Arm.

„Was gibt's, Bruder?"

„Verzeihen Sie, aber ich bin in den letzten Wochen, während ich allein in der Kirche gearbeitet habe, leider zu einem starken Raucher geworden."

„Rauchen Sie ruhig, Bruder."

Der Abt schloß wieder die Augen. Bruder Eugenio drehte sich eine Zigarette, zündete sie an und ließ das Streichholz auf den Boden fallen. Die Glut der Zigarette leuchtete bei jedem Zug hell auf und warf einen schwachen Lichtschein auf Bruder Eugenios hageres Gesicht. Auf einer der hinteren Sitzbänke schnarchte ein Mönch. Der Abt drehte sich um und betrachtete die halb liegenden Männer, denen vor Müdigkeit und Erschöpfung die Augen zugefallen waren und die auf der holperigen Landstraße kräftig durchgeschüttelt wurden. Nur Bruder Eugenio blieb wach. Er wirkte noch mehr in sich selbst verkrochen als sonst, und sein Kopf sah aus wie der eines großen, müden Vogels.

In den Vorhof des Klosters fiel Licht aus dem einzigen erleuchteten Fenster. Der Abt stieg zuerst aus und wartete, bis sich der Omnibus geleert hatte.

„Geht jetzt in eure Zellen. Heute seid ihr von der Frühmette befreit."

Die Mönche grüßten und zerstreuten sich im Kreuzgang. Der Bruder Pförtner schloß das Tor unter viel Schlüsselgerassel.

Bruder Eugenio hatte gerade seine Zelle betreten, als er Schritte hörte. Aus dem Halbdunkel sagte die Stimme des Abtes:

„Einen Augenblick noch, Bruder."

Bruder Eugenio blieb in der halboffenen Tür stehen und lehnte sich an den Rahmen.

„Ich muß Ihnen leider mitteilen, Bruder Eugenio, daß Ihre Gemälde keinen großen Anklang gefunden haben."

„Das habe ich selber gemerkt."

„Don Julián läßt nicht mit sich reden. Er sagt, daß bestimmte Details überarbeitet werden müssen."

„Eher vernichte ich alles!"

„Immer mit der Ruhe. Lassen Sie ein paar Tage vergehen, gehen Sie dann zu Don Julián, hören Sie ihm zu und sagen Sie zu ihm, daß Sie über alles nachdenken werden. Damit können Sie sich dann ruhig Zeit lassen. Wenn sich die Leute erst ein bißchen an die Gemälde gewöhnt haben, finden sie sie nicht mehr so schlimm. Alles ist eine Frage der Gewohnheit."

Bruder Eugenio trat einen Schritt vor.

„Was Don Julián denkt, macht mir nicht zu schaffen. Es ist für mich nicht neu, und ich war darauf gefaßt. Aber auch den Leuten haben die Bilder nicht gefallen."

„Haben sie es Ihnen gesagt?"

„Nein, es war ihnen anzumerken."

„Und das macht Ihnen sehr zu schaffen?"

„Ja, es ist das einzige, das für mich zählt. Ich habe die Gemälde für die Menschen dieser Stadt gemalt."

Der Abt packte ihn am Arm.

„Dann, Bruder, haben Sie einen Fehler gemacht! Es ist ein Jammer."

„Ja, besonders für mich! Ich –"

Er brach ab und unterdrückte ein Schluchzen.

Der Abt klopfte ihm auf die Schulter.

„Nehmen Sie sich zusammen, Bruder. Sie sind doch kein kleiner Junge!"

Die beiden Männer schwiegen. Im Garten rauschte der Regen auf die Kartoffelstauden. Hinten im Kreuzgang huschte der Schatten eines Mönchs vorbei. Krachend ließ der Wind eine Tür ins Schloß fallen.

„Ziehen Sie sich jetzt zurück und beruhigen Sie sich! Vergessen Sie nicht, daß heute Weihnachten ist."

Bruder Eugenios Schultern zuckten. Er hatte die Hände vors Gesicht geschlagen.

„Ich habe Sie nie für einen guten Mönch gehalten, Bruder Eugenio, und vielleicht eignen Sie sich auch tatsächlich nicht dafür, aber ich war mit Ihnen oft ungerecht und bitte Sie hiermit um Verzeihung. Der Herr sei mit Ihnen!"

Der Abt tätschelte ihm sacht den Rücken, dann ging er rasch davon.

5. KAPITEL

Don Julián ließ Doña Angustias ausrichten, sie solle bitte nach der Neun-Uhr-Messe auf ihn warten.

Die Kirche leerte sich, nur drei oder vier Frauen blieben da, um noch eine Weile zu beten. Doña Angustias schickte das Hausmädchen weg, und prompt kam Señora Mariño zu ihr, um mit ihr zu tuscheln. Doña Angustias sagte, sie bete gerade für ihre verstorbenen Verwandten und werde sich später gern mit Señora Mariño unterhalten. Daraufhin nahm diese ein paar Bankreihen weiter hinten Platz und beobachtete, wie Don Julián mit Doña Angustias in der Sakristei verschwand. Señora Mariño begab sich zu Señora Cubeiro, die ebenfalls noch dageblieben war, und flüsterte ihr etwas ins Ohr. Señora Cubeiro antwortete ihr auf dieselbe Weise. So ging das eine Weile hin und her. Ab und zu wies eine der beiden Frauen auf die Wandgemälde. Schließlich standen sie auf und steuerten auf die Sakristei zu. Die Kirche war nun leer. Der Ministrant löschte die Kerzen. Durch die Fenster fiel fahles, graues Licht.

Der Pfarrer hatte Doña Angustias inzwischen von seiner Unterredung mit dem Abt berichtet. Doña Angustias tat entsetzt und erklärte empört, der Christus ähnele tatsächlich dem Leibhaftigen. Der Pfarrer erwiderte, um dem abzuhelfen, sei es ratsam, unter irgendeinem Vorwand diese Germaine zu besuchen, die Angelegenheit beiläufig zur Sprache zu bringen und auch bei der nächsten Begegnung wieder darauf zurückzukommen, bis Germaine die Sache schließlich selbst in die Hand nähme und ein Machtwort spreche. Er, Don Julián, wolle alle vorhandenen Möglichkeiten ausschöpfen und den Fall gütlich zu regeln versuchen, bevor er sich an den Erzbischof wenden und den Skandal an die große Glocke hängen würde. Doña Angustias leuchtete das ein, und der Pfarrer erklärte sich bereit, den Besuch bei Germaine in die Wege zu leiten. In diesem Augenblick traten Señora Mariño und Señora Cubeiro ein. Sie entrüsteten sich darüber, daß sich ein Mönch – ausgerechnet ein Mönch! – in einem Gotteshaus eine solche Respektlosigkeit geleistet habe. Kurz, sie schalteten sich in das Gespräch ein, und es wurde vereinbart, daß sie bei dem Besuch mit von der Partie sein sollten.

„O ja, wir müssen zu ihr gehen und ihr zu ihrer Stimme gratulieren."

„Wir könnten Sie bitten, bei einem Wohltätigkeitskonzert zugunsten unserer Kleidersammlung zu singen."

„Wäre das nicht ein bißchen zuviel verlangt?"

„Zuviel verlangt? Sie sitzt den ganzen Tag allein am Klavier und singt! Das erzählt La Rucha jedem, der es hören will. Ob sie nun zu Hause singt oder vor einem Publikum, bleibt sich gleich, nur daß es im zweiten Fall einem wohltätigen Zweck dienen würde."

„Und wenn es ihr nicht recht ist?"

„Fragen kostet nichts."

„Schon, aber gleich beim erstenmal..."

„Dann fragen wir sie eben beim zweitenmal."

„Ob das nicht zu spät wäre? Ich habe gehört, sie will bald wieder abreisen."

„Abreisen? Das kann sie nicht, sonst verliert sie alles."

„Vielleicht ist es ihr egal."

„Ein Vermögen wie das der Alten läßt man sich nicht durch die Lappen gehen."

„Angenommen, sie reist trotzdem ab – wer kriegt es dann? Außer ihr hatte die Alte keine Erben."

„Wer weiß? Ich habe läuten gehört, daß es noch ein zweites Testament gibt. Vielleicht hat Doña Mariana ihre Entscheidung bereut und alles den Armen vermacht."

„Nein, sie war eine Frau, die nie etwas bereut hat. Und eine gute Christin war sie auch nicht. Ich habe außerdem gehört, daß –"

Don Julián unterbrach die beiden Frauen: Er müsse jetzt die Kirche abschließen und werde ihnen beizeiten Bescheid geben. Doña Angustias wäre gern noch ein bißchen geblieben, aber da sich die beiden anderen an sie gehängt hatten, blieb ihr nichts anderes übrig, als zusammen mit ihnen aufzubrechen. Señora Cubeiro äußerte nochmals die Überzeugung, Germaine werde nicht in Pueblanueva bleiben; Señora Cubeiro war gegenteiliger Meinung.

Don Julián ging nach Hause, zog die neue Sutane über und machte sich stadtfein. Bevor er aufbrach, trank er ein Täßchen Schokolade, steckte sich eine Zigarette an und spazierte rauchend auf der Veranda auf und ab. Schließlich nahm er einen Regenschirm und trat auf die Straße. Draußen hüllte er sich enger in seinen Priestermantel und spannte den Schirm auf.

Die alte La Rucha machte ihm auf. Er sagte, er wünsche die Señorita zu sprechen. Da ließ sie ihn eintreten, führte ihn in ein kleines Empfangszimmer und bat ihn, ein Weilchen zu warten.

Germaine, die sich im Salon aufgehalten hatte, wunderte sich über den Besuch des Pfarrers, der sich bei ihrem Anblick erhob und sie mit feierlicher Miene begrüßte. Sie forderte ihn auf, Platz zu nehmen.

„Eigentlich ist dies kein richtiger Besuch, sondern ich bin nur gekommen, um Sie im Namen einiger Damen um eine Unterredung zu bitten."

„Eine Unterredung? Sie wollen mit mir sprechen?"

„Ja, und es sind nicht irgendwelche Damen, sondern die angesehensten der Stadt. Sie kennen doch gewiß Señora Salgado?"

Germaine schüttelte den Kopf.

„Nein, ich kenne sie nicht."

Don Juliáns Augen weiteten sich, und er hob die Hände.

„Ist das möglich? Doña Angustias ist hier die Mutter der Armen, ein Stützpfeiler des katholischen Glaubens und eine wahrhaftige Heilige. Sie ist reich, steinreich, aber trotzdem ein herzensguter Mensch, voller Demut und Opfersinn. Ihrem Gatten gehört die hiesige Werft, und ihr Sohn leitet das Unternehmen. Haben Sie etwa auch noch nie von Don Cayetano gehört?"

„Nein."

„Das wundert mich allerdings, weil er der einzige ist, der uns hier Gesprächsstoff liefert. Don Cayetano ist noch jung, und es heißt, er habe nicht nur eine Menge Flausen, sondern auch ein paar gefährliche Ideen im Kopf, aber die werden ihm schon noch vergehen. Das sind jugendliche Torheiten. Ich bin überzeugt, daß man ihn eines nicht allzu fernen Tages mit einem Kruzifix am Halskettchen sehen wird... Seine Mutter betet häufig für ihn, und der Herrgott kann die Bitten eines so guten und wohltätigen Menschen nicht überhören."

Er nahm den Priesterhut von seinem Schoß und legte ihn auf den Tisch.

„Mit Ihrer Frau Tante – sie ruhe in Frieden! – hat sie sich nicht verstanden, aber solche Zwistigkeiten erlöschen mit dem Tod. Sie sehen ja selbst: Doña Angustias hat die Sache vergessen, sonst würde sie Sie nicht besuchen und kennenlernen wollen. Zwei andere Damen möchten sie begleiten, beide sehr vornehm und fromm, und ich selbst wäre auch dabei."

Als Germaine nicht gleich antwortete, hakte Don Julián nach:

„Ich an Ihrer Stelle würde diese Damen lieber nicht kränken, indem Sie sie nicht empfangen. Sie sind von Ihnen entzückt, vor allem von Ihrer Stimme. Außerdem –"

Er räusperte sich und blickte in die Luft.

„– außerdem ist es hier üblich, daß Fremde –"

„Ich bin Ihnen zu großem Dank verpflichtet, und es wird mir ein Vergnügen sein, die Damen zu empfangen – und Sie selbstverständlich auch."

Don Julián nickte.

„Danke, vielen Dank. Ich hatte von Ihnen nichts anderes erwartet." Er lächelte wohlgefällig und faltete die Hände vor der Brust. „Und wann? Wann wäre es Ihnen recht?"

„Wann die Damen wünschen. Wann *Sie* wollen."

„Heute nachmittag? Am besten gegen fünf Uhr, weil ich um sieben in der Kirche sein muß."

„Sehr gut, dann also um fünf."

Don Julián stand auf und nahm seinen Priesterhut.

„Wir sind Ihnen wirklich sehr dankbar, besonders ich. Wir beide, Sie und ich, haben viel miteinander zu besprechen. Ich nehme an, Sie wissen, daß Sie jetzt die Besitzerin der Kirche Santa María de la Plata sind?"

Germaine lachte.

„Ja, ich weiß es, aber ich verstehe es nicht. In Frankreich gehören alle Kirchen dem Staat."

Don Julián setzte eine bestürzte Miene auf und breitete die Arme aus.

„Ist das die Möglichkeit?"

„Ja, jedenfalls habe ich es so verstanden."

„Nun, bei uns läuft alles in dieselbe Richtung, doch ich hoffe, daß die Mutter Gottes es nicht zulassen wird. Gottseidank haben wir seit zwei Jahren eine gemäßigte Regierung, und jetzt finden bald Wahlen statt, die wir von der Rechten bestimmt gewinnen werden. In einem Land wie Spanien käme es einer Gotteslästerung gleich, die Kirchen in die Hände von Ungläubigen fallen zu lassen, und von denen gibt es hierzulande viele, glauben Sie mir. Ihre Zahl ist so groß, daß der Herr uns gestraft hat, indem er uns diese Republikaner- und Kommunistenbrut geschickt hat. Aber man soll nicht verzagen. Gott will uns nur prüfen."

Don Julián hatte dies im Stehen gesagt, und Germaine hatte ihm hocherhobenen Hauptes zugehört. Der Priestermantel des Pfarrers hatte sich gelockert und die Bewegungen seiner Arme behindert. Er zog ihn zurecht, schlug ihn vorn übereinander und hielt ihn fest.

„Doch die Prüfung ist fast überstanden. Wie heißt es doch gleich in einem Lied? ,... Die Hölle tost und Satan brüllt, doch der Glaube in Spanien wird nicht sterben'. Ja, der Glaube wird uns bei den nächsten Wahlen den Sieg bringen und die Politik in die richtigen Hände legen. Auch darüber möchte ich mit Ihnen reden, allerdings noch nicht heute nachmittag. Um Wahlen zu gewinnen, braucht man nämlich Geld."

Er verneigte sich vor Germaine. Die linke Hand, mit der er den Hut hielt, drückte er dabei vorn gegen den Priestermantel, während er mit der rechten von der Brust ausgehend wie bei einem altertümlichen Tanz eine kreisförmige Geste beschrieb.

„Pünktlich um fünf Uhr werden wir hier sein, und Sie werden sehen, wie fein und angenehm die Damen sind."

Clara hatte sich für ihr Zimmer einen Spiegelschrank gekauft. Auch die Waschkommode besaß einen Spiegel. Das Zimmer, groß und hell, hatte ein Fenster und eine verglaste Tür zum Innenhof. Die Waschkommode stand in einer Ecke, der Schrank an einer Längswand, dicht neben dem Bett. Vor den Scheiben hingen weiße, halb durchsichtige Gardinen, auf dem Bett lag eine blaue Überdecke. Clara hatte auch mit Sorgfalt ein paar alte Bilder aufgehängt, die sie beim Ausräumen des pazo gefunden hatte. Zwei waren in Schwarz und Gold gerahmte Drucke von *La Vicaría* und *Das Testament Isabellas der Zweiten*. Auf dem dritten, einem Ölgemälde, war im Stil der Romantik ein blondgelocktes Fräulein in einem rosa Kleid und mit einem kostbaren Kollier dargestellt. Clara hatte es an die schmale Wand zwischen Tür und Fenster gehängt, weil dort sowieso kein Platz für etwas Größeres gewesen wäre. Die Señorita hatte ein unschuldiges Gesicht und ähnelte, von der Frisur abgesehen, irgendwie Inés. Die eigenen Haare machten Clara sehr zu schaffen. Sie hatte über eine Stunde lang versucht, die Frisur einer Schauspielerin aus einer Illustrierten nachzuahmen. Es wollte einfach nicht klappen, und als es dann doch klappte, stellte sie fest, daß die Frisur nicht zu ihrem Gesicht paßte. Wütend warf sie die Illustrierte in eine Ecke und kämmte sich wie immer. Dann zog sie das schwarze Kleid, die dünnen Strümpfe und die neuen Schuhe an. Sie ging zum Fenster, öffnete die Läden und betrachtete sich im Schrankspiegel. Sie trat ein paar Schritte vor, machte ein paar Schritte rückwärts. Sie drehte sich nach rechts, sie drehte sich nach links. Sie legte sich den Mantel um, sie zog ihn an, sie zog ihn aus. Sie stampfte zornig auf, kickte die Schuhe weg und setzte sich aufs Bett.

Sie sagte sich, daß Germaine schöner war als sie, und daß sie sich anmutiger bewegte. Trotzdem, genau besehen konnte sie es durchaus mit Germaines Figur und Gesicht aufnehmen. Es gab da lediglich etwas in der Gesamterscheinung, das sie nicht nachzuahmen vermochte. Sie stand auf, zog wieder die Schuhe an und betrachtete sich erneut im Spiegel. Sie prägte sich ihr eigenes Bild ein, versuchte dann, sich Germaine vorzustellen, schloß die Augen und verglich sich mit ihr. Sie konnte sich nur an Germaine erinnern, wie sie in dem Augenblick ausgesehen hatte, als sie zu singen begann: Eine Hand auf die Lehne der Bank gestützt, hatte sie leicht vornübergebeugt und dennoch hoheitsvoll und siegesgewiß dagestanden. Clara hatte sie dabei ertappt, wie sie, zufrieden über die erwartungsvolle Stille und ihren eigenen Triumph, unter den gesenkten Wimpern hervor einen raschen Blick auf das Publikum geworfen hatte. Als Germaine geendet hatte und niederkniete, die Leute sich an den Stufen zum Altarvorraum drängten, um sie mit offenen Mündern zu bestaunen, hatte Clara sie voller Genugtuung lächeln sehen.

„Ich wäre am liebsten im Erdboden versunken."

Clara öffnete die Augen. Sie sah ihr ruhiges, ein wenig trauriges Gesicht, ihre hängenden Schultern. Sie drückte die Brust heraus und bemühte sich, ein fröhlicheres Gesicht zu machen. Aber in ihren Pupillen glomm weiterhin dieses verzagte, flackernde Licht, und neben dem Mundwinkel hatte sie noch immer diese kleine Falte. Sie kramte in der Schublade des Nachttischs und entnahm ihr ein paar kleine Dosen. Nachdem sie sich dunkle Lidschatten gemalt und ein bißchen Rouge aufgetragen hatte, betrachtete sie sich erneut und lächelte.

„Das bin nicht ich, aber es sieht ganz passabel aus."

Sie legte sich den Mantel über den Arm und betrat das Zimmer ihrer Mutter. Die alte Frau war in einem Sessel am Fenster eingeschlafen. Clara lehnte die Läden an und ging hinaus. An der Haustür zog sie den Mantel an und spannte den Schirm auf. Sie überquerte den Platz, und als sie am Rathaus vorbeikam, rief ihr jemand einen Gruß zu.

Durch ein paar Gassen ging sie zum Meer hinunter. In den Kneipen ging es hoch her, Lieder wurden im Chor gegrölt, und es wurde laut gestritten. Mitten auf der Straße, im Regen, spielten ein paar kreischende Kinder Fangen. An der Ufermauer stand, den Rücken der Stadt zugekehrt, ein einsamer Mann und sah aufs Meer hinaus. Der Wind hatte gedreht. Im Norden hellte sich der Himmel auf.

Clara klappte den Regenschirm zusammen und trat in das Portal von Doña Marianas Haus. La Rucha erschien. Clara sagte zu ihr, sie wünsche Señorita Germaine zu sprechen. La Rucha gab ihr wortlos mit einem Wink zu verstehen, sie solle eintreten, und ließ sie vor dem Garderobenspiegel stehen. Clara drehte dem Spiegel den Rücken zu.

„Diese Aldán ist da."

„Eine Aldán?"

Germaine hatte in Doña Marianas Schränken herumgestöbert und hielt ein grünseidenes Kleid von altmodischem Schnitt in der Hand.

„Ja. Wissen Sie nicht, wen ich meine?"

„Natürlich weiß ich das. Laß sie herein. Ich komme gleich."

„Ja, Señorita."

La Rucha rührte sich nicht von der Stelle. Germaine strich über die Seide: Sie fühlte sich weich und fest zugleich an, und die Farbe war nicht ausgeblichen.

„Ich verstehe nicht, daß Sie sie empfangen, Señorita. Die Aldáns sind keine anständigen Leute, und diese Clara..."

Germaine warf ihr einen fragenden Blick zu und hielt sich das Kleid an. La Rucha faßte das als Erlaubnis zum Weiterreden auf.

„... diese Clara hat einiges auf dem Kerbholz, verstehen Sie? Bis vor kurzem nagte sie noch am Hungertuch, jetzt hat sie einen Laden und jeden Tag was auf dem Tisch. Es ist viel über sie geredet worden. Lauter Männergeschichten. Ihre Frau Tante, sie möge in Frieden ruhen, wollte sie nicht in ihrem Haus haben. Sie war einmal hier, als die gnädige Frau schon krank war, und hat ihr angeboten, sich um sie zu kümmern, aber Doña Mariana hat sie durchschaut..."

Germaine faltete das Kleid zusammen und legte es auf einen Stuhl.

„Ich werde sie trotzdem empfangen müssen."

La Rucha ging zur Tür.

„Sie sind zu gütig mit jemandem, der es nicht verdient. Sie haben ja neulich abend selbst erlebt, wie frech sie ist. Sich neben die Señorita zu setzen! Die Leute trauten ihren Augen nicht. Da muß man schon ganz schön unverschämt sein."

Germaine war in der Mitte des Raums stehengeblieben. Aus den offenen Schränken roch es nach Quitten. Auf dem Fußboden stapelten sich Kleider, Mäntel, Unterwäsche.

La Rucha kam zurück.

„Hast du sie in den Salon geführt?"

„Ja, aber in den kleinen."

„Bring sie hierher."

Germaine nahm das grüne Seidenkleid, hob es an den Schultern hoch, ging damit zur Balkontür und hielt es ins Licht.

Clara erschien und blieb auf der Schwelle stehen.

„Guten Tag."

Sie konnte Germaine hinter dem Kleid nur ahnen.

„Guten Tag", wiederholte sie.

Germaines Gesicht schaute hinter dem Seidenkleid hervor.

„Oh! Sie sind es? Treten Sie bitte näher. Entschuldigen Sie, daß ich Sie so empfange." Sie ließ das Kleid fallen und ging mit ausgestreckter Hand ein paar Schritte auf Clara zu. „Sie sind die Schwester von Juan Aldán, nicht wahr? Wenn ich das gewußt hätte! Juan und ich haben uns in Madrid miteinander angefreundet. Er ist sehr intelligent und sympathisch. Leider habe ich das Mädchen nicht richtig verstanden, als es Ihren Namen sagte..."

„Das macht nichts. Ich bin kein Mensch, den man nach allen Regeln des Protokolls empfangen muß."

„Aber Sie... Sie gehören doch auch zur Familie, oder? Carlos meinte –"

„Ich weiß nicht, ob wir miteinander verwandt sind. Auf jeden Fall sind wir beide Churruchaos, und die Leute hier werfen alle, die so heißen, in einen Topf."

Germaine holte einen Stuhl und wartete ab, bis Clara Platz genommen hatte. Erst dann setzte sie sich selbst neben einen Stapel alter Kleidungsstücke.

„Ich habe in den Schränken meiner Tante gekramt. Es stört Sie doch nicht, wenn ich weitermache? Es sind ein paar sehr schöne Sachen dabei."

Clara zeigte auf das grüne Kleid.

„Das Kleid hat sie auf dem Porträt an, das im Salon hängt."

Sie bückte sich, hob es auf, strich über die Seide. Germaine beobachtete sie. Claras Hände genossen die Berührung wie eine Liebkosung.

„Wollen Sie diese Sachen verkaufen?" fragte sie.

„Nein. Ich schenke sie dem Personal."

Clara hielt ihr das Kleid hin.

„Warum probieren Sie es nicht an? Ich bin sicher, daß es Ihnen sehr gut steht. Wo Sie Ihrer Tante doch so ähnlich sind, werden Sie darin aussehen wie sie auf dem Porträt. Legen Sie sich dazu auch das Smaragdkollier um."

Germaine sah sie verblüfft an.

„Sie kennen es?"

„Ja."

Germaine hängte das Kleid über eine Stuhllehne und fing an, ihr eigenes aufzuknöpfen.

„Meine Tante hat es Ihnen wohl gezeigt?"

„Nein, Carlos. Carlos und ich sind ... gute Freunde."

„Carlos war bis jetzt sozusagen Herr im Hause, nicht wahr?"

Germaine ließ ihren Rock zu Boden gleiten. Clara betrachtete prüfend Hüften und Busen und stellte Vergleiche mit sich selbst an.

„Er hätte hier der Herr im Hause werden können. Wissen Sie nicht, daß Doña Mariana ihn anbetete? Jeder andere hätte die Smaragde behalten. Das Testament hätte das zugelassen."

„Sie kennen also auch das Testament meiner Tante?"

Clara lachte. Sie stand auf und half Germaine, das grüne Kleid anzuziehen.

„Die ganze Stadt kennt es. Hier kann man nichts geheimhalten. Ich könnte Ihnen den Namen von jemandem nennen, der den Inhalt schon kannte, bevor Carlos es gelesen hatte. Klar, alle waren neugierig und wollten wissen, wem Doña Mariana ihren Besitz vermacht hat."

„Aber Carlos wird doch wohl nicht alles herumerzählt haben?"

„Mir hat er nichts erzählt, und anderen Leuten wohl auch nicht. Wie gesagt, in dieser Stadt kann man nichts geheimhalten."

Germaine schloß die Druckknöpfe auf dem Rücken. Das Kleid saß ein bißchen knapp.

„Und woher wissen Sie, daß ich die Smaragde habe?"

„Ich kenne Carlos."

Hinten war das Kleid ein wenig zu lang, über den Hüften spannte es, und unterhalb der Knie warf es kreuz und quer Falten. Germaine wäre fast gestrauchelt. Clara stützte sie.

„Vorsicht, fallen Sie nicht hin!"

Germaine bedankte sich.

„Ich hole das Kollier. Wollen Sie bitte solange warten? Ich begreife nicht, wie die Frauen früher in solchen Kleidern auch nur zwei Schritte machen konnten."

Clara trat ans Fenster. Aus den Magnolien fielen Regentropfen zur Erde, doch es hatte zu regnen aufgehört und der Himmel war heller. Sie hörte hinter sich das Klacken von Germaines Absätzen und drehte sich um. Germaine hielt die Schatulle in der Hand.

„Sie sind sehr hübsch."

„Finden Sie, daß ich meiner Tante ähnele?"

„Sie sind hübscher als Ihre Tante."

Die Smaragde funkelten in Germaines Hand.

Clara trat näher und berührte das Kollier.

„Es ist wunderschön."

„Möchten Sie es anprobieren?"

„Nein, nein!" Clara griff sich mit beiden Händen an den Hals. „Es ist besser, wenn Sie es anlegen. Für ein armes Mädchen wie mich sind solche Juwelen eine Versuchung oder eine Seelenqual."

„Ich war bis vor kurzem auch arm."

„Na, dann kennen Sie das Gefühl ja."

Das Kleid war bis zum Brustansatz ausgeschnitten. Die

Smaragde glitzerten auf Germaines Haut. Sie hob ein wenig das Kinn und sagte:

„Und jetzt einen Spiegel!"

„Im Salon können Sie sich am besten sehen."

Sie traten in den Flur hinaus. Die junge La Rucha bohnerte den Fußboden. Sie staunte, als die beiden an ihr vorbeikamen.

„Was für ein schöner Schmuck! Und wie hübsch Sie sind! Sie sehen der verstorbenen gnädigen Frau ähnlich."

Ihre Augen weiteten sich vor Bewunderung und sie ließ den Stiel des Schrubbers los. Rasch lief sie Germaine und Clara hinterher.

„Möchten Sie, daß ich die Läden aufmache? Warten Sie, ich gehe vor!"

Sie öffnete die Salontür, trat als erste ein und riß die Fensterläden auf. Germaine stand schon vor dem Spiegel. Clara stellte sich schräg hinter sie und betrachtete ihr Spiegelbild.

La Rucha hatte die Hände gefaltet, und ihr Gesicht war in stummem, ungläubigem Staunen erstarrt. Germaine machte ein paar Schritte rückwärts und fing an, eine Arie aus *La Traviata* zu trällern. Clara trat zur Seite und lehnte sich ans Klavier. Ohne ihr Spiegelbild aus den Augen zu lassen, drehte und wendete sich Germaine und bewegte dabei die Arme im Takt der Melodie. Von den Wandleuchtern, den polierten Messingflächen und den Glasscheiben auf den Bildern – von überall her fiel Licht auf Germaines Gestalt, und dieses Licht brach sich im Kristallüster über ihrem Kopf und zauberte Reflexe in sämtlichen Regenbogenfarben auf ihre Stirn.

„Eines Tages werde ich so in der Oper singen, mit diesem Kollier und in diesem Kleid. Es wird ein großer Tag sein, und Tausende von Menschen werden mir applaudieren."

Sie ließ die Arme sinken und sah voller Freude und Genugtuung zuerst Clara und dann La Rucha an.

„So, wie ich jetzt aussehe, ähnele ich meiner Tante nicht, stimmt's?"

„Nein", sagte Clara. „Sie war von anderer Art."

Cayetano hatte während des Mittagessens hartnäckig geschwiegen. Doña Angustias fragte ihn, ob er den Kaffee nicht in ihrem Salon nehmen wolle.

„Gut, aber ich habe nur einen Moment Zeit."

Er sagte dies halb verbittert, halb geistesabwesend und sah seine Mutter dabei nicht an.

„Ist etwas mit dir, mein Sohn? Hast du Kummer?"

„Nein, Mama. Ich habe den Kopf nur voll mit geschäftlichen Dingen."

Don Jaime bekam den Kaffee bei Tisch serviert. Cayetano reichte seiner Mutter den Arm, ging mit ihr in ihren Salon und rückte ihr den Sessel zurecht. Das Hausmädchen stellte das Tablett mit dem Kaffeegeschirr auf das Tischchen über dem Kohlebecken. Doña Angustias schenkte ein.

„Nimmst du auch einen Cognac?"

„Ja, gern, Mama, aber ich habe es eilig."

„Komm, setz dich zu mir."

Sie streckte die Hand aus, ergriff Cayetanos Arm und zog ihn zu sich heran.

„Ich habe eine kleine Bitte. Heute nachmittag brauche ich den Wagen. Um fünf."

„Gut, nimm ihn ruhig."

„Setz dich doch und bleib ein bißchen bei mir. Denk nicht soviel an deine Geschäfte."

Cayetano gab nach. Er nahm Platz und ergriff die Hand seiner Mutter.

„Gut so?"

Sie lächelte.

„Ja, so ist es schön. Wie früher. Seit einiger Zeit habe ich das Gefühl, daß du nicht mehr derselbe bist, mein Sohn."

Er ließ ihre Hand los.

„Es gibt da ein paar Dinge, die nicht so sind, wie sie sein sollten, Mama. Ich mache mir große Sorgen."

„Man könnte glauben, daß du mich nicht mehr lieb hast."

„Unsinn."

„Nein, das ist kein Unsinn, mein Sohn. Eine Mutter ist eine

Mutter, aber ein Mann braucht noch etwas anderes. Wenn du dich von mir abwenden und einer anderen Frau zuwenden würdest, einer Frau, die etwas taugt und die du gern heiraten möchtest, dann..."

Sie sprach leise und beobachtete dabei verstohlen Cayetanos Gesicht und seine Augen, die in die Ferne blickten.

„Heiraten? Das hätte mir gerade noch gefehlt!"

„Eines Tages wirst du es nicht länger hinausschieben können, und ich wünsche mir, daß es bald soweit ist. Alle Mütter werden gern Großmütter."

Cayetano wandte sich ihr zu und nahm ihre Hände.

„Wie würdest du reagieren, wenn dir jemand erzählen würde, daß unser Unternehmen in Gefahr ist?"

Doña Angustias lachte und griff nach der Kaffeetasse.

„Ich würde es nicht glauben. Ich würde denken, daß man sich einen Scherz mit mir erlaubt."

„Es wäre aber kein Scherz, Mama, sondern die reinste Wahrheit. Das ist der Grund, warum ich mir Sorgen mache."

Er sah seine Mutter an und las in ihren Augen Furcht und Verständnislosigkeit.

„Die Sache ist wirklich ernst. Ich habe Feinde, gegen die ich mich behaupten muß, verstehst du?"

„Aber so ist es doch immer gewesen, mein Sohn."

„Ja, aber diesmal ist es anders. Es sind keine Feinde aus dieser Stadt, sondern Leute von außerhalb, Leute mit viel Macht. Trotzdem, mach dir keine Sorgen. Ich habe bisher immer gewonnen und werde auch diesmal gewinnen."

Er reichte seiner Mutter die Kaffeetasse und trank selbst einen Schluck.

„Es handelt sich um ein paar Tage, höchstens um einen Monat. Du brauchst dir darüber keine Gedanken zu machen."

Er stellte seine Tasse ab und stand auf.

„Du gehst schon? Ich wollte dir doch erzählen, daß ich –"

Sie sah ihn flehend an. Cayetano holte tief Luft und ließ die Arme sinken.

„Na gut, Mama, erzähl es mir."

Er nahm wieder auf dem Sofa Platz, lehnte sich zurück und blickte an die Decke.

„Ich höre."

„Weißt du, warum ich heute nachmittag den Wagen brauche? Ich will zusammen mit Don Julián und ein paar Damen aus der Kirchengemeinde einen Besuch machen. Wir wollen zu –"

Sie verstummte, weil Cayetano neben ihr zusammengezuckt war, sich ihr zugewandt hatte und sie verblüfft ansah.

„Sag bloß, ihr wollt zu dieser Señorita!"

„Ja, wir wollen sie besuchen. Sie ist eine bezaubernde junge Frau. Und wie sie singen kann! Wenn du zur Weihnachtsmesse gegangen wärst, hättest du sie auch gehört. Was für eine Stimme! Das reinste Wunder! Hübsch und bescheiden ist das Mädchen auch. Wer ihre Tante gekannt hat, muß sich fragen, wie aus ein und derselben Familie so verschiedene Frauen hervorgehen können. Mit welch frommer Hingabe sie die Messe gehört hat! Aber vor allen Dingen muß man sie singen hören. Eine Stimme wie ihre habe ich noch nie gehört. So eine Stimme ist ein wahres Gottesgeschenk, und eine Frau, die so singt, kann nicht böse sein."

Cayetano saß mit gesenktem Kopf da. Doña Angustias beobachtete heimlich sein Mienenspiel.

„Und das reicht, um dich vergessen zu lassen, daß ihre Tante dich dreißig Jahre lang gekränkt hat? Es reicht, damit du in das Haus der Frau gehst, die dir soviel Unglück gebracht hat?"

In Cayetanos Stimme lag eine Spur Bitterkeit.

„Was kann ihre arme Nichte dafür? Sie ist so hübsch, und dann diese Stimme! Man braucht das Mädchen nur anzusehen, schon sind alle Kränkungen vergessen, und man sagt sich, daß alles verziehen werden kann."

Doña Angustias lehnte den Kopf an die Schulter ihres Sohnes und streichelte sein Kinn.

„Wie glücklich würdest du mich machen, wenn du so eine Frau heiraten würdest!"

„Sei still!"

Cayetano wandte sich schroff von ihr ab und stand auf.

„Verzeih mir, Mama. Ich hatte zwar so etwas erwartet und mich innerlich darauf vorbereitet, aber ich hätte nicht gedacht, daß es so schnell und leicht gehen würde. Verzeih mir."

Er wollte gehen, doch Doña Angustias streckte die Hand nach ihm aus.

„Gibst du mir heute keinen Kuß?"

Er beugte sich vor und küßte ihr die Hand.

„Damit du es weißt: Ich habe vor, sie zum Essen einzuladen."

Cayetano erwiderte nichts. Ohne seine Mutter nochmals anzusehen, verließ er den Raum.

Doña Angustias lächelte vor sich hin.

Sie ließen Don Gonzalo auf Doña Marianas Sofa ruhen. Seit es zu regnen aufgehört hatte, fühlte er sich besser und wollte nicht wieder ins Bett. Doch bevor er den Kaffee ausgetrunken hatte, war er eingeschlafen.

Germaine war vollauf damit beschäftigt, ein paar Unterröcke aufzutrennen, weil sie die schöne violette Seide vielleicht weiterverwenden konnte. Carlos blickte schweigend ins Kaminfeuer.

„Weiß du was? Die Besuche haben begonnen", sagte Germaine unvermittelt, ohne zu Carlos hinüberzuschauen. „Den Anfang hat ein Pfarrer gemacht. Er hat angefragt, ob ich ihn und ein paar Damen heute nachmittag empfangen würde. Ich habe zugesagt. War das richtig?"

Carlos hob langsam den Kopf und fixierte Germaines Photo.

„Um wen handelt es sich denn?"

„Keine Ahnung. Der Pfarrer meint, um die wichtigsten Damen der Stadt. Eine scheint besonders wichtig zu sein."

„Doña Angustias, die Mutter von Cayetano Salgado?"

„Ja, die."

Carlos drehte sich zu Germaine um.

„Weißt du, wer sie ist? Sie ist die Frau eines Mannes, der Doña Mariana sein Leben lang geliebt hat, und sie ist die Mutter eines anderen Mannes, der sie immer gehaßt hat. In Pueblanueva hat sich in den vergangenen dreißig Jahren alles um diese Liebe und diesen Haß gedreht. Aber weder Liebe noch Haß sind ewig. Der Teufel in Cayetanos Seele hat seit dem Tod deiner Tante Ruhe gegeben. Cayetano hat mir gestanden, daß er befürchtet, seine heißgeliebte Mutter könnte versuchen, unter diese Geschichte einen Schlußstrich zu ziehen wie in einem von diesen Romanen – durch eine Hochzeit."

Germaine legte die Schere aus der Hand und lachte schallend.

„Wen soll er denn heiraten? Mich?"

„Doña Mariana hat das nicht etwa gewünscht, sondern gefürchtet. Für die Leute hier in der Stadt ist es so gut wie ausgemacht, daß du, falls du in Pueblanueva bleibst, am Ende Cayetano Salgado heiratest."

„Ich will aber nicht in Pueblanueva bleiben!"

„Und Cayetano will dich nicht heiraten. Dabei kennt er dich doch gar nicht!" Carlos lächelte. „Vielleicht ändert er seine Meinung, wenn er dich sieht und sich mit dir unterhält. Du bist eine begehrenswerte junge Frau und hast einem Mann, zumindest einem wie Cayetano, vieles zu bieten, das genauso begehrenswert ist wie du selbst."

Er unterbrach sich und rückte seinen Sessel näher an Germaines Sessel heran.

„Es tut mit leid, daß mir meine Prinzipien verbieten, an dem Gespräch heute nachmittag teilzunehmen. Es wäre bestimmt interessant zu beobachten, wie Doña Angustias die Möbel, Spiegel und Kandelaber beäugt, wie sie den Salon bestaunt und was für ein Gesicht sie macht, wenn sie den Teppich unter ihren Füßen spürt, die Kristalle des Kronleuchters beben sieht – übrigens kannst du ihr sagen, daß der Kronleuchter aus La Granja stammt und ein Vermögen wert ist –, oder wenn sie vor dem Porträt ihrer Feindin steht und das Smaragdkollier an ihrem Hals sieht. Ich empfehle dir, es ihr zu zeigen. Laß es sie sogar berühren. Sie wird es sich prompt am Hals einer Enkelin vorstellen, weil das sozusagen die einzige Methode wäre, an die Smaragde heranzukommen."

„Phantasierst du nicht ein bißchen?"

Germaine hatte die Handarbeit beiseite gelegt. Mit verschränkten Armen hörte sie Carlos zu.

„Nein. Deiner Tante war das alles klar, und sie hat einmal zu mir gesagt, daß sie sich im Grabe umdreht, wenn ihr Vermögen den Salgados in die Hände fällt. Wenn du –"

„Wenn ich was?"

Carlos schloß die Augen, schob die Hände in die Jackettaschen und lehnte sich im Sessel zurück.

„Die Leute in Pueblanueva glauben, Don Jaime Salgado sei der Liebhaber deiner Tante gewesen, aber das stimmt nicht. Cayetano kennt die Wahrheit, aber erst seit kurzem, und er hat sich nicht darüber gefreut. Der Gedanke, daß sein Vater die mächtigste Frau der Stadt besessen hat, entschädigte ihn für allen Kummer seiner Mutter. Es tat seinem Selbstwertgefühl gut. Doch seit er die Wahrheit kennt, gibt es für ihn zwischen den Salgados und den Churruchaos eine Rechnung zu begleichen, und das will er mit deiner Hilfe bewerkstelligen, allerdings ohne dich zu heiraten."

„Wieso mit meiner Hilfe?"

Carlos machte eine vielsagende Geste und steckte die Hände wieder in die Taschen.

„Bei dieser Operation wärst du nur eine Symbolfigur, eine Vertreterin des feindlichen Lagers, und auch um seine eigene Person ginge es nicht, sondern er wäre lediglich das Werkzeug dunkler Rachegelüste, und die haben sich jahrhundertelang in den Seelen der Leibeigenen angestaut, die von den Männern deiner und auch meiner Familie über viele Generationen skrupellos geknechtet worden sind. Cayetano hat einen üblen Ruf, weil er in dieser Stadt zahllose Frauen, ledige und verheiratete, verführt und sitzengelassen hat. Einen so schlechten Ruf hat er eigentlich nicht verdient, weil er alles andere als ein Don Juan ist. Es würde zu weit führen, dir seine Motive zu erläutern. Jedenfalls scheint er sich seit dem Tod deiner Tante auf kein Liebesabenteuer mehr eingelassen zu haben."

Germaine war sehr ernst geworden, und auf ihrer Stirn

hatte sich eine dünne, lange Falte gebildet. Ihre rechte Hand umfaßte energisch die Armstütze des Sessels.

„Warum hat du mich gezwungen, hierher zu kommen, Carlos? Ich habe mit diesen Geschichten nichts zu schaffen, und ich möchte nicht in sie verwickelt werden. Das hättest du dir selber ausrechnen können."

Sie hatte dies brüsk und mit einem harten Klang in der Stimme gesagt. Carlos lächelte in sich hinein.

„Und das Schicksal? Rechnest du nicht mit dem Schicksal? Vor wenig mehr als einem Jahr wollte ich von nichts mehr etwas wissen, sondern einfach nur weg, und jetzt bin ich hier gelandet. Schicksal, das hatte für mich mit Vergangenheit zu tun, aber für dich ist es ein Vermächtnis. Dem Anschein nach bist du hier, weil ich es so gewollt habe, ich oder deine Tante, aber wir sind beide Werkzeuge des Schicksals."

„Das ist Unsinn!"

Germaine stand auf und sagte wütend:

„Meine Tante und du, ihr hattet kein Recht, mich in eine so dumme Lage zu bringen."

„Das ist der Preis für einen Geldbetrag, der mit deiner Person ebensowenig zu tun hat wie alles andere. Geld ist ein bißchen mehr als ein Zahlungsmittel, mit dem man sich den besten Gesangslehrer von Paris leisten kann. Geld ist Blut, Haß, Geschichte. All das klebt unweigerlich an dem Geld, das du gern von hier mitnehmen würdest."

Germaine trat ans Fenster, kehrte Carlos den Rücken zu und schwieg. Don Gonzalo schnarchte friedlich. Im Kamin züngelten keine Flammen mehr. Carlos stocherte in der Glut und legte ein Stück Holz nach.

„Ich verstehe nicht, wie ihr so grausam sein könnt. Es muß an dem Leben liegen, das du hier, am Ende der Welt, führst und das auch meine Tante geführt hat – ein müßiges Leben ohne Pflichten, Ziele und Hoffnungen."

Carlos stand auf und ging ebenfalls zum Fenster. Germaine drehte sich nicht zu ihm um. Der Nordwind riffelte das Meer, in dem sich grünlich der Himmel spiegelte.

„Du irrst dich. Deine Tante wollte dich nicht in diese Geschichte hineinziehen, aber ihr war klar, daß man dich gegen deinen und auch gegen ihren Willen in sie verwickeln würde."

„Und um das zu verhindern, hat sie versucht, mich für die nächsten fünf Jahre an Pueblanueva und an dich zu fesseln?"

„Sie hoffte, daß du innerhalb dieser Zeit lernen würdest, das zu lieben, was sie geliebt hat. Und was mich angeht – nun, du siehst ja, daß ich dich warne. Doña Angustias wird dir heute nachmittag alle möglichen Schmeicheleien sagen. Du wärst für sie die Schwiegertochter, von der sie immer geträumt hat. Außerdem hast du Doña Marianas Vermögen geerbt! Und dann noch diese herrliche Stimme! Kannst du dir ausmalen, mit welchem Vergnügen sie zuhören würde, während du ihren Enkelkindern ein Wiegenliedchen singst? Eine unglückliche Person ist sie, diese Doña Angustias, und dabei ein herzensguter Mensch, eine echte Christin, sehr fromm und bekümmert wegen des Lotterlebens, das ihr Sohn führt. Sie würde nicht zulassen, daß er dich in irgendeiner Weise kränkt."

„Und ich? Glaubst du etwa, ich würde es zulassen?"

„Nein, bestimmt nicht. Für mich gehörst du nicht zu den Frauen, die sich von Cayetano verführen lassen. Ich glaube, du würdest dich nicht einmal in ihn verlieben. In dieser Hinsicht habe ich keinerlei Befürchtungen. Es gibt da eine – wie soll ich mich ausdrücken? – metaphysische Barriere. Ihr beide gehört nicht zum selben Menschenschlag. Es wäre so, als würde sich eine Frau einem Orang Utang hingeben."

Jetzt drehte sich Germaine um und fixierte Carlos mit harten, kalten Augen, die vor Wut funkelten. Ihre Lippen waren dünn und verkniffen.

„Du hast gerade etwas Wahres gesagt, Carlos. Ich gehöre nicht zu eurem Menschenschlag. Eure Welt ist mir so fremd wie der Mond. Ich fühle mich hier wie auf einem unbekannten Planeten und verstehe euch genausowenig wie das, was um mich herum passiert. Ich rede mit euch in eurer Sprache, nicht in meiner, denn die würdet ihr nicht verstehen. Heute morgen –"

Sie stockte und wandte den Blick von ihm ab.

„– heute morgen hat mich noch jemand besucht, diese junge Frau, die sich in der Kirche neben mich gesetzt hat. Du hast mir neulich wer weiß was über sie erzählt, und ich habe sie mir daraufhin als eine Art Romanheldin vorgestellt. Sie ist aber nichts weiter als ein armes Wesen, dem Neid und Triebhaftigkeit ins Gesicht geschrieben stehen. Jedenfalls ist sie keine achtbare Frau. Das hättest du mir sagen sollen. Dann hätte ich nicht den Fehler gemacht, sie zu empfangen."

Mit einer schnellen Bewegung packte Carlos Germaines Handgelenke und drehte die Innenseite ihrer Hände nach oben.

„Die hast du dir wohl noch nie schmutzig gemacht, was?"

Germaine entriß ihm die Hände und verbarg sie hinter dem Rücken.

„Dazu hat du kein Recht, Carlos!"

„Und du hast kein Recht, über einen Menschen zu urteilen, den du nicht kennst."

„Mir reicht, was ich gesehen und gehört habe."

„Du willst nichts mit dem Alltag in Pueblanueva zu tun haben, aber du glaubst irgendwelche Klatschgeschichten?"

„Ich traue meinen eigenen Augen. Clara Aldán hat mich heute vormittag glühend beneidet. Es war ihr anzusehen, daß sie mich am liebsten umgebracht und das Kollier behalten hätte."

„Du hast es ihr gezeigt?"

„Ja, aber sie kannte es schon."

„Hat sie dir nicht gesagt, daß ich es ihr vor einiger Zeit schenken wollte und sie es zurückgewiesen hat?"

„Das hast du gewagt?"

Carlos wandte sich vom Fenster ab und ging zum anderen Ende des Zimmers. Germaine ließ ihn nicht aus den Augen. Die geballten Fäuste gegen die Schenkel gepreßt, blickte sie ihm zornig hinterher. Plötzlich fuhr Carlos herum und sagte:

„Warum sollte ich nicht? Ich konnte es mir erlauben. Es war mein gutes Recht. Ich hätte Clara jeden beliebigen Gegenstand in diesem Haus schenken können, weil ich mir nämlich etwas aussuchen darf, und sei es noch so wertvoll, sogar etwas, das dir besonders gefällt – das Kollier, die Lampe dort drüben, die Nagelschere deiner Tante. Irgend etwas. Ich habe Clara das Kollier umgehängt und sie gefragt, ob sie es haben will, obwohl ich genau wußte, daß sie es zurückweisen würde."

„Wolltest du sie damit für irgend etwas bezahlen?"

„Nein, ich wollte einen Menschen, der nicht weiß, was Glück ist, obwohl er es verdient hat, glücklich machen, und sei es nur für einen Augenblick."

Germaine machte ein paar Schritte auf ihn zu.

„*Tu la rendrais bien heureuse, si tu couchais avec elle!*" sagte sie und führte, über sich selbst erschrocken, die Hand an die Lippen.

Carlos machte den Mund auf, um etwas zu erwidern, schloß ihn jedoch wieder und meinte lächelnd:

„Wenn du das ‚in deiner Sprache' reden nennst, verstehe ich dich allerdings wirklich nicht."

Er blickte von ihr zu Don Gonzalo, dann verließ er das Zimmer.

Germaine machte ein paar Schritte. Eine Tür fiel laut ins Schloß. Don Gonzalo schlug die Augen auf.

„Ist etwas passiert?"

„Nein, nichts. Carlos ist nur gerade gegangen."

Im Casino war eine grimmige, dramatische Partie im Gange, mit zahlreichen Patzern und plötzlichen, von verstocktem Schweigen gefolgten Schmähungen. Kiebitze gab es keine. Die Stimmen der Spieler hallten in dem leeren Saal wider. Carlos ging zum Spieltisch und sagte „Guten Abend". Die Männer erwiderten brummend seinen Gruß. Er setzte sich in einer Ecke in einen Schaukelstuhl. Auf dem Plattenteller des aufgeklappten Grammophons lag eine Schallplatte. Der Bursche hinter der Theke döste vor sich hin. Carlos weckte ihn, indem er ein paarmal in die Hände klatschte, und bestellte einen Cognac.

In einer Spielpause stand Cubeiro auf und gesellte sich zu Carlos.

„Haben Sie schon gehört? Heute ist Don Baldomero abgereist. Er hat schlechte Nachrichten über seine Frau erhalten. Anscheinend liegt sie in den letzten Zügen."

Cubeiro setzte sich neben Carlos auf einen Stuhl.

„Bei manchen Leuten klappt eben alles. Don Baldomero hat sich rechtzeitig von seiner Frau getrennt, bevor es mit ihr richtig bergab ging, und jetzt braucht er nur noch hinzufahren, um ihren Totenschein zu unterschreiben. In einem Jahr ist er bestimmt wieder verheiratet."

Die anderen Spieler riefen nach Cubeiro.

„Ich komme ja schon!" rief er zurück, stand auf und klopfte Carlos auf die Schulter.

„Don Baldomero hat mich gebeten, es Ihnen auszurichten. Er hatte keine Zeit mehr, sich von Ihnen zu verabschieden."

Cubeiro steckte sich eine Zigarette an und ging zum Spieltisch zurück, wo man erneut nach ihm gerufen hatte.

Carlos trank seinen Cognac und zündete sich eine Pfeife an. Er fühlte sich niedergeschlagen und melancholisch. Statt zu rauchen, klopfte er im Rhythmus eines Liedes, das er leise summte, mit dem Pfeifenkopf auf den Tisch.

Wenig später erschien Cayetano. Er ging zum Spieltisch, und die anderen machten ihm Platz, aber er lehnte ab. Eine Runde lang sah er zu, lachte den Richter aus, weil er schlecht gespielt hatte, und ging zu Carlos hinüber.

„Willst du nicht mit mir eine Runde drehen?"

„Ja, warum nicht."

„Laß uns zu Fuß irgendwo hingehen."

Sie gingen hinaus. Auf der Straße nahm Cayetano Carlos am Arm.

„Wenn du nichts dagegen hast, gehen wir zum Hafen runter. Da ist um diese Zeit niemand."

Der Nordwind pfiff über die Mole und ließ die zum Trocknen aufgehängten Netze flattern. Carlos und Cayetano stellten sich in den Windschatten des Leuchtturms.

„Jammerschade, daß wir keine richtigen Freunde geworden sind, Carlos. Es gibt Tage, da könnte ich einen echten Freund gebrauchen, um mich mit ihm auszusprechen."

Carlos lächelte und schlug den Mantelkragen hoch.

„Zuhören kann ich dir trotzdem."

„Ja, ich weiß, aber das reicht mir nicht. Männer wie ich sind notgedrungen Einzelkämpfer. Seit zwei Stunden führe ich Selbstgespräche und lasse mir immer wieder dieselben Dinge durch den Kopf gehen."

Eine kalte Sonne spiegelte sich im Meer. Cayetano zog eine dunkle Brille aus der Tasche und setzte sie auf.

„Ich habe einen Fehler gemacht. Statt den Stier an den Hörnern zu packen, hätte ich diplomatischer vorgehen sollen. Vorgestern habe ich zwei Finanzmagnaten den Fehdehandschuh hingeworfen, und sie haben ihn seelenruhig aufgehoben. Sie fühlen sich sicher und wissen, daß ich verwundbar bin. Heute morgen haben sie mir den Beweis geliefert: Man hat mich aus Bilbao angerufen, um mir mitzuteilen, daß man mir bestimmte Materialien nur gegen Barzahlung liefern könnte, weil die Banken die von mir ausgestellten Wechsel nicht mehr diskontierten. Ich habe geantwortet, na gut, dann zahle ich eben bar. Das Verhalten der Banken könne mir nichts anhaben. Aber unter diesen Umständen wird meine Liquidität in zeitlicher Hinsicht halbiert. Ich werde um ein Darlehen ersuchen müssen, und ich kann natürlich Geld bekommen, indem ich auf meinen Grundbesitz eine Hypothek aufnehme, aber das würde meine Kreditmarge verringern. Es ist schwer, Privatpersonen zu finden, die große Summen flüssig haben und bereit wären, ein so riskantes Spiel wie meines zu finanzieren. Ich brauche mindestens eine halbe Million Peseten, vielleicht sogar mehr."

Cayetano drehte sich abrupt zu Carlos um und blickte ihn an.

„Ich will damit nicht andeuten, daß ich dich als Geldgeber ins Auge gefaßt habe. Mir ist klar, daß deine Prinzipien das nicht zulassen, aber du solltest mir gegenüber zumindest zugeben, daß uns zwei Dummheiten in diese Lage gebracht haben: Ich hatte es zu eilig, die Aktien der Alten zu kaufen, und du hast das Geld viel zu schnell aus der Hand gegeben. Ohne diese Transaktion und ihre besonderen Begleitumstände wäre niemand auf die Idee gekommen, mir die Zähne zu zeigen, weil man nicht gewußt hätte, wo man mich packen kann. Hier weiß einer vom anderen, wieviel Geld er hat, und als ich auf einen Schlag einen so hohen Betrag lockermachte, habe ich mir eine Blöße gegeben. Wir hätten die Sache ruhiger angehen sollen."

„Auch Doña Marianas Erbin hat es eilig. Sie hat jahrelang in Armut gelebt und auf diesen Augenblick gewartet."

„Willst du etwa zulassen, daß sie das viele Geld mitnimmt?"

„Das weiß ich noch nicht."

„Es wäre dumm. Du hältst jetzt die Zügel in der Hand und solltest die Gelegenheit nutzen, ein bißchen Geld zu verdienen. Das würde durchaus den Absichten der Alten entsprechen, da bin ich mir sicher."

„Doña Marianas Absichten scheitern am Eigensinn ihrer Nichte und an meiner eigenen Lustlosigkeit. Klar, die Nichte würde das nicht Eigensinn nennen, sondern Berufung oder Streben nach einem Ideal ... Immer findet sich für alles ein beschönigendes Wort."

„Warum heiratest du sie nicht einfach?"

„Traust du mir zu, sie davon zu überzeugen, daß *ich* sie für den Verzicht auf den Applaus, die Blumen und die Begeisterung des Publikums entschädigen könnte?"

Cayetano lachte.

„Ich habe schon gehört, was für eine große Sängerin sie ist."

Plötzlich wurde sein Gesicht traurig.

„Weißt du, daß meine Mutter gerade bei ihr ist?"

„Ja, deine Mutter, Don Julián und ein paar Damen. Sie werden ein Kaffeekränzchen abhalten, und dann wird Germaine die Señoras in den Salon führen und ihnen eine Arie aus *Carmen* vorsingen, vielleicht sogar zwei. Wenn die Damen dann applaudieren und sie mit Lob überschütten, wird sie beglückt die Augen niederschlagen und sich artig bedanken. Auch in dieser Hinsicht hat sich Doña Mariana geirrt: Germaine taugt weder dazu, meine Frau noch deine Geliebte zu werden."

Er klopfte Cayetano ein paarmal auf die Schulter.

„Nein, es wird keine Liebesgeschichte wie in einem billigen

Roman geben. Diesmal gehen die hiesigen Klatschweiber und unsere Freunde aus dem Casino leer aus. Germaine gehört nicht zu den unglücklichen Frauen, die für dich als Opfer oder gar als sanftmütige Gattin in Betracht kommen. Sie ist vielmehr eine Frau, die mit beiden Beinen auf dem Boden der Realität steht und von der Pariser Oper träumt. Um Karriere zu machen, braucht sie Geld, und sie ist gekommen, es zu holen. Alles andere ist ihr gleichgültig."

Cayetano zog seinen Tabakbeutel heraus und hielt ihn Carlos hin. Schweigend drehten sie sich Zigaretten.

„Ein Teil von dem Geld hielt hier bisher einen Industriebetrieb in Schwung, von dem die ganze Stadt lebt."

„Und es hielt eine Feindschaft am Leben, vergiß das nicht."

„Manchmal scheint mir, daß früher alles besser war. Da gab es die Alte, und man haßte sie. Ich wurde da mitten hineingeboren, wie man so sagt, und es hat mein ganzes Leben geprägt. Jetzt haben sich die Dinge geändert, und auch ich bin nicht mehr derselbe. Ich hätte nie geglaubt, daß der Tod der Alten alles derart verändern würde."

Cayetanos Stimme bebte.

„Sogar meine Gefühle gegenüber meiner Mutter haben sich verändert. Heute habe ich mich über sie geärgert, weil sie diese Französin besuchen wollte. Für mich ist das eine Demütigung. Ja, ich empfinde es als erniedrigend."

„Nimmst du das nicht ein bißchen zu ernst?"

„Kann sein. Früher hielt ich meine Mutter für vollkommen, und jetzt habe ich begriffen, daß sie es nicht ist."

Ein Mann mit einer Angelrute ging an der Ufermauer entlang. Er blieb stehen, grüßte und warf den Haken aus, indem er ihn über seinem Kopf kreisen und dann die Sehne abspulen ließ, so daß der Haken durch die Luft flog und ziemlich weit draußen ins grünliche Meer fiel.

Señora Cubeiro bat Germaine, auch noch *Ach, wie so trügerisch...* zu singen, und Germaine sah sich zu dem Hinweis genötigt, das sei eine Tenorarie. Daraufhin bat Señora Mariño sie, die *Kleine Prinzessin* zu singen, aber Germaine meinte bedauernd, ein Lied dieses Titels sei ihr nicht bekannt, und sang zum Abschluß etwas aus *Madame Butterfly*.

Während sie sang, versuchte Señora Mariño, die Kristalle des Kronleuchters zu zählen, doch sie kam nur bis siebenunddreißig, dann verzählte sie sich. Señora Cubeiro drehte ihr Handtäschchen zwischen den Fingern und ließ den Blick von Don Julián über Doña Angustias zu Germaines Hals schweifen: einen honigsüßen, bewundernden Blick, der ebenso Germaines Stimme wie ihrem hübschen Haarknoten galt. Doña Angustias saß reglos und hochaufgerichtet da, nur ihre Augen bewegten sich. Sie schätzte die Maße des Teppichs ab: Er war mindestens acht Meter lang und sechs Meter breit, außerdem mußte er sehr alt sein, denn an manchen Stellen war er schon ein bißchen fadenscheinig, aber seine Farben leuchteten, und vor allem: Er bedeckte den gesamten Fußboden des Salons, von Wand zu Wand. Das war das Besondere an ihm. Solche Teppiche gab es bestimmt nur in Palästen, und bisher war es Doña Angustias nie in den Sinn gekommen, daß Doña Marianas Haus in Wahrheit ein Palast sein könnte. Von der Straße her wirkte es nicht so geräumig, wie es tatsächlich war.

Don Julián kämpfte tapfer gegen den Schlaf an. Seine Augen waren starr auf das Klavier gerichtet, und er genoß das Gefühl, wie ihm die Lider schwer wurden, aber jedesmal, wenn sie zufallen wollten und der Kopf auf die Brust sank, riß er die Augen auf und lächelte Señora Cubeiro an. Sie machte daraufhin eine Geste, die soviel sagen wollte wie „Wie schön!", und Don Julián nickte.

Sie applaudierten. Doña Angustias erhob sich, trat auf Germaine zu und gab ihr einen Kuß auf die Wange.

„Ich hätte nie geglaubt, daß ich eines Tages einen Sproß Ihrer Familie küssen würde, meine Liebe! Ich nehme an, Sie wissen, daß –"

Germaine schüttelte den Kopf.

„Nein, ich weiß nichts."

„Umso besser. Wir beide sollten gute Freundinnen werden.

Sie kommen doch demnächst zu mir zum Essen, nicht wahr? Ich wohne nicht in solch einem Palast wie diesem hier, aber wir haben ein schönes Haus. Die Einrichtung im Arbeitszimmer meines Sohnes stammt aus einem englischen Schloß. Der Teppich auch."

Señora Mariño flüsterte Señora Cubeiro zu, jetzt sei der richtige Zeitpunkt gekommen, um Germaine zu einem Benefizkonzert zugunsten der Kleidersammlung einzuladen, und Señora Cubeiro besprach sich leise mit Don Julián, doch der Pfarrer meinte, es sei spät geworden, und sie würden darüber besser ein andermal reden.

Don Julián stand auf und ging zu Germaine.

„Sie singen sehr schön, meine Tochter. Es ist Ihnen bestimmt, große Triumphe zu feiern, aber vergessen Sie nicht, daß eine Karriere auf den Brettern, die die Welt bedeuten, mit allerlei Gefahren gespickt ist. Natürlich zweifle ich nicht daran, daß Sie ihnen standhalten werden."

Germaine nahm die Glückwünsche und Ratschläge mit freundlicher Miene entgegen: lächelnd, verhalten, fast bescheiden.

„Das hoffe ich, Hochwürden."

„Ich auch. An Schutz durch die heilige Mutter Gottes wird es Ihnen nie mangeln. Übrigens..."

Sein Blick wanderte durch den Raum und verweilte auf einer Lampe.

„Übrigens würde ich gern an einem der nächsten Tage bei Ihnen vorbeischauen und mit Ihnen über eine bestimmte Angelegenheit reden, nämlich über die Gemälde in der Kirche, verstehen Sie? Niemand kann etwas damit anfangen, weder wir Geistlichen noch diese Damen hier, die die Kirchengemeinde vertreten. Und da Sie nun die Schirmherrin des Gotteshauses sind –"

„Sie meinen die Bilder, die Bruder Eugenio gemalt hat?"

„Ja, genau die. Ich zweifle nicht an ihrem künstlerischen Wert, aber in ein Gotteshaus passen sie nicht."

Señora Cubeiro faßte sich mit der Hand an die Stirn.

„Ich kann mir nicht erklären, wie ein Mönch dazu kommt, so etwas zu malen! Na ja, ein Mönch wie der... Sie wissen bestimmt, daß er –"

Germaine machte ein verwundertes Gesicht und drehte sich zu Señora Cubeiro um.

„Nein, ich weiß nichts. Auch darüber weiß ich nichts."

„Es heißt, Bruder Eugenio sei verrückt."

Der Pfarrer stieß sie mit dem Ellbogen an.

„Nein, glauben Sie das nicht. Die Sache ist einfach nur die, daß Bruder Eugenio ganz eigene Vorstellungen hat. Wir werden uns über diesen Fall noch unterhalten. Jetzt..."

Er sah Doña Angustias an.

„Ihr Wagen wartet doch unten, nicht wahr? Ich müßte eigentlich schon in der Kirche sein. Der Rosenkranz muß heute wohl ein wenig warten."

Sie brachen eilig auf. Doña Angustias wiederholte ihre Einladung und verblieb mit Germaine gleich für den nächsten Tag um ein Uhr. Germaine geleitete ihre Gäste zum Portal, wo sie abwartete, bis der Wagen anfuhr.

„Gehen Sie bitte schon ins Haus zurück, sonst werden Sie sich noch erkälten!"

„Ja, gehen Sie ruhig schon hinein!"

Germaine fror. Sie wärmte sich am Kamin auf. Dann inhalierte sie ein paarmal, ließ La Rucha kommen und bestellte etwas zu trinken.

„Kennst du diese Damen?"

„Und ob! Ich könnte Ihnen alles über sie erzählen."

Germaine ließ sich von ihr berichten, was man sich in der Stadt über sie, ihre Töchter und ihre Männer erzählte. Über Doña Angustias erfuhr sie lediglich, sie sei sehr reich und sehr gütig. Das sagte La Rucha mit einem vielsagenden Unterton, und Germaine setzte sie ihr solange zu, bis sie mit der Geschichte über Doña Marianas Liebschaft mit Don Jaime und ihren unehelichen Sohn herausrückte.

„Das behaupten hier böse Zungen, aber ich habe der Señora, sie ruhe in Frieden, so was nie zugetraut. Eine Frau wie sie, mit einem so guten Herz, hätte ihren Sohn niemals im Stich gelassen, sich nicht um ihn gekümmert und ihn enterbt. Diese Geschichte haben Neider erfunden."

Germaine fragte La Rucha auch, ob sie wisse, wo Doña Mariana ihre Papiere aufbewahrt hätte, und La Rucha antwortete, im Sekretär und in ein paar Schränken, die Don Carlos immer gut verschlossen halte. Die Schlüssel seien nicht unter denen, die Don Carlos der Señorita gegeben habe. Es seien sehr alte, goldene Schlüssel.

Germaine schickte La Rucha nach den Kleidungsstücken, die sie auftrennen wollte. Nachdem sie sich eine Weile damit befaßt hatte, rief sie La Rucha erneut zu sich.

„Ist es sehr weit bis zu dem Laden von dieser Señorita Clara?"

„Nein, er ist am Platz, gegenüber der Kirche."

„Ich brauche ein paar Spitzenbordüren. Glaubst du, sie hat welche?"

„Wenn Sie wollen, gehe ich nachsehen."

„Nein, ich muß sie selbst aussuchen. Bring mir den Mantel."

Während La Rucha ihr in den Mantel half, erklärte sie weiter:

„Folgen Sie der Straße bis zu einem Torbogen mit einer Madonna und einem Lämpchen. Gehen Sie dort die Steigung hinauf und halten Sie sich links, weil es rechts zum Casino mit den alten Gaffern geht. Wenn Sie dann zum Platz kommen, sehen Sie gegenüber der Kirche Kolonnaden. Da unten drin ist der Laden. Es gibt nur den einen."

Es war ein schöner Abend. Der Wind hatte sich gelegt, und das Meer rauschte leise. Es roch nach Ebbe. Germaine eilte die Straße entlang. Ein paar Passanten sahen ihr nach. Unter dem Torbogen umringte eine lärmende Kinderschar die Kastanienverkäuferin. Germaine ging die Steigung hinauf, überquerte die Straße und stand gleich darauf unter den Kolonnaden.

Im Laden war niemand. Germaine klopfte an.

„Moment! Ich komme gleich."

Schritte waren zu hören. Dann ging eine Tür auf, und Clara

trat ein. Als sie Germaine erblickte, blieb sie verblüfft stehen. Germaine lächelte sie an.

„Ich brauche ein paar Spitzenbordüren und dachte mir, daß Sie vielleicht welche haben."

„Aber . . . sind Sie allein gekommen?"

„Ja. Es ist ein schöner Abend, und die Stadt ist so klein . . ."

Clara reichte ihr einen Stuhl über den Ladentisch.

„Setzen Sie sich."

„Danke. Ich habe in den Schränken meiner Tante herumgestöbert und ein paar sehr hübsche Sachen gefunden, alte Seidenstoffe, wie sie sogar in Frankreich nicht mehr hergestellt werden, für Unterwäsche . . ."

Clara ging zum Regal und holte einen Stapel Schachteln.

„Das ist alles, was ich habe."

Sie machte die Schachteln auf. Germaine gefielen die weißen und bunten Spitzen nicht, doch unter den schwarzen fand sie welche, die sie verwenden konnte.

„War Carlos heute hier?"

„Er läßt sich hier so gut wie nie blicken. Wenn er nicht im Casino herumsitzt, hockt er zuhause über seinen Büchern oder ist unten im Hafen bei den Fischern."

„Er und ich, wir hatten heute einen Wortwechsel . . ."

Germaine hörte auf, in den Spitzen herumzukramen. Sie hob den Kopf und lächelte Clara an.

„Ihnen kann ich es ja erzählen, weil Sie seine Freundin sind. Wir haben uns gestritten, und ich habe etwas Gemeines zu ihm gesagt. Ich fürchte, ich habe ihn gekränkt."

„Es ist sehr schwer, Carlos zu kränken."

„Meinen Sie?"

„Ich möchte fast behaupten, es ist unmöglich. Carlos hat für alles Verständnis, sogar für Beleidigungen. Manchmal ist es zum Verrücktwerden."

„Mit mir war er nicht sehr nachsichtig. Er hat mich einfach stehengelassen. Dabei war ich im Recht."

Clara kreuzte die Arme vor der Brust und sah Germaine geradeheraus an.

„Sie sind gekommen, um mit mir darüber zu reden, stimmt's?"

„Ja."

„Und wieso?"

„Das weiß ich selbst nicht."

„Wahrscheinlich waren Sie wirklich im Recht, aber deshalb bin ich noch längst nicht auf Ihrer Seite. Ich bin nicht neutral."

„Sie lieben ihn, nicht wahr?"

„Wer hat Ihnen das gesagt? Er?"

„Das sieht man Ihnen sofort an."

Clara klappte einen Teil des Ladentisches hoch und kam auf die andere Seite.

„Kommen Sie hier herein, hier ist es nicht ganz so kalt. Ich schließe ab, damit uns niemand stört."

Sie schob die Riegel vor. Germaine ging durch den Durchgang und stellte den Stuhl in eine Ecke, setzt sich aber nicht. Clara verschwand durch eine Tür und kam kurz darauf mit einem schwarzen Schultertuch zurück.

„Ziehen Sie den Mantel aus und legen Sie dies hier um. Sonst frieren Sie nachher draußen auf der Straße."

Mit einem kleinen Hüpfer setzte sie sich auf den Ladentisch, schlug die Beine übereinander und zog den Rock über die Knie.

„Am besten versteht man sich, wenn man die Dinge beim Namen nennt. Ich habe das Gefühl, Sie sind nicht ganz auf dem Laufenden. Sie –"

Sie brach ab. Germaine hatte sich hingesetzt und kuschelte sich in das Schultertuch.

„Kommt es Ihnen nicht auch ein bißchen komisch vor, daß wir uns siezen? Ich finde es irgendwie verkrampft. Normalerweise sieze ich nur alte Leute, Fremde und Menschen, vor denen ich einen Heidenrespekt habe."

„Hast du vor mir keinen Respekt?"

„Doch, aber ich fühle mich dir nicht unterlegen. Nimm es mir nicht krumm. Ich bin es gewöhnt, mich als Gleiche unter Gleichen zu fühlen."

„Wenn man sich am besten versteht, indem man die Dinge beim Namen nennt, dann will ich dir sagen, daß mir mein Hausmädchen heute vormittag, als du mich besuchen kamst, geraten hat, dich nicht zu empfangen."

„Dein Hausmädchen ist eine Sklavennatur, die nur vor reichen Leuten Respekt hat."

„Sie hat mir auch erzählt, du hättest keinen guten Ruf."

„Das stimmt. Mein Ruf ist genauso schlecht, wie es der von Doña Mariana gewesen ist, und bei mir ist es genauso ungerechtfertigt wie bei ihr. Wenn sich die Leute in Pueblanueva nicht gerade über sie das Maul zerrissen, dann über mich. Deswegen haben wir uns so gut verstanden."

„Mein Mädchen meint aber, meine Tante hätte dir das Haus verboten."

„Das ist eine Lüge."

„Wenn es wahr wäre, würdest du es bestimmt nicht zugeben."

„Ich pflege nicht zu lügen, und verlogene Menschen sind mir zuwider."

„Hat dich das Leben noch nie zum Lügen gezwungen?"

„Doch, wie alle anderen Menschen auch, aber ich habe mich nicht zwingen lassen."

Germaine stand auf und ging langsam auf Clara zu.

„Ich habe ein paarmal geschwindelt, und ich bereue es nicht. Niemand darf mich deswegen verurteilen, außer denen, die das Recht dazu haben."

„Und Carlos gestehst du dieses Recht nicht zu, stimmt's?"

Germaine schüttelte den Kopf.

„Nein."

Clara faltete die Hände über ihrem Knie und beugte sich vor. Eine Haarsträhne fiel ihr in die Stirn. Sie warf mit einem Ruck den Kopf in den Nacken.

„Der Teufel hat ihn aber in die Lage versetzt, den Richter über dich zu spielen. Er hat dich in der Hand."

„Ich werde versuchen, mich gegen ihn zu behaupten, und ich wüßte gern, warum ihr mir hier alle Schwierigkeiten macht.

Etwa, weil ich mich auf eine verlogene Geschichte eingelassen habe, die ich nicht angezettelt habe?"

„Darauf kann ich dir keine Antwort geben. Ich fühle mich nicht angesprochen, weil ich eher versuche, es dir leichtzumachen."

Germaine kehrte zu ihrem Stuhl zurück, ließ den Kopf hängen und schwieg eine Weile. Dann sagte sie:

„Hast du schon einmal dringend Geld gebraucht?"

„Nicht nur einmal, sondern dauernd."

„So dringend, daß davon deine Zukunft abhing?"

„Ja. So ist es fast mein ganzes Leben lang gewesen, bis vor kurzem. Vor einiger Zeit habe ich mein Haus verkauft und diesen Laden aufgemacht. Das Haus war das einzige, das mir geblieben war. Ich konnte mich darin mit meinem Hunger verkriechen, und eine Zeitlang habe ich das auch getan, aber dann habe ich es verkauft, und zum erstenmal hatte ich ein bißchen Glück."

„Du verstehst bestimmt, daß ich um dieses Geld kämpfe."

„Allerdings. Ich würde es an deiner Stelle auch tun."

„Warum will Carlos es mir nicht geben? Warum besteht er darauf, daß ich bis an mein Lebensende hierbleibe? Warum will er mich zwingen, auf das zu verzichten, was ich mir am meisten wünsche? Ich sage das alles, weil ich davon ausgehe, daß du Bescheid weißt."

„Es ist nie leicht, Carlos' Beweggründe zu verstehen. Wäre er ein anderer, würde mir der Verdacht kommen, daß er so handelt, weil er dich heiraten will."

„Mich heiraten?"

Germaine lachte, aber es war ein verkrampftes, nervöses Lachen, und es klang nicht echt. Clara rutschte vom Ladentisch herunter, streckte eine Hand aus und ging auf sie zu, rührte sie jedoch nicht an, sondern blieb vor ihr stehen und betrachtete sie mit dem Anflug eines Lächelns halb irritiert, halb verwundert. Dann kehrte sie zum Ladentisch zurück.

Germaine beruhigte sich. Sie blickte auf. Claras Augen waren noch immer auf sie gerichtet.

„Das ist eine dumme Vermutung."

„Wieso?" wollte Clara wissen.

„Das zu erklären, würde zu weit führen."

Clara machte noch einen Schritt zurück und lehnte sich an den Ladentisch.

„Ich würde es mir aber gern von dir erklären lassen. Carlos zu heiraten hat für mich nichts mit Dummheit zu tun, und ich glaube, Doña Mariana dachte genauso. Sie hat alles so geregelt, weil sie wollte, daß Carlos dich heiratet."

Clara machte eine verzagte Geste.

„Hm, vielleicht hätte ich das lieber nicht sagen sollen. Ich glaube zwar, daß das Doña Marianas Wunsch war, aber ganz sicher bin ich mir nicht."

Sie zögerte. Germaine trat zu ihr. Ihre Finger spielten mit den Fransen des Schultertuchs. Sie schien sich gefangen zu haben.

„Sprich weiter."

„Sie gab gern Befehle, verstehst du? Daran war sie gewöhnt, und auch daran, daß man ihr gehorchte. Carlos war schon immer schwer zu handhaben. Er ist ein Mensch, der einem durch die Finger gleitet wie ein Fisch. Doña Mariana glaubte, ihr Vermögen sei ein guter Köder für dich und du ein guter Köder für Carlos. Jeder andere Mensch hätte genauso gedacht, nur du und ich nicht."

Germaine verzog säuerlich die Lippen.

„Du meinst, wir sind uns irgendwie ähnlich?"

„Wie soll ich es ausdrücken? Wir haben zwar nicht dasselbe Gesicht und dieselbe Haarfarbe, aber zum Teil dieselben Eigenschaften, obwohl wir sonst grundverschieden sind. Das merkt man allein schon daran, daß dir der Mann nicht gefällt, der mir gefällt. Für mich ist Carlos der beste Mann der Welt, trotz seiner Fehler."

Germaine zuckte mit den Achseln.

„Ein Provinzler ist er! Wie kam meine Tante oder sonst jemand zu der Annahme, ich könnte einen Mann wie ihn heiraten?"

„Hier haben alle mit dieser Möglichkeit gerechnet, einschließlich Carlos. Vielleicht achten ihn die Leute hier so sehr, daß sie glauben, in ganz Pueblanueva gebe es nicht die richtige Frau für ihn. Du mußtest erst aus Paris kommen, damit –"

„Jetzt haben sie mich kennengelernt und bestimmt eingesehen, daß sie sich geirrt haben."

„Fühlst du dich uns so überlegen, bloß weil du gut singen kannst?"

„Ihr alle, du und Carlos eingeschlossen, werdet nie verstehen, warum mich meine Gesangskunst so hoch über euch erhebt. Selbst wenn ich es nicht wollte, würde ich weit über euch stehen, und ich würde vergeblich versuchen, dir die Gründe dafür zu erklären."

Ihr Blick, hart und kalt, bohrte sich in Claras Augen. Clara zuckte mit keiner Wimper.

„Es ist seltsam", fuhr Germaine fort. „Dein Bruder hat mich gewarnt, daß ihr sehr verschieden seid, aber ich hätte nie vermutet, daß der Unterschied so groß ist."

„Was hat er zu dir gesagt, dieser Schwachkopf?" entfuhr es Clara zornig.

„Oh, nichts Schlimmes, einfach nur, daß ihr nichts gemeinsam habt, und er hatte recht. Dein Bruder hat mich vom ersten Augenblick an verstanden. Wenn ich mich mit ihm so unterhalten würde wie mit dir, könnte ich ihm gewisse Dinge klarmachen. Beispielsweise würde er begreifen, warum ich niemals einen Mann wie Carlos heiraten könnte, und auch, warum ich mich vielen Menschen überlegen fühle. Auch dein Bruder steht weit über euch, weil er einer anderen Klasse angehört. Er versteht und billigt, daß ich für meine Kunst lebe, und er würde auch verstehen und billigen, daß mein Ehemann ein bißchen weniger als mein Herr und Gebieter und ein bißchen mehr als mein Sekretär sein müßte, jedenfalls ein Mensch, der meiner Kunst genauso ergeben wäre und ihr dieselben Opfer bringen würde wie ich selbst. Kurz gesagt, müßte er die Person sein, die sich um die Angelegenheiten einer Sängerin kümmert, um all die Dinge, die sie nicht persönlich erledigen kann. Es bringt viele

Komplikationen mit sich, wenn man heute in Mailand und nächste Woche in New York singt. Und dann die Werbung, die gesellschaftlichen Verpflichtungen! Verstehst du? Für all das müßte mein Ehemann da sein."

Clara hatte ihr zuerst ernst und ein wenig verärgert zugehört, doch je länger Germaine sprach, desto mehr verschwand der Ausdruck der Verärgerung aus ihrem Gesicht. Am Schluß lachte sie.

„Ich glaube nicht, daß Doña Mariana Carlos die Rolle eines Faktotums zugedacht hatte. Sie hielt große Stücke auf ihn."

„Und auch ich würde große Stücke auf den Mann halten, den du ein Faktotum nennst! Er müßte etwas Weltmännisches und ein sicheres Auftreten haben, er müßte gebildet sein, mehrere Sprachen beherrschen und im Frack eine gute Figur machen, verstehst du? Carlos ist dagegen ein Bauernlümmel."

„Ein Bauernlümmel? Carlos ein Bauernlümmel? Mensch, wo hast du deine Augen?"

Das Lachen war ihr vergangen, und sie richtete sich zu ihrer vollen Größe auf.

„Jedenfalls ist er keine Marionette, darauf kannst du dich verlassen! Selbst wenn er sich in dich verlieben würde, wäre er nie bereit, so ein Ehemann für dich zu sein."

Sie sah Germaine aus ihren großen, klaren Augen an.

„Carlos hat auch seinen Stolz. Ich kann ihn mir nicht als den Handlanger eines anderen Menschen vorstellen. Er ist dazu geboren, entweder an Überdruß zugrundezugehen oder sich ein Wolkenkuckucksheim zu bauen. Und damit er mit dem Kopf in den Wolken leben kann, wollte Doña Mariana ihn mit dir verheiraten. Er hat nämlich kein Geld und hätte nie etwas von deiner Tante angenommen. Mit mir kann er nur etwas anfangen, wenn er in seinem Turm bleibt."

Germaine machte eine verdrossene Handbewegung.

„Kann sein, aber Carlos' Zukunft als Ehemann interessiert mich herzlich wenig. Das ist sein Problem, nicht wahr? Und meinetwegen auch deins. Ich bin hier, weil ich dich um eine Gefälligkeit bitten wollte... Ich hoffte, daß du ihn in meinem

Sinne beeinflussen und ihn davon überzeugen könntest, daß es ungerecht ist, mich zum Hierbleiben zu zwingen, und daß ich sowieso nicht bleibe."

„Carlos hat noch nie auf mich gehört."

Germaine stand auf, legte das Schultertuch auf einen Hocker und zog den Mantel an.

„Tut mir leid."

„Und die Spitzen? Nimmst du die nicht mit?"

„Ich lasse sie von einem Mädchen abholen."

Clara stieß sich vom Ladentisch ab, ging zur Tür und machte sie auf. Sie wartete ab, bis Germaine an ihr vorbeikam, und sagte:

„Glaube bitte nicht, daß ich dir etwas nachtrage und dir böse bin."

„Umso besser."

„Und was gute Ratschläge angeht – ich kann dir einen mit auf den Weg geben: Sprich mit Bruder Eugenio. Er ist Carlos' Kumpel, und wenn er bei ihm nichts erreicht, dann niemand. Du brauchst dich nicht bei mir zu bedanken. Deinetwegen hatte ich alle Hoffnung verloren, aber wenn du nicht hierbleibst..."

Germaine war auf der Schwelle stehengeblieben.

„Ich habe gehört, daß es da eine andere Frau gibt, eine Person unter seiner Würde, von der er sich angeblich nie ganz wird lösen können. Würde es dir nichts ausmachen, ihn mit ihr zu teilen?"

Clara schlug die Tür zu. Sie hörte, wie sich das Klacken von Germaines Absätzen entfernte. Es klang selbstsicher und nach einer Frau, die beim Gehen den Kopf hochträgt.

Carlos kam nicht zum Abendessen. Während Don Gonzalo zu Bett ging, fragte Germaine La Rucha, ob es bis zum Kloster weit sei und ob sie nicht einen Wagen mit Fahrer kommen lassen könne. La Rucha bejahte dies.

„Dann sorge dafür, daß der Wagen um zehn Uhr hier ist. Du fährst mit."

Germaine ging in ihr Zimmer, zog einen Hausmantel und

Pantoffeln an und trat in den Flur hinaus. Ihr Vater lag schon im Bett. Sie klopfte an die Tür und trat ein. Don Gonzalos Zimmer wurde vom Schein einer Petroleumlampe erhellt. Er selbst lag in einem Bett mit Baldachin unter einem Berg von Woll- und Daunendecken. Die Kleidung hatte er auf einen Sessel gelegt, die Pantoffeln auf den Teppich fallen lassen. Germaine schob sie mit dem Fuß beiseite.

„Wie fühlst du dich?"

Sie setzte sich auf den Bettrand und streichelte die Hand ihres Vaters.

„Gut, jedenfalls nicht übel. Ich glaube, es geht mir besser. Mir ist nur sehr heiß."

„Du solltest jetzt abends immer im Bett essen. Draußen ist es zu kalt. Und diese Feuchtigkeit!"

„Wie in Paris, nicht wahr?"

„Schlimmer als in Paris, Papa. Viel schlimmer."

Don Gonzalo drückte ihre Hand.

„Paß auf deinen Hals auf! Er ist wichtiger als mein Rheumatismus. Denk daran, daß deine Mutter –"

„Bitte, Papa!" Germaine holte ein zweites Kissen und schob es ihrem Vater unter. „So hast du es bequemer."

„Sie war damals ungefähr so alt wie du und machte sich dieselben Hoffnungen. Eines abends zog sie sich nicht warm genug an. Es war nur eine kleine Unvorsichtigkeit, verstehst du, aber sie hat sie die Stimme gekostet. Es war furchtbar."

„Ich bin kerngesund, Papa, und mein Hals ist absolut in Ordnung."

„Das sagte sie auch, aber dann fing sie an zu husten, und du weißt ja, was dann ... Kurz darauf wurde sie operiert, und ..."

Germaine stand auf.

„Glaubst du, so etwas ist erblich, Papa? Sag es mir: Bin ich dazu verurteilt, früher oder später die Stimme zu verlieren?"

Don Gonzalo bewegte sich unter den Decken und versuchte, einen Arm herauszuziehen, aber Germaine hinderte ihn daran.

„Nein, niemand behauptet, daß es erblich ist – jedenfalls

nicht mit Sicherheit. Es ist nur so eine Befürchtung von mir, aber nach der ärztlichen Untersuchung werden wir Bescheid wissen."

Germaine ließ sich langsam neben dem Bett ihres Vaters auf die Knie sinken. Die Petroleumlampe flackerte und warf schwankende Schatten, große und kleine. Germaine kreuzte die Arme, stützte das Kinn auf die gefalteten Hände und blickte zu ihrem Vater auf.

„Ich lasse mich nicht untersuchen."

Er legte eine Hand auf ihren Kopf und streichelte ihr Haar.

„Jetzt, wo wir bald reich sind, ganz bald . . . jetzt haben wir endlich Geld, um dich vom besten Spezialisten der Welt untersuchen zu lassen, von diesem Arzt in Genf. Weißt du nicht mehr, wen ich meine? Jemand hat uns mal gesagt, in Genf gebe es den besten Spezialisten der Welt. Oder war es London? Ich erinnere mich nicht mehr genau."

„Ich möchte mich von niemandem untersuchen lassen, Papa, begreifst du das nicht? Ich will davon nichts wissen! Ich will nur singen. Wenn ich eines Tages . . ."

Sie verstummte und verbarg das Gesicht in den Händen. Don Gonzalo mußte husten.

„Weißt du", fuhr Germaine fort, „nach meinem ersten öffentlichen Auftritt wäre alles anders, aber wenn der Arzt vorher sagen würde, ja, Sie haben es auch oder Sie sind dafür anfällig oder es besteht die Wahrscheinlichkeit, daß Sie es bekommen, dann würde ich mich nicht trauen, vor einem Publikum zu singen. Ich hätte Angst, plötzlich die Stimme zu verlieren und mich lächerlich zu machen. Es wäre grauenhaft!"

Sie wartete auf seine Antwort. Don Gonzalo schien auf einmal mit den Gedanken ganz woanders zu sein.

„Also, ich an deiner Stelle würde zu einem guten Spezialisten gehen. Mit Geld kann man . . ."

„Es ist noch nicht sicher, daß wir das Geld bekommen."

Ihr Vater richtete sich mühsam auf. Wieder mußte er husten. Germaine bestand darauf, daß er sich wieder zudeckte.

„Hat Carlos dir etwas gesagt?"

„Nein, nichts Neues, aber ich habe da einen Verdacht . . ."

„Das Geld steht nur dir zu." Don Gonzalo schob erneut die Decken zurück. „Wozu gibt es dieses Testament? Meine Cousine war doch nicht verrückt."

„Was wissen wir schon, Papa."

„Der Anwalt hat doch gesagt, daß –"

„Der Anwalt hat uns geraten, uns mit Carlos zu einigen. Genau das hat er gesagt, und uns wird bestimmt nichts anderes übrigbleiben. Am besten gleich morgen, damit wir so schnell wie möglich abreisen können."

„Ich fühle mich hier wohl. Dieses Bett ist so bequem! Es ist wie mein Kinderbett. Ich habe seitdem nie wieder ein so gutes gehabt."

„Ich werde dir das beste Bett der Welt kaufen! Hast du etwa schon vergessen, daß wir nach Italien ziehen wollen? Du wirst das beste Bett der Welt unter der schönsten Sonne der Welt haben."

Germaine zog ein weiteres Mal den Umschlag des Lakens zurecht und die verrutschte Daunendecke höher hinauf.

„Bleib immer schön zugedeckt! Morgen besuche ich Bruder Eugenio."

„Bruder Eugenio? Das finde ich gut. Bruder Eugenio ist ein guter Freund, und er mag uns. Oh, wenn du ihn vor fünfundzwanzig Jahren gesehen hättest! Er war das, was man einen großen Künstler nennt, und er hat deine Mutter sehr bewundert."

„Er könnte Carlos beeinflussen."

„Natürlich. Bruder Eugenio ist eine echte Persönlichkeit, das will ich meinen! Er war schon damals ein bedeutender Mensch, wie man so sagt. Ich weiß noch, wie –"

„Gut, Papa, laß jetzt lieber deine Erinnerungen in Ruhe. Ich gehe morgen zu Bruder Eugenio. Schlaf jetzt! Hast du schon deine Medizin genommen?"

„Nein, ich brauche heute keine. Ich habe nicht soviel gehustet wie sonst."

„Nimm sie trotzdem, Papa, auch wenn du weniger gehustet hast."

Sie nahm ein Fläschchen und einen Löffel vom Nachttisch, ließ etwas von dem Sirup in den Löffel laufen und führte ihn an Don Gonzalos Lippen.

„So, jetzt setz dich ein bißchen auf. Na komm, du bist doch kein kleiner Junge! Du mußt deine Medizin einnehmen!"

Don Gonzalo hob den Kopf und starrte entsetzt den Löffel an, der immer näher kam. Er kniff die Augen zu und machte den Mund auf. Germaine verabreichte ihm den Sirup. Ihr Vater machte ein Gesicht wie ein störrisches Kind.

6. KAPITEL

Die Klosterkirche war leer und dunkel. Als Germaine eintrat, lief ihr ein kalter Schauer über den Rücken. Sie stellte sich dicht neben einen Pfeiler und bekreuzigte sich flüchtig, wobei sie sich zuerst an die Stirn und dann an die Brust tippte. Dann sah sie sich im Zwielicht um und blickte hinauf zu den Gewölben aus schwärzlichem Stein. Ein dunkler Vogel schwirrte durch die feuchte Luft und suchte nach einem Weg nach draußen. Germaine ging nicht weiter nach vorn und kniete auch nicht nieder: Sie eilte zurück zur Tür. Draußen wurde sie vom Wind gepackt.

„Schon zu Ende gebetet?" fragte La Rucha aus dem Wagen heraus.

„Ja."

„Wenn Sie wünschen, daß ich Sie begleite..."

La Rucha streckte den Kopf aus dem Wagenfenster und schrie gegen den heulenden Wind an. Der Fahrer hatte sich eine Zigarette angezündet und las Zeitung.

Germaine entdeckte einen Türklopfer und betätigte ihn; sie sah ein Glöckchen und zog an der Kette. Der Wind frischte noch mehr auf. Sie duckte sich, so gut es ging. Es dauerte ein paar Minuten, bis der Laienbruder erschien: Schlüsselgerassel kündigte ihn an. Er machte die Tür einen Spaltbreit auf und streckte sein von krausem Haar gekröntes Gesicht heraus.

„*Ave Maria Purissima.* Was wünschen Sie?"

Der Laienbruder machte die Tür ein bißchen weiter auf.

Germaine stammelte:

„Ich möchte Bruder Eugenio sprechen."

Der Laienbruder sperrte die Tür noch ein bißchen weiter auf.

„Ich weiß nicht, ob er zu sprechen ist. Er arbeitet."

„Sagen Sie, daß seine –" Sie zögerte. „– daß seine Nichte da ist."

„Seine Nichte? Gut, ich werde es ihm ausrichten." Der Laienbruder zog die Brauen hoch. „Seine Nichte. Soso."

Er wollte die kleine Durchgangstür wieder schließen, doch Germaine legte die Hand auf die Klinke und sagte:

„Kann ich nicht drinnen warten? Draußen ist es so kalt."
„Gut, aber bleiben Sie in der Vorhalle. Dies ist ein Kloster."
Er machte die Tür weit auf, ließ Germaine ein und schlug mit einem Knall die Tür hinter ihr zu. Das Schloß schnappte nicht richtig zu, so daß sie einen Spaltbreit offen blieb.
„Na, Sie werden gleich merken, daß man hier drinnen genauso friert wie draußen."
Der Laienbruder war ein schroffer, rotgesichtiger, dicklicher Mensch. Er bewegte sich mit den plumpen Bewegungen eines Rheumatikers. Nachdem er Germaine fast wie ein Tier angegrinst hatte, verschwand er durch eine Tür im Hintergrund. Das Geklimper der Schlüssel verklang wie fernes Glockengebimmel.
Germaine betrachtete die schmutzigen Wände, die dunkle Balkendecke, den mit Steinplatten ausgelegten Fußboden. Ein einziger Blick genügte. Wieder erschauerte sie und schloß die Augen. La Rucha hatte draußen im Auto ein Gespräch mit dem Fahrer angefangen. Sie fuchtelte mit den Händen, bewegte den Kopf hin und her, lachte. Der Wind drückte die Tür auf und ließ sie gegen die Wand schlagen. Germaine schloß sie und lehnte sich dagegen. Jetzt war es in der Vorhalle fast dunkel. Sie hörte den Wind durch den Kreuzgang pfeifen. Irgendwo weit hinten schlug etwas aneinander, und alles wurde übertönt vom mächtigen Rauschen des Meeres. Germaine fühlte sich von diesem gewaltigen Dröhnen umfangen, ihr war, als wäre die Welt unversehens aus den Fugen geraten und als fahre ihr dieses wilde Tosen in die Knochen.
Die Tür im Hintergrund ging ächzend auf, und Bruder Eugenio erschien.
„Germaine?"
„Hier bin ich, Pater."
Er sah sie, zusammengekauert, zähneklappernd, und eilte auf sie zu.
„Wie konntest du bei so einem Sturm kommen? Du hättest mir eine Nachricht schicken sollen, mein Kind, dann wäre ich zu dir gekommen."

Er schüttelte den Kopf.

„Ich weiß nicht, wohin mit dir. Es gibt ein Sprechzimmer, aber dort friert man genauso."

„Das macht nichts. Wir können gleich hier –"

„Ich soll dich an der Pforte abfertigen?"

„Es geht ja nur um ein paar Minuten."

Bruder Eugenio ließ die Arme sinken.

„Hier friert man sich überall zu Tode, aber da drinnen können wir uns wenigstens hinsetzen."

Er stieß die Tür zum Sprechzimmer auf und schob Germaine sacht vor sich her. In dem kargen, düsteren Raum roch es penetrant nach Moder, und es zog derartig durch alle Fugen und Ritzen, daß die Fenstergardine aus schmuddeliger Spitze hin und her flatterte. Bruder Eugenio schob sie beiseite und sah nach, ob der Riegel richtig vorgeschoben war.

„Setz dich. Oder frierst du dann noch mehr?"

Er setzte sich dicht neben sie und lächelte sie liebevoll an.

„So, nun sag mir, was dich herführt."

Sie zögerte.

„Gestern hatte ich Besuch von einem Pfarrer und ein paar Damen. Sie haben sich über die Gemälde in der Kirche geäußert. Bitte geben Sie mir einen Rat, wie ich mich in dieser Angelegenheit verhalten soll."

„Was haben sie denn gesagt?"

Germaine berichtete. Bruder Eugenio hörte ihr zu, und das Lächeln verschwand nicht von seinem Gesicht. Am Schluß sagte Germaine:

„Der Pfarrer hat erklärt, daß er sich mit mir noch einmal unter vier Augen darüber unterhalten möchte."

„Sag ihm beim nächstenmal einfach, daß du davon nichts verstehst und er sich besser an mich wendet. Oder an Carlos. Hast du schon mit Carlos gesprochen?"

„Nein."

„Das hättest du tun sollen."

„Ich habe ihn seit gestern nicht gesehen. Er ist nicht zum Abendessen gekommen."

Sie blickte auf, blinzelte und schlug die Augen rasch nieder.
„Wir haben uns gestern gezankt. Wir verstehen uns nicht."
Sie verbarg das Gesicht in den Händen und schluchzte.
„Ich hätte nicht nach Pueblanueva kommen dürfen! Ich habe es geahnt!"

Bruder Eugenios Hände bewegten sich unschlüssig, sie näherten sich Germaines Armen und Händen, berührten sie aber nicht. Germaine wimmerte leise. Bruder Eugenio saß schweigend neben ihr, ratlos und peinlich berührt. Wieder versuchte er, seine Hände sprechen zu lassen, aber sie verharrten auf halbem Wege. Germaine zog ein kleines Taschentuch aus ihrer Handtasche und betupfte damit Augen und Wangen.

„Er besteht darauf, daß ich hierbleibe, und haßt mich, weil ich davon nichts wissen will."

„Das darfst du dir nicht einreden! Carlos kann niemanden hassen. Er hat deine Tante sehr gemocht, das ist alles, und jetzt fühlt er sich verpflichtet, dafür zu sorgen, daß ihr Wille geschieht."

„Aber Sie verstehen mich doch, nicht wahr? Ich kann und darf darauf nicht eingehen! Wie könnte ich auf meine Karriere verzichten, nur damit eine Tote ihren Willen bekommt? Das ist ungerecht, Pater!"

Bruder Eugenio berührte nun endlich mit der rechten Hand Germaines Arm, nein, er streifte ihn nur und zog sie gleich wieder zurück.

„Sicher, sicher, warum solltest du hierbleiben? Wir werden eine Regelung finden, mit der beide Seiten einverstanden sind. Ihr seid nämlich beide im Recht, aber ihr versteht euch nicht, weil ihr euch nicht kennt und euch von Anfang an feindselig verhalten habt. Wenn erst ein bißchen mehr Zeit vergangen ist und jeder die guten Eigenschaften und die Denkweise des anderen begriffen hat, dann werden eure Gefühle ins Gegenteil umschlagen, daran gibt es keinen Zweifel."

Germaine stand jäh auf. Doch sofort zügelte sie sich und setzte sich wieder. Bruder Eugenio war zusammengezuckt. Er hob eine Hand und sah sie aus weit aufgerissenen Augen an.

„Was ist mit dir?"
Sie holte tief Luft.
„Ach, nichts. Wollten Sie damit... Meinen Sie auch, daß Carlos und ich irgendwann heiraten? Ist das die Regelung, die Ihnen vorschwebt?"
Bruder Eugenio antwortete nicht. Er schlug die Augen nieder, machte eine vage Geste und faltete die Hände im Schoß.
„Ich merke dir an, daß dir diese Lösung nicht behagt."
„Wie könnte sie mir behagen?"
Wieder erhob sich Germaine. Die Arme resolut in die Hüften gestemmt, stand sie auf dem schäbigen Teppich.
„Sie sind doch in der Welt herumgekommen! Glauben Sie im Ernst, Carlos könnte eines Tages mein Mann werden? Sie sind doch nicht wie die Leute in dieser Stadt oder wie diese Clara Aldán, und erst recht nicht wie meine Tante! Ihnen müßte eigentlich klar sein, daß ich nicht mit einem Mann wie Carlos durch die Welt reisen könnte." Sie lachte. „Ich brauche einen Ehemann, der einigermaßen präsentabel ist."
„Und ist Carlos das nicht?"
Bruder Eugenios Tonfall hatte sich verändert: Seine Stimme klang verwundert, fast pikiert. Germaine kreuzte die Arme und fuhr etwas ruhiger fort:
„Gut, Sie sind sein Freund und mögen ihn. Vielleicht haben auch Sie in all den Jahren vergessen, was für einen Mann eine Sängerin braucht."
Sie setzte sich wieder neben Bruder Eugenio.
„Seltsam, erst gestern habe ich mich darüber mit Clara Aldán unterhalten. Ich habe zu ihr gesagt, daß ihr Bruder besser zu mir passen würde als Carlos. Juan kleidet sich wenigstens gut, und er ist ein gebildeter, wohlerzogener Mensch."
Der Mönch lachte schallend.
„Und Carlos nicht?"
Es war ein offenes, fast heiteres Lachen.
„Wieso lachen Sie, Pater?"
„Falls alle Probleme auf diesem Mißverständnis beruhen, dann ist der Fall so gut wie erledigt."

Er erhob sich und ging mit großen Schritten ein paarmal hin und her, wobei er sich auf die vor Kälte tauben Fingerspitzen hauchte.

„Wie kann ich dir nur klarmachen, daß du einem Irrtum aufgesessen bist?"

„Das stimmt nicht, Pater. Ich kann doch wohl zumindest erwarten, daß er mir als Künstlerin Verständnis entgegenbringt. Juan Aldán hat mich verstanden und vom ersten Augenblick an für mich Partei ergriffen. Sogar die Leute, die sich neulich in der Kirche drängten, und die Damen, die mich gestern zu Hause besucht haben, haben mich verstanden, vom Abt und Ihnen selbst ganz zu schweigen. Nur an Carlos prallt alles ab. Gleich am ersten Tag habe ich für ihn gesungen, für ihn allein, und ich habe es bereitwillig getan, auf den ersten Wink von ihm, ohne mich bitten zu lassen, weil ich weiß, daß Musik überzeugender sein kann als alle Argumente. Es nutzte nichts. Mein Gesang prallte an ihm ab wie an einem Dickhäuter."

Bruder Eugenio hatte lächelnd zugehört. Er rieb sich die Hände und schob sie in die weiten Ärmel seiner Kutte.

„Am Tag deiner Ankunft kam er nachmittags zu mir in die Kirche. Ich war schon mit dem Malen fertig. Er erzählte mir von dir und deiner Stimme. Wie gern würde ich jetzt wörtlich wiedergeben, was er zu mir sagte. Du würdest dich geschmeichelt fühlen."

„Er hat zu Ihnen bestimmt dasselbe gesagt wie zu mir – ein paar höfliche Formeln: ‚Wie schön! Wie gut Sie singen können!' Solche Nettigkeiten beherrscht jeder Ignorant."

„Carlos ist kein Ignorant."

„Kann sein, daß er in seinem Fach eine Größe ist, aber von Musik hat er keinen blassen Schimmer. Außerdem mangelt es ihm an Sensibilität. Ich habe für ihn einen Chopin-Walzer gespielt. Mit Chopin kann alle Welt etwas anfangen, Chopin geht jedem zu Herzen. Nur Carlos nicht! Er hat beim Zuhören ein dummes Gesicht gemacht, als würde ich einen Paso doble spielen, und die ganze Zeit hat er nur meine Hände angestarrt."

Bruder Eugenios Gesicht hatte sich verfinstert. Leise, als redetet er mit sich selbst, fragte er:

„Das hat er getan?"

Mit weit ausholenden, raschen Schritten ging er auf und ab, die Hände auf dem Rücken und den Oberkörper leicht vorgebeugt. Germaine sah zu, wie er hin und her ging, einmal, zweimal, dreimal... Beunruhigt lehnte sie sich zurück. Bruder Eugenios Schritte hallten laut wider, wenn er auf die Steinplatten trat, wurden verschluckt, wenn er über den Teppich ging und waren gleich darauf wieder genauso laut zu hören wie zuvor. Plötzlich blieb er stehen, noch immer vornübergebeugt. Mit einer Geste, in der sich Zorn und Enttäuschung die Waage hielten, sagte er mit bebender Stimme:

„Das kann ich nicht dulden, nein, das dulde ich nicht! Das hat gerade noch gefehlt!"

Germaine drückte sich gegen die Rückenlehne.

„Ich verstehe Sie nicht Pater, ich weiß nicht, was Sie damit sagen wollen."

Der Mönch warf die Arme in die Luft und rief aus:

„Carlos hat dich hintergangen! Verstehst du? Carlos hat von Musik mehr Ahnung als von sonst etwas. Er hätte ein großer Pianist werden können, wenn man ihn nicht gezwungen hätte, Arzt zu werden. Doch er spielt trotzdem sehr gut: Er ist ein Mensch, der jeden Tag zwei oder drei Stunden am Klavier verbringt, Chopin genau kennt und besser als jeder andere deine Stimme beurteilen kann. Begreifst du jetzt? Er hat deine Hände beobachtet, um zu sehen, wie gut du in technischer Hinsicht bist. Er hat dich hintergangen, und das dulde ich nicht!"

Bruder Eugenio ließ sich auf das Sofa fallen. Germaine hatte ihre Angst überwunden und rutschte näher an ihn heran. Fragend streckte sie die Arme aus.

„Warum hat er das wohl getan?"

„Das würde ich auch gerne wissen. Warum? Und wozu? Eines weiß ich mit Sicherheit: Carlos will dir nicht schaden."

Germaine strich sich mit der Hand über die Stirn.

„Ich werde von Tag zu Tag weniger aus ihm klug, Pater. Ehrlich gesagt verstehe ich überhaupt nichts. Ich habe immer mehr das Gefühl, in eine Welt geraten zu sein, in der die Verrückten frei herumlaufen und in der die Leute, mit denen ich zu tun habe, noch verrückter als allen anderen sind."

Bruder Eugenio erwiderte mit einer Spur von Melancholie:

„Nein, wir sind nicht verrückt. Jedenfalls hoffe ich, daß wir es nicht sind."

Er verbarg das Gesicht in den Händen. Nach einer Weile richtete er den Blick auf das schmutzige Fenster und das kleine Stück Himmel dahinter.

„Nein, Carlos ist nicht verrückt, und ich bin es auch nicht. Ich werde nie verstehen, warum Carlos das getan hat. Er ist ein gutherziger, höflicher Mensch."

Bruder Eugenio drehte sich zu Germaine um und fügte voller Inbrunst hinzu:

„Ich habe ihn wirklich gern, und seine Gesellschaft hat mir sehr wohlgetan. In meinem Leben habe ich nur zu einem einzigen Menschen mehr Vertrauen gehabt, und der war fast nicht von dieser Welt."

Er kramte in seinen Taschen und fragte Germaine, ob er rauchen dürfe. Sie nickte.

„Noch nie hat Carlos etwas in dieser Art gesagt oder getan, ganz im Gegenteil. Wie oft haben wir uns im Sommer, wenn ich mich von der Arbeit in der Kirche ausruhte, über dich unterhalten! An manchen Tagen sprach er begeistert, fast liebevoll von dir. Durch seine scherzhaften Bemerkungen schimmerte durch, daß er sich dir gegenüber ein bißchen als Vaterersatz fühlte und er große Hoffnungen in dich setzte. Er, dem Geld nie etwas bedeutet hat, dachte sogar darüber nach, wie er dein Erbe durch irgendwelche Geschäfte mehren könnte! Er war bereit, sein Leben in deinen Dienst zu stellen. Als ich einmal zu ihm sagte, er hätte auf dieser Welt noch andere Aufgaben zu erfüllen, als für dich zu sorgen, antwortete er, es sei dir zu verdanken, daß er endlich eine wirklich sinnvolle Beschäftigung gefunden habe."

Germaine machte eine wegwerfende Handbewegung.

„Das paßt überhaupt nicht zu seinem bisherigen Benehmen."

Bruder Eugenios Blick löste sich von dem Fenster und suchte in einem finsteren Winkel nach etwas, worauf er verweilen könnte.

„Er war überhaupt nicht darauf vorbereitet, daß du Sängerin werden willst. Für ihn bedeutete dies den Verlust einer Illusion." Er hielt kurz inne. „Ja, genauso muß es sein . . ."

„Na gut, aber Sie verstehen doch sicher, daß ich nicht auf das einzige verzichten möchte, das mir im Leben wichtig ist, nur um einem Menschen entgegenzukommen, den ich erst seit einer Woche kenne und mit dem ich nur wegen einer Laune meiner Tante zu tun habe. Nehmen wir einmal an, sie hätte ein normales Testament gemacht. Was wäre Carlos dann für mich mehr als ein entfernter Verwandter, der mich ab und zu besucht?"

Sie stand auf.

„Ich möchte, daß Sie mir helfen, meine Lage zu klären, Pater. Bitte sprechen Sie mit Carlos! Ich kann nicht mehr lange hierbleiben. Ich muß nach Paris zurück, aber ich kann nicht ohne mein Geld abreisen. Es muß doch Argumente geben, von denen er sich überzeugen läßt, oder eine Person, auf die er hört . . . Juan Aldán meinte, er könne –"

„Juan Aldán?"

Bruder Eugenio schüttelte lachend den Kopf.

„Ja, er meinte, er habe einen gewissen Einfluß auf Carlos. Aber ich dachte mir, daß Sie vielleicht als Mönch und Mensch, der ihn sehr gern hat –"

„Ich werde noch heute nachmittag mit ihm reden."

Bruder Eugenio sagte das müde und lustlos. Er stand auf und fügte hinzu:

„Und du solltest auch mit ihm reden, möglichst sofort. Gut, ihr habt euch gezankt, aber ihr müßt miteinander Frieden schließen. Carlos ist sehr vernünftig. Du wirst sehen, daß er dir nichts nachträgt."

Er nahm Germaines Arm und trat mit ihr in die Vorhalle hinaus. Jemand hatte die Tür zum Kreuzgang offen gelassen. Grelles Licht strömte herein.

„Carlos' Haus liegt am Weg. Der Fahrer kann dich hinbringen. Es wird dir gefallen. Man hat von dort einen sehr schönen Blick."

Er öffnete die kleine Durchgangstür. Der Wind zerrte an ihnen. Der Umhang des Mönchs flatterte in der Luft, und er versuchte, ihn zu bändigen. Seine Arme und Hände kämpften mit dem Wind und dem weiten Kleidungsstück. Germaine lächelte. Endlich hatte Bruder Eugenio den Umhang unter Kontrolle. Er wickelte ihn sich eng um den Leib und preßte die Arme dagegen.

„Sag Carlos nicht, daß du bei mir warst, ja? Laß ihn auch nicht merken, daß du ihm auf die Schliche gekommen bist und geweint hast."

Ohne auszusteigen hatte der Fahrer die Wagentür aufgemacht. Er wartete ab, bis Germaine Platz genommen hatte. Der Weg fegte über das Kloster hinweg, pfiff um die Ecken, heulte und wirbelte.

„Gut, ich fahre zu ihm, aber kommen Sie heute nachmittag zu mir, sobald Sie mit ihm geredet haben."

Der Mönch wartete, bis der Wagen anfuhr. Er hob einem Arm, um zu winken, doch da blähte sich sein Umhang auf, wurde vom Wind in die Höhe gerissen und verdeckte sein Gesicht. Mit tastenden Schritten fand Bruder Eugenio die kleine Tür und verschwand hinter ihr. Der Fahrer machte eine Bemerkung über den Kampf des Mönchs mit seinem Umhang. Sie fuhren die Landstraße entlang: Große grüne Wellen brachen sich zu beiden Seiten, kletterten die Böschung hinauf und leckten zahm am Pflaster.

Germaine blickte über die dunkle, von weißen Schaumkronen gesprenkelte See. In der Ferne zeichneten sich am klaren Himmel die Umrisse eines Gebirges ab. Sie nahm ein Puderdöschen aus der Handtasche und machte sich daran, die Spuren der Tränen zu beseitigen.

La Rucha, die vorne saß, plauderte mit dem Fahrer. Das Motorengeräusch übertönte ihre Worte. Germaine schob die Trennscheibe zur Seite.

„Ist es noch weit?"

„Nein, Señorita, vorn hinter der Biegung."

Nach einer weiten Kurve sahen sie von einer Anhöhe aus in der Ferne Pueblanueva liegen: eingekesselt zwischen Bergen und Meer, mit Türmen, die so aussahen, als wollten sie gern flüchten.

„Nach der Steigung, Señorita. Hinter den Bäumen."

Die Stadt war nicht mehr zu sehen, und die Bäume, groß und schwarz, ragten nun linkerhand in den Himmel. Zwischen ihnen war kurz die Ecke eines Gemäuers zu erkennen. Die steile, gewundene Straße, von dornigem Gebüsch gesäumt, erklomm einen Hang. Oben hielt der Fahrer an und öffnete ein eisernes Tor. Kleinere Bäume überwölbten einen verwahrlosten Weg, an dessen Rändern Laub und Geäst vor sich hinfaulte.

Es war ein trauriger Anblick.

Wieder hielt der Wagen. Der Fahrer riß den Schlag auf. Germaine stieg aus.

„Soll ich hier auch warten?"

„Ja, bitte."

Ein kleiner, von Magnolien umstandener Vorplatz, im Hintergrund eine graue Fassade: großes Portal, steinerner Balkon, Wappen. Und Efeu, Mauerrisse, Eisenkraut und Farne, die in den Fugen der Quadersteine wuchsen. Germaine ging über die schlammige Erde zwischen Pfützen hindurch auf die große, geschlossene Tür zu, und bevor sie sie erreichte, wurde sie von innen geöffnet. Paquito der Uhrmacher nahm den Strohhut ab, machte eine Verbeugung.

„Sie wollen zu ihm?"

Germaine wich einen Schritt zurück und sah sich erschrokken nach dem Fahrer und La Rucha um.

„Ich will zu Don Carlos Deza."

„Warten Sie, ich sage ihm Bescheid. Kommen Sie herein."

„Wer sind Sie?"

Paquito lachte und setzte den Strohhut wieder auf.

„Hihi! Hat er Ihnen nicht von mir erzählt? Kommen Sie rein. Er ist oben. Ich sage ihm, daß Sie da sind."

Er schlüpfte vor Germaine durch die Tür und lief die Treppe hinauf. Seine Schritte verhallten irgendwo weit hinten im Haus. Germaine trat ein. Im Kabuff des spinnerigen Uhrmachers brannte ein Karbidlampe. Germaine warf einen neugierigen Blick durch die Scheibe: ein Tisch, ein einfaches Lager, winzige Werkzeuge – alles sauber und ordentlich. Sie merkte erst, daß Paquito zurück war, als er hinter ihr sagte:

„Er erwartet Sie. Kommen Sie mit. Gefällt Ihnen mein Krimskrams? Ich bin der beste Uhrmacher von Galicien, aber ich kann auch Klaviere stimmen und gebrochene Arme schienen. Kommen Sie mit nach oben! Ich zeige Ihnen, wo es lang geht."

Er ging voran. Nach ein paar Schritten drehte er sich um und sagte:

„Hier lang! Er ist im Turmzimmer."

Bevor sie das Ende des Flurs erreichten, tauchte im Gegenlicht eines Fensters Carlos' Silhouette auf. Der Uhrmacher ließ Germaine allein weitergehen und entfernte sich rasch.

Germaine blieb in der Mitte des Flurs stehen und wartete auf Carlos, der ohne Eile auf sie zukam, die Hände in den Taschen und leicht vornübergebeugt – wie immer. Sein Gesicht konnte sie erst erkennen, als er ganz nahe war. Er wirkte ernst, vielleicht sogar ein wenig verstimmt, aber er hielt ihr die Hand hin.

„Guten Tag, Germaine. Willkommen in meiner Höhle." Er nickte ihr zu.

Sie fing an, sich umständlich die Handschuhe auszuziehen, aber er sagte:

„Behalte sie meinetwegen ruhig an. Was ist dir lieber, der Salon oder meine Junggesellenbude? Zum Salon geht es hier hinein, und meine Bude liegt am Ende des Flurs. Es ist überall genauso kalt, aber ich kann in einem Kamin Feuer machen lassen."

„Wie du meinst."

Die Tür zum Salon stand offen. Carlos trat zuerst ein und machte die Fensterläden auf. Trübes, mattes Licht fiel in den Raum.

„Keine Angst, die Dielenbretter geben zwar nach, aber sie halten."

Bei jedem Schritt, den Germaine machte, stießen klimpernd ein paar Nippsachen auf einer Konsole aneinander. Sie sah sich um. Der Putz hatte sich in großen Brocken von den Wänden gelöst und war auf den löcherigen Teppich gefallen. Vor einem der Fenster hing eine dunkle, verstaubte Spinnwebe.

„Bitte warte hier. Ich gehe nur eben Bescheid sagen, daß man in einem anderen Zimmer den Kamin anzünden soll. Setz dich lieber gar nicht erst hin, sonst erfrierst du mir noch."

Er verließ das Zimmer, ging den Flur entlang und rief nach jemandem. Dann hörte Germaine ihn etwas sagen. Sie trat ans Balkonfenster, wischte an einer Stelle den Staub weg und betrachtete den verwilderten Garten und die im Wind heftig schwankenden Bäume. Ein hölzernes Knacken ließ sie herumfahren, und da erblickte sie das Klavier. Der Deckel war aufgeklappt, und auf dem Notenständer stand eine Partitur. Germaine zog die Handschuhe aus und steckte sie in die Tasche. Irgendwo, unendlich weit weg, redete Carlos noch immer mit jemandem, und der Wind trug Wortfetzen zu ihr herüber. Vielleicht lag es nur am Wind, daß sie das Gefühl hatte, alles sei unendlich weit weg. Immerhin hatte das Klavier ganz normale, vertraute Maße. Sie streckte eine Hand aus und drückte eine Taste nieder. Dann spielte sie im Stehen ein paar Tonleitern. Das Instrument klang gut. Sie blätterte in dem Notenheft und fand den Titel: *Pavane pour une infante défunte*. Rasch zog sie die Hand zurück, und das Gefühl unendlicher Weite verließ sie. An seine Stelle trat das Bewußtsein, hintergangen worden zu sein. Der sichtbare Beweis stand dort vor ihr auf dem Notenständer. Wieder wallte Zorn in ihr auf. Sie setzte sich ans Klavier und fing an, laut zu spielen, damit der Wind die Klänge der Pavane bis an den Rand jener unendlichen Weite trug und Carlos verriet, daß seine Lüge aufgedeckt war...

Germaine erhob sich. Auf dem Klavier stand das Photo einer Frau mit einem Haarknoten und weiten, gebauschten Ärmeln; neben ihr, an einem Tischchen, saß ein Mann, der

Carlos ähnelte: ein junger, eleganter Mann mit einer Melone in einer Hand und Stock und Handschuhen in der anderen. Ein harter, angestrengter Ausdruck ließ das Gesicht der Frau unschöner erscheinen, als es war.

„Komm", sagte Carlos von der Tür aus. „Das Feuer brennt schon."

„Du hast ein Klavier?"

„Ach, das ist das Klavier meiner Mutter! Ein alter Kasten. Er klingt zum Gotterbarmen. Hier ist alles alt und verrottet. Komm! Irgendwann stürzt dieses Haus bestimmt über mir zusammen."

Er führte sie ins Turmzimmer. Paquito der Uhrmacher stocherte im Kamin in den Holzscheiten herum und schürte eine kleine Flamme.

„Du kennst Paquito schon, nicht wahr? Wir beide sind gute Freunde."

Der Uhrmacher richtete sich auf und grüßte Germaine. Seine ruhigen Augen schielten so sehr, daß sich ihre Blicke vor der Nasenspitze kreuzten. Germaine blinzelte verwirrt. Da schnitt Paquito eine Grimasse und meinte:

„Die Señorita hat Angst vor mir. Soll ich Ihnen was sagen, Don Carlos? Sie hat vom ersten Augenblick an Angst vor mir gehabt."

Er grinste sie an und ging hinaus. Germaine beruhigte sich erst, als er verschwunden war und Carlos hinter ihm die Tür geschlossen hatte. Carlos wirkte jetzt fast belustigt. Von seiner Stirn und seinen Augen ging nichts Schroffes mehr aus. In liebenswürdigem Tonfall sagte er zu Germaine:

„Nimm bitte Platz."

„Darf ich mich ein bißchen umsehen?"

„Wenn es unbedingt sein muß . . ."

Carlos ließ sich in einen Sessel fallen, schlug die Beine übereinander und drehte sich eine Zigarette. Germaine schaute sich im Raum um, ging zum Tisch und nahm die Bücher in die Hand, die darauf lagen – eines nach dem anderen, ohne sie aufzuschlagen. Sie las nur die Titel auf den Buchrücken. Ein großer Band entglitt ihr und fiel zu Boden. Carlos blickte auf.

„Macht nichts."

Verblüfft betrachtete sie ihn. Wie er da mit seiner Zigarette saß, wirkte er elegant: Er saß da, als wäre er ganz allein im Zimmer. So mochte einst sein Vater ausgesehen haben. Dabei hatte sich an ihm nichts verändert. Er trug dieselbe Krawatte, und seine Hose war genauso zerknautscht wie zuvor. Aber er hatte die schlanken Hände und leicht gekrümmten Finger eines Pianisten, und wenn man genau hinsah, entdeckte man, mit wieviel Feingefühl sie sich bewegten. Das Drehen einer Zigarette bekam durch sie fast etwas Durchgeistigtes. Er blickte kein einziges Mal zu Germaine hinüber, während sie ihn aus den Augenwinkeln beobachtete, indem sie ihren Blick über einen Buchrücken gleiten und erst auf seinen Lippen, dann auf seiner Stirn verweilen ließ. „Wie habe ich nur glauben können, er sei ein Bauernlümmel?" Sie fühlte Angst und Respekt vor ihm aufsteigen, und sie schalt sich im stillen dafür aus. Sie gab sich einen Ruck und warf das Buch, daß sie in Händen gehalten hatte, auf den Tisch.

„Ist das eine Kinderei oder eine Teufelei, Carlos?" fragte sie, ging vom Tisch zum Regal hinüber und lehnte sich daran.

„Was meinst du?"

Er führte die Zigarette an die Lippen, befeuchtete den Rand des Papiers mit der Zungenspitze und sah Germaine an, als hätte er ihre Frage nicht verstanden.

„Was meinst du?" wiederholte er.

„Deine Bücher sind auf französisch, englisch und deutsch geschrieben, und auf dem Notenständer von deinem Klavier steht ein Stück von Ravel."

„Das bedeutet lediglich, daß ich diese Sprachen verstehe und manchmal etwas von Ravel spiele."

Endlich zündete er die Zigarette an und lud Germaine mit einer Handbewegung ein, auf dem Sofa Platz zu nehmen. Es war eine liebenswürdige Geste von fast altmodischer Höflichkeit.

„Nimm bitte Platz."

Sie legte Handtasche und Handschuhe auf einen Stuhl, blieb jedoch stehen. Carlos' Höflichkeit verfing bei ihr nicht, sie nahm sie kaum wahr. Mit einer Stimme, die vor verhaltenem Zorn bebte, sagte sie:

„Als ich Chopin gespielt habe, hast du behauptet, die Musik nicht zu kennen, und als ich etwas auf französisch zu dir sagte, hast du so getan, als würdest du mich nicht verstehen. Warum?"

„Wenn du dich nicht hinsetzt, werde ich aufstehen müssen. Über solche Dinge unterhält man sich am besten im Sitzen."

„Ich mag mich nicht setzen."

Carlos stand mit trägen Bewegungen auf.

„Wie du willst."

Er schob die Hände in die Taschen, ließ die Schultern hängen und machte ein paar Schritte. Germaine beobachtete ihn mit weit aufgerissenen Augen. Carlos drehte sich zu ihr um, schüttelte den Kopf und sagte:

„Etwas zu tun, ist leicht. Es reicht, einem Impuls zu folgen, spontan auf eine Situation zu reagieren, den Worten und Bewegungen freien Lauf zu lassen – wie es Kinder und Tiere tun. So etwas ist sehr schön. Das Bewußtsein verdirbt alles, sogar die Art, wie man geht, und deshalb ist es verständlich, daß ein allzu bewußter Mensch, jemand, der sich alles genau überlegt, sich ab und zu das Vergnügen gönnt, unüberlegt zu handeln. Problematisch wird es erst, wenn man dafür eine Erklärung liefern soll. Mag man sich noch so ehrlich bemühen, alles zu verstehen – da ist immer etwas, das aus den Tiefen des eigenen Wesens heraus die Gedanken, das Handeln und das Auftreten bestimmt. Man will aufrichtig sein und ist es dann doch nur halb. Man glaubt, das zu sagen, was einem das Bewußtsein diktiert, doch dunkle Kräfte zwingen einen, die Worte zu maskieren."

Er war neben dem Tisch stehengeblieben und lehnte sich leicht an ihn. Vor jedem Zug aus der Zigarette unterbrach er sich und betrachtete eingehend die Glut.

„Acht Monate lang haben wir auf dich gewartet, die Leute in der Stadt und ich. Wie könnte ich dir die Gründe für soviel Erwartung darlegen? Ich müßte dir erst einmal die Geschichte dieser Stadt und die deiner Familie erzählen. Ich müßte dir gewisse Ereignisse und Personen beschreiben, und trotzdem wäre längst nicht alles klar. Geh einfach davon aus, daß wir gewartet haben, daß wir auf *dich* gewartet haben und daß du, wie sich dann herausstellte, nicht die warst, auf die wir gewartet hatten. Niemand wußte etwas über dich, keiner hatte eine Ahnung, was für ein Mensch sich hinter dem Namen Germaine verbirgt. Wie oft mögen sich die Stammgäste des Casinos gefragt haben, was für eine Frau diese Französin wohl ist? Auch ich habe mir diese Frage oft gestellt. Es gab da ein Photo von dir und ein paar Briefe, konventionelle, fast unpersönliche Briefe, die ich einem naiven Mädchen zuschrieb und nicht einer aufgeweckten jungen Frau. Wie schwer es war, sich ein richtiges Urteil zu bilden! Jeder entwarf sich von dir ein anderes Bild, entsprechend den eigenen Wunschvorstellungen und Ansichten, aber ich bin mir sicher, daß du acht Monate lang für uns alle eine romantisch verklärte Gestalt gewesen bist, eine Doña Mariana in jung, vielleicht ein wenig entstellt durch das Leben im fernen Paris. Ja, genau, die Tatsache, daß du in Paris geboren und aufgezogen worden bist, beeinflußte nachhaltig das Bild, das wir uns von dir machten. Sogar meine Vorstellung von dir war begreiflicherweise romantisch. Wir bereiteten uns also innerlich auf deine Ankunft vor, und ich sah mich vor die Frage gestellt: Wie kann ich dieses Mädchen verzaubern und zum Bleiben bewegen? Es ging nämlich darum, dich zu verzaubern, damit sich die Wirklichkeit in deinen Augen in etwas verwandelte, das deiner würdig war – damit sie für dich bewohnbar wurde, wenn du so willst. Es mußte eine poetische, vielleicht etwas theatralische Wirklichkeit sein, in der du dich einrichten und den Mittelpunkt bilden konntest. Irgendwie mußte ich die Winterabende nutzen. Winterabende sind lang. Manchmal spielte ich deiner Tante etwas auf dem Klavier vor, bis sie fast einschlief. Ich stellte mir vor, daß ich auch für dich spielen würde, allerdings keine Einschlafmusik. Ich fing an, mit großem Eifer französische Stücke zu üben, weil ich mir ausmalte, daß du dich in Doña Marianas so stark von französischer Lebensart geprägtem Haus bei den Klängen französischer Musik heimischer fühlen würdest, und daß diese Musik mir selbst helfen würde, die Welt um uns herum zu verwandeln. Ravel, Debussy – was sonst? Für eine junge Französin mit guter Schulbildung sind Ravel und Debussy keine Unbekannten."

Germaine wollte ihm ins Wort fallen, doch er hob die Hand.

„Warte, du kannst dich später dazu äußern. Ich gestehe, daß ich mir in meiner Phantasie ein wehrloses, scheues, vielleicht sogar ängstliches Mädchen ausmalte. Das Gesicht eines Menschen sagt etwas über seinen Charakter aus. Ich machte mir deinetwegen Sorgen, weil deine Kinnpartie Schwäche suggerierte, diese zarte Kinnpartie, die so wenig Energie verrät. Innerlich machte ich mich bereit, dich nicht nur zu verzaubern, sondern dich auch zu beschützen. Im Grunde war ich nur deshalb hiergeblieben, dies allein hatte mich hier acht Monate lang festgehalten, obwohl es mich drängte wegzugehen oder, wenn du es so nennen willst, zu fliehen. Das Testament deiner Tante machte mir keine Freude. Es lud mir Pflichten auf, die ich als eine allzu schwere Last empfand. Das Naheliegendste wäre gewesen, sie von mir zu weisen, aber deine zarte Kinnpartie und die Befürchtung, du könntest ein schwacher Mensch sein, ließen mich nicht mehr los. Was würdest du in dieser Stadt zwischen all den Wölfen anfangen, und was würden die Wölfe mit dir anfangen? Deine Tante hatte hier nicht viele Freunde. Wer sie gehaßt hatte, würde auch dich hassen, und wer sich nicht getraut hatte, ihr am Zeug zu flicken, würde es bei dir versuchen. Wie nicht anders zu erwarten, wurde in der Zeit, als hier alle auf dich warteten, eine Verschwörung der bösen Geister angezettelt, die dich zu ihrem Opfer machen wollten. Ich selbst fühlte mich zwar nicht sehr stark, doch ich war der einzige, der dir beistehen konnte. Deshalb blieb ich hier und übte mich im Gebrauch meiner Zauberwaffen, die nicht eben zahlreich sind: mein Klavierspiel und meine Phantasie. Das sind Waffen, mit denen man durchaus nicht bei jedem Menschen etwas ausrichten kann. Immerhin taugten sie für das Mädchen, das ich mir ausgemalt hatte. Mag sein, daß ich mich nicht traute, mir von dir ein anderes Bild zu machen, zum Beispiel eines, daß dir mehr entspricht, also das Bild einer jungen Frau, bei der man weder mit Klaviermusik noch mit Phantasie weiterkommt."

„Das Bild eines Dummchens?"

„O nein, durchaus nicht! Ich habe dich nie für ein Dummchen gehalten. Für mich warst du kein Mensch mit einem bestimmten Charakter, sondern ich sah dich immer nur aus der Situation heraus oder legte mir deinen Charakter so zurecht, daß er zu dieser Situation paßte – bis ich dich aus dem Zug steigen sah und wir die ersten Worte miteinander wechselten. Sofort begriff ich, daß ich mich geirrt hatte. Du bist nicht schwach, trotz deiner Kinnpartie, dich muß man nicht beschützen, und es würde schwer sein, dich zu verzaubern. Du bist eine ausgewachsene, vielleicht ein wenig frühreife Frau, und in deiner eigenen Traumwelt gibt es keinen Platz mehr, es paßt kein neuer Traum hinein. Du sehnst dich nach Applaus, Triumphen, Ruhm, also nach lauter Dingen, die dir weder deine Tante noch ich selbst oder sonst jemand in dieser Stadt geben können. Du gehörst nicht zu uns, auch wenn wir das noch so sehr gewünscht und gehofft hatten. Dein Vater, der nichts Eigenes hat, weil er das, was ihm einst gehörte und uns alle miteinander verband, in sich zerstört und zu einer bloßen Fassade gemacht hat – dein Vater hat dasselbe in dich eingepflanzt, was deine Mutter einst erstrebt und begehrt hat. Aus seiner Sicht hat er richtig gehandelt, und ich darf ihm deswegen keine Vorwürfe machen, aber er hat dich von uns getrennt. Seltsam, in dem Augenblick, als ich das erriet, erlagst du selbst einem Irrtum. Wahrscheinlich war mein Kordjackett mit daran schuld, obwohl es neu ist und ich es mir extra deinetwegen habe schneidern lassen. Kordjacketts zu tragen, das ist eine alte Angewohnheit aus meiner Studentenzeit. Ich kann mir kaum noch vorstellen, etwas anderes anzuziehen. Aber du hast daraus die falschen Schlüsse gezogen. Juan Aldáns Krawatten kamen dir viel zivilisierter vor. Du warst zutiefst enttäuscht, daß du dich nicht mit ihm, sondern mit mir auseinandersetzen mußtest. Wenn du von deinem Gesangstudium, der Oper und deinen künftigen Konzerten erzählt hast, galten deine Worte immer nur ihm, nicht mir. Juan Aldán hat von Musik nicht die geringste Ahnung, während ich fast nur davon etwas verstehe. Weißt du, meine Mutter wollte, daß ich Klavier spielen lernte, weil sie glaubte, daß man dieses Instrument beherrschen muß, um gesellschaftlich erfolgreich zu sein, doch ich habe immer nur für mich selbst gespielt, für meine Einsamkeit, manchmal auch für Freunde. Es gibt Menschen, die einem zuhören, ohne daran zu denken, daß sie hinterher klatschen müssen, Menschen, denen nur wichtig ist, daß Musik zwischen dem Geist, der Gefühlswelt und dem Leben des Musizierenden und seiner Zuhörer eine Brücke schlägt. Für solche Menschen habe ich von Zeit zu Zeit gespielt, meist jedoch für mich selbst – und hier, in diesem Haus, auch für die Geister der Verstorbenen. Es war so komisch, wenn du versuchtest, Juan Aldán zu erklären, warum deine Intonation perfekt ist, und er so tat, als würde er dich verstehen. Du wärst enttäuscht gewesen, hättest du gewußt, daß nur ich dich verstand und daß ich dir, als du mir kurz nach deiner Ankunft etwas vorsangst, hätte sagen können, ob deine Schulung und dein Stil gut sind oder nicht. Ich kann das beurteilen."

Carlos verstummte. Germaine stand mit gesenktem Kopf da und rang nervös die Hände. Carlos fing an, auf und ab zu gehen. Mal breitete er die Arme aus, mal legte er sie auf den Rücken; mal gestikulierte er mit den Händen, mal steckte er sie in die Taschen.

„Du fühlst dich uns allen überlegen, vielleicht weil du das brauchst. In Paris gibt es bestimmt eine Anzahl von Menschen, die deine Stimme bewundern und in dir eine künftige, vom Erfolg verwöhnte Diva sehen. Auch dein Vater bewundert dich, wie er deine Mutter bewundert hat, die so gut singen konnte wie du. Aber Paris ist sehr groß. Wenn du über die Place du Tertre gehst, dreht sich niemand um, um dich zu bewundern, sondern allenfalls, um dich zu begaffen, weil du sehr schön bist und einen majestätischen Gang hast. Die Aufforderung, hier in der Kirche zu singen, machte dich glücklich, und die nicht zu übersehende Begeisterung und der Beifall der Zuhörer gaben dir das Gefühl, am Abend deines ersten Triumphes auf einer Opernbühne zu stehen. Von jenem Augenblick an konntest du dir der Bewunderung von ganz Pueblanueva sicher sein. Die Verschwörung der bösen Geister zerstob unter dem Zauber deiner Stimme. Ich hätte schwerlich zu dir gehen und sagen können: ‚Du hast sehr schön gesungen, aber...'"

Wütend hob Germaine mit einem Ruck den Kopf.

„Habe ich etwa nicht schön gesungen?"

„O doch, wunderbar! So schön, daß ich dir danach nicht gestehen konnte, wie wenig ich für die Oper übrig habe, wie langweilig und verlogen ich sie finde. Daß sie für mich eine niedere Kunstgattung darstellt und ich deiner Stimme, dieser Stimme eines Menschen, einer schönen Frau aus Fleisch und Blut, ein erfreulicheres Schicksal wünschte, als für Leute singen zu müssen, die sich eine Eintrittskarte kaufen und hinterher applaudieren. All dies hätte dich überrascht und erschreckt. Du hättest die bezaubernde Sicherheit verloren, mit der du dich bis zum heutigen Tag, bis zu dieser Stunde in unserer Mitte bewegt hast. Wozu sollte ich dir die Augen öffnen? Was macht es schon, ob du mich für eine Künstlernatur oder einen Bauernlümmel hältst?"

Er spreizte die Arme ein wenig vom Körper ab und ließ sie wieder sinken.

„Jetzt kennst du die wahren Gründe für meine Lüge – falls man Lüge nennen kann, was nichts weiter als eine Verheimlichung oder, wie man beim Militär sagt, ein Rückzugsgefecht war. Ich bitte dich um Verzeihung."

Jetzt sah Germaine ihn an. Sie schüttelte den Kopf: nein, nein, nein. Carlos setzte sich auf die Armlehne des Sessels, zog noch einmal vergebens an der erloschenen Zigarette und warf sie in den Kamin.

„Ich finde das alles so überflüssig und verworren! Wie du dir denken kannst, habe ich selbst ein paarmal aus Not geschwindelt, weil unser Leben sehr hart war und ich mich irgendwie durchschlagen mußte, aber hinter deiner Lüge steckt der reinste Zynismus. Nein, ich kann dir nicht verzeihen. Du bist ein schlechter Mensch."

Carlos' Wimpern flatterten, seine Finger krümmten sich. Er wich Germaines Blick aus.

„Kann sein."

Leicht vorgebeugt ging sie auf ihn zu und sagte mit lauter, erregter Stimme:

„Es stimmt nicht, daß du dich aus Zuvorkommenheit so benommen hast! Du hast es aus Wut getan, weil ich nicht das arme kleine Mädchen bin, das man in sich verliebt machen kann, indem man ihm die *Pavane pour une infante défunte* vorspielt. Das hätte dir so gefallen!"

„Dich verliebt zu machen?"

„Genau. Mir ist klar, daß sich meine Tante, da sie mich nie vereinnahmen konnte, alles so zurechtgelegt hat, daß sie dich nach ihrem Tod vor ihren Karren spannen konnte. Ihr Testament ist nichts weiter als eine Falle, in die ich gehen sollte, damit ich dich irgendwann heirate."

Carlos schnalzte mit den Fingern.

„Diese Clara! Daß ihr immer wieder das Mundwerk durchgeht! Könnte sie doch nur ein bißchen heucheln, dann wäre sie perfekt! Mir wäre es lieber, wenn sie dir das nicht gesagt hätte, aber jetzt, wo du Bescheid weißt, kannst du dir selbst einen Reim auf das Testament machen. Deine Tante hatte zwar für Gesetze nur Verachtung übrig, doch sie verstand es, sich die Verbindlichkeit von Rechtsverhältnissen zunutze zu machen. Mich wollte sie in der Rolle deines offiziellen Vormunds sehen. Auf diese Weise wärst du, aber auch ihr Vermögen in Sicherheit – dachte sie."

Germaine machte ein verständnisloses Gesicht.

„Wir haben bald das Jahr 1936", sagte sie. „Heutzutage läßt sich niemand mehr vorschreiben, wen er heiraten soll, zumindest nicht in Europa."

„Deine Tante wollte uns nie etwas vorschreiben, sie wollte uns nicht einmal etwas vorschlagen. Sie hoffte, daß sich noch einmal dieselbe Konstellation wie damals ergeben würde, als mein Vater in sie verliebt war. Das hoffte und wünschte sie, und sie war sich fast sicher, daß es passieren würde. Vielleicht wollte sie dadurch eine Schuld begleichen, die niemand von ihr einforderte, aber zu deren Begleichung sie sich verpflichtet fühlte."

Germaine zuckte mit den Achseln.

„Eine seltsame Art, sich in das Leben anderer Menschen einzumischen!"

Carlos nickte.

„Richtig. Selbst wenn wir uns nicht ineinander verlieben und von einer Heirat nichts wissen wollen, hätte Doña Marianas Wille unsere eigenen Entscheidungen auf jeden Fall beeinflußt und sogar verändert: deine, indem sie an die Erbschaft Bedingungen knüpfte, und meine, indem sie mich zwang, in Pueblanueva zu bleiben. Ich wäre schon längst weg, wenn ich es nicht für meine Pflicht gehalten hätte, hier dafür zu sorgen, daß diese Bedingungen erfüllt werden." Rasch stellte er klar: „Damit meine ich natürlich nicht eine Eheschließung zwischen uns, denn die hat sie nicht zur Bedingung gemacht, sondern sie war nur ihr stillschweigendes Ziel."

Germaine dachte kurz nach.

„Ich habe mich ein paarmal über dich geärgert, und das tut mir leid. Es ist nicht der beste Weg, um zu einer Einigung zu gelangen. Ich möchte nämlich, daß wir uns einigen."

Sie schob einen Sessel vor den Kamin, setzte sich hinein und gab Carlos ein Zeichen, zu ihr zu kommen.

„Ja, es ist, wie du sagst: Die Absicht, uns miteinander zu verheiraten, macht das Testament verständlich. Doch wenn wir uns darin einig sind, daß meine Tante uns falsch eingeschätzt hat – ist ihr Testament dann nicht nur noch Makulatur?"

Carlos warf ihr einen beunruhigten Blick zu.

„Worauf willst du hinaus?"

„Daß es zwei Möglichkeiten gibt: Entweder machst du von den Vollmachten Gebrauch, die das Testament dir einräumt und überträgst das gesamte Erbe in rechtsgültiger Form auf mich, oder –"

Sie brach ab. Carlos ließ sie nicht aus den Augen. Sein rechter Fuß tippte immer wieder gegen den unteren Sims des Kamins.

„– oder wir unterwerfen uns nicht den Bestimmungen des Testaments und berufen uns auf den Inhalt des geheimen Nachtrags."

„Nein!"

Carlos' Antwort klang fast wie ein Schrei.

„Macht dir das angst?"

„Ehrlich gesagt ja."

„Mir nicht. Logischerweise wird der Nachtrag ähnliche Verfügungen enthalten wie das Testament selbst, nur ohne Bedingungen. Ich bin die einzige Erbin meiner Tante, und ich hoffe, daß sie im Nachtrag dir gegenüber großzügiger ist. Ich würde das sogar als angemessen empfinden. Wenn sie dich so sehr mochte, wie es den Anschein hatte, wird sie klipp und klar festgelegt haben, was dir gehören soll, und ich würde dies gerecht finden, doch sie wird genauso klargestellt haben, was ohne Wenn und Aber mein Eigentum sein soll."

Sie hob langsam den Kopf und blickte zu ihm auf. Da war wieder dieses harte Lächeln, als hätte sie einen Sieg errungen. Sie schlug die Beine übereinander und kreuzte die Arme.

„Wer weiß, Carlos, vielleicht ist es für dich interessanter, einen Teil zu besitzen als über alles zu bestimmen. Wenn du wirklich eine Künstlernatur bist, dürfte das Amt eines Nachlaßverwalters deinen wahren Fähigkeiten nicht gerecht werden."

Carlos nahm ebenfalls Platz. Er zog die Pfeife heraus und spielte mit ihr. Den Kopf hielt er gesenkt, sein Blick war starr auf die Glut im Kamin gerichtet.

„Du bist einundzwanzig Jahre alt, Germaine. Es gibt nichts Unschöneres als einen jungen Menschen, der sich für wer weiß wie erfahren hält."

Er richtete sich mit einem Ruck auf und zielte mit dem Pfeifenstiel auf Germaine, als wäre sie eine Pistole.

„Ich mache dir ein Angebot: Du bekommst das ganze Geld aus dem Aktienverkauf und das gesamte Bankguthaben, abzüglich der üblichen Gebühren und sonstigen Unkosten. Der Rest der Erbschaft bleibt hier fünf Jahre lang unter meiner Aufsicht. Danach können wir uns wieder zusammensetzen."

„Nein."

„Ich biete dir viel Geld, Germaine, mehr, als du offiziell außer Landes bringen darfst, und auch mehr, als du in den nächsten fünf Jahren brauchst, selbst wenn du noch so aufwendig lebst. Nach meinen Berechnungen ist es weit über eine halbe Million. Ich könnte dir außerdem monatlich die Erträge von deinem hiesigen Besitz schicken."

„Nein."

„Wieso nicht?"

„Weil ich alles haben will! Weil ich mit dir nichts mehr zu tun haben will. Und weil ich weder will, daß du dich weiterhin als mein Vermögensverwalter aufopferst, noch über etwas die Verfügung hast, das mir gehört. Ich lege großen Wert auf Unabhängigkeit."

Carlos steckte die Pfeife weg und stocherte im Kamin herum.

„Na gut. Zu deinen überzogenen Ansprüchen kommt also auch noch eine Abneigung gegen mich hinzu, die ich mir in den wenigen Tagen unserer Bekanntschaft konsequent eingehandelt habe. Ich habe keine Einwände." Er stand auf. „Ich werde Bruder Eugenio bitten, dich zum Notar zu begleiten, weil ich selbst dort nichts verloren habe, denn ich weise das Testament ja nicht zurück. Du handelst bewußt und aus freien Stücken, schließlich bist du doch eine erfahrene Frau und glaubst folglich zu wissen, daß deine Tante dich als Universalerbin eingesetzt hat, abgesehen von einer kleinen Hinterlassenschaft, die sie mir vermacht hat, weil sie mich sehr mochte. Das hast du selbst gesagt."

Er wandte sich von ihr ab, ging zum Fenster und blieb eine Weile davor stehen. Dann kam er zurück und sagte:

„Ich persönlich wünsche dir viel Glück. Wenn ich eines Tages höre, daß du Triumphe feierst und dein Name auf den großen Bühnen dieser Welt in hellem Glanz erstrahlt, dann wird es mir in der Seele weh tun, daß ich ein paar Tage lang ein Hindernis auf deinem Weg gewesen bin. Im Augenblick schmerzt mich nur meine eigene Ungeschicklichkeit. Ich habe mich so benommen, daß du mich in schlechter Erinnerung behalten wirst. Trotzdem solltest du nicht vergessen, daß du mir deinen ersten glorreichen Auftritt verdankst und in meiner Gesellschaft den ersten Beifall bekommen hast. Vielleicht denkst du manchmal daran zurück."

Er schüttelte den Kopf und verzog den Mund. Sein Blick war nach innen gerichtet, und er hätte genausogut ein Selbstgespräch führen können.

„Ich habe mich schon halb damit abgefunden, eine Niete zu sein. Irgendwie schaffe ich es immer, anderen Leuten ins Handwerk zu pfuschen, ohne daß dabei für mich selbst etwas herausspringt. Ich tue es nicht absichtlich, glaube mir, sondern es läuft irgendwie unbewußt ab. Wie weh muß ich Clara getan haben, ohne es zu wollen! Die Sache mit dir dagegen..."

Plötzlich schien er zusammenzuschrumpfen, bis seine Augen auf gleicher Höhe waren wie die von Germaine. Sie starrte ihn verblüfft an.

„...die Sache mit dir war unvermeidlich. Das habe ich schon bei deiner Ankunft im Bahnhof begriffen, als du den Inhalator aus der Tasche gezogen und benutzt hast: zisch zisch! Ein ganz normaler, harmloser Vorgang, verstehst du? Trotzdem, in dem Augenblick habe ich erraten, daß es mit uns beiden nicht gutgehen konnte. Warum hast du dieses Ding nicht eine halbe Stunde später rausgezogen, nachdem du dir schon einen Platz in meinem Herzen gesichert hattest und ich alles, was du tatst, gut fand? Es war einfach Pech oder, wenn dir das lieber ist, die Laune eines widrigen Geschicks – nicht dein Pech, wohlgemerkt, sondern meins. Mein Leben ist mit solchen Zwischenfällen gespickt, mit Kleinigkeiten, die in meiner Phantasie riesige Ausmaße und eine übermäßige Bedeutung annehmen und meinen Willen beugen, weil sie in mir irrationale Vorahnungen und Ängste auslösen, denen ich gehorche. Wenn wir Freunde wären, würde ich dir erzählen, daß ein Traum mich hierher geführt hat. Wie hat Doña Mariana gelacht, als ich ihr das auseinandergesetzt habe! Der Traum hatte mit diesem Zimmer zu tun, mit dieser Tür, mit meinem Vater. Seinetwegen habe ich Berlin verlassen und auch eine Frau, die mir das Leben leicht machte und mir das Sterben genauso leicht gemacht hätte. Er versetzte mich in einen Reigen, der noch nicht zu Ende getanzt ist, in dem dir die Hauptrolle zugedacht war und aus dem du nun als Nebenfigur ausscheidest, während ich weitertanze."

Carlos hatte sich, während er dies sagte, immer mehr zusammengekrümmt, und am Schluß kniete er auf dem Fußboden. Er sprang mit einem Satz auf und sagte:

„Na gut, was hältst du davon, wenn ich dir zum Abschied die *Pavane* vorspiele? Das ist ein feierliches Stück, dem Anlaß also sehr angemessen."

Germaine erhob sich ebenfalls.

„Nein, danke. Es ist spät, und ich werde zu Hause erwartet. Tut mir leid."

Carlos ging schnell zur Tür und machte sie auf.

„Oh, dir muß nichts leid tun! Glaube bloß nicht, ich sei ein Hexenmeister, dessen Spielkunst dich verzaubern und hier gegen deinen Willen festhalten könnte. Ich bin ein ziemlich durchschnittlicher Pianist, ohne die geringste Ausstrahlung. Wir Churruchaos sind keine großen Verführer, und du mit deiner Stimme bildest eine Ausnahme. Aber deine Stimme hat mit unserer Sippe nichts zu tun. Übrigens..."

Etwas wie Angst huschte über sein Gesicht.

„Was?"

„Ach, nichts." Er trat zur Seite und gab Germaine den Vortritt. „In diesem Land sehen wir dauernd Gespenster, und ich habe gerade einen kurzen Blick auf eines geworfen, aber es ist noch weit, weit weg."

Beim Mittagessen sagte Don Jaime nur etwas, wenn es unumgänglich war. Er hatte lediglich Augen für Germaine – müde Augen voller Verwunderung, aber ohne Glanz, fast leblos, und mit einem Blick wie aus weiter Ferne, dem Blick eines zutiefst verstörten Menschen. Die gesprächige, zuvorkommende Doña Angustias schien dies nicht zu merken, im Gegensatz zu Cayetano, der in Germaines Gesicht das zu entdecken versuchte, was sein Vater darin wiedergefunden hatte – oder das, was es ihm in Erinnerung gerufen hatte. Für Don Jaime war Germaine ein Stück Vergangenheit: So wie sie war Doña Mariana gewesen, als er sie zum erstenmal gesehen und die ersten Worte mit ihr gewechselt hatte. Cayetano hingegen konnte keinerlei Ähnlichkeit mit Doña Mariana feststellen, abgesehen vielleicht von ihrer Art, sich zu bewegen, und ihrer Statur.

Auch Cayetano sagte kaum etwas. Doña Angustias hatte, um ein wenig zu prunken, den Tisch mit dem englischen Geschirr, dem Tafelsilber, den Gläsern aus böhmischem Kristall und einem leinenen Tischtuch decken lassen und das Gespräch darauf gelenkt, für den Fall, das Germaine die Qualität und den Wert dieser Dinge nicht erkannt hatte. Sie hatte die Geschichte jedes einzelnen Gegenstandes erzählt und sich auch den Anlaß in Erinnerung gerufen, zu dem Cayetano ihr das eine oder andere geschenkt hatte. Mal war es ein Namens-, mal ein Geburtstag gewesen. Diese Dinge seien nämlich samt und sonders Geschenke von Cayetano, auch die Eßzimmermöbel aus Palisander, das Kaffeeservice aus Dänemark, das sie, Germaine, später noch zu sehen bekommen werde, und vieles mehr, soviel, daß sie nicht alles aufzählen könne. Doch werde sie ihr bei der nächsten Gelegenheit noch einiges zeigen.

„Ich sage das wirklich nicht, um ihm zu schmeicheln, aber es gibt auf der ganzen Welt keinen besseren Sohn als ihn, auch wenn man Ihnen vielleicht einzureden versucht hat, er sei ein schlechter Mensch."

„Señora, ich bitte Sie, niemand hat das behauptet. Außerdem sehe ich ja selbst, was für nette Menschen Sie sind."

Cayetano verzog keine Miene. Hin und wieder lächelte er seiner Mutter oder Germaine zu, an deren rechte Seite man ihn plaziert hatte, und ein paarmal hatte er ihr, von seiner Mutter dazu aufgefordert – „Gieß ihr noch ein bißchen Wein ein, mein Sohn!" – Wein nachgeschenkt. Er hatte ihr auch ein Stück von dem riesigen Karamellpudding aufgetan, den ein Mädchen in einer silbernen Schüssel serviert hatte. „Eine wunderschöne Schüssel, finden Sie nicht auch? Die hat er mir zu meinem sechzigsten Geburtstag aus Amerika mitgebracht. Aus der Karibik, nicht wahr, mein Sohn?"

„Nein, Mama, aus Peru."

„Ach, für mich macht das keinen Unterschied. Meinetwegen können alle Kubaner schwarz und alle anderen Indios sein."

Der Kaffee wurde im kleinen Salon serviert. Don Jaime blieb allein im Eßzimmer zurück und ließ sich danach nicht mehr blicken. Doña Angustias verstand es so einzurichten, daß Germaine zwischen ihr und Cayetano saß. Als das Mädchen das Tablett mit dem Kaffeeservice auf das Tischchen stellte, fand die Hausherrin nochmals lobende Worte für ihr dänisches Porzellan.

„Sie haben doch auch viele schöne Dinge, nicht wahr? Vielleicht sogar noch schönere? Nach allem, was ich neulich gesehen habe ... Hier ist immer gemunkelt worden, das Haus Ihrer verstorbenen Tante sei bis unters Dach mit Silber und altem Porzellan vollgestopft." Sie beugte sich ein wenig vor, um Cayetano in die Augen blicken zu können. „Wenn du das gesehen hättest, mein Sohn! Der Salon ist eine wahre Pracht. Allein der Kronleuchter und der Teppich!"

„Ich habe das alles schon mehrmals gesehen, Mama, den Salon, den Leuchter, den Teppich und alles andere."

„Werden Sie alles mitnehmen? Es ist doch wirklich eine Menge."

„Nein, Señora, wie sollte ich es mitnehmen? Ich wüßte nicht, wohin damit."

„Es wäre aber schade, wenn Sie es hierließen. In einem unbewohnten Haus geht alles kaputt."

„Ich will es ja nicht im Haus lassen", erklärte Germaine. „Ich habe vor, alles zu verkaufen."

Doña Angustias ließ sich ihre Verblüffung nur dadurch anmerken, daß sie die Augen noch ein bißchen weiter aufriß und den Kopf schüttelte.

„Verkaufen? Alles? Auch das Haus?"

„Ja, das Haus, die Ländereien und alles, was ich nicht mitnehmen kann. Wir brauchen ja so wenig, mein Vater und ich!

Solche großen, schweren Möbel taugen nichts, wenn man ein kleines Haus einrichten will. Ich werde wohl die Wäsche, das Silber und ein bißchen von dem hübschen Kleinkram behalten, den ich in dem Haus entdeckt habe. Alles übrige..."

Wieder beugte sich Doña Angustias vor und suchte den Blick ihres Sohnes.

„Hast du das gehört, Cayetano?"

„Ja, Mama, und es wundert mich nicht. Wenn die Señorita nicht in Pueblanueva bleiben will, warum soll sie dann den ganzen Kram behalten? Doña Mariana hatte einen Lebensstil, der nicht mehr in unsere Zeit paßt. Heutzutage sind die Menschen schlichter und brauchen keine Paläste und protzigen Möbel mehr."

„Ach, ein gutes Haus wird immer ein gutes Haus sein, mein Sohn!"

Doña Angustias rückte näher an Germaine heran und berührte sie am Arm. Germaine führte gerade die Kaffeetasse zum Mund. Sie hielt so abrupt in der Bewegung inne, daß sie ein wenig Kaffee auf ihren Rock schüttete. Doña Angustias war sofort mit einer Serviette zur Stelle. „Keine Sorge, das ist nicht schlimm." Sie ließ sich von dem Mädchen eine Flasche Selters bringen, befeuchtete damit mehrmals die Serviette und betupfte den Fleck. Cayetano schaute mit ausdruckslosem Gesicht zu.

„Sagen Sie, haben Sie schon einen Käufer?"

„Nein, Sie sind die ersten, mit denen ich darüber rede."

„In der Stadt erzählt man sich aber, daß Sie bald abreisen und vorher alles verkaufen wollen", schaltete sich Cayetano ein.

„Ja, das habe ich in der Kirche auch gehört, und ich habe mir sofort gesagt, daß Sie eine Menge Geld verlieren, wenn Sie an den Erstbesten verkaufen, weil man Ihre Eile ausnutzen und den Preis drücken würde."

„Richtig, Mama, aber kennst du jemanden, der genug Geld flüssig hat? Der Besitz der Señorita ist nicht nur ein paar Peseten wert."

„Ja, natürlich. Eigentlich kämen nur wir in Frage."

Cayetano ließ sich auf dem Sofa nach hinten sinken und verdrehte die Augen.

„Nein, nicht einmal wir haben genug Geld."

„Wie? Was sagst du da?"

Doña Angustias machte ein verblüfftes Gesicht, aber sie sah Germaine, nicht ihren Sohn an, als wollte sie sagen: „Sehen Sie, was für seltsame Dinge mein Sohn manchmal sagt?"

„Du hast richtig gehört, Mama. Wir sind reich, aber zur Zeit haben wir kein flüssiges Kapital. Ein nicht geringer Teil von unserem Geld ist in die Taschen der Señorita gewandert." Er rückte ein wenig von seiner Mutter ab, stand auf, stellte einen Stuhl an den kleinen Tisch und nahm genau gegenüber von Doña Angustias und Germaine Platz. Dann drehte er sich eine Zigarette.

„Doña Mariana Sarmiento war mit einem Aktienpaket an unserem Unternehmen beteiligt. Doña Mariana Sarmiento verfügte, daß die Aktien verkauft und der Erlös zwischen ihrer Nichte und einem Herrn, der in Amerika lebt, aufzuteilen sei. Carlos Deza hat diese testamentarische Bestimmung in die Tat umgesetzt, und ich habe die Aktien gekauft. Sie haben uns viel Geld gekostet, unsere gesamten flüssigen Mittel."

Er lächelte Germaine und seine Mutter an.

„Tut mir leid, wir kommen als Käufer nicht in Frage."

„Aber..." Doña Angustias' Stimme bebte. „Hast du nicht selbst gesagt, daß wir reich sind? Uns gehört die Werft, Cayetano, und noch viel mehr: Häuser und Ländereien! Du hast den Leuten immer alles abgekauft. Erst vor kurzem hast du den pazo der Aldáns erworben, obwohl er eine Ruine und zu nichts mehr zu gebrauchen ist."

„Stimmt, aber da hatten wir noch Geld."

Doña Angustias verschränkte resolut die Arme vor der Brust.

„Ich kann dir das nicht glauben, mein Sohn! Es ist so, als würdest du behaupten –"

Cayetano ließ eine Hand auf den Tisch fallen. Die Asche fiel von der Zigarette, die zwischen seinen Fingern klemmte.

„Nehmen wir einmal an, die Dinge, die die Señorita verkaufen will, sind eine Million Peseten wert. Es würde sich bestimmt jemand finden, der mir soviel Geld leiht, aber ich würde die Kreditfähigkeit unseres Unternehmens überziehen, verstehst du? Vor allem jetzt. Wir stecken nämlich gerade in einem Engpaß."

Er sah Germaine geradewegs an.

„Ja, unser Unternehmen befindet sich in einem Engpaß. Es würde zu weit führen, Ihnen alles zu erklären, aber es hat mit dem Aktienkauf zu tun. Carlos weiß darüber Bescheid."

„Mein Gott, Cayetano!"

„Zu anderen Zeiten hätten wir Doña Marianas Palast gern samt Einrichtung gekauft, und ich hätte dafür einen angemessenen Preis bezahlt, weil ich nur ehrliche Geschäfte mache."

Doña Angustias legte die Hände ineinander.

„Können wir denn nicht einmal den Salon kaufen? Den Teppich, die Sessel, den Kronleuchter und die Gemälde? Solche wertvollen Sachen dürfen nicht einem x-beliebigen Käufer in die Hände fallen. Wir brauchen in unserem Salon nur eine Zwischenwand herausreißen zu lassen, dann ist für alles Platz."

Cayetano warf seiner Mutter einen zärtlichen und zugleich schmerzerfüllten Blick zu. Er ließ den Kopf sinken und sagte:

„Es kommt auf den Preis an. Vielleicht will Carlos dafür eine Menge Geld haben."

Germaine fragte schroff:

„Wieso Carlos?"

„Weil nur er über alles verfügen darf, wenn ich mich nicht irre."

„Ich erwarte von ihm, daß er in dieser Angelegenheit überhaupt nicht mehr interveniert."

Cayetano trommelte mit den Fingerspitzen auf die Tischdecke und drückte die Zigarettenasche platt.

„Sie und er sind nicht gerade die besten Freunde, nicht wahr?"

Germaine antwortete nicht. Sie blinzelte, machte eine fahrige Handbewegung und schlug die Augen nieder.

„Verstehe. Es ist nicht leicht, sich mit Carlos anzufreunden. Er hat einen seltsamen Charakter. Trotzdem..."

Cayetano redete nicht weiter. Seine Mutter preßte die gefalteten Hände gegen die Brust und starrte ihn verständnislos an.

„Trotzdem, er hat das, was man einen noblen Kern nennt. Ich kann Ihnen verraten, daß er mit Ihrem Geld ein gutes Geschäft hätte machen können, ein sauberes, risikoloses Geschäft –"

„Mit meinem Geld?" fiel Germaine ihm ins Wort.

„Ja, warum nicht? Er hätte das oder irgend etwas anderes damit machen können, und es wäre ganz legal gewesen. Das Testament ermächtigt ihn dazu. Aber er hat das Geld nicht angerührt."

Cayetano schob den Stuhl zurück und stand auf.

„Ich finde, er hat nicht richtig gehandelt. Mit dem Geld hätte er eine Gefahr und drohende Arbeitslosigkeit von der Stadt abwenden können. Vielleicht ist Ihnen nicht klar, was für eine Katastrophe die Stillegung der Werft wäre. Pueblanueva del Conde lebt von den Löhnen, die ich jeden Samstag auszahle. Ich bin überzeugt, daß Carlos vernünftiger gehandelt hätte, wenn es Sie nicht gäbe."

Er stützte sich auf die Stuhllehne und neigte sich ein wenig zu Germaine hin.

„Sie würden meine Denkweise nie verstehen, und wenn ich Ihnen jetzt sage, daß ich Sozialist bin, dann können Sie damit bestimmt nichts anfangen. Sie sind Sängerin, Sie leben in einer anderen Welt als ich, in einer Welt des Luxus. Jemand wie Sie lebt von dem Geld, das die Reichen zuviel haben. Geld wird für Sie immer etwas sein, das ausschließlich persönlichen Zwecken dient. Ich weiß, daß Doña Mariana genauso dachte, und deshalb wundert es mich nicht, daß auch Sie so denken. Aber Carlos weiß, daß mit Geld Verpflichtungen verbunden sind, und er wäre diesen Pflichten nachgekommen, hätte er sich Ihnen nicht noch stärker verpflichtet gefühlt. Er ist ein Ehrenmann, also ein Mensch, der nur bis zu einem bestimmten Punkt Argumenten aufgeschlossen ist. Danach gehorcht er blindlings Prinzipien, über deren Sinn und Unsinn er gar nicht erst nachdenkt. Ich hingegen bin Geschäftsmann..."

Cayetano richtete sich auf und warf einen Blick auf die Uhr.

„Ich muß jetzt leider gehen. Die Werft läuft nicht ohne mich, verstehen Sie? Nur eines noch: Vergessen Sie nicht, daß das Geld, das Sie mitnehmen wollen, und auch die Summe, die ein gewisser Herr auf der anderen Seite des Atlantiks kassiert hat, hier dazu dienten, Wohlstand zu schaffen. Höchstwahrscheinlich werden Sie es –"

Er sagte dies zuerst in einem trockenen, dann fast schroffem Tonfall, doch als er den flehenden Ausdruck in Doña Angustias' Augen bemerkte, brach er ab.

„Nun ja, warum sage ich das alles? Sie verstehen ja doch nichts von geschäftlichen Dingen."

Er hielt Germaine die Hand hin.

„Es war mir ein Vergnügen, Sie kennengelernt zu haben, und ich hoffe, Sie vor Ihrer Abreise noch einmal wiederzusehen."

„Oh, natürlich wirst du sie wiedersehen! Gleich heute nachmittag! Germaine bleibt nämlich zum Tee hier. Es kommen ein paar Freundinnen von mir, und vielleicht ist sie so freundlich, uns etwas vorzusingen. Sie werden uns doch etwas vorsingen, nicht wahr?"

„Gern, wenn ich Ihnen damit einen Gefallen tue..."

„Natürlich! Cayetano wird auch zuhören. Also, bis später, mein Sohn!"

Sie wartete ab, bis Cayetano den Raum verlassen hatte, dann wandte sie sich sofort Germaine zu. Sie ergriff ihren Arm und sagte:

„Hören Sie nicht auf meinen Sohn! Er ist ein herzensguter Mensch, aber er macht sich große Sorgen wegen der Firma. Über die Sachen, die Sie verkaufen wollen, werde ich schon noch mit ihm reden. Es wäre das erstemal, daß er seiner Mutter eine Bitte abschlägt."

Als Paquito kam, um die Ankunft von Bruder Eugenio zu melden, bekam er im Turmzimmer einen derartigen Lachanfall, daß es Minuten dauerte, bis er ein Wort herausbrachte. Schließlich gelang es ihm zu erklären, daß er beim Anblick des Mönchs unweigerlich lachen müsse, weil er immer so ernst und düster sei. Außerdem fände er alle Geistlichen zum Lachen, aber diesen ganz besonders.

„Die Sache ist einfach die, daß er eine Kutte trägt, Don Carlos. Es ist nicht böse gemeint, aber warum zum Teufel ziehen sich Leute wie er so gern einen Rock an? Obendrein behalten sie auch noch die Hose an! Die ist heute bei unserem Mönch gut zu sehen, weil der Wind ihm die Kutte um die Nase weht."

Paquito flitzte los. Das ganze Haus erbebte unter seinen Schritten, bis sie am Ende des Flurs verklangen. Carlos hatte in sich gekehrt am Kamin gesessen. Er stand rasch auf, stellte sich in die Fensternische, durch die hell das nachmittägliche Licht fiel und das ganze Zimmer in einen goldenen Schimmer tauchte, und wartete auf den Mönch. Als er ihn am Ende des Flurs auftauchen sah, rief er ihm entgegen:

„Womit kämpft der heilige Georg heute? Mit Lanze oder Schwert?"

Der Mönch trat ein und schloß die Tür hinter sich. Er warf den Umhang aufs Sofa, setzte sich jedoch nicht, sondern starrte, vom Gegenlicht leicht geblendet, Carlos' Silhouette an.

„Ich bin nicht gekommen, um mit Ihnen zu kämpfen, sondern möchte mit Ihnen reden."

„Die Legende weiß zu berichten, daß der Drache kein vernunftbegabtes, sondern ein furchteinflößendes Wesen war, triebhaft, feuerspeiend und ohne die Spur von Gerechtigkeitssinn."

„Den Sie besitzen?"

„Das habe ich immer geglaubt. Als kleiner Junge hielt ich mich auch für schön, weil meine Mutter mich ständig so bezeichnete, aber ich brauche nur in einen Spiegel zu blicken, um mich eines Besseren zu belehren."

Carlos trat lachend aus der Fensternische heraus und schob den Mönch vor sich her zu einem Sessel am Kamin.

„Kommen Sie, nehmen Sie Platz und trinken Sie etwas. Es ist sehr kalt, und wir werden wahrscheinlich hitzig miteinander diskutieren müssen. Ein bißchen Schnaps ist dafür der beste Brennstoff."

Der Mönch setzte sich.

„Wieso machen Sie sich über mich lustig?"

„Um Sie zu entwaffnen, Bruder. Ich habe vor Ihnen einen Heidenrespekt, und außerdem kenne ich die Schwachpunkte meiner eigenen Verteidigung."

Carlos holte die Schnapsflasche und zwei Gläser.

„Glauben Sie mir, es ist keine Göttin in die Unterwelt hinabgestiegen, um dort für mich Waffen zu entwenden. Die Waffen des heiligen Georg dagegen sind zweifellos himmlischen Ursprungs."

Er schenkte ein und legte ein Päckchen Zigaretten auf den Tisch. Der Mönch nahm eine und beugte sich vor, um sie an der Glut im Kamin anzuzünden. Carlos trank einen Schluck.

„Falls Sie Kaffee möchten, kann uns der spinnerige Uhrmacher welchen brauen. Er hat den Dreh mit dem Kaffeekocher längst raus."

„Nein, danke."

„Nun, dann legen Sie los! Was hat die Señorita Ihnen erzählt? Welche Klagen hat sie gegen mich vorgebracht? Ist ihr das, was ich ihr angeboten habe, zu wenig? Will sie noch immer alles? Ich habe ihr doch schon eine Antwort gegeben. Oder hat sie es sich vielleicht anders überlegt?"

Bruder Eugenio setzte ein verwundertes Gesicht auf.

„Ich verstehe Sie nicht."

„Sind Sie denn nicht in Germaines Auftrag hier?"

„Wie kommen Sie darauf?"

„Nach der Auseinandersetzung, die sie und ich heute vormittag in diesem Zimmer hatten, liegt diese Vermutung doch nahe."

„Sie haben sich mit ihr gestritten?"

„Nein, nicht gerade gestritten. Wir haben nur die Karten auf den Tisch gelegt und uns am Schluß geeinigt, aber nicht freundschaftlich. Wären Sie hier mit einem anderen Gesicht aufgetaucht, hätte ich geglaubt, Sie seien gekommen, um mit mir ein paar sachliche Details zu besprechen, aber Sie sahen eher wie jemand aus, der mir eine Gardinenpredigt halten will. Sie sind sozusagen mit der blanken Waffe in der Hand erschienen, und da habe ich Angst gekriegt."

„Warum haben Sie sie getäuscht?"

Carlos fing an zu lachen. Lachend zündete er sich eine Zigarette an und gab erst eine Antwort, nachdem er ein paar Züge genommen hatte.

„Aha! Das ist es also."

„Für mich ist das . . . Wie soll ich mich ausdrücken –?"

„– unmoralisch? Oder ist Ihnen schändlich lieber? Meinetwegen, aber nur aus Ihrer Sicht."

„Nein, nicht aus meiner, sondern aus der Sicht Christi: ‚Wer seines Nächsten spottet, der ist des Teufels.' Einen Mitmenschen zu verhöhnen, heißt, ihn verachten, und wer andere verachtet, der –"

Carlos machte eine abwehrende Gebärde.

„Ja, ich weiß, das haben Sie mir neulich schon alles auseinandergesetzt – die engelsgleiche Geisteshaltung von Pater Hugo und so weiter. Ich habe Germaine nie verachtet, das können Sie mir glauben, und ich habe auch nie daran gedacht, sie zu verhöhnen. Ich wollte mich lediglich auf sie einstimmen, und auch das nicht aus einer Laune heraus, sondern um des Gleichgewichts willen. Eines bedauere ich aufrichtig, nämlich daß es nicht möglich war, die ganze Stadt zusammenzutrommeln, einschließlich Ihnen, um Germaine die Gelegenheit zu einem grandiosen Auftritt zu bieten. Einige Personen, die Germaine schon unter vier Augen gesprochen hat, hätten sich dafür allerdings maskieren müssen, beispielsweise Clara Aldán. Ihr kann man jedes Gefühl vom Gesicht ablesen. Mir ist bekannt, daß Germaine und sie den einen oder anderen Wortwechsel hatten, und ich freue mich, daß ich nicht dabei war. Der Unterschied zwischen den beiden ist allzu kraß. Und heute nachmittag, zu Hause bei Cayetano – wie wird sich der Unhold da verhalten haben? Ob er begriffen hat, daß er besser nicht die Krallen zeigt, weil das viel zu theatralisch ist? Ich kann mich natürlich irren. Germaine ist auf so penetrante Weise gewöhnlich, daß ihre Gewöhnlichkeit alles überrollt, ansteckt und ebenfalls gewöhnlich macht. Vielleicht hat Cayetano bei ihr seine Rolle als Unhold nicht ausgespielt, sondern sich wie ein korrekter kaufmännischer Angestellter aufgeführt. Gewöhnlichkeit verleiht große Kraft, und Germaine versprüht sie, als wäre sie elektrisch geladen."

Carlos richtete sich im Sessel auf und wies mit dem Zeigefinger auf den Mönch.

„Urteilen Sie selbst, Bruder Eugenio! Ihre Begegnung mit Germaine muß außerordentlich dramatisch verlaufen sein, zumindest für Sie. Schließlich ist sie die Tochter von – nun, das wissen wir ja beide. Aber sagen Sie einmal ehrlich: Haben Sie seit dem ersten bewegenden Treffen, als Germaine mit Ihnen Französisch gesprochen hat, jemals wieder an sie als Menschen gedacht oder interessieren Sie sich viel mehr für ihre Welt und ihre Probleme?"

Carlos ließ den Arm sinken.

„Germaine ist gewöhnlich, und ich habe mich auf sie eingestimmt, nichts weiter. Allerdings muß ich gestehen, daß ich ein paarmal versucht habe, sie aus ihrer Welt herauszuholen und in unsere einzugliedern. Dazu fühlte ich mich moralisch verpflichtet, verstehen Sie, obwohl ich wußte, daß ich nichts ausrichten würde. Ich habe nichts ausgerichtet, denn sie ist sehr, sehr stark. Wenn sie in Pueblanueva bleiben würde, würde sie die ganze Stadt umkrempeln. Sie bräuchte sonntags auf dem Platz nur diese eine Arie aus *La Traviata* zu singen, schon wären alle lammfromm. Was passiert wohl gerade zu Hause bei Cayetano? Ich möchte es mir lieber nicht ausmalen, Bruder Eugenio! Wenn Germaine Cayetano etwas vorsingt, dann müssen wir in Pueblanueva die Lage neu überdenken und uns auf einiges gefaßt machen. Cayetano, von Verdis Musik gezähmt, besser gesagt, auf das Maß der Gewöhnlichkeit zurückgeschraubt – ist das möglich? Und vor allem: Würde eine Sitzung reichen, oder müßte Germaine ihren Aufenthalt in dieser Stadt um ein paar Tage verlängern und ihren Besuch auf der Werft wiederholen?"

Carlos stand auf. Bruder Eugenio hatte ihm zugehört, ohne ihn ein einziges Mal anzusehen. Carlos ging zu dem mit Büchern überladenen Tisch, lehnte sich daran und sprach nach einer stummen Geste, die an seine eigenen Worte anknüpfte, weiter:

„Glauben Sie nicht, daß ich für Gewöhnlichkeit nur Verachtung übrig habe. Gott bewahre! Gewöhnlichkeit ist etwas Wünschenswertes, und sie ist immer wieder als Heilmittel für alle menschlichen Fehler und Gebrechen empfohlen worden. Nehmen wir doch einmal Ihren und Germaines Fall: Sie sind nicht glücklich, sondern leiden, und mit Germaine ist es genauso. Aber wenn sie mit einer Million Peseten in der Tasche von hier abreist, hat alles Leid und Unglück ein Ende. Bei Ihnen liegen die Dinge anders. Nichts auf der Welt kann Sie erlösen. Sie sind nämlich kein gewöhnlicher Mensch wie Germaine. Stellen Sie sich jetzt einmal vor, das ganze Leid der Menschheit sei gewöhnlich und könnte mit Geld kuriert werden oder mit etwas anderem, das man erlangen und festhalten kann. Wer will bezweifeln, daß es dann mehr Glück gäbe und wir hoffen dürften, eines Tages allesamt glücklich zu sein, auch Sie, ich, Clara und sogar Cayetano? Die Apostel der Zukunft werden Gewöhnlichkeit predigen, und die Politiker werden sie mittels eines entsprechend konzipierten Bildungswesens durchsetzen. In einer solchen Welt, die sich bereits abzeichnet und die es in Teilbereichen schon immer gegeben hat, wäre Germaine ein strahlender Stern, ein Star auf internationaler Ebene, Passagier auf großen Transatlantikdampfern, Gast großer Hotels, Kundin großer Modeschöpfer und notfalls auch Hauptperson großer Skandale, falls sie auf diese Weise im Rampenlicht der Öffentlichkeit bleiben kann."

Carlos hatte die Arme bis knapp über den Kopf gehoben. Seine Muskeln waren angespannt, die Hände verkrampft. Bruder Eugenio hatte sich nicht gerührt, und die letzten Worte, die Carlos fast geschrien hatte, schienen ihn nicht beeindruckt zu haben. Allmählich wich die Anspannung aus Carlos' Gesicht und Armen. Er ließ die Hände sinken – nein, er ließ sie fallen. Der Mönch stand auf und ging zu ihm.

„Gut. Und das Geld? Wie Sind sie mit ihr verblieben?"

Carlos knöpfte das Jackett zu und steckte die Hände in die Taschen.

„Sie werden mit Germaine zum Notar gehen müssen. Sie will, daß der Nachtrag des Testaments eröffnet wird."

„Und Sie? Kommen Sie nicht mit?"

„Nein. Ich bin nach wie vor mit dem Testament einverstanden und habe ihr ein Angebot gemacht, aber sie hat es ausgeschlagen. Natürlich könnte sie auch allein zum Notar gehen oder mit ihrem Vater, aber das halte ich nicht für gut. Es ist aus verschiedenen Gründen besser, wenn Sie sie begleiten. Zum Beispiel, weil Sie ihr einziger getreuer Gefolgsmann sind."

Bruder Eugenio legte einen Arm um Carlos' Schulter und zog ihn liebevoll an sich.

„Sie leiden an sich selbst, Carlos, aber ohne Grund. Jeder ist, wie er ist, und wir haben kein Recht, Gott zu fragen, warum er uns nicht so geschaffen hat, wie es nach unserem Geschmack gewesen wäre. Das gilt besonders für einen Menschen wie Sie mit dem Geschmack eines unverbesserlichen Ästheten. Sie sind nämlich ein Ästhet, und meiner Meinung nach wären Sie besser dran, wenn Sie ein ganz normaler Mensch wären, der die anderen so nehmen und respektieren könnte, wie sie sind. Leider kann ich aus Ihnen keinen frommen Menschen machen, der in seinen Mitmenschen nur Geschöpfe Gottes erblickt, Wesen, die vom göttlichen Atem beseelt sind und in denen die göttliche Flamme brennt. Doch wie dem auch sei – eines darf ich nicht zulassen, nämlich daß sich Ihre Enttäuschung bei der Regelung von Germaines Angelegenheiten negativ auswirkt. Sie müssen darüber hinwegsehen, daß sie gewöhnlich ist und ihr eine gerechte Lösung anbieten."

„Heute vormittag habe ich ihr das gesamte Barvermögen angeboten, mindestens eine halbe Million Peseten, wenn nicht mehr. Sie hat nein gesagt."

Carlos zog die Schultern ein und ließ den Kopf hängen.

„Sie hat es nicht direkt ausgesprochen, aber in ihrer grenzenlosen Gewöhnlichkeit glaubt sie anscheinend, daß ich in dieser Sache eigene Interessen verfolge, aber Sie wissen genau, daß das nicht stimmt."

Er hob den Kopf und sah dem Mönch geradewegs in die Augen.

„Ich bin dagegen, daß sie Doña Marianas Haus und deren gesamte persönliche Habe verkauft. Ich bin dagegen, weil ich ehrlich davon überzeugt bin, daß Germaine mit dem Geld, das ich ihr angeboten habe, all ihre Bedürfnisse befriedigen könnte und ich ihrer Karriere keinen Stein in den Weg lege, wenn ich den Verkauf verhindere. Ich werde mich solange dagegen wehren, wie es mir möglich ist. Falls allerdings der Testamentsnachtrag Germaine ermächtigt –"

Er zuckte lächelnd mit den Achseln.

„Ach, gehen Sie doch mit ihr zum Notar! Lieber morgen als übermorgen. Ich halte mich da raus. Vergeuden Sie Ihre Zeit nicht mit dem Versuch, ihr klarzumachen, daß meine Beweggründe ehrlich waren und ich ein Ehrenmann bin. Es fällt ihr nämlich schwer, dies zu glauben. Ihre Meinung ist mir schnurzegal."

„Warum verachten Sie Germaine so, Carlos?"

„Sie verachten? Ich?"

Er wandte sich rasch ab und ging zum Fenster. Der Mönch wartete noch ein paar Augenblicke, dann machte er leise die Tür auf und ging hinaus.

Über den Hügeln, jenseits der ría, ging die Sonne unter, und ihr goldener Schein verwandelte sich nach und nach in Purpur. Das Meer hatte eine dunkle Färbung angenommen, es schien sich beruhigt zu haben. Die Bäume im Garten schwankten nicht mehr im Wind. Doch weit hinten im Südwesten krochen Nebelschwaden über den Kamm der Hügel.

„Ja, morgen schlägt das Wetter um. Da hinten zieht Nebel auf."

Paquito der Uhrmacher hatte das von der Tür her gesagt, während er ein grünliches Papier schwenkte.

Carlos ging zu ihm.

„Was ist denn jetzt wieder?"

„Das hier ist gerade gebracht worden."

Es war ein Telegramm. Carlos machte es eilig auf.

„Lucía tot. Bin untröstlich. Ankunft morgen."

Und darunter stand: „Baldomero".

Um halb sechs heulte die Sirene auf der Werft. Cayetano stand am hinteren Ende der Helling unter dem Heck des Schiffes. Ein Trupp Arbeiter montierte gerade die Schrauben. Sie achteten nicht auf die Sirene, sondern machten weiter. Cayetano hatte sie gebeten, die Montage ohne Unterbrechung zu Ende zu führen und gesagt, sie sollten sich anschließend im Büro einen Zuschlag auszahlen lassen. Die Männer hatten sich bedankt. Cayetano schickte einen Ausputzer nach Lampen und einen Wächter in die Kantine zum Weinholen. Der Pförtner kam und richtete ihm aus, die Señora warte auf ihn.

„Sagen Sie ihr, daß es bei mir noch eine Weile dauert. Sie sollen ruhig schon anfangen."

Als der Wein gebracht wurde, trank er mit den Arbeitern ein Glas, dann ging er kurz im Büro vorbei und gab ein paar Anweisungen. Von Martínez Couto erfuhr er, daß seine Mutter nochmals nach ihm gefragt hatte.

Er begab sich in sein Arbeitszimmer, schloß hinter sich ab, setzte ich in einen Sessel und zündete eine Zigarette an, drückte sie aber gleich wieder aus. Sein Mund war trocken, und im Kopf drehte sich alles. Er stand auf, goß sich einen Whisky ein und trank einen Schluck. Im Kamin brannten mit langen, hellen Flammen ein paar Holzkloben. Cayetano schlug mit dem Schürhaken dagegen. Rotglühende, fast durchsichtige Stücke lösten sich, fielen in die Asche und verglommen. Aus einer Ritze in einem der Holzklötze schoß plötzlich zischend ein Feuerstrahl, doch er erstarb rasch wieder zu einem kleinen Flämmchen, das mit den anderen Flammen verschmolz. Plötzlich versetzte Cayetano den eisernen Kaminböcken einen Fußtritt, so daß sie umfielen. Heißer Qualm stieg von dem Kaminfeuer auf, das er verdorben hatte. Er löschte das Licht und öffnete ein Fenster. Durch einen Spalt in den Läden sah er, wie sich die Arbeiter ein Stück weiter in einem Lichtkegel bei der Montage der Schiffsschrauben abrackerten, während sich um sie herum schattenhafte Gestalten bewegten. Vom Meer wehte eine kühle Brise herüber, die Cayetano begierig in seine Lungen sog. Das Telephon klingelte, doch er hob nicht ab.

Jetzt saßen sie bestimmt alle zusammen, seine Mutter und ihre Freundinnen, und alles drehte sich um Germaine. Doña Angustias hatte sie bestimmt zu ihrer Rechten Platz nehmen lassen, lächelte ihr zu und umschmeichelte sie, empfahl ihr dieses Gebäck und jenen Kuchen – immer nur vom Feinsten. Wahrscheinlich hatte Germaine ihnen schon etwas vorgesungen, und seine Mutter, die anderen Damen und vielleicht sogar die Hausmädchen waren ganz baff und tauschten mit unterdrückter Stimme Worte der Bewunderung über die Französin aus. Er konnte sie vor sich sehen, er hörte fast, wie sie miteinander tuschelten und abwechselnd staunend ausriefen, wie schön Germaine sei und wie gut sie singen könne.

Doña Mariana hatte für seine Mutter und die Damen, die jetzt bei ihr zu Gast waren, nur Verachtung empfunden. Cayetano war niedergeschlagen, innerlich jedoch ruhig. Er brachte es fertig, den Tatsachen kühl ins Auge zu sehen: „Die verdammte Alte hat mich besiegt. Am Schluß hat sie noch diese dumme Gans mit ihrer schönen Stimme aufgeboten, um mich und meine Mutter zu demütigen." Wie oft hatte er gesagt und gedacht, daß er auch Germaine ins Bett kriegen würde, wie all die anderen! Irgendwann hatte er sich das zwar aus dem Kopf geschlagen, doch jetzt, wo er mitansehen mußte, wie seine Mutter alle Kränkungen vergaß, Germaine umwarb und durch ihr Verhalten die Überlegenheit dieser jungen Person anerkannte, drängte sich ihm der Gedanke erneut auf, allerdings war er müßig, denn die Französin hatte ihn kaum eines Blickes gewürdigt, und ihr Benehmen hatte nicht darauf schließen lassen, daß sie sich von ihm erobern lassen und ihm den Triumph gönnen würde, der ihn für alle Zeiten zur Ruhe kommen und alles vergessen ließe. Dabei hatte er geglaubt, sie sei ihm so gut wie sicher, ja er hatte sich sogar die Worte zurechtgelegt, mit denen er seinen Sieg im Casino detailliert schildern wollte.

Mit einem Knall schlug er das Fenster zu. Auf der glänzenden Wandtäfelung tanzte der Widerschein der Flammen, und angenehmes, diffuses Licht erfüllte das Arbeitszimmer. Cayetano durchquerte den Raum und öffnete eine kleinen Seitentür, hinter der eine Treppe nach oben führte. Er ging ein paar Stufen hinauf, blieb stehen und ging weiter. Im Flur hörte er hinter der Tür zum kleinen Salon Stimmengewirr und Gelächter. Auf Zehenspitzen tappte er zu seinem Zimmer, machte die Tür behutsam auf und schloß sie hinter sich. Ohne das Licht anzuschalten, zog er sich um. Als er fertig war, fiel ihm ein, daß er das Whiskyglas mitgenommen hatte. Er leerte es mit einem Zug. Dann tastete er im Kleiderschrank nach einem Regenmantel und legte ihn sich über den Arm. Jemand ging draußen den Flur entlang, vielleicht eines der Hausmädchen. Er rührte sich nicht, bis die Schritte verklungen waren. Erst dann verließ er das Zimmer. Dort hinten, hinter jener Tür, durch die Licht fiel, warteten sie auf ihn. Er fühlte sich versucht hineinzugehen, sich in den Kreis derer einzureihen, die Germaine hofierten, und vielleicht sogar seine Mutter zu fragen, ob sie wirklich wünschte, daß er auf die Werft eine Hypothek aufnahm, um den Nachlaß der Alten aufzukaufen. „Doch, Mama, dazu müssen wir unsere Firma beleihen und außerdem in Kauf nehmen, daß die Leute hier Hunger leiden." Seine Mutter würde ihn auf keinen Fall verstehen, genausowenig wie sie begreifen würde, warum er sich jetzt leise davonschlich, nur um nicht wie ein braver Schuljunge neben der Französin sitzen zu müssen.

Der Chauffeur plauderte in der Garage mit einem Aufseher aus der Lagerhalle. Die beiden Männer standen auf, als Cayetano auf sie zutrat.

„Was machst du hier?"

Der Fahrer drückte den Zigarettenstummel an der Betonwand aus.

„Die Señora hat mir befohlen, hier zu warten. Ich soll jemanden nach Hause fahren."

„Wenn sie nach dir ruft, sag ihr, daß ich mit dem Wagen weggefahren bin."

„Ja, Señor."

Cayetano stieg ins Auto und schaltete die Scheinwerfer an: In der Garage wurde es hell. Der Chauffeur und der Aufseher aus der Lagerhalle machten das Tor auf. Cayetano wollte schon den Motor anlassen, tat es dann aber doch nicht. Der Chauffeur und der Mann aus der Lagerhalle warteten zu beiden Seiten des Garagentors darauf, daß er hinausfuhr. Cayetano löschte jedoch das Licht und stieg aus.

„Ich habe es mir anders überlegt. Wenn du zurück bist, stell den Wagen vollgetankt in die Garage und schau kurz nach, ob mit dem Motor alles in Ordnung ist. Danach kannst du nach Hause gehen."

„Fahren Sie weg, Señor?"

„Kann sein."

Er holte den Regenmantel, den er im Auto vergessen hatte. Der Aufseher aus der Lagerhalle half ihm hinein.

„Falls jemand nach mir fragt, habt ihr mich nicht gesehen."

„Gilt das auch für die Señora?"

„Ja, auch für sie."

Dem Pförtner erteilte er dieselbe Anweisung.

Auf Pueblanueva hatte sich milchiger, kalter Nebel herabgesenkt. Die großen Scheinwerfer, die das Werfttor anstrahlten, schienen weit weg zu sein, irgendwo hoch oben im Dunst. Cayetano schlug den Mantelkragen hoch, zog sich den Hut in die Stirn und ging an der Werksmauer entlang in Richtung Stadtmitte. Er folgte einer engen, von armseligen, weißgekalkten Häuschen gesäumten Straße, in der es sehr dunkel war. Eine Frau kam aus einem Haus. Er stieß mit ihr zusammen und trat zur Seite und ging weiter.

„Können Sie nicht aufpassen? Wo haben sie denn Ihre Augen?"

Die Frau rief ihm noch ein paar Schimpfworte hinterher,

dann beklagte sie sich bei einer Nachbarin, man könne sich abends kaum noch auf die Straße trauen, und die Männer hätten heutzutage überhaupt keine Manieren mehr.

Auf dem dunklen Platz schien sich der Nebel verdichtet zu haben. Die Giebel und Kolonnaden hatten ebenso wie die Balkons des Rathauses ihre Konturen verloren und verschmolzen in der feuchten Dämmerung zu einem schwärzlichen, formlosen Einerlei. Gerade als Cayetano auf den Platz hinaustrat, ging die Straßenbeleuchtung an, und der Nebel wurde hier und dort von mattem Lichtschein aufgehellt. Der Platz schien menschenleer zu sein. Cayetanos Gummisohlen rutschten auf den nassen Steinplatten.

Er blieb stehen, um sich eine Pfeife anzuzünden, und ging dann unter den Kolonnaden entlang. An der Stelle, wo die Omnibusse abfuhren, standen vor der Tür des Warteraums eine Menge Gepäckstücke. Cayetano wich ihnen aus, indem er erneut kurz auf den Platz hinaustrat. Unter dem nächsten Bogen fiel das Licht aus Claras Laden in einem länglichen Rechteck aufs Pflaster. Das Rechteck war nicht ganz regelmäßig, weil am Türrahmen allerlei Waren hingen. Die Hände in den Taschen, blieb Cayetano vor der Tür stehen und reckte den Hals. Drinnen war niemand zu sehen. Er trat ein. Clara saß hinter dem Ladentisch und nähte. Sie blickte auf, sah Cayetano und sprang auf die Füße.

„Der Leibhaftige höchstpersönlich!"

Cayetano ging auf sie zu und stützte sich mit den Ellbogen auf den Ladentisch. Die Pfeife hing ein wenig schief in seinem linken Mundwinkel.

„Guten Abend."

Clara hob resolut einen Arm und wies auf die Tür.

„Mach, daß du rauskommst!"

„Dies ist ein Laden, oder? Ich darf mir hier etwas kaufen – oder mir ansehen, was du zu bieten hast."

Clara stand hochaufgerichtet da und sah ihn streng an. Sie ließ den Arm sinken und machte einen Schritt auf ihn zu.

„Kaufe meinetwegen, was du willst, aber beeile dich."

„Ich habe es nicht eilig."

„Dann nimm den Hut ab. Meine Besucher wissen, was sich gehört."

Cayetano legte den Hut auf den Ladentisch.

„So. Und jetzt?"

„Du hast das Wort."

„Bietest du mir keinen Stuhl an?"

„Nein."

Cayetano verschränkte grinsend die Arme.

„Ich will dich nicht fressen."

„Ich lasse mich auch nicht fressen."

„Ich wollte deinen Laden sehen, verstehst du? Ich war neugierig und wollte mal nachschauen, was du mit meinem Geld angestellt hast."

Sie hob die Schultern.

„Genausogut könnte ich dich fragen, was du mit meinem Haus gemacht hast."

„Ich kann damit nichts anfangen."

„Ich habe dich nicht gezwungen, es zu kaufen. Nicht einmal gebeten habe ich dich darum, sondern du hast mich gedrängt, es dir zu verkaufen."

„Davon wird es auch nicht besser."

„Gut, wenn du mir ein bißchen Zeit gibst, kaufe ich es bald zurück."

„Verdienst du soviel?"

„Ich komme gut zurecht."

Cayetano klopfte die Pfeife am Rand des Ladentischs aus. Asche und brennende Tabakkrümel fielen auf den Fußboden.

„Ich kam hier vorbei, und da fiel mir ein, daß ich dich mal besuchen könnte. Ich erinnerte mich daran, daß du bei unserer letzten Begegnung nicht sehr nett zu mir gewesen bist, und deshalb bin ich so ziemlich auf alles gefaßt."

Clara hob eine Hand bis auf Augenhöhe und sah Cayetano durch die gespreizten Finger an. Dann ballte sie energisch eine Faust und sagte:

„Ich weiß nicht, was mit dieser Hand los ist, daß sie so gern Ohrfeigen austeilt."

Cayetano versuchte sie am Handgelenk zu packen, aber sie zog schnell den Arm zurück.

„Vorsicht!"

Cayetanos Hand, der die Beute entwischt war, machte eine fragende Geste.

„Stellt sie sich beim Streicheln auch so geschickt an?"

„Da fehlt ihr leider die Übung."

„Ich habe das Gegenteil gehört."

„Ach, wenn alles wahr wäre, was über dich und mich geredet wird!"

„Du meinst also, ich hätte meinen Ruf nicht verdient?"

„Da wird bestimmt ein bißchen dick aufgetragen. Genau wie bei mir."

„Niemand versteht uns."

„Kann sein."

Cayetano stützte sich wieder mit den Ellbogen auf den Ladentisch. Clara trat ein paar Schritte zurück, steckte die Hände in die Taschen ihrer Schürze und lehnte sich an das Regal.

Cayetano zeigte auf sie.

„Du kleidest dich sehr gut. Wenn man bedenkt, wie du vor einem Jahr ausgesehen hast! Du warst ein trauriger Anblick. Du sahst aus wie –"

„Wie ich ausgesehen habe, kannst du für dich behalten! Erinnere mich nicht daran!"

„Entschuldige."

„Und nun sag endlich, weshalb du hier bist."

„Das habe ich schon gesagt."

„Ich glaube dir kein Wort. Außerdem will ich nicht, daß man mich hier mit dir plaudern sieht."

Cayetano richtete sich auf und kramte in seinen Taschen nach Tabak. Während er sich ein wenig vornübergebeugt eine Zigarette anzündete, fragte er Clara:

„Willst du es wirklich wissen?"

„Ja, sonst kannst du den Laden gleich wieder verlassen."

Cayetano warf das Streichholz auf die Straße.

„Hast du schon deine Cousine kennengelernt?"
„Sie ist nicht meine Cousine."
„Hm, ihr gehört aber zur selben Sippe. Du hast sie kennengelernt, stimmt's? Eine affektierte Pute ist sie, aber angeblich kann sie gut singen. Ich habe gerade vor ihr die Flucht ergriffen und dachte mir: Schau doch mal bei Clara vorbei."
„Wozu?"
Cayetano nahm die Zigarette in die rechte Hand und kreuzte die Arme.
„Willst du mit mir nach La Coruña fahren? Ich lade dich zum Essen ein, und hinterher gehen wir tanzen."
Clara rührte sich nicht. Sie betonte jede einzelne Silbe, als sie sagte:
„Da bist du bei mir an der falschen Adresse."
Er lächelte und stieß eine dunkle Rauchwolke aus, die sich jedoch in der Luft auflöste, bevor sie Clara erreichte. Cayetano drückte sich an den Ladentisch.
„Es ist doch nichts dabei, wenn du dich von einem Freund zum Essen einladen läßt. Falls du glaubst, auf deinen Ruf achten zu müssen –" Er hielt kaum merklich inne. „– dann treffen wir uns eben draußen vor der Stadt, und niemand kriegt etwas mit."
„Leider bin ich nicht deine Freundin."
„Gut, aber das läßt sich regeln. Falls ich dich irgendwann gekränkt habe, bitte ich dich um Verzeihung. Und wenn du es mir nicht nachträgst, dann –"
Clara fiel ihm ins Wort:
„Stimmt, ich trage es dir nicht nach."
„Na also! Ohne Groll und Bosheit können es zwei Menschen wie wir miteinander weit bringen."
„Weit bringen? Bis wohin?"
„Wie könnten gute Freunde werden."
Plötzlich mußte Clara lachen.
„Ist das die Masche, mit der du deine Opfer umgarnst? Gute Freunde! Haha!"
Sie trat an den Ladentisch, sah Cayetano unverwandt an

und schlug mit der flachen Hand auf die polierte Holzfläche.
„Nennen wir die Dinge doch beim Namen! Du bist gekommen, um mir vorzuschlagen, mit dir ins Bett zu gehen, und meine Antwort lautet nein."

Die Zigarette zwischen den Lippen und ein leicht spöttisches Lächeln in den Mundwinkeln, hielt Cayetano ihrem Blick stand.

„Tauge ich etwa weniger als andere Männer?"
„Für mich kommt nur der beste in Frage."
„Wieso glaubst du, so hohe Ansprüche stellen zu können?"
„Das ist mein Problem, oder etwa nicht?"
„Ich habe eine Menge zu bieten."
„Mir reicht es nicht."

Cayetano machte eine blitzschnelle Bewegung und packte ihre Handgelenke.

„Du hast selbst gesagt, daß wir die Dinge beim Namen nennen sollten!"

Sie wehrte sich nicht, sondern sah ihm ruhig in die Augen und sagte:

„Laß mich los!"
„Schreist du sonst?"
„Nein. Du wirst mich nämlich loslassen."
„Und wenn nicht?"
„Dann würde ich mich vor dir ekeln."

Der Druck von Cayetanos Fingern ließ nach.

„Ich bin daran gewöhnt, daß man vor mir Angst hat, aber was du gerade gesagt hast, hat noch keine zu mir gesagt."

„Ich nehme es zurück, wenn du mich losläßt."

Cayetano zog langsam seine Hände zurück.

„So ist es besser. Und bitte keine beleidigenden Worte mehr!"

Claras Hände blieben gefaltet auf dem Ladentisch liegen. Sie war sich ihrer Sache sicher.

„Gut. Jetzt, wo du fertig bist, könntest du eigentlich gehen. Ich muß den Laden schließen."

„Ich habe noch gar nicht angefangen." Grimmig warf er den

Zigarettenstummel auf den Boden und trat ihn aus. „Jetzt geht es erst richtig los."

„Du traust dich wohl nicht mit der Sprache heraus? Na gut, dann helfe ich dir auf die Sprünge. Mit der Französin hat es nicht geklappt, und jetzt soll ich die Lückenbüßerin spielen."

„Wie kommst du darauf?"

„Ich habe diesen Laden vor acht Monaten aufgemacht, und heute läßt du dich hier zum erstenmal blicken. Tausendmal hast du mich irgendwo allein gesehen und mich nicht beachtet. Was für ein Zufall! Du kreuzt hier ausgerechnet an dem Tag auf, an dem meine Cousine, wie du sie nennst, bei euch zu Hause zum Mittagessen eingeladen war und an dem alle Klatschweiber von Pueblanueva die wildesten Mutmaßungen darüber anstellen, ob es zwischen euch funkt oder nicht! Die Sache ist doch sonnenklar, mein Lieber: Da muß etwas nicht geklappt haben, sonst würdest du nicht bei mir auftauchen und Süßholz raspeln."

Sie gab Cayetano einen Klaps auf die Schulter.

„Na, sag schon! Hat sie dich abblitzen lassen? Oder hat dir deine Mutter das Spiel vermasselt?"

Sie lachte kurz und klopfte Cayetano nochmals auf die Schulter.

„Hör auf mich: Mit der verschwendest du deine Zeit. Ich weiß nicht, ob sie eine Heilige oder ein Flittchen ist, aber für die existieren Leute wie wir nicht."

„Du kannst sie nicht riechen, stimmt's?"

„Das würde ich nicht sagen, aber mir wäre es lieb, wenn sie so schnell wie möglich von hier verschwindet."

„Weil sie dir im Weg ist?"

Clara zuckte mit den Achseln.

„Weil ich sie nicht mag."

„Hat es etwas mit Carlos zu tun?"

„Nein, nur mit ihr. Sie geht mir auf die Nerven, genau wie Carlos – und du, wenn du nicht gleich ein anderes Gesicht machst und aufhörst, mich so anzuglotzen!" Sie schlug mit der Faust auf den Ladentisch. „Ich bin keine Nutte, und in diesem Laden wird eine andere Ware verkauft! Wenn dir die Französin einen Korb gegeben hat, dann geh gefälligst hin und klopfe an eine andere Tür. Hier wird um acht Uhr dichtgemacht, und es gibt auch kein Hintertürchen."

Cayetano warf ungerührt einen Blick auf die Uhr.

„Es ist erst viertel nach sieben, und mir ist gerade klar geworden, daß ich mich gern mit dir unterhalte."

„Ein Gespräch sollte beiden Beteiligten Spaß machen."

„Und wenn es um mehr als nur ein Gespräch geht?"

„Das kannst du dir aus dem Kopf schlagen."

Cayetano nahm seinen Hut.

„Ich habe anscheinend meine Zeit vergeudet."

„Gut, daß du es wenigstens merkst."

„Damit meine ich nicht dich. Im Gegenteil, ich freue mich, dich besucht zu haben, und ich werde wiederkommen."

„Tritt lieber nicht mehr über diese Schwelle."

Cayetano drückte sich den Hut auf den Kopf und meinte lächelnd:

„Wer hätte geglaubt, daß Clara Aldán sich als die einzig würdige Nachfolgerin von Doña Mariana entpuppen würde? Seit dem Tod der Alten habe ich mich irgendwie verwaist gefühlt, aber jetzt habe ich dich gefunden. Ich komme morgen wieder, allerdings nicht, um mit dir zu zanken."

Er hielt ihr über den Ladentisch die Hand hin.

„Wir werden eines Tages bestimmt gute Freunde sein."

Clara verschränkte die Arme.

„Dann können wir uns immer noch die Hand geben. Inzwischen..."

„Na gut. Bis morgen, Clara."

„Adiós."

7. KAPITEL

Der Notar ließ sie ein Weilchen warten, schließlich war er eine wichtige Persönlichkeit, doch der Kanzleigehilfe, der sie empfing, behandelte sie zuvorkommend und eine Spur zu liebenswürdig. Er führte sie in einen kleinen Salon, dessen Wände in Mahagoni gerahmte Universitätsdiplome zierten. Germaine setzte sich auf einen Polsterstuhl mit großen blauen Blumen auf grauem Grund, Bruder Eugenio stellte sich ans Fenster und schaute auf die Straße hinunter. Um sich die Wartezeit zu verkürzen, zündete er eine Zigarette an, doch konnte er sie nicht zu Ende rauchen, da plötzlich der Notar in einer kleinen Tür erschien und sie hereinbat. Er hatte die Brille auf die Stirn geschoben und lächelte ihnen aus flinken Augen entgegen. Während er sie zu einer ledernen Sitzgruppe führte und mit einem Wink aufforderte, Platz zu nehmen – Germaine auf dem Sofa, Bruder Eugenio in einem Sessel –, erging er sich in Begrüßungsfloskeln und Gefälligkeiten. Er bat Bruder Eugenio, die Zigarette auszudrücken, stattdessen wolle er ihm eine Havanna offerieren, und er erkundigte sich bei Germaine, ob sie ebenfalls rauche, denn für diesen Fall habe er englische Zigaretten anzubieten. Germaine verneinte. Beim Warten hatte sie wohl oder übel Zigarettenqualm einatmen müssen.

„Sie müssen wissen, daß ich Ihren Besuch schon seit langem erwarte, Señorita. Gestern beim Abendessen habe ich zu meiner Frau gesagt: ‚Warum hat Doña Marianas Nichte mich wohl noch nicht aufgesucht? Ob sie mit dem Testament etwa einverstanden ist?' Meine Frau hat mir auf den Kopf zugesagt, daß Sie in den nächsten Tagen zu mir kommen würden. Sie hatte recht! Verflixt, ich weiß nicht, wie Frauen es schaffen, gewisse Dinge zu erraten, während wir Männer uns immer wieder täuschen. Ich glaubte nämlich schon, Sie hätten das Testament akzeptiert."

Dies sagte der Notar rasch und mit volltönender Stimme, und dabei bebte sein rosa Doppelkinn, auf dem silbergraue Härchen sprossen. Er hob die Hand, um einen eventuellen Einwand abzuwehren.

„Nicht, daß Sie denken, ich verletze das Berufsgeheimnis und rede über solche Angelegenheiten mit meiner Frau! Keineswegs! Ich bin verschwiegen wie ein Grab, aber über Doña Marianas Testament wissen sowieso alle Bescheid. Es ist viel darüber geredet worden. Sind Sie gekommen, um es anzufechten?"

Bevor Germaine antwortete, sah sie Bruder Eugenio an.

„Ja, das heißt, ich möchte, daß der Nachtrag geöffnet wird."

„Gerne. Vorher müssen jedoch gewisse Formalitäten erledigt werden, die im Testament festgelegt sind. Unterzeichnen Sie ein Schriftstück, in dem steht, daß Sie das Testament anfechten, dann können wir zur Eröffnung dieses geheimnisvollen Dokumentes schreiten. Natürlich unter Zeugen. Einverstanden?"

„Sie wissen besser als ich, was zu tun ist."

Der Notar erhob sich.

„Dann gestatten Sie mir bitte, daß ich meinen Schreiber anweise, dieses Schriftstück aufzusetzen. Das heißt, eigentlich sind es zwei. Im zweiten wird festgehalten, daß das Kuvert geöffnet wurde und Sie den Inhalt zur Kenntnis genommen haben. Es ist eine Sache von zwei Minuten."

Er öffnete eine Tür und sagte etwas mit leiser Stimme zum Kanzleigehilfen, dann schloß er sie wieder. Germaine hob die Hand.

„Bevor ich mich entscheide, möchte ich Sie um einen Rat bitten."

„Um einen Rat? Den kann ich Ihnen natürlich ausnahmsweise geben, obwohl dies eher Aufgabe eines Anwalts wäre. Andererseits habe ich Ihrer Tante so oft mit meinem Rat zur Seite gestanden, daß es mich ehrt, wenn Sie als ihre Nichte mir Vertrauen entgegenbringen."

Er beugte sich im Sessel vor. Die Brille rutschte ihm von der Stirn, fiel herunter und blieb, an einer schwarzen Schnur baumelnd, vor seiner Brust hängen.

„Womit kann ich dienen?"

„Glauben Sie, ich gehe mit meinem Entschluß ein Risiko ein?"

„Ein Risiko?"

Der Notar erhob sich wiederum und ging ein paar Schritte auf und ab. Er hatte einen Füllfederhalter in der einen Hand und klopfte damit auf die Innenfläche der anderen. Zwei-, dreimal schritt er von seinem Sessel zur gegenüberliegenden Ecke des Raums und zurück.

„Ich schließe daraus logischerweise, daß Sie sich mit Don Carlos Deza nicht haben einigen können, oder täusche ich mich da? Nun, wenn es so ist, würde es mich nicht wundern. Doña Mariana Sarmiento war eine sehr extravagante Frau, und Don Carlos Deza ist nicht ganz bei Trost. Hat man Ihnen erzählt, was er mit den Aktien für ein großartiges Geschäft gemacht hat? Nein? Dann werde ich es mit wenigen Worten nachholen. Er hat sie an Cayetano Salgado verkauft, obwohl ihm eine Firma aus Vigo genau das Doppelte dafür geboten hatte. Wissen Sie, was das heißt?"

Er wandte den Blick von Germaine ab und starrte den Mönch an.

„So ein Unfug! Warum hat er das getan? Was für Gründe hatte er? *Chi lo sa?* Ich möchte Don Carlos Deza nicht schlechtmachen, aber diese Gefälligkeit gegenüber jemandem wie Cayetano Salgado macht ihn mir, mit Verlaub gesagt, in höchstem Maße suspekt."

Germaine sah nun ebenfalls den Mönch an, und aus ihren Augen sprachen Erstaunen und Ärger.

„Davon wußte ich nichts."

Der Notar zog einen Stuhl heran und nahm ihr gegenüber Platz.

„Es ist ein offenes Geheimnis. Ich habe also kein Gerücht in die Welt gesetzt. Jedenfalls wundert es mich nicht, daß Sie mit dem Testament nicht einverstanden sind. Ich habe mit nichts anderem gerechnet. Nun gut, ich will Ihnen nichts vormachen. Es besteht ein gewisses Risiko."

Seine Augen wanderten von Germaine zu dem Mönch, dem er das runde, glänzende Gesicht zuwandte.

„Ich bin jetzt siebzig Jahre alt, und Doña Mariana Sarmiento habe ich dreißig Jahre lang gekannt. Sie hat mir ihre

Geheimnisse anvertraut" – er lächelte verschmitzt, und sein Blick ruhte weiterhin auf dem Mönch – „und ich glaube, ich kannte sie in- und auswendig. Eine großartige Frau, ja, das war sie! Intelligent, entschlossen, tapfer. Sie hatte vor niemandem auf der Welt Angst. Im Grunde war sie ein guter Mensch, aber eben auch, tja, wie soll ich mich ausdrücken...? Ja, wie gesagt, extravagant war sie."

Er betastete seine Taschen. Der Füllfederhalter fiel herunter und rollte über den Boden. Der Notar stand auf, holte ein silbernes Zigarettenetui, das auf dem Tisch lag, entnahm ihm eine Zigarette und bot auch dem Mönch eine an.

„Ich bitte Sie tausendmal um Verzeihung, ich hatte ganz vergessen, daß ich Ihnen eine Zigarette versprochen hatte. Sie ist schon gedreht, der Tabak ist aus Havanna. Einer meiner Brüder, der dort drüben eine Zuckerrohrplantage hat, hat sie mir geschickt. Ein intelligenter Bursche! Er hat den Börsenkrach überstanden, ohne verkaufen zu müssen, und ist wieder genauso reich wie vorher."

An der Wand hing ein Bild: Ein stattlicher Mann saß auf einem Pferd, das von einem Bauern am Zügel geführt wurde.

„Das ist er! Ein Prachtkerl! Er ist Junggeselle, lebt wie im Schlaraffenland und besitzt ein Riesenvermögen." Der Notar zwinkerte. „Seine einzigen rechtmäßigen Erben sind meine Söhne."

Bruder Eugenio hielt die Zigarette in der Hand und wartete. Der Notar reichte ihm die Streichhölzer.

„Nun, wie ich schon sagte, Doña Mariana war eine willensstarke Frau. Eines Morgens kam sie zu mir, setzte sich auf dieses Sofa, genau auf den Platz, auf dem Sie sitzen, und sagte zu mir: ‚Federico, zerreiß mein Testament und setz ein neues auf' – sie hatte ein Papier mitgebracht, auf dem die neuen Bestimmungen standen – ‚aber formuliere es so, daß niemand außer mir es annullieren kann'. – ‚Señora', wandte ich ein, ‚wie wollen Sie es nach Ihrem Tod annullieren?' Da zog sie ein Kuvert aus der Handtasche und legte es auf den Tisch. ‚Mit dem, was hier drin steht, kann das Testament annulliert werden.' – ‚Aha. Wenn es einen geheimen Nachtrag geben soll, muß das Testament allerdings in entsprechender Weise abgefaßt werden', erwiderte ich. – ‚In Ordnung. Du wirst schon wissen, was zu tun ist. Ich möchte, daß dieses Kuvert hier vor meinen Augen versiegelt und in den Safe gelegt wird. Niemand soll erfahren, was darin steht.' Nun ja, das Kuvert wurde also versiegelt, und sie drückte in den Siegellack den Ring mit dem Wahrzeichen der Sarmientos und der Moscosos, den sie nie trug, aber immer in ihrer Handtasche bei sich hatte. Warten Sie –"

Er sprang auf, öffnete eine Holztüre, hinter der sich ein Safe verbarg, suchte darin nach etwas und kehrte mit einem großen, versiegelten Kuvert zurück. Unterdessen fragte Bruder Eugenio Germaine, ob sie sich langweile, und Germaine sagte ja.

„Hier ist es. Wenn Sie das Wappen genau betrachten, Señorita, sehen Sie in dem Feld, auf das ich mit dem Füllfederhalter zeige, eine Art Adler mit gestutzten Flügeln. Das ist das Wahrzeichen der Aguiars. Wissen Sie, meine Großmutter mütterlicherseits hieß mit zweitem Familiennamen Aguiar, Rodríguez y Aguiar. Einmal sagte ich zu Ihrer werten Tante, wir seien miteinander verwandt, und wissen Sie, was Sie darauf antwortete? ‚Zum Teufel mit dir, Federico! Meine Verwandten suche ich mir selber aus!'"

Germaine hatte den Umschlag an sich genommen. Sie preßte ihn an die Brust und fuhr mit den Fingern über die großen, plattgedrückten Tropfen des roten Siegellacks.

„Sollen wir ihn öffnen?"

„Warten Sie. Es fehlt noch das Schriftstück, und außerdem hatten Sie mich um meinen Rat gebeten. Das Schriftstück wird uns sofort gebracht werden, aber der Rat bereitet mir Kopfzerbrechen."

Wenn der Notar im Stehen sprach, stellte sich bei ihm eine Art Tick ein: er hob die linke, zur Faust geballte Hand mit ausgestrecktem Zeigefinger auf Schulterhöhe und ließ sie nach einer Weile wieder sinken.

„Was hat Ihre Tante in diesem Nachtrag wohl geschrieben? Ich möchte Ihnen meine Mißbilligung nicht verbergen. Eigentlich sollte es möglich sein, daß ich Ihnen das Erbe frei von jeglichen Auflagen aushändige. Aber wenn es nicht möglich ist? Ich gebe Ihnen mein Wort, daß ich nicht den geringsten Anhaltspunkt habe, der es mir erlauben würde, Ihnen verläßliche Auskünfte zu geben. Wir müssen auf gut Glück handeln, und in diesem Fall hat über Glück und Unglück eine Dame entschieden, die ein bißchen extravagant war, vor allem in Gefühlsdingen. Wer sagt Ihnen, daß dieses Kuvert nicht eine Zeitbombe ist?"

Germaines Hände zitterten.

„Dann öffnen wir es besser nicht?"

„Oh, das hängt von Ihnen ab, Señorita. Wenn Sie mit dem Vorsatz hierher gekommen sind, es zu tun, dann tun Sie es, aber ich übernehme keine Verantwortung. Ich kann Ihnen keinen Rat geben."

Germaine sah zuerst den Notar und dann den Mönch ratlos an.

„Mein Gott!"

Bruder Eugenio hob die Hand und hielt den Notar zurück, der erneut zu längeren Ausführungen ansetzen wollte. Daraufhin sagte er lediglich:

„Sie möchten etwas sagen? Das finde ich gut. Sie sind auch ein Churruchao, nicht wahr? Das habe ich mir sofort gedacht, als ich Sie sah: Dieser rothaarige Mönch kann nur ein Churruchao sein, und als Verwandter begleitet er die Señorita. Bitte, Bruder Eugenio."

„Wenn Sie die Angelegenheit in allen Einzelheiten kennen würden, könnten Sie vielleicht doch einen Rat geben. Die Señorita lehnt das Testament ab, weil sie nicht fünf Jahre lang in Pueblanueva leben, sondern alles verkaufen und in ihre Heimat zurückkehren will. Don Carlos Deza ist damit nicht einverstanden, aber er wäre zu einer gütlichen Einigung bereit: Er will der Señorita das gesamte Bargeld sofort auszahlen, während der Rest des Erbes einstweilen in Pueblanueva verbleibt, bis sie ihre Meinung ändert oder aber nach Ablauf der Frist vollen Anspruch auf das Vermögen hat."

Der Notar setzte die Brille auf, nahm sie jedoch sofort wieder ab.

„Ist es viel Geld?"

„Ungefähr eine halbe Million."

„Es hätte doppelt soviel sein können, wenn die Aktien zu einem guten Preis verkauft worden wären, aber da ist nichts mehr zu machen, und es gibt keine Rechtsmittel, um Don Carlos zur Rechenschaft zu ziehen." Er stellte sich hochaufgerichtet vor Germaine hin, breitete leicht die Arme aus und spreizte die Finger. „Nun, ich würde darauf eingehen. Eine halbe Million, das ist ein hübsches Sümmchen. Bei einer Verzinsung von drei Prozent hätten Sie monatlich rund tausendfünfhundert Peseten. Sie könnten sogar noch mehr herausholen."

Germaine drehte den Umschlag in den Händen und strich darüber. Der Mönch fragte:

„Ist das Ihr Rat?"

„Lieber einen Spatz in der Hand als eine Taube auf dem Dach! Eine halbe Million! Was ist, wenn die Señorita leer ausgeht?"

Bruder Eugenio zuckte erschrocken zusammen.

„Halten Sie das für möglich?"

Der Notar streckte die Hand aus, nahm das Kuvert und betrachtete es im Gegenlicht. Lächelnd gab er es Germaine zurück.

„Vielleicht täusche ich mich. Wer kann schon wissen, was da drin steckt? Aber wenn ich mir überlege, was für ein Mensch Doña Mariana war – sie möge in Frieden ruhen, falls es ihr vergönnt ist –, was ich über sie weiß und wieviel Arbeit sie mir bis zuletzt machte, indem sie mich Testamente aufsetzen und dann wieder vernichten ließ, bis auf dieses letzte, das sie nicht mehr abgeändert hat, weil der Tod ihr dazu keine Zeit mehr ließ, dann möchte ich meine rechte Hand darauf verwetten, daß sie im Nachtrag Don Carlos Deza als Universalerben bestimmt hat."

Germaine entfuhr es:

„Glauben Sie das wirklich?"

„Wenn Sie es wissen wollen – hier ist das Kuvert! Öffnen Sie es, aber auf eigene Verantwortung, das möchte ich betonen, haben Sie gehört? Und bedenken Sie: Wenn der Nachtrag erst einmal geöffnet ist, gibt es kein Zurück mehr."

„Und Carlos? Könnte er ihn auch öffnen?"

„Selbstverständlich. Ihm wird dieses Recht ausdrücklich zugesprochen, genau wie Ihnen."

„Carlos würde ihn nicht öffnen", schaltete sich Bruder Eugenio ein. „Da bin ich mir sicher."

Germaine stand auf. Der Umschlag mit den fünf großen, roten Lackklecksen blieb auf dem Couchtisch liegen. Sie ließ ihn nicht aus den Augen. Als der Notar ihn an sich nahm, folgte Germaine ihm mit dem Blick.

„Dann verwahren wir ihn also wieder?"

„Können Sie ihn nicht vernichten?"

„Nein, aber keine Sorge, selbst wenn Señor Deza es sich eines Tages anders überlegt, kann er an Sie keine Ansprüche mehr stellen. Geschehen ist geschehen. Umgekehrt können auch Sie ihn in keiner Weise wegen der Sache mit den Fischerbooten oder anderen unklugen Schritten zur Rechenschaft ziehen. Doña Mariana hat es so eingerichtet."

Germaines Augen waren feucht geworden, und sie unterdrückte ein Schluchzen. Der Notar trat auf sie zu, stellte sich ein bißchen auf die Zehenspitzen und legte ihr den Arm um die Schultern.

„Sie müssen Geduld haben und abwarten. Eine halbe Million – das ist ganz schön viel Geld. Und wenn die fünf Jahre erst vorbei sind –"

Germaine schlang die Arme um seinen Hals und fing an zu weinen. Bruder Eugenio, der ein wenig abseits stand, tat so, als betrachtete er interessiert den Stuck an der Decke.

Don Baldomero traf mittags in einem großen, schwarzen Wagen ein. Das Hausmädchen saß neben dem Chauffeur, Don Baldomero auf der Rückbank neben Doña Lucías in Tücher gehülltem Leichnam. Der Gehilfe kam aus der Apotheke gelaufen, um sie zu empfangen. Ein Grüppchen trauernder Frauen und der eine oder andere schaulustige Bursche fanden sich ein. Zwei von ihnen boten sich sogleich an, die Verstorbene vom Wagen ins Haus zu tragen. Don Baldomero überließ alles weitere dem Hausmädchen und den dienstfeifrigsten unter den Frauen, betrat die Apotheke, schrieb etwas auf ein Schild, hängte es an die Tür und sperrte zu. Auf dem Schild stand:

WEGEN TODESFALL GESCHLOSSEN
DRINGENDE REZEPTE
AN DER HINTERTÜRE

Als er in die Wohnung hinaufging, lag Doña Lucía schon auf dem ehelichen Bett. Sie war unter dem Laken kaum zu erkennen. Das Hausmädchen suchte nach einem Rosenkranz, um ihn ihr in die Hände zu legen, und die anderen Frauen machten sich nützlich, indem sie im Wohnzimmer die Möbel beiseiteschoben und es als Totenzimmer herrichteten. Don Baldomero glaubte, ein paar Anweisungen geben zu müssen, doch da hatte er sich getäuscht: „Gehen Sie weg! Sie stören nur!" herrschte ihn das Hausmädchen an und schob ihn ins Eßzimmer. Er verließ es erst wieder, als die Leute vom Bestattungsinstitut kamen, um Maß zu nehmen. „Wird der Sarg bald fertig sein?" – „Es sind gängige Maße", bekam er zur Antwort, „bestimmt haben wir einen auf Lager. Wir bringen ihn in der nächsten halben Stunde vorbei." Der Gehilfe erschien und erkundigte sich, ob er etwas tun könne. Don Baldomero schickte ihn zu Don Carlos, mit der Bitte, so schnell wie möglich zu ihm zu kommen. Die leisen, gedämpften Stimmen der Frauen, die im Haus umherliefen, dumpfe Geräusche und die Schritte der Menschen, die nach oben gingen und sich ans Bett der Toten stellten, drangen ins Eßzimmer. Durch das Fenster war der Nebel zu sehen, der zwischen den Bäumen der Obstgärten hing. Don Baldomero nahm den Anisschnaps von der Anrichte und schenkte sich ein Glas ein. Kurz darauf erschien Don Julián: Er kondolierte und kam dann auf die Beerdigung zu sprechen. „Keinerlei Aufwand,

Don Julián! Eine ganz bescheidene Beerdigung, das war ihr Wille." – "Aber, Don Baldomero, ein so begüterter Mann wie Sie wird seine Frau doch nicht wie die Frau eines armen Schluckers beerdigen!" Don Julián genehmigte sich ebenfalls ein Gläschen: Nachdem er es geleert hatte, vereinbarte er mit Don Baldomero eine Uhrzeit und verabschiedete sich, da der Tag sich neigte. Sie hatten sich auf einen Gottesdienst mit drei Pfarrern geeinigt. Wenig später traf Carlos ein: Er trug einen Regenmantel und hielt eine Baskenmütze in der Hand. Don Baldomero umarmte ihn mit feuchten Augen. Während Carlos den Regenmantel auszog, fragte Don Baldomero ihn, ob er Anislikör oder lieber Schnaps wolle.

"Einen Kräuterschnaps, bitte", erwiderte Carlos und setzte sich.

Don Baldomero reichte ihm das Glas. Tränen rannen über seine unrasierten Wangen.

"Ich bin im allerletzten Moment gekommen, Don Carlos, ich habe ihren letzten Seufzer gehört. Fast wäre sie allein gestorben, wie eine Ausgestoßene. Sie hatte noch ein wenig Luft in den Lungen, um mir ein paar letzte Worte zu sagen. Sie hat beteuert, daß sie mich nie betrogen hat und daß ihr diese eine Sache nur passiert ist, weil sie sich als Ehefrau verschmäht fühlte und Trost suchte. Das muß ich ihr doch glauben, nicht wahr? Niemand lügt, kurz bevor er vor den Ewigen Richter tritt. Es sei denn –"

"Tun Sie mir den Gefallen, Don Baldomero, und grübeln Sie nicht länger darüber nach! Ich habe Ihnen oft genug versichert, daß Doña Lucía Ihnen treu war."

"Stimmt, Don Carlos, und ich habe es Ihnen immer geglaubt. Außerdem hat mir Ihr Vertrauen in sie gutgetan. Trotzdem überlege ich, ob die Worte meiner armen Lucía nicht nur eine fromme Lüge waren, die mich beruhigen sollte."

"Haben Sie nicht gerade selbst gesagt, niemand würde lügen, kurz bevor er vor den Ewigen Richter tritt?"

"Doch, Don Carlos, aber es gibt Lügen, die eigentlich keine sind, sondern Beweise aufrichtiger Nächstenliebe. Die Kasuisten –"

Das Hausmädchen schnitt ihm das Wort ab. Sie war gekommen, um ihm auszurichten, daß die Leute vom Bestattungsinstitut den Sarg gebracht hätten, und ob er ihn sich nicht ansehen wolle.

„Nein, nein! Nehmt ihr Frauen das in die Hand! Laßt ihn in den Salon bringen und stellt das große Kruzifix auf, das aus meinem Arbeitszimmer, und auch die Osterkerzen. Sie sind in der Kommode in einer Schublade."

Er warf dem Hausmädchen einen Schlüsselbund zu. Leise zog sie die Tür hinter sich zu.

Plötzlich wurde Don Baldomero von einem stillen Weinkrampf geschüttelt. Er leerte mit einem Zug sein Glas und wischte sich die Tränen ab.

„Sehen Sie? Da rechnet man seit langem mit diesem Augenblick, man weiß, daß er kommen wird, und wenn man dann die Tote vor sich sieht, packt einen der Schmerz, als wäre der Tod überraschend gekommen. Man wird sich seiner eigenen Schuld bewußt und verspürt den Drang, sich zur Strafe umzubringen." Rasch bekreuzigte er sich. „Möge der Herrgott es nicht zulassen, aber verzweifelt genug wäre ich. Vielleicht will Gott meine Geduld auf die Probe stellen, dabei weiß Er doch, daß ich die arme Lucía nur zu gern begleitet hätte!"

Unvermittelt packte er Carlos' Handgelenk und sah ihn entsetzt an.

„Allein schon, um einer schmerzlichen, unangenehmen und doch unvermeidlichen Pflicht zu entgehen."

Der Augenausdruck des Apothekers erfüllte Carlos mit Sorge.

„Was führen Sie im Schilde, Don Baldomero?"

Don Baldomero stand auf. Die wenigen grauen Haare auf seinem Kopf waren zerwühlt und bildeten auf der Halbglatze eine Art Schopf. Er schlug sich mit geballten Fäusten gegen die Brust.

„Ich schwöre Ihnen bei meinem Leben, Don Carlos, daß es in meinem Herzen nicht den Schatten eines Zweifels gibt und daß ich Lucía als Beispiel einer keuschen und hingebungsvollen

Ehefrau in Erinnerung behalten werde, als resigniertes Opfer meiner eigenen Hemmungslosigkeit und Unmäßigkeit. Ich weiß, daß sie im nächsten Leben für mich beten wird, und vielleicht bewahren ihre Gebete mich vor weiteren Vergehen. Amen. Aber was ist mit den anderen? Mit denen, die glauben, Lucía hätte mich betrogen? Die es vermuten oder es für erwiesen halten? Solche Menschen gibt es nämlich in Pueblanueva, Don Carlos, ich bin von ihnen umgeben, und sie behandeln mich wie ihren Freund und klopfen mir auf die Schulter. Bald werden sie kommen, einer nach dem anderen, und sie werden so tun, als würden sie mein Leid teilen, und dabei werden sie sich ihren Teil denken ... Aber was denken sie? Ich muß gegen das, was sie denken, Maßnahmen ergreifen."

„Sie sind verrückt, Don Baldomero!"

„Verrückt? Oh, ich weiß, wie ihr Schulterklopfen und ihre Blicke gemeint sind. Wenn einer von diesen Gehörnten mich ansieht und Hallo zu mir sagt, dann weiß ich, daß er mich für einen von ihnen hält. Ich kann mich nicht im Casino vor die anderen hinstellen, ihnen den Tod meiner frommen Frau schildern und ihnen sagen, was ihre letzten Worte waren. Sie würden mich auslachen und mir nicht glauben."

Er ließ schlaff die Arme sinken.

„Diesen Leuten gegenüber habe ich eine Pflicht, und ich möchte Sie um Rat bitten, Don Carlos. Verzeihen Sie, daß ich Sie noch einmal belästige, aber Sie kennen all meine Geheimnisse, und eines mehr kann Ihnen nichts ausmachen."

Er verschränkte die Hände und machte eine flehentliche Gebärde.

„Sagen Sie nicht nein, Don Carlos. Ich brauche es zu meiner Beruhigung."

Carlos fürchtete schon, er würde niederknien.

„Ich bin ganz Ohr."

Don Baldomeros nasse Augen strahlten vor Freude.

„Möchten Sie noch einen Anislikör? Sie sind ein echter Freund. Setzen Sie sich und trinken Sie. Ach, Sie hatten ja gar keinen Likör, sondern Schnaps. Wissen Sie –"

Er setzte sich ebenfalls.

„Ich werde durchblicken lassen, daß ich Lucía vergiftet habe. Sagen Sie jetzt nicht, das klingt unglaubwürdig! Schließlich bin ich Apotheker, habe Arsen im Haus und weiß, welche Dosis erforderlich ist. Außerdem könnte mein Hausmädchen es ihr verabreicht haben, ohne es zu ahnen, bei all den Medikamenten, die Lucía eingenommen hat. Natürlich werde ich es niemandem genau so erklären, aber vielleicht kommen die Leute von allein darauf."

„Und die Autopsie? Wie Sie wissen, hinterläßt Arsen sogar in den Haaren Spuren."

„Daran habe ich auch gedacht. Es wird keine Autopsie geben. Dazu müßte jemand vorher Anzeige erstatten, und das traut sich hier niemand. Außerdem werde ich es nicht klar und deutlich verkünden, sondern nur andeuten: heute eine kleine Anspielung, morgen wieder eine... Es ist machbar, und ich habe die ganze letzte Nacht darüber nachgegrübelt und mir einen Plan zurechtgelegt. Die ganze letzte Nacht, während ich bei der armen Lucía wachte. Die Leute müssen es nicht mit Sicherheit wissen, es reicht, wenn sie es vermuten, denn sie wissen auch nicht mit Sicherheit, ob sie mich betrogen hat. Verstehen Sie? Wenn ich behaupte, ich hätte sie vergiftet, ist es so, als würde ich sie des Ehebruchs bezichtigen. Ja, genau, Vermutung gegen Vermutung, nicht mehr und nicht weniger. Sollen sie sich selbst einen Reim auf alles machen, sollen sie Worte, die sie irgendwo aufgeschnappt haben, auslegen, wie sie wollen, soll sich doch jeder seinen Teil denken, sich aber nicht trauen, es weiterzuerzählen!"

Er stand auf, verschränkte die Arme hinter dem Rücken und ging rasch ein paar Schritte auf und ab. Dann blieb er vor Carlos stehen.

„Ich muß endlich gerecht mit der armen Lucía sein, und in diesem Fall besteht die Gerechtigkeit in der Ungewißheit der anderen. Hat sie mich betrogen oder nicht? Habe ich sie vergiftet oder nicht? Ich habe ein ruhiges Gewissen. Ich habe sie um Verzeihung gebeten, und sie hat mir mit ihrem letzten Atem verziehen. Es war ergreifend, das können Sie mir glauben. Ich habe geweint und geweint, und jedesmal, wenn ich sie vor mir sehe, kommen mir wieder die Tränen."

Don Baldomero schluchzte laut. Er setzte sich neben Carlos, verbarg das Gesicht in den Händen und weinte eine Weile. Dann kamen die ersten Leute.

Sie machten in Santiago halt, um zu Mittag zu essen. Germaine sagte kaum etwas, sie beschränkte sich darauf, Bruder Eugenio zuzuhören, der versuchte, sie auf andere Gedanken zu bringen und auf Dinge zu sprechen kam, die mit der Erbschaft und den sich daraus ergebenden Problemen nichts zu tun hatten. Nach dem Essen schlug er ihr vor, einen Rundgang durch die Stadt zu machen und ihr zu zeigen, was es dort an Sehenswertem gab. Germaine willigte ein. Sie wiesen den Chauffeur an, auf sie zu warten, und da es nicht regnete, sondern der Nebel anhielt – lichter jedoch als an der Küste –, gingen sie zu Fuß durch die Stadt. Der Nachmittag war grau und feucht, aber es war nicht kalt. In dem Gewirr der Gassen zeigte Bruder Eugenio ihr bestimmte Ecken und Winkel, machte sie auf Perspektiven aufmerksam, bat sie, den einen oder anderen Lichteffekt zu beachten; Germaine sagte immer nur „Aha", nichts weiter. Die Kathedrale schien sie auch nicht sonderlich zu interessieren, und so hörte Bruder Eugenio auf zu reden und den Fremdenführer zu spielen. Sie trottete stumm und allem Anschein nach unempfänglich für seine Worte hinter ihm her. Über die Kathedrale kamen sie nicht hinaus: Ohne weitere Umwege kehrten sie zum Wagen zurück. Germaine schlief bald ein, und Bruder Eugenio rauchte auf der mehr als einstündigen Fahrt wortlos eine Zigarette nach der anderen. An der Küste verdichtete sich der Nebel. Vorsichtig fuhren sie die abschüssige Straße nach Pueblanueva hinunter. Als sie vor Doña Marianas Haus hielten, war das Gebäude kaum zu sehen. Bruder Eugenio meinte, er wolle zum Kloster zurückkehren, doch Germaine bat ihn, mit hereinzukommen, weil sie mit ihm sprechen müsse.

Sie ließ ihn im kleinen Salon allein, nachdem sie der jungen

La Rucha aufgetragen hatte, ihm Kaffee zu servieren. Germaine erkundigte sich, wie es ihrem Vater ging und wie er den Tag verbracht hatte. Don Gonzalo machte der Nebel mehr zu schaffen als der Nordwind, und er klagte darüber, daß er überall Schmerzen und sich der Husten wieder sehr verschlimmert habe. Germaine war beunruhigt.

„Wir müssen so schnell wie möglich abreisen."

„In Paris ist das Klima nicht besser als hier", sagte Bruder Eugenio.

„Wir werden nicht lange in Paris bleiben. Selbst wenn ich deshalb mein Debüt an der Oper verschieben muß, soll Papa den restlichen Winter in Italien verbringen. Ich habe es ihm versprochen, und er wünscht sich nichts sehnlicher."

Die Kamine brannten, und im Haus war es warm. Bruder Eugenio legte den Umhang ab, setzte sich ans Feuer und trank Kaffee und einen kleinen Cognac. Germaine ging ein und aus, sagte etwas und verschwand wieder. Die Worte, die sie an ihn richtete, waren belanglos und sollten offenbar nur ein Loch füllen oder die Wartezeit überbrücken.

Als sie wieder hereinkam, teilte sie ihm mit:

„Carlos war heute morgen hier. Die Frau von irgend jemandem ist gestorben, und Carlos hält Totenwache."

Mehr sagte sie nicht, aber ihr Blick hatte etwas Fragendes und zugleich Flehendes.

„Sollen wir ihn holen lassen?"

„Wie Sie meinen, aber ich bitte Sie, lassen Sie mich nicht mit ihm allein."

„Das wäre doch angebracht, oder nicht?"

Germaine antwortete nicht. Sie schickten La Rucha mit einer Nachricht für Carlos los. Germaine blieb in ihrem Sessel sitzen.

„Jetzt brauche ich Ihre Hilfe mehr als je zuvor, Bruder Eugenio. Ich fühle mich so hilflos wie nie. Ich habe den ganzen Nachmittag an dieses Schriftstück denken müssen, in dem womöglich steht, daß alles Carlos gehört und mir nichts, absolut nichts. Glauben Sie, er weiß -?"

„Wir wissen nichts über dieses Schriftstück, und der Notar hat nur eine Vermutung geäußert."

„Und was ist mit Carlos? Carlos hat sich die ganze Zeit so benommen, als würde ihm alles gehören. Ob er das nur getan hat, um mich dazu zu bringen, das Testament anzufechten? Damit ich ihm die Erbschaft persönlich in die Hände lege?"

Bruder Eugenio fragte sie:

„Hättest du dich an seiner Stelle etwa so verhalten?"

Der bittere Unterton in seiner Stimme verwirrte Germaine. Sie sah den Mönch beunruhigt an und ballte die Fäuste. Ihre Beunruhigung verflog jedoch rasch wieder, und mit süßer, fast weinerlicher Stimme fragte sie:

„Tue ich ihm Unrecht, wenn ich so etwas denke?"

Der Mönch lächelte.

„Du mußt davon ausgehen, daß er es deiner Tante nur hätte sagen müssen, wenn er es auf ihr Vermögen abgesehen hätte."

„Warum hat er dann –?"

Sie stockte, fuhr jedoch gleich darauf im selben sanften Tonfall fort:

„Ich verstehe Carlos offenbar nicht. Deshalb möchte ich, daß Sie dabei sind. Ich habe Angst, daß ich noch einen Fehler mache."

Sie stand auf und lehnte sich mit dem Rücken zum Feuer an den Kamin. Eine kupferfarbene Locke fiel ihr in die Stirn und verdeckte ein Auge. Bruder Eugenio betrachtete Germaine.

„Hätte ich jetzt meine Staffelei hier, würde ich dich zeichnen."

„Danke. Schade ..."

Sie hatte die Arme in die Hüften gestemmt; der Widerschein der Flammen umspielte sie. Bruder Eugenio schloß die Augen und vergegenwärtigte sich das Bild. Vielleicht könnte er sie aus dem Gedächtnis malen.

„Was halten Sie davon, wenn wir ihm alles erzählen, was passiert ist, oder ihm ganz einfach sagen, daß wir es uns anders überlegt haben?"

„Entweder wir sind ihm gegenüber ehrlich oder nicht."

Ob Suzanne einmal so ausgesehen hatte? Vielleicht kleiner als Germaine und ein bißchen breiter in den Hüften? Er versuchte, sich an ihre ersten Begegnungen zu erinnern, als sie noch nicht Gonzalos Frau gewesen war, als ihrer Kehle noch wahre Klangkaskaden entströmten. Wie hatte Suzanne damals ausgesehen? Er musterte Germaine: Der Schwung ihrer straffen Lippen weckte keine Erinnerungen. Vielleicht hatte Suzanne irgendwann in ihrem Leben einmal so ausgesehen; doch sie war eben auch zu einer leidenschaftlichen Liebe fähig gewesen.

„Ja, stimmt."

Germaine schob die Locke beiseite, und zum Vorschein kamen die von einer Falte durchzogene Stirn und die gerunzelte Braue.

„Wie gesagt, ich lege alles in Ihre Hände."

Mutlos ließ sie die Arme sinken und seufzte.

„Also dann –"

In diesem Augenblick klingelte es an der Tür, und Germaine fuhr zusammen. Sie beugte sich ein wenig vor, streckte flehentlich die Hände aus und sagte zum Mönch:

„Helfen Sie mir, bitte!"

Hinten im Flur war Carlos' Stimme zu hören. Gleich darauf trat er mit dem Regenmantel in der Hand ein. An der Tür sagte er Hallo. Bruder Eugenio stand auf.

„Wir sind zurück, Don Carlos."

„Ich hatte mir schon Sorgen gemacht. Bei dem Nebel..."

„Die Fahrt ist gut verlaufen."

Germaine gab ihm die Hand.

„Möchtest du etwas trinken, Carlos? Ein Gläschen Cognac?"

„Nein, danke. Bei einer Totenwache hat man anscheinend nichts anderes zu tun, als zu trinken und sich anrüchige Geschichten zu erzählen."

Er legte den Regenmantel auf einen Stuhl und stellte sich an den Kamin.

„Kalt ist es dort, da muß man einfach trinken."

Der Mönch hatte wieder Platz genommen. Germaine blieb

unentschlossen mitten im Raum stehen. Carlos hatte ihnen den Rücken zugekehrt und rieb sich in der Wärme der Glut die Hände.

„Ich habe nicht viel Zeit", sagte er. „In einer halben Stunde wird Doña Lucías beerdigt."

Abrupt drehte er sich um.

„Also, was steht in Doña Marianas Nachtrag? Man hat euch doch sicher eine Abschrift mitgegeben."

Germaine warf dem Mönch einen hilfesuchenden Blick zu.

„Wir haben nun doch beschlossen, uns an das Testament zu halten", sagte Bruder Eugenio. „Germaine nimmt Ihr Angebot an. Eine endgültige Regelung wird aufgeschoben, bis sie fünfundzwanzig ist."

Carlos hörte ihm zu, ließ dabei Germaine jedoch nicht aus den Augen. Sie neigte den Kopf und gab sich unbeteiligt, indem sie mit einem Gegenstand auf der Anrichte spielte.

„Hat der Notar ihr dazu geraten?"

„Ja und nein. Seine Worte haben Germaine nur in ihrem Vorsatz bestätigt. Sie hatte auf der Fahrt praktisch schon dieselbe Entscheidung getroffen."

Carlos setzte sich Bruder Eugenio gegenüber auf einen Stuhl und hielt die Beine ans Feuer.

„Der Notar ist ein Idiot. Wenn er sich korrekt verhalten hätte, hätte er mir eine Last abgenommen und mir vor allem eine unangenehme Situation erspart. Ich habe es satt, den Buhmann zu spielen."

Er wandte sich an Germaine.

„Bleib deinen Entschlüssen treu. Das sage ich dir, obwohl ich selber an meinem eigenen Beruf zweifle. Wenn man sich etwas vornimmt, muß man es bis zum Ende durchstehen, egal was dabei herauskommt. Aber was sollte in diesem Fall schon herauskommen?"

„Als ich dir sagte, was ich vorhabe, bist du erschrocken und hast mich gebeten, es nicht zu tun."

„Ja, stimmt, aber vergiß nicht, daß mein persönlicher Standpunkt eine Sache ist und meine Rolle als Nachlaßverwalter, zu der mich das Testament zwingt, eine andere. Ich wiederhole: Mein Wunsch ist es, so bald wie möglich wieder frei zu sein. Als ich heute morgen erfuhr, daß du nach La Coruña gefahren bist, dachte ich bei mir: Gott sei Dank! Ich hätte allerdings nicht erwartet, daß auch du es dir anders überlegst. Das ist wirklich schade."

Er stand auf, kramte einen Schlüsselbund aus der Tasche hervor und sperrte Doña Marianas Sekretär auf: ein hohes Möbel aus dunklem Mahagoni mit Schubfächern und Ablagen. Er wühlte in den Papieren.

„In der Bank in La Coruña liegen vierhundertfünfundzwanzigtausend Peseten auf einem Konto. Es läuft auf deinen Namen, und die Bank hat Anweisung, dir das Geld in der Form auszuzahlen, die du wünschst." Er reichte ihr ein paar Belege. „Das Konto ist vor über sechs Monaten eingerichtet worden, wie du aus dem Datum ersiehst. Es gibt da noch ein anderes Konto, das allerdings auf meinen Namen läuft. Ich kann dir nicht alles auszahlen, weil ich sonst nicht genügend Geld habe, um den Besitz deiner Tante zu verwalten, aber ich kann dir natürlich soviel geben, daß du insgesamt eine halbe Million hast."

Wieder kramte er in Papieren und durchsuchte die Schubfächer. Schließlich fand er das Scheckheft. Er füllte einen Scheck aus und riß das längliche, blaßgrüne Papier ab.

„Hier, fünfundsiebzigtausend Peseten. Man wird sie dir ohne weiteres auszahlen. Es ist ein Barscheck."

Er klappte den Deckel des Sekretärs zu.

„Jetzt bist du reich. Es gibt da noch den Pachtzins von ein paar Häusern und Landgütern, obwohl das nicht gerade viel ist. Ich werde für dich jährlich die Abrechnung machen und dir das Geld schicken, wenn du es wünschst."

Er stand auf, steckte die Hände in die Taschen und lehnte sich an die Konsole.

„Das Haus hier werde ich zusperren, sobald du fortbist, aber ich werde mich darum kümmern, das verspreche ich dir, denn ich hänge sehr daran. Bestimmt werde ich manchmal nachmittags herkommen und dem Geist deiner Tante etwas auf dem Klavier vorspielen. Sie hörte mir immer gerne zu, ja, besonders um diese Tageszeit, nach dem Tee, wenn es schon dämmerte. Sie hakte sich jedesmal bei mir unter und ließ sich in den Salon führen. Ich nahm eine Decke mit, um sie ihr über die Beine zu legen, weil der Kamin im Salon nicht so gut heizt wie dieser. Wir hatten uns überlegt, ob wir das Klavier nicht hier hineinstellen sollten, aber sie starb, bevor wir es tun konnten."

Er ließ den Kopf hängen, so daß sein Gesicht nicht mehr zu sehen war. Außerdem war er ein bißchen in sich zusammengesunken. Bruder Eugenio starrte ins Feuer. Germaine stellte sich mit den Papieren in der Hand an den Kamin und kehrte ihnen den Rücken zu. Sie schwiegen; die glühenden Scheite knackten.

„Sie bat mich, ganz volkstümliche Stücke zu spielen, Couplets aus ihrer Jugend, Wiener Walzer und so weiter. Manchmal trällerte sie mit und lachte oder sie erzählte mir mit Liebeleien und Skandalen gewürzte Geschichten, in die irgendeine Sängerin ihrer Zeit verwickelt war. ,Das hat die Sowieso immer gesungen, sie war sehr hübsch und eine Zeitlang mit dem Herzog Soundso oder dem Grafen Sowieso liiert.' Danach sagte sie immer: ,Jetzt spiel, worauf du Lust hast', und ich spielte, worauf ich Lust hatte. Aber wir unterhielten uns auch über dich, Germaine. Sie sorgte sich sehr um dich, und der Gedanke, du könntest in dieser Stadt hilflos und allein dastehen, machte ihr angst. Wahrscheinlich verfiel sie deshalb und nur deshalb auf die Schnapsidee, daß du mich am besten heiratest. Ich versuchte, sie zu beruhigen. Aber wie du siehst, haben wir uns beide getäuscht. Ich weiß übrigens, daß du in der Höhle des Löwen warst und der Löwe dich nicht gefressen hat. Du kannst jederzeit nach Pueblanueva zurückkehren, selbst wenn ich nicht mehr da bin, selbst wenn Bruder Eugenio –"

Er brach ab. Der Mönch hob den Kopf.

„ – gestorben ist?"

„Das wollte ich nicht sagen. Egal, du brauchst unseren Schutz nicht. Die Leute in der Stadt bewundern dich und sind stolz auf dich, als wärst du eine von ihnen."

Er warf einen Blick auf die Uhr.

„Ich muß gehen. Sollen wir uns schon jetzt verabschieden?"
Ohne sich umzudrehen, antwortete Germaine:
„Nein. Papa geht es nicht gut. Wir müssen noch ein paar Tage bleiben."
„Dann sag mir Bescheid, bevor ihr abreist. Adiós, Bruder Eugenio."
Der Mönch stand auf.
„Ich gehe auch, sonst glaubt der Abt, ich bin aus dem Kloster ausgerissen, und das wäre nicht gut für meinen Ruf."
Er ging auf Germaine zu. Sie rührte sich nicht.
„Ich komme wieder."
Er drückte ihren Arm und trat mit Carlos auf den Flur hinaus.
„Weint sie?" fragte Carlos.
„Ja."
Unten am Portal sagte Bruder Eugenio:
„Ich nehme an, Sie kennen den Inhalt des Nachtrags oder Sie ahnen zumindest, was darin steht."
„Ich kann es nur vermuten."
„Ich möchte offen mit Ihnen reden, Don Carlos. Der Notar hat dazu geraten, das Testament zu akzeptieren, weil er vermutet, daß im Nachtrag Sie als Erbe eingesetzt werden. Ich habe in Germaines Gegenwart nichts gesagt, um nicht alles noch mehr zu komplizieren, aber wenn Sie wollten, könnten Sie –"
Carlos blieb auf der Türschwelle stehen.
„Ich will aber nicht. Glauben Sie mir, ich habe gerade die schwierigsten Augenblicke meines Lebens durchgemacht. Ich hatte Angst, Germaine könnte in einer Anwandlung von Noblesse aufs Ganze gehen und mich zu einer theatralischen Geste der Großzügigkeit nötigen, wegen der ich mir für alle Zeiten albern vorkommen würde."
„Das habe ich keinen Moment lang befürchtet."
„Sie kennen sie wohl besser als ich. Ich wollte herausfinden, ob ihr überhaupt etwas nahegeht, und deshalb habe ich in Erinnerungen geschwelgt, die sogar mich selbst gerührt haben. Ich freue mich, daß sie weint."

Er stellte sich dicht vor den Mönch und fuhr leise fort:
„Das Märchen ist aus, es endet mit Doña Marianas endgültiger Niederlage."
„Ist das denn nicht nur gerecht?"
„Mag sein, aber ich mochte sie gern und war bereit, ihre Ungerechtigkeiten zu ertragen und sie ihr nachzusehen."
Wieder blickte er auf die Uhr.
„Verzeihen Sie, Bruder Eugenio, aber Doña Lucías Beerdigung fängt gerade an."
Er eilte hinaus. Der Mönch stieg in den Wagen und fuhr davon.

Der letzte Grabgesang verklang im dichten Nebel, in dem die Flammen der Wachskerzen nur wenig Licht spendeten. Don Julián, der sich einen Umhang umgelegt hatte, hob den Weihwedel und segnete das Grab. *In nomine Patris et Filii et Spiritus Sancti.* Die beiden anderen Pfarrer, die Meßdiener und Don Baldomero antworteten: „Amen." Das Kruzifix wurde davongetragen, die Pfarrer schritten hintendrein, die Totengräber schulterten den Sarg und schoben ihn in die Nische in der Wand. Die Trauergäste, die einen Halbkreis gebildet hatten, standen abwartend herum. Der Richter zog Zigaretten hervor und bot den anderen welche an. Zündhölzer flammten auf, und der aus den Münden ausgestoßene Rauch vermischte sich mit dem Nebel.
„Dieser verflixte Nebel!"
„Wenigstens ist es nicht kalt."
Die Öffnung wurde mit Ziegelsteinen und Mörtel zugemauert. Die Grabplatte stand, an die Wand gelehnt, auf dem Boden.
Cubeiro trat zu Carreira, dem Kinobesitzer.
„Schauen Sie mal, was für ein Gesicht der Apotheker macht! Als täte sie ihm leid!"
„Das kann man nie wissen! Bei Beerdigungen erlebt man so manche Überraschung."
„Morgen wissen wir mehr. Dann fühlt er sich wieder wie ein Stier in freier Wildbahn. Er hatte ja schon lange Lust, aus dem Gehege auszubrechen!"

Der Richter spitzte die Ohren.

„Was flüstern Sie da?"

„Carreira meint, Don Baldomeros Tränen seien Krokodilstränen."

„Das haben Sie gesagt!"

„Ich habe gesagt, daß er keinen Grund hat, um sie zu weinen. Seit über einem Jahr wünscht er ihr den Tod."

„Man kann in niemanden hineinsehen", sagte der Richter.

„Also, um so ein Klappergestell würde ich nicht weinen. Und Doña Lucía war ein Klappergestell!"

„Etwas muß an ihr drangewesen sein!"

„Der Busen war es bestimmt nicht! Sie wissen doch noch, was für ein Liedchen man im Karneval auf sie gemünzt hat?"

„Daran erinnere ich mich nicht."

Dicht am Ohr des Richters sang Cubeiro mit leiser Stimme:

> Die Frau vom Apotheker,
> die hat zwei Titten aus Gummi.
> Ei, ei, das falsche Stück!

„Woher wissen Sie das? Hat sie jemand angefaßt?"

„Hm ... es gibt Geheimnisse, die wird man nie ergründen, aber daß sie jemand angefaßt hat, steht fest."

Carreiras Zigarette war ausgegangen. Der Richter gab ihm seine.

„Vielleicht hat ihr Mann es herumerzählt."

Die Totengräber hoben die Grabplatte hoch und brachten sie vor der Öffnung der Nische an. Don Baldomero sah ihnen zu und trocknete sich dann und wann mit einem Taschentuch die Tränen. Hinter ihm schluchzte das Hausmädchen. Die Grabplatte saß, vom Mörtel gehalten, fest an ihrem Platz, doch sicherheitshalber klopften die Männer ein paarmal dagegen.

„Bringt mir die Rechnung in die Apotheke."

„In Ordnung, wir kommen in den nächsten Tagen vorbei."

„Und jetzt ab ins Bett, Don Baldomero", sagte Carlos. „Sie sind halbtot vor Müdigkeit."

„Und vor Schmerz, Don Carlos, und vor Schmerz!"

Die tresillo-Spieler traten einer nach dem anderen auf ihn zu.

„Mein aufrichtiges Beileid, Don Baldomero. Man weiß erst, was eine Frau wert war, wenn man sie verloren hat!" Cubeiro sah ihn betrübt an.

„Danke, danke."

„Sie war eine Heilige, sie ist bestimmt schon im Paradies!" sagte der Richter.

„Da haben Sie wohl recht."

Carreira umarmte ihn.

„Es ist vorbei. Sie müssen sich jetzt ausruhen."

Don Lino hatte ein wenig abseits gestanden, den Rücken der Wand mit den Grabnischen zugekehrt. Mit dem Hut in der Hand trat er näher.

„Meine Prinzipien haben es mir leider nicht erlaubt, der religiösen Zeremonie beizuwohnen, Don Baldomero, aber wie Sie wissen, steht unsere Freundschaft über unseren ideologischen Differenzen. Seien Sie versichert, daß ich Ihre Gefühle zuinnerst teile."

„Gott vergelte es Ihnen."

Die Trauergäste entfernten sich einer nach dem anderen und achteten darauf, daß sie nicht auf die Gräber traten. Von den Zypressen fielen dicke Tropfen herab, und die gepflasterten Wege waren glitschig. Patsch, patsch, waren die Schritte zu hören, jemand stolperte, und ein anderer sagte zu ihm:

„Vorsicht! Rutschen Sie nicht aus!"

Don Baldomero schloss sich Carlos an. Er verlangsamte den Schritt und blieb hinter den anderen zurück. Als er den Ausgang des Friedhofs erreichte, gingen die anderen Männer und Frauen schon die Straße hinunter.

„Haben Sie gehört, was sie geredet haben? Und haben Sie sich die Leute angesehen? Ist Ihnen aufgefallen, wie sie gegrinst haben? Wenn ich die Verdächtigungen von Lucía schon nicht mehr abwenden kann, soll wenigstens meine Ehre unbefleckt bleiben!"

Die Kirchturmuhr von Santa María schlug sechs Uhr. Im selben Augenblick wurden die Glockenschläge vom Heulen der Sirene übertönt, es erfüllte die Luft, breitete sich im ganzen Tal aus und verklang über dem Meer. Es war ein heiserer, düsterer Ton, fast wie aus Grabestiefen.

Um genau zehn Minuten vor sechs betrat eine Bäuerin mit einem Korb den Laden. Sie bat Clara, ihr dabei zu helfen, den Korb auf den Boden zu stellen, und ließ sich einen Stuhl geben. Sie war sehr erschöpft. „Sie sollten hier eine Bank hinstellen, Platz haben Sie ja, da, ganz dicht an die Wand, dann könnte unsereins sich ausruhen, ohne Sie zu belästigen." Sie zog ein Stück Brot aus der Rocktasche und fing an zu essen. Clara war um den Ladentisch herumgegangen und wartete ab. Die Bäuerin sprach über den Nebel, der schlecht für die Landwirtschaft sei, erzählte, daß ihr eine Kuh krank geworden sei und sie schon mehr als einen Duro für Arzneien ausgegeben habe. Plötzlich wechselte sie sprunghaft das Thema und klagte, wie teuer doch das Leben geworden sei, wie wenig Geld die Bauern verdienten und wieviel die Leute in der Stadt zum Ausgeben hätten. Schließlich rückte sie mit der Sprache heraus: Sie brauche ein paar Ellen Stoff für den Unterrock ihrer Tochter, sei jedoch noch nicht entschlossen, welchen zu kaufen, sondern wolle sich erst einmal nach den Preisen erkundigen. Clara zog mehrere Stoffballen aus dem Regal und legte sie auf den Ladentisch. Die Bäuerin betastete die Stoffe mit den Fingerspitzen, begutachtete sie und lehnte sie ab, das ganze Sortiment.

„Tja, das ist alles, was ich habe."

Da beschwerte sich die Bauersfrau, die Stoffe seien heutzutage von schlechter Qualität und gingen schnell kaputt. Damals, vor dem Krieg, seien sie viel besser gewesen und hätten länger gehalten, und die Mütter hätten aus alten Stoffen die Aussteuer für ihre Töchter geschneidert. Und das sei nur so gewesen, weil es früher einen König gegeben habe, aber den König habe man ja verjagt, und nun seien ein paar Herren an der Regierung, über die man nichts wisse und die nur daran dächten, wie sie sich selbst bereichern und die Armen ausbeuten könnten. Clara sagte immer nur ja, ja und schickte sich an, die Ballen wegzuräumen, aber da meinte die Bäuerin, das habe keine Eile, vielleicht könne sie sich doch noch für den einen oder anderen Stoff entscheiden. In diesem Augenblick heulte auf der Werft die Sirene. Clara wurde unruhig.

„Na los, jetzt nehmen Sie schon etwas mit! Suchen Sie sich einen aus. Ich mache Ihnen einen guten Preis."

Die Augen der Frau leuchteten auf. Sie fragte nach dem Preis. Clara nannte ihr eine Zahl. Die Frau fand sie zu hoch. Clara ließ noch etwas nach. Die Bäuerin rührte sich nicht.

„Sagen Sie mir, wieviel Sie zahlen wollen, und nehmen Sie den Stoff mit. Ich schließe nämlich gleich."

„Ach, Señorita, ich bin so müde! Sie werden mich doch nicht rauswerfen!"

Es war zehn nach sechs, als die Bäuerin endlich ging, mit vier Ellen weißem Stoff, auf den sie zwanzig Prozent Rabatt bekommen hatte. Trotzdem brummelte sie vor sich hin und jammerte, wie hart ein armer Mensch arbeiten müsse, um eine Pesete zu verdienen.

Plötzlich tauchte Cayetano aus dem Nebel auf. Er trug Arbeitskleidung und eine Baskenmütze und hatte die Pfeife im Mund. Clara blieb auf der Türschwelle stehen.

„Ich schließe gerade."

„Es ist erst zwanzig nach sechs."

„Um diese Uhrzeit kauft sowieso niemand mehr etwas, und schon gar nicht bei dem Nebel."

„Meinetwegen kannst du abschließen."

Er wollte hineingehen, doch sie stellte sich ihm in den Weg.

„Nicht, wenn du drin bist."

„Dann eben nicht."

Sie sahen sich in die Augen, sie stand auf den Stufen, er auf der Straße.

„Bei mir ist nichts zu holen, das kannst du mir glauben."

„Gestern haben wir abgemacht, daß ich heute komme."

„Ich dachte, du würdest es dir anders überlegen."

„Wie du siehst, habe ich es nicht getan."
„Warum bist du so hartnäckig?"
Cayetano schob sie sacht beiseite und trat ein. Er hatte die Baskenmütze abgenommen und hielt sie in der Hand.

„Von mir aus schließ ab oder laß offen, das ist mir egal, aber mach dich mit dem Gedanken vertraut, daß ich dich von jetzt an jeden Tag um diese Zeit besuche."
„Und wenn ich etwas dagegen habe?"
Er hob die Schultern.
„Ich muß einen Fehler gutmachen. Wie lange bist du schon in Pueblanueva? Seit drei Jahren? Was für ein Trottel ich bin! Erst gestern ist mir aufgegangen, daß du die einzige Frau bist, die es mit mir aufnehmen kann. Ich muß mich ranhalten, wenn ich mich für die drei Jahre entschädigen will."
„Und wie willst du dich entschädigen? Mit Naturalien?"
„Hör auf damit, Clara."
„Du bist doch wohl nicht gekommen, um mir einen Heiratsantrag zu machen!"
„Nichts ist unmöglich. Natürlich hängt es von gewissen Dingen ab. Meine Mutter würde sich darüber freuen, wenn ich die Französin heiraten würde, und deshalb glaube ich nicht, daß sie gegen dich etwas einzuwenden hätte. Du bist genauso eine Churruchao wie sie und viel hübscher, jedenfalls finde ich das."

Clara lachte. Lachend betrat sie das Geschäft und stellte sich neben den Ladentisch. Cayetano ging auf sie zu.

„Spaß beiseite, Cayetano. Mir kannst du nicht so leicht etwas vormachen."
„Das habe ich nicht vor."
„Du hast von Heiraten gesprochen."
„Ja, und davon, daß es von gewissen Dingen abhängt."
„Und welche sind das?"
„Das sage ich dir, wenn es soweit ist."
„Ich würde dich nie heiraten."
„Ich habe nicht vor, dich zu zwingen."
„Und ohne Heirat ist bei mir nichts zu holen."

„Darüber reden wir noch."

„Da gibt es nichts zu reden!"

„Das sagst du nur, weil du mich nicht kennst. Fällt es dir denn so schwer, das ganze Gerede zu vergessen und dir selbst ein Bild zu machen?"

„Und was ich gesehen habe, soll ich auch vergessen?"

„Ich weiß nicht, wovon du redest."

„Wir kennen uns nicht erst seit gestern, Cayetano. Vergiß nicht, daß ich dir mal eine Ohrfeige gegeben habe."

Cayetano griff sich an die Wange.

„An dem Tag muß ich blind gewesen sein. Ja, ich war blind. Ich habe den Fehler gemacht, den du gerade machst: Ich habe die Klatschgeschichten ernst genommen."

„Manchmal ist ein Körnchen Wahrheit dabei..."

Cayetanos Blick verfinsterte sich.

„Willst du damit etwa sagen, ich hätte mich nicht in dir getäuscht?"

Wieder lachte Clara.

„Ich wollte nur sehen, was für ein Gesicht du machst, und es hat mir nicht gefallen. Du bist einer von denen, die zur Bedingung machen, daß man miteinander ins Bett geht, bevor man heiratet, um nämlich herauszufinden, wie es um diese gewissen Dinge steht, wie du es nennst."

Cayetano richtete sich auf und blickte ihr in die Augen.

„Bist du nicht ein bißchen voreilig?"

„Nein, eilig habe ich es nicht."

„Warum machst du eigentlich alles so schwierig?"

„Wahrscheinlich weil ich selbst schwierig bin."

Cayetano knöpfte die Lederjacke auf und zog sie aus.

„Kann ich sie irgendwo aufhängen?"

„Dort ist ein Haken."

Aus dem Halsausschnitt des blauen Overalls schauten der Kragen eines seidenen Hemdes und der Knoten einer Krawatte mit Schottenmuster heraus. Cayetano strich sich das Haar glatt.

„Würdest du mir einen Moment zuhören?"

„Na gut."

„Glaube mir, ich verstehe etwas von Frauen. Lach nicht! Ich verstehe wirklich etwas von ihnen. Gut, ich habe sie mir alle gekauft, und es sind nicht gerade wenige gewesen. Wenn ich dir sagen würde, welche Frauen aus Pueblanueva dabei sind, würdest du staunen. Von manchen Affären haben die Leute nie etwas erfahren."

„Ich bin kein bißchen neugierig auf die Namen."

„Ich werde sie dir auch nicht sagen. Mit der Genugtuung ist es wie mit der Rache: Man braucht nicht immer alles herumzuerzählen."

Er zog eine Zigarette heraus, steckte sie sich zwischen die Lippen und redete weiter, während er das Feuerzeug daranhielt.

„Keine von ihnen hätte als meine Frau getaugt. Verstehe mich recht, ich will keine, die ich heirate und mit der ich Kinder habe, während ich mir gleichzeitig eine Geliebte halte. Nein. Ich will eine Frau, wie Männer wie ich sie brauchen: eine Frau mit Klasse. Ich werde es nämlich weit bringen. Meine Werft, die Macht und Autorität, die ich jetzt in Pueblanueva habe – das ist nur der Anfang."

Er hielt inne, nahm einen Zug aus der Zigarette und sah Clara fast zärtlich an.

„Weißt du, nicht einmal darüber habe ich mit einer von den anderen reden können. Dabei braucht ein Mann doch eine Frau, der er von seinen Plänen, Hoffnungen, Problemen und von seinen Erfolgen erzählen kann! Ich habe immer alles mit mir selbst ausgemacht, aber von mir kriege ich eben keine Antwort. Ich kann mich nicht selbst aufmuntern, wenn ich es brauche, ich kann mich nicht selbst trösten, wenn ich es nötig habe. Sogar ich hätte manchmal Trost gebraucht. Ja, lach nur!"

„Warum sollte ich lachen? Du bist bestimmt ein Mann wie jeder andere."

„Eine Nummer größer als alle anderen, aber ein Mann. Bis heute habe ich erst eine einzige Frau kennengelernt, die mir das Wasser reichen konnte, aber ich habe sie gehaßt. Und selbst wenn ich sie nicht gehaßt hätte – sie wäre nicht die Richtige für mich gewesen."

Wieder verstummte er. Clara hatte die Arme verschränkt und hörte ihm reglos zu. Ihre Augen waren leicht zusammengekniffen, und aus ihnen sprach wachsendes Interesse.

„Ich glaube nicht an Gott, aber ich glaube an das Schicksal, und es war mein Schicksal, daß die einzige Person, die mir hätte zuhören und mich hätte verstehen können, meine Feindin war. Trotzdem hat sie mein Leben irgendwie ausgefüllt. Fünfzehn Jahre lang habe ich gegen sie gekämpft. Ich wußte, daß es sie gibt und daß sie mich, obwohl auch sie mich haßte, als ebenbürtigen Feind betrachtete. Wir haben uns gegenseitig verachtet, aber nur nach außen hin. Jetzt ist sie tot, aber ich bin mir sicher, wäre nicht sie, sondern ich gestorben, würde ihr die Stadt genauso leer vorkommen, wie sie mir jetzt vorkommt."

Er verbesserte sich rasch:

„Wie sie mir bis gestern vorkam. Gestern fand ich sie so leer wie nie, weil dieses dumme Stück, Germaine oder wie sie heißt, das Loch, das die Alte hinterlassen hat, noch vergrößert hat. Aber gestern haben wir beide uns näher kennengelernt."

„Seien wir doch mal ehrlich: Gestern bist du zu mir gekommen, um mich zu fragen, ob ich mit dir ins Bett gehe."

„Na gut. Und wenn schon!"

„Das nenne ich nicht kennenlernen."

„Ich habe mich in dir getäuscht. Jetzt weiß ich, woran ich bin."

Er legte die Hände auf den Ladentisch.

„Was geschehen soll, wird geschehen. Ich habe es auch nicht eilig. Aber denk daran, daß du von allen Frauen in Pueblanueva die beste bist, und irgendwann wirst du einsehen, daß ich von allen Männer der beste bin."

Er klopfte leise auf das blankpolierte Holz.

„Ich gehe jetzt. Morgen komme ich wieder. Ab jetzt jeden Tag, wie ich es dir gesagt habe. Schließ den Laden gar nicht erst ab."

Er nahm die Jacke vom Haken und zog sie an. Dann griff er nach der Mütze.

„Bis morgen, Clara."
Auf der Türschwelle drehte er sich um und sagte nochmals: „Bis morgen."

Vom Friedhof zurückgekehrt, ertränkte Don Baldomero seinen Kummer im Anisschnaps. Je mehr er trank, desto mehr weinte er und desto wortreicher gedachte er seiner verstorbenen Frau. Das Hausmädchen forderte ihn auf, etwas zu essen, doch das empfand er als Bevormundung.

„Dann gehen Sie wenigstens ins Bett und schlafen Sie Ihren Rausch aus! Das haben Sie bitter nötig!"

Da ließ Don Baldomero sich darüber aus, wie wenig das einfache Volk doch von Leid und Schmerz verstand, lallend und mit schwerer Zunge schilderte er, wie traurig er sei, wie sehr ihm Doña Lucía fehle, diese Heilige, dieses unschuldige Opfer, und was für eine Angst er davor habe, sich in das leere Bett zu legen. Gott habe sie genau im falschen Moment zu sich genommen, nämlich zu einem Zeitpunkt, wo ihnen beiden die Gelassenheit des reiferen Alters ein paar glückliche Jahre hätte bescheren können! Er lag auf dem Sofa, dachte laut vor sich hin und unterbrach seine Gedankengänge dann und wann, um zu weinen oder zu trinken – bis das Hausmädchen wiederum erschien, ihn ungeachtet seines Kummers an den Schultern packte, schüttelte und hinter sich her ins Schlafzimmer zerrte. Carlos, der Don Baldomero Gesellschaft geleistet hatte, fragte sie, ob sie seine Hilfe brauche, und sie antwortete von der Tür aus, sie habe ihn schon öfters ausziehen müssen und was sei denn schon dabei! Dann sagte sie noch zu Carlos, falls er etwas zu Abend essen wolle, müsse er einen Moment warten, doch Carlos lehnte dankend ab und ging.

Der Nebel kroch die Stufen hoch und füllte den Hauseingang. Carlos wickelte den Schal um den Hals und zog die Baskenmütze tief ins Gesicht. Die Luft war feucht und beißend kalt. Auf der Straße blickte er sich um: von der Mole drangen Stimmen herüber, und er sah, wie jemand mit einer starken Lampe einem Boot Signale gab. Er steuerte auf den Platz zu. Vor dem Eingang zum Rathaus standen ein paar Frauen und unterhielten sich miteinander, doch ihre Stimmen wurden vom Nebel geschluckt. Carlos ging unter den Kolonnaden zu Claras Geschäft. Er hatte es nicht eilig, und bevor er eintrat, blieb er stehen, um die Kirchtürme zu betrachten, zwei längliche, schwarze Flecken ohne Konturen, auf die matt das Licht der Laternen fiel. Ein paar Minuten lang lehnte er an einer Säule, doch nun hatte er für nichts mehr Augen, nicht für die Türme und nicht für den Platz, für nichts. Alle Laute, Stimmen und Schritte klangen mal fern, mal nah, als fänden sich auch die Geräusche im Nebel nicht zurecht und als entfernten sie sich, um gleich darauf wieder näherzukommen. Carlos hatte kalte Füße, er stand vor Claras Geschäft und stampfte auf den Steinplatten auf. Er wollte gerade eintreten, da sah er Cayetano am Ladentisch lehnen. Cayetano gestikulierte ruhig und gelassen, und Clara hörte ihm hochaufgerichtet und mit vor der Brust verschränkten Armen zu. Die Zigarette in der erhobenen Hand, wich Carlos zurück, bis er mit dem Rücken an eine Säule stieß, riß die Augen weit auf und beobachtete die Szene aus dem Dunkel heraus. Cayetano redete noch immer auf Clara ein, doch seine Worte drangen nicht bis an Carlos' Ohr.

„Jetzt hat er Clara entdeckt", dachte Carlos bei sich.

Er nahm einen Zug aus der Zigarette und warf sie mit einer heftigen Bewegung auf den Boden. Dann kniff er die Augen zusammen, lächelte, und gleich darauf verschwand er wieder im Nebel.

In der Welt geht es drunter und drüber, im Land geht es drunter und drüber, und wir alle haben unser Kreuz zu tragen. Wer hätte auch geahnt, daß ganz normale Wahlen alles so verändern würden? Egal, ob die einen oder die anderen gewannen – früher gab es immer Leute, die am Ruder waren, andere, die darauf warteten, ans Ruder zu kommen, und noch andere, die nie ans Ruder kamen, egal wer gewann. So war es schon immer gewesen, und man brauchte sich darüber nicht den Kopf zu zerbrechen. Jetzt aber weiß man nicht, wer am Ruder ist, und die Leute, die das Ruder noch nie in der Hand hatten, stehen auf, krakeelen und stellen Forderungen, und solange man ihnen nicht zugesteht, was sie verlangen, geben sie keine Ruhe. Eine schöne Bescherung! So ist es im ganzen Land, nur in Pueblanueva nicht, denn das Städtchen hat bislang nur die Ausläufer dieser Ereignisse zu spüren bekommen. Hier läuft alles scheinbar so weiter wie immer, nur daß im Rathaus jetzt andere das Sagen haben; trotzdem, die Leute kriegen mit, was draußen passiert; die Leute, das sind wir alle, nicht nur diese Handvoll Spinner, die sich immer in der Taverne von El Cubano treffen. Alle, die nie etwas hatten, sehen jetzt die Besitzenden scheel an, als wollten sie sagen: „Nütze es, lange kannst du es nicht mehr genießen." Und wir, die wir etwas besitzen, selbst wenn wir es uns im Schweiße unseres Angesichts verdient haben, sind beunruhigt, treten leise und haben kalte Füße bekommen, wie es im Volksmund heißt. Vor allem, weil wir nicht recht begreifen, was vorgeht. In Pueblanueva ist genau genommen nichts passiert, und wenn in Pueblanueva nichts passiert ist, warum sollen wir dann die Konsequenzen dessen tragen, was draußen passiert? Wenn sich anderswo die Armen nicht mit ihrer Armut abfinden, warum muß es bei uns genauso sein? Daran sind die Zeitungen schuld. Heutzutage liest jeder Zeitung, ist auf dem laufenden, gibt zu allem seinen Senf dazu, und sicherlich fragen sich viele: „Warum sollen wir nicht dasselbe tun wie die in Madrid und Barcelona?" Menschen, die nichts besitzen, haben nichts, worüber sie sich den Kopf zerbrechen müssen und deshalb neigen sie dazu, andere nachzuäffen. Die Leute hier hätten bestimmt schon einen Riesenaufstand angezettelt, würde Cayetano sie nicht im Zaum halten. Er ist der einzige, der Ruhe bewahrt und mit Sprüchen wie „Was ich habe, gehört nicht mir, sondern meinen Arbeitern" alle Probleme vom Tisch fegt und den Leuten den Wind aus den Segeln nimmt. Das ist ein raffinierter Trick, den wir anderen allerdings nicht nachahmen können. Angenommen, Carreira würde sagen, sein Kino gehöre nicht ihm, sondern dem Volk, dann müßte er alle umsonst hineinlassen, aber wer würde die Rechnung des Filmverleihs bezahlen? Nein, nein, man ist schon zu weit gegangen. Alles ist in Ordnung, solange man das Privateigentum nicht antastet. Und genau das ist jetzt in Gefahr. Da kann einem angst und bange werden!

Die Französin hat es richtig gemacht. Sie hat ihr Geld genommen und sich nach Paris verdrückt, wo sie vor der Sturmflut sicher ist. Sie hat die junge La Rucha sozusagen als Kammerzofe mitgenommen. Don Carlos hat die alte La Rucha entlassen und ihr im Erdgeschoß von einem von Doña Marianas Häusern eine Wohnung überlassen, für die sie keine Miete zu zahlen braucht. Mit den Dingen, die vom Hausrat der Alten übriggeblieben sind, hat La Rucha eine Art Trödelmarkt aufgemacht. Sie verkauft sie nach und nach, von Hanfschuhen über Besen bis hin zu Maiskolben, und so schlägt sie sich mehr schlecht als recht durch. Die Tochter schreibt ihr aus Paris: Sie erzählt und erzählt und findet kein Ende, sie schreibt, daß sie bald nach Italien fahren, weil die Señorita dort in den Opernhäusern singen wird. Die junge La Rucha behauptet, sie könne schon ein bißchen Französisch. Sie hat ein Photo von sich mit dem Eiffelturm im Hintergrund geschickt.

Don Carlos ließ die Möbel abdecken und alles andere verwahren, dann schloß er Doña Marianas Haus zu und nahm ein paar Dinge, Doña Marianas Porträt und den Sessel, auf dem sie immer gesessen hatte, mit zu sich. Jetzt lebt er in seinem Turm, den er fast nie verläßt, es sei denn, er geht abends mal in die Taverne von El Cubano oder morgens zum Haus der Alten, um die Fenster zu öffnen und zu lüften. Die kleine Kutsche samt Gaul hat er auch mitgenommen und zahlt dafür Steuern, als wäre es seine eigene. Über das, was er im Turmzimmer tut, ist kaum etwas bekannt. Paquito der Uhrmacher erzählt nicht viel. „Bücher, Bücher, nichts als Bücher!" sagt er nur. Mehr ist aus ihm nicht herauszuholen. Irgendwann hörten die Leute auf, sich über Don Carlos Deza Gedanken zu machen. Es gibt eben wichtigere Dinge.

Hauptgesprächsthema war das Verhältnis zwischen Cayetano und Clara Aldán. Man war dahintergekommen, daß er sie jeden Abend besuchte, rund eine Stunde in ihrem Geschäft zubrachte und anschließend nach Hause ging. „Soso", wurde geunkt, „jetzt ist sie also dran!" Wenn das keine Sensation war, so wie Cayetano immer über Clara geredet und wo er

Juan Aldán doch seine Feindschaft erklärt hatte! Andererseits hatte es etwas Beruhigendes, daß er wieder so lebte wie früher und den Frauen nachstieg und diesmal obendrein einem Mädchen mit schlechtem Ruf. Anfänglich glaubte man, er würde sie nachts besuchen und mit ihr ins Bett gehen, doch von Doña Angustias' Dienstmädchen erfuhr man, daß Cayetano in letzter Zeit jede Nacht zu Hause gewesen und früh zu Bett gegangen war, entweder gleich nach dem Abendessen oder nach der Rückkehr aus dem Casino. Da wurden die Leute stutzig und setzten alle Hebel in Bewegung, um herauszufinden, was vorging: Eine lückenlose Überwachung wurde organisiert, man beschattete die beiden auf Schritt und Tritt und stellte auf diese Weise fest, daß Cayetano, wenn er nicht gerade einen Geschäftstermin außerhalb der Stadt hatte, unmittelbar nach der Arbeit Claras Laden aufsuchte, sich an einen Platz setzte, an dem ihn alle sehen konnten, eine Stunde, später dann sogar knapp zwei, mit ihr plauderte und dann ging und erst am nächsten Tag wiederkam. Und in all dieser Zeit fiel nichts vor, was man nicht hätte mitansehen dürfen, als rechneten die beiden damit, daß sie beobachtet wurden und als hätten sie nichts zu verheimlichen. Kurz vor den Wahlen verschwand Cayetano für ein paar Tage, doch danach kehrte er zurück, als wäre nichts geschehen und es änderte sich nichts, außer daß er Clara Aldán ab und zu zum Abendessen in eine Taverne einlud oder Sonntags mit ihr zu Mittag aß oder nachmittags manchmal mit ihr ins Kino ging, wie er es zuvor mit Don Carlos getan hatte. In der Taverne ließ man sie nicht aus den Augen; im Kino saß immer jemand hinter ihnen, der wie ein Schießhund aufpaßte, und wenn Cayetano sie nach Hause brachte, schlich ihnen entweder jemand nach oder belauerte sie, aber da war nichts. Wir konnten es kaum glauben, doch wir mußten uns den Tatsachen beugen und kamen aus dem Staunen nicht heraus. Wir Männer mußten darüber lachen, aber die Frauen waren empört. Es gab kein Haus in Pueblanueva, in dem die Ehefrauen oder Töchter zur Essenszeit nicht über Clara herzogen und von Cayetano behaupteten, nachdem er genügend anderen Männern Hörner aufgesetzt habe, lasse er sich nun selber ein Geweih verpassen, das so weithin leuchtete wie ein bunter Frühjahrsstrauß. Das größte Theater veranstaltete Julia Mariño: Seit die Französin hier war, geht Clara jeden Sonntag zur Messe und setzt sich auf Doña Marianas Bank, und deshalb erschien Julia eines Tages mit einer Abordnung junger Frauen beim Pfarrer, um von ihm zu verlangen, Clara aus der Kirche hinauszuwerfen, sonst würden sie selbst nicht mehr kommen. „Nichts lieber als das", erwiderte Don Julián, „aber sie ist nun mal keine notorische Sünderin und auch keine Ketzerin, die man aus der Kirche ausgeschlossen hat. Ich kann also nichts tun, und was die Bank angeht – ich muß dulden, daß sie darauf sitzt, wie ich auch die Alte dulden mußte, weil sie nämlich das Recht hat." Da kam Julia auf die Idee, daß man doch all die Männer, die mit Clara geschlafen hätten, dem Pfarrer als Zeugen vorführen könnte; doch keiner war dazu bereit, keiner traute sich, es zuzugeben, trotz der Versprechungen, die man den vermeintlichen Liebhabern machte, trotz manchem Glas Wein, zu dem man sie einlud. Julia Mariño schäumte vor Wut und schrie, die Männer in Pueblanueva seien allesamt Weichlinge und hielten nur den Mund, weil sie Angst vor Cayetano hätten, woraufhin der Friseur, den sie sich gerade vorknöpften und der Clara vor ungefähr einem Jahr nachgestellt hatte, antwortete: „Wenn ich bei ihr gelandet wäre, warum sollte ich es dann nicht zugeben, Señorita? Aber als ich sie mal angefaßt habe, hat sie mir mit so einer Wucht wohin getreten, daß es jetzt noch wehtut."

Die Sache kam auch Doña Angustias zu Ohren, und wenn es ihr früher Kummer bereitet hatte, daß ihr Sohn mal mit dem einen, mal mit dem anderen Mädchen ins Bett ging, so beunruhigte es sie nun vielmehr, daß er nicht mit Clara schlief, sondern ihr den Hof machte. Es verging kein Nachmittag, an dem nicht drei oder vier Frömmlerinnen zu ihr kamen, um sie zu bedauern, ihr die neuesten Nachrichten zu überbringen, sie in ihrem Kummer zu trösten und ihr in ihrer Niedergeschlagenheit gut zuzureden. „Aber, Señora, was ist mit Ihrer Autorität als Mutter und mit der Liebe, die Ihr Sohn für Sie empfindet – zählt das denn gar nichts mehr?" – „Ach, was sagen Sie da, was sagen Sie da! Mit meinem Sohn hat man irgend etwas angestellt, er ist nicht mehr derselbe." – „Und was sagt er dazu, Señora?" – „Nichts, er weigert sich sogar, mit mir darüber zu reden." – „Nun, die Leute hier gehen davon aus, daß die beiden heiraten werden, und zwar nicht kirchlich, sondern standesamtlich, wie die Republikaner." – „Damit sie hier die Herrin spielt und ich das Haus durch den Dienstboteneingang betreten muß? Soweit kommt es noch!" – „Aber, Señora, würden Sie denn zulassen, daß es soweit kommt?" – „Gott bewahre, aber bei einem verhexten Mann muß man sich auf alles gefaßt machen!" – „Auch darauf, daß er seine Mutter im Stich läßt?" – „Die Erfahrung zeigt, daß weder

Mütter noch Ehefrauen etwas zählen, wenn ein gerissenes Weibsstück im Spiel ist. Ich weiß, wovon ich rede, nach all dem Leid, das ich durchgemacht habe . . .!" Die Frömmlerinnen verließen sie jedesmal zerknirscht und sagten sich, daß es eben kein vollkommenes Glück gäbe und daß Reichtum allein nicht glücklich mache. Sehr betrübt wirkten sie trotz ihrer Zerknirschung allerdings nicht, wenn sie das sagten.

Wie sich herumsprach, ließ Doña Angustias ein paar Messen lesen, Novenen und Rosenkränze beten, und wenngleich niemand es beschwören kann, wird gemunkelt, auch sie habe Don Julián gebeten, Clara aus der Kirche zu werfen und daß der Pfarrer sich nach allen Regeln der Kunst entschuldigt und ihr versprochen hat, etwas zu unternehmen, schon allein, damit er nicht mitansehen müsse, wie empört und beschämt Doña Angustias auf dem ersten Platz in der vordersten Bankreihe sitze, neben dem Evangelium, das doch sein Ein und Alles sei. Doch er unternahm nichts, oder aber das, was er unternahm, bewirkte nichts. Es war nämlich so, daß sich der Pfarrer von der Kirche unten am Meer zu der Aussage verstiegen hatte, daß er, hätte sich das Problem in seinem Kirchensprengel gestellt, Clara schon längst aus der Kirche geworfen und es damit gelöst hätte. Als Doña Angustias dies erfuhr, bedrängte sie Don Julián solange, bis er Clara aufsuchte; Clara erteilte ihm eine Abfuhr, erschien am nächsten Sonntag wie immer in der Kirche und nahm auf Doña Marianas Bank ihren inzwischen angestammten Platz ein. Doña Angustias erhob sich, herrschte ihr Dienstmädchen an: *„Gehen wir!"* und verließ hocherhobenen Hauptes und energischen Schrittes die Kirche; Julia Mariño, die von ihrer Mutter begleitet wurde, sagte so laut, daß wir alle es hören konnten: *„Wir auch, Mama!"* Mit denselben oder ähnlichen Worten verließen noch ein paar andere Frauen und Mädchen die Kirche, um in der Pfarrkirche am Meer die Messe zu hören. Als Don Julián im Meßgewand erschien, erblickte er in den vordersten Reihen, in denen gewöhnlich die angesehensten Persönlichkeiten saßen, große Lücken. Clara Aldán schien das glücklicherweise nicht zu merken, sie kniete weiterhin da, das Gesicht ganz vom Schleier verdeckt, und wirkte in sich gekehrt, als grübelte sie über die Probleme der Welt nach. An jenem Nachmittag ging Don Julián von Haus zu Haus und besuchte am Ende auch seinen Amtsbruder, mit dem er angeblich einmal eine heftige Auseinandersetzung gehabt hatte, nachdem er ihm mit der Behauptung, er tue Dinge, zu denen ihn kein Kirchengesetz ermächtige, weder ein weltliches, noch ein göttliches, die Gläubigen abspenstig gemacht hatte. Die Spaltung der Kirche war jedoch nicht rückgängig zu machen: Clara geht weiterhin in Don Juliáns Kirche, die anderen Frauen in die Pfarrkirche. Außerdem wird gemunkelt, Don Julián sei zur Volksfront übergewechselt, weil er Bischof werden will und darauf hofft, daß Cayetano, der jetzt politisch eine Rolle spielt, ihn für dieses Amt vorschlägt.

Ungereimtheiten gibt es genug, die Sache mit Clara Aldán ist nicht die einzige. Aus Don Juliáns Verhalten während der Wahlen wurde niemand schlau. Er bildete zusammen mit Señor Mariño, Carreiras bigotter Frau und noch zwei oder drei anderen den Wahlausschuß der Rechten. Sie sammelten Geld, reisten durch die Gegend, erkauften Wählerstimmen und verteilten Propagandamaterial, wie auch schon bei den anderen Anlässen. Es mag unglaubwürdig klingen, doch auch in Pueblanueva gab es ein großes Transparent, das über die ganze Breite eines Hauses ging. Darauf war Gil Robles abgebildet, und darunter stand: „Wir wollen dreihundert Sitze im Parlament!" Solche Transparente gab es angeblich auch in Madrid, nur blich das in Pueblanueva bei all dem Regen, der in jenen Tagen fiel, rasch aus und mußte abgenommen werden. An einem Samstag Mittag im Februar traf ein Lastwagen voll jungen Männern mit spanischen Fahnen ein, sie hielten auf dem Platz, trommelten die Leute zusammen und schwangen sechs oder sieben Reden, in denen sie sich für Religion, Vaterland, Eigentum und Familie starkmachten. Man hörte sie an wie alle anderen auch, nur Julia Mariño, die eine Truppe von rund zwanzig Jungs und Mädchen anführte, rief: „Es lebe Spanien und es lebe Christus unser Herr und Gott!" So weit, so gut. Am Nachmittag desselben Tages, nach dem Mittagessen, traf ein weiterer Lastwagen ein, diesmal voller Burschen und Mädchen mit republikanischen Fahnen; einige von ihnen trugen sogar eine Art Uniform und grüßten mit erhobener Faust. Drei oder vier von ihnen hielten eine Ansprache, und Don Lino beschloß die Kundgebung mit einer vorbereiteten Rede, in der er es sich vor allem angelegen sein ließ, die Kapitalisten in Sicherheit zu wiegen. Die Werftarbeiter und die Fischer, angeführt von El Cubano, waren auch da. Alles applaudierte, und die Jugendlichen fuhren, mit ihrem Erfolg zufrieden, auf dem Lastwagen davon. Übrigens stellte sich da Paquito der Uhrmacher, der beide Kundgebungen mit todernster Miene verfolgt hatte, in ein Fenster des Rathauses und rief, auch er wolle eine Rede halten, und ein paar Dutzend Leute versammelten sich, um ihm zuzuhören. Den Spazierstock, an dem der Strohhut baumelte, über die Schulter gelegt, verkündete er: „Idioten seid ihr, und die heute hier geredet haben, sind Scheißkerle, die einen wie die anderen! Egal, ob Gil Robles oder Azaña gewinnt, ihr habt nichts zu melden, und schon gar nicht in Pueblanueva, wo es nur einen Herrn und Gebieter gibt, ob wir nun eine Monarchie, eine Republik oder den Kommunismus haben. Also geht schlafen und laßt euch morgen schön vollaufen. Sollen sich doch die anderen die Augen auskratzen! Das sage ich euch, und ich bin schlauer als ihr alle. Ich habe von den einen genauso Ohrfeigen kassiert wie von den anderen, weil ich so verrückt bin, immer die Wahrheit zu sagen. Diesmal sage ich euch voraus, daß bald Blut fließt. Wenn nämlich einer soviel Macht hat, dann ist das gegen das göttliche Gesetz, und die Ehrgeizigen dieser Welt werden durch Feuer und Schwert sterben. Das habe ich in Büchern gelesen, auf die man sich berufen kann, und es ist die reine Wahrheit." Ob sie es nun tatsächlich war oder nicht – sie holten ihn vom Fenster weg, verpaßten ihm eine anständige Tracht Prügel und ließen ihn liegen, bis jemand sich seiner erbarmte und ihn in eine Taverne schaffte, wo man ihn mit Schnaps wiederbelebte.

Kaum hatte sich an jenem Abend in Señor Mariños Haus der Wahlausschuß der Rechten versammelt, erschien Cayetano. Hier gibt es keine Geheimnisse, und was sich dort abspielte, wußte eine halbe Stunde später die ganze Stadt. Als der Pfarrer ihn eintreten sah, erhob er sich gravitätisch und fragte ihn: „Was wollen Sie hier?" Ohne sich aus der Ruhe bringen zu lassen, antwortete Cayetano: „Wenn die Volksfront die Wahlen morgen verliert, muß ich die Werft schließen und meine Leute entlassen. Dann wollen wir mal sehen, wovon Sie leben und wo meine Mutter das Geld hernehmen soll, um der Kirche Spenden zukommen zu lassen. Also sorgen Sie gefälligst dafür, daß morgen abend die Ergebnisse aus dem gesamten Wahlkreis auf meinem Tisch liegen und darin steht, daß meine Kandidaten gewonnen haben." Weg war er. „Hat man so etwas Dreistes schon erlebt?" soll der Pfarrer gesagt haben. Und Señor Mariño erwiderte: „Geld macht hochmütig." Carreiras Frau stand auf, schloß die Tür und fragte, ob es zutreffe, daß Cayetano die Werft schließen müsse. Señor Mariño bejahte dies. „Ich habe erfahren, daß Cayetano vor ein paar Tagen, als er verreist war und wir alle dachten, es hätte mit den Wahlen zu tun, eine Hypothek von einer halben Million aufgenommen hat. Das hat man mir in Santiago bestätigt." – „Aber, was hat er denn mit all seinem Geld gemacht?" – „Das ist alles für Löhne und Materialien draufgegangen, seit man ihm keinen Kredit mehr gibt." – „Und wenn die Linken gewinnen, geben sie ihm dann wieder Kredite?" – „Wenn sie gewinnen, geben sie ihm, was er haben will." – „Nun, darüber sollte man nachdenken", meinte Carreiras Frau. Danach sagte keiner mehr etwas, aber Don Julián war beunruhigt. Zum Schluß blieb er mit Señor Mariño allein.

So einen Menschenauflauf wie am nächsten Tag, dem Sonntag, hatte man noch nicht gesehen. Ab sieben Uhr morgens standen die Leute vor den Wahllokalen Schlange. Alle waren da, Frauen und Männer, Pfarrer und sogar die Mönche aus dem Kloster, einer hinter dem anderen und allen voran der Abt. Ein paar Burschen aus dem einen Lager prügelten sich mit Jungs aus dem anderen, und am Nachmittag, nach ausgiebigem Weingenuß, häuften sich die Schlägereien. Trotzdem, ein jeder ging zur Urne, und in den Wahllokalen lief alles geordnet ab, wie es hieß. Da immer etwas durchsickert, konnten die Leute mitverfolgen, wie sich die Wahl entwickelte. Laut Wahlausschuß lagen mal die einen, mal die anderen vorn, sie hielten sich also die Waage. Der Wahlbericht wurde korrekt abgefaßt, doch jemand frisierte ihn, und als er zur Überprüfung an die Zivilregierung weitergeleitet wurde, stellte sich heraus, daß die Linken gewonnen hatten. Warum die Leute Don Julián und Señor Mariño so hartnäckig für diesen Wahlbetrug verantwortlich machen? Sie werden ihre Gründe haben.

Als die Menschen erfuhren, daß die Linken in ganz Spanien gewonnen hatten, ließen sie die Arbeit Arbeit sein und versammelten sich auf dem Platz vor dem Rathaus. Das Kirchenportal war verschlossen und auch das eiserne Gitter, man konnte ja nie wissen. Die Masse begann zu singen und wartete ab. Alles verlief friedlich. Schließlich erschien Don Lino, der zum Abgeordneten gewählt worden war, in Begleitung von Cayetano. Don Lino wandte sich an die Menschenmenge und richtete eine lange, mit Versprechungen gespickte Rede an sie: Er erntete großen Applaus, doch die Leute langweilten sich, weil sie ihn nicht verstanden. Als er fertig war, sagte Cayetano lediglich: „Arbeiter, unser Sieg bedeutet Arbeit und Wohlstand für das ganze Volk. Es lebe die Republik!" – „Sie lebe hoch!" hallte es wider, und viele weinten. Da begann Cayetano zu singen:

Wacht auf, Verdammte dieser Erde,
Die stets man noch zum Hungern zwingt!

Die anderen sangen wie aus einer Kehle mit, und den Rest des Tages war nichts anderes zu hören, als die mehr schlecht als recht gesungene Internationale. Viele hatten ihre Geschäfte geschlossen, aus Angst, sie könnten geplündert werden; doch als sich herumsprach, daß Cayetano befohlen hatte, die Menschen und ihren Besitz zu achten, öffneten sie sie wieder, und von den Prügeleien abgesehen, zu denen es sonntags manchmal auf dem Platz zwischen Raufbolden aus verschiedenen Lagern kommt, ist in Pueblanueva del Conde nichts passiert. Aber wir alle fragen uns: Wie lange wird es so bleiben? Die Blicke der Arbeiter machen uns angst.

Doch es herrscht nicht nur eitel Frieden unter Gottes Geschöpfen. Don Lino sagte vor versammelter Menge zu Cayetano: „Nun, jetzt, wo wir gewonnen haben, machen wir Sie zum Bürgermeister." Cayetano sah ihn lange an, dann erwiderte er: „Zum Bürgermeister machen wir, wer mir paßt, so wie ich Sie zum Abgeordneten gemacht habe." – „Ich bin vom Volk gewählt worden und vertrete den Willen des Volkes." Cayetano lachte schallend. „Haben Sie etwa noch nicht gemerkt, daß der Wille des Volkes und meiner ein und derselbe sind?" – „So etwas nenne ich Faschismus, und genau dagegen kämpfen wir!" – „Nennen Sie es, wie Sie wollen, und kämpfen Sie, gegen wen Sie Lust haben, aber vergessen Sie nicht, daß in Pueblanueva nur einer bestimmt, und zwar ich." Seither schmiedet Don Lino Ränke mit denen, die die Wahlen ernst genommen haben, und setzt alles daran, Cayetano das Heft aus der Hand zu nehmen. Das ist der Stand der Dinge.

8. KAPITEL

Es regnete zum Gotterbarmen. Die Tropfen prasselten an die Scheiben des Omnibusses, und der eine oder andere kleine Spritzer gelangte irgendwie ins Innere und blieb glitzernd am Ärmel des Mantels hängen, jedoch nur für einen Augenblick. Dann sog ihn der Stoff auf, und an der Stelle blieb als stummer Zeuge ein kleiner dunkler Fleck zurück. Die Fahrgäste dösten vor sich hin. Ab und zu hielt der Bus, jemand stieg aus und stellte sich bei einem Gehöft unter, oder, wenn sich ihm kein Unterstand bot, an die Straßenkreuzung. Dann fuhr der Omnibus, an dem das Wasser herunterrann, wieder an, kämpfte sich holpernd die nächste Steigung hoch und nützte vorsichtig das darauffolgende Gefälle. Kurz vor Pueblanueva blieb der Motor stehen. Der Fahrer stieg fluchend aus. Jemand warf ihm einen Umhang nach, den er sich umlegte. Er machte sich an der Maschine zu schaffen, behob die Panne, und die Fahrt ging weiter. „Gottseidank sind wir bald da!" sagte jemand. Nach einer Weile schob der Fahrer die Trennscheibe beiseite und rief Juan zu: „Wollen Sie hier aussteigen oder bis zur Stadt mitfahren?" Sie passierten gerade die Landstraße, die zu Carlos' pazo führte. Juan betrachtete das verregnete Tal, die lange Landstraße mit den nackten Steinen und den großen Pfützen. „Ich glaube, ich fahre weiter."

Die Mauern von Pueblanueva erschienen ihm schwärzer als früher, die gekalkten Fassaden schmutziger, der Kies auf den Vordächern und die roten Ziegel grünlicher. Auf den Straßen war keine Menschenseele zu sehen. Der Omnibus bog um eine scharfe Kurve und hielt auf dem Platz. Die Marktstände waren mit morschen Planen und Wachstüchern abgedeckt, es war niemand da. Ein paar Frauen und Kinder, in Umhänge und Tücher gehüllt, warteten zusammengekauert unter den Kolonnaden.

Juan ließ die anderen Fahrgäste zuerst aussteigen. Das Gepäck wurde abgeladen, und die Frauen und Kinder machten sich unter viel Geschrei die Plätze streitig. Juan spürte, wie jemand ihn am Arm faßte und schüttelte. „Señorito, Ihr Koffer, soll ich Ihnen den Koffer tragen?" Mit einem Satz flüchtete er sich unter die Kolonnaden. Nun war sein Gepäck an der Reihe, ein Koffer nach dem anderen glitt über die Rampe nach unten: drei Koffer und drei Kisten. „Vorsicht, daß sie nicht naß werden!" rief er; danach wies er den Burschen, der das Gepäck ablud, an, seine Sachen unterzustellen, bis er zurückkäme, um sie abzuholen.

„Ihre Schwester wohnt doch gleich nebenan", sagte der Bursche zu ihm.

„Ich werde wahrscheinlich nicht bei ihr wohnen."

In einem dieser Häuser – in welchem wohl? – hatte Clara einen Laden. Er bräuchte sich nur ein wenig umzusehen, dann würde er ihn bestimmt finden. Er schüttelte das Wasser vom Hut und setzte ihn behutsam auf, ein bißchen schräg und in die Stirn gezogen. Die Schuhe waren kaum naß geworden, sie glänzten noch immer, und die Bügelfalte in der Hose hatte tadellos gehalten. Sobald er auf die Straße hinausträte, würden die Schuhe ihren Glanz verlieren, der Hut seine Form und die Hose ihren Sitz. Pech.

„Stehen sie hier in der Ecke gut?" fragte der Bursche vom Omnibus: Er hatte die Koffer und Kisten übereinandergestapelt und deckte sie gerade mit einem zerfledderten Ölpapier ab.

„Ja, da stehen sie gut. Ich schicke nachher jemanden, der sie holt."

„Er soll nach mir fragen. Sie kennen mich ja."

Juan gab dem Burschen eine Pesete und ging weg. Die Fahrgäste waren schon alle fort, die Kolonnaden lagen verlassen da. Er lehnte sich an eine Säule.

„Wenn es sich erst einregnet, regnet es den ganzen Tag", meinte der Bursche im Vorbeigehen. „Wenn Sie wollen, besorge ich Ihnen einen Regenschirm."

„Nein, nein, nicht nötig."

„Ihre Schwester wohnt gleich nebenan. Sie könnten sich dort unterstellen."

Das würde er nur tun, wenn es unbedingt sein mußte. Vorerst wartete er lieber ab. Vielleicht hellte es sich im Westen, über dem Bergwald, ein bißchen auf. Er holte eine Zigarette hervor und zündete sie an. Wieder kam der Bursche auf ihn zu. Er lächelte, und in seinem Mundwinkel steckte ebenfalls eine Zigarette. Er war ein junger Mann mit rotem Gesicht, trug eine Baskenmütze und einen alten Mantel.

„Wie Sie sehen, gibt es hier nicht viel Neues. Die Kirche ist hergerichtet worden."

Er ging weiter und zog einen Handkarren hinter sich her. Da fiel Juan auf, daß das Ziegeldach der Kirche neu war und man das Gestein von Eisenkraut und Moos gesäubert hatte. Das Gitter am Portal war neu gestrichen.

„Das hat die Alte bestimmt getan, um ihre Seele zu retten."

Der Handschuh störte ihn beim Rauchen, also zog er ihn aus. Am Ende der Kolonnaden tauchte eine Gestalt unter einem großen Regenschirm auf, der gleich darauf zusammengeklappt wurde. Juan versuchte, sich Neugier und Freude nicht anmerken zu lassen. Der Mann mit dem Regenschirm sah aus wie der Apotheker, und er trug Trauer. Juan wandte sich ab und blickte mal zur Kirche, mal zu Don Baldomero, der immer näher kam und den Regenschirm hinter sich herschleifen ließ. Als er Juan entdeckte und ihn erkannte, riß er die Arme in die Höhe und beschleunigte den Schritt.

„Das ist doch Juan Aldán!"

Juan hatte sich ganz zum Platz umgedreht, und als er Don Baldomero hörte, fuhr er jäh und fast so zackig wie ein Soldat herum.

„Don Baldomero!"

Er ging auf ihn zu und ließ sich umarmen. Hände klopften auf Schultern, Worte der Begrüßung wurden ausgetauscht.

„Ich bin gerade angekommen. Weshalb die Trauerkleidung?"

„Die arme Lucía! Wissen Sie es noch nicht?"

Juan schüttelte den Kopf und nahm den Hut ab. Sein sorgfältig gekämmtes Haar roch gut.

„Nein, niemand hat es mir geschrieben. Allerdings habe ich seit mehreren Monaten auch niemandem mehr geschrieben."

„Ach, wissen Sie, ihr Tod kam überraschend, und es war alles irgendwie merkwürdig."

„Aber sie war doch schon lange krank."

„Stimmt, da haben Sie durchaus recht. Sie hatte Tuberkulose, aber nicht so schlimm, daß man mit einem so schnellen Ende hätte rechnen müssen. Außerdem hatte ich sie in die Berge geschickt. Sie verbrachte dort mehrere Monate, und es ging ihr viel besser. Aber dann plötzlich – zack! – teilt man mir mit, daß sich ihr Zustand verschlechtert hätte, und um ein Haar wäre ich zu spät gekommen. Wirklich merkwürdig."

Er blickte auf und musterte Juans Gesichtsausdruck.

Juan schien die Andeutung nicht begriffen zu haben. Auf seinem Gesicht lag noch immer höfliche Betroffenheit. Langsam knöpfte er den Regenmantel auf, so daß sein graues Jackett und die blaue Krawatte zum Vorschein kamen.

Er zog ein zusammengefaltetes Taschentuch heraus und trocknete sich die Stirn.

„Das tut mir aufrichtig leid, Don Baldomero. Wer hätte das geahnt? Die einen kommen, die anderen gehen, so ist das Leben."

„Ich gehe jeden Morgen kurz in die Kirche, um für sie zu beten. Sie war wirklich eine Heilige. Am liebsten gehe ich am Spätvormittag, weil dann niemand in der Kirche ist. Wollen Sie nicht mitkommen?"

Juan lachte.

„In die Kirche? Sie wissen doch, daß ich –"

„Sie könnten doch aus Interesse hineingehen. Sie ist innen und außen restauriert worden, und es lohnt, sie anzusehen. Alle Atheisten der Stadt waren bei der Einweihung dabei."

„Eigentlich bin ich kein richtiger Atheist, wie Sie wissen."

„Umso besser. Dann verstehen Sie ja etwas von Gott, und so jemanden brauche ich."

Er faßte ihn am Arm und zog ihn mit sich.

„Geben Sie sich einen Ruck. Ich halte den Regenschirm über Sie. Ich habe Lust zu reden, und seit Don Carlos sich kaum mehr im Casino blicken läßt, kann man mit niemandem ein vernünftiges Wort wechseln. Es dreht sich nur noch um Unanständigkeiten."

„Ich . . . äh . . . habe meine besten Schuhe an, und die wollte ich nicht naßmachen."

„Na, mit Ihren guten Schuhen sind Sie hier gerade richtig! Kommen Sie!"

Er hielt den riesigen Schirm über Juan. Der Regen prasselte auf den straffen Stoff und rann in dünnen Fäden von den Spitzen des Gestänges. Juan wich den Pfützen aus, und so gelangte er zum Kirchenportal, ohne daß seine Schuhe viel von ihrem Glanz eingebüßt hatten; doch er spürte, daß seine Füße naß waren.

„Ich lasse den Schirm hier. Den nimmt schon niemand weg. Es gehen kaum mehr Leute in die Kirche, lieber Juan! Und sie haben ihre guten Gründe, wie Sie gleich sehen werden."

Er stellte den Regenschirm zum Abtropfen in eine Ecke.

„Gehen Sie hinein, und ich werde Ihnen beweisen, daß die Menschen Werkzeuge Gottes sind, auch wenn sie es nicht wahrhaben wollen. Oder des Teufels, das weiß man nie. Hinter dem Kreuz verbirgt sich oft der Teufel, allerdings merkt man es nicht . . ."

Nur das Licht im Allerheiligsten brannte, und im Seitenschiff flackerten neben dem Gekreuzigten ein paar Dutzend Kerzen in Kandelabern aus schwarzem Eisen. Ein schwacher Lichtschein warf in die Dunkelheit die noch dunkleren Schatten der Säulen. Juan war verblüfft.

„Das ist sehr schön."

Don Baldomero hatte sich bekreuzigt, doch er kniete nicht nieder.

„Das will ich meinen! Vor allem ohne Licht! Das Licht sorgt nämlich für ein paar Überraschungen. Kommen Sie näher, dann werden Sie sehen."

Er ging rasch durch den Mittelgang und betrat die Stufen zum Presbyterium. Juan folgte ihm langsam: Er sah, wie Don Baldomero verschwand, hörte ein Klicken, und plötzlich war das Presbyterium erleuchtet.

„Na, finden Sie es jetzt immer noch so schön?"

Das Licht blendete Juan. Er rieb sich die Augen und blinzelte, bis er sich an die Helligkeit gewöhnt hatte.

„Ich sehe nicht viel."

„Treten Sie ein Stück zurück, von dort hinten haben Sie einen besseren Überblick. Ich habe es ganz genau ausprobiert."

Juan stand auf Doña Marianas Grabplatte, achtete jedoch nicht darauf. Mit leicht erhobenem Kopf betrachtete er die Christusfigur. Er schirmte die Augen mit den Händen ab und verharrte eine Weile so. Don Baldomero näherte sich ihm mit kleinen, leisen Schritten und stellte sich schweigend neben ihn.

„Von Malerei verstehe ich nicht viel, aber die Gemälde sind bestimmt gut. Der Mönch hat sie gemalt, nicht wahr?"

„Das glauben die Leute auch, aber, unter uns gesagt, bin ich davon überzeugt, daß der Teufel sie gemalt hat."

Juan drehte sich zu ihm um.

„Gefallen sie Ihnen denn nicht?"

„Darum geht es nicht, Juan! Wir können uns nicht vor ein Abbild Christi stellen und sagen, ob wir es schön oder häßlich finden! Die Frage ist, ob dies Christus ist oder das genaue Gegenteil. Ich habe da nämlich meine Zweifel."

Er kehrte dem Presbyterium den Rücken zu, und sein Gesicht lag nun im Halbdunkel.

„Diese Frage stelle ich mir nicht", setzte Juan an. „Sie wissen ja, daß ich –"

„Seien Sie doch mal ehrlich: Wenn Sie in dieses Gesicht schauen, fühlen Sie sich dann nicht wie ein Angeklagter?"

„Wie ein Angeklagter? Weshalb?"

„Wegen Ihrer Sünden. Sie haben doch sicher auch Ihre Sünden. Wie ein Angeklagter in letzter Instanz, ein Angeklagter vor dem Jüngsten Gericht, wenn nichts mehr zu machen ist. Diese Kirche verläßt man mit einem Fahrschein zur Hölle."

Juan drehte den Hut in den Händen.

„Das kommt mir nicht so vor."

„Beunruhigt Sie dieses Bild nicht einmal? Fühlen Sie sich unter diesem Blick nicht unwohl?"

„Nein, warum? Selbst wenn es so ist, wie Sie sagen, ich habe ein ruhiges Gewissen."

„Ein ruhiges Gewissen! Nicht einmal Heilige haben das! Das ruhige Gewissen ist die größte Tücke des Teufels, aber dieses Gemälde hier ist auch tückisch. Es macht einem klar, daß es keine Vergebung gibt, verstehen Sie? Und wer nicht an Vergebung glaubt, verliert irgendwann jedes Interesse daran, daß ihm vergeben wird. Mein lieber Juan, als ich dieses Gemälde zum erstenmal sah, nahm ich mir vor, die Kirche nie wieder zu betreten. Aber wie Sie sehen, bin ich wiedergekommen. Der Christus zieht mich an. Ich bin jeden Tag eine Stunde lang hier, um Ihm zuzuhören. Ja, lachen Sie nur! Er spricht nämlich zu mir. Ich bin ein Sünder und habe viel zu bereuen, vielleicht sogar das eine oder andere Verbrechen, wer weiß! Ich komme also hierher und höre der Stimme zu, die zu mir sagt: ‚Die Würfel sind gefallen, und du bist verdammt.' Dann fühle ich einen tiefen inneren Frieden. Sie müssen wissen, ich trinke nicht mehr soviel –"

Er faßte Juan am Arm und zog ihn hinter sich her zum Seitenschiff.

„Manche Drogen müssen eine ähnliche Wirkung haben. Kaum gehe ich weg, kriege ich es mit der Angst, und nachts ist es keine Angst mehr sondern Panik. Dann erscheint mir meine tote Frau und sagt mir, daß wir uns nie wiedersehen werden, und manchmal ruft mir Doña Mariana aus der Hölle zu, daß für mich schon ein Platz an ihrer Seite vorgesehen ist. Grauenhaft! Und das alles wegen diesem verfluchten Gemälde!"

Er hatte sich in einem dunklen Winkel an einen Pfeiler gelehnt.

„Überall stecken die Leute Kirchen in Brand. Gott möge mir verzeihen, aber ich wäre ihnen dankbar, wenn sie auch diese niederbrennen würden. Wenn das nicht passiert, gehe ich dem Teufel nämlich ins Netz. Lieber Juan, Sie wissen gar nicht, wie schön das ist: Ich komme hierher, setze mich hin, und schon ist mir nichts mehr wichtig. Dabei müßte ein Mann wie ich gegen die Barbaren aufbegehren, die uns jetzt regieren. Es wäre meine

Pflicht, in den Untergrund zu gehen und das heilige Banner der Tradition hochzuhalten. Manchmal spiele ich mit dem Gedanken. Ich habe einen Karabiner zu Hause und in Galicien ein halbes Dutzend Freunde, die bestimmt mitmachen würden. Aber dann komme ich hierher, und schon interessieren mich diese Barbaren nicht mehr die Bohne, und die heilige Tradition auch nicht."

Er packte Juan an den Armen und schüttelte ihn.

„Sie sind Anarchist, Sie könnten die Kirche in Brand stecken, oder zumindest diese Gemälde."

„Ich stecke keine Kirchen in Brand, Don Baldomero."

„Ja, ich weiß. Das tut hier niemand, weil unser Herr und Gebieter es verboten hat. Man kann also nur hoffen, daß es jemand von außerhalb tut... Warum sind Sie eigentlich gekommen? Wegen Ihrer Schwester?"

Juan sah ihn überrascht an.

„Was ist mit meiner Schwester?"

„Ach, Sie wissen es nicht? Sie ist doch jetzt Cayetanos Freundin!"

Don Baldomero hielt sich im Dunkeln, aber auf Juan fiel Licht aus dem Presbyterium: die Seidenkrawatte schimmerte, die Schuhspitzen glänzten. Und der offene Regenmantel gab den Blick auf das schottische Innenfutter frei.

„Die Freundin von –!"

Juans Verblüffung und sein fassungsloser Blick entgingen Don Baldomero nicht.

„Ich habe Freundin gesagt, ja? Freundin und nichts weiter. Was meinen Sie, wie die Leute hier in der Stadt reden würden, wenn da noch mehr wäre! Und das ist ja gerade das Verblüffende, wenn man bedenkt, wie Cayetano es sonst treibt."

„Ich kann es einfach nicht glauben."

„Es geht schon zwei Monate so, oder vielleicht etwas länger. Die Leute reden schon gar nicht mehr darüber. Aber nachdem Cayetano und Sie sich nie leiden konnten, dachte ich, Sie hätten davon erfahren und wären gekommen, um etwas dagegen zu unternehmen."

„Nein, deshalb bin ich nicht gekommen..."

Juans Stimme klang rauh und fast dramatisch.

„Ihrem Anzug nach zu urteilen, ist es Ihnen nicht eben schlecht ergangen. Ein richtiger Herr sind Sie geworden, das heißt, Sie waren natürlich schon immer einer."

Juan bedankte sich für das Kompliment mit einem Lächeln, wenn auch zögernd.

„Stimmt, mir ist es nicht schlecht ergangen." Er schlug den Regenmantel zurück und verschränkte die Arme hinter dem Rücken. Er hielt noch immer den Hut in der Hand. „Natürlich könnte es mir noch besser gehen, aber die Sozialisten –"

„Verstehen Sie sich denn nicht mit ihnen?"

„Wir hassen uns bis aufs Messer."

Don Baldomero lachte.

„Kopf hoch, Mann! Wenn ich eines Tages alles hinwerfe und in den Untergrund gehe, frage ich Sie, ob Sie mitmachen. Nichts verbindet so sehr wie ein gemeinsamer Feind."

Er löste sich von dem Pfeiler und trat ins Licht.

„Warten Sie. Ich mache das Licht aus. Wenn Don Julián mich erwischt, rechnet er mir vor, wie hoch der Stromverbrauch ist."

Er ging zum Presbyterium. Juan schlenderte mit gesenktem Kopf im Kirchenschiff umher. Gleich darauf herrschte in der Kirche wieder Dunkelheit, und er hörte die Schritte von Don Baldomero, der auf den Ausgang zusteuerte.

„Vorsicht, stolpern Sie nicht!"

Es regnete noch immer. Don Baldomero holte den Schirm aus der Ecke.

„Soll ich Sie irgendwohin bringen?"

„Nein. Ich muß zu Carlos, aber es ist weit bis zum pazo. Ich nehme einen Wagen."

Don Baldomero klopfte ihm lachend auf die Schulter.

„Einen Wagen! Sie müssen gut bei Kasse sein! Also gut, kommen Sie. Ich begleite Sie zur Garage."

„Möchten Sie eine Zigarette?"

„Warum nicht? Rauchen wir unterwegs eine. Das lasse ich mir gefallen!"

Carlos wunderte sich, als er durch das Rauschen des Regens hindurch im Park Motorengeräusch vernahm. Ein Wagen hielt, und jemand stieg aus. Carlos öffnete das Fenster und fragte, wer da sei. Juan blickte zu ihm hoch.

„Ich bin es, Carlos."

„Juan!"

Carlos lief den Flur entlang. Die Dielen dröhnten, und die Treppe erbebte. Als er in die Vorhalle trat, machte Paquito der Uhrmacher gerade eine so übertriebene Verbeugung, daß er mit dem Strohhut über den Boden fegte.

„Willkommen, Herr Minister! Nehmen Sie doch den Hut ab, Herr Minister, er ist ja ganz naß! Don Carlos, der Herr Minister ist da!"

Sie umarmten sich. Der Uhrmacher stand mit dem Strohhut in der Hand ein wenig abseits. Er schwieg und grinste, während Juan und Carlos ein paar Worte miteinander wechselten, doch als die beiden die Treppe hochgehen wollten, rief er:

„Soll ich noch ein paar Eier kaufen, Don Carlos? Ich nehme doch an, daß wir den Herrn Minister zum Essen einladen."

„Na klar, Mensch! Laß dir ihm zu Ehren etwas Besonderes einfallen!"

Im Flur fragte Juan:

„Kocht er jetzt für dich?"

„Wir haben uns auf einen Modus vivendi geeinigt. Er macht das Mittagessen und ich das Abendessen. So wahrt jeder seine Unabhängigkeit. Meine Abendessen sind mit seinen Mittagessen natürlich nicht zu vergleichen. Er ist ein guter Koch."

„Und wer zahlt das alles? Du?"

„Er stellt den Nachtisch."

Im Turmzimmer zog Juan den Regenmantel aus und legte ihn zusammen mit dem Hut auf einen Stuhl. Dann sah er Carlos in die Augen, streckte die Arme aus und sagte mit theatralischer Gebärde den kurzen Satz:

„Da bin ich also wieder."

„Mit Schild und Schwert?"

„Warum soll ich dir etwas vormachen, Carlos? Nein, mit eingezogenem Schwanz! Und was ich gerade erfahren habe, deprimiert mich noch mehr. Meine Schwester ist die Freundin von Cayetano!"

Carlos lächelte traurig.

„Ja, sieht so aus." Er zeigte auf einen Sessel. „Willst du dich nicht setzen? Denk daran, was Napoleon gesagt hat: Wenn man sitzt, verlieren die Dinge ihre Dramatik, und man sieht alles klarer. Ich sitze die ganze Zeit, wenn ich nicht sogar liege, und so umgehe ich die Dramatik. Du kennst ja meine alte Theorie: Es gibt nichts, das nicht an Virulenz verliert, wenn man es erst analysiert hat."

„Aber flieht man so nicht vor der Realität?"

„Mag sein, aber nur, um in eine andere Realität einzutauchen. Man kann nicht in zwei Realitäten gleichzeitig leben, doch glücklicherweise stehen uns mehrere zur Auswahl, und einigen vom Schicksal begünstigten Menschen ist es vergönnt, von einer in die andere überzuwechseln. Ich rechne mich zu diesen Menschen."

Carlos hatte sich hingesetzt. Juan stellte sich mit leicht gespreizten Beinen vor ihn hin – seine Schuhe glänzten nun nicht mehr – und verschränkte krampfhaft die langen Finger.

„Ist dir eigentlich klar, in was für einer Lage ich mich befinde? Ich habe nicht einmal ein Zuhause. Clara werde ich unter diesen Umständen natürlich nicht bitten –"

„Du bist zu mir gekommen, Juan, und mein Haus steht dir zur Verfügung. Es sei denn, die Wappen und der Turm beleidigen dich in deiner Würde als Anarchist. Aber auch das läßt sich analysieren. Was sind Wappen und Türme schon anderes als Relikte einer längst untergegangenen Welt? Mit den Menschen, die diese Steine behauen haben, haben weder du noch ich etwas zu schaffen. Ich wohne hier, weil ich keine mir angemessene Unterkunft besitze, aber ich bewohne mein Haus nicht, das weißt du. Das hier ist nicht das Zimmer eines Feudalherren, sondern eines modernen Intellektuellen. Du siehst ja: Bücher, Papiere und ein bißchen Feuer im Kamin, weil ich mir keine

Zentralheizung leisten kann. Hier kann man über alles reden und alles zerlegen. Von diesem Tisch aus habe ich schon Seelen auseinandergenommen, und von diesem Fenster aus nehme ich, wenn ich kann, Menschen und Dinge auseinander. Ich lasse nichts unversehrt, das kannst du mir glauben. Mein Hochleistungsgehirn zersetzt die Realität, und wenn die Realität erst einmal in Stücke zerlegt ist, kann sie mir nichts mehr anhaben. Ich bin genauso ein Anarchist wie du und ich finde die Vorstellung herrlich, daß wir gemeinsam das Universum atomisieren. Paquito der Uhrmacher wird uns bekochen."

Juans Hände hatten sich entkrampft, und er ließ die Arme hängen. Er setzte sich aufs Sofa und stützte das Gesicht auf die Handflächen. Carlos fragte ihn:

„Wie ist es dir in Madrid ergangen?"

„Ich habe in politischer Hinsicht einen Fehler gemacht, Carlos. Ich habe versucht, zwischen Anarchisten und Faschisten zu vermitteln, aber die Gespräche sind gescheitert. Trotzdem habe ich mich für eine Verständigung starkgemacht. Jetzt werde ich das Stigma des Faschisten nicht mehr los."

„Und? Bist du einer?"

„Nein. Es ging um ein strategisches Bündnis. Die Idee stammte nicht von mir, aber ich bin begeistert darauf eingegangen. Als die Sache schiefging, stempelte man mich zum Agenten der Faschisten. Ich hatte Angst –"

Er ballte die Fäuste und lehnte sich zurück.

„Außerdem ging mir allmählich das Geld aus. Ich habe keinen einzigen Real verdient. Inés ist weggezogen, und ich –"

Er schob die Hand in die Tasche und zog ein paar Geldscheine heraus.

„Knapp hundert Duros. Das ist alles, was mir für den Rest meines Lebens bleibt."

Er öffnete die Hände und streckte Carlos die Arme entgegen.

„Was sollte ich tun? In Madrid zu bleiben, wäre riskant gewesen, dort bringen sich die Leute gegenseitig um. Ich habe keine Freunde und gehöre keiner Partei an, die mich in Schutz nimmt. Nicht einmal eine Pistole habe ich. Ich sagte mir, in Pueblanueva –"

„Wo ist Inés hin?" fragte Carlos.

„Ins Ausland, mit Paco Gay. Sie haben geheiratet, jedenfalls haben sie mir das geschrieben. Ja, sie haben bestimmt geheiratet, meine Schwester ist nämlich nicht dumm. Ich mußte ihnen ein Geschenk machen, verstehst du, man will ja gut dastehen. Jetzt ist wenigstens eine in Sicherheit. Paco Gay ist ein aufgeweckter Bursche, und ich habe das Gefühl, er ist abgehauen, bevor alles in Flammen aufgeht. Hier braut sich nämlich ganz schön was zusammen."

„Als wir uns das letzte Mal unter vier Augen unterhielten, hast du davon geredet, daß du einen putschenden General umbringen mußt."

Juan lächelte.

„An solche Leute kommt man nicht leicht heran, die halten sich bedeckt. Außerdem könnte das der Regierung so passen!"

Das Feuer im Kamin drohte zu erlöschen. Carlos stand auf und legte ein paar Holzscheite nach. Vornübergebeugt und ohne Juan anzusehen, fragte er:

„Hast du Germaine in Madrid getroffen?"

„Nein."

„Sie hatte aber deine Adresse."

„Die Adresse war falsch."

Carlos richtete sich ruckartig auf.

„Warum?"

„Ich habe sie mehrmals belogen, ich wollte nicht, daß sie die Wahrheit erfährt."

„Wie hat die Arme es dann geschafft, die halbe Million Peseten über die Grenze zu bringen? Sie hatte mit deiner Hilfe gerechnet."

Juan zuckte mit den Schultern.

„Ich hätte für sie nichts tun können."

„Na, dann wird sie die Churruchaos ja in guter Erinnerung behalten!"

„Hast du dich etwa nicht gut benommen?"

„Ich habe ihr die halbe Million gegeben, mehr war nicht da."

„Und was ist mit dem Haus?"

„Das bleibt verschlossen, bis ihre Hoheit die Stimme verliert und in Pueblanueva Unterschlupf sucht."

„Glaubst du, das könnte passieren?"

„Sie hat die Stimme von ihrer Mutter geerbt und damit auch die Krankheit, da bin ich mir sicher. Eines schönen Tages wird die Nachtigall für immer verstummen, und dann zieht sie sich hoffentlich zurück. Dornröschen wird erwachen und sich daran erinnern, daß es in einer kleinen Stadt auf diesem Planeten ein Haus gibt, für das sie keine Miete bezahlen muß. Vielleicht bequemt sie sich an jenem Tag, sich in dich zu verlieben."

Juan hob jäh den Kopf. Carlos fuhr fort:

„Von uns allen warst du ihr als einziger sympathisch. Wenn du ihr allerdings eine falsche Adresse gegeben hast –"

„Wir haben uns ihr gegenüber nicht gerade wie Kavaliere benommen."

„Mag sein."

Carlos trat ans Fenster. Dichter, grauer Dunst erfüllte das Tal und verdüsterte es. Juan stand auf und ging auf Carlos zu. Er zeigte mit dem Kinn auf das nebelverhangene Städtchen.

„Unser Gefängnis."

Carlos trommelte mit den Fingern an die Scheibe, gegen die der Regen prasselte; dicke Tropfen prallten auf das glatte Glas und rannen rasch nach unten. Das Geländer vor dem Fenster war von Moos überwuchert.

„Was hat das mit meiner Schwester zu bedeuten?"

„Wer weiß das schon! Ich jedenfalls nicht, ich habe sie seit drei Monaten nicht gesehen."

„Das macht die Dinge für mich noch schwerer. Ich habe keine andere Wahl, als Cayetanos Feind zu sein. Das ist sozusagen Ehrensache."

Carlos drehte sich zu ihm um, blickte ihm in die Augen und legte ihm die Hände auf die Schultern des tadellos sitzenden Anzugs.

„Cayetano ist ein anständiger Kerl, er hat sich sehr verändert, weißt du? Hier in der Stadt rührt sich nicht einmal eine Ratte, wenn er es nicht befiehlt. Inzwischen macht ihm niemand mehr seine Autorität streitig, nicht einmal die Fischer. Die Werft war in Gefahr, aber diese Geschichte erzähle ich dir ein andermal. Jedenfalls brach Panik aus, und plötzlich gab es eine wundersame Solidarität zwischen den Mitgliedern der C.N.T. und der U.G.T., denselben Leuten, die noch vor einem Jahr in Cayetanos und Doña Marianas Namen aufeinander losgegangen sind! Stimmt, Cayetano hat nichts für die Fischer getan, aber er hat ihnen auch nicht geschadet."

„Wie läuft die Sache mit den Booten?"

„Von Tag zu Tag schlechter. Die Fischer fangen zwar eine Menge und verkaufen den Fisch gut, aber der Erlös deckt nicht einmal die Unkosten. Uns ist längst klar, daß sich Doña Mariana ruiniert hätte, nur um ein unrentables Geschäft aufrechtzuerhalten. Cayetano hatte recht. Hättest du bloß auf deine Freunde gehört! Sie sind entmutigt, enttäuscht und ich glaube sogar rachsüchtig. Es geht ihnen so schlecht wie vorher, nur drohen ihnen die Gläubiger jetzt obendrein damit, daß sie ihnen die Boote wegnehmen. Ich gehe manchmal in die Taverne von El Cubano, und solange es mir möglich war, habe ich ihnen geholfen, aber jetzt habe ich selbst kein Geld mehr, und in einem Monat wird die Situation verheerend sein: Zwei Boote sind verpfändet, und es gibt kein Geld, um die Raten zu bezahlen. Und dann sind da noch die Wechsel für die neuen Netze und all die anderen Dinge, die angeschafft werden mußten, und die Reparaturen, die inzwischen angefallen sind – das verkraften wir nicht. Dein schöner Traum ist zum Scheitern verurteilt."

„Unweigerlich?"

„Wenn der Staat helfen würde...! Aber wer in Madrid schert sich schon um ein paar Dutzend Fischer? El Cubano hat einmal die Rede auf dich gebracht: ‚Don Carlos, glauben Sie nicht, daß Juan Aldán...?' Ich habe es ihm ausgeredet: ‚Juan ist Anarchist, und eine sozialistische Regierung ist auf Leute wie Juan bestimmt nicht gut zu sprechen.' – ‚Er bräuchte nur über uns zu schreiben, damit das Volk erfährt, was wir alles getan haben, was wir tun könnten und warum wir fast verhungern! Juan schreibt doch für die Zeitung..."'

Er sah Juan an und ließ die Hand sinken.

„Na ja, und da ich nicht wußte, ob du etwas tun könntest oder nicht, hielt ich es für besser –"

Juan wich seinem Blick aus und schaute in den Regen hinaus. Carlos zog ein Päckchen Zigaretten hervor und gab Juan eine.

„Vielleicht kannst du jetzt, wo du hier bist –"

„Glaubst du wirklich, es ist noch etwas zu retten? Traust du mir das zu?"

„Es gibt zwei Menschen, die diesen Leuten unter Umständen helfen könnten: Der eine ist Cayetano, sofern er sich bereiterklärt, sie in der Werft anzustellen. Sie ist im Aufwind, und sobald er das Schiff, das gerade im Bau ist, vom Stapel gelassen hat, legt er zwei Schiffe mit großer Tonnage auf Kiel. Dazu braucht er Leute. Der zweite ist Don Lino, der Lehrer. Er ist jetzt Abgeordneter. Vielleicht kann er beim Staat irgendeine Art von Unterstützung erwirken. Allerdings hat keiner von den beiden etwas für die Fischer übrig. Ob du bei ihnen nicht ein Wort für sie einlegen könntest?"

Juan wandte sich vom Fenster ab und ging zum Sofa. Er legte die Zigarette auf den Tischrand und machte Anstalten, sich zu setzen, doch dann trat er erneut auf Carlos zu.

„Bei Cayetano kann ich bestimmt nichts ausrichten. Jetzt erst recht nicht. Früher, als wir noch erklärte Feinde waren, wäre es vielleicht möglich gewesen."

„Von Don Lino erhoffe ich mir nicht sonderlich viel, aber wer weiß? Ich an deiner Stelle würde mir seine Eitelkeit zunutze machen."

Juan preßte die Stirn gegen die Fensterscheibe und blickte aufs ferne Meer hinaus. Carlos ging zum Kamin. Die zu einem Stapel aufgeschichteten Holzscheite fielen in sich zusammen, und eines, das noch kaum Feuer gefangen hatte, landete qualmend auf dem Boden vor der Feuerstelle. Carlos faßte es mit der Zange und warf es zurück in den Kamin.

„Hast du kein Gepäck?"

„Ich habe es an der Busstation gelassen. Ein junger Bursche paßt darauf auf", sagte Juan, ohne sich umzudrehen.

„Wir müssen unten in der Stadt eine Matratze und Bettzeug für dich holen. Wenn du willst, kümmere ich mich darum."

Jetzt drehte sich Juan um.

„Mußt du diese Sachen etwa kaufen?"

„Nein, keine Sorge. In Doña Marianas Haus gibt es davon mehr als genug. Willst du eine Daunendecke oder reicht dir eine gewöhnliche Wolldecke? Ich würde dir zur Daunendecke raten, hier bei mir ist es nämlich eiskalt. Und was dein Gepäck angeht – der Bursche kann mir beim Aufladen helfen."

„Es sind mehrere Koffer und Kisten."

„Die haben alle in der Kutsche Platz."

Sie standen sich nun dicht gegenüber und sahen sich an: Carlos mit traurigem Lächeln, Juan ohne zu lächeln.

Der Bursche an der Bushaltestelle sagte, er ginge jetzt zum Essen, aber wenn Carlos wolle, könne er ihm das Gepäck am Nachmittag zum pazo hochbringen.

„Natürlich nur, wenn es aufklart. Bei dem Regen..."

„Dann ist es wohl am besten, wenn ich es erst mal bei Señorita Clara unterstelle und es später selbst in die Kutsche lade."

„Von hier bis zu ihr –"

„Ich sag ihr Bescheid."

Er stellte die Kutsche dicht an eine Hauswand, damit der Gaul vor dem Regen geschützt war. Ein zerlumpter Junge erbot sich, auf ihn aufzupassen. „Ja, paß auf, daß er nicht wegläuft", sagte Carlos und gab dem Kleinen ein paar Münzen. Die Augen des Jungen leuchteten auf.

„Sie werden sehen, wie gut ich aufpasse! Darf ich mich auf den Kutscherbock setzen?"

Carlos gab ihm einen Klaps auf die Wange.

„Na los, hinauf mit dir, aber spiel nicht mit den Zügeln."

Der Bursche von der Busstation hatte schon damit angefangen, das Gepäck in Claras Laden zu schaffen. Als Carlos Claras Laden betrat, stand sie mit in die Seiten gestemmten Armen da und betrachtete die nagelneuen Koffer. Sie hob den Kopf und schlenkerte mit der Hand.

„Was soll das? Gehören die Juan?"

Carlos schüttelte die Regentropfen von der Baskenmütze und legte sie auf einen Stuhl.

„Keine Sorge, er wird bei mir wohnen. Wie geht es dir?"

„Prächtig. Siehst du das nicht? Ich komme dir sicher sehr verändert vor. Du hast dich hier bestimmt drei Monate nicht blicken lassen."

„Wahrscheinlich hast du mich auch gar nicht vermißt."

„Stimmt, deshalb erinnere ich mich auch nicht, ob es drei Monate oder drei Monate und ein Tag sind."

Der Bursche kam mit zwei Kisten herein und stellte sie dicht an die Wand.

„Zwei Gepäckstücke fehlen noch. Ich bringe sie gleich."

Clara rüttelte an einer der Kisten.

„Ich würde zu gern wissen, was mein Bruder da drin hat. Als er weggegangen ist, hat er nur ein Köfferchen mit zwei Hemden und einem Paar gestopften Socken mitgenommen."

„Er kleidet sich jetzt sehr elegant, du wirst sehen."

„Und wie steht es mit dem Geld? Ist er reich geworden?"

Carlos lachte.

„Ja, Millionär ist er geworden. Er hat knapp hundert Duros."

„Großer Gott! Und meine Schwester?"

„Die hat längst geheiratet."

„Gottseidank!"

Sie mußte lachen.

„Ich kann mir gar nicht vorstellen, daß meine Schwester einen Mann küßt!"

„Ich habe dir gesagt, daß sie sich sehr verändert hat."

Der Bursche schleppte die letzten Gepäckstücke herein. Carlos gab ihm ein bißchen Geld.

„Danke, Señor. Falls Sie mich brauchen, wissen Sie ja..."

Er hatte die Baskenmütze abgenommen, nickte Carlos mit seinem großen Kopf zu und verbeugte sich. Beim Hinausgehen zählte er das Geld. Clara blickte wieder zu den in einer Reihe aufgestellten Koffern und Kisten hinüber.

„Na gut, ich schließe jetzt."

„Wirfst du mich raus?"

„Ja, es sei denn, du bleibst zum Mittagessen."

„Ich kann deinen Bruder nicht gleich am ersten Tag allein lassen."

Clara schloß einen Türflügel.

„Warum hat er nicht bei mir vorbeigeschaut? Er kann sich nicht über mich beklagen." Sie warf den anderen Türflügel mit Wucht zu. „Na ja, so sehe ich es jedenfalls."

Der vordere Teil des Ladens lag im Halbdunkel, und nach hinten drang das gräuliche Licht nicht, das durch das Fenster fiel.

„Jemand hat ihm erzählt, du hättest einen Freund, und da hat er sich nicht getraut."

„Ich? Einen Freund?"

„Ja, oder so ähnlich."

Clara packte ihn am Arm. Ihre Augen funkelten im dämmerigen Licht.

„Was willst du damit sagen?"

„Nichts weiter, Clara, dasselbe, was man zu deinem Bruder gesagt hat und was man schon vor längerem auch mir gesagt hat: daß du Cayetanos Freundin bist oder es zumindest so aussieht. Daß er dich jeden Tag besuchen kommt und ihr manchmal zusammen ausgeht."

Clara lockerte ihren Griff. Sie ließ Carlos stehen und trat in den helleren Teil des Raums. Auf dem Ladentisch lagen stapelweise Schachteln.

„Und was sagt ihr dazu? Ich meine, was sagst du dazu? Juan hatte bestimmt noch keine Zeit, darüber nachzudenken."

Carlos ging zum Ladentisch.

„Ich kann mir darüber keine Meinung erlauben, Clara. Wenn du glücklich bist, freue ich mich."

„Er will mich heiraten. Findest du das nicht toll?"

„Allerdings! Vor allem für dich. Vor gut einem Jahr hattest du noch vor, dich für tausend Peseten an ihn zu verkaufen. Wenn das keine Verbesserung ist!"

Auch Clara trat an den Ladentisch, und mit einer Handbewegung brachte sie den Stapel leerer Schachteln zum Einstürzen. Carlos machte einen Schritt rückwärts.

„Bleib hier! Ich will dir in die Augen sehen, damit ich weiß, was in dir vorgeht. Im Dunkeln können einem Menschen wie du nämlich etwas vormachen. Komm näher."

Carlos trat aus dem Schatten heraus. Seine Augen und sein Mund lächelten, und als er die Hände auf den Ladentisch legte, schien sogar in dieser Bewegung Belustigung zu liegen. Clara fragte:

„Warum hast du das gesagt?"

„Ich mußte auf einmal daran denken. Es war vielleicht nicht sehr taktvoll, aber ich konnte nicht anders. Das mußt du einsehen."

„Wenn mir solche Dinge einfallen, versuche ich, sie aus meiner Erinnerung zu verdrängen."

„Bei mir verwandeln sich Erinnerungen in Worte."

„Verkneife sie dir lieber!"

„Mir fällt es schwer, dich anzulügen, Clara. Du forderst mich geradezu auf, die Wahrheit zu sagen. Wieso hätte ich es dir verschweigen sollen? Erinnerungen haben nichts Beleidigendes. Die Dinge waren nun einmal so, jetzt sind sie anders und bei weitem nicht so bedrückend. Glückliche Momente weiß man allerdings mehr zu schätzen, wenn man sich an die schlechten Zeiten erinnert. Der Kontrast verleiht ihnen Glanz."

Clara schlug mit der Faust auf den Tisch.

„Sei still! Ich bin nicht glücklich."

„Ach so. Dann sage ich lieber nichts mehr. Aber du bist selbst daran schuld, daß ich es geglaubt habe. Es sah alles danach aus: Aschenputtel hat endlich ihren Märchenprinz gefunden!"

„Werde nicht kitschig, Carlos! Und versuche nicht wieder,

mich mit Worten einzuwickeln! Sei doch mal ehrlich: Es paßt dir nicht, daß Cayetano es auf mich abgesehen hat, und Juan paßt es auch nicht. Ihr beide laßt eure eigenen Gefühle nicht ein einziges Mal aus dem Spiel und denkt darüber nach, was in mir vorgeht. Ihr glaubt nur, ich wäre zum Feind übergelaufen, ich hätte euch verraten, als wäre ich euch gegenüber jemals zu Treue verpflichtet gewesen oder als hättet ihr sie euch verdient!"

Sie zeigte mit dem Finger auf Carlos.

„Schau dich doch an: Was hast du getan, um es zu verhindern? Niemand hat wohl jemals eine Frau so in der Hand gehabt wie du mich, und kaum eine Frau hat sich einem Mann gegenüber so bloßgestellt, wie ich es bei dir getan habe. Erst hast du mir mein Geheimnis entlockt, das ich solange für mich behalten hatte, und am Ende hast du mich eine ganze Nacht lang auf dich warten lassen, während du seelenruhig mit einem Flittchen ins Bett gegangen bist."

Sie machte ein paar Schritte rückwärts, und graues Licht umschloß sie. Carlos sah, daß ihre Augen feucht waren und ihre Hände zitterten.

„Du hast mich allein gelassen. Du hättest immerhin mein Freund werden können." Sie hob den Kopf und warf das Haar nach hinten, das ihr ins Gesicht gefallen war. „Ich brauche nämlich auch jemanden, der mir zuhört! Ich habe es satt, mit meiner halbtoten Mutter zu reden, sie zu beschimpfen, wenn ich jemanden beschimpfen will, und ihr etwas vorzuheulen, wenn mir nach Heulen zumute ist! Wie oft hast du mich im vergangenen Jahr besucht? Das läßt sich an den Fingern einer Hand abzählen!"

„Ich bin einmal früh abends hierher gekommen", sagte Carlos aus dem Dunkel heraus, „wahrscheinlich, weil ich traurig war und mit dir reden wollte, aber dann habe ich gesehen, wie Cayetano ganz vertraulich mit dir geplaudert hat und wie du ihm interessiert zugehört hast, und da hatte ich Angst, euch zu stören. Danach bin ich natürlich nicht wiedergekommen. Seitdem fühle auch ich mich allein."

Clara kehrte ihm den Rücken zu.

„Weil du ein Feigling bist." Leicht geduckt fuhr sie herum und streckte die Arme aus. „Warum bist du nicht hereingekommen, sag? Warum hast du mich nicht zur Rede gestellt? Warum hast du nicht versucht, Cayetano auszustechen? Es wäre dir nicht schwergefallen, du hättest nicht kämpfen, sondern nur dein Redetalent einsetzen müssen, vor allem, wo du wußtest, daß ich mich sofort auf deine Seite schlagen würde!"

Sie stand nun mitten im Raum: hochaufgerichtet und die Hände vorwurfsvoll erhoben.

„Ich werde es dir sagen: weil du Angst hattest, dich festzulegen. Es ist nämlich viel einfacher, sich selbst zu bemitleiden und mir Vorwürfe zu machen, vor allem, wenn man sie wie du elegant in Worte kleidet, als mit einer Frau, die man sich gerade erkämpft hat, allein zu bleiben und sich ihr gegenüber wie ein Mann zu verhalten."

Sie ließ den Kopf sinken und verschränkte die Arme vor der Brust. Das Haar fiel ihr ins Gesicht und verdeckte ihre Augen.

„Trotzdem ist es besser so, wie es ist. Zumindest hast du dich einigermaßen aus der Affäre gezogen. Aber sei ehrlich, gib zu, daß du an allem mit schuld bist und mach mir keine Vorwürfe. Hör zu."

Clara hielt kurz inne. Im Dunkel flammte ein Zündholz auf, und einen Moment lang sah sie Carlos' Gesicht. Er blickte sie nicht an.

„Ich werde dir jetzt erzählen, was wirklich zwischen mir und Cayetano ist. Er kreuzte eines Tages hier auf und wollte mit mir ins Bett gehen. Das sagte er mir zwar nicht ins Gesicht, aber er ließ es durchblicken. Er hielt mich für ein Flittchen und mußte erstmal feststellen, daß ich nicht leicht zu haben bin. Tags darauf kam er wieder, und am nächsten Tag auch. Er wandte eine andere Taktik an, erreichte aber trotzdem nichts. Anfangs konnte er sich nicht erklären, warum. Das las ich ihm von den Augen ab, die mich ansahen, als wäre ich ein Wesen von einem anderen Stern. Eines Tages fragte er mich aus heiterem Himmel: ‚Clara, bist du etwa ein anständiges Mädchen?' Und ich antwortete: ‚Ja.' Das war für ihn wohl die größte Überraschung seines Lebens, und er bat mich um Verzeihung, weil er sich in mir getäuscht hatte. Allmählich bekam er Respekt vor mir, und mir machte es Spaß zuzusehen, wie ich durch mein Verhalten diesen Respekt in ihm hervorrief. Ich fing irgendwann an, mir zu wünschen, daß er kam, weil ich ihn auf die Probe stellen wollte und vielleicht auch mich, denn ich war verzweifelt und er eine Versuchung für mich. Es reichte mir nicht mehr, daß er mich respektierte. Ich wollte, daß er mich aufrichtig liebte, und ich ließ nicht locker, bis ich ihn soweit hatte. Und ich habe noch viel mehr erreicht, Dinge, die ihr mit eurer Arroganz und eurem Hochmut nicht erreicht habt! Ich behaupte nicht, daß ich aus ihm einen Heiligen gemacht habe, aber zumindest hat er seinen Haß abgelegt. Nachdem er die Wahl gewonnen hatte, bekam er Rachegefühle gegen irgendwelche Leute, die seiner Firma geschadet hatten, und ich redete ihm aus, etwas gegen sie zu unternehmen und brachte ihn sogar soweit, daß er ihnen verzieh. Kannst du dir das vorstellen? Cayetano ist nicht schlechter als die anderen, er ist ein Mensch wie alle, gut und schlecht, beides. Seine Mutter, die Leute in der Stadt und vielleicht auch wir beide haben ihn in die Rolle des Bösewichts gedrängt."

Sie kam noch ein bißchen näher. Die Glut der Zigarette erhellte Carlos' Gesicht: ein aufmerksames Gesicht mit Augen wie leuchtende Punkte.

„Don Lino macht ihm seit ein paar Tagen Ärger. Seit er zum Abgeordneten gewählt wurde, steht er mit Cayetano auf Kriegsfuß. Don Lino kann nicht vergessen, daß Cayetano ihm vor langer Zeit Hörner aufgesetzt hat, und er will sich auf seine Art rächen. Es ist ihm in den Kopf gestiegen, daß er jetzt Abgeordneter ist. Er würde hier gern das Kommando übernehmen. Ich habe zu Cayetano gesagt: ‚Was kann er dir schon anhaben?' Natürlich ist es ihm nicht egal, aber irgendwann werde ich ihn überzeugen, daß Don Lino kein ernsthafter Rivale ist und daß er ihn jederzeit zum Teufel schicken kann. Das schaffe ich bestimmt."

In diesem Moment trat Carlos aus dem Dunkel heraus. Er machte eine energische Handbewegung.

„Du irrst dich. Cayetano ist noch der Alte, und er wird es immer bleiben. Niemand ändert sich so sehr, und wenn, dann nur äußerlich. Alles, was sich bei ihm geändert hat, ist auf die Faszination zurückzuführen, die du auf ihn ausübst. Natürlich erkenne ich das als dein Werk an und gratuliere dir dazu. Es wundert mich nicht: Du hast einen verführerischen Körper, einen Körper, den er begehrt und an den er nicht herankommt, einen Körper, den er umso stärker begehrt, je mehr er sich ihm entzieht. Außerdem bist du eine starke Persönlichkeit, und das ist Cayetano nicht gewöhnt. Du bist ihm überlegen, du könntest ihn dir gefügig machen, wenn du wolltest. Und er hat dir Gelegenheit gegeben, ihm zu zeigen, daß du stark und anständig bist. Zum ersten Mal in seinem Leben hat er mit einer Frau wie dir zu tun: Du bist für ihn das Neue, das Unbekannte, das ihn, die Kämpfernatur, reizt, das er bezwingen muß, selbst wenn er dich dazu heiraten müßte. Aber was wirkt stärker auf ihn – die Anziehungskraft deines Körpers oder deiner Persönlichkeit? Wie ich Cayetano kenne, ist er nur so brav, weil er immer noch darauf hofft, deinen Körper zu erobern. Aber was passiert, wenn dein Körper ihn nicht mehr reizt, wenn er nach einem Jahr Ehe all seine Verlockungen kennt und ihn satt hat? Dann wirst du sehen, daß der Cayetano, den wir alle kennen, nicht tot ist, sondern daß er nur geschlummert hat. Du wirst sehen, wie er erwacht, zügelloser als je zuvor, und womöglich bist du sein erstes Opfer."

Clara schüttelte den Kopf. Sie hob die Hand, und Carlos verstummte.

„Es ist nicht immer alles so, wie du glaubst, Carlos. Zuerst einmal: Wer sagt denn, daß ich Cayetano heirate?"

„Wenn eine Frau so ein Spielchen treibt wie du, endet die Geschichte mit einer Heirat."

„Das hofft er, und deshalb habe ich ein schlechtes Gewissen."

Plötzlich klammerte sie sich an den Rand des Ladentisches.

„Vielleicht hätte ich ihn geheiratet, wenn du heute nicht hierher gekommen wärst, aber du bist gekommen, und ich habe angefangen zu zittern, als ich dich sah. Solange es so ist, kann ich überhaupt niemanden heiraten. Wenn ich dir eines Tages ruhig und gelassen gegenübertreten kann, dann kannst du dich darauf verlassen, daß ich bald heirate."

Carlos durchschnitt mit einer jähen Handbewegung die Luft.

„Für mich ist das eine Aufforderung, wegzugehen."

„Darum habe ich dich vor langer Zeit schon einmal gebeten."

„Das Schicksal hält mich hier fest, und dabei würde ich nichts lieber tun! Ich kann natürlich beschließen, dich nie wieder zu besuchen. Das wäre dann so, als wäre ich nicht mehr da."

Clara mußte lachen.

„Und vor allem wäre es bequemer. Du glaubst, du tust mir einen Gefallen, und dir selbst ersparst du Scherereien. Die ideale Lösung, Carlos! Dein ganzes Leben lang hast du so gehandelt."

Sie sah ihn traurig an und hob die Schultern.

„Es ist spät, ich muß jetzt Essen machen. Nimm das Gepäck von meinem Bruder mit und grüße ihn von mir."

Sie schlüpfte unter dem Ladentisch hindurch und öffnete einen Türflügel.

„Es ist ganz schön viel", sagte Carlos. „Ich muß noch ein paar andere Dinge aufladen, und alles hat nicht auf einmal Platz. Ich nehme jetzt erst mal die Koffer mit, und später hole ich –"

Clara fiel ihm ins Wort:

„Von wegen später! Ich lasse die Kisten zu euch bringen und bezahle es sogar, damit mein Bruder seine vielen Millionen nicht ausgeben muß. Wo steht die Kutsche?"

„Um die Ecke."

„Ich helfe dir."

Sie nahm den größten Koffer und trat auf die Straße hinaus. Carlos folgte ihr mit den beiden anderen. Claras Körper glich einem erhabenen, wohlgeformten Fels mitten im Nebel.

Der Uhrmacher hatte ein Gericht aus Sardinen und viel Paprika zubereitet, und als Vorspeise gab es Reis mit Kichererbsen. Der Tisch in der Küchenecke neben dem brennenden Herd war gedeckt. Carlos hatte in den Schränken gekramt, um Geschirr vom selben Service zu finden, und so standen nun wenigstens an allen Plätzen dieselben Teller. Mit dem Besteck hatte er nicht soviel Glück gehabt: Es paßte nicht zusammen, und bei den Gläsern war es genauso. Den Rotwein hatten sie in einen alten Krug umgefüllt und ans Feuer gestellt.

Paquito, der sich über dem Jackett eine Schürze umgebunden hatte, servierte. Juan zu Ehren hatte er den Strohhut abgenommen. Er aß wenig. Carlos achtete darauf, wieviel er trank.

Als er den Reis servierte, kam er auf Cayetano zu sprechen:

„Also ich würde meinen, daß der, der das Sagen hat, die Schuld an allem auf sich nehmen muß. So sieht die Sache aus. Dafür hat er ja das Sagen. Wenn jemand stirbt, heißt es, Gott hat es so gewollt, weil wir glauben, Gott hätte in solchen Sachen ein Wörtchen mitzureden. Ich finde, wer das Sagen hat, spielt den lieben Gott, und deshalb können wir, wenn jemand stirbt, nicht behaupten, Gott hätte es so gewollt, sondern der, der das Sagen hat, und wenn ihm das nicht paßt, soll er nicht den lieben Gott spielen."

Er fuchtelte heftig mit der Gabel und stach mit ihr in die Luft.

„Darum möchte ich nicht in Cayetanos Haut stecken. Er hatte hier schon immer viel zu sagen, aber jetzt führt er sich auf wie Gott, und er allein hat das Sagen. Was ist, wenn Tante Rosa eine Fehlgeburt hat? Dann hat Cayetano es eben so gewollt. Ich habe zu Tante Rosa gesagt, als sie schwanger war: ‚Zünden Sie nicht für den heiligen Zyprian Kerzen an, sondern für Cayetano.' Sie hat mich einen Ketzer geschimpft, aber habe ich nicht recht? Es regnet viel? Daran ist Cayetano schuld. Das Leben wird immer teurer? Beschwert euch bei Cayetano. Die Regierung der Republik ist eine Katastrophe? Dafür ist Cayetano verantwortlich! Ich habe selbst miterlebt, wie Cayetano uns die

Republik aufgedrängt hat, und ich habe auch gesehen, wie Don Lino zum Abgeordneten gemacht wurde – so sieht die Sache aus."

Sein Blick verfinsterte sich, und statt der Gabel schwenkte er jetzt das Messer.

„Ich habe in der Heiligen Schrift gelesen: ‚Es regt sich kein Blatt ohne den Willen des Herrn.' Man muß der Welt ihren Lauf lassen, weil es Gott ist, der sie in Bewegung hält. Wenn etwas schiefläuft, dürfen wir uns nicht beklagen. Gott will es nämlich so: Regen, Hitzewellen, Fehlgeburten, plötzliche Todesfälle. Vielleicht macht Gott auch die Pickel, die man kriegt, obwohl ich da meine Zweifel habe. Schließlich kann Gott sich nicht um jeden Kleinkram kümmern. Die Sache mit den Pickeln hat meiner Meinung nach eher mit dem Körper zu tun, das heißt mit dem Teufel. Gott hat nämlich irgendwann mal zum Teufel gesagt: ‚Wir teilen uns die Welt untereinander auf. Für häßliche Weiber, Giftnudeln und Hurensöhne bist du zuständig. Über die Körper der Menschen gebe ich dir auch eine gewisse Macht, was die nicht tödlichen Krankheiten angeht, aber die Leute töten tue noch immer ich!' Weil Gott aber gerecht ist und Mitleid mit den Menschen hat, rief er auch die Heiligen an und sagte zu ihnen: ‚Dir, Blasius, überlasse ich die Kehlen, und ich gestatte dir, den Teufel zu bekämpfen, wenn er sich in ihnen einnisten will. Du, Amedius, bist für Bauchschmerzen zuständig, und dir erteile ich dieselbe Befugnis', und so weiter. Deshalb soll man sich bei Krankheiten den Heiligen empfehlen. Sie haben zwar weniger Macht als der Teufel, weil es nur einen Teufel aber viele Heilige gibt, doch dafür muß der Teufel mit seinen Kräften haushalten und verliert am Ende gegen die Heiligen."

Carlos meinte, er solle nicht soviel reden und lieber seinen Reis essen.

„Keine Sorge, Don Carlos, ich verhungere schon nicht. Lassen Sie mich nur, ich habe nicht oft so friedfertige Zuhörer. Vor allem weiß ich, daß Sie mich hinterher nicht windelweich prügeln. Ich bin Monarchist, weil früher nicht geprügelt wurde. Im Gegenteil, erinnern Sie sich nur, wie es im Parlament zuging, wenn der König anwesend war: Da kam irgend jemand daher, erzählte einen Blödsinn, und statt ihn zu verprügeln, applaudierte man ihm. Heutzutage lassen sie einen nicht einmal mehr im Parlament reden. Wenn ich da mal hin könnte! denke ich manchmal, aber dann sage ich mir: wozu? Don Lino ist seit zwei Monaten Abgeordneter und hat noch keinen Piepser gesagt, und dabei ist er einer von der Volksfront. Er macht den Mund natürlich nicht auf, weil Cayetano es nicht erlaubt, und deshalb ist er sauer auf ihn."

Er stand auf und warf sich die Schürze über die Schulter. Dann zögerte er kurz, als fehlte ihm etwas. Carlos fragte ihn, ob er ein Glas Wasser wolle. Wortlos griff der Uhrmacher nach seinem Strohhut, setzte ihn auf und lächelte.

„Man sollte Don Lino helfen, verstehen Sie? Es ist wichtig, daß die Macht verteilt wird, damit alles wieder so wird, wie es war. Wenn zwei sich die Macht teilen, hat das viele Vorteile. Dann weiß man nicht, wem von beiden man die Schuld geben soll, und wenn die Stunde der Gerechtigkeit kommt, wissen die Leute nicht, wie sie sich verhalten sollen. Aber was passiert, wenn Cayetano keine Konkurrenz kriegt? Dann wächst seine Macht immer mehr, er wird das ganze Land, ganz Europa und schließlich die ganze Welt beherrschen. Er wird auch nach dem Himmel und der Hölle die Hand ausstrecken, und dann werden Himmel und Hölle sich verbünden, um ihn gemeinsam zu vernichten. Ich habe nämlich gehört, daß Himmel und Hölle manchmal Frieden schließen, und wenn Gott die Tyrannen dieser Welt bestrafen will, schickt er ihnen nicht den Erzengel Michael, damit er sie mit dem Blitz erschlägt, sondern Satan. Aber das sind Ausnahmen. Einer, der Cesare Borgia hieß und von dem Sie bestimmt gehört haben, kam so um. Die Sache ist also die, daß er vom Teufel getötet wurde, und ein anderer namens Arrio wurde vom Dämon, der in den Latrinen haust, getötet. Und die große Hure, Anna Boleyn, die Königin von England, nach der wir ein leichtes Mädchen eine anabolena nennen, die hat ein Henker getötet, der keiner war, sondern der Leibhaftige in Verkleidung. Die Sache war noch viel eindeutiger beim Tod von einem anderen Tyrannen, der auch König von England war. Niemand traute sich, ihn zu töten, nicht einmal die amtlichen Henker, und da trat aus der Menge ein ganz in Schwarz gekleideter Teufel hervor und machte ihn einen Kopf kürzer. Es gibt noch viel mehr solche Fälle."

Er senkte die Stimme und gab ihr einen vertraulichen, geheimnistuerischen Klang.

„Wir müssen Don Lino helfen. Wir müssen zwei Lager schaffen. Wenn zwei sich die Macht teilen, gibt es immer Leute, die nicht gehorchen. Und wer nicht gehorcht, darf niemandem die Schuld geben. Aber wenn Cayetano meinen Willen steuert, dann brauche ich nur Zahnschmerzen zu kriegen, schon fluche ich auf ihn. Und wenn einer Mutter das Kind bei der Geburt stirbt, nimmt sie ein Messer und sticht es dem Schuldigen ins Herz. Wenn nämlich das Herz tot ist, ist der Mensch tot, das ist bekannt. Das weiß man aus Erfahrung. Ich habe es mit eigenen Augen gesehen."

Carlos und Juan hatten den Reis aufgegessen. Sie saßen vor leeren Tellern und hörten dem Uhrmacher zu. Auf dem Herd standen die Sardinen. Ihr angenehmer Duft erfüllte die riesige Küche. Paquito hatte den Reis nicht angerührt. Er hob den Teller hoch und schnupperte daran.

„Die Sache ist nämlich die, daß ich Reis nicht besonders mag. Höchstens mit Meeresfrüchten drin. Jetzt halte ich den Mund und esse Sardinen. Es ist gut zu schweigen, wenn man viel geredet hat. Ich habe gelesen, daß die Propheten, nachdem sie ihre Weissagung gemacht hatten, in die Wüste gingen, weil sie so ihr Leben vor dem Zorn des Menschen in Sicherheit bringen konnten, der damals die Macht hatte, und das war eine Königin namens Jezabel, eine Hure, in der die Kirchenväter eine Vorläuferin der Babylonischen Hure gesehen haben, die Königin der Apokalypse, deren Menstruation so faulig sein wird, daß sie die Beulenpest und andere Seuchen hervorruft. Auch das steht geschrieben, aber wer weiß, vielleicht können es die hygienischen Errungenschaften verhindern."

Er räumte die Teller ab, stellte die irdene Pfanne mit den

Sardinen mitten auf den Tisch und wartete ab, bis die beiden sich bedienten hatten. Als er an der Reihe war, sagte er nichts mehr, sondern hüllte sich in dumpfes, sorgenvolles Schweigen.

Carlos machte Kaffee; er holte Tassen und schenkte den anderen ein. Erst da fing Paquito der Uhrmacher wieder an zu sprechen.

„Den Königen des Altertums, die ihre Seele retten wollten, riet ein Apostel, mindestens einmal im Jahr und im Gedenken an den Gekreuzigten einen Akt der Demut zu begehen, und so kam es, daß sie den Armen am Karfreitag die Füße wuschen. Ihre Seele, Don Carlos, wird auch gerettet werden, weil Sie für mich, den armen Uhrmacher, jeden Abend das Essen machen und mir jetzt Kaffee eingeschenkt haben. Ihre heilige Mutter wird im Himmel für Sie beten, und nichts rührt das Herz des Herrn so sehr wie das Gebet einer Mutter. So erlangte die heilige Monika, die Mutter des heiligen Augustinus, als sie Witwe war, die Bekehrung ihres Sohnes, der einer von diesen Schlaubergern war, die eine Kerze für Gott und eine zweite für den Teufel anzündeten und der eine Liebschaft mit einer Kurtisane hatte. Das hat mir ein weiser Abt erzählt. Cayetano werden die Gebete seiner Mutter allerdings nichts nützen, weil sie hochmütig ist und in eine andere Kirche geht, um nicht der edelsten Frau von ganz Pueblanueva zu begegnen, der großen Verleumdeten."

Er drehte sich zu Juan um, sah ihn mit funkelnden Augen an und zeigte mit dem Finger auf ihn.

„Mateo Moral war auch Anarchist, stimmt's? Aber er irrte sich. Er wollte für Gerechtigkeit sorgen, und ihm fiel nichts Besseres ein, als den König umzubringen. ‚Der König ist tot. Es lebe der König!', heißt das Sprichwort. Wenn Sie den Mut haben, für Gerechtigkeit zu sorgen, dann wissen Sie ja, wen Sie umbringen müssen." Er erhob sich, blickte zum Himmel auf und deklamierte: „Ein Mann mit Namen Johannes ward von Gott gesandt..."

Wie in Ekstase stand er da und schielte wie nie zuvor. Carlos packte ihn am Arm und zog ihn zurück auf den Stuhl.

„Man wird dich wegen Anstiftung zum politischen Mord ins Gefängnis stecken, Paquito, und ich werde gegen dich aussagen müssen."

Der Uhrmacher wandte das Gesicht ab.

„Sie werden nichts sagen, weil Sie schon genug gesagt haben. Jetzt hat der Ewige Richter das Wort." Er kreuzte die Finger und küßte sie. „Egal, ich spüle jetzt ab."

Am Spätnachmittag ließ der Regen nach. Der Wind toste, und die Böen wehten vereinzelte dicke Tropfen vor sich her. Wolken zogen rasch über den Himmel, und manchmal lugte durch eine Lücke der Mond. Es sprach sich herum, daß die Boote am frühen Morgen hinausfahren würden, falls der Wind abflaute. Im Fischereihafen fuhren Schleppkähne und Schuten hin und her: Netze und Tonnen mit Ködern wurden an Bord gebracht und Treibstoff getankt. El Cubanos Taverne war leer. Carmiña fragte ihren Vater, ob sie schließen sollte.

„Ich erwarte Besuch", sagte El Cubano.

„Doch nicht etwa von Juan Aldán?"

„Woher weißt du das?"

„Alle wissen es. Man hat gesehen, wie er hier angekommen und mit einem Wagen zu Don Carlos' pazo gefahren ist, aber er ist noch nicht in die Stadt heruntergekommen. Vielleicht hat er eine Menge Geld mitgebracht und will mit uns nichts mehr zu tun haben. Oder er ist einfach nur müde."

„Auf Juan ist Verlaß."

„Der Meinung waren Sie früher nicht, Vater."

„Aber jetzt bin ich es."

Carmiña kam hinter der Theke hervor und ging zum Tisch, an dem ihr Vater saß.

„Soll ich ihm ein paar Sardinen braten? Die ißt er am allerliebsten."

„Wie du willst."

„Wenn er nicht kommt, können Sie sie ja essen."

Carmiña ging in die Küche. El Cubano faltete die Zeitung auseinander und fing an zu lesen. Draußen waren Stimmen zu hören, die Stimmen von schwer arbeitenden Fischern. Manche klangen wie von weit her. Eine Frau kam herein, um Schnaps zu kaufen, und gleich darauf eine zweite, die Brot wollte. Beide ließen anschreiben.

Jedesmal wenn die Tür aufging, hob El Cubano den Kopf und wandte sich gleich wieder der Zeitung zu. Auf der zweiten Seite waren die Parlamentsdebatten abgedruckt; auf der dritten Meldungen über soziale Unruhen in Barcelona, Madrid, Sevilla, Valencia, Zaragoza. El Cubano las mit leiser Stimme und gab ab und zu einen Kommentar ab: „Und hier tut sich nichts!" oder „Und wir legen die Hände in den Schoß!" Beim Lesen gewann er allmählich den Eindruck, daß sich eine gewaltige Bewegung zur Befreiung der Arbeiterschaft anbahnte und die Arbeiter von Pueblanueva an der gemeinschaftlichen Anstrengung nicht teilnahmen.

Carlos und Juan kamen gegen acht. El Cubano stand auf und ging ihnen mit geöffneten Armen entgegen. „Mein Gott, endlich!" sagte er zu Juan, während er ihn umarmte; und Juan erwiderte: „Ja, endlich!" El Cubano forderte sie auf, sich zu setzen. Carmiña brachte die heißen Sardinen, und als sie Juan sah, errötete sie. Bevor sie ihm die Hand gab, wischte sie sie an der Schürze ab. El Cubano entkorkte eine Flasche Weißwein.

„Wenn das nicht der richtige Anlaß ist! Ich finde: Ein Freund ist ein Freund, und den wiegt so schnell nichts auf."

Juan hatte keine Krawatte umgebunden und trug einen abgewetzten Anzug. El Cubano meinte, er habe zugenommen und es stehe ihm sehr gut.

„Mich wundert nur, daß du ausgerechnet jetzt hierher kommst, wo es in Madrid soviel zu tun gibt, ich meine, wenn man glaubt, was in der Zeitung steht. Die Revolution ist anscheinend in vollem Gang."

Er nahm die Zeitung in die Hand und wies auf die Schlagzeilen.

„So etwas hat es in Spanien noch nie gegeben. Daran sieht man, daß sich das Proletariat seiner Stärke bewußt geworden ist, oder nicht?"

Er sah Juan erwartungsvoll an. Carlos, der ein wenig abseits saß, aß schweigend.

„Außer dem Proletariat gibt es aber noch andere Kräfte, vergiß das nicht", sagte Juan.

„Du willst doch nicht etwa behaupten, daß sie gegen die geeinte Arbeiterschaft etwas ausrichten könnten!"

„Diese Einigkeit existiert nicht. Es gibt verschiedene Gruppierungen, die alle eine andere Ausrichtung haben, und obwohl sie am selben Strang ziehen, unterscheiden sie sich stark voneinander. Bevor wir uns einigen, einigt sich eher die Bourgeoisie."

„Aus dem Parlament haben wir sie allerdings verdrängt."

„Und was ist, wenn sie uns irgendwann rausdrängt?"

El Cubano faltete die Zeitung sorgfältig zusammen.

„Ich lese sie später zu Ende. Sehr optimistisch kommst du mir nicht gerade vor."

„Ich bin ziemlich enttäuscht."

„Wirst du hierbleiben?"

„Ich weiß nicht..."

Carlos trank einen Schluck Wein und schob die Lampe ein wenig zur Seite.

„Ich finde, er sollte bleiben und zusehen, daß er die Sache mit den Booten in Ordnung bringt."

„Glauben Sie denn, da ist noch etwas zu retten, Don Carlos?"

El Cubanos Stimme hatte ihren begeisterten Klang verloren, und jetzt hörte sie sich plötzlich traurig an.

„Ja, das glaube ich. Wir haben doch noch Don Lino. Warum spannen Sie ihn nicht ein, damit er eine Unterstützung durch die Regierung erwirkt? Sie selbst haben zu mir gesagt, daß Ihnen nur noch eine staatliche Unterstützung weiterhelfen kann."

„Aber Don Lino... Ich weiß nicht, ob man ihm trauen kann."

„Juan sollte mit ihm reden und ihn für die Sache gewinnen. Don Lino ist genau der richtige. Er ist Parlamentsabgeordneter und möchte sich gern hervortun."

„Wenn ihr einverstanden seid...", schaltete sich Juan ein.

El Cubano nickte.

„Wir klammern uns an jeden Strohhalm. Wenn wir bis zum 20. April keine Lösung gefunden haben, pfänden sie uns." Er spielte mit dem Messer. „Morgen stechen unsere Männer ganz früh in See. Selbst wenn sie einen guten Fang machen und er sich gut verkauft, können wir nicht einfach aufhören, Löhne zu zahlen, um die Schulden abzustottern. Außerdem würde das Geld nicht einmal dafür reichen."

„Die Regierung der Volksfront darf nicht zulassen, daß ein Unternehmen des Proletariats gepfändet wird."

„Das meine ich auch! Aber was wird die Regierung tun? Weiß sie überhaupt, daß es uns gibt?"

Er stemmte sein Holzbein auf den Boden aus gestampfter Erde und stand auf. Seine dicken Hände verkrampften sich, als er mit banger Stimme sagte:

„Wir haben eben Pech gehabt. Niemand kann behaupten, daß wir auch nur eine Pesete vergeudet hätten. Warum es mit uns bergabgeht? Weil nichts von dem geklappt hat, was du dir ausgedacht hast. Das Material ist veraltet, und die vier Schiffsführer betreiben den Fischfang, wie Sie beide wissen, aufs Geratewohl. Wir wollten uns einen holen, der moderne Fangmethoden anwendet, aber der hat von uns einen horrenden Lohn, Garantien und außerdem mehr Boote verlangt. Mit ein bißchen Hilfe kämen wir ganz gut über die Runden. Mehr wollen wir gar nicht."

Er zeigte auf die Theke und die Regale.

„Die Leute haben soviel anschreiben lassen wie noch nie, und ich habe wenig Hoffnung, das Geld jemals zu sehen. Ich mußte Land von meiner Frau verkaufen, um die Lieferanten zu bezahlen. Das macht mir nichts, weil ich mir sage, daß ich es für einen guten Zweck tue, aber wenn es mit uns doch wenigstens bergaufginge!"

Er ließ sich auf einen Schemel sinken. Juan hatte ihm zugehört, ohne ihn anzusehen. Carlos hatte sich wieder dem Teller mit den Sardinen zugewandt. In die Geräusche draußen vor der Taverne mischte sich das Tuten von Signalhörnern.

„Wenn wir bis jetzt durchgehalten haben, dann nur, weil Don Carlos uns Geld vorgeschossen hat, über fünfzigtausend Peseten, die wir ihm nicht zurückzahlen können. Was soll man da noch sagen! Fünfzigtausend Peseten und all die anderen Schulden, zwei verpfändete Boote, und die Leute haben noch nicht einmal genug verdient, um sich ein paar Wintersachen zu kaufen!"

Abrupt stand El Cubano auf und ging in den hinteren Teil des Raums.

„Es wäre besser gewesen, den Kopf einzuziehen und auf der Werft um Arbeit zu bitten, spätestens nach Doña Marianas Tod. Auf der Werft kriegt schon ein Hilfsarbeiter neun Peseten, ärztliche Behandlung und Medikamente gratis und zwei Wochen Urlaub im Sommer. Mit Fischfang ist kein Geld zu machen, soviel steht fest."

Juan schob den leeren Teller beiseite und wischte sich mit der Serviette den Mund ab.

„Dann haben wir uns also geirrt."

El Cubano kam zurück zum Tisch und schenkte sich Wein nach. Er leerte das Glas mit einem Zug.

„Nein, geirrt haben wir uns nicht. Bevor ich das zugebe, sterbe ich lieber. Wir haben einfach Pech gehabt."

Carlos bot ihm eine Zigarette an. El Cubano nahm sie und steckte sie zwischen die Lippen. Juan hielt ihm ein brennendes Feuerzeug hin. Jetzt war das Geräusch eines kleinen Schiffsmotors zu hören, und am Ufer brüllte jemand Befehle. El Cubano zündete die Zigarette an.

„Wenn uns die Regierung bloß helfen würde!"

„Und jetzt erzähle mir etwas über deinen Bruder."

Sie saßen im Café von El Pirigallo. Nachmittags sang die Coupletsängerin für Familien und übte deshalb in Auftreten und Kleidung eine gewisse Zurückhaltung, und wenngleich sich die jungen Mädchen noch immer nicht ins Café wagten, kamen jedesmal ein paar verblühte Damen, die ihre Stricksachen mitnahmen und sich für zwei Peseten die neuesten Schlager anhörten. In den Pausen ergingen sie sich in allerlei Mutmaßungen über die Schamlosigkeiten, die die Sängerin wohl abends in Gesang und Gebaren zum besten gab.

„Ich habe gehört, daß sie gestern einmal splitternackt aufgetreten ist."

„Was für ein Skandal! Und dann heißt es wieder, die Republik –"

„Soll sie abends doch auf die Bühne kommen, wie sie will – ich müßt mir zustimmen, daß sie nachmittags kaum sittsamer auftreten kann."

Die dicken, flinken Hände strickten Wollstrümpfe für die Kinder, Pullover für die Männer, Jacken für die Töchter. Cubeiros Frau gab das Strickmuster vor: „Zwei rechts, zwei links, und bei der nächsten Reihe andersherum." Eine ihrer Schülerinnen kam nicht recht mit. Da nahm Cubeiros Frau ihr die Nadeln aus der Hand und führte es ihr vor. Eines Nachmittags hatte sich die Sängerin nach der Vorführung mit Stricknadeln und einem rosa Wollknäuel dem Frauenzirkel genähert und darum gebeten, daß man ihr zeigte, wie man ein Perlmuster strickt. „Ich will nämlich ein Jäckchen für mein Kind stricken." – „Ach, Sie haben ein Kind?" – „Ja, es ist bei meiner Mutter in Madrid, und ich wollte ihm ein Geschenk mitbringen." Die lobenswerten mütterlichen Gefühle der Coupletsängerin stießen auf wohlwollende Kommentare. Von jenem Nachmittag an zeigte sie Cubeiros Frau jeden Tag nach der Vorstellung ihre Arbeit.

„Sie scheint ein anständiges Mädchen zu sein."

„Wer weiß, vielleicht haben die Männer alles, was sie über ihre Abendvorstellung erzählen, nur erfunden!"

Cayetano und Clara saßen ein Stück von der Bühne entfernt an einem Tisch. Als Cayetano Juan erwähnte, zuckte Clara zusammen.

„Woher weißt du, daß er hier ist?"

„Das wissen alle, aber im Gegensatz zu mir wissen sie vielleicht nichts Genaueres. Er ist mit dem Frühbus angekommen, hat einen Teil seines Gepäcks bei dir untergestellt, und du hast es nachmittags zu ihm bringen lassen. Den Rest hat Carlos mit der Kutsche geholt. Juan wohnt bei Carlos, und er kleidet sich sehr gut."

Es erklangen ein paar Takte Klaviermusik. Das Licht im Café erlosch. In der Stille war ein metallenes Rasseln zu hören, als der Vorhang aufgezogen wurde. Catalina de Easo, dunkel, schlank und zierlich, trug ein Flamencokostüm und große, grüne Ohrringe. Mit feuriger Stimme und aufgesetztem andalusischem Akzent beteuerte sie, daß ihr ihre Eltern außer Mond und Sonne nur das hinterlassen hätten, was sie am Leibe trug.

Cayetano kehrte der Bühne den Rücken zu. Im schwachen Lichtschein, der von der Straße hereindrang, waren an den buntbemalten Fensterscheiben schemenhaft drei kleine Köpfe zu erkennen.

„Will er hierbleiben?"

„Ich glaube, ja."

„Und warum wohnt er nicht bei dir?"

„Ich habe für ihn keinen Platz. Meine Wohnung ist sehr klein. Außerdem –"

„Habt ihr euch zerstritten?"

„Nein, aber bei Carlos ist er ungebundener als bei mir. Juan geht spät zu Bett und verschläft den halben Tag, aber in einem Haus, in dem gearbeitet wird, muß man früh auf den Beinen sein."

Sie wandte die Augen von Cayetano ab, und ihr Blick wanderte zu den getupften Volants, die auf der Bühne herumwirbelten.

„Juan hat mir Geld angeboten und war sehr korrekt. Weißt du schon, daß Inés geheiratet hat? Den Verehrer, von dem ich dir erzählt habe. Einen Professor. Sie haben geheiratet und leben jetzt in Deutschland."

„Juan hätte nicht kommen dürfen. Menschen wie er sind einem in einer Stadt wie dieser nur im Weg."

„Er ist wie ein Kind. Als er und Inés noch zusammenlebten, ging alles gut, aber kaum ist er allein, erinnert er sich an uns."

„Wovon will er leben?"

„Er schreibt für die Zeitung."

Nachdem Catalina de Easo all ihre Vorzüge aufgezählt und mehrmals versichert hatte, daß in ihren Adern das Blut einer besonderen Rasse floß, verneigte sie sich. Die Frauen aus dem Klatschzirkel legten das Strickzeug aus der Hand, um zu applaudieren. Auch Clara applaudierte. Cayetano packte sie am Arm, und sie hielt mitten in der Bewegung inne.

„Hör zu, Clara. In Pueblanueva läuft alles recht gut, und ich hoffe, daß es bald noch besser laufen wird. Ich werde dafür sorgen, daß man Don Lino bald an eine Oberschule versetzt, und zwar an eine Schule in La Coruña. Solange er Abgeordneter ist, wird er zwar keinen Unterricht geben müssen, aber trotzdem wird er seine Familie mitnehmen und nie mehr hierher zurückkehren. Was die Fischer angeht, die werden keine zwei Monate mehr durchhalten. Man muß sie nur sich selbst überlassen. Wenn sie sich erst ruiniert haben, gebe ich ihnen Arbeit auf der Werft, und damit tue ich ihnen nicht einmal einen Gefallen, weil ich nämlich bald Leute brauche."

Er strich mit der Hand über Claras Arm bis zu ihrem Handgelenk. Sie rührte sich nicht.

„Juan könnte alles vermasseln. Ich möchte sogar behaupten, das entspricht seiner Natur. Er hat nie etwas anderes getan. Auf was für Ideen er und Carlos kommen, wenn sie miteinander reden und in ihrem Turm versuchen, die Welt zu verbessern! Mit Paquito dem Uhrmacher ist das Trio komplett! Ein Verrückter in der Stadt reicht. Drei sind zu gefährlich. Die Situation ist nicht so, daß man sie auf die leichte Schulter nehmen könnte. Ich habe ein Interesse daran, daß hier alles ruhig bleibt, verstehst du? Das gehört zu meiner Politik."

„Du erwartest doch nicht etwa von mir, daß ich zu Juan sage, er soll wieder abreisen?"

„Nein, das sage ich ihm selbst, sobald es soweit ist. Aber du könntest ihn nahelegen –"

Clara blickte wieder zur Bühne hinüber. Die Sängerin, die sich als Kubanerin verkleidet hatte, wackelte mit dem Busen und den Hüften, und dabei sang sie:

In Kuba gibt's einen Nachtwächter
der ist sehr nett und charmant.
Und wenn man in die Hände klatscht,
kommt er gleich angerannt.
Da gibt's auch eine frisch Vermählte,
die fühlt sich oft allein,
dann ruft sie nach dem Nachtwächter,
und er schaut bei ihr rein.

„– du könntest ihm nahelegen, daß er woanders, nicht ausgerechnet in Pueblanueva, nach Arbeit sucht."
Ein paar junge Burschen sangen mit der Coupletsängerin im Chor:

Nachtwächter, kommen Sie rasch,
ich hör da so ein Geräusch.
Nachtwächter, ich habe große Angst,
mein Mann ist nicht zu Haus.

„Juan ist sehr stolz."
Cayetano rutschte auf seinem Stuhl hin und her. Die Sängerin hatte dem Publikum den Rücken zugekehrt und bewegte ihre Schulterblätter auf und ab. Sie waren nur halb von dem Tuch verdeckt, das sie vorne festhielt. Die jungen Burschen riefen: „Umdrehen!", und im Strickzirkel erhob sich eine Stimme, die Respekt verlangte.
„Es gibt viele Arten, jemandem Arbeit anzubieten. Bei deinem Bruder kommt es darauf an, die Form zu wahren, und die kann man wahren."
„Mal sehen, was ich tun kann."
„Was ich nicht will und einfach nicht zulassen darf, ist, daß er die Arbeiterschaft wieder aufwiegelt. Um sein Gesicht zu wahren, bringt er es glatt fertig, ihnen weiszumachen, daß das Unternehmen mit den Booten noch zu retten ist."
„Warum haßt du diese Leute eigentlich? Sie sind keine schlechten Menschen." Clara schüttelte seine Hand ab.

„Ich hasse sie nicht, aber sie sind hier in der Stadt die einzigen, die nie aus der Armut herauskommen. Sie haben kein festes Einkommen. Wenn sie einen guten Fang machen und Geld haben, geben sie es fröhlich und munter aus, wenn sie nichts fangen, nagen sie am Hungertuch. Mir liegt daran, daß alle in der Stadt ein festes Einkommen haben, weil man nur so eine vernünftige Wirtschaft aufbauen kann. Wie du weißt, will ich aus Pueblanueva ein Musterbeispiel machen."

Die Sängerin ging ab. Die jungen Männer riefen laut nach ihr. Sie steckte den Kopf zwischen dem Vorhang hindurch und kündigte eine Zugabe an. Wieder applaudierten die jungen Männer.

„Wenn Carlos Deza nicht so ein Trottel wäre, wäre die Sache längst geregelt. Er hatte fast eine Million Peseten in der Tasche, und ich schlug ihm vor, sich mit mir zusammenzutun, um Kabeljaufischfang zu betreiben, aber er wollte von dem Geschäft nichts wissen. Weißt du, so hätten wir das Problem der Fischer lösen können, und es würde mir nichts ausmachen, daß Juan jetzt hier ist. Solange die Leute etwas zu Essen haben, können Agitatoren bei ihnen nichts ausrichten. Aber Carlos zog es vor, die Million Peseten zwischen einer dummen Göre und einem gewissen Herrn aufzuteilen, der seinen Anteil noch nicht von der Bank abgehoben hat, weil er es nicht kann. Du ahnst nicht, was diese verlorene Million Peseten für die Wirtschaft von Pueblanueva bedeutet!"

Er verstummte plötzlich und wandte den Blick von Clara ab. Die Sängerin brachte ihre Zugabe, und der Kellner begann abzukassieren. Zwei Damen schlängelten sich zwischen den Tischen hindurch und verließen das Lokal, ohne sich noch einmal umzudrehen. Plötzlich fragte Cayetano:

„Was hältst du eigentlich von Carlos?"

Clara zuckte zusammen, so überraschend traf sie die Frage. Sie schüttelte heftig den Kopf und ballte die Fäuste.

„Warum fragst du mich das?"

„Ihr wart befreundet und seid eine Zeitlang zusammen ausgegangen."

„Ja, das war vor einem Jahr. Er ist ein merkwürdiger Kerl. Man weiß nie, wie man bei ihm dran ist."
„Hat er dir den Hof gemacht?"
„Nein."
„Und du?"
„Und ich *was*?"
Cayetano schob seinen Stuhl näher zu ihr heran, stützte die Ellbogen auf den Tisch und umfaßte Claras Handgelenke.
„Diese Frage will ich dir seit über zwei Monaten stellen, aber bis heute habe ich mich nicht getraut. Wie du siehst, habe sogar ich manchmal Feingefühl. Aber jetzt war einfach der richtige Moment, um dich das zu fragen."
„Ich war in ihn verliebt. Wenn das nicht gewesen wäre, hätte ich dich längst geheiratet."
Cayetano ließ sie los. Claras Hände schwebten einen Augenblick lang in der Luft, dann legte sie sie an die Brust. Cayetano hatte seine in die Taschen geschoben.
„Dieser Kerl ist wie Sand im Getriebe. Er kann einem jederzeit und überall in die Quere kommen und alles kaputtmachen. Ich hätte ihn doch umbringen sollen."
Er wollte aufstehen, doch Clara faßte ihn am Arm. Cayetano sah sie an: In seinen Augen lag ein harter Glanz, den Clara noch nicht kannte.
„Warte."
„Willst du ihn etwa in Schutz nehmen?"
„Nein, aber es gibt da etwas, das ich dir erklären muß. Du hast nie versucht, mir etwas vorzumachen, und deshalb sollst du, wenn du jetzt gehst, nicht glauben, ich hätte dir etwas vorgemacht."
„Was macht das schon! Es ändert nichts daran, daß dieser Doktor Deza aufgetaucht ist und alles hat platzen lassen, als ich glaubte, zwischen uns beiden sei alles klar." Er hob die Hände, spreizte die Finger und schüttelte sie. „Carlos Deza! Der letzte Churruchao! Das neunmalkluge Söhnchen aus gutem Hause, das dich mit leeren Worten eingewickelt hat!"
Er zog eine Zigarette heraus und zündete sie an. Clara würdigte er keines Blickes.

„Sag, was du zu sagen hast."

Sie legte die Arme auf die Marmorplatte des Tisches und verschränkte sie. Die Frauen aus dem Strickzirkel und die jungen Männer waren aufgestanden und verließen grüppchenweise das Lokal.

„Du hast ja keine Ahnung, was Armut bedeutet und wie tief eine Frau sinken kann, die im Elend lebt und hungern muß. Als Carlos nach Pueblanueva kam und ich ihn kennenlernte, war ich verzweifelt. Ich dachte daran, von zu Hause wegzulaufen und meinen Körper zu verkaufen. Ich stand kurz davor –" Sie brach ab; Cayetano sah sie an, er ließ sie nicht aus den Augen, „– mich für tausend Peseten und eine neue Garderobe an dich zu verkaufen."

Cayetano zuckte zusammen. Seine durchdringenden Augen mit dem unheilvollen Glanz wirkten wie zwei stahlharte Punkte. Clara blinzelte, hielt seinem Blick jedoch stand.

„Du wirst mir jetzt doch nicht erzählen, daß du dich an Carlos verkauft hast?" fragte Cayetano schroff.

„Sei still! Ich habe mich an niemanden verkauft, und zwar dank Carlos. Er hat sich mir gegenüber sehr nobel verhalten und mir geholfen, wieder Hoffnung zu schöpfen. Es war ganz normal, daß ich mich in ihn verliebte, er sich aber nicht in mich. Er hat mich bestimmt verachtet. Es hat eine Weile gedauert, bis mir das klarwurde, und in dieser Zeit gab ich mich einer Illusion hin, aber ich wurde die, die ich heute bin."

„Willst du damit sagen, er hat dich abblitzen lassen?"

„Nein! Dazu hat er zuviel Taktgefühl." Ihre Stimme zitterte. Clara nahm sich zusammen. „Soweit kam es gar nicht. Es passierte das, was eben manchmal passiert: Ich liebte ihn, aber er liebte mich nicht. Er traf mich in einem schlechten Moment und lernte mich von meiner schlechtesten Seite kennen, und obwohl er miterlebt hat, wie ich mit dieser Krise fertiggeworden bin, hat er sie natürlich nicht vergessen... Ja, ich glaube, so ist es gewesen."

Cayetano ließ den Kopf und die Schultern hängen. Er hatte das Kinn auf eine Hand gestützt und starrte die Kacheln auf dem Fußboden an.

„Ich hätte ihn damals an dem Abend umbringen sollen!"
„Das hätte nichts genützt."
Die Sängerin, die sich einen Mantel über die Schultern gelegt und ein buntes Tuch ins Haar gebunden hatte, sagte im hinteren Teil des Cafés zum Kellner, daß sie etwas zu Abend essen wolle und gleich wiederkäme. Mit laut klackernden Absätzen durchquerte sie den Saal und ging hinaus.
„Bei jedem anderen würde es mir weniger ausmachen. Aber Carlos, immer nur Carlos! Seit dreißig Jahren verfolgt mich dieser Carlos, dieses Söhnchen aus gutem Hause, wie ein Schatten!" Er packte Claras Hand und drückte sie fest. „Warum hast du mir das erzählt? Hättest du es nicht für dich behalten können?"
„Ich mußte es dir sagen, damit zwischen uns klare Verhältnisse herrschen. Außerdem –"
„Außerdem was?"
„Du hast einmal zu mir gesagt, du seist der beste Mann von ganz Pueblanueva. Das kannst du jetzt beweisen."
„Es gibt Dinge, die sich ein Mann nicht bieten läßt. Ich weiß nicht, was mich in meinem Stolz mehr trifft. Wenn du die wärst, für die ich dich anfangs gehalten habe, hätte ich dich zu meiner Geliebten gemacht, aber eine Frau, die Carlos abgelehnt hat, kann nicht meine Frau werden."
Er schlug mit der geballten Faust auf den Tisch.
„Carlos, ausgerechnet Carlos! Er lacht sich bestimmt ganz schön ins Fäustchen!"
Wieder verschränkte Clara die Arme. Sie sah Cayetano betrübt an.
„Du bist nicht der beste Mann von ganz Pueblanueva."
Seelenruhig stand sie auf, nahm den Mantel von der Stuhllehne und zog ihn an. Cayetano blieb sitzen.
„Komm lieber mit. Sonst heißt es noch, ich hätte dich sitzen gelassen."
Während sie zur Tür ging, hörte sie, wie ein Stuhl verrückt und eine Münze klimpernd auf der Marmorplatte landete. Auf der Straße war es kalt. Die Tür fiel hinter ihr ins Schloß: Sie

wartete am Rand des Gehsteigs, bis sie Cayetanos Schritte vernahm. Dann ging sie die Straße hinauf: Cayetano hielt sich neben ihr, blieb jedoch ein Stückchen zurück. Sie hörte ihn heftig und erregt atmen, verlangsamte den Schritt, bis er auf ihrer Höhe war, und sah ihn an. Er blickte finster drein, seine Gesichtszüge hatten sich verhärtet, und um den Mund zeichnete sich eine straffe, entschlossene Falte ab.

Sie traten unter die Kolonnaden. In den dunklen Winkeln drückten sich junge Pärchen herum, und in einer Ecke des Platzes vertrieben sich ein paar Mädchen im Licht der Straßenlaterne die Zeit mit Seilhüpfen. Es hatte zu regnen aufgehört, und der Wind trocknete die Steinplatten des Platzes. Neben dem Gitter vor der Kirche sang eine Gruppe junger Burschen ein Lied. Clara trat auf die Steinstufe vor ihrem Haus, lehnte sich mit dem Rücken an den kalten Türrahmen und wartete ab. Cayetano würdigte sie keines Blickes: Er zog die Schultern hoch, ging weiter geradeaus und bog um die nächste Ecke.

Clara suchte in ihrer Tasche nach dem Schlüssel, steckte ihn ins Schloß und sperrte auf. Unter der Tür waren ein paar Kuverts mit Rechnungen durchgeschoben worden. Sie legte sie auf den Ladentisch, sperrte wieder zu und machte Licht. Wo sie hinsah, geöffnete Schachteln und ausgepackte Ware. Sie räumte alles zusammen und stellte es zurück an seinen Platz. Danach ging sie ins Zimmer ihrer Mutter, knipste das Licht an und betrachtete sie: Sie war betrunken und roch schlecht. Clara öffnete das Fenster einen Spaltbreit.

Der Wind schlug den Eimer gegen den Rand des Ziehbrunnens, und die Kurbel der Winde schwang quietschend hin und her. Clara trat auf den Hof hinaus, zurrte den Eimer fest und vergewisserte sich, daß der Brunnendeckel gut geschlossen war. Die Nachbarn in der ersten Etage hatten ein Fenster des verglasten Balkons zur Hälfte geöffnet, und eine kratzige, mißtönende Grammophonstimme drang ins Freie. Clara hörte ihr eine Weile zu; dann schloß sie die Tür wieder und ging in die Küche. Dort herrschte eisige Kälte, der steinerne Herd war ausgekühlt, und der Wind pfiff durch den Kamin. Sie nahm ein paar Holzscheite und schichtete sie aufeinander, um Feuer zu machen, doch dann überlegte sie es sich anders und warf sie zurück in die Kiste, denn sie hatte keine Lust, Abendessen zu kochen und Wasser heißzumachen, um ihre Mutter zu waschen. Sie betrat das Zimmer der betrunkenen alten Frau, sah nach, ob sie gut zugedeckt war, machte das Fenster zu und verließ das Haus. Die jungen Burschen auf dem Platz sangen noch immer, und ein paar Mädchen schlenderten tuschelnd unter den Kolonnaden auf und ab. Mit raschen Schritten ging Clara die Straße hinunter, betrat eine Taverne und bestellte ein belegtes Brot. Man wickelte es ihr in ein Stück Papier ein.

„Damit Sie sich nicht fettigmachen."

„Danke."

Auf der Straße biß sie hinein. Dicht an der Ufermauer entlang ging sie langsam auf den Ausgang des Städtchens zu. Das Meer war noch immer aufgewühlt, die Wellen schlugen gegen die Mole, doch am Himmel zeigte sich keine einzige Wolke.

Clara ließ die letzten Häuser hinter sich und tauchte in die Dunkelheit ein. Sie mußte daran denken, wie sie vor einem Jahr – vielleicht war es noch länger her – eines Morgens in aller Herrgottsfrühe zum Kloster aufgebrochen war und es mit der Angst bekommen hatte. Sie war versucht gewesen, zu Carlos' pazo hinaufzugehen, hatte sich jedoch nicht getraut. Ob alles anders gekommen wäre, wenn sie es getan hätte? Wahrscheinlich nicht. Von Carlos hatte sie nichts zu erwarten, damals nicht und heute nicht. Von niemandem. Sie fühlte sich schrecklich einsam.

Nun stand sie am unteren Ende der steinernen Treppe, dieser langen, schmalen Treppe, die sich an den Felsen schmiegte und auf seine Spitze hinaufführte. Die Gittertür war geschlossen: Clara kletterte auf den Pfosten und sprang hinüber. Weiter oben verloren sich die Stufen zwischen den Schatten der Dornbüsche. Sie machte sich an den Aufstieg: vorsichtig, ruhig, bedächtig. Auf halber Höhe blieb sie stehen und betrachtete eine Weile die Lichter des Städtchens, ihren Widerschein in der Luft und weiter hinten die alles überragenden Scheinwerfer der Werft.

Als sie den Garten betrat, hob ein heftiger Windstoß ihren Rock und drückte sie gegen die Mauer. Zusammengekauert wartete sie, bis die Bö vorüber war; dann rannte sie den Weg entlang und ging dicht an der Hauswand des pazo auf den Eingang zu. Eine neuerliche Bö pfiff durch die Wipfel der Bäume und riß von den Zweigen kleine Stücke ab. Alles lag im Dunkeln. Mit tastenden Schritten ging Clara durch den Matsch zum Portal und klopfte an. Sie hörte Schritte in der Vorhalle, und Paquito der Uhrmacher fragte, wer da sei.

„Ich bin es, Clara."

Die Pforte wurde aufgerissen.

„Mein Gott, Clara!"

„Sind sie da?"

„Ja, sie sind gerade eingetroffen, wie man so sagt, aber sie haben noch nicht zu Abend gegessen."

Er lief zur Treppe und rief Clara zu, sie solle ihm folgen. Sie schloß die Tür. Eine Karbidlampe in Paquitos Kammer sorgte in der weiten Vorhalle für ein wenig Licht. Clara ging die Treppe hoch und sah, wie sich am Ende des Flurs die Tür zum Turmzimmer öffnete. Paquito rief:

„Clara ist da. Señorita Clara!"

Ohne Eile ging sie den Flur entlang. Paquito stand wartend da, lächelte ihr zu und schloß hinter ihr die Tür. Carlos und Juan, die in der Zimmermitte standen, war ihre Überraschung anzusehen.

„Ich bin's nur, erschreckt nicht. Wie geht es dir, Juan? Nun schaut doch nicht so entgeistert!"

Juan kam zögernd auf sie zu. Clara legte ihm die Arme um den Hals und gab ihm einen Kuß.

„Ich freue mich, dich zu sehen, Juan. Ich freue mich wirklich."

„Ich mich auch, Clara. Du siehst gut aus."

Carlos, der sich ein wenig abseits hielt, lächelte ihr zu.

„Soll ich euch allein lassen?"

„Ich bin gekommen, um euch beide zu sehen." Sie gab Carlos die Hand. „Du hast mich nicht so bald erwartet, stimmt's?"

„Nein, ehrlich gestanden nicht."

Clara hatte kalte Hände und zitterte am ganzen Leib. Sie zog den Mantel aus und stellte sich dicht an den Kamin.

„Ich bin halb erfroren."

Sie ging in die Hocke und hielt die Hände ans halb erloschene Feuer. Carlos holte ein sauberes Glas, schenkte Cognac ein und brachte es ihr.

„Hier, trink das."

„Gott vergelte es dir."

Sie trank es mit einem Schluck halbleer, mußte husten, und ihre Augen füllten sich mit Tränen.

„Ganz schön stark! Hast du keinen Kaffee? Der wäre mir lieber. So etwas bin ich nicht gewöhnt."

Carlos nahm ihr das Glas ab.

„Ich habe Kaffee, aber auf den mußt du ein bißchen warten."

Er öffnete die Tür und rief nach Paquito. Juan hatte sich hingesetzt, Clara blieb am Kamin stehen. Der Uhrmacher kam angelaufen.

„Könntest du für die Señorita Kaffee machen?"

Der Uhrmacher machte eine großspurige Geste.

„Ich habe ihn schon aufgesetzt."

„Danke, Paco. Du denkst wirklich an alles."

„Darauf wäre doch jeder gekommen. Bei der Kälte...!"

Er verschwand. Carlos schob einen Sessel an den Kamin und setzte sich selbst aufs Sofa. Juan hob den Kopf und sah ihn beunruhigt an. Clara hatte sich wieder dem Feuer zugewandt und rieb die Hände aneinander.

„Ist etwas passiert, Clara?" fragte Carlos.

„In gewisser Weise, ja."

Sie richtete sich auf, zog den Rock ein wenig hoch und hielt die Knie ans Feuer. Ohne sich umzudrehen, fügte sie hinzu:

„Ich habe gerade mit Cayetano Schluß gemacht."

Sie ließ den Rock los und drehte sich halb um. Nun wärmte sie sich die Waden. Die beiden Männer sahen sie erwartungsvoll an. Mit einer Handbewegung forderte Carlos sie auf, ihnen mehr zu erzählen.

„Es mußte so kommen, oder nicht? Du hast es mir heute morgen vorausgesagt, Carlos, und jetzt ist es passiert. Früher als du erwartet hast."

Juan wandte den Blick von ihr ab.

„Daran bin ich aber bestimmt nicht schuld", sagte er.

„Es mußte passieren, und es wäre auch passiert, wenn du nicht gekommen wärst. Cayetano hat sich die ganze Zeit über eine Frage verkniffen, und ich wußte, daß ihm die Antwort nicht gefallen würde und daß er Angst vor ihr hatte. Heute hat er mir die Frage gestellt, und ich habe ihm eine ehrliche Antwort gegeben."

Sie blickte Carlos unvermittelt an, und Carlos senkte den Kopf. Juan hatte sich nicht gerührt. Er hob die Hand und machte eine wegwerfende Geste.

„Wenn man etwas Bestimmtes erreichen will, bleibt einem manchmal nichts anderes übrig, als zu lügen."

„Mag sein."

Clara zog einen Stuhl hinter sich her und stellte ihn vor Carlos. Sie setzte sich und starrte die Wand an.

„Ja, das kann man tun, aber das ist ja gerade das Problem. Heute habe ich ein bißchen geschwindelt." Sie sah sie an, zuerst Carlos, dann Juan. „Es ging um euch beide. Es war nichts Wichtiges, eine kleine Notlüge. Ich konnte doch nicht sagen, daß du wieder in Pueblanueva bist und mich noch nicht besucht hast. Ich wollte dich nicht bloßstellen. Außerdem habe ich zu Cayetano gesagt, daß du Geld hast und für die Zeitung schreibst."

Sie mußte lachen und breitete die Arme aus.

„Das war doch richtig, oder?"

Juan drehte sich zu ihr hin.

„Aber ihr habt euch doch nicht deshalb zerstritten?"

„Nein, keine Sorge. Das hatte andere Gründe. Es ist passiert, weil –" wieder starrte sie die Wand oberhalb von Carlos' krausem, zerwühltem Haar an „ – weil ihr Männer Versager seid. Alle. Ihr habt alle etwas Weibisches, ihr könnt die Wahrheit nicht verkraften, und ihr seid eitel."

Die Tür ging auf. Paquito kam mit dem Kaffee herein. Er stellte Clara eine Tasse hin und schenkte ein.

„Trink ihn gleich. Wenn du ein bißchen Schnaps reingießt, frierst du nicht mehr so."

Ohne Carlos und Juan anzusehen, fügte er hinzu:

„Es ist genug für alle da. Ich lasse ihn hier."

Er ging wieder hinaus. Carlos hatte die Cognacflasche aufgeschraubt und hielt sie Clara hin.

„Nein, danke. Ich trinke den Kaffee lieber so."

„Möchtest du auch einen Kaffee, Juan?"

Juan nickte. Carlos stand auf, um Tassen zu holen.

„Hier ist es eiskalt."

Der glühende Berg über dem Bett aus Asche war in sich zusammengefallen. Clara trat an den Kamin.

„Laß nur, ich mache das schon", sagte sie.

Sie legte ein paar Holzscheite nach und pumpte mit dem Blasebalg. Die Flammen loderten auf.

„Wir könnten uns an den Kamin setzen", schlug Juan vor. „Mir ist auch kalt."

Schweigend tranken sie den Kaffee. Clara hatte sich hingekniet und kehrte die Asche zusammen.

„Du brauchst ein Hausmädchen, Carlos. Zumindest jemanden, der ab und zu ausfegt."

Sie klopfte ihren Rock ab. Juan rückte die Sessel an den Kamin: Er setzte sich, streckte die Beine aus und hielt die Füße ans Feuer.

Carlos schob Clara zu einem leeren Sessel.

„Setz dich."

„Und du?"

„Ich stehe lieber."

„Was für einen Unfug man oft erzählt, bloß weil man die Wahrheit nicht hören will!" Clara setzte sich abrupt hin und sah Carlos geradewegs in die Augen. „Vielleicht ist es besser so."

„Als Christus zu Pontius Pilatus sagte: ‚Ich bin die Wahrheit', antwortete Pilatus ihm mit einer Frage: ‚Und was ist die Wahrheit?' Ich kann ihn gut verstehen."

„Pontius Pilatus war auch kein richtiger Mann."

Juan rutschte unruhig auf seinem Sessel herum. Er zog die Füße ein wenig zurück.

„Ich verstehe euch nicht. Falls ihr über etwas sprecht, wovon ich nichts weiß, dann weiht mich ein, und sonst drückt euch bitte anders aus."

Clara ließ den Kopf sinken.

„Was soll's? Trotzdem, ich muß euch eins sagen: Hätte Cayetano heute nachmittag nicht versagt, würde ich ihn heiraten. Wenn ich jetzt hier bei euch bin, dann nur, weil auch er kein richtiger Mann ist, und wenn ich schon zwischen Feiglingen wählen muß, seid ihr mir lieber. Dir, Juan, muß ich noch etwas sagen: Ich habe beschlossen, aus Pueblanueva wegzugehen. Ich verkaufe das Geschäft, egal, wieviel ich dafür kriege. Buenos Aires ist bestimmt die richtige Stadt für mich. Wäre ich doch schon früher fortgegangen! Aber noch ist es nicht zu spät. Da ist nur noch die Sache mit Mama..."

„Du glaubst doch nicht etwa, daß ich sie übernehme?" erwiderte Juan heftig.

„Seit über vier Jahren kümmert sich außer mir niemand um sie. Ich finde, es ist höchste Zeit, daß ich abgelöst werde."

Juan stand auf und stieß dabei das Kaminbesteck um.

„Das ist nicht Männersache! Außerdem ... außerdem bin ich ein Revolutionär. Was ist, wenn sie mich eines Tages ins Gefängnis stecken? Dann –"

Er streckte die Hände aus und beugte sich zu Clara hinab.

„Versteh doch! Genau aus diesem Grund kann ich mir niemanden aufhalsen. Deine Schwester hat das begriffen, und deshalb hat sie geheiratet. Das hätte sie nie getan, wenn sie nicht eingesehen hätte, daß sie mir irgendwann zur Last fallen könnte."

„Auch ich habe ein Recht auf Freiheit. Ich bin vor kurzem siebenundzwanzig geworden, und ich hoffe noch immer, daß die

Männer, die etwas taugen, nicht ausgestorben sind. Aber wenn es keine mehr gibt, will ich wenigstens so leben, wie es mir gefällt."

Juan sah sie verächtlich an.

„Männer waren dir immer wichtiger als deine Pflichten. In dir steckt eine Hure."

Clara sprang auf und stellte sich vor ihm hin.

„Das lasse ich mir von dir nicht bieten, Juan!"

Carlos schritt ein und schob Clara sanft beiseite.

„Du solltest so etwas nicht sagen, Juan. Du kennst deine Schwester nicht."

„Besser als du! Und ich weiß, was an ihr faul ist."

Er ging in den hinteren Teil des Zimmers, kehrte den anderen den Rücken zu und schob die Hände in die Taschen.

Clara faßte Carlos am Arm.

„Das hat er schon tausendmal zu mir gesagt. Wenn es mich trotzdem überrascht hat, dann nur, weil ich geglaubt habe, er hätte es vergessen. Oder aber ich hatte es vergessen. Ich habe es so lange nicht von ihm gehört."

Sie ließ Carlos los und ging zu Juan.

„Keine Sorge. Von dem Geld, das ich für das Geschäft kriege, zahle ich für Mama die Pension in einem Altersheim. Lange lebt sie bestimmt nicht mehr. Mit dem Rest schlage ich mich schon durch."

Juan stand noch immer mit dem Gesicht zur Wand und klopfte mit dem Fuß auf den Boden. Achselzuckend kehrte Clara in die Zimmermitte zurück.

„Ich gehe jetzt", sagte sie.

Sie nahm den Mantel, und Carlos kam auf sie zu, um ihr hineinzuhelfen.

„Ich bringe dich mit der Kutsche nach Hause."

„Nein, bitte nicht. Ich möchte nicht mit dir allein sein. Ich gehe, wie ich gekommen bin."

„Dann soll dich Paquito heimbringen."

Sie traten auf den Flur hinaus. Clara folgte Carlos und orientierte sich im Dunkeln am Klang seiner Schritte. An der Treppe blieb sie stehen.

„Wenn Juan doch bloß nicht so schlecht von mir denken würde! Aber vielleicht hat er recht, vielleicht habt ihr alle recht, und ich täusche mich."

Sie ging die Treppe hinunter. Carlos rief nach Paquito und bat ihn, die Kutsche anzuspannen.

9. KAPITEL

Eine Schwalbe war durch die Schießscharte in die Vorhalle gelangt und kreischte im Dunkeln laut auf. Paquito der Uhrmacher wachte von dem Lärm auf, fuhr in die Höhe und lauschte. Er hörte, wie der Vogel aufgeregt hin und her flatterte und gegen die Wände und die Decke prallte. Paquito lachte sein heiseres Lachen und räkelte sich auf seiner Pritsche. Er schob einen Arm unter der Decke hervor, griff nach Weste und Jackett und zog sie im Liegen über. Dann setzte er sich auf den Rand des Betts, streckte die Beine aus und tastete im Finstern nach den Schuhen. Wieder kreischte die Schwalbe.

„Gleich lasse ich dich frei, mein Schwälbchen! Warte nur, bis ich mich angezogen habe."

Er zündete mit einem Streichholz einen Kerzenstummel an und verließ seine Kammer. Durch die Ritzen der Tür drang grelles Licht. Die Schwalbe flog dicht über dem Fußboden, und ihr ins Riesenhafte vergrößerter Schatten glitt über die Wände.

„Warst du vielleicht eine von denen, die Christus den Dornenkranz heruntergerissen, als er am Kreuz hing? Bestimmt stammst du von ihnen ab. Das war eine gute Tat, sage ich! Unser Herrgott hatte soviel Grausamkeit nicht verdient, aber damals... Und heute erst, caramba! Da heißt es immer, wir wären zivilisiert, aber es ist alles beim alten geblieben, so sieht die Sache nämlich aus. Natürlich würden wir ihm heute keinen Dornenkranz mehr aufsetzen, aber wir würden uns schon eine andere Foltermethode ausdenken. Warte, paß auf, daß du nirgends anstößt!"

Er schob den Riegel zurück und öffnete die Tür. Die Schwalbe flog hinaus, schoß durch die klare Luft und verlor sich zwischen den Bäumen.

Es war ein strahlender, milder Morgen. Junges, frisches Grün überzog die Bäume, goldener Sonnenschein umspielte den grünschwarzen Stein und ließ die Tropfen des Morgentaus in allen Farben glitzern. Paquito stand auf der Türschwelle, streckte die Arme aus und gähnte.

„Der Frühling ist da!"

Er trat auf den kleinen Vorplatz. Der Schlamm war getrocknet und hart geworden, und die Wiese im Garten war mit gelben Blumen gesprenkelt. Er bückte sich, pflückte ein paar von ihnen und schnupperte daran.

„Der heilige Joseph hat euch dieses Jahr ganz schön spät geschickt, und wenige! Es reicht wohl nicht mal für einen Strauß."

Er pflückte noch mehr Blumen, außerdem Grashalme, junge Kleeblätter und kleine Fenchelbüschel. Er machte daraus einen Strauß, den seine Finger kaum umfassen konnten. Lachend stand er mitten auf dem kleinen Platz und blickte zum Himmel; er warf die Blumen und Gräser in die Luft, und sie fielen ihm auf den Kopf.

„Juchuuu!"

Plötzlich rannte er los. Er sprang über Hecken, Baumstümpfe, niedrige Mauern und Beete. Er lief durch den ganzen Garten, machte Luftsprünge und rief vor Freude immer wieder:

„Juchuuu!"

Es war warm, und er kam ins Schwitzen. Dort unten, noch im Schatten, lag in blauen Dunst eingehüllt Pueblanueva. An der Mole stieß ein kleiner Kutter Dampfwolken aus, und ein Segler glitt langsam durch den Fischereihafen. Paquito stand nun auf der Aussichtsterrasse. Er hielt sich am verrosteten Gitter fest und blickte in den Abgrund hinunter.

„Juchuuu!"

Seine Schielaugen rollten nach innen, und eine graue Haarsträhne fiel ihm über ein Ohr. Er mußte niesen. Am anderen Ende des Tals stieß die Sirene der Werft plötzlich einen langen heiseren Heulton aus, der wie der langgezogene Widerhall eines Knalls klang. An einer Seite des Schornsteins wurde ein Dampfstrahl ausgestoßen.

„Acht Uhr."

Wieder lief er los. Er rannte durch die Vorhalle, eilte die Treppe hinauf und betrat die Küche. Im Dunkeln tastete er sich zum Fenster und riß es auf. Das Sonnenlicht durchflutete den großen, von grauem Licht erfüllten Raum und ließ die Kupferkessel golden aufblitzen. Der Widerschein traf Paquito im Gesicht.

„Juchuuu!"

Er machte Feuer und stellte die Kaffeekanne auf den Dreifuß: auch das Nickel glänzte, obwohl sich der Herd im Halbschatten befand. In einer Ecke hing an einem Nagel ein schmuddeliges Handtuch: Er tunkte es ins Wasser und wischte sich damit über Gesicht und Augen. Danach betrachtete er sich in einer Spiegelscherbe. Er hatte sich seit einer Woche nicht rasiert.

„Gut siehst du aus, Paco, wie ein Jüngling."

Er schnitt eine Grimasse, rückte den Krawattenknoten zurecht und knöpfte Weste und Jackett zu.

„Ein Jüngling wie aus dem Bilderbuch! Fünfzig Jahre lang haben sie dich mit Schlägen und Gemeinheiten eingedeckt, aber kaum ist der Frühling da, hast du alles vergessen. Juchuuu!"

Er legte die rechte Hand aufs Herz, streckte den linken Arm aus und tanzte wie ein Tänzer alter Schule einen Walzer. Dabei neigte er den Kopf zum Ohr seiner unsichtbaren Partnerin, schloß die Augen und flüsterte ein paar Worte vor sich hin, bis die Kaffeekanne pfiff. Da verbeugte er sich und zeigte auf eine Bank.

„Sei so lieb und ruh dich solange aus, ich bin gleich wieder bei dir."

Er folgte seiner Tanzpartnerin mit dem Blick und verneigte sich nochmals; doch dann runzelte er die Stirn, streckte die Hand aus und sagte gebieterisch:

„Macht der Señorita gefälligst Platz, ihr Lausebengel, und behandelt sie respektvoll! Sie ist meine Freundin. Wenn ihr sie in Ruhe laßt, gebe ich euch ein paar Bonbons."

Er drehte sich um. Auf der Anrichte standen zwei Tabletts. Er stellte sie nebeneinander auf den Tisch und lud Tassen, Brot, Löffel und Servietten darauf. Er gab Milch und Zucker in die Tassen und rührte um. Dann nahm er die kleinste und schäbigste und machte sich auf den Weg zu Juan Aldáns Zimmer. Ohne anzuklopfen trat er ein, setzte das Tablett auf dem Nachttisch ab und öffnete das Fenster.

„Ihr Kaffee. Es ist acht Uhr. Morgen serviere ich Ihnen keinen."

Juan drehte sich im Bett um und schlug die Augen auf.

„Was ist los?"

„Ihr Kaffee."

Paquito ging hinaus, klopfte an Carlos' Tür und wartete auf eine Antwort. Durch die Ritzen drang helles Licht. Er öffnete die Tür einen Spaltbreit und sah hinein. Carlos saß aufrecht im Bett und las.

„Ist etwas, Paquito?"

„Ihr Kaffee. Ich hole ihn."

Er eilte in die Küche und kam mit dem Tablett zurück. Carlos hatte das Buch zugeklappt.

„Ich habe dich im Garten schreien hören. Ist etwas mit dir?"

„Es wird Frühling, Don Carlos. Ich bin geil."

„Meinen Glückwunsch. Das ist eine fabelhafte Nachricht."

Der Uhrmacher stand dicht neben dem Bett und musterte ihn mit unruhigen Äuglein.

„Morgen ziehe ich los."

Carlos hob bedauernd die Hände.

„Tja, da kann man nichts machen."

„Ich weiß, daß die Hausarbeit eine ganz schöne Plackerei ist, Don Carlos. Ob Sie und Juan Aldán im Haus allein klarkommen? Ich kann meine Freundin nicht einfach versetzen. Pflicht ist Pflicht."

„In Ordnung, Paco. Hauptsache, ihr seid glücklich."

Der Uhrmacher hielt sich am Bettgestell fest und schüttelte den Kopf.

„Die Sache ist die, daß ich bleiben würde, wenn es einen Sinn hätte, aber ich würde Ihnen sowieso nichts nützen, Don Carlos. Sobald der Frühling da ist, kann ich nicht mehr arbeiten. Das wissen Sie. Ich kann mich dann nicht beherrschen. Ich würde am erstbesten Tag ein Mädchen vergewaltigen, und man würde mich ins Gefängnis stecken. Es ist schon ein paarmal passiert. Ich will das nicht mehr. Wir haben ausgemacht, daß ich weggehe, sobald der Frühling da ist."

Carlos setzte sich auf den Bettrand und tastete mit den Füßen nach den Pantoffeln. Paquito der Uhrmacher zeigte auf einen Riß im Pyjama.

„Ihr Schlafanzug müßte mal geflickt werden."

„Wenn du wieder da bist. Vorläufig geht es noch."

Carlos stellte sich ans Fenster und atmete die frische Luft ein.

„Du hast völlig recht, Paco. Der Frühling ist da."

Die Sonne war hinter den Hügeln aufgestiegen und hüllte Pueblanueva in goldenes Licht. Das Meer funkelte blau, und über dem Dunkelgrün der Fichten an den Hängen sproß helles, sanftes Grün.

„Und Sie? Werden Sie nicht auch unruhig, Don Carlos?"

„Ich bin nicht wie du. Zwischen meinen Körper und den Frühling schiebt sich mein Gehirn, und was da drin ist, schafft es, mir alles kaputtzumachen, sogar den Frühling."

„Schade. In der Heiligen Schrift steht nämlich, gebt dem Körper, was des Körpers ist, und der Seele das Ihrige. Allerdings verstehe ich nicht, warum der Körper in der Heiligen Schrift Kaiser genannt wird. Ist Ihnen das nicht auch aufgefallen?"

„Und die Seele wird Gott genannt."

„Stimmt, aber da sehe ich es eher ein."

Carlos drehte sich zu ihm um, faßte ihn an den Schultern und sah ihm in die Augen.

„Was würdest du an meiner Stelle tun?"

„Clara Aldán heiraten. Das sage ich schon seit über einem Jahr zu Ihnen. Mit ihr kann es keine Frau aufnehmen. Und eine Figur hat sie . . .! Donnerwetter! Das habe ich Ihnen auch gesagt. Die Französin hat mir nicht gefallen."

„Sie hatte mit uns nicht viel Glück."

„Hätten Sie doch bloß auf mich gehört und Rosario, dieses Flittchen, zur Teufel geschickt. Sie ist nämlich ein ausgemachtes Flittchen, das wissen Sie besser als ich. Überlegen Sie doch mal: Sie hat sich den ganzen Winter über kein einziges Mal hier blicken lassen."

„Ich hatte sie gebeten, nicht zu kommen."

„Na und? Pflicht ist Pflicht."

„Sie hat jetzt einen Mann."

„Einen Mann! Die beiden machen sich auf Ihre Kosten ein schönes Leben!"

Eine Schwalbe segelte vorbei und setzte sich auf den Dachrand des Turms. Irgendwo bellte ein Hund, und in der Ferne brummte ein Motor.

„Gibt es Neuigkeiten über die Boote?"

„Ich habe nichts gehört. Es ist noch früh. Das Wetter war nicht übel. Na gut, es war kalt, aber bei so einem Seegang ist es immer kalt."

Carlos wandte sich vom Fenster ab, ging zum Nachttisch und griff nach der Tasse.

„Trinken Sie den Kaffee, bevor er kalt wird."

Carlos nahm einen Schluck.

„Wann gehst du?"

„Morgen, am Sonntag. Ich muß noch die Flöte herrichten und Geschenke kaufen."

„Hab eine schöne Zeit und komm bald wieder."

Paquito der Uhrmacher lehnte sich aus dem Fenster. Carlos goß Wasser in die Schüssel und begann, sich zu waschen. Der Pyjama war unter den Achseln eingerissen, und die Zehen schauten aus den Löchern der Pantoffeln heraus.

Don Lino kam jeden Samstag mit dem Nachmittagsbus nach Pueblanueva und fuhr am Montag morgen wieder ab. Die anderen erwarteten ihn im Casino, wo er ihnen Neues aus der Politik berichtete, und zu Hause wartete seine Frau auf ihn, der er von Madrid erzählte: vom Kartoffelpreis, den Wohnungsmieten und davon, wie sich die Frau eines Abgeordneten zu kleiden habe. Er hatte sich in Madrid ein paar Anzüge schneidern lassen und trug einen Gürtel in den Farben der republikanischen Fahne. Stets hatte er eine große, schwarze, prall gefüllte Aktentasche dabei, die er jedoch nie öffnete. Die Zeitungen steckte er sich in die Jackentasche, zu den Broschüren, Bekanntmachungen und Manifesten. Das Knopfloch zierte eine winzige phrygische Mütze aus Blech.

Carlos und Juan gingen zur Bushaltestelle, um ihn abzuholen. Am malvenfarbenen Himmel kreischten Mauersegler, und zwischen den leeren Marktständen auf dem Platz spielte eine Kinderschar Cowboy und Indianer. Carlos rauchte mit ausdruckslosem Gesicht Pfeife, Juan ging ungeduldig auf und ab. Der Omnibus traf mit Verspätung ein. Er war fast leer, und Don Lino saß neben dem Fahrer. Er wurde außerdem von einem seiner Söhne erwartet. Don Lino gab ihm den Koffer. Als Carlos auf ihn zukam, verabschiedete er sich gerade vom Kontrolleur. Juan blieb ein wenig zurück und zog zum Gruß den Hut. Don Lino wirkte überrascht.

„Sie wollen mich sprechen? Jetzt sofort? Hier?"

„Wo Sie wollen, Don Lino, und wann Sie wollen. Es ist sehr wichtig."

Juan trat vor und gab ihm die Hand.

„Es wäre uns am liebsten, wenn die Sache unter uns bleibt."

Don Lino drehte sich zu seinem Sohn um.

„Bring den Koffer nach Hause. Und macht ihn nicht ohne mich auf. Ich komme gleich nach."

„Wir könnten spazierengehen, wenn es Ihnen recht ist", schlug Carlos vor. „Es ist ein schöner Nachmittag."

„Aber nicht weit, ja? Ich kann es nämlich kaum erwarten, meine Frau zu sehen, und außerdem werde ich bald mit dem Wagen zu einer Versammlung in Negreira abgeholt."

Er senkte die Stimme und blickte sich argwöhnisch um.

„Wir bereiten die Präsidentschaftswahlen vor. Azaña wird sie gewinnen."

Carlos zeigte auf das Kirchenportal.

„Was halten Sie davon, wenn wir dahin gehen?"

„In die Kirche?"

„Nur in ihren Schatten, keine Sorge. Wir könnten unter dem Portal auf und ab gehen. Es ist ein angenehmer Ort, und sogar die Atheisten der Stadt suchen ihn auf, zumindest, wenn es regnet."

Don Lino gab sich einen Ruck und sagte theatralisch:

„Gut, gehen wir hinüber."

Mit resolutem Schritt ging er los. Carlos und Juan folgten ihm schweigend. Auf halbem Weg, als sie die Stelle passiert hatten, in denen sich ein kleiner Trupp Cowboys in imaginären Schützengräben gegen die Sioux verteidigte, drehte Don Lino sich um.

„Wenn man uns zusammen sieht, wird man da nicht denken –?"

„Wir können auch zu Ihnen nach Hause gehen, wenn Ihnen das lieber ist. Im Wohnzimmer –"

„Nein, nein. Mein Haus eignet sich nicht für politische Zusammenkünfte. Es ist das Haus eines bescheidenen Schullehrers. Daß ich Abgeordneter geworden bin, war, wie Sie wissen, eher ein Zufall."

Sie standen nun vor der Kirche. Als Juan das Gitter vor dem Portal öffnen wollte, hob Don Lino die Hand.

„Gehen wir lieber nicht hinein. Lassen Sie uns hier auf dem Gehsteig bleiben und die letzten Sonnenstrahlen genießen."

„Wie Sie wollen." Juan räusperte sich und stellte sich neben Don Lino. „Es geht um die Fischer."

„Um die Fischer? Jetzt fällt es mir erst wieder ein: Sie leben doch in Madrid, Juan, oder nicht?"

„Ja, aber ich bin zurückgekommen, weil sie mich gerufen haben."

„Und ist eine Ihrer Schwestern nicht auch fortgegangen?"

„Sie hat sich gerade mit einem Literaturprofessor, einem Sozialisten, verheiratet."

Don Lino legte die Stirn in Falten.

„Einem Sozialisten? Wer hätte das gedacht! Sie war doch sehr fromm, oder?"

„Wie alle Frauen."

„Stimmt. Meine Frau hat dieselbe Marotte, ich kann sie nicht davon abbringen. Aber sagen Sie mir, was ist mit den Fischern?"

„Sie befinden sich in einer ausweglosen Situation, aus der nur der Staat ihnen heraushelfen kann."

„Der Staat? Und jetzt glauben Sie, ich könnte –?"

„Sie sind ihr Abgeordneter, Don Lino. Alle Fischer haben für Sie gestimmt, auch die Frauen. Vergessen Sie das nicht."

„Ja, da haben Sie recht."

Er schritt mit hinter dem Rücken verschränkten Händen und herausgedrücktem Brustkorb auf und ab. Unter dem offenen Jackett war der Gürtel in den Landesfarben zu sehen. Carlos faßte Don Lino am Arm.

„Sie wissen, daß ich mich für diese Sache eingesetzt habe. Ich habe geholfen, solange ich konnte, aber jetzt kann ich nicht mehr. Es bleiben nur zwei Möglichkeiten: Entweder die Fischer liefern sich Cayetano Salgado aus, das heißt, sie vertäuen die Boote für immer, oder aber die Regierung läßt sich etwas einfallen, um ihnen zu helfen."

„Die Regierung könnte es eigentlich nur befürworten", schaltete sich Juan an, „daß die Gewerkschaft den Versuch wagt, ein Unternehmen zu führen, und wenn der Versuch scheitert, dann an den wirtschaftlichen Zuständen in diesem Land und nicht etwa, weil das Experiment an sich eine Schnapsidee ist."

Don Lino blieb stehen. Er warf Juan einen strengen Blick zu.

„Unser Land befindet sich im Aufwind, mein Freund. Streiks und andere Zwischenfälle zeugen nur von kleineren Wachstumskrisen, es sind unbedeutende Störungen, nichts weiter, aber die Pesete ist stark, und der Kredit, den die Republik im Ausland genießt –"

Carlos zupfte ihn am Ärmel, und Don Lino neigte den Kopf zur Seite, ohne sich jedoch umzudrehen.

„Juan hat sich ungeschickt ausgedrückt", sagte Carlos. „Er wollte andeuten, daß der Kapitalismus in Spanien im Vergleich zur restlichen kapitalistischen Welt im Hintertreffen ist, denn in einem fortschrittlichen Land wie zum Beispiel den Vereinigten Staaten würde die gewerkschaftliche Leitung eines Unternehmens nicht auf solche Schwierigkeiten stoßen, sofern es sich um eine Aktiengesellschaft handelt. Aber hier hat nicht einmal die eine Chance."

Don Lino hob feierlich die Hand und ließ sie auf Carlos' linke Schulter sinken.

„Sagen Sie bloß, Sie verstehen auch etwas von Wirtschaft, Doktor."

„Oh, nein, keine Sorge! Aber Juan Aldán versteht etwas davon. Was ich gerade gesagt habe, habe ich ihn oft sagen hören."

Don Lino wirkte wieder ganz gelassen und lächelte jovial.

„Sie haben die Lage gut erfaßt, gratuliere. Ich bin durchaus kein Marxist, das wissen Sie, und ich bin erst recht kein Syndikalist, aber ich sehe ein, daß der Kapitalismus in unserem Land noch in den Kinderschuhen steckt. O ja! Es ist ein Kapitalismus, der auf dem Land an Feudalismus grenzt. Daher rühren all unsere Probleme. Ein fortschrittlicher Kapitalismus schließt die Beteiligung der Arbeiter am Gewinn ebensowenig aus wie, und das ist Ihr Vorschlag, eine Form des gemeinschaftlichen Eigentums unter dem Dach einer Aktiengesellschaft. Aber Gesetz ist nun mal Gesetz, und man muß sich ihm beugen. Es gibt ein Gesetz über Aktiengesellschaften, jedoch keins über kollektives Gewerkschaftseigentum."

„Ich weise Sie nochmals darauf hin, daß die Fischer bereits eine Aktiengesellschaft gegründet haben. Zu diesem Schritt hatte mir der beste Anwalt in ganz Vigo geraten."

„Wenn das so ist –"

Don Lino hob den Arm und setzte zu einer weitschweifigen Erwiderung an, doch Juan schnitt ihm mit einer Handbewegung das Wort ab.

„Warten Sie. Die politischen Verhältnisse in der Stadt sind noch lange nicht geklärt. Wir halten es für wichtig, einen freien Wählerstamm zu erhalten, einen unabhängigen Kern. Das können die Fischer nur sein, solange sie vom Fischfang leben, und sie hören auf, es zu sein, sobald sie sich gezwungen sehen, auf der Werft um Arbeit zu bitten. Hören Sie genau zu: Ein freier Kern, sechzig Familien, die wirtschaftlich nicht von Cayetano abhängen und die ihm deshalb gegebenenfalls nicht zu Gehorsam verpflichtet sind, ja, die sich ihm sogar widersetzen können, wenn die politischen Gegebenheiten es erfordern."

Don Lino stand noch immer mit erhobenem Arm da. Er

hatte sich seinen Redeschwall nur mit Mühe verkneifen können. Als Juan mit seiner Kurzrede fertig war, beschrieb Don Lino wiederrum eine Geste mit der offenen Hand.

„Wenn das so ist –"

Carlos holte Tabak hervor und bot den anderen davon an. Der Abgeordnete ballte jäh die Faust.

„Nein, danke. In Madrid habe ich mich an die Zigaretten von den Kanarischen Inseln gewöhnt, weil sie schon fertig gedreht sind."

„Ich weise nochmals darauf hin" – Juan machte sich die kurze Pause zunutze – „daß die Angelegenheit Sie etwas angeht, und nur Sie. Die Fischer haben keinen anderen Vertreter im Parlament, und Sie können die Gelegenheit, dem Volk etwas Gutes zu tun, nicht ungenützt lassen."

„Und die Sympathie der Fischer zu gewinnen", fügte Carlos hinzu. „Die Fischer sind anständige Menschen, ja, sie sind fabelhafte Menschen. Das werden Sie merken, sobald Sie mehr mit ihnen zu tun haben und sie näher kennenlernen."

Carlos riß ein Zündholz an und hielt es an Don Linos Zigarette. Juan wartete mit der Zigarette im Mund, bis er an der Reihe war. Dann ließ er sich Feuer geben, und als Carlos das Streichholz an seine eigene Zigarette halten wollte, blies der Abgeordnete es aus. „Verzeihen Sie, das ist eine dumme Angewohnheit von mir."

„Wir haben kein Geheimrezept parat, aber wir werden Ihnen Lösungsvorschläge unterbreiten, von direkten Spenden bis hin zu Steuervergünstigungen", sagte Juan.

Er zog einen prall gefüllten Umschlag aus der Tasche und reichte ihn Don Lino.

„Hier drin ist eine mit Zahlen belegte Beschreibung der Situation, in der die Fischer sich befinden. Schauen Sie es sich genau an."

Don Lino hielt die Zigarette in der Rechten. Seine Gestik beim Sprechen bestritt er jedoch ausschließlich mit dieser Hand, und deshalb störte ihn die Zigarette. Er warf sie auf den Boden.

„Jetzt sofort? Finden Sie nicht auch, daß dies nicht der richtige Augenblick -?"

„Es muß nicht heute nachmittag und auch nicht heute abend sein. Wir haben einen Spielraum von zwei bis drei Wochen. Nehmen Sie die Unterlagen mit nach Madrid, lassen Sie sich beraten, sofern das nötig ist, und nächsten Samstag -"

Don Lino steckte den Umschlag ein.

„Ja, das wird wohl das beste sein. Ich muß mich auf jedem Fall beraten lassen. Danach sehen wir weiter. Wir können zwei Wege einschlagen: den üblichen, das bedeutet, in den Amtsstuben der Ministerien Beziehungen spielen lassen und Fäden knüpfen, den einen um eine Gefälligkeit bitten, den zweiten austricksen und den dritten unter Druck setzen, oder aber den zweiten Weg, der ehrlicher und außerdem direkter ist und der darin besteht, den Fall vors Parlament bringen, ihn den Volksvertretern vorlegen, und ihnen klarmachen, daß -"

Don Lino brach ab. Er hatte die rechte Hand über den Kopf gehoben und bewegte sie wie ein Flamencotänzer.

„Was wir den Abgeordneten sagen wollen, müssen wir uns allerdings gut zurechtlegen, finden Sie nicht auch? Es muß eine wohlüberlegte, treffliche Rede sein, und gleichzeitig direkt, dringlich und ergreifend. In meiner kurzen Zeit als Parlamentarier habe ich die Erfahrung gemacht, daß man die herkömmlichen Mittel der Überzeugungstaktik durch eine zwingende Logik abrunden muß. Die Rede muß ergreifend sein, aber auch überzeugend. Nehmen wir zum Beispiel Azañas Rhetorik, obwohl sie für meinen Geschmack ein wenig unterkühlt ist. Ideal wäre eine Mischung aus Azaña und Castelar. Genau! Wahrheiten wie Faustschläge, in feurige Worte verpackt! Den Geist erheben und das Herz mitreißen!"

Er lehnte sich an das Gitter vor der Kirche. Das Nachmittagslicht verblaßte langsam, die Mauersegler fingen an zu kreischen, die Kinder waren von Texas nach Arizona gezogen. Junge Mädchen standen paarweise an den Ecken des Platzes und warteten darauf, daß die Laternen angingen. Don Lino ließ die Arme sinken.

„Azaña hat noch einen Schwachpunkt: Er spricht immer mit einer Hand in der Jackentasche. Das macht sich nicht gut. Er gibt sowieso keine gute Erscheinung ab."

„Und Gil Robles? Was halten Sie von Gil Robles?"

„Der ist die reinste Schlaftablette."

Clara schnitt auf dem Ladentisch den Stoff für eine Schürze zu: Sie hatte das Schnittmuster mit Nadeln auf dem roten Stoff festgesteckt und folgte mit der Schere den Linien – ratsch, ratsch, ratsch –, mit starrem Blick und sicherer Hand. Sie trug das Haar offen und eine bunte Strickjacke über der weißen Bluse.

Die Kirchturmuhr von Santa María hatte gerade viertel vor acht geschlagen. Um diese Uhrzeit kamen normalerweise keine Kunden mehr. Und wenn die eine oder andere Nachzüglerin doch noch ein paar Nadeln kaufen wollte, dann mußte sie eben klingeln.

Clara legte die Schere weg und hob den Kopf. Ihr Blick fiel auf blaue Hosen und robuste Stiefel. Sie standen auf der Schwelle und bewegten sich nicht. Clara schaute weg, packte die Schere und ballte die Faust.

„Geh weg."

„Willst du mich umbringen?"

Cayetano machte ein paar Schritte auf sie zu. Sie erblickte nun auch ein Stück von seinem Jackett, und es sah aus, als würde es vom Ladentisch unten in leicht schräger Linie abgeschnitten. Und sie sah, wie Cayetanos behaarte Hand aus dem Halbdunkel auftauchte, hochgehoben und auf die Holzplatte gelegt wurde. Sie hielt die Handschuhe und die Baskenmütze fest umschlossen.

„Ich bin gekommen, um dich um Verzeihung zu bitten."

Er sprach mit fester, sicherer Stimme, gelassen und ohne Zaudern. Clara blickte auf und sah ihm ins Gesicht.

„Gut, ich verzeihe dir. Damit ist die Sache erledigt."

Cayetano trat noch ein Stück vor, bis er dicht vor dem Ladentisch stand.

„Ist das alles?"
„Was willst du denn noch?"
„Ich habe dich um Verzeihung gebeten, und du hast mir verziehen. Also, es ist nichts passiert, gestern nicht und vor einer Woche auch nicht. Du stehst hinter dem Tisch, ich davor. Du machst den Laden dicht, und wir gehen irgendwohin. Wohin wollen wir heute abend gehen?"
Sie schüttelte den Kopf.
„Ich gehe nicht mit dir aus. Ich werde nie wieder mit dir ausgehen. Wir können gute Freunde bleiben, mehr nicht."
Cayetano ließ sich nicht aus der Ruhe bringen. Er suchte nach dem Stuhl, auf dem er immer gesessen hatte, zog ihn heran und nahm Platz. Die Baskenmütze und die Handschuhe hatte er auf dem Ladentisch liegen lassen.
„Ihr Frauen seid eben nicht wie Männer, das ist mir klar. Ihr denkt nicht genug nach, nicht einmal du. Und nachdem ich eine ganze Woche gebraucht habe, um mich zu entscheiden, kann ich von dir nicht verlangen, daß du schneller eine Entscheidung triffst als ich. Außerdem blieb dir nichts anderes übrig, als zu warten, und ich bin sicher, daß du jeden Tag auf mich gewartet hast und daß du jeden Abend, wenn du den Laden zugesperrt hast, ein bißchen wütender warst als am Vortag, weil ich nicht gekommen bin, um dich um Verzeihung zu bitten und du mir aber verzeihen wolltest. Das ist alles ganz natürlich, und ich habe Verständnis dafür. Aber jetzt bin ich hier."
Clara rollte den Stoff mit dem Schnittmuster ein, schnürte ihn mit einem Bindfaden zusammen und warf ihn in eine Ecke des Ladens.
„Ich habe keinen einzigen Tag auf dich gewartet, und ich wollte auch nicht, daß du wiederkommst."
Cayetano hatte den Kopf abgewandt. Seine Gesten wirkten so, als wären sie für Zuschauer bestimmt, die ihn von dem still daliegenden Platz aus beobachteten.
„Was sollst du schon anderes sagen! Außerdem gefällt es mir, wenn du so redest. Stolz ist eine sehr gute Eigenschaft, egal, was im Kopf von stolzen Menschen vorgeht. Du gefällst mir,

weil du stolz bist, so stolz wie ein Mann. Ich bin es auch, und trotzdem bin ich gekommen, um dich um Verzeihung zu bitten. Aber bevor ich mich dazu entschlossen habe, wollte ich sichergehen, daß dein Stolz dich nicht soweit treibt, mich zu demütigen oder die üblichen Spielchen mit mir zu treiben. Außerdem bist du intelligent, und deshalb ist dir sicher klar, wie anständig ich mich dir gegenüber verhalte." Er fuhr herum und ergriff ihre Hand. „Ich will nicht um den heißen Brei herumreden. Ich bitte dich um Verzeihung, und ich möchte, daß du mir verzeihst. Vorbei ist vorbei, meinst du nicht auch?"

Clara rührte sich nicht.

„Laß mich los."

Er stand auf, ohne jedoch ihre Hand freizugeben.

„Kommt dir das alles zu plötzlich? Willst du zuerst noch ein paar Tränen vergießen, und soll ich ein bißchen Süßholz raspeln? Meinetwegen. Mach den Laden dicht und laß uns gehen. Oder schließ ihn ab, und ich bleibe hier. Dann kannst du nach Lust und Laune weinen, ohne Angst zu haben, daß dich jemand sieht."

Er ließ sie los, ging zum Ausgang und stieß einen Türflügel auf.

„Halt! Sperr nicht ab."

In diesem Moment tauchten der Richter und Cubeiro auf dem Platz auf. Sie unterhielten sich über die Gemeindesteuern. Cubeiro beschwerte sich darüber, daß die Stadtverwaltung die Steuerzahler zu sehr schröpfe. Er ereiferte sich lauthals und fuchtelte mit den Händen. Der Richter hörte ihm geistesabwesend zu und sagte dann und wann „Ja". In der Mitte des Platzes stieß er Cubeiro mit dem Ellbogen in die Seite.

„Schauen Sie mal!"

Er zeigte mit dem Kopf zu Claras Geschäft.

„Das ist doch Cayetano!"

„Stimmt, und er plaudert mit seiner Freundin, ohne sich darum zu scheren, ob ihn jemand sieht", sagte Cubeiro mit leiser Stimme und schob den Richter zu den Kolonnaden hinüber.

Cayetano trat wieder an den Ladentisch. Seine Züge hatten

sich verhärtet, doch um seinen Mund spielte noch immer ein Lächeln. Clara warf den Kopf in den Nacken, ballte die Fäuste und sah ihn trotzig an. Sie atmete heftig, und ihre Wangen glühten.

„Du sieht gerade sehr hübsch aus, Clara, und ich liebe dich. Verstehst du das denn nicht? Wenn ich dich nicht lieben würde, wäre ich nicht wiedergekommen. Ich liebe dich und ich möchte die Sache zwischen uns in Ordnung bringen. Ich habe gründlich nachgedacht, weißt du? Ich möchte dir einen Vorschlag machen."

Er beugte sich ein wenig vor und machte eine beschwörende Geste.

„Wären wir nicht in Pueblanueva, würde unsere Beziehung ganz anders aussehen. Stell dir vor, wir wären uns woanders begegnet, du mit deinem Leben, ich mit meinem, du mit deiner Vorgeschichte, ich mit meiner. Glaubst du, dann würde es mir etwas ausmachen, daß du mal in Carlos verliebt warst? Es wäre mir völlig egal, und ich würde darauf pfeifen, ob er dich verachtet oder nicht. Ich gehe sogar noch weiter. Ich bin ein moderner Mann und gestehe Frauen das Recht auf ein Eigenleben und Liebe zu. Ich würde mich ohne weiteres damit abfinden, wenn ihr etwas miteinander gehabt hättet. Was ist schon dabei? Wenn zwei Menschen sich lieben, dann hat das seine Gründe: Sie lieben sich, weil sie so sind, wie sie sind, und so, wie sie sind, sind sie wegen ihrer Vorgeschichte. Die Ansichten der Spanier über die Jungfräulichkeit von Frauen sind überholt und unmenschlich. Sie stammen noch aus dem Mittelalter."

Cubeiro drückte sich an einen Pfeiler und zog den Richter am Ärmel zu sich heran.

„Wenn er ein bißchen lauter sprechen würde, könnte man verstehen, was er sagt."

„Ich verstehe ein paar Worte."

„Ach ja? Was sagt er denn?"

„Warten Sie mal."

Der Richter lugte hinter dem Pfeiler hervor und spitzte die Ohren.

Cayetano zog die Pfeife heraus, und ohne sie zu stopfen, steckte er sie zwischen die Lippen. Er sprach mit lebhaftem Gesichtsausdruck und eindringlicher Stimme, und dabei gestikulierte er mit den Händen. Er kramte in den Taschen nach Tabak und machte sich daran, die Pfeife zu stopfen.

„Pueblanueva hat uns vergiftet. Ich benehme mich nicht so, wie ich es für richtig halte, sondern wie die anderen es für richtig halten. Glaubst du, ich merke das nicht? Es ist mir bewußt und tut mir in der Seele weh, und was die anderen für richtig halten, hält auch meine Mutter für richtig. Die Leute in der Stadt könnte ich verachten, aber meine Mutter wird sich kaum ändern, und sie kann ich nicht verachten."

Die Pfeife war gestopft. Wieder steckte er sie zwischen die Lippen, zog das Feuerzeug heraus und legte es auf den Ladentisch.

„Du entsprichst nicht gerade der Idealvorstellung meiner Mutter, das brauche ich wohl nicht zu betonen. Sie weiß, daß ich dich besuche, aber nicht so wie die anderen Mädchen. Entweder weiß sie es, weil man es ihr erzählt hat, oder aber sie hat es erraten. Was Mütter in solchen Dingen für eine gute Nase haben! Anfangs hat sie nichts dazu gesagt, aber irgendwann ist sie mir mit Anspielungen und dann mit Sticheleien gekommen. Jetzt ist sie nur traurig. Bis heute hat sie sich nicht getraut, mir in die Augen zu sehen und mich zu fragen, was ich mit dir vorhabe, und ich weiß nicht, ob sie es sich jemals trauen wird. Mir wäre es lieber, wenn nicht, aber ich fürchte, sie wird es mich irgendwann fragen. Das wird ein schwieriger Moment sein. Du weißt, wie sehr ich sie liebe."

Er tastete nach dem Feuerzeug und ließ es aufflammen. Während er es an die Pfeife hielt, bemerkte er, daß Claras Augenlider flatterten und ihr Gesicht zuckte. Er steckte das Feuerzeug ein, ging zur Wand und drehte sich um.

„Aus Pueblanueva wegzugehen wäre, wie die Freiheit wiederzugewinnen. Wenn wir irgendwo leben würden, wo niemand uns kennt, würden wir uns von allen Vorurteilen freimachen, die unser Leben vergiften. Was könntest du anderswo alles tun! Viele Leute heiraten, um es den anderen rechtzumachen, aber dort, wo niemand den anderen kennt, denken Verliebte nicht daran zu heiraten. Wenn ein Mann wie ich zu der Überzeugung gelangt, daß er eine bestimmte Frau haben will, dann setzt er sich über die Konventionen und Regeln der Gesellschaft hinweg. Mit welchem Recht darf uns ein Richter oder ein Pfarrer oder beide zusammen die Erlaubnis erteilen, miteinander zu schlafen? Wer sind sie, um über unsere Körper zu bestimmen, die uns gehören wie nichts anderes? Außerdem –"

Clara unterbrach ihn behutsam.

„Worauf willst du hinaus?"

Cayetano verschränkte die Arme und hörte auf zu lächeln.

„Ich möchte, daß du sofort aus Pueblanueva weggehst. Zuerst einmal nach La Coruña. Du bekommst alles, was du brauchst, und ich besuche dich jeden Samstag, bis alles endgültig geregelt ist. Dann gehe auch ich fort. Pueblanueva ist mir zu eng geworden. Ich brauche mehr Luft, mehr Licht und einen größeren Spielraum, und hier gibt es das alles nicht. Für einen Mann wie mich ist überall Platz, nur nicht in Spanien. Ich habe sogar schon an Rußland gedacht! Stalin würde mich bestimmt nicht abweisen."

Er sprach voller Begeisterung, seine Augen leuchteten, und seine Hände machten eindringliche Gesten. Clara hörte ihm regungslos zu.

Der Richter flüsterte Cubeiro ins Ohr:

„Ich verstehe ihn nicht gut, nur ein paar Worte, mehr nicht."

„Bleiben Sie hier. Ich schleiche zur Tür."

„Das trauen Sie sich?"

„Wird schon gutgehen..."

Er ging um den Pfeiler herum, verschwand unter den Kolonnaden und näherte sich vorsichtig Claras Laden. Der Richter rührte sich nicht, doch ab und zu riskierte er einen Blick. Clara konnte er nicht sehen, nur Cayetano, der gestikulierend hin und her ging.

Clara fragte:

„Und deine Mutter? Würdest du sie auch nach Rußland

mitnehmen? Oder ist das alles erst endgültig geregelt, wie du es nennst, wenn sie tot ist?"

„Meine Mutter war mir nie im Weg."

„Das ist keine Antwort."

„Was ich mit meiner Mutter vorhabe, braucht dich nicht zu interessieren. Der Mann, der dich liebt, und der, der meine Mutter liebt, ist nicht ein und derselbe, es sind zwei verschiedene Männer."

„Ich sehe nur einen einzigen. Welchen von den beiden soll ich deiner Meinung nach heiraten?"

Cayetano biß die Zähne zusammen.

„Ich schlage dir nicht vor, mich zu heiraten, sondern etwas anderes, das mehr wert ist." Clara wollte etwas sagen, doch er kam ihr zuvor. „Ich bin bereit, dir alle Sicherheiten zu geben, die du haben willst, und zwar mehr, als du bekommen würdest, wenn du meine Frau wärst. Zuerst einmal würde ich dir ein Haus schenken und dir genügend Geld zur Verfügung stellen. Später, wenn meine Eltern nicht mehr leben, würde ich alles, was ich habe, rechtsgültig mit dir teilen. Ich bin kein Träumer, ich weiß, daß ich plötzlich sterben kann, und um nichts auf der Welt möchte ich dich in Armut zurücklassen."

„Ein hübscher Vorschlag", sagte Clara.

Sie kam mit verschränkten Armen und gesenktem Kopf hinter dem Ladentisch hervor. Auf halbem Weg blieb sie stehen. Cayetano wartete ab: Er nahm die Pfeife in die Hand, steckte sie wieder zwischen die Zähne und nahm sie erneut in die Hand.

„Einverstanden?"

Sie hob die Hände, die Innenflächen nach oben gekehrt; das Haar war ihr ins Gesicht gefallen, und bevor sie antwortete, schüttelte sie den Kopf.

„Als ich vor einem Jahr drauf und dran war, mich für tausend Peseten an dich zu verkaufen, wer hätte da gedacht, daß du mir eines Tages die Hälfte von deinem Vermögen anbieten würdest? Ich weiß nicht, wieviele Millionen du hast, und wenn es auch nur wenige sind – ein ganz schöner Unterschied verglichen mit dem, was ich damals von dir verlangen wollte."

Cayetano klopfte mit dem Pfeifenkopf auf den Ladentisch.

„Warum mußt du jetzt damit anfangen?"

„Weil ich gerade daran denken mußte und mich freue. Jetzt kann ich genau abschätzen, was ich wert bin."

Cayetano klopfte noch immer mit der Pfeife auf den Tisch: ein paar Tabakbrösel fielen auf die polierte Holzplatte.

„Ich hatte nicht vor, deinen Wert in Geld auszudrücken."

„Aber ich tue es, und es macht mich stolz, zu wissen, wieviel ich wert bin! Die Hälfte deines Vermögens!"

Cayetano fegte die Pfeife mit der Hand vom Tisch. Sie fiel dicht neben Claras Füßen zu Boden.

„Du rückst die Dinge ins falsche Licht, Clara."

„Im Gegenteil, ich versuche, sie so darzustellen, wie sie sind."

„Ich habe offen mit dir geredet und dir meine Gefühle gezeigt."

„Deine Gefühle machen dir etwas vor."

Cayetano schlug mit beiden Fäusten auf den Ladentisch.

„Ich liebe dich, Clara! Das weißt du genau!"

Clara bückte sich, hob die Pfeife auf und behielt sie in der Hand.

„Daran zweifle ich nicht. Von allem, was du gesagt hast, ist es das einzige, was stimmt. Alles andere –"

„Reicht es dir etwa nicht?"

Clara trat auf ihn zu und hielt ihm die Pfeife hin.

„Hier, nimm. Die Art, wie du vorhin gesprochen hast, hat mich an Carlos erinnert. Viele Worte, um die Wahrheit zu verschleiern! Eigentlich müßtest du besser wissen, was du tust."

„Es kränkt mich, daß du mich mit ihm vergleichst. Ich bin ein Mann, und er ist ein Schwätzer."

„Du bist nicht so verkorkst wie er, das gebe ich zu, aber auch du versuchst, dir etwas vorzumachen."

Sie schlug mit der flachen Hand auf den Ladentisch, und ein bißchen Asche blieb daran kleben.

„Begreifst du denn nicht, du Einfaltspinsel, daß das ganze Wortgeklüngel und Geschwätz für dich nichts anderes sind als

Ausflüchte, um mich nicht heiraten zu müssen? Was hat deine Mutter mit allem zu tun, wo sie doch bisher zwischen uns keine Rolle gespielt hat? Du legst nämlich auf die Meinung anderer Leute mehr Wert, als dir lieb ist. Du hast Angst, sie könnten dich auslachen, wenn du eine Frau heiratest, die in Carlos Deza verliebt war, du hast Angst, daß Carlos dir genau das ins Gesicht sagt und dir erzählt, was zwischen uns war und was nicht. Wer weiß, wovor du noch Angst hast! Und weil du mich liebst, was ich nicht bezweifeln möchte, machst du so ein Gewese, um ein ruhiges Gewissen zu haben und zwei Fliegen mit einer Klappe zu schlagen. Wenn ich in dich verliebt wäre, wäre ich zu allem bereit, ich würde deine Geliebte und wer weiß was noch alles werden, aber ich bin nicht in dich verliebt und werde es auch nie sein können. Dazu müßtest du so werden wie ich, und das halte ich für unmöglich."

Cayetano hatte die Pfeife zwischen die Lippen gesteckt und biß so fest mit den Zähnen darauf, daß sie zitterte. Er hatte die Fäuste geballt und preßte sie an die Oberschenkel. Seine Augen funkelten zornig, und sein Mund verzog sich zu einem hämischen Lächeln. Clara packte ihn am Arm und schüttelte ihn.

„Ärgere dich nicht, sondern lerne, der Wahrheit wie ein Mann ins Auge zu schauen. Du hast mir gerade vorgeschlagen, deine Geliebte zu werden, und es hat mich nicht verletzt. Ich bin dir deswegen nicht böse, aber ich finde es schade, daß du so bist, wie du bist, nämlich im Grunde genommen ein armer Kerl. Der einzige Mensch, der wirklich auf die Meinung der anderen Leute pfeift, bin ich. Ich würde es fertigbringen, mit dir wegzugehen und ein Kind von dir zu bekommen, wenn ich es für richtig halten würde und wenn zwingende Gründe dagegen sprechen würden, daß ich deine Frau werde. Aber deine Argumente überzeugen mich nicht. Heute die eine Ausrede, morgen eine andere, immer nur Lügen und Ausflüchte. Ich kann Lügen aber nicht leiden. So ist es nun mal. Das ist genauso wie mit dem Schmutz."

Claras Hand glitt an seinem Arm herab bis zum Handgelenk. Sie drückte es freundschaftlich.

„Du mußt mich einfach lieben, Clara. Es kann gar nicht anders sein."

„Du bist eigentlich kein schlechter Mensch, aber deine Seele ist vergiftet, da hast du ganz recht, und es wird schwer sein, das Gift loszuwerden, weil du genauso wenig aus Pueblanueva weggehen wirst wie alle anderen. Du siehst ja, mein Bruder wollte nie hierher zurückkommen. Diese Stadt läßt euch nicht mehr los."

„Dich auch nicht."

„Doch, ich werde irgendwann weggehen, sogar früher, als du glaubst."

„Das lasse ich nicht zu." Clara zog die Hand zurück. Er griff nach ihr und hielt sie fest. „Es muß doch eine Lösung geben. Es wäre das erste Mal, daß –"

Clara schüttelte den Kopf.

„Wir wären zusammen nicht glücklich, und vielleicht hätten wir selbst schuld. Es tut mir wirklich leid um dich. Niemand ist so schlecht, daß er nicht ein bißchen Glück verdient hätte."

Sie riß sich von ihm los. Die Pfeife fiel auf den Ladentisch.

„Geh jetzt, na los, geh schon!"

„Ich komme wieder."

„Nein, tu das nicht. Denk daran, was die Leute in der Stadt reden."

Cayetano biß sich auf die Unterlippe.

„Meine Sklaven!" Er stöhnte. „Du hast recht, ich sitze hier fest."

Er schüttelte heftig den Kopf. Dann legte er ihn in den Nacken und reckte entschlossen das Kinn.

„Jetzt, wo mir das bewußt wird, fühle ich mich gezwungen . . . Ich schaffe es, ja, ich werde es tun, und dann komme ich wieder."

Er drückte Claras Hand, setzte die Baskenmütze auf und ging hinaus. Clara blickte ihm nach. Am hinteren Teil des Platzes verlor sie ihn aus den Augen, und sekundenlang starrte sie ins Nichts.

Sie schloß die Tür, suchte nach einem mittelgroßen Stück

Pappkarton, schnitt es zurecht und schrieb mit Pinsel und Tinte darauf:

ZU VERKAUFEN

Danach ging sie ins Zimmer ihrer Mutter.

Cubeiro drückte sich in einen Hauseingang; der Richter versteckte sich im Schatten des Pfeilers. Als Cayetano nicht mehr zu sehen war, trafen sie sich wieder. Cubeiro faßte sich an die Brust.
„Mich hat fast der Schlag getroffen. Wenn er uns erwischt hätte . . .!"
„Jetzt ist die Luft rein, oder?"
„Ja. Sie haben vorhin ganz schön laut geredet, aber Gottseidank haben Sie sich versteckt."
„Das war reine Vorsicht und nicht etwa, weil ich Angst hatte."
Als sie den Platz verließen, fragte Cubeiro:
„Was fangen wir jetzt damit an?"
„Womit?"
„Mit dem, was wir gehört haben."
„Ich habe kaum etwas gehört."
„Ich schon, auf jeden Fall genug."
„Und? Was glauben Sie?"
„Daß sie ihm einen Korb gegeben hat."
„Wollen Sie das jetzt im Casino herumerzählen?"
„Wer? Ich? Ich wäre nicht der Sohn meiner Mutter, wenn ich so etwas herumposaunen würde. Tun Sie es."
Der Richter blieb am Rand des Gehsteigs stehen.
„Hören Sie, Cubeiro, ich bekleide ein öffentliches Amt und bin eine Respektsperson, und ich halte es nicht für gut, mich auf Klatschgeschichten einzulassen. Es ist nämlich nicht dasselbe, ob man zu etwas, das man irgendwo aufschnappt, nur seine Meinung abgibt, oder ob man es an die große Glocke hängt und anderen dadurch Scherereien macht."

Cubeiro legte den Finger auf die Lippen.
„Dann behalten wir es also für uns?"
„Glauben Sie, Sie bringen das fertig?"
„Darauf können Sie sich verlassen."
„Und Ihre Frau?"
„Und Ihre? Werden Sie es ihr erzählen?"
„Darüber habe ich noch nicht nachgedacht."
„Das sollten Sie aber schnell tun, damit wir uns absprechen können. Ich werde das machen, was Sie machen."
Der Richter faßte ihn am Arm, und sie gingen die Straße entlang.
„Wenn man es sich recht überlegt, ist das eher etwas für Frauen als für Männer. Hier geht es um ein Techtelmechtel, das liegt auf der Hand, um nichts weiter als ein Techtelmechtel. Frauen sind immer neugierig, was sich zwischen Pärchen abspielt, sie leben nur dafür. Bei Ihnen ist es doch sicher so wie bei mir: Sie erfahren bestimmt durch Ihre Frau alles über die anderen Leute."
„Teilweise, manchmal aber auch von Ihnen."
„Aber nur, weil ich es vorher von meiner Frau erfahren habe."
„Und die weiß wirklich eine Menge!"
„Es ist einfach nicht dasselbe, ob man ins Casino geht und sagt: ‚Das habe ich von meiner Frau gehört', oder ob man zugeben muß, daß man ein Gespräch zwischen Cayetano und Clara belauscht hat."
„Aha."
„Was heißt da ‚Aha'?"
„Ich begreife allmählich, worauf Sie hinauswollen. Sie meinen, ich soll es meiner Frau erzählen, und Sie erzählen es Ihrer. Die beiden werden sich schon die Hacken ablaufen, um es ihren Freundinnen auf die Nase zu binden, die erzählen es ihren Männern, und dann sind es am Ende nicht wir, sondern Carreira und Don Lino, die die Neuigkeit verbreiten. Damit wären wir aus dem Schneider."
„Eine ausgezeichnete Idee."

„Meinen Glückwunsch, sie stammt von Ihnen."

„Von mir? Sie wollen doch nicht etwa behaupten –"

Er wollte stehenbleiben und Cubeiro seine Meinung sagen, doch dieser ging weiter die Straße entlang.

„Regen Sie sich nicht auf, Mann! Was spielt es schon für eine Rolle, wer die Idee hatte? Hauptsache, wir sind uns einig."

Don Baldomero hörte im Halbschlaf Flötenmusik: Mit dieser Musik hatte es etwas Merkwürdiges auf sich, denn sie schien fern, ja, geradezu himmlisch, und klang doch nah und schrill. Mißtönendes Gekreische begleitete die Musik, und auch das war seltsam, denn die Musik kam näher und entfernte sich, wie eine Schaukel aus Klängen, doch das Gekreische schwang nicht hin und her, sondern bildete vielmehr den Fixpunkt, um den herum die Musik durch die Luft schwebte. Don Baldomero versuchte, die Musik in seine Träume einzubeziehen, und es gelang ihm fast, doch da wurde sie von dem Gekreische wieder herausgerissen, sie schwang wieder hin und her, und mit dem Traum war es vorbei. Don Baldomero versuchte, sich über den Traum und die Musik hinwegzusetzen und zu verstehen, was vor sich ging – vergeblich. Das verwirrte ihn, er warf sich im Bett hin und her und zog die Decke über die Ohren, damit die Flötenklänge nicht in sein schläfriges Bewußtsein drangen: Sie waren jedoch so schrill, daß sie ihm durch und durch gingen und sein nach Stille verlangendes Gehör peinigten. Schließlich wachte er auf. Die Musik wogte jetzt nicht mehr hin und her, sondern war untrennbar mit dem Gekreische verbunden, sie war darin eingehüllt, vermischte sich damit, und zwar ganz in der Nähe, gleich vor seinem Haus. Er stand auf und trat in den Erker. Durch einen Spalt im Vorhang sah er vor der Apotheke, mitten auf der Straße, Paquito den Uhrmacher, der sich wie immer, wenn er zu seinen Liebesabenteuern aufbrach, herausgeputzt hatte und nun, von Gören umringt, auf seiner Flöte spielte. Die Kinder kreischten, hänselten ihn, zupften an seiner Jacke und an den Ärmeln, und er antwortete ihnen mit kecken Tonleitern, hohen und schrillen oder aber dumpfen von abgründiger Tiefe. Don Baldomero mußte lachen, er lachte schallend, bis er sich daran erinnerte, daß er ja eigentlich in Trauer war. Da erstarrten seine Gesichtszüge, er faltete die Hände, blickte zum Himmel auf und bat seine verstorbene Frau, diese Heilige, inständig um Verzeihung. „Ich habe es an dem Respekt mangeln lassen, den du verdienst, aber es war keine Absicht. Auch wenn der spinnerige Uhrmacher mich zum Lachen gebracht hat, so bleibt meine Seele doch traurig."

Er ließ den Vorhang los und ging zurück ins Schlafzimmer. Auf dem Nachttisch stand ein versilberter Rahmen mit einem Bild von Doña Lucía. Ihre großen Augen waren niedergeschlagen, und sie lächelte verschämt. Es war ein altes Photo mit einer Widmung: „Für meinen geliebten Bräutigam, von seiner Lucía." Don Baldomero nahm das Bild und führte es an die Lippen. Dann hielt er es ein Stück weg und sagte mit lauter Stimme: „Der spinnerige Uhrmacher hat mein Herz gerührt, meine Heilige. So wie ich in der Stunde deines Todes bei dir war, hält Paquito seiner Geliebten die Treue, und die Leute machen sich über ihn lustig, wie sie sich vielleicht auch über uns lustiggemacht haben." Wieder küßte er das Bild, dann stellte er es zurück. Das Hausmädchen kam mit dem Frühstück herein. Don Baldomero sprang mit einem Satz ins Bett.

„Guten Morgen. Führen Sie mal wieder Selbstgespräche?"

„Hast du mich belauscht?"

„Man kann Sie bis in die Küche hören."

„Nein, ich führe keine Selbstgespräche. Ich rede mit ihr, weißt du? Und sie hört mir vom Paradies aus zu."

Das Hausmädchen stellte das Tablett mit dem dampfenden Kaffee auf die Bettdecke.

„Ja, ja, jetzt ist es die große Liebe, aber als Ihre Frau noch lebte, haben Sie ihr ganz schön Hörner aufgesetzt."

Don Baldomero faltete die Hände.

„Ich bitte Gott und meine heilige Frau um Vergebung für meine Sünden, und ich bin sicher, daß sie mir vergibt, das hat sie schon zu Lebzeiten getan, aber was den lieben Gott angeht –"

„Seien Sie still und sagen Sie keine Ketzereien! Auch der

liebe Gott wird Ihnen verzeihen, wenn Sie aufrichtig bereuen und nicht rückfällig werden."

„Was weißt du schon von Gottes unergründlichem Ratschluß?"

„Ich weiß, was im Katechismus steht, und daran halte ich mich."

Don Baldomero starrte ins Leere und verrührte gemächlich den Zucker im Kaffee.

„Der Katechismus ist nicht für große Sünder geschrieben. Für die hat der Herr eigene Gesetze, die nicht einmal die Kirche kennt. Das unergründliche Mysterium der Vorsehung! Der Sünder jagt der Gnade nach, doch die Gnade flieht ihn. Gnade, das ist Vergebung."

Er drehte den Kopf weg und ließ den Blick durch den Raum schweifen, als wären der Sünder und die Gnade zwei Fliegen, die sich in den obersten und dunkelsten Winkeln des Schlafzimmers jagten.

„Wenn Sie es sagen, wird wohl etwas dran sein. Nicht umsonst haben Sie im Priesterseminar studiert. Aber wenn es so ist, dann taugt der Katechismus für so gut wie niemanden, denn die Sünder, die ich kenne, sind alle mehr oder weniger so wie Sie. Schürzenjäger, Trinker, schlechte Ehemänner, wie mein eigener, dem der Herr bestimmt auch vergeben hat, obwohl er es nicht unbedingt verdient hat."

Don Baldomero wiederholte mit überheblicher Stimme:

„Was weißt du schon!"

„Ich weiß, was ich zum Leben brauche, und damit basta. Schlafen Sie ja nicht wieder ein, sonst verpassen Sie die Mittagsmesse."

Sie schlug beim Hinausgehen die Tür zu. Don Baldomero trank den Kaffee. Aus den Augenwinkeln betrachtete er Doña Lucías Porträt.

„Die Stimme des Volkes ist die Stimme Gottes, und wenn diese einfache Frau meint, Gott würde mir verzeihen, warum sollte ich ihr nicht glauben? Das wäre hochmütig, und Hochmut ist Sünde. Andererseits würde das bedeuten, daß ich vom Teufel besessen bin, denn anderen Sündern gaukelt der Teufel etwas vor, aber Hochmütige sind von ihm besessen. Das ist ein Axiom der Scholastiker."

Er streckte den Arm aus und nahm Lucías Porträt in die Hand. Dabei verrutschte das Tablett. Mit einem raschen Griff hielt er es fest, damit es nicht herunterfiel, und stellte es auf den Boden. Das Bild ließ er auf dem Bett liegen. Dann richtete er sich erneut auf, beugte sich zur Seite und holte aus dem Nachttisch eine Flasche, die er darin versteckt hatte. Er trank einen Schluck Schnaps, wischte sich den Mund ab und räumte die Flasche wieder weg.

„Dir brauche ich nicht zu sagen, daß ich kein Trinker bin. Du kannst in alle Herzen blicken und weißt, daß ich einen festen Vorsatz habe, und wenn ich mir ab und zu ein Schlückchen genehmige, dann nur, weil man eine alte Angewohnheit nicht einfach ablegen kann. Die Ärzte sagen, das sei gefährlich. Ich trinke weiter, aber immer weniger, und eines Tages höre ich ganz auf. Erinnere dich nur: Früher hatte ich um diese Uhrzeit schon ein halbes Viertel intus. Das eben war heute mein erster Schluck, und bis zum Mittagessen gibt es keinen Tropfen mehr. Keinen Tropfen. Das schwöre ich!"

Don Baldomero küßte vor dem Porträt seine gekreuzten Finger. Er streckte sich auf dem Bett aus, zog die Knie an und stellte den Bilderrahmen darauf.

„Ich muß in meinem Kopf Klarheit schaffen, meine Heilige. Wie soll ich sonst deine Botschaften verstehen? Für dich ist es leicht, mir zuzuhören, aber deine Stimme dringt nur ziemlich undeutlich zu mir. Ich frage mich zum Beispiel gerade, ob es etwas zu bedeuten hatte, daß mich die Flöte des Uhrmachers geweckt hat. Gehen wir mal davon aus, daß es nicht so ist. Trotzdem, es ist ihm zu verdanken, daß ich über den Hochmut nachgedacht habe und darüber, ob ich vom Teufel besessen bin. Ich muß in meinem Kopf Klarheit schaffen. Der Teufel kann mich nicht für immer besitzen, sondern nur vorübergehend. Er kann meinen freien Willen nicht völlig beherrschen. Er wird solange in meinem Herzen hausen, wie ich es nicht merke, aber du paßt im Himmel auf mich auf, du betest für mich, und deine

Gebete wirken schnell wie der Blitz, sie sind wie eine unerwartete Erleuchtung, und die habe ich soeben gehabt. Jetzt ist alles klar und überschaubar. Der Teufel ist in mir, und ich muß mich von ihm befreien. Aber der Teufel ist schlau, viel schlauer als ich. Er will mir etwas vorgaukeln, der durchtriebene Kerl. Warum komme ich eigentlich nicht von allein darauf, daß ich nicht vom Teufel des Hochmuts besessen bin, sondern vom Teufel der Trunksucht? Ach, Lucía, meine Liebe, wie klar mir alles dank deiner Hilfe wird! Das alte Schlitzohr sagt gerade zu mir: ‚Hauptsache, du hörst mit dem Trinken auf'. Und weißt du, warum? Damit ich mich verausgabe, indem ich gegen dieses Laster ankämpfe und in einem unnützen Kampf die Kräfte vergeude, die ich bräuchte, um mich vom Hochmut zu befreien. Ich habe dich durchschaut, du Satansbraten! Du willst mich in die Irre führen und mir weismachen, daß mir nicht verziehen wird, solange ich trinke. Dabei hat das eine mit dem anderen überhaupt nichts zu tun, das wollen wir mal klarstellen! Ich weiß sehr gut, was meine wirklichen Sünden sind und bei welchen ich Angst haben muß, daß Gott sie mir nicht verzeiht."

Er streckte die Beine aus dem Bett und schlüpfte in die Pantoffeln. Die Hose hatte er über einen Stuhl gelegt. Er zog sie an. Das Nachthemd hing zur Hälfte aus dem Hosenbund; in diesem Aufzug betrachtete er sich im Schrankspiegel: zerwühltes, schütteres Haar, Triefaugen, schlaffe Wangen.

„Na, eine schöne Visage hast du!"

Er rief nach dem Hausmädchen. Sie antwortete aus der Küche. Don Baldomero steckte den Kopf zum Schlafzimmer hinaus und trug ihr auf, ihm ein frisches Hemd und neue Unterwäsche zu bringen. Danach fing er an, sich zu waschen.

Um viertel vor zwölf trat er auf die Straße hinaus. Die Sonne brannte heiß, und die Weste wurde ihm zu warm. Er ging ins Hinterzimmer der Apotheke, zog sie aus, legte sie auf einen Stuhl und verließ die Apotheke wieder. Die Türen und Fenster des Casinos standen offen. Er ging auf der anderen Straßenseite vorbei, doch man rief nach ihm.

„Ich gehe zur Messe. Nachher schaue ich vorbei."
„Kommen Sie, trinken Sie ein Gläschen mit uns!"
„Nachher, nachher."
„Ich schwöre Ihnen, es ist kein Arsen drin!"
„Lassen Sie die Scherze!"
Als das Wort Arsen fiel, mußte er lächeln. Mit ruhigem Schritt und gesenktem Kopf ging er die Straße weiter bis zum Platz. Er hatte noch ein paar Minuten Zeit, also stellte er sich ins Kirchenportal und zündete eine Zigarette an. Nur wenige Leute betraten die Kirche, Landvolk. „So ein Unrecht, und niemand will etwas dafür können! Die Reichen, die ein bißchen mehr von Religion verstehen, sind zur Kirche unten am Meer übergewechselt. Nur die Armen kommen nach wie vor hierher. Und was ist, wenn diese Malereien, wie ich befürchte, eine teuflische, unheilvolle Ausstrahlung haben? Warum sollten die anderen das, was ich so eindeutig wahrnehme, nicht auch unbewußt fühlen? Es ist nicht zu fassen, daß man sich um die einfachsten Seelen in der Schar der Gläubigen so wenig kümmert! Der Pfarrer hätte dieses Christusbild längst mit Kalk übermalen lassen sollen. Es an der Wand zu lassen ist so, als hätte man den Feind Gottes auf den Thron gehoben. Der Teufel lacht sich bestimmt ins Fäustchen! Aber mir soll es egal sein." Er sah, wie Clara den Platz überquerte; sie kam an ihm vorbei, sagte „Guten Tag" und trat ein. Don Baldomero blickte ihr nach. „Caramba! Was für ein hübsches Ding sie ist! Aber auch mit ihr wird es ein böses Ende nehmen, wenn ich mich nicht dazu durchringe, sie zu warnen." Die Glocke läutete zur Messe: Er warf den Zigarettenstummel fort, nahm den Hut ab und drückte die Tür auf. Das Licht war noch nicht angeschaltet; im Presbyterium brannten ein paar Wachskerzen. Er machte es sich auf der hintersten Bank bequem, schloß die Augen und wartete ab. Als das Licht aufflammte, öffnete er sie wieder. Er suchte im vorderen Teil der Kirche nach den unerbittlichen Augen der Christusfigur und entdeckte stattdessen einen riesigen dunkelvioletten Fleck. Er begriff nicht gleich.

„Natürlich! Heute ist ja Ostersonntag!"

Tücher hingen vor der Apsis und schluckten das Licht. In der Kirche war es nicht so hell wie sonst, und seine Augen wurden nicht geblendet. Don Baldomero konnte den Blick schweifen und verweilen lassen; und das tat Herz und Seele gut. Er empfand tiefe Erleichterung. Er kniete nieder und verbarg das Gesicht in den Händen.

„Ich verstehe, was du mir damit sagen willst, Lucía, ich verstehe es, glaube mir. Aber wer treibt den Teufel mit dem Beelzebub aus?"

Plötzlich hatte er ein Bild vor Augen, das ihn erschauern ließ: Er sah, wie die Tücher brannten; große Flammen loderten empor, leckten an den Wänden und erzeugten eine dichte, dunkle Rauchwolke. Das Presbyterium war von Qualm erfüllt; der Rauch verhüllte alles, schwärzte alles, dämpfte den Feuerschein; in den Rauchsäulen bildeten sich Wirbel. Und aus der Mitte der Wolke drang schrilles Gelächter, gräßliches, übermenschliches Gelächter. Wieder schloß Don Baldomero die Augen: Die Vision dauerte an; der Rauch wurde immer dichter und drohte, ihn einzuhüllen. Er bekreuzigte sich, sprach ein Stoßgebet und schlug sich dreimal vor die Brust: „Herrgott, Herrgott, Herrgott!" Der Rauch und die Flammen waren noch immer da, tief hinten in seinem Hirn, sie wurden immer größer und entzogen sich seinem Willen. „Wenn es den Flammen standhält, ist es kein Bildnis des Teufels!" Er begann zu zittern. „Ist das deine Botschaft, meine Heilige?" Wieder verbarg er das Gesicht in den Händen und überließ sich dem Fluß der Zeit...

Die Flammen wurden langsam kleiner, der Qualm lichtete sich. Als die Sicht wieder frei war, erblickte Don Baldomero eine geschwärzte Apsis. Der Putz war von den Wänden gefallen, und dort, wo sich das Christusbild befunden hatte, gähnte ein riesiges, unergründliches Loch, in dem die letzten Flammen erstarben, durch das der Rauch entschwand wie durch den Abzug eines Kamins. Don Baldomero fühlte sich von jenem Schlund angezogen; in Gedanken wagte er es, den Kopf in das Loch zu stecken. Er erblickte eine Art gigantischen, auf den dampfenden Resten des Chaos errichteten Thron. Aus dem gleißenden Licht in der Ferne drang eine Stimme, die Don Baldomero sogleich erkannte: „Schön angeschmiert hast du mich, Baldomero!" Er schlug die Augen auf. Vor den dunkelvioletten Vorhängen stand der Pfarrer und las aus dem Evangelium. Don Baldomero erhob sich, schlug das Kreuzzeichen...

„Das ist ein ganz schön heikler Auftrag, Lucía. Ich weiß nicht, ob ich mich traue."

Don Lino erschien gegen Mittag in einem neuen Anzug und mit bunter Krawatte. Die Männer im Casino scharten sich um ihn, jedoch in gebührendem Abstand, damit sich der Abgeordnete nicht bedrängt fühlte. Sie schoben ihm sogar einen Schaukelstuhl hin. Während er über die neuesten Geschehnisse berichtete, verzehrte er eine Portion Hummer, zu der man ihn einlud: Er lobte die gute Qualität des Hummers und meinte, in Madrid sei er unerschwinglich und es sei bestimmt ein gutes Geschäft zu machen, wenn man es durch ein anderes Transportsystem bewerkstelligen könnte, ihn schneller und zu niedrigeren Preisen auf dem Markt zu bringen. Dazu trank er einen weißen Albariño, für den er ebenfalls voll des Lobes war. So würzte er also seine Berichterstattung mit Lobeshymnen auf die einheimische Küche, die bei den Männern um ihn herum auf einhellige Zustimmung stießen.

Bevor er zu längeren theoretischen Erörterungen ansetzte, räusperte er sich und zündete sich eine kanarische Zigarette an, deren blauer Dunst jede seiner Handbewegungen begleitete. Seine Rede gliederte sich in zwei Teile. Im ersten, der eher sarkastisch war, erging er sich in einer Hetztirade gegen die klerikale Rechte und prangerte aufs heftigste deren Machenschaften gegen die Republik an; der zweite, dem es an Dramatik nicht fehlte, war eine einzige Anklage gegen das wenig demokratische Verhalten der Fraktion der Sozialistischen Partei, die allem Anschein nach ihre Verpflichtungen gegenüber den Republikanern vergessen habe und drauf und dran sei, sich von der sowjetischen Sirene verführen zu lassen. Don Lino nannte keine Namen, doch ein paar Anspielungen genügten, und schon wußten die Männer im Casino, von wem die Rede war. „In den Reihen der Sozialistischen Partei, die laut Programm für die parlamentarische Demokratie eintritt, brütet man die Hydra der Autokratie aus, und jetzt erheben sich zum Schrecken der wahrhaftigen Republikaner die sieben Köpfe der Tyrannei. Die bolschewistische Doktrin von der Diktatur des Proletariats infiziert die Sozialistische Partei und verführt die Jugend. In Uniform und im Gleichschritt wie Soldaten sieht man sie in Madrid durch die Straßen marschieren. Sie behaupten, sie würden gegen den Faschismus antreten. Pah! Ist das, was sie dem Faschismus entgegensetzen, nicht ein Faschismus der Linken? Das ist gefährlich, meine Herren! Wir haben den Kapitalisten Garantien gegeben, und jetzt lavieren sie herum und machen halbe Sache. Natürlich nicht alle, denn auch unter den Geschäftsleuten und Bankiers gibt es überzeugte Republikaner. Aber es genügt schon, wenn in unserem Land bei einem Teil der Reichen Unsicherheit herrscht, vor allem, wenn sich herausstellt, daß die Rechte konspiriert, Hitzköpfe und besoldete Agitatoren vor ihren Karren spannt, damit sie die öffentliche Ordnung unterminieren und ihnen somit einen legalen Vorwand liefern, um die Rechtsordnung außer Kraft zu setzen."

„Mit anderen Worten", unterbrach ihn Cubeiro, „die Lage ist brenzlig."

Don Lino machte ein paar komplizierte Schritte wie ein Tänzer und drehte sich ihm zu.

„Keineswegs. Das Schiff der Republik durchkreuzt zwar stürmische Gewässer, doch es befinden sich die besten Lotsen und Kapitäne an Bord. Sie werden die Gefahren umschiffen, die Widersacher auf beiden Seiten ausschalten und schließlich in den Hafen der Ruhe, der Gerechtigkeit und des Friedens einlaufen."

„Ihr Wort in Gottes Ohr!" sagte Carreira. „Wir beklagen uns ja nicht, denn Unruhen, was man so Unruhen nennt, hat es hier nicht gegeben. Aber was draußen vorgeht, beschäftigt uns natürlich."

Mit einem zornigen Funkeln in den Augen stellte Don Lino den Kinobesitzer zur Rede.

„Da haben wir es, mein Freund, da haben wir es! So ist es, wenn man von Politik keine Ahnung hat! Sie denken wie ein Rechter. Solche Leute haben auch nur die öffentliche Ordnung im Sinn, egal, wie sie zustandekommt. Aber sagen Sie mir: Wieso herrscht in Pueblanueva Zucht und Ordnung? Etwa weil die Einwohner in Staatsbürgerkunde gelernt haben, sich gegenseitig zu respektieren? Oder weil sämtliche Unruhestifter aus der Gesellschaft dieser Stadt verbannt sind? Nein, meine Herren. In Pueblanueva rührt sich keine Ratte vom Fleck, weil es jemanden gibt, der das verbietet! In Pueblanueva, wo früher die Grafen herrschten, deren stolze Festung auf Befehl tyrannischer Monarchen niedergerissen wurde, herrscht heutzutage ein Feudalismus neuer Prägung, ein industrieller Feudalismus, der den Schlüssel zu den Bäuchen der Städter in der Hand hält und zu ihnen sagt: ‚Entweder ihr gebt Ruhe oder ihr kriegt nichts zu essen!' Doch das, meine Herren, ist nicht das Ziel der Republik. Die öffentliche Ordnung darf nicht das Ergebnis von Zwang und Unterdrückung sein, sondern eines freiwilligen und aus freien Stücken eingegangenen Paktes. So lautet die wahrhafte republikanische Doktrin, die hier leider bei weitem noch nicht in die Praxis umgesetzt ist."

Carreira, der sich von Don Linos massiger Gestalt bedrängt fühlte, war immer mehr zurückgewichen. Den letzten Satz hatte der Abgeordnete mit besonderem Nachdruck gesagt und mit drei Gesten unterstrichen, wobei seine Hand jedesmal Carreiras Nase streifte. „Passen Sie doch auf Ihre Hand auf!" rief Carreira, und der Abgeordnete steckte sie seelenruhig in die Hosentasche.

„Was glauben Sie, Don Lino? Gehört Cayetano zu den demokratischen Sozialisten oder zu den anderen?" Die Frage stellte ein Heimkehrer, der erst vor kurzem „von drüben" zurückgekommen und über die lokalpolitischen Details noch nicht im Bilde war. Er hieß Don Rosendo.

„Kommt drauf an, wie man es betrachtet."

Don Lino warf einen raschen Blick auf die Eingangstür. Cubeiro beruhigte ihn. „Keine Sorge, der junge Herr ist heute morgen verreist." Don Lino holte tief Luft und schnaubte durch die Nase.

„Nun, je nachdem, wie man es betrachtet. Obwohl er sich eindeutig wie ein Despot aufführt, kann ich mir nicht vorstellen, daß er sich über die Annäherung der Linksparteien an den Kommunismus freut, denn egal, wie man es sehen will – und in dieser Hinsicht dürfen wir uns keine Illusionen machen –, Cayetano Salgado ist im Grunde ein Kapitalist, wenn auch, das möchte ich einräumen, ein aufgeklärter."

„Ich habe den Eindruck, daß er sich seit einiger Zeit nur wenig für Politik interessiert." Der Richter warf Cubeiro aus den Augenwinkeln einen Blick zu, und sie tauschten ein Lächeln. „Sie haben bestimmt schon von der Sache mit Clara Aldán gehört."

„Was? Geht er jetzt etwa auch mit der ins Bett?" fragte der Heimkehrer.

Cubeiro fing an zu lachen. Der Richter wurde von seinem Gelächter angesteckt.

„Lassen Sie es sich von Don Lino erzählen! Don Lino weiß Bescheid wie kein anderer!"

Der Abgeordnete setzte sich in den Schaukelstuhl und wandte sich an den Heimkehrer aus Amerika.

„Mein Herr, Sie glauben doch nicht etwa, daß ich meine Zeit mit solchen Lappalien vergeude. Ja, ich bin in der Tat gut informiert, weil diese Angelegenheit eine politische Dimension annehmen kann, was den Klatschweibern in dieser Stadt allerdings nicht bewußt ist. Cayetano geht mit dieser jungen Frau nicht ins Bett, ganz im Gegenteil, Cayetano möchte sie heiraten, aber sie hat ihm einen Korb gegeben. Ich frage mich: Wie kommt es, daß sich ein Mann, über dessen Erfolg bei Frauen wir nicht lange zu reden brauchen, weil er sattsam bekannt ist, sehr zum Verdruß vieler ehrbarer Leute, wie kommt es, daß sich so ein Mann mit den besten Absichten an eine Frau heranmacht, deren Ruf stark zu wünschen übrig läßt? Auf den ersten Blick scheint dies paradox. So sehen es jedenfalls die Klatschbasen in der Stadt. Sie begreifen es nicht. Aber wenn Sie bereit sind, zusammen mit mir den politischen Aspekt dieser Sache zu betrachten, dann wird Ihnen allen ein Licht aufgehen. Also: Wer ist diese junge Frau mit dem üblen Ruf? Die einzige eheliche Tochter des verstorbenen Conde de Bañobre, einem Spinner, den Sie besser gekannt und unter dem Sie mehr gelitten haben als ich, weil ich damals noch nicht Lehrer in Pueblanueva war. Seine einzige eheliche Tochter und Erbin, wohl gemerkt: *Erbin!*"

„Seiner Schulden?" fiel Cubeiro ihm ins Wort.

Don Lino warf ihm einen vernichtenden und zugleich überheblichen Blick zu.

„Seines Adelstitels, Mann! Sagen Sie bloß, Sie haben noch nicht gemerkt, daß Cayetano Salgado einer von diesen Typen ist, die als Sozialisten anfangen und im Lauf der Zeit Schritt für Schritt zu den Rechten überwechseln oder sich zumindest beide Optionen offenhalten. Der Öffentlichkeit zeigen sie ihr demokratisches Gesicht, das andere behalten sie sich fürs Privatleben vor. Wir haben so einen Fall gleich nebenan: Ich meine damit den Republikaner Valladares, der eine Gräfin geheiratet hat, sich jetzt selbst Graf nennt und den Titel innen aufs Hutband geschrieben hat. Das habe ich selbst gesehen."

Er klopfte mehrmals auf die Marmorplatte des Tisches.

„Setzen Sie doch mal Ihren gesunden Menschenverstand ein! Warum sollte Cayetano sonst ein Mädchen hofieren, das er zu seiner Geliebten machen könnte, indem er ihr das bietet, was er all den anderen geboten hat? Ich sage Ihnen, meine Herren: Wir haben es hier mit einem Fall von politischer Tragweite zu tun, auf den ich gefaßt war, und wer weiß, ob nicht die Unsicherheit unter manchen Reichen, von der ich vorhin sprach, auch hier eine Rolle gespielt hat." Er stand auf und stieß den Schaukelstuhl mit einem kräftigen Schubs weit weg. „Deshalb bin ich entschlossen, mich in dieser Stadt für unverfälschte demokratische Prinzipien einzusetzen. Sollte nämlich eines Tages, vielleicht in gar nicht so ferner Zukunft, der alte Kampf zwischen Freiheit und Tyrannei erneut aufflammen, wer wird sich dann an die Spitze der neuen Freiheitskämpfer stellen? Der äußere Schein trügt, denn die Realität ist, wenn auch unter einem anderen Deckmantel, dieselbe geblieben! Heutzutage gibt es hier keine Burgen und Schlösser mehr, aber es gibt Fabriken! Wer sagt Ihnen, daß sich nicht zumindest eine von ihnen als Hochburg des Bonzentums in seiner übelsten Form entpuppen wird?"

Hochaufgerichtet stand Don Lino mit feierlich verklärter Miene und glänzender Stirn da. Der Heimkehrer schien überwältigt, und mit leiser Stimme sagte er zu seinem Nachbarn: „Ein Mann wie der würde es in Amerika bis zum Präsidenten bringen!" Nach und nach legte Don Lino das majestätische Gebaren ab: Es war, als würde sein Körper die Erhabenheit in sich hineinsaugen, als würde die hoheitsvolle Ausstrahlung, die ihm aus allen Poren gedrungen war, wieder in ihre geheimen Speicher zurückströmen. Der Richter rief halblaut:

„An dem Tag, an dem Sie vor dem Parlament sprechen –"

Ein lautes Klingeln ließ ihn mitten im Satz verstummen. Die Tür ging auf, und Don Baldomero trat ein. Den Hut in der Hand und ein melancholisches Lächeln auf den Lippen, ging er geradewegs auf die Gruppe zu.

„Guten Tag, die Herren!"

„He, du!" rief Cubeiro dem Burschen an der Bar zu. „Ein Gläschen Gift für Don Baldomero!"

10. KAPITEL

Das Telegramm, in dem der Zivilgouverneur in der Karwoche alle Prozessionen untersagte, traf am Karfreitag in letzter Minute im Rathaus ein. Die Pfarrer und Kaplane der Kirchen von Pueblanueva erhielten den genauen Wortlaut am Samstagvormittag. Doña Angustias hatte eine beachtliche Summe zum Kauf von Palmzweigen gespendet, die nun in einer Ecke der Sakristei darauf warteten, in der Hafengegend durch die Straßen getragen zu werden. Es gab große, dicke, bäumchenartige Zweige für die Geistlichen und die älteren Leute, sowie zarte, dünne für die Vorsitzenden und Leiterinnen der einzelnen religiösen Frauenzirkel. Die buschigen, mit bunten Bändern geschmückten Wedel waren für die Schar der Mädchen und Jungen gedacht. Alle anderen sollten Oliven- und Lorbeerzweige tragen.

Der Pfarrer blickte abwechselnd vom Schreiben des Stadtrats zu dem Stapel von Palmwedeln und zurück.

„Nun, das ist schade. Es sollte nämlich eine besonders prächtige Prozession werden."

Der Vikar, der ihm den Rücken zugekehrt hatte, legte gerade das Ornat ab.

„Ich an Ihrer Stelle würde mich damit nicht einfach abfinden."

„Was soll ich denn tun? Zum Bürgermeister gehen und mich beschweren? Der wirft mich im hohen Bogen raus."

„Stimmt."

„Zu wem also? Etwa zum Gouverneur? Der ist noch schlimmer, dieser jähzornige Freimaurer."

Der Vikar hielt die Stola in der Hand und lächelte ihn verschmitzt an.

„Haben Sie schon an Doña Angustias gedacht?"

„Doña Angustias hat in der Zivilregierung nichts zu sagen."

„Aber ihr Sohn hat in der Stadt etwas zu sagen."

Der Pfarrer las das amtliche Schreiben erneut. Er blickte von dem Blatt auf und starrte ins Leere.

„Auf jeden Fall ist es einen Versuch wert. Mehr als eine Abfuhr können wir nicht kriegen."

„Es kommt nur darauf an, wie Sie es anstellen." Der Pfarrer hob den Telephonhörer ab; der Vikar, der das Chorhemd schon halb ausgezogen hatte, eilte zum Tisch und hielt seine Hand fest. „Nein, nicht telephonisch! Persönlich!"

„Vielleicht haben Sie recht."

„Und zwar sofort! Schieben Sie es nicht auf die lange Bank. Ich kümmere mich hier um alles."

„Sie haben doch noch nichts gegessen."

„Ich halte schon durch."

Der Pfarrer setzte sich den Priesterhut auf. Der Vikar hielt ihm beflissen den Umhang hin.

„Binden Sie sich einen Schal um. Morgens ist es kalt."

Der Pfarrer ging hinaus. Die Sonne kämpfte tapfer gegen den hartnäckigen Nebel an, und über dem Meer schimmerte schon hier und dort blau der Himmel durch. Der Pfarrer ging an der Ufermauer entlang und durchquerte das Viertel der Fischer. Einige Frauen und Kinder grüßten ihn; ein paar Männer sahen ihn abweisend an. Am Eingang zur Werft wandte er sich an den Pförtner.

„Ich möchte die Señora sprechen."

Es dauerte eine Weile, bis man ihn einließ. Doña Angustias frühstückte gerade und bot ihm Kaffee an. Der Pfarrer erläuterte ihr sein Anliegen. Doña Angustias meinte: „Wo soll das nur enden?" Und: „Bald ist die Welt ganz den Ketzern ausgeliefert!" Der Pfarrer betonte, es sei schade um die wunderschönen Palmwedel und man wolle mit dieser Maßnahme dem Osterfest und der Freiheit der Kirche schaden. „Sie brauchen nicht weiterzureden! Ich werde auf der Stelle mit meinem Sohn sprechen!" Sie gingen zusammen hinunter. Doña Angustias hatte das Schreiben an sich genommen. Der Pfarrer verabschiedete sich an der Tür, und Doña Angustias betrat die Büroräume. Alle erhoben sich. Martínez Couto begrüßte sie im Namen der Belegschaft. „Soll ich Sie begleiten, Señora?" – „Nein, nein, vielen Dank. Ich kenne mich hier bestens aus."

Cayetano, der sich über ein paar Pläne gebeugt hatte, hob den Kopf, als er die Tür aufgehen hörte. Er kam seiner Mutter entgegen.

„Was führt dich her?"

Doña Angustias nahm Platz, forderte Cayetano auf, sich neben sie zu setzen, und reichte ihm das Schreiben des Stadtrats.

„Hier, lies."

Cayetano überflog es.

„Gut. Und?"

„Das geht nicht, mein Sohn! Wir Christen haben ein Recht auf unsere Feiern, und kein Bürgermeister oder Gouverneur kann sie uns verbieten. Außerdem habe ich das Geld für die Prozession morgen gespendet und wollte an ihr teilnehmen."

„Was soll ich tun?"

„Mit dem Gouverneur reden."

„Ich bin mit ihm nicht befreundet."

„Dann eben mit dem Bürgermeister. Oder willst du mir etwa erzählen, der Bürgermeister würde nicht auf dich hören?"

„Das habe ich nicht gesagt, Mutter!"

„Das solltest du auch nicht, ich würde es dir nämlich nicht glauben. In der Stadt wird immer getan, was du willst, egal ob die Linken oder die Rechten regieren. Jetzt müßte es erst recht so sein, wo du diese Leute doch selbst ernannt hast."

Cayetano griff zum Telephon. Sie hielt ihn zurück.

„Nicht per Telephon. Wichtige Dinge muß man persönlich erledigen."

„Liegt dir so viel daran?"

Doña Angustias erhob sich.

„Wenn es mir nicht wichtig wäre, hätte ich dich nicht damit belästigt."

Er nahm ihre Hand.

„Du belästigst mich nie, Mutter."

„Den Eindruck habe ich aber nicht gerade. Alle sagen, du hättest dich verändert, und sogar dein Verhalten mir gegenüber hätte sich geändert."

Sie quetschte eine Träne hervor. Cayetano stand auf und schob seine Mutter sanft zur Tür.

„Das darfst du nicht denken. Geh jetzt und mach dir keine Sorgen. Ich werde sofort mit dem Bürgermeister sprechen."

Er begleitete sie zum Ausgang. Als sie die Büroräume durchquerten, sagte er, er werde in einer halben Stunde zurücksein. Er stieg ins Auto, fuhr zum Platz und hielt vor dem Rathaus. Der wachhabende Polizist zog die Mütze, als Cayetano an ihm vorbeikam. Cayetano eilte zwei Stufen auf einmal nehmend die Treppe hinauf, ging durch mehrere kurze Gänge und betrat, ohne sich anzumelden, das Büro des Bürgermeisters. Der Bürgermeister besprach gerade etwas mit seinem Sekretär. Als Cayetano eintrat, warfen sich die beiden einen raschen Blick zu und standen auf.

„Guten Tag, Don Cayetano."

Der Bürgermeister wies auf den Stuhl am Kopfende des Tisches.

„Bitte nehmen Sie Platz. Fühlen Sie sich ganz wie zu Hause. Was führt Sie zu uns?"

Cayetano warf die Baskenmütze auf den Tisch und bot den beiden eine Zigarette an.

„Dürfte ich mal das Telegramm des Gouverneurs sehen, in dem es um die Prozessionen geht?"

Dem Bürgermeister verschlug es vor Überraschung die Sprache. Der Sekretär kramte diensteifrig in einem Stapel Papiere. Er zog einen bläulichen Bogen hervor.

„Hier ist es."

Cayetano überflog es rasch und drückte es dem Bürgermeister in die zitternden Hände.

„Schön und gut, aber es gilt nicht für Pueblanueva."

„Don Cayetano!"

„Es mag eine geeignete Maßnahme sein, um in großen Städten die öffentliche Ordnung zu wahren, weil es dort schwer ist, die verschiedenen Gruppierungen in Schach zu halten, aber Pueblanueva ist eine zivilisierte Stadt. Hier wird nichts passieren."

Beklommen machte sich der Sekretär daran, Akten zu ordnen. Der Bürgermeister hielt den Blick gesenkt.

„Woher wollen Sie das wissen?"

„Weil ich es befehle."

„Aber es gibt gewisse Elemente –"

„Falls es die wirklich gibt, dann sorgen Sie dafür, daß sie sich ruhig verhalten. Wenn sie aufmucken – ab ins Gefängnis mit ihnen!"

Der Bürgermeister warf ihm einen flehenden Blick zu.

„Don Cayetano, ich riskiere meinen Posten!"

„Ich versichere dir, daß nichts passiert."

Entmutigt ließ der Bürgermeister den Kopf sinken.

„Wenn Sie es sagen..."

Er kratzte sich hinter dem Ohr und sah den Sekretär an, doch der hatte sich über eine Mappe gebeugt und stellte sich taub.

„Trotzdem, es wäre besser, wenn Sie mit dem Gouverneur sprechen würden. Schließlich hat er die Anordnung erteilt."

Cayetanos Stimme nahm einen harten Klang an.

„Seit wann haben Gouverneure in Pueblanueva etwas zu sagen?"

„Früher nicht, das weiß ich, aber ich dachte, jetzt –"

Cayetano packte ihn am Arm und zog ihn zu sich hin.

„Der Unterschied zwischen früher und jetzt ist nur der, daß wir einen neuen Bürgermeister haben. Früher war es ein anderer, jetzt bist du es."

„Ja, das stimmt."

„Also setz gefälligst einen amtlichen Schrieb auf, in dem du die Prozessionen genehmigst. Du kannst natürlich dazuschreiben, daß du von den Geistlichen erwartest, daß sie ihre Gläubigen zur Wahrung der Öffentlichen Ordnung anhalten, daß du sie für alles verantwortlich machst, und so weiter."

Der Sekretär sprang auf und setzte sich an die Schreibmaschine.

„Zwei Durchschläge, nicht wahr, Don Cayetano?"

Don Linos Sohn ging mit dem Koffer voraus. Sein Vater trug den Mantel über dem Arm und ein Päckchen in der Hand. Ab und zu drehte sich der Junge um und warf einen Blick auf das Päckchen, sagte jedoch nichts. Don Lino war in sich gekehrt und achtete nicht auf die Leute, die an ihm vorbeigingen und ihn grüßten.

Sie kamen zu Hause an. Der Sohn stellte den Koffer auf den Boden und stieß die Tür auf. „Wir sind da, Mama!" rief er und ließ seinem Vater den Vortritt. María tauchte am Ende des Flurs auf; sie ging gebeugt und hatte die Hände unters Schultertuch geschoben. Sie neigte den Kopf, und Don Lino küßte sie auf die Stirn. Aurorita lugte aus der Küche hervor. „Papa!" rief sie. Sie lief zu ihm und hielt ihm die Backe hin. Der Sohn hatte die Hände hinter dem Rücken verschränkt und wartete ab.

„Wie war die Reise?"

„Gut, gut. Bestens."

Aurorita nahm ihm den Mantel ab und musterte das Päckchen, das er in der Hand hielt. Da gab sich der Sohn einen Ruck und fragte:

„Und der Stift, Papa? Hast du mir einen mitgebracht?"

Don Lino tätschelte ihm das Kinn.

„Ja, mein Sohn, ich habe den Stift und den Lippenstift mitgebracht, um den mich deine Schwester gebeten hat. Eure Mutter hat mir berichtet, daß ihr euch die Woche über anständig betragen habt. Ganz besonders freue ich mich darüber, daß Aurorita sich während der Verlobungszeit nicht so benimmt wie andere schamlose Mädchen in dieser Stadt."

Seine Tochter wurde rot. Don Lino zupfte sie sacht am Ohr.

„Du hast mich ganz schön in die Klemme gebracht! Einen Lippenstift zu kaufen ist nämlich nicht gerade Männersache, und wenn ein Mann es trotzdem tut, sorgt das immer für allerlei Gerüchte."

Sie gingen ins Eßzimmer. Der Koffer wurde mitten auf den Tisch gelegt und rasch geöffnet. Ein glänzender, gelber Stift war für den Sohn bestimmt, ein winziges, in Seidenpapier eingewickeltes Päckchen für Aurorita. Sie packte es eilig aus.

„Danke, Papa."

Sie gab ihm einen Kuß und lief hinaus. Der Sohn zog eine Schublade der Anrichte auf, nahm ein Messer heraus und machte sich daran, den Buntstift zu spitzen. María sagte kein Wort.

„Gleich kommen ein paar Herren, das habe ich dir ja geschrieben. Hast du etwas im Haus, was wir ihnen anbieten können?"

María kehrte die Innenflächen der Hände nach außen.

„Etwas anderes als Brot haben wir nicht."

Don Lino schüttelte den Kopf.

„Es ist nichts Schändliches daran, arm zu sein, aber man darf sich die Armut nicht ansehen lassen, das habe ich dir oft genug gesagt. Die Zurschaustellung der Armut ist ebenso abstoßend wie die Armut selbst. Ein paar Kekse und Likör müssen her."

María sah ihn erschrocken an.

„Hast du Likör gesagt?"

„Es kann auch Süßwein sein, der ist billiger."

María steckte die Hand in die Schürzentasche und holte ein paar Kupfermünzen hervor. Don Lino umschloß ihre Hand mit seiner.

„Behalte es. Reichen dir zwei Peseten?"

María lächelte ihn zärtlich an.

„Nicht, daß du dann selber kein Geld mehr hast."

„Ich bleibe bis Ostermontag bei euch, und hier gibt man weniger Geld aus. Und beim tresillo – nun, du weißt ja, daß ich immer gewinne." Er packte seinen Sohn am Schopf. „Hier, nimm das, hol eine Flasche, wasch sie gut aus und bring aus dem Laden eine Schachtel Kekse..., nein, zwei Schachteln, und für eine Pesete Cariñena-Süßwein."

„Ja, Papa."

Der Junge legte das Messer und den Stift aus der Hand und sagte, niemand solle sie anfassen, oder so ähnlich. Don Lino schloß hinter ihm die Tür.

„Wo ist Aurorita?"

„Sie ist wohl in ihr Zimmer gegangen, um sich zu schminken. Ich muß übrigens etwas mit dir besprechen."

„Ich auch mit dir, jetzt sofort, bevor der Junge zurückkommt."

Er lauschte. Marías Blick flackerte beunruhigt.

„Ist etwas?"

„Ich weiß nicht..."

Don Lino griff in die Innentasche seines Jacketts, zog einen blauen Umschlag heraus und reichte ihn María.

„Hier, nimm. Es brennt mir zwischen den Fingern."

Sie atmete heftig, und die Farbe war aus ihrem Gesicht gewichen.

„Sieh dir die Adresse an: Es steht mein Name darauf. Mach ihn auf: Es sind zweihundert Peseten darin."

„Für uns?" Marías Gesicht leuchtete vor Freude auf. Sie öffnete umständlich das Kuvert und entnahm ihm zwei abgegriffene, schmuddelige Geldscheine. „Zweihundert Peseten! Wo hast du die aufgetrieben?"

„Frag mich lieber nicht wo, sondern wie! Ich kann dir darauf nicht antworten, ohne rot zu werden."

María faßte ihn am Handgelenk. Don Lino fuhr fort:

„Genau das frage ich mich nämlich auch: Wo hast du die her, Lino? Seit gestern frage ich mich das. Ich konnte im Zug nicht schlafen, weil ich mir deswegen das Gehirn zermartert, aber keine Antwort gefunden habe! Die Wahrheit ist nämlich, María: Ich weiß nicht, wie ich zu diesen zweihundert Peseten komme, ich weiß nicht einmal, wer sie mir gegeben hat, doch ich wittere, daß –"

Ihm war der Schweiß ausgebrochen. Er wischte sich mit dem Taschentuch die Stirn ab, zog sich mühsam einen Stuhl heran und setzte sich.

„María, über das, was ich dir jetzt erzähle, mußt du schweigen wie ein Grab. Natürlich könnte ich dir alles verheimlichen, aber dann hätte ich das Geld vernichten müssen. Ich hätte es dir nicht einfach geben können, ohne dir zu erklären, woher es kommt. Dazu müßte ich allerdings selbst wissen, woher ich es habe."

Er stützte das Gesicht auf die Hände und fing zögernd an zu erzählen. Immer wieder unterbrach er sich, blickte zur Tür und lauschte. In einem Zimmer im hinteren Teil des Hauses hatte Aurorita zu singen angefangen.

„Es war vor ungefähr zwei Wochen. Ein Kollege kam mich besuchen, ein Lehrer aus einer Schule, die irgendwo weit weg ist. Er bat mich, meinen Einfluß geltend zu machen, um für ihn und seine Kollegen, die in derselben Lagen seien wie er, gewisse Verbesserungen zu erwirken, auf die sie ein Recht hätten, in deren Genuß sie jedoch noch nicht gekommen seien, weil die Bürokratie sie vergessen habe oder aber schlecht funktioniere. ‚Das versteht sich von selbst!' sagte ich zu ihm. ‚Liebend gern tue ich das, schließlich ist es eine gerechte Sache, und es geht um meine Kollegen.' Gesagt, getan. Ich suchte ein paarmal das Ministerium auf, sprach mit zwei oder drei zuständigen Beamten, schrieb einen Brief an den Unterstaatssekretär, und nach sieben Tagen erging der entsprechende amtliche Erlaß. Ich schwöre dir bei meinem Gewissen, María, daß ich für sämtliche Aufwendungen höchstens eine Pesete, eher weniger, ausgegeben habe – drei oder vier Fahrscheine für die Straßenbahn und ein paar Zigaretten, die ich jemandem spendiert habe, das war alles. Ich habe nicht einmal jemanden zu einem Kaffee einladen und schon gar niemandem ein Trinkgeld geben müssen. Nun gut, letzten Donnerstag, also vorgestern, besuchte mich mein Kollege erneut, um sich bei mir zu bedanken, was er dann auch tat. Aber damit wollte er es nicht bewenden lassen. ‚Sie haben sicher Unkosten gehabt', sagte er zu mir, und ich antwortete ihm: ‚Nicht einmal fünf Céntimos.' – ‚Lieber Kollege, das sagen Sie aus Großzügigkeit, aber in diesem Land bekommt man nichts geschenkt.' – ‚Ich versichere Ihnen, daß sich mir aufgrund meines persönlichen Einflusses und der Autorität, die mir mein Amt verleiht, alle Türen geöffnet haben und jeder ein offenes Ohr für mich hatte.' – ‚Aber ein paar Unkosten hatten Sie bestimmt, und wir können nicht zulassen –' – ‚Kommt nicht in Frage! Ich versichere Ihnen, daß ich nicht einmal einen Céntimo ausgegeben habe und daß Sie mir nichts schuldig sind!' Er schien sich damit abzufinden. Nachdem er sich nochmals bei mir bedankt hatte, ging er, und ich freute mich, daß ich wieder einmal meiner Pflicht genüge getan hatte."

Er brach ab. Aurorita sang noch immer. Don Lino ließ die

Hände, die sich vor lauter Beklommenheit verkrampft hatten, auf den Tisch sinken. Mit stockender, zögerlicher Stimme sprach er weiter, und sein Atem ging schwer.

„Am Samstagmorgen brachte mir meine Vermieterin dieses Kuvert ans Bett. Ich war noch nicht einmal aufgestanden. ‚Das hat gerade ein Herr für Sie abgegeben.' – ‚Hat er seinen Namen nicht gesagt?' – ‚Nein, Don Lino, und bekannt war er mir auch nicht.' Ich öffnete das Kuvert mit dem sicheren Gefühl, daß es sich um politisches Pamphlet handelte, um eine anonyme Schmähschrift oder eine Verleumdung, aber dann fand ich drei Geldscheine à hundert Peseten darin, und es war kein Brief, keine Karte dabei."

Er sprang auf. María schrak zurück. Er preßte den blauen Umschlag an die Brust und hielt wie zum Schutz die Hände davor.

„‚Welcher Schuft wagt es, mich kaufen zu wollen?' fragte ich mich. ‚Lino Valcárcel ist ein unbescholtener Bürger und Parlamentsabgeordneter', sagte ich zu mir. ‚Wer versucht, dein Gewissen für dreihundert Peseten zu kaufen, ist ein Schuft.' Die Geldscheine lagen auf dem Bett, und ich rechnete fast damit, daß sie in Flammen aufgingen und die Bettwäsche ansengten. ‚Ich zerreiße sie jetzt sofort in tausend Stücke und werfe sie auf die Straße!' Ich stand auf und wollte es gerade tun, da wurde mir klar, daß ich allein war, daß es keine Zeugen für meine Redlichkeit gab und daß der dreiste Kerl, der gewagt hatte, mir das Geld zu schicken, nie etwas von meinem konsequenten Handeln erfahren würde. Außerdem: Was würden die Leute von einem Mann denken, der sich im Nachthemd aus dem Fenster lehnt und voller Verachtung ein paar zerrissene Geldscheine wie Konfetti auf die Passanten streut? Ich wohne im ersten Stock, und in dieser Aufmachung und mit so einem Gesicht hätte ich kein gutes Bild abgegeben. Aus Gründen der Schicklichkeit konnte ich auch nicht die Hauswirtin rufen und ihr auftragen, das Geld zu verbrennen. Damit hätte ich mich nur verdächtig gemacht, denn sie hätte geargwöhnt, daß in jedem Briefumschlag, den ich erhalte, Hundertpesetenscheine stecken. Meine

Wirtin steht politisch rechts, María, und sie ist fest davon überzeugt, daß alle Abgeordneten Gauner sind!"

Er ließ die Schultern hängen, und sein Gesicht wirkte plötzlich viel faltiger als sonst. María fragte ihn, ob er einen Schluck Wasser wolle, und er nickte.

„Danke."

Er leerte das Glas mit einem Zug.

„Natürlich hätte ich die Geldscheine zusammenknüllen und im Klo hinunterspülen können, María, aber kaum hatte ich es mir vorgenommen, mußte ich daran denken, wie es um uns steht. Mein neuer Anzug ist noch nicht bezahlt, die Kinder haben keine anständigen Schuhe, und es müssen soviele Löcher gestopft werden. Ich trug mit meinem Gewissen einen Kampf aus zwischen der Pflicht, dieses Geld zu vernichten, und dem Wunsch, nein, der Notwendigkeit, es zu behalten. Dreihundert Peseten, María, womöglich von ein paar Kollegen zusammengelegt, die genauso arm sind wie wir, aber das Geld wäre ohnehin nie wieder in ihre Taschen zurückgeflossen. Außerdem bin ich mir gar nicht sicher, ob es wirklich von ihnen stammt."

Er packte seine Frau mit einer heftigen Bewegung und zwang sie, ihm in die Augen zu schauen.

„María, ich bin schwach geworden. Ich habe dem Schneider fünfzehn Duros gezahlt und dir die restlichen zweihundert Peseten mitgebracht, damit du sie an dich nimmst. Ich kann sie nämlich nicht eine Minute länger behalten. Du darfst mich fortan für jemanden halten, der Geld unterschlagen hat, und du brauchst dich nie wieder vor mir zu schämen. Selbst wenn du schwach geworden bist oder einen Fehler begangen hast – dein Mann hat etwas viel Schlimmeres getan. Du hast vielleicht deinen Mann betrogen, aber dein Mann hat die Republik verkauft."

Mit hängenden Schultern, gesenktem Kopf und baumelnden Armen lehnte er am Tisch. Zwei Tränen glitzerten in seinen Augenwinkeln. Er griff nach dem Päckchen, das er mitgebracht hatte, knotete das Band auf und entfernte das Papier. Eine Pappschachtel kam zum Vorschein. María hatte ihm gebannt zugesehen.

„María, durch dein vorbildliches Verhalten seit jenem Vorfall bist du wieder in meiner Achtung gestiegen. Nun muß *ich* deinen Respekt zurückerlangen, weil du der einzige Mensch bist, der von meinem Vergehen weiß, mein einziger Zeuge und Richter. Ich schwöre dir bei meinem Gewissen, daß ich all meine Bemühungen in den Dienst der Gerechtigkeit stellen werde. Trotzdem, ich wollte nicht, daß du zu kurz kommst. Die fehlenden fünf Duros habe ich für das hier ausgegeben."

Er öffnete die Schachtel, und gleich darauf baumelten an seinen Fingern zwei Paar feine Seidenstrümpfe.

María umarmte ihn.

María stellte drei Gläser auf eine Glasplatte und legte die Kekse in eine rote Keksschale, die keinen Deckel mehr hatte und deren Nickelgriff verrostet war. Der Cariñena-Wein wurde aus der Flasche in eine gelbe Likörkaraffe umgefüllt, die sie zuvor ausgewaschen und getrocknet hatte. Als Juan und Carlos eintrafen, stellte sie alles auf den Tisch und zog sich zurück. In der Abgeschiedenheit des Schlafzimmers holte sie das blaue Kuvert aus dem Ausschnitt und nahm die Strümpfe aus der Schachtel.

„Drei Duros kosten die Schuhe für den Jungen, sechs die für Aurorita. Strümpfe braucht sie auch, aber ich kann ihr ja ein Paar von diesen geben."

Don Lino bat Juan und Carlos, im Eßzimmer Platz zu nehmen.

„Bitte, setzen Sie sich und fühlen Sie sich wie zu Hause, wenn sich das, was Ihnen ein Schulmeister anbieten kann, auch eher bescheiden und armselig ausnimmt. Setzen Sie sich, ich bitte Sie."

Juan lehnte sich an die Anrichte und nahm das Glas, das Don Lino ihm reichte.

„Verzeihen Sie meine Ungeduld, aber gibt es in unserer Sache etwas Neues?"

Carlos hatte sich hingesetzt und biß in einen Keks. Don Lino stellte sich, die Hände in den Ausschnitt der Weste geschoben und eine Zigarette zwischen den Lippen, vor Juan und starrte in die Luft.

„Selbstverständlich. Die ersten Schritte sind getan, und mit Erfolg, wage ich zu behaupten. Das Ministerium schließt die Möglichkeit einer Unterstützung nicht aus, allerdings muß die Gewerkschaft zuvor einen offiziellen Antrag an den Minister persönlich stellen, einen Antrag, den Sie schon morgen aufsetzen sollten, damit wir ihn sobald wie möglich abschicken können. Wie ich befürchtet habe, reicht das allerdings nicht. Was sind schon ein paar Tausend Peseten, die obendrein erst nach langer Zeit eintreffen werden, weil in der Bürokratie Verzögerungen nun mal unvermeidlich sind? Sie werden mich jetzt fragen, warum die Republik nichts dagegen unternimmt, und ich antworte Ihnen, daß die Republik aus Rücksicht, Weitblick und Großzügigkeit zahlreiche Beamte in ihren Ämtern belassen hat. Diese Bürger – wollen wir sie einmal so nennen, wenngleich mit einem Fragezeichen – sabotieren die Republik, arbeiten in der Anonymität und halten sich verdeckt. Genau aus diesem Grund ist es dringend nötig, eine Anfrage an das Parlament zu richten, und ich habe sie schon auf die Tagesordnung setzen lassen. So eine Anfrage sorgt für frischen Wind, macht Mißstände publik, bringt ans Licht, was im Verborgenen schlummert und wird von den Stenographen festgehalten. Die Angelegenheit wird also in aller Form vor das Parlament gebracht, und im ganzen Land wird man erfahren, daß in einem Winkel Galiciens eine Handvoll Proletarier mit friedlichen Mitteln für die wirtschaftliche und politische Freiheit kämpfen, auf die sie einen Anspruch haben. Da das Parlament diese Woche nicht tagt, weil die Abgeordneten in Urlaub sind, möchte ich die Zeit nützen, um mit Ihrer beider Mithilfe und Ihrer sachkundigen Beratung den Text vorzubereiten. Das ist die Lage, meine Herren..."

„Ich möchte gern wissen, warum Sie um diese Uhrzeit eine Tortilla aus Eiern und Kartoffeln essen wollen", sagte das Hausmädchen in der Tür zum Hinterzimmer der Apotheke; in einer

Hand hielt sie einen dampfenden Teller, in der anderen eine Stange Brot.

„Ich kann doch essen, was ich will, oder? Und wann es mir paßt!"

„Natürlich." Sie stellte alles auf dem Tischchen ab und wandte sich zum Gehen. „Von mir aus stopfen Sie sich ruhig den Magen voll, bis Ihnen schlecht wird! Mir soll's egal sein, wenn Sie an einem verdorbenen Magen oder am Alkohol zugrundegehen."

„Woran ich zugrundegehe, weiß nur der liebe Gott, und ich bin nicht erpicht darauf, es schon jetzt zu erfahren." Don Baldomero sah sie über den Rand der Brillengläser hinweg an. „Heute abend esse ich nicht zu Hause."

„Sie gehen aus?"

„Ja, und zwar, wohin es mir paßt!"

„He, he, ich will es Ihnen ja nicht verbieten! Aber kommen Sie nachher bloß nicht an und jammern Sie mir was vor, weil Sie armer Witwer ja so untröstlich sind! Es sind nur Krokodilstränen, das wissen alle. Ihre verstorbene Frau interessiert Sie nicht die Bohne, genauso wenig, wie sie Sie zu Lebzeiten interessiert hat. Gott habe sie selig!"

„Amen."

Von der Tür aus warf ihm das Hausmädchen einen spöttischen und zugleich zornigen Blick zu. Sie ging hinaus und schlug die Tür heftig hinter sich zu. Die Fläschchen in den Regalen wackelten, und ein Kalender fiel vom Nagel.

„Miststück!"

Er schnupperte an der Tortilla. Sie war groß und fest, in der Mitte vom Ei goldgelb und am Rand hellgelb und zart. Er brach die Brotstange in zwei Hälften, klappte sie auf, legte je eine halbe Tortilla hinein und wickelte die Brothälften mit ihrer fettigen Füllung in die beiden Bögen Wachspapier, die er bereitgelegt hatte. Zusammen mit zwei Flaschen packte er alles in einen Pappkarton. Er schloß den Karton und verschnürte ihn. Jemand betrat die Apotheke und rief nach ihm. Don Baldomero versteckte die Schachtel hinter dem Tischchen mit dem Kohlebekken. Er verkaufte dem Kunden das gewünschte Medikament, steckte das Geld in die Hosentasche, öffnete die Tür und warf einen Blick auf die Straße. Der Nachmittag neigte sich, Schwalben segelten kreischend durch die Luft.

„Adiós, Don Baldomero."

„Guten Abend."

Am Ende der Straße tauchte sein Gehilfe auf. Er kam auf ihn zugerannt und händigte ihm ein Päckchen aus.

„Hier ist es. Er sagt, es funktioniert einwandfrei. Für die Batterie hat er drei Peseten kassiert."

„Wenn ich Bikarbonat auch so teuer verkaufen würde, wäre ich bald ein reicher Mann."

Er ging zurück ins Hinterzimmer. Das Päckchen enthielt eine mittelgroße, flache Taschenlampe. Er steckte sie in die Gesäßtasche, zog einen warmen Mantel über und holte die Schachtel mit dem Proviant aus dem Versteck. Der Gehilfe lehnte am Ladentisch und wartete auf Kunden.

„Um acht schließt du."

„Der Mantel wird Ihnen zu warm werden, Don Baldomero."

„Jetzt vielleicht schon, aber nachts ist es ganz schön kalt."

„Da haben Sie wohl recht."

„Ich gehe jetzt einen Rosenkranz beten. Falls Don Carlos vorbeikommt, sag ihm, ich schaue später auf einen Sprung bei ihm im pazo vorbei."

„Jawohl, Señor."

„Um acht schließt du."

Es war ein lauer Abend, und der Mantel wurde ihm tatsächlich zu warm. Als er den Platz erreichte, war er schon ins Schwitzen gekommen. Es ertönte das Angelusläuten: Er bekreuzigte sich und überquerte den Platz. Vor dem Portal spielten ein paar Kinder. Er nahm den Hut ab und betrat die Kirche. Schemenhaft erkannte er ein paar kniende, vornübergeneigte Frauen. Das Licht war noch nicht eingeschaltet. Er ging dicht an der Wand entlang bis zur Kapelle der Churruchaos. Dabei tastete er sich im dämmerigen Licht vorsichtig voran, doch dann erinnerte er sich an die Taschenlampe und knipste sie an: Ihr starker Lichtkegel fiel auf die Grabsteine. Er schwenkte die Lampe, leuchtete den Boden an, die Decke, die Ecken und Winkel. Don Payo Suárez de Dezas Statue lächelte ihm entgegen, die Hände fest um den Griff des Schwertes geschlossen. Neben ihm ruhte, mit abgebrochener Nase, Doña Rolendis, seine Frau.

Der Lichtkegel verharrte zwischen den beiden Grabstätten, und genau an dieser Stelle versteckte Don Baldomero die Schachtel. Er leuchtete den Ausgang der Kapelle an und knipste die Lampe aus, schaltete sie jedoch gleich wieder an und legte sie auf einen Mauervorsprung. Er zog den Mantel aus, faltete ihn zusammen und legte ihn ein Stück weiter weg in eine Ecke.

Inzwischen hatte ein halbes Dutzend Frauen die Kirche betreten. Der Meßdiener zündete die Wachskerzen im Presbyterium an. Don Baldomero betrat die Sakristei. Don Julián las Zeitung und rauchte eine Zigarette. Der Apotheker ging auf ihn zu und nahm ihm gegenüber Platz.

„Was steht denn so in der Zeitung?"

„Was wohl? Streiks, Attentate, Brandschatzung von Kirchen. Das Übliche."

Don Baldomero hatte eine Zigarette herausgezogen, und der Pfarrer reichte ihm seine zum Anzünden.

„Es sieht schlecht aus."

„Was Sie nicht sagen!"

„Und es wird nicht besser werden, solange Leute wie wir nicht in den Untergrund gehen."

Der Pfarrer nahm lächelnd seine Zigarette entgegen.

„Wer? Sie?"

„Ich und ein paar andere mutige Männer. Man muß der Republik den Heiligen Krieg erklären!"

„Wer in den Untergrund geht, liefert sich selbst ans Messer. Ihr würdet sterben wie die Fliegen!"

„Wie Helden, wollen Sie sagen."

Der Pfarrer faltete die Zeitung zusammen und legte sie auf den Tisch.

„Ich sagte, wie die Fliegen, und ich weiß, wovon ich rede. Die Zeit der Heldensagen ist vorbei. Solche Dinge werden heutzutage nicht mehr mit Kriegen, sondern mit Wahlen ausgetragen. Wenn die Reichen ein bißchen in die Tasche greifen würden, stünden wir jetzt anders da. Aber es ist ja bekannt, daß die Reichen schwimmen wollen, ohne naß zu werden. Na, die werden sich umsehen, wenn der Kommunismus kommt...!"

Don Baldomero warf ihm einen scheelen Blick zu.

„Ich habe nicht gesagt, daß ich in den Untergrund gehe, um die Reichen zu verteidigen, sondern die Heilige Kirche unseres Herrgotts!"

„Das kommt aufs selbe raus."

Der Meßdiener kam herein. Don Julián erhob sich.

„Bleiben Sie noch, um den Rosenkranz zu beten?"

„Dazu bin ich gekommen."

„Dann setzen Sie sich zu den anderen. Wenn das so weitergeht, kommt bald niemand mehr in die Kirche."

Don Julián griff nach dem Chorrock und zog ihn sich über den Kopf. Don Baldomero stand auf und warf den Zigarettenstummel fort. Abrupt hob er die Hand.

„*Jerusalem, Jerusalem, convertere ad Dominum, Deum tuum!*"

„Hören Sie auf mit Zitaten! Es sind Taten angesagt! Das hat schon Gil Robles gesagt."

Er ging das linke Seitenschiff entlang und setzte sich auf die hinterste Bank. Don Julián kam aus der Sakristei, ging durch das Presbyterium, beugte das Knie und stieg in die Kanzel hinauf. „Ergötzliche Mysterien..." Seine Stimme klang müde und schleppend. Zwei Dutzend frommer Frauen antworteten ihm mit kaum hörbarem Gemurmel.

Don Baldomero kniete nieder und wartete ab. Er konnte sich nicht auf das Gebet konzentrieren. Sein Herz klopfte heftig, und in seinem Kopf wirbelten Bilder durcheinander, doch es war keines darunter, in dem er bei genauer Betrachtung eine Botschaft oder zumindest ein Zeichen göttlicher Billigung erkennen konnte. „Du überläßt mich mir selbst und meinen eigenen Möglichkeiten, o Herr, und auch du, meine Heilige, schweigst dich gerade jetzt aus, wo deine Stimme mir so willkommen wäre!" Er fühlte sich einsam, auf sich selbst verwiesen. Sein Herz war bereit, sein Wille jedoch zauderte, und nur seine Entschlossenheit trieb ihn voran. Sein Geist war nüchtern, wie bei berühmten Heiligen in großen Momenten. „Vielleicht finde ich später Trost. Dabei könnte ich jetzt ein bißchen Aufmunterung gut gebrauchen!".

Don Julián beendete die Litanei. Die frommen Frauen erwiderten flüsternd seine Worte. Der Meßdiener, der sich auf eine Stufe des Presbyteriums gesetzt hatte, war eingeschlafen. „Jetzt!" sagte eine innere Stimme zu ihm. Don Baldomero fuhr mit einem Ruck hoch. „Das war ein Befehl", sagte er sich und wartete darauf, daß er wiederholt wurde, doch die innere Stimme schwieg. Er schlich zu einer Säule, versteckte sich dahinter, durchquerte dann das Seitenschiff und betrat erneut die Kapelle der Churruchaos. Dort tastete er nach seinem Mantel und zog ihn an. Dann setzte er sich in eine Ecke, winkelte die Beine an, legte den Kopf auf die Knie und lauschte.

Die Geräusche drangen wie aus großer Ferne zu ihm: Schritte, das Quietschen von Türen, die geschlossen oder geöffnet wurden. Er konzentrierte sich auf die Geräusche, analysierte sie und versuchte sie einzuordnen. „Das ist der Meßdiener, der den Mittelgang entlanggeht... Jetzt macht er das Portal zu... Jetzt kommt er zurück... Warum braucht er so lange?" Zu seiner endgültigen Beruhigung fehlte nur noch das Quietschen der Riegel, aber es konnte ja sein, daß man sie eingefettet hatte.

Es verging viel Zeit. Don Baldomero stand auf und stellte sich in die Tür der Kapelle. Außer dem Lämpchen unter dem Kruzifix im rechten Seitenschiff brannte in der Kirche kein Licht. Es herrschte Stille, doch wenn man genau hinhörte, konnte man leise Geräusche hören, die durch das Echo im leeren Raum verstärkt wurden: eine vorbeihuschende Ratte, das Knarren von Holz, das Kreischen der Vögel, die um den Glockenturm herumflogen. Don Baldomero atmete tief durch und kehrte in seine Ecke zurück. Er leuchtete das Zifferblatt seiner Armbanduhr an: halb neun. Zusammengekauert saß er da und sagte sich, daß es noch lange nicht so weit sei und er ruhig ein bißchen schlafen könne ...

Don Lino begleitete sie zur Tür und erging sich in höflichen Floskeln und Gefälligkeiten.
 „Ich schaue später im Casino vorbei. Jetzt möchte ich mich erst einmal ein paar Minuten meiner Familie widmen. Es bereitet mir großes Kopfzerbrechen, daß ich so wenig zu Hause sein kann. Bei der Erziehung der Kinder ist der Vater vonnöten, und der bin ich nun mal, neben meinem Amt als Lehrer und Abgeordneter. Vaterschaft ist eine schwere Bürde, glauben Sie mir! Ich habe eine Tochter von achtzehn Jahren und einen elfjährigen Sohn. Beide brauchen meine Anleitung, jeder auf seine Art. Ich werde ein Weilchen mit ihnen plaudern, und dann komme ich zu unserem Stammtisch. Wahrscheinlich erst abends, nach dem Essen. Zerstreuung muß auch sein, und außerdem brauche ich als Politiker den direkten Kontakt zu den Wählern. Ich sage es Ihnen nochmals: Betrachten Sie dieses Haus, in dem sich Bescheidenheit mit größter Philantropie paart, als Ihres. Philantropie, das heißt Menschenfreundlichkeit, und in mir haben Sie einen wahren Freund."
 Als sie die Straße ein Stück entlanggegangen waren, fragte Juan:
 „Glaubst du, er kann uns weiterhelfen?"
 Carlos machte eine zweifelnde Handbewegung.
 „Ich weiß nicht, ob er mit seiner Beredtsamkeit praktische Ergebnisse erzielen kann, aber wenn die Sache tatsächlich vor den Kongreß kommt..."
 „Warst du noch nie bei einer Parlamentssitzung dabei?"
 „Nein, nie."
 „Eine witzig gemeinte Bemerkung zum falschen Zeitpunkt kann das nobelste Anliegen vermasseln, und Don Lino hat nun mal eine Vorliebe für witzige Bemerkungen."
 „Das wußtest du aber schon vorher, oder nicht?"

„Ja, aber ich habe mich erst heute nachmittag daran erinnert, als ich unseren Gönner so reden hörte."

Sie erreichten den Platz. Die Straßenlaternen brannten, und dünner, bläulicher Nebel hing in der Luft.

„Wollen wir Clara besuchen?" schlug Carlos vor.

„Geh du zu ihr, wenn du willst. Ich bin mit El Cubano und den anderen verabredet. Sie sind bestimmt schon ungeduldig. Ich esse mit ihnen zu Abend."

Sie verabredeten sich für kurz nach Mitternacht am Eingang des Casinos. Juan ging die Straße hinunter. Er hielt den Hut in der Hand, und die Brise zauste an seinen roten Haarsträhnen. Carlos überquerte den Platz und steuerte auf Claras Laden zu. Da fiel sein Blick auf das Schild, das an der Türangel hing: Geschäft zu verkaufen. Er betrat den leeren Laden. Neugierig blickte er sich um. Claras Stuhl stand in einer Ecke und daneben ein kleiner Strohkorb voll Weißwäsche. Eine Nadel steckte im Saum eines Wäschestücks, an den Clara offenbar gerade eine Spitzenborte annähte.

Er setzte sich. Im Inneren des Hauses waren Geräusche zu hören, die verrieten, daß sich dort jemand zu schaffen machte, und durch einen Türspalt strömten Küchengerüche herein. Carlos klopfte leise an den hölzernen Ladentisch.

„Ich komme!" rief Clara von drinnen.

Sie brauchte ein paar Minuten.

„Ich habe gespürt, daß du es bist."

„Woran?"

„Vielleicht an der Art, wie du geklopft hast."

Carlos stand auf.

„Juan und ich sind hier vorbeigekommen, und da dachte ich mir, ich schaue mal kurz bei dir herein."

„Das ist nett."

„Ich habe das Schild gesehen. Ist das wahr?"

„Allerdings! Ich habe schon zwei Interessenten, zwei ausgekochte Füchse, die mich übers Ohr hauen wollen. Was sagst du dazu? Es ist, als hätten sie sich abgesprochen: Sie bieten beide dreißigtausend Peseten, aber in Raten. Ich frage mich: Was habe ich von dem Geld, wenn ich es in Raten kriege? Ich brauche es in klingender Münze, wenn ich mein Leben endlich in die Hand nehmen will."

„Nicht etwa, um es kaputtzumachen?"

„Wer weiß."

Carlos sah auf die Uhr.

„Warum sperrst du den Laden nicht zu und gehst eine Runde mit mir spazieren? Ich würde gerne mit dir reden ... genau darüber."

„Ich habe Essen auf dem Herd, und meine Mutter ist wach. Wenn ich nicht ab und zu nach ihr sehe, fängt sie an zu kreischen. Sie ist seit ein paar Tagen unerträglich."

„Trotzdem, sperr lieber zu."

„Hast du Angst, es könnte jemand kommen?"

„Nein, aber ich möchte nicht, daß man mich hier sieht und uns belauscht. Weißt du eigentlich, daß die ganze Stadt über dein letztes Treffen mit Cayetano redet?"

„Das ist mir egal."

Clara kam hinter dem Ladentisch hervor und schloß die Tür.

„Besser so?"

„Ja, so fühle ich mich wohler."

Clara schloß auch die Fensterläden.

„Komm hier herein und setz dich. Warte, ich bringe dir etwas, worin du deine Zigarettenstummel ausdrücken kannst. Laß die Asche nicht auf den Boden fallen."

Sie holte einen kleinen Teller und stellte ihn auf den Rand eines Tisches, der mit Waren beladen war. Carlos setzte sich. Er drehte sich wortlos eine Zigarette. Clara hatte die Näharbeit zur Hand genommen und begann im Halbdunkel mit gesenktem Kopf zu nähen.

„Hast du etwas Bestimmtes vor?"

„Ich gehe nach Buenos Aires. Das habe ich dir doch schon erzählt."

„Warum so weit weg?"

„Weil ich so weit weg will wie möglich."

„Und was willst du dort anfangen?"

„Mal sehen. Wenn ich das Geschäft verkaufe, und dazu bin ich fest entschlossen, bleiben mir rund zwanzigtausend Peseten, nachdem ich Mamas Unterbringung in einem Heim bezahlt und die Reisekosten abgezogen habe. Mit zwanzigtausend Peseten kann man sogar eine Pechsträhne überstehen."

„Und wenn die Pechsträhne anhält?"

„Dann läßt man sich eben von ihr unterkriegen. Was soll's? Wenn man so weit weggeht, ist es, als würde man sterben, und einem Toten macht nichts mehr etwas aus."

Carlos schob seinen Stuhl vor und faßte Claras unters Kinn. Clara hob den Kopf und hielt seinem forschenden Blick stand.

„Sag mal, Clara, zieht dich das Unglück etwa an?"

„Nein, nicht mehr als andere, glaube ich. Es hat auch seine guten Seiten."

„Ich meine, zieht es dich auf besondere Weise an? Ist es für dich die einzige Alternative, wenn dir das Glück versagt bleibt? Glaubst du nicht, daß es einen Mittelweg gibt, nämlich den, den alle anderen einschlagen?"

„Darüber habe ich noch nicht nachgedacht."

„Aber du spürst, daß es ihn gibt?"

„Kann sein."

Er ließ ihr Kinn los. Clara legte die Näharbeit weg und verschränkte die Arme.

„Früher warst du stärker als dein Unglück", fuhr Carlos fort. „Nämlich, als du im Elend gelebt hast."

„Na gut. Und?"

„Du könntest wieder die Stärkere sein."

„Wozu?"

Carlos mußte lachen.

„Es ist, als hätten wir die Rollen getauscht. Vor einiger Zeit hatten wir genau dasselbe Gespräch, nur mit umgekehrten Rollen. Damals habe *ich* gefragt: Wozu?"

„Und? Hast sich deine Einstellung geändert?"

„Nein, weder was mich selbst, noch was dich angeht. Du hattest damals eine Antwort auf mein ‚Wozu'."

„Die habe ich jetzt nicht mehr parat. Was soll ich dir sagen? Damals habe ich noch gewartet, jetzt warte ich nicht mehr. Damals habe ich gegen mich selbst gekämpft, jetzt bin ich besiegt. Glaube mir, es ist gar nicht so schlimm, sich selbst aufzugeben. Es ist eine Möglichkeit wie jede andere, in Frieden zu leben, du mußt es dir nur von Anfang an klarmachen. Selbstaufgabe kann sogar Hoffnung hervorbringen. Auch in dem, was du Unglück nennst, muß eine Möglichkeit stecken, glücklich zu sein. Vielleicht findet man nur im Unglück sein Glück. Ich habe nach etwas anderem gesucht, wie du weißt, nach etwas, das ich für besser hielt, und außerdem habe ich Glück sowieso immer für Betrug gehalten. Kann sein, daß ich es im Grunde nach wie vor für eine Lüge halte, aber wenigstens ist es eine tröstliche Lüge."

Sie stand auf, ging zum Ladentisch und stützte sich darauf.

„Du denkst bestimmt, daß ich an dem Tag, an dem ich abreise, all meine guten Vorsätze über Bord werfe oder daß ich sie in mir abtöte. Mir kommt es selbst so vor, als würde ich an jenem Tag alles, was es an Bösem in mir gibt, mit an Bord nehmen, sonst nichts. Ich werde eine andere Frau sein und eine andere Einstellung haben. Was mir jetzt wehtut oder mich beschämt, werde ich als ganz natürlich hinnehmen, und ich werde mich trauen, das zu tun, was mir hier unmöglich ist. Sogar Unrecht, wenn es sein muß."

Sie sprach ruhig und gelassen. Ihre Hände bewegten sich gemessen, und ihre Stimme klang fest und zitterte kein bißchen. Carlos beugte sich einen Moment lang vor, betrachtete die Asche an seiner Zigarette und schnippte sie auf den Teller, den Clara ihm hingestellt hatte.

„Entweder Cäsar oder nichts", sagte er.

„Ich verstehe dich nicht."

„Es gibt da einen Teufel, der extra für jeden von uns geschaffen zu sein scheint. Ich kenne meinen genau, und seit einiger Zeit sind wir sogar Freunde, aber ich halte nicht viel von ihm. Ich dachte, daß der Teufel, der dich bedrängt, eine andere Art von Teufel sei, wesentlich erträglicher, und daß du ihn eines

Tages ohne größere Mühe abschütteln würdest, natürlich erst dann, wenn du auf einmal wie durch ein Wunder nicht mehr von Dummköpfen umgeben wärst. Meinen Teufel, der anders ist, aber vielleicht derselbe wie Juans, habe ich mit Zuckerbrot und Peitsche ganz gut bei Laune gehalten, und auch durch lange Zwiegespräche, durch die ich ihn einzulullen und im Zaum zu halten hoffte. Ich war so eitel zu glauben, daß er sich, solange er mich nicht ganz besiegt hätte, mit mir als seinem einzigen Opfer begnügen würde."

Clara lächelte matt.

„Carlos, das sind nichts als Worte."

„Stimmt, aber Worte, hinter denen eine Wahrheit steckt."

„Mir helfen sie jedenfalls nicht weiter."

„Mir auch nicht, aber während ich sie sage und mir bewußt mache, daß sich hinter ihnen die Wahrheit verbirgt, reizt es mich, die Maske wegzureißen und die Wahrheit herauszufinden."

„Dann tu es doch."

Carlos blickte langsam auf. Er zeichnete mit dem Finger ein Fragezeichen in die Luft, hielt jedoch mitten in der Bewegung inne.

„Ich kann nicht." Er wischte das Fragezeichen weg. „Noch nicht. Meine Intelligenz reicht nicht aus, und ich brauche dazu mehr Mut. Aber wer weiß, ob ich nicht eines Tages in der Lage bin, es zu tun? Und an dem Tag –"

„Du wirst es nie tun."

„Es ist mir vom Schicksal vorgegeben, daß ich es tue, Clara. Ich stecke in mir selbst wie ein Ei in der Schale, aber eines Tages werde ich sie aufbrechen."

„Wenn du schon fast verwest bist?"

Carlos ließ den Kopf sinken.

„In meinem Inneren spielt sich etwas ab, von dem ich selbst nicht genau weiß, was es ist, aber solche Dinge enden –"

Clara trat zu ihm und legte ihm die Hände auf die Schultern. Carlos zuckte zusammen und suchte nach ihren Augen.

„Was sich zwischen Mann und Frau abspielt", sagte sie, „ist

normalerweise ganz einfach. Zwei Menschen mögen sich, finden zueinander und heiraten vielleicht sogar. Mehr verlangen sie nicht, und deshalb bekommen sie alles, wonach sie sich sehnen. Bei mir war das nie so einfach. Ich will erlöst werden. Ich fühle mich, als würde ich an einem dicken Tau über dem Meer hängen. Da tauchst du auf und erklärst mir, warum du mir nicht helfen kannst, und dann kommt Cayetano und schlägt mir vor, daß wir uns beide ins Meer fallen lassen. Keiner von euch beiden merkt, daß meine Arme allmählich müde werden und ich mich nicht mehr lange halten kann. Keiner von euch kommt auf die Idee, daß es für mich eine Erlösung sein könnte, die Hände zu öffnen und mich einfach fallen zu lassen. Warum ist das so? Ich fühle mich wie ein alter Lumpen, der gewaschen, ausgebessert und gebügelt werden müßte, und dazu seid ihr nicht bereit, du nicht, und er auch nicht."

„Warum hast du so ein falsches Bild von dir selbst, Clara?"

„Und du? Wieso bist du dir so sicher, daß es falsch ist?"

„Ich habe gewisse Vorkenntnisse, deshalb bin ich mir so sicher."

„Was mit mir los ist, weiß ich am allerbesten. Wenn es nur um das ginge, was du dir einredest, hätte ich es schon längst in Ordnung gebracht, indem ich mit irgend jemandem ins Bett gegangen wäre. Aber es geht nicht nur darum, und es ist nicht einmal sonderlich wichtig. Da gibt es andere Dinge, nur weiß ich nicht, ob sie neu sind oder ob ich sie eben erst entdeckt habe."

Sie ließ Carlos' Schultern los, verschränkte die Arme und sah ihm fest in die Augen. Carlos konnte ihrem Blick nicht ausweichen.

„Ich bin rückfällig geworden, was mein Laster angeht, das hast du bestimmt erraten. Aber auf andere Art. Worüber ich mich jetzt allerdings am meisten freue und was mir gleichzeitig große Angst macht, ist, daß ich niemanden mehr brauche. Ich empfinde es als echten Triumph, und gleichzeitig macht es mir riesige Angst, weil ich weiß, daß ich von einem anderen gebraucht werde, von irgend jemandem –" Sie hielt inne und fuhr dann mit schwacher Stimme fort: „– von dir. Wenn ich fortgehe, wie ich es vorhabe und mir wünsche, verzichte ich auf diesen anderen Menschen und bin auf mich allein gestellt."

Carlos schüttelte den Kopf.

„Nein, du wirst nie allein sein, Clara. Vergiß den Teufel nicht! Außerdem bist du wie ein Ei von einer Schale umgeben – genau wie ich."

Der Rücken tat ihm weh, obwohl er sich an die Wand gedrückt hatte, und die Beine waren steif vor Kälte, trotzdem wollte er unbedingt weiterträumen, doch dann schlug die Turmuhr elf und weckte ihn. Er versuchte, die Glockenschläge mitzuzählen, verzählte sich jedoch, fuhr hoch und sah auf die Uhr: Er war nur eine Minute zu spät dran. Erleichtert atmete er auf. Das war der richtige Augenblick. Er streckte Arme und Beine, stand auf, stampfte mit den Füßen auf die Steinplatten und rieb die klammen Hände aneinander. Dann tastete er nach dem Bündel, das er zwischen den Gräbern versteckt hatte, kramte darin, zog eine Flasche heraus und trank einen Schluck.

„Igitt! Das ist ja das verdammte Benzin!"

Er spuckte es aus, räusperte sich und spuckte erneut aus. Das Zeug schmeckte höllisch. Er spülte den Mund mit Schnaps aus, und als der Benzingeschmack endlich weg war, trank er: Ein wohliges Brennen glitt seine Kehle hinunter, feurige Hitze durchflutete seinen Körper. Aufrecht und kraftstrotzend stand er dort im Dunkeln. Er fühlte sich, als würde alle Kraft der Welt durch seine Venen strömen, als hätte sich der Heldenmut großer Heerführer auf ihn übertragen. Er trommelte sich auf die Brust und rief: „Man werfe mir ein paar Republikaner vor!" Seine Stimme prallte an den Wänden ab, das Echo kreuzte und vermischte sich. Er aß erst ein Brot und dann auch noch das zweite. „Schade, daß ich nicht auch ein Hühnchen mitgenommen habe!" Die Reste verstaute er in dem Bündel und versteckte es wieder in der Ecke. Er mußte laut aufstoßen, holte erneut den Schnaps hervor und trank einen Schluck nach dem anderen, bis die Flasche leer war. „So, jetzt an die Arbeit, Baldomero!" Er schwitzte, der Mantel wurde ihm zu schwer: Er zog ihn aus und legte ihn zu dem Bündel und der leeren Flasche. „Wie gut würde mir jetzt eine Zigarette bekommen!" Er kramte die Zigarettenschachtel aus der Tasche, steckte sie aber gleich wieder ein. „Ich bin an einem heiligen Ort!" Seine trockene Kehle verlangte jedoch nach Rauch, und so überlegte er, wo er sich wohl eine Zigarette gönnen könnte, ohne es im Gotteshaus am nötigen Respekt mangeln zu lassen. Die Sakristei war sicherlich zugesperrt. Die Treppe zum Glockenturm! Dort rauchten die Küster immer. Er knipste die Taschenlampe an, ging in den Chor hinauf und betrat die Treppe zum Turm: die auffliegenden Nachtvögel ließen ihn zurückschrecken, doch gleich darauf wagte er sich erneut vorsichtig vor. Die Zigarette steckte bereits zwischen seinen Lippen: Er zündete sie an und setzte sich auf eine Stufe. Der Schnaps zirkulierte in seinem Körper, hitzige Wallungen stiegen ihm in den Kopf.

„Mal sehen, wie du dich in deinem Rausch anstellst, Baldomero. Jeder Fehler kann dir zum Verhängnis werden."

Er rauchte die Zigarette, bis ihm der Stummel aus den Fingern glitt. Dann trat er sie aus und tastete sich nach unten. Er holte seinen Mantel und das Bündel, vergewisserte sich, daß die Flasche mit dem Benzin in der Tasche steckte und ging den Mittelgang entlang. Er orientierte sich dabei am roten Lämpchen des Tabernakels. Als er es erreichte, kniete er nieder und betete inbrünstig:

„O mein Herr und Gott!"

Nur mit Mühe kam er wieder hoch. Seine Beine gaben nach, und die Knie taten ihm weh.

„Ich hätte auch ein bißchen Wasser mitbringen sollen."

Wieder knipste er die Taschenlampe an und leuchtete die Gewölbe und die düsteren Kirchenschiffe aus; dann richtete er den Lichtstrahl auf die Wandbehänge des Presbyteriums. Er stellte alles, was er mitgebracht hatte, auf den Boden und suchte mit dem Lichtkegel die Seitenwand ab, wo sich die gekreuzigte Christusfigur hinter einem rombenförmigen Stück dunkelvioletten Stoffs verbarg. Er ging darauf zu, legte die Lampe auf den Boden, kniete nieder und breitete die Arme aus.

„O Herr, der du in die Herzen der Menschen blicken kannst, du weißt, daß meines nicht von dem Wunsch nach Vergeltung, sondern nach Gerechtigkeit beseelt ist. Vergib mir, nachdem du auf dem Kreuzweg soviel Leid hast ertragen müssen, darum bitte ich dich in aller Bescheidenheit. Ich drücke mein Gesicht in den Staub und lege dir mein Herz zu Füßen."

Er sprach mit ziemlich hoher und doch fester Stimme. Dann ließ er sich nach vorn sinken, küßte den kalten Stein und verharrte so. Nach einer Weile zog er die Arme an und stemmte sich hoch. Es kostete ihn Mühe, weil seine Handgelenke schmerzten.

„Caramba! Ich habe wohl ein bißchen zuviel getrunken."

Er schwankte, strauchelte und steuerte haltsuchend auf eine Säule zu. Die Taschenlampe hatte er auf den Boden gelegt, also mußte er sich bücken, um sie aufzuheben. Dabei fiel er hin und kam nicht mehr hoch. Er kroch bis zur nächsten Bank und klammerte sich an sie.

„Ein Schluck Wasser würde mir jetzt gut tun!"

Mit großer Mühe kam er auf die Beine.

„Bis zur Sakristei werde ich es doch wohl schaffen!"

Er machte sich daran, Betstühle ins Presbyterium zu schleppen. Dabei stolperte er immer wieder, stürzte und rappelte sich erneut auf. Nach jedem lauten Geräusch hielt er inne und wartete, bis das Echo verklungen war. Beim dreißigsten Stuhl ging ihm die Kraft aus: Der Schweiß rann ihm über die Wangen, und er keuchte.

„Was für ein Vollidiot ich bin! Ich hätte mir ein bißchen Schnaps aufheben sollen!"

Die Betstühle standen nun vor dem Altar. Er trug sie einen nach dem anderen hinter den Vorhang und stapelte sie übereinander, so gut es ging. Ab und zu mußte er eine Pause einlegen und sich auf die Bank der Churruchaos setzen. Seine Hände strichen über die Sitzfläche.

„Wenn sie nicht so schwer wäre, würde ich sie auch verbrennen."

Der Lichtschein der Taschenlampe wurde schwächer. Don

Baldomero hatte Angst, die Batterie könnte bald leer sein und er im Dunkeln sitzen. Mit einem Ruck sprang er auf, ging zur Seitentür der Kirche, schob vorsichtig die Riegel zurück und öffnete die Tür einen Spaltbreit. Kalte Luft strömte herein. Er lehnte die Stirn an die Tür und hielt das Gesicht in die frische Luft.

„Das bedeutet, daß Gott auf meiner Seite ist und mich nicht im Stich läßt."

Er kehrte ins Presbyterium zurück, wo jetzt kein einziger Stuhl mehr stand, kniete vor dem Altar nieder, verbeugte sich und schlug das Kreuzzeichen.

„*Pater noster, qui es in coelis* . . .

Er beendete sein Gebet, beugte sich so tief hinab, daß seine Stirn den Boden berührte und fiel der Länge nach auf den Teppich. Als er sich wieder aufgerappelt hatte, trat er an den Altar und griff nach dem verhüllten Kruzifix. Das Kreuz in der Hand, stand er zögernd da, blickte nach rechts und links und entschied sich für den Evangelien-Altar. Dort stellte er das Kruzifix ab. Er holte das Bündel und den Mantel aus dem Presbyterium und legte beides neben die leicht geöffnete Tür. Die Taschenlampe flackerte.

„Gottes Wille geschehe . . ."

Er goß ein wenig Benzin über einen Zipfel des Vorhangs, den Rest schüttete er auf den Boden und die übereinandergestapelten Stühle. Er schob die Hand in eine Jackentasche, dann in die andere, dann in die Hosentasche . . . Ein kalter Schreck durchfuhr ihn. „Aber ich habe doch geraucht . . .!" Im Dunkeln lief er zur Kapelle der Churruchaos und suchte dort im Licht der nur noch schwach flackernden Taschenlampe nach den Streichhölzern. Er fand sie und drückte sie an sich. Dann tastete er sich zurück ins Presbyterium und streckte suchend die Hände nach dem benzingetränkten Stoff aus. Er riß ein Zündholz an, hielt es an das Tuch. Eine Flamme loderte auf.

Langsam wich er zurück. Die Flamme wuchs und erfüllte das Kirchenschiff mit einem flackernden roten Lichtschein. Don Baldomero verzog höhnisch das Gesicht, schüttelte die Faust und rief:

„Jetzt mach ich dir den Garaus, Satan!"

Er öffnete die Tür, ging hinaus und schloß sie lautlos. Die Straße lag verlassen da. Er lief sie entlang, gelangte durch eine Seitenstraße zur Hintertür seines Hauses, stieß sie auf und betrat den Innenhof. Auf Zehenspitzen ging er zum Brunnen, steckte die Hand in den Eimer und zog sie naß wieder heraus.

„Gott sei Dank!"

Obwohl das Wasser kalt war, tauchte er den Kopf hinein. Draußen waren erste Rufe zu hören.

Don Lino begann seine abendliche Ansprache mit einer Nachricht, die ihm jemand hinterbracht hatte, nämlich daß Cayetano den Bürgermeister genötigt habe, die Prozessionen zu genehmigen – trotz des ausdrücklichen Verbots des Zivilgouverneurs. Don Lino, der sich zum Reden erhoben hatte, brach in langanhaltendes, schallendes, bewußt übertriebenes Gelächter aus, um die Aufmerksamkeit auf sich zu ziehen: Die Gespräche verstummten, die Männer hörten auf zu lächeln und unterbrachen ihre tresillo-Partien. Sogar Carlos Deza zuckte zusammen und sah Don Lino verblüfft an. Er hob das Kinn und war darauf gefaßt, daß dem Gelächter laute Verwünschungen und wildes Gefuchtel mit Händen und Armen folgten, doch Don Lino verstummte nach seiner Lachsalve kurz und erinnerte dann leise und mit schlichten Worten daran, wieviele Stimmen in Pueblanueva die republikanische Koalition, die sich Volksfront nannte, erhalten hatte: 3175 gegen 76 für die Rechte. „Wie man sieht, ist Pueblanueva del Conde eine Hochburg der Republikaner, oder etwa nicht, meine Herren?" Alle pflichteten ihm bei, außer Carreira, der indirekt auf einen von gewissen Elementen angezettelten Wahlbetrug anspielte. Doch Carreiras Einwände fanden kaum Gehör, denn jetzt brachen bei Don Lino alle Schleusen, und der von allen erwartete Wortschwall ergoß sich über das Casino und durchflutete die Säle mit lautem Getöse. Die Männer umringten den Redner: Stehend, sitzend oder an den Wänden lehnend, ließen sie sich von dem Wirbelsturm aus Worten einhüllen, der ihre Herzen ergriff und ihren Geist betörte. Kein Zweifel: Indem Cayetano durch seine Handlungsweise den ausdrücklichen Zielen und der Autorität der republikanischen Partei zuwiderhandelte, gebärdete er sich eindeutig wie ein Tyrann. Nachdem er dies hinreichend dargelegt hatte, trank Don Lino einen Schluck Wasser und begann mit dem zweiten Teil seiner Rede, der darauf abzielte, sich mit den Anwesenden auf eine konzertierte Aktion zu einigen. Die sei unerläßlich, wollten sie ihre Freiheit gegen die unterdrückerischen Machenschaften dieses Bonzen behaupten. Da sagte Cubeiro leise zum Richter:

„Wie schade, daß Cayetano nicht da ist! Wenn wir ihn jetzt anrufen würden, damit er herkommt – was würde Don Lino dann wohl machen?"

Der Richter pflichtete ihm bei und schenkte ihm eine Zigarette. Don Lino redete noch immer. Er sprach nun nicht mehr ganz so laut, und mehr als die Kraft seiner Stimme überzeugte die Beredtheit seiner Hände, die ganze Kreise mit Radius, Sekanten und Tangenten beschrieben. Trotzdem tönte sein Organ so laut, daß im Saal des Casinos die Stimmen und Rufe auf der Straße nicht zu hören waren. Erst als Don Lino einmal innehielt, vernahmen die anderen klar und deutlich Fußgetrappel, Geschrei und Glockengeläut. Carlos lief quer durch den Saal zur Tür und schaute hinaus. Ein Junge rannte, so schnell er konnte, die Straße entlang. Carlos fragte ihn, was los sei. „Die Kirche brennt!" rief er und rannte weiter. Die Nachricht verbreitete sich rasch im Casino, und der Kreis um Don Lino löste sich auf. Alles stürzte zum Ausgang. Auch Don Lino ging zur Tür und trat auf die Straße. Vom Gehsteig aus war der Feuerschein zu sehen, der sich in den Fensterscheiben der verglasten Balkons in den oberen Stockwerken der Häuser widerspiegelte. Carlos drehte sich zu den Stammgästen des Casinos um, sah einen nach dem anderen an und sagte zu Carreira:

„Sie kennen doch die Mönche. Nehmen Sie sich auf meine Kosten einen Wagen und holen Sie Bruder Eugenio Quiroga. Ich bitte Sie darum."

Carlos eilte die Straße hinauf. Als er an der Apotheke vorbeikam, rief Don Baldomero, der nur halb angekleidet war, ihm vom Erker aus zu:

„Was ist los, Don Carlos?"

Carlos beachtete ihn nicht und lief weiter bis zum Platz. Frauen und Mädchen standen auf den Balkons und an den Fenstern. Alle redeten laut durcheinander. Männer eilten in Gruppen zum Seiteneingang der Kirche. Auch Carlos trat ein. Er mußte sich einen Weg zwischen rund dreißig Leuten bahnen, die sich unter dem ersten Rundbogen des Kirchenschiffes drängten. Der Vorhang brannte lichterloh, und dahinter war eine glühende, knisternde Masse zu erkennen. Die Leute standen stumm, und der Feuerschein erhellte verblüffte Gesichter, staunende Augenpaare. Jemand faßte Carlos am Arm und wollte ihn zurückhalten.

„Da ist nichts zu machen. Bleiben Sie hier."

„Sollen wir etwa zusehen, wie die Kirche abbrennt?"

Er riß sich los. Der Teppich im Presbyterium hatte Feuer gefangen: Er zog ihn so weit es ging zurück und legte die Altarstufen frei. Funkenschwärme stoben auf, wirbelten durch die Luft, hingen kurz an Gewölben und Wänden und erloschen. Die lauten Stimmen der Menschen, die nach und nach in die Kirche drängten, vermischten sich mit dem Getose der Flammen. Carlos, ein Schatten im gleißenden Geloder, blickte zum hinteren Teil der Kirche: Flugasche fiel auf die doppelten Sitzreihen hinab. Er ging zur erstbesten Bank und zerrte sie zum Haupteingang; aus der Menschentraube löste sich ein junger Bursche, packte am anderen Ende der Bank mit an und half ihm. Je zwei Männer folgten seinem Beispiel. Jemand öffnete die Tür, und so wurden die Banken vors Portal geschafft und dort übereinandergestapelt. Kleine Jungen klammerten sich an das Eisengitter und beobachteten ängstlich das Feuer. Die Eltern riefen von den Fenstern aus nach ihren Kindern:

„Ramoñino, komm her! Paß auf, Pepiño!"

Doch die Kinder kletterte am Gitter hoch, um besser sehen zu können, und achteten nicht auf die Rufe. Auf dem Platz versammelten sich immer mehr Leute, und einige brachten Eimer voll Wasser mit. Don Julián, in Straßenkleidung und mit offenem Hemdkragen, dirigierte lustlos den Löscheinsatz: hier ein paar Beilhiebe, da ein paar Eimer Wasser. Der glühende Haufen fiel in sich zusammen, und ein Funkenregen ging auf diejenigen nieder, die am nächsten standen. Die Gaffer wichen zurück. Der Bauunternehmer, der die Restaurationsarbeiten in der Kirche durchgeführt hatte, meinte, da alle Bänke nach draußen geschafft worden seien, bestehe keine Gefahr mehr, daß sich das Feuer ausbreite, man müsse nur verhindern, daß das Dach Feuer fange.

Don Baldomero, der sich einen Mantel über das Nachthemd gezogen hatte, hielt sich an der Seite des Pfarrers und verkündete immer wieder, dies sei eine Strafe Gottes.

Die Männer aus dem Casino standen unter dem Chor beisammen und hörten Don Lino zu, der in der Brandstiftung die verantwortungslose Tat eines verbitterten Republikaners sah. „Ich kann so etwas nicht billigen, aber ich kann es mir zumindest erklären. Eine Tyrannei einzurichten ist gefährlich, weil sich die Opfer der Tyrannei mit allen Mitteln wehren. Wäre das Verbot der Prozessionen befolgt worden, stünden wir nun nicht vor einer derartigen Katastrophe für die Kultur und das Ansehen dieser zivilisierten und unbestreitbar republikanischen Stadt!" Er hatte Cayetano nicht erwähnt, doch im Geiste machten die Leute ihn für alles verantwortlich.

Bruder Eugenio erschien in Begleitung des Abts. In einer langen Kette schattenhafter Gestalten wurden Wassereimer von Hand zu Hand weitergereicht. Vor der Kirche standen Männer und Frauen und unterhielten sich über den Brand. Die Mönche bahnten sich einen Weg durch die Menge und traten ein. Von dem Vorhang waren nur noch ein paar Fetzen übrig, die schwelend an den Ringen hingen und sich in dunklen Qualm auflösten. Der Putz war in großen Brocken von der Wand gefallen, und von der Christusfigur waren nur noch ein paar geschwärzte Stellen zu sehen. Bruder Eugenio blieb stehen und betrachtete die schwarze Wand und den Qualm, der aufstieg und unter dem Gewölbe schwebte. Der Abt hielt sich an seiner Seite und ließ ihn nicht aus den Augen. Da kam Don Julián angelaufen: Auf seinem Gesicht lag ein triumphierendes Lächeln.

„Sehen Sie, Hochwürden? So mußte es kommen!"

Bruder Eugenio blinzelte, erwiderte jedoch nichts. Der Abt sagte:

„Trotzdem ist es sehr schade."

„Hinausgeworfenes Geld!"

Don Julián klopfte Bruder Eugenio ein paarmal auf die Schulter.

„Und vergeudete Zeit und Liebesmüh, was? Als ich Ihnen sagte, daß –"

„Seien Sie still!"

Der Abt nahm Don Julián beiseite und führte ihn weg. Als Carlos das linke Seitenschiff entlangkam, ging der Abt auf ihn zu.

„Sprechen Sie nicht mit Bruder Eugenio."

„Warum nicht?"

„Ich bitte Sie darum. Ich möchte ihn nicht verlieren, aber wenn Sie mit ihm reden –"

Er hob die Arme. Carlos war in einem dunklen Winkel stehengeblieben.

„Ich möchte Ihnen nicht zu nahetreten, Don Carlos, aber mir bleibt noch ein Rest von Autorität über Bruder Eugenio, die er respektiert und die ihn wahrscheinlich davor bewahren wird, eine Dummheit zu begehen, doch wenn er sich auf Sie einläßt und mit Ihnen spricht... Verstehen Sie denn nicht? Dann würden die finsteren Gedanken mit aller Gewalt über ihn hereinbrechen."

„Und Sie halten es für besser, daß er Ihnen gehorcht?"

„Ja, davon bin ich überzeugt. Es ist auf jeden Fall besser für ihn selbst."

„Offen gesagt muß ich aber mit ihm sprechen."

„Dann tun Sie es morgen oder in den nächsten Tagen, aber nicht heute abend. Kommen Sie ins Kloster, wann immer Sie wollen, und es könnte sogar sein, daß ich Bruder Eugenio gelegentlich zu Ihnen schicke. Aber jetzt überlassen Sie ihn bitte mir. Ich werde Sie bei ihm entschuldigen."

Der Abt legte Carlos die Hände auf die Schultern.

„Bitte!"

„Wenn Sie darauf bestehen."

„Gott wird es Ihnen vergelten."

Er klopfte ihm ein paarmal auf die Schulter und lächelte.

„Sie sind ein intelligenter Mensch, Don Carlos. Wir sprechen uns noch."

Er kehrte ins Presbyterium zurück. Carlos sah, wie er auf Bruder Eugenio zutrat und mit ihm sprach. Nach einem kurzen Wortwechsel verließen die beiden die Kirche. Carlos ging zum Portal, hinter dessen Gitter nur noch eine einzige schattenhafte Gestalt zu sehen war. Carlos näherte sich ihr und erkannte, daß es Clara war. Von Platz leuchteten schwach die alten Straßenlaternen herüber. Einen Augenblick lang musterten sich Carlos und Clara schweigend.

„So etwas nennt man Pech", sagte Clara schließlich.

„Stimmt, aber das sind nur Worte."

„Kann sein. Auf jeden Fall ist es Pech."

Wieder schwiegen sie. Nach einer Weile ließ Clara das Eisengitter los.

„Juan ist bei mir zu Hause."

„Hat er sich also dazu durchgerungen, dich zu besuchen?"

„Wir haben uns hier im Gewühl getroffen. Er hat mir erzählt, daß ihr verabredet seid, und ich habe ihm angeboten, im Laden auf dich zu warten. Ich dachte, du würdest bei mir vorbeischauen, wenn du siehst, daß offen ist und Licht brennt."

„Warte, ich komme gleich mit."

Er drehte sich um. Im hinteren Teil der Kirche erhellte mattes Licht die schwarzen Wände der Apsis.

Die Scheinwerfer des Wagens leuchteten die Tür des Klosters an. Sie stand halboffen, und ein Zipfel vom Gewand des wartenden Laienbruders war zu sehen. Der Abt bedankte sich beim Fahrer und stieg aus. Bruder Eugenio folgte ihm schweigend, und der Laienbruder schloß hinter ihnen die Tür.

„Sie können sich jetzt zurückziehen, Bruder."

„Der Friede sei mit Ihnen."

Der Laienbruder trat auf den Kreuzgang hinaus. Der Abt und Bruder Eugenio blieben allein zurück.

„Sind Sie müde, Pater?"

Bruder Eugenio sah ihn verblüfft an.

„Wieso?"

„Ich würde mich gerne noch ein Weilchen mit Ihnen unterhalten." Er warf einen Blick auf die Uhr. „Viel Zeit bleibt nicht mehr bis zur Prim, aber bis dahin ... Ich lade Sie zu einem Gläschen ein, das wird Ihnen gut tun. Vom Gebet und der Messe sind Sie befreit."

Er schob ihn sanft, aber nachdrücklich zur Tür.

„Na los, kommen Sie."

Er führte ihn durch den Kreuzgang. Als sie die Zelle des Abts erreichten, gewährte Pater Fulgencio ihm den Vortritt und ließ ihn im Dunkeln warten, während er die Karbidlampe anzündete.

„Wie gut könnten wir hier elektrisches Licht gebrauchen! Schön wär's, aber wissen Sie, wieviel die Firma für das Verlegen der Kabel verlangt?"

Er riß ein Streichholz an und entzündete die Lampe. Auf dem Tisch stapelten sich Papiere: Er schob sie beiseite und schuf so ein bißchen Platz.

„Ich versuche mir vorzustellen, was in Ihnen vorgeht, Pater, aber ich weiß nicht, ob es mir gelingt. Ich bin kein Künstler. Trotzdem, ich verstehe, daß sich die Leute über die Zerstörung Ihres Werkes empören. Wie soll ich mich ausdrücken? Es muß wohl so ähnlich sein, als würde mir jemand unsere Gemeinschaft zerstören, so daß wir auseinandergehen müßten."

Während er sprach, kehrte er Bruder Eugenio den Rücken zu. Er holte eine Flasche und zwei Gläser aus dem Wandschrank: Bénédictine für Besucher, sofern die Besucher Geistliche oder Laien waren, die trotz Klausur Zutritt zum Kloster hatten. Gelber Bénédictine. Es gab da noch einen anderen Likör, den „Likör des Paters Kermann", eine bis zur Hälfte mit einer grünen Flüssigkeit gefüllte Flasche, auf die er jedoch trotz des kirchlichen Siegels und des bebrillten Klosterbruders auf dem Etikett nie zurückgriff.

„Was haben Sie jetzt vor?"

Er stellte die beiden Gläser auf den Tisch, auf die Stelle, die er freigeräumt hatte, und füllte sie, besann sich jedoch plötzlich und kippte den Inhalt eines Glases zurück in die Flasche.

„Ich darf nichts trinken, das hatte ich ganz vergessen. Ich muß ja die Messe lesen."

„Warum fragen Sie mich, was ich vorhabe?"

„Weil ich mir vorstellen kann, daß Sie sich jetzt viele Fragen stellen werden. Das kann ich gut verstehen. Sie werden sich unter anderem fragen, ob Sie das Kloster verlassen sollen."

Er reichte ihm das Glas und sah ihm dabei in die Augen.

„Oder täusche ich mich?"

Bruder Eugenio wich seinem Blick aus. Er nippte an dem Likör und stellte das Glas zurück auf den Tisch.

„Danke. Nein, Sie täuschen sich nicht. Seit über einer Stunde denke ich darüber nach."

„Sie müssen sehr wütend sein, und die Wut treibt Sie fort. Dieser Dummkopf von Don Julián! Insgeheim reibt er sich bestimmt die Hände."

„Ja."

„Aber das darf er sich natürlich nicht anmerken lassen. Wollen Sie sich nicht setzen, Pater? Sie können gerne rauchen. Da drüben in der Nachttischschublade finden Sie Tabak. Ich schenke Ihnen ein Päckchen. Es sind zwei drin, nicht wahr? Das andere sollen sich Bruder Manuel und Bruder Eulogio teilen."

Er hatte zwei Stühle geholt und sie zu beiden Seiten des Tisches aufgestellt. Bruder Eugenio kramte in der Schublade, zog eine kleine Schachtel heraus und öffnete sie.

„Setzen Sie sich, Pater. Hier sind Streichhölzer."

Der Abt riß eines an, streckte den Arm über den Tisch und gab Bruder Eugenio Feuer.

„Mönch zu sein ist etwas anderes, als Künstler zu sein, das begreife ich allmählich. Wären Sie nämlich nur Mönch, würde ich an Ihre Demut und Bescheidenheit appellieren und Ihnen empfehlen, sich Gottes Willen zu fügen. Mein eigener Wille kann nämlich in Frage gestellt werden, der des Herrn jedoch nicht. Ein richtiger Mönch darf gegen Gottes Willen nicht aufbegehren, er darf in seinem Innersten nicht daran zweifeln, daß jedes Mißgeschick und jedes Leid zu seinem Heil von Gott geschickt wird. Daran denke ich die ganze Zeit, während ich mit Ihnen rede, verstehen Sie? Wenn Sie fortgehen, muß ich meine Gemeinschaft auflösen, und ich würde vermutlich irgendwo als Bischof enden. Das will ich aber nicht, glauben Sie mir. Mein Wunsch ist es, dieses Kloster zu leiten und voranzubringen. Trotz der politischen Lage! Wenn Sie jedoch fortgehen und ich das Kloster schließen muß, werde ich mir sagen, daß es der Wille des Herrn ist, der nur auf unser aller Heil bedacht ist."

Er hob ruckartig den Kopf.

„Auch auf Ihr Heil! Ich möchte Ihnen meinen Standpunkt nicht aufdrängen, aber es liegt doch wohl auf der Hand, daß der Herr die Zerstörung Ihrer Gemälde verfügt hat, um Sie auf die Probe zu stellen oder Sie vor die Wahl zu stellen, ob Sie hierbleiben oder fortgehen, ob Sie also Mönch bleiben oder Künstler sein wollen."

Er erhob sich mit feierlicher Miene.

„Überlegen Sie es sich reiflich und machen Sie keinen Fehler. Glauben Sie mir, Sie können nicht mit halbem Herzen am Klosterleben teilhaben und mit der anderen Hälfte Ihres Herzens am Leben draußen in der Welt. Töten Sie den Mönch in sich ab, oder den Künstler, denn allem Anschein nach vertragen sich beide nicht sonderlich gut miteinander."

Er stützte sich mit den Händen auf und lächelte.

„Und ich hatte gedacht, Sie könnten mit Ihrer Arbeit das Kloster retten! Ich habe es gehofft, das versichere ich Ihnen, und die Vorstellung gefiel mir. Ich mag Ihre Bilder wirklich, aber grausam, wie Menschen nun einmal sein können, muß man auf alles gefaßt sein."

Er schob Bruder Eugenio das Glas hin.

„Trinken Sie aus und gehen Sie zu Bett. Haben Sie Vertrauen zu mir und teilen Sie mir Ihren Entschluß offen und ehrlich mit. Ich werde Sie nicht im Stich lassen. Sie können auf mich zählen wie auf einen Freund."

Bruder Eugenio leerte das Glas mit einem Zug.

„Danke, Hochwürden."

„Gehen Sie in Frieden."

Er hob die Hand und schlug das Kreuzzeichen.

Die Polizisten – sechs an der Zahl – in ihren blauen Uniformen und den Säbeln im Gürtel nahmen nicht wie früher an der Prozession teil, sondern hatten sich entlang der Menschenreihen verteilt. Auch die Männer von der Guardia Civil, die keine Karabiner trugen, strichen umher und mischten sich unter die Schaulustigen. Nicht so auffällig, aber mit nicht weniger wachsamem Augen beobachtete der Vorstand der Ortsgruppe der U.G.T. das Geschehen. Die Prozession hatte verspätet begonnen, weil in letzter Minute noch gewisse alarmierende Meldungen eingegangen waren. Die Geistlichen blickten argwöhnisch nach links und rechts, zuckten bei jedem noch so unerheblichen Ausruf und jeder noch so harmlosen Bewegung der Leute zusammen. Sie hatten Doña Angustias gebeten, bei dem festlichen Umzug voranzuschreiten, und so diente sie gewissermaßen als Puffer. Einen Palmzweig in der Hand, marschierte sie mit feierlicher Miene und kleinen Schritten allein mitten auf der Straße. Sie wirkte in sich gekehrt, vielleicht betete sie. „Wenn die nicht mutig ist!", dachten die Pfarrer bei sich und fühlten sich durch ihre Tapferkeit gestärkt. Allerdings waren sechs bewaffnete Männer zu ihrem Schutz abgestellt und hatten genaue Anweisungen erhalten: Im Notfall hatten sie sich schützend vor sie zu stellen und sie mit Schüssen zu verteidigen. Sie hatten sich unter die Menge gemischt, drei in der Prozession, drei außerhalb; alle paar Minuten wechselten sie Blicke miteinander; beim geringsten alarmierenden Zeichen taten sich jeweils zwei von ihnen zusammen.

Die Prozession folgte ohne Zwischenfälle der üblichen Route; die Kinder sangen ihre Liedchen, die Geistlichen ihre lateinischen Psalmen. Am Ende versammelten sich alle in der Pfarrkirche; zuerst strömten die Gläubigen mit ihren Palmwedeln und Zweigen ins Innere; dann wurde der Wagen mit dem Gottessohn hineingefahren, der auf einer grauen Mauleselin mit fast menschlichen Gesichtszügen saß; und schließlich zog der Klerus ein. Die Honoratioren begaben sich in die Sakristei und kommentierten den Ablauf des Festzuges. Als der Pfarrer sich bei Doña Angustias bedankte, meinte sie, er solle dies lieber bei ihrem Sohn Cayetano und beim Herrgott tun, der sie ja schließlich dazu bewegt habe. Der Pfarrer pflichtete ihr bei und versprach, aus Dankbarkeit eine Anzeige in die Zeitung zu setzen. Dann fragte er, ob denn nicht auch die anderen Prozessionen stattfinden könnten, doch Doña Angustias wußte nicht, was sie darauf erwidern sollte. Es kam zu einem, durchaus höflichen, Wortwechsel zwischen Señor Mariño und Carreiras Frau: Señor Mariño war der Ansicht, man solle es damit bewenden lassen, es sei nicht klug, gewisse Elemente herauszufordern, die dann über die Stränge schlagen könnten, und nachdem erst in der vergangenen Nacht die Kirche Santa María de la Plata in Flammen gestanden habe, sei es geradezu ein Wunder, daß diese Leute sich während der Prozession ruhig verhalten hätten; dem hielt Carreiras Frau entgegen, Gott und die Heilige Mutter Gottes stünden auf der Seite der Christen, und an ihrem Beistand zu zweifeln sei eine Todsünde. „Da in diesem Fall Cayetano aber als Mittler zwischen uns und Gottes Willen gedient hat, würde ich die Prozession des Heiligen Grabes nicht stattfinden lassen, ohne mich zuvor mit ihm zu besprechen", wandte Señor Mariño ein. Da warf ihm Carreiras Frau einen scheelen Blick zu und erwiderte: „Wissen Sie, Mariño, daß Sie mir langsam wie ein Heretiker vorkommen?" – „Wie ein *was*?" – „Wie ein Heretiker." – „Und was soll das sein?" – „Nun, das ist ein Mensch, der –" In diesem Augenblick erschien seine Tochter Julia, und so blieb Señor Mariño ohne Erklärung. Julia, ein Mädchen mit sehr schmaler Taille, trug ebenfalls einen

Palmzweig. Sie berichtete, daß sich draußen auf dem Platz Gruppen bildeten und sich die Jungs von der Rechten womöglich gleich mit denen von der Linken prügelten. Da fiel Carreiras Frau ein, daß ihr Ältester an diesem Vormittag allein unterwegs war, und sie schoß hinaus: Auf der Türschwelle der Sakristei steckte sie sich das kleine Kruzifix, das sie am Hals trug, in den Ausschnitt.

Die Jungen aus dem linken Lager waren unter den Kolonnaden in Deckung gegangen, die aus dem rechten hatten sich in Gruppen vor der Kirche Santa María de la Plata versammelt. Die Linken schwiegen, die Rechten brüllten laut durcheinander. Die Linken stampften wie gezügelte Pferde mit den Füßen auf die Steinplatten; die Rechten fuchtelten mit den Armen und rannten, um ihre Gegner herauszufordern, immer wieder bis zur Mitte des Platzes und zurück. Einer von den Linken rief: „Dem Kerl zieh ich das Fell über die Ohren!" und wollte schon in die Kampfarena treten, da hielt ihn eine Hand zurück, und eine Stimme warnte ihn: „Rühr dich nicht vom Fleck, sonst haue ich dir eine rein!" – „Aber die wollen sich mit uns anlegen!" – „Nur mit der Ruhe! Wir müssen denen zeigen, daß wir brave Bürger sind." Der junge Bursche biß sich auf die Lippen, aber als er sich unbeobachtet fühlte, sagte er zu seinem Nebenmann: „Und das alles nur, weil die Mutter von unserem Chef eine Frömmlerin ist!" Hinter der Fensterscheibe des mittleren Balkons versteckt, beobachtete der Bürgermeister vom Rathaus aus die beiden Gruppen, und sein Blick wanderte unruhig von einer zur anderen. Jedesmal wenn das Telephon läutete, drehte er sich um und fragte: „Ist es der Gouverneur?"

Der erste gellende Schrei war um Viertel vor eins zu hören, noch ziemlich weit weg, aber doch laut und deutlich. Die Leute, die ihn vernommen hatten, fragten sich, wen man wohl umgebracht hatte, doch niemand rührte sich von der Stelle. Der zweite Schrei ertönte eine Minute später, und er kam aus der Nähe: Der Bürgermeister drehte sich zu seinem Sekretär um und fragte: „Haben Sie das gehört?", und der Sekretär verneinte. „Da schreit jemand, als würde man ihn umbringen." Er öffnete die Balkontür einen Spaltbreit und horchte. Von der Gruppe der Rechten und auch der Linken hatten sich ein paar Späher abgesondert und blickten die Straße entlang. Da erfolgte der dritte Schrei; der Bürgermeister riß die Tür auf und lehnte sich hinaus; die Späher vom Lager der Rechten – drei an der Zahl – wechselten ein paar Worte miteinander und zeigten in eine bestimmte Richtung, ohne jedoch in Aufregung zu geraten; einer von den Linken brach plötzlich in Gelächter aus. Nach und nach gesellten sich Mitglieder der einen und auch der anderen Gruppe zu dem kleinen Spähtrupp, und der Sekretär trat, vom Bürgermeister gerufen, auf den Balkon.

„Schauen Sie mal, wer da ist!"

Paquito der Uhrmacher kam mitten auf der Straße anmarschiert: Er hatte seinen Spazierstock am Knauf wie eine Keule umfaßt und preßte die linke Hand geballt gegen die Brust. Den durchlöcherten Strohhut hatte er tief in den Nacken geschoben, und die Flöte schleifte an einem mit ein paar verwelkten Blumen geschmückten Band hinter ihm her. Das graue Haar fiel ihm über die Ohren, die Krawatte hing aus der Weste heraus, und an Jackett und Hose schien der ganze Schlamm von unterwegs zu kleben.

Erst riefen die Jungs aus dem einen Lager nach ihm, dann die aus dem anderen. Sie fragten ihn nach seiner Freundin und boten ihm Schnaps an. Paquito würdigte sie keines Blickes. Vor dem Rathaus blieb er stehen und stieß wiederum einen Schrei aus: einen schauerlichen, schrillen, langen Schrei. Dann ging er die Straße hinunter. Ein paar Burschen von den Linken und auch von den Rechten folgten ihm, erst in einigem Abstand, dann holten sie ihn ein, und schließlich scharten sie sich lärmend um ihn. Sie redeten auf ihn ein, grölten und versuchten, ihm durch allerlei Angebote ein paar Worte zu entlocken. Vor dem Casino drehte sich der Uhrmacher um und blies ihnen auf seiner Flöte den Marsch: eine modulierte Klangfolge, von den allertiefsten bis hin zu den schrillsten Noten, mit geträllerten Tönen in den Mittellagen und im Schlußakkord. Cubeiro und Carreira lehnten sich, die Billardstöcke noch in der Hand, aus dem Fenster. „Hat man dir Hörner aufgesetzt, Paquito?" Der spinnerige Uhrmacher überquerte die Straße, näherte sich dem Fenster und blickte ins Innere. Cubeiro und Carreira wichen zurück und hielten ihm die Billardstöcke wie Spieße entgegen, doch Paquito sah mit starrem, fast furchterregendem Blick in den hinteren Teil des Saals, als suchte er nach etwas oder jemandem. Dann kehrte er ihnen den Rücken zu und setzte seinen Weg fort. Als er den Platz erreichte, bewarfen ihn einige kleine Kinder mit Steinen. Wieder stieß er einen gellenden Schrei aus. Die Jungs, die ihm nachgegangen waren, wechselten ein paar Worte und lachten alle zusammen. Zum Abschluß warfen die Anhänger der Volksfront und die Sympathisanten der Nationalen gleichzeitig noch ein paar Steine nach ihm. Als sie kurz darauf in der nächstbesten Taverne einkehrten, hatten sie stillschweigend einen Waffenruhe vereinbart, die erst gebrochen wurde, als sie zum Mittagessen nach Hause gingen, weil einige von ihnen betrunken waren. Es wurden ein paar Ohrfeigen ausgeteilt, aber mit Politik hatten sie schon nichts mehr zu tun.

Paquito verließ das Städtchen und ging die steil ansteigende Landstraße hinauf. Er stieß immer dann einen Schrei aus, wenn er Leuten begegnete. Die Flöte holperte über den steinigen Boden, was einen wohltönenden, hölzernen Klang erzeugte. Eine sanfte Brise zauste an seiner Krawatte und an seinen Haaren. Er schlug die Straße zum pazo ein, betrat den Garten und ging zur Eingangstür. Dort blieb er stehen und stieß abermals einen Schrei aus: den allerlängsten, vielsagendsten und gellendsten seiner Schreie. Er verstummte und hielt seine leicht zitternde Hand mit dem Stock nach hinten. Als Carlos ihn hörte, eilte er nach unten. Er sah ihn im Gegenlicht, ging auf ihn zu, packte ihn an den Schultern und schüttelte ihn.

„Was ist los mit dir?"

„Sie haben meine Freundin ins Irrenhaus gesteckt. Ahuuuu...!"

Plötzlich sackte er in sich zusammen, sein Gesicht legte sich in Falten, er ließ sich zu Boden fallen und fing an zu schluchzen: kleine, spitze, rasche Schluchzer, von denen manche wie Gelächter klangen. Er zitterte am ganzen Körper.

Carlos half ihm beim Aufstehen, führte ihn in seine Kammer und setzte ihn auf das Feldbett: Die Flöte war vor der Tür liegengeblieben, doch den Stock hielt Paquito noch immer fest umklammert. Er hob ihn hoch über den Kopf und schüttelte ihn.

„Ich werde Cayetano umbringen!"

„Rede nicht so einen Unsinn. Cayetano hat damit nichts zu tun. Das hätte gerade noch gefehlt!"

„Cayetano ist an allem schuld, und ich werde ihn umbringen. Das ist nur gerecht."

„Du rührst dich nicht vom Fleck, ich verbiete es dir."

„Wir hatten ausgemacht, daß ich ein freier Mensch bin, oder nicht?"

Carlos setzte sich neben ihn.

„Ich habe mich ungeschickt ausgedrückt. Ich verbiete es dir nicht, sondern ich bitte dich darum. Über Cayetanos Schuld reden wir noch."

„Sie können sie mir nicht ausreden."

„Nein, wenn du recht hast, dann nicht. Aber wenn du nicht recht hast, hörst du mich hoffentlich an."

„Cayetano ist an allem schuld."

„Weißt du, daß gestern nacht jemand die Kirche Santa María de la Plata in Brand gesteckt hat?"

„Ein Grund mehr, ihn umzubringen."

„Daran war er bestimmt nicht schuld, das kannst du mir glauben, und wenn er daran nicht schuld ist, dann ist es durchaus möglich, daß er auch bei der Sache mit deiner Freundin nicht die Finger im Spiel hat."

„Ich bin mir da ganz sicher."

„Im Namen unserer Freundschaft bitte ich dich um einen Waffenstillstand."

„Einverstanden."

„Wenn du dich ein bißchen beruhigt hast, reden wir weiter."

„Und ich werde Sie überzeugen, Sie werden schon sehen."

„Entspann dich jetzt und versprich mir –"

Der Uhrmacher streckte ihm die Hand hin.

„So etwas schaffen nur Sie bei mir, Don Carlos. Machen

Sie sich keine Sorgen, aber denken Sie daran, daß der Schuldige früher oder später für seine Schuld bezahlen muß. So will es das Gesetz Gottes."

Als er allein war, nahm er den Strohhut ab, betrachtete ihn und weinte ein Weilchen; dann warf er ihn weit weg. Der Stock war zu seinen Füßen auf den Boden gefallen: Er hob ihn auf und machte sich daran, ihn auseinanderzuschrauben und die einzelnen Teile zu entleeren. Die Stücke legte er eines neben das andere aufs Bett und zog die Schubladen seines Werktisches auf. In der untersten lagen Metallteilchen, Schrauben, Muttern, Fragmente von Türangeln, große und kleine Spiralen aus Stahl, Nägel... Mit weitgeöffneten Augen betrachtete er alles. Dann beugte er sich vor, und mit flinken Fingern kramte er darin, suchte das eine oder andere aus...

11. KAPITEL

Um Punkt zehn läuteten die Glocken und weckten Carlos. Sonnenlicht fiel durchs Fenster, und Staub flimmerte in der Luft. Carlos zog die Arme unter der Decke hervor und streckte sie. Der Riß unter der Achsel des Pyjamas reichte bis zum Ellbogen, und es fehlten zwei Knöpfe. Er ließ die Beine aus dem Bett hängen, setzte sich auf den Bettrand und rieb sich die geblendeten Augen. Auch die Hose hatte Risse an den Knien, weil sie schon so verschlissen waren. Er schlüpfte in die Pantoffeln, stand auf, trank ein Glas Wasser, streckte erneut die Arme. Unten, über dem Städtchen, erbebte die Luft vom Läuten mehrerer Glocken; die Glockenschläge spornten sich gegenseitig an, jagten und vermischten sich, um sich dann wieder zu trennen: laute und feine, wie bei einem Wettstreit, mal harmonisch, mal dissonant. Carlos lehnte sich aus dem Fenster. Das Glockengeläut erfüllte seinen Kopf. Er lächelte.

„Christus ist auferstanden."

Auch der Morgen schien auferstanden zu sein, strahlend und herrlich. Carlos öffnete den Mund und sog die Luft ein. Die Sonne wärmte sein Gesicht und die nackte Brust; der Tau auf der Brüstung kühlte seine Hände. Auf den Blättern der Bäume brach sich der Sonnenschein in tausend Strahlen.

„Christus ist auferstanden, und die Glocken verkünden es mit Don Linos Billigung. Bestimmt haben sie ihn genau wie mich aufgeweckt."

Er beugte sich vor und griff mit der Hand nach einem zitternden Zweig. Er bekam die Spitze eines Blattes zu fassen, zog es zu sich heran und packte den Zweig.

„Mal sehen, was er aushält."

Das Blatt riß; der Zweig schnellte durch die Luft, und Tau spritzte Carlos ins Gesicht. Von der ría drang das Heulen eines Signalhorns herüber, gefolgt von einem noch längeren Heulton. Carlos erblickte vier Fischerboote und vier Schleppkähne, die schwarzen Qualm ausstießen. Er wandte sich vom Fenster ab, ging hinaus und betrat Juans Zimmer.

„He, du! Aufwachen!"

Juan fuhr in die Höhe. Kupferfarbene Strähnen verdeckten seine Stirn und einen Teil seines Gesichts, und die Nase ragte aus der Haarmähne hervor wie ein Felsvorsprung.

„Ist etwas passiert?"

„Es geht um die Boote."

Juan ließ sich auf das Kissen zurücksinken.

„Ach so, die Boote. Na schön."

„Ich finde, wir sollten die Gelegenheit nutzen, daß alle Fischer da sind. Heute ist genau der richtige Tag, um Don Lino in die Taverne mitzunehmen."

„Lieber morgen, am Sonntag."

„Morgen reist der Herr Abgeordnete zurück nach Madrid. Heute ist unser großer Tag."

Juan richtete sich erneut auf.

„Glaubst du, es bringt etwas?"

„Wenn er zu ihnen spricht und sie ihm applaudieren, wird er höchst zufrieden abreisen."

Juan fuhr sich mit den Fingern durchs Haar und schob es aus Stirn und Gesicht.

„Ich bin überzeugt, daß dieser Kerl ein Volltrottel ist."

„Aber er könnte sich als nützlicher Volltrottel erweisen. Auf jeden Fall ist er das einzige heiße Eisen, das wir im Feuer haben. Oder willst du etwa einen Rückzieher machen?" Carlos blickte sich nach einem Stuhl um und setzte sich. „Ich bin mit allem einverstanden. Von mir aus soll Cayetano die Boote bekommen, die Schulden bezahlen und den Leuten Arbeit geben. Dann trommeln wir die ganze Stadt auf dem Platz zusammen, verkünden die endgültige Niederlage der letzten Churruchaos und reisen ab. Australien ist ein schönes Land. Hast du nie mit dem Gedanken gespielt, Schafe zu züchten? Ich bin für diese Arbeit hervorragend geeignet, und ich hoffe, du auch. Wir könnten Clara mitnehmen, damit sie die Buchhaltung führt."

Carlos hob die Arme.

„Mein Haus verkaufe ich. Viel bekomme ich nicht dafür, aber vielleicht reicht es für die Reise. Hier in der Stadt lebt ein gewisser Don Rosendo, der vor kurzem aus Übersee zurückgekommen ist. Er hat sich schon ein paarmal sehr positiv über mein Haus geäußert. Vielleicht zahlt er einen guten Preis dafür."

„Hör auf! Gib mir lieber eine Zigarette."

Carlos ging hinaus und kam gleich darauf mit Zigaretten wieder.

„Und? Wie hast du dich entschieden?"

„Ich werde mit El Cubano reden und ihm sagen, er soll heute nachmittag die Fischer zusammentrommeln. Du kümmerst dich um unseren Abgeordneten."

„Du bist wirklich ein intelligentes Bürschchen, Juan."

Carlos klopfte ihm auf die Schulter und hielt ihm ein brennendes Streichholz hin.

„Das Geheimnis des Lebens besteht darin, nie die Hoffnung aufzugeben, aber da jede Hoffnung den Tod in sich trägt und früher oder später zugrundegeht, muß man sich immer wieder neue einfallen lassen, immer und immer wieder, bis zum Ende. Die Fischer haben die Hoffnung aufgegeben, aber heute abend werden sie wieder träumen können, sofern es Don Lino mit seiner Redekunst gelingt, ihnen eine neue Illusion zu vermitteln."

„Und was dann?"

Carlos zuckte mit den Achseln.

„Als ich ein kleiner Junge war und Latein lernte, mußte ich einmal eine Fabel übersetzen, in der die Frösche ein Stoßgebet an die Götter richteten."

„Das Stoßgebet heißt jetzt Revolution. Es ist der einzige Ausweg für Menschen ohne Hoffnung."

„Es gibt noch etwas Schlimmeres: Resignation. Wenn wir unseren Freunden nichts mehr vormachen können, wenn alle Mittel versagt haben, dann resignieren sie und hören auf, Stoßgebete an die Götter zu richten, und die Götter schicken ihnen einen Knüppel herab, damit sie sich auf die Knie werfen und ihn anbeten."

„Solange sie sich mit dem Knüppel etwas zu essen besorgen können..."

„Er wird ihnen eher dazu dienen, sich daraus Zahnstocher zu schnitzen. Zahnstocher sind, wie du sicher weißt, ein Symbol der Resignation, aber einer Resignation voller Würde. Es ist eine Resignation, die sich selbst etwas vormacht."

Juan räkelte sich im Bett. Die großen, knochigen Füße, die geröteten, stark behaarten Beine und ausgemergelten Knie schauten heraus.

„Wirf mir bitte die Hose rüber!"

Carlos stand auf.

„Ich mache dir Frühstück, während du dich anziehst."

„Sind wir noch immer ohne Personal?"

„Ja, der Uhrmacher bläst weiterhin Trübsal."

Carlos blieb in der Tür stehen und sah Juan an.

„Ich mache mir Sorgen um ihn. Seit einer Woche sagt er kein Wort und versteckt sich vor mir."

„Er ist wie ein Tier, dem man das Weibchen weggenommen hat."

„Deshalb mache ich mir ja Sorgen um ihn."

Carlos ging hinaus. Der Herd in der Küche war kalt, die Töpfe waren leer. Er zündete ein paar Holzscheite an. Flammen loderten auf.

„Wo hat dieser Tolpatsch bloß die Milch hingestellt?"

Er füllte etwas Wasser in einen Topf und stellte ihn auf den Dreifuß. Dann ging er in die Vorhalle hinunter. Paquito hatte der Treppe den Rücken zugekehrt und betrachtete den Garten: Er stand aufrecht auf der Türschwelle und fuchtelte mit dem Spazierstock herum. Als er Carlos' Schritte hörte, drehte er sich um.

„Falls Sie die Milch suchen, die ist hier in dieser Kanne."

„Was tust du da?"

„Ich schaue mir den Morgen an."

„Und das macht dir Spaß?"

„Außerdem denke ich nach."

Carlos ging mit der Kanne in der Hand zur Tür.

„Guten Morgen, Paco."

„Das ist wirklich ein guter Morgen, sage ich! Ein Karsamstag wie aus dem Bilderbuch."

Mit beiläufiger Miene erwiderte Carlos:

„Ein Tag der Vergebung. Es ist eine gute Einrichtung, daß sich die Menschen wenigstens einmal im Jahr gegenseitig vergeben."

„Finden Sie?"

„Ja, sonst gibt es nämlich keine Auferstehung. Aber du bist doch so belesen, du müßtest es besser wissen als ich."

„Manchmal ist die Sache aber die, daß man Gerechtigkeit üben muß, wissen Sie? Wenn Sie einer Giftschlange verzeihen und sie freilassen, beißt sie."

„Vielleicht verzeiht Gott auch den Giftschlangen."

„Gottes Ratschluß ist unergründlich. Schließlich hat er die Giftschlangen erschaffen, aber ich frage mich immer wieder, wozu."

„Vielleicht, um sie zu Werkzeugen seiner Gerechtigkeit zu machen."

Paquito packte ihn plötzlich am Arm: Die Milchkanne schaukelte bedenklich.

„Sehen Sie? Da wären wir wieder bei der Gerechtigkeit. Ohne sie kommen wir nicht weiter."

„Ich ziehe die Wahrheit vor, Paco. Wenn man sie kennt, erweist sich Gerechtigkeit nicht selten als ungerecht."

Der spinnerige Uhrmacher ließ Carlos' Arm los, hob die Hand und zeigte zum Himmel.

„Man kann nie wissen. Ich lege die Gerechtigkeit in Gottes Hände. Er sieht alles, er wird Gerechtigkeit walten lassen und mit den Giftschlangen und Menschen tun, was ihm gefällt. Bleiben Sie ruhig bei Ihrer Wahrheit!"

Er wandte sich der Sonne zu. Carlos betrachtete sein zerknautschtes Gesicht, den traurig herabhängenden Schnurrbart, die zusammengekniffenen Lippen.

„Willst du etwas frühstücken? Ich lade dich ein."

Da Paquito keine Antwort gab, ging Carlos zurück in die Küche. Als Carlos' Schritte verklungen waren, schwenkte der Uhrmacher drohend seinen Spazierstock. Er zielte mit ihm auf eine mit Nägeln beschlagene Planke der Tür. Ein metallenes

Geräusch wie von einer starken Sprungfeder war zu hören, und der Stock steckte im Holz. Paquito brach in Gelächter aus und riß den Stock mit einem kräftigen Ruck heraus: Aus seinem unteren Ende ragte eine lange, dicke, scharfe Spitze.

Sie hatten zusätzlich noch zwei größere Lampen aufgestellt und reichlich mit Karbid gefüllt. Der Bootsführer der *Mariana II* hatte sie mitgebracht. Sie spendeten wesentlich mehr Licht als die übrigen Lampen im Lokal, und El Cubanos Glatze glänzte mehr denn je. Die Haut am Haaransatz war ein wenig von der Sonne verbrannt. Nach und nach trafen die Fischer ein, setzten sich dicht an dicht nebeneinander auf die Bänke und nahmen die Baskenmützen in die Hand. Es herrschte Anweisung, so wenig wie möglich zu rauchen, und zur Durchlüftung hatte man ein Fenster geöffnet. Jeder durfte auf Don Carlos Dezas Kosten ein Glas trinken, jedoch nur eins, und auch etwas essen, „nicht etwa, weil Señor Deza knauserig ist, sondern um zu verhindern, daß sich die Männer betrinken und herumgrölen", erklärte Carmiña und wies die Münzen derjenigen zurück, die die Ration auf eigene Kosten verdoppeln wollten. Der Tisch des Vorstands bestand genau genommen aus drei kleineren Tischen, die man aneinandergeschoben und mit einem noch feuchten Wachstuch abgedeckt hatte. Auf der Tischdecke standen sieben Gläser und drei Flaschen: wahlweise Weißwein, Rotwein und Schnaps. Die stärkste Lampe, die genau über dem Tisch hing, baumelte an einem gepichten Tauende, das man mit einem Seemannsknoten an einem Deckenbalken befestigt hatte.

El Cubano sorgte dafür, daß alles geordnet ablief, er schlichtete Streitereien, besänftigte die Hitzköpfe, lief hin und her, drängte sich zwischen den Bankreihen hindurch, sprach mit diesem und versprach jenem, sich gleich um ihn zu kümmern: Klopf, klopf, klopf – „Carmiña, zweimal Rotwein und ein paar Sardinen!" In einer Ecke fachsimpelten Besatzungsmitglieder der *Sarmiento I* mit Matrosen der *Sarmiento II* darüber, ob es möglich sei, mit ausgebrachtem Schleppnetz eine ordentliche Wende zu machen.

„Damit verscheuchst du nur den Fischschwarm, und dann kannst du dir die Augen nach einem guten Fang ausgucken!"

„Da sind sie schon", sagte jemand an der Tür.

El Cubano hob die Arme, und alle verstummten. Durch die offene Glastür drangen die Geräusche der Straße, das Greinen eines Kindes und die nach Jod und Salz riechende Luft herein. Juan Aldán kam als erster und wartete neben der Tür, bis Don Lino erschien. Carlos Deza folgte ihnen und trat mit größter Gelassenheit ein. Don Lino blieb stehen, zog den Hut, hielt ihn über den Kopf und schwenkte ihn zum Gruß.

„Seid gegrüßt, Bürger der Republik."

Die Fischer hatten sich erhoben und musterten ihn neugierig, argwöhnisch und spöttisch. El Cubano begrüßte ihn im Namen aller und bat ihn, in ihrer Mitte Platz zu nehmen. Er stellte ihm den Vorstand der Gewerkschaft vor und wies ihm an dessen Tisch den Ehrenplatz zu.

„Rotwein oder Weißwein?"

„Sprudel, am liebsten nur Sprudel. Wein trinke ich nur zum Essen, und zwar in geringen Mengen, außer an besonderen Tagen, aber, meine Freunde, die besonderen Tage kann ein bescheidener Mensch wie ich an den zehn Fingern abzählen, und es bleiben sogar ein paar Finger übrig."

Juan nahm zu seiner Rechten Platz; Carlos zog es vor, sich weit weg, dicht an die Wand, in eine dunkle Ecke zu setzen.

„Herr Abgeordneter, Sie sollten ein Glas Rotwein trinken, und sei es nur aus Geselligkeit. Wir sind doch hier unter Seeleuten."

Don Lino richtete sich ein wenig auf.

„Seeleute, Sie sagen es! Ein außergewöhnlicher Menschenschlag unter unseren Bürgern, mit allen Rechten ausgestattet und allen Pflichten gewachsen, zumindest theoretisch ist es so, und natürlich steht es so in der Verfassung geschrieben. Im Unterschied zu anderen sozialen und politischen Klassen oder Gruppierungen handelt es sich um einen heldenhaften und hingebungsvollen Menschenschlag. Ich bin glücklich, ihr Seeleute, heute und hier unter euch zu sein und euch die Hände schütteln zu können. Zu diesem feierlichen Anlaß verzichte ich auf das reinigende Sprudelwasser und erhebe mein Weinglas auf euer aller Wohl. Auf eure Gesundheit!"

Er trank das Glas Rotwein halb leer und setzte sich. Juan Aldán, der seines auf den Tisch gestellt hatte, blieb stehen. Er hob die Hand: Das Gemurmel verstummte. Unter der Lampe zeichnete sich sein Adlerprofil deutlich ab, nur war die Nase im Licht der schaukelnden Glühbirne nicht klar zu sehen, dafür ließ sie sein Haar feuerrot aufleuchten.

„Kameraden –"

Er stützte die Hände auf den Tisch und beugte sich leicht vor. Sein Gesicht blieb im Dunkeln, trotzdem funkelten seine Pupillen. Bevor er sich an seine Zuhörer wandte, betrachtete er eingehend die geblümte Tischdecke.

„Kameraden, die Anwesenheit unseres Abgeordneten hier an diesem Ort, an dem wir soviel diskutiert haben und mit dem sich für uns soviele Hoffnungen verbinden, ist an sich schon etwas Besonderes, und wir haben allen Grund zur Freude, daß unser Vertreter im Parlament sich zu den bescheidensten und geprüftesten seiner Wähler begibt. Aber es ist auch ein dramatischer Augenblick, denn unser Abgeordneter ist zu uns gekommen, um dort neue Hoffnungen zu säen, wo die alten jämmerlich gescheitert sind. Er hat sich der Rettung eines Unternehmens verschrieben, von dessen Produktivität euer aller Leben und das eurer Kinder abhängt. Wir alle, die wir hier sind, und verzeiht mir, wenn ich mich mit einschließe, haben alles getan, um dieses Unternehmen voranzubringen, weil es unser Werk und vor allem, weil es ein gutes Werk war. Wir können niemandem den Vorwurf machen, er habe sich gedrückt und nicht mitgemacht, und auch keinem der Vorstandsmitglieder könnten wir mangelnde Redlichkeit vorhalten. Doch die traurige Wahrheit ist nun einmal, daß der Erfolg ausgeblieben ist. Eure Einkünfte haben sich nicht verbessert, und das Unternehmen befindet sich wirtschaftlich in einer schwierigen Lage. Deshalb nehmen wir als letzte Rettung Zuflucht zur staatlichen

Hilfe. Aber wer ist der Staat? Kennen wir ihn? Hier ist unser Mann, der zwischen uns und dem Staat vermittelt."

Er zeigte mit ausgestrecktem Arm auf Don Lino und setzte sich. Es gab keinen Applaus. Juans Finger zeigte noch immer auf den Bauch des Abgeordneten. Als dieser aufstand – jetzt applaudierten die Männer –, wies Juans Finger auf Don Linos Hosenschlitz.

„Bitte, liebe Mitbürger, bitte! Später, später!"

Er streckte die Arme aus, als wollte er die Ovationen unterbinden, und als die Seeleute zu applaudieren aufgehört hatten, schien er mit den Händen das Echo dämpfen zu wollen.

„Später, später!"

Die Seeleute, die nicht mehr in die Taverne hineingepaßt hatten, waren draußen geblieben. Sie drängten sich am offenen Fenster, reckten die Köpfe in die von Zigarettenqualm geschwängerte Luft und protestierten:

„Hier hört man fast nichts!"

El Cubano öffnete die Glastür und das zweite Fenster. Rasch erschienen auch dort kurzgeschorene Köpfe, von Wind und Wetter gegerbte Gesichter und erwartungsvolle Augenpaare.

„Eine Republik, liebe Mitbürger, ist eine ... äh, äh ... ist eine Staatsform, in der die Privilegien so ausgewogen verteilt sind, daß es keine Privilegierten mehr gibt. Allerdings hat in einer parlamentarischen Republik, wie unsere eine ist, eine bescheidene Anzahl von Bürgern, nämlich die Abgeordneten, das Privileg, die übrigen vertreten zu dürfen. Aber kann man dies wirklich als Privileg bezeichnen? Wenn man es nämlich recht betrachtet und einmal genau darüber nachdenkt, stellt das Privileg der Vertretung vielmehr eine Bürde dar, da es einem eine unerbittliche Pflicht auferlegt, eine schwere Aufgabe, nämlich die Aufgabe, für sein Land und für die Wahrheit einzutreten, und dieser Pflicht können und dürfen wir Abgeordnete uns nicht entziehen. Wir haben das Privileg, den Willen des Volkes zu vertreten, wir haben dafür zu sorgen, daß diesem Willen Beachtung geschenkt und er respektiert wird. Und daß er ausgeführt wird. Vor allem darum geht es, egal zu welchem Preis. Der Wille des Volkes muß peinlich genau ausgeführt werden, denn er ist die Grundlage jeglichen Gesetzes, jeglicher Autorität, jeglicher Regierung. Wer sich ihm widersetzt, muß aus dem Gemeinwesen, also aus der Republik, verstoßen werden."

Er machte eine Pause. Mit der rechten Hand strich er sich über den Schnauzbart, die linke näherte sich dem Behälter für Karbid am unteren Teil der Lampe.

„Was zählt in einer Republik der Wille des einzelnen? Welche Arie singt im Konzert politischen Einvernehmens diese andersklingende Stimme, die sich den anderen aufzwingen, sie übertönen, zum Schweigen bringen oder umstimmmen will? Als was sollen wir in einer straff organisierten Gesellschaft den Willen eines Einzelnen betrachten, der darauf abzielt, das Kollektiv von der Macht zu verdrängen? Nicht ich, sondern die vortrefflichsten Experten für politisches Recht und die herausragendsten Philosophen, die sich dem Studium des Gemeinwesens verschrieben haben, haben das Urteil gefällt: Er ist ein Übel, eine Krankheit. Der Wille des einzelnen, sofern er sich dem Kollektiv widersetzt, ist eine politische Krankheit, ein vom Körper der Gesellschaft ausgebrütetes Furunkel, ein Herd ansteckender Viren, die Fieber hervorrufen, die normale Funktionsweise des Körpers stören und deren Ausmerzung eine bewährte Behandlungsmethode erfordert: Man muß sie abtöten, ausrotten, damit das geschwächte Opfer wieder gesunden kann."

Er hatte die Hand in Brusthöhe gehalten, Kreise und Spiralen in die Luft gezeichnet, und jede der Figuren, insbesondere die letzte, bekräftigt, indem er mit einer energischen Bewegung einen Strich unter sie zog oder einer unsichtbaren Brust einen Dolchstoß verpaßte. Als er sah, wie der imaginäre Feind in sich zusammensank, verschränkte er die Hände. Gleichzeitig nahm seine Stimme einen milderen Klang an.

„Man könnte nun versucht sein zu glauben, die größte Gefahr für die Republik läge im Überhandnehmen des Willens

Einzelner gegenüber dem Willen des Kollektivs, in den Ambitionen derer, die sich auf unsere Kosten bereichern wollen, in den Betrügern, den Freibeutern oder gar in jenen, die den geistreichen Satz eines großen französischen Staatsmannes auf ihre Person münzen wollen: ‚Der Adler ist ein Einzelgänger, der Hammel ein Herdentier.' Doch nein, es gibt eine noch größere Gefahr, eine Gefahr, die bei weitem mehr zu fürchten ist, eine Gefahr, die dem Krebs im Körper eines Einzelnen entspricht: das Krebsgeschwür der Gesellschaft. Ich spreche, wie ihr alle sicher begriffen habt, vom Tyrannen. Aber was ist eigentlich ein Tyrann, meine Herren? Was ist ein Tyrann?"

Bei dieser Frage krümmte er die Finger, schob die Arme vor und zog sie wieder an den Körper heran, und ganz zum Schluß streckte er sie erneut mit geballten Fäusten vor, die sich plötzlich öffneten, so daß die schweigende Zuhörerschaft die sauberen Innenflächen der Hände sah.

„Ich werde es euch nicht erklären, denn ihr wißt es bereits, ihr wißt es sogar besser als ich. Ich habe den Tyrannen gesehen, ich habe ihn kennengelernt, ja sogar Verständnis für ihn aufgebracht, aber ihr habt seine Tyrannei erlebt, habt sie am eigenen Leib erfahren. Er unterdrückt euch, beschneidet die freie Ausübung eures Willens. Ich spreche nicht von Tyrannei wie in alten Zeiten, mit der es Gottseidank aus und vorbei ist, sondern von der jetzigen, ich spreche nicht von der Vergangenheit, sondern von der Gegenwart, nicht von den Toten, sondern von den Lebenden, nicht vom Gestern, sondern vom Heute. Antwortet mir: War es etwa euer Wunsch, daß in den Straßen dieser ehrbaren Stadt den Blicken friedlicher Passanten eine unzeitgemäße Masken- und Kostümparade zugemutet wird, die ein lächerliches Relikt einer fernen Vergangenheit ist, die einige wenige gegen alle Vernunft und jedes Gesetz – ich sagte vorhin zu euch, daß der Quell des Gesetzes der Wille des Volkes ist – aufrechtzuerhalten suchen? Waren die massiven Vorsichtsmaßnahmen, das übertriebene Aufgebot an Ordnungskräften und all die versteckt getragenen Waffen nicht wie Ohrfeigen, die euch in eurer Würde als freie und denkende Menschen trafen?

Man hat die Öffentliche Ordnung lediglich zum Vorwand genommen! Aber soll die Öffentliche Ordnung denn nicht auch Ausdruck einer viel tiefer wurzelnden Ordnung sein, nämlich einer Ordnung im Schoße der Gerechtigkeit? Und kann es Gerechtigkeit überhaupt geben, wenn die Freiheit der Menschen als Einzelpersonen und als Mitglieder eines Kollektivs eingeschränkt wird? Eine Woche lang wurden uns Tag für Tag diese Beleidigungen zugemutet, und man erlaubte uns nicht, etwas auf die Beleidigungen zu erwidern! Die Tyrannei hat sich wie ein schwerer Stein auf uns gelegt und uns unter ihrem Gewicht erdrückt. Man hat uns verhöhnt und verspottet, und jetzt fehlt nur noch, daß wir der letzten aller Schmähungen ausgesetzt werden, nämlich daß die Schergen des Potentaten uns in die Fluten des Meeres werfen, damit sie unsere Leiber unter sich begraben."

Zack, zack, zack – mit der linken Hand zeichnete er die gezackte Linie eines Blitzes in die Luft und schlug krachend mit der Faust auf den Tisch. „Bravo!" tönte es überall, und während die Männer applaudierten, wischte sich Don Lino den Schweiß von der Stirn.

„Euer Wortführer Juan Aldán hat die Lage klar erfaßt. Der einzige Weg, um die Tyrannei abzuschütteln, besteht in der Erlangung wirtschaftlicher Unabhängigkeit. Ihr habt für diese Keimzelle der Autonomie gekämpft, für dieses kollektive Unternehmen, dessen Einkünfte nicht im voraus veranschlagt werden können, weil sie aus der freien Natur stammen. Es gibt nämlich nichts Freieres als das Meer, und wir dürfen es sogar als Metapher für die Freiheit schlechthin betrachten. Ihr führt einen großen, heldenhaften Kampf, doch er ist nicht von Glück gesegnet. Ihr habt gegen viele und starke Kräfte anzukämpfen, und es ist nicht weiter verwunderlich, daß ihr schon bei den ersten Scharmützeln den kürzeren gezogen habt. Deshalb braucht ihr, um weiterkämpfen zu können, die Unterstützung der Öffentlichen Hand. Und genau hier, an diesem Punkt, liebe Mitbürger, trete nun ich in aller Bescheidenheit als euer Abgeordneter auf den Plan, als der mit euren Stimmen, also durch euer aller Willen gewählte Vertreter, der sich eurem Mandat unterwirft und die Rolle des selbstlosen Repräsentanten übernimmt, denn selbstlos muß er sein. Die Person des Volksvertreters an sich ist nicht von Belang, er ist nichts als ein Sprachrohr des von ihm vertretenen Volkswillens. Euer Wille – das ist der Wunsch zu leben und ums Leben zu kämpfen, und er ist das höchste aller Gesetze. Ich versichere euch, ich gelobe euch, ich garantiere euch und ich würde es euch sogar schwören: Wenn es einen so hehren Auftrag gibt, der eines solchen Schwures würdig ist, dann werde ich euer Anliegen vor das höchste Gericht unseres Vaterlandes bringen, und das Vaterland wird ein offenes Ohr für eure Anliegen haben. Denn ihr seid sein Fleisch und Blut, sein Fundament und seine Garanten, ihr verrichtet eure Arbeit, um es zu erhalten und um die Existenz künftiger Generationen zu gewährleisten. Das Wort Proletarier bedeutet nämlich wörtlich ‚Eltern der Nachkommen', wie der große Republikaner Unamuno einmal erklärte. Wenn ihr als Proletarier die Eltern der Kinder des Vaterlandes seid, dann seid ihr selbst das Vaterland, und wenn ihr das Vaterland seid, wieso sollten euch diejenigen, die es vertreten, keine Aufmerksamkeit schenken? Meine bescheidene Stimme, die ihr hier und jetzt hört, wird schon in wenigen Tagen in den ehrwürdigen Sälen des Parlaments ertönen, und ich bin überzeugt, daß sämtliche republikanischen Abgeordneten einhellig für die beantragte Unterstützung stimmen werden. Dessen bin ich mir sicher, und da ich um die Reinheit ihres Gewissens und die Redlichkeit ihres Handelns weiß, verbürge ich mich dafür, daß der Auftrag, mit dem ihr mich betrauen wollt, von Erfolg gekrönt sein wird."

Er trank einen Schluck Wein und fuhr sich mit der Zunge über die Lippen. Schweißtropfen liefen über die Wangen, und er ließ die Schultern hängen. Juan Aldán raunte ihm zu: „Lassen Sie es gut sein!", doch Don Lino warf sich erneut in die Brust, holte tief Luft und fuhr fort:

„Denn, liebe Mitbürger, sollte es nicht so sein, würde ich es nicht wagen, euch jemals wieder unter die Augen zu treten, und ihr hättet das Recht, mich auf der Straße zu beschimpfen und mich vor euren Kindern als Verräter der heiligsten aller Pflichten hinzustellen. Ich bitte euch nun, in acht Tagen wiederzukommen, dann werde ich euch hier an diesem Ort Rede und Antwort über die von mir unternommenen Schritte stehen. Als Gegenleistung verlange ich von euch nur, daß ihr mich durch eure Anwesenheit und euren moralischen Beistand unterstützt, sowie mir, falls nötig, bei den rechtlichen Schritten in meinem Kampf gegen die Tyrannei zur Seite steht. Der Tag, an dem wir sie besiegt haben, wird für Pueblanueva ein Festtag sein! Sehen wir diesem Tag voll Zuversicht entgegen! Und bis dahin ruft alle zusammen mit mir aus: ‚Es lebe die Spanische Republik! Es lebe die Freiheit!'"

Er ließ sich auf seinen Stuhl sinken. El Cubano kam mit einem Glas Sprudelwasser herbeigeeilt. Die Fischer in und vor der Taverne ließen die Freiheit und die Republik hochleben. Auf Juan Aldán gestützt, erhob sich Don Lino, um sich zu bedanken. Der Applaus hielt an. Das Tosen drang nach außen und schwebte über den ruhigen Wassern.

„Wir bringen Sie nach Hause."

Die Zuhörer hatten die Taverne verlassen; Don Lino fächelte sich mit einer zusammengefalteten Zeitung Luft zu.

„Danke, danke, aber all die Leute . . . Ob sie womöglich auf die Idee kommen, uns nachzugehen? Meine Bescheidenheit erlaubt es mir nicht, meinen eigenen Triumphzug anzuführen."

„Das brauchen Sie ihnen nur zu sagen, dann –"

„Nicht, daß ich das Volk in seinem natürlichen Überschwang einengen möchte, aber es wäre mir peinlich, von einer Menschenmenge nach Hause begleitet zu werden."

„Es sind höchstens fünfzig oder sechzig Mann."

„Es ist nicht die Zahl, die die Menge ausmacht, sondern die Einhelligkeit des Wollens."

Er sah abwechselnd Juan und Carlos an.

„Was meinen Sie?"

„Wir richten uns nach Ihnen, Don Lino."

„Nach mir? Nun, ich kann mich dem Willen des Volkes

nicht widersetzen. Aber ich sage nochmals: Jede Art von Verherrlichung ist mir unangenehm."

Sie gingen hinaus. Juan sagte El Cubano Bescheid, daß er und Carlos voraussichtlich in der Taverne zu Abend essen würden und der Vorstand auf sie warten solle. Die Fischer hatten eine Gasse gebildet und jubelten ihnen zu. Einer rief:

„Es lebe unser Abgeordneter!"

Wieder brach Applaus los. Ein paar Männer stimmten die Riego-Hymne an, und die anderen fielen ein. Don Lino war in Carlos' Kutsche gestiegen. Den Hut in der Hand, grüßte er die Leute. Carlos nahm die Zügel, der Gaul setzte sich gemächlich in Bewegung, und die Kutsche fuhr langsam an. Die Fischer umringten sie. Sie sangen noch immer, und in ihren Gesang mischten sich Ausrufe wie „Es lebe...!" oder „Nieder mit...!". Die Passanten auf der Straße blieben stehen, und einige schlossen sich dem Gefolge an. Eine Gruppe kleiner Kinder ging vorneweg. Als sie am Casino vorbeikamen, steckten mehrere Männer die Köpfe heraus: Erst sahen sie verständnislos zu, und als sie begriffen, was sie da sahen, lachten sie. Nur Cayetano blieb ernst und rief, für alle gut zu vernehmen: „Lumpenpack!" Don Linos Frau trat mit Tränen in den Augen vor die Tür: Der Freund ihrer Tochter hatte sie benachrichtigt. Don Lino küßte sie, und Arm in Arm gingen sie zusammen ins Haus.

„Das Volk applaudiert mir, María! Das Volk liebt mich! Ich muß etwas für das Volk tun! Ich darf seinen Glauben an mich und seine Hoffnungen nicht enttäuschen!"

Cubeiro traf als erster im Casino ein: Der Saal lag noch im Halbdunkel, und der Bursche an der Bar döste vor sich hin. Cubeiro schaltete die Decken- und, wie an Tanzabenden, die Wandlampen an, legte eine Platte aufs Grammophon und stellte sich an die Theke. Der junge Bursche schreckte hoch und rieb sich die Augen.

„Gib mir einen Kaffee."

„Jawohl, Señor."

„Ist noch niemand da?"

„Nein, Señor."

„Heute werden viele Leute kommen."

„Ja, weil Samstag ist."

„Nein, nicht deshalb. Sie werden gleich kommen. Mich wundert, daß sie noch nicht hier sind."

„Es hat gerade halb elf geschlagen."

Der Bursche hantierte an der Kaffeemaschine. Er stellte eine kleine Tasse unter den schwärzlichen Strahl, der aus einem dünnen Rohr kam.

„Extra stark?"

„Ja, wenn schon, denn schon."

„Und dazu ein Gläschen?"

„Warum nicht? Heute ist ein Festtag."

„Ich schreibe es an, nicht?"

„Ja, wie immer."

Cubeiro zog eine Zwei-Peseten-Münze aus der Tasche und ließ sie auf der Theke tanzen.

„Die ist für dich."

„Für mich?" Der Bursche riß die Augen weit auf.

„Aber du mußt mir dafür einen Gefallen tun."

Als der Bursche die Hand ausstreckte, nahm Cubeiro die Münze wieder an sich.

„Die kriegst du erst, wenn du mir den Gefallen getan hast."

„Na gut."

Enttäuscht zog der Bursche die Hand zurück, stellte die kleine Tasse auf die Untertasse und legte ein Tütchen Zucker und einen gelblichen Löffel dazu. Cubeiro riß das Tütchen auf und rührte den Zucker mit heftigen Bewegungen um.

„Don Lino kommt heute auch."

„Aha."

„Sobald er da ist, wartest du ein Weilchen, und wenn du siehst, daß er mit den anderen redet, gehst du zum Telephon und rufst Don Cayetano an."

Der Bursche setzte eine verblüffte Miene auf.

„Ich?"

„Ja, du. Stell keine Fragen und mach es so, daß niemand

etwas merkt. Du rufst Don Cayetano an und sagst zu ihm: ‚Sie können jetzt kommen.'"

„Sonst nichts?"

„Kein Wort mehr."

„Und wenn er damit nichts anfangen kann?"

„Keine Sorge, er weiß Bescheid."

Der Bursche schloß die Augen und wiederholte:

„Sie können jetzt kommen."

„Genau. Wenn du es gut machst, gebe ich dir die zwei Peseten."

„Jawohl, Señor."

Cubeiro nahm die Kaffeetasse und ging zum Grammophon. Die Schallplatte war zu Ende. Er drehte sie um und setzte sich. Aus dem Trichter erklangen die ersten Töne eines Blues. Cubeiro lehnte sich im Schaukelstuhl zurück.

„He, hast du Zigaretten?"

„Ja, Señor."

„Bring mir ein Päckchen."

Er rauchte mit halb geschlossenen Augen. Ein Fuß wippte langsam im Takt der Musik. Als die Tür aufging, richtete sich Cubeiro auf, sah nach, wer gekommen war und schaukelte weiter in seinem Stuhl.

„Guten Abend."

„Guten Abend."

„Ist noch niemand da?"

„Bin ich etwa niemand?"

„Ich meine –"

Der schrille Jazz wurde leiser, und ein Neger sang mit samtener Stimme:

> Just Molly and me
> and Baby makes three.
> My blue heaven!
> Tararararararararararara,
> tararararararararararara.
> Just Molly and me ...

„Hübsch, was?"

„Pah! Von dieser neumodischen Musik verstehe ich nichts."

„Woran man erkennt, daß Sie noch nie in Havanna waren!"

Wieder ging die Tür auf, und der Richter kam herein. Gleich darauf erschien Carreira mit drei oder vier weiteren Männern. Sie redeten laut aufeinander ein.

„Und ich sage Ihnen, sie haben ihn auf den Schultern rausgetragen!"

„Und ich versichere Ihnen, daß es nicht so war. Ich stand nämlich vor dem Kino und habe sie mit meinen eigenen Augen vorbeikommen sehen!"

„Aber der, der mir das erzählt hat, hatte keinen Grund, mich anzulügen!"

„Dann hat er wohl nur erzählt, was er selbst irgendwo aufgeschnappt hat!"

Cubeiro warf die Beine hoch und streckte sie den Neuankömmlingen entgegen. Dann stand er auf.

„Schluß mit dem Gezanke! Er ist in einer offenen Kutsche gefahren."

„Sehen Sie? In der Kutsche, die der Alten gehört hat und mit der jetzt Don Carlos Deza rumfährt."

Zwei weitere Männer, dann noch einer, und danach noch zwei traten ein, schweigend oder diskutierend: Señor Mariño und Señor Couto, die sonst nie kamen; Don Rosendo, der reiche Heimkehrer aus Übersee, der sich ab und zu sehen ließ, jedoch immer bald wieder ging; zwei Stadträte, die nach ihrer Ernennung Mitglieder des Casinos geworden waren.

„Was ist denn heute abend los? Findet hier eine außerordentliche Hauptversammlung statt?"

Cubeiro spazierte mit aufgeknöpftem Jackett herum, die Daumen im Ausschnitt der Weste eingehakt und eine Zigarette im Mund.

„Wer hätte das gedacht, wo man die Mitglieder vor kurzem noch an den Fingern einer Hand abzählen konnte! Die großen Kulaken habe ich sie immer genannt. Aber wie man sieht, ändert sich alles. Jetzt sind auf einmal alle Stammgäste im Casino."

„Glauben Sie, Don Lino kommt auch?" fragte Carreira.

„Wenn er nicht kommt, vernachlässigt er seine Pflichten. Ich glaube nicht, daß er sich auf französisch verabschiedet. Morgen ist Sonntag, und da fährt er als braver Abgeordneter bestimmt nach Madrid zurück."

„Wir sollten ihn mit Applaus empfangen."

„Von mir aus können Sie für ihn auch Feuerwerksraketen abschießen."

„Ich habe das nur im Scherz gesagt."

„Hören Sie lieber mit Ihren Scherzen auf, sonst nimmt er sie noch ernst."

Die eingeschworenen chamelo-Spieler hatten sich in ihre Ecke zurückgezogen. Sie bauten aus den Dominosteinen Häuschen, unterhielten sich leise, tranken Kaffee. Zwei Kibitze gesellten sich zu der Gruppe.

Cubeiro kramte in einem Stapel Schallplatten.

„Hören Sie, Carreira, Sie haben mich da auf eine Idee gebracht. Wenn Don Lino reinkommt, spielen wir die Riego-Hymne für ihn. Dazu applaudiert es sich besser."

„Eine gute Idee. Die Riego-Hymne! Warum nicht den Königsmarsch? Das wäre noch lustiger."

„Reden Sie keinen Quatsch, Carreira. Der Königsmarsch wäre für ihn die reinste Beleidigung. Nein, lieber die Riego-Hymne."

„Streng genommen, meine Herren", schaltete sich der Richter ein, „ist es die Nationalhymne, und mit der darf man sich keinen Scherz erlauben. Wir alle hier sind Republikaner."

Cubeiro, der die Platte schon in der Hand hielt, warf dem Richter einen spöttischen Blick zu.

„Der Anlaß, um sie zu spielen, war noch nie so passend wie jetzt."

„Machen Sie, was Sie wollen. Ich wasche meine Hände in Unschuld."

„Setzen Sie sich und warten Sie ab. Wenn die Nummer klappt, werden Sie schon mitlachen."

Die Männer hatten sich je nach politischer Gesinnung zu

Grüppchen zusammengefunden, die sich jedoch nicht weit voneinander absonderten. Cubeiro ging von einer Gruppe zur anderen und versprach den Männern großes Gelächter und Überraschungen.

„Ob er überhaupt kommt?"

„Na klar, Mann! Warum sollte er nicht kommen? Heute ist doch der wichtigste Tag in seinem Leben! So einen Tag verbringt man nicht zu Hause bei seiner Familie."

Don Lino ging die Straße hinunter, die Hände hinter dem Rücken verschränkt und den Hut tief in die Stirn gedrückt. Der Beifall klang noch immer in seinen Ohren nach, er ging ihm nicht aus dem Sinn. Don Lino öffnete die Tür des Casinos und trat ein. Das Grammophon setzte sich in Bewegung, die Männer fingen an zu applaudieren. Don Lino blieb an der Tür stehen und blinzelte. Einen Moment lang, nur einen kurzen Moment lang, wähnte er sich im Halbrund des Parlaments, doch da kam Cubeiro klatschend auf ihn zu, und er sah nicht gerade wie ein Abgeordneter, geschweige denn wie ein Minister aus. Don Lino nahm den Hut ab.

„Caballeros! Meine Herren! Das ist zuviel des Guten! Danke, danke! Tausend Dank!"

Sie umringten ihn. Die klatschenden Hände bildeten um seinen Kopf herum eine Art Krone. Er drängte sich durch, der Kreis löste sich auf, der Applaus verstummte, und nur noch die Riego-Hymne auf dem Grammophon war zu hören:

Ta-ta-tsching, ta-ta-tsching, ta-tsching-ta
ta-ta-tsching, ta-ta-tsching, ta-ta-tsching . . .

„Stellen Sie diese Musik ab, ich bitte Sie. Sie darf nur bei wichtigen Anlässen gespielt werden."

„Ist das heute etwa kein wichtiger Anlaß?"

„Sie übertreiben. Es ist nichts Außergewöhnliches vorgefallen, aber das Volk bringt seine Gefühle ja bekanntlich sehr lautstark zum Ausdruck. Was sollen die Armen schon anderes tun? Klatschen kostet nichts."

Er hatte sich hingesetzt und versuchte, vor den lauernden Blicken der anderen zwei Tränen zu verbergen.

„Nun, wir klatschen nicht nur, sondern wir laden Sie sogar ein. Das muß gefeiert werden, Don Lino! Kaffee und alles, was er sonst noch wünscht, der Herr Abgeordnete!"

„Nur Kaffee, weiter nichts, und wenn wir uns alle ein bißchen beruhigt haben, eine kleine Partie tresillo."

Eine der beiden Tränen rann ihm über die Wange, verfing sich in seinem Schnurrbart und blieb darin hängen, zitternd und funkelnd wie ein Stern.

„Menschenskind! Wer denkt an so einem Jubeltag denn ans tresillo?"

„Sie meinen, weil heute ein kirchlicher Feiertag ist?" fragte der Richter listig.

Cubeiro drehte sich halb um und sah ihm in die Augen. Dabei gab er dem Burschen an der Bar, der ihn nicht aus den Augen gelassen hatte, einen Wink. Der Bursche nahm das Telephon und ging damit in das Hinterzimmer.

„Der Jubel gilt unserem Abgeordneten. Alles andere ist tot und begraben." Er blickte sich um. „Allerdings gibt es kein Glück ohne einen Beigeschmack von Bitterkeit, keine Rose ohne Dornen. Ich vermisse unter den Anwesenden gewisse Personen, die eigentlich auch hier sein sollten, allen voran den Apotheker, aber der ist entschuldigt, der hat vom vielen Heulen bestimmt Magenkrämpfe gekriegt und kuriert sich jetzt mit Schnaps. Für Don Carlos Dezas Fehlen gibt es keine Entschuldigung. Don Carlos Deza müßte eigentlich hier sein, und er, er persönlich, hätte eine Begrüßungsrede für unseren Abgeordneten halten sollen. Wir können nicht so gut reden wie er. Und was Cayetano angeht –"

Don Lino hob ruckartig den Kopf, die Träne löste sich von seinem Schnurrbart und fiel ins dunkle Innere seines Jacketts.

„Don Cayetano?"

„Ja, Don Cayetano. Ihr Triumph ist auch sein Triumph. Hat nicht er Sie zum Abgeordneten gemacht? Dann muß er sich doch freuen, so wie sich ein Vater freut, wenn sein Sohn Erfolg hat!"

Don Linos Hand beschrieb gelassene einen Halbkreis. Die Männer hatten sich um ihn geschart und es sich bequem gemacht; Cubeiro und der Richter standen, die anderen saßen; alle hielten eine Tasse Kaffee oder ein Glas Anislikör in der Hand.

„Nun mal langsam. Ich wäre undankbar, wenn ich abstreiten würde, daß Señor Salgado mir die Anfänge meiner politischen Karriere erleichtert hat. Ich bin ein Verfechter der Wahrheit, und die Wahrheit ist folgende: Ich habe der republikanisch-sozialistischen Koalition meine Kandidatur vorgelegt, und sie wurde angenommen. Aber ich wurde Abgeordneter, weil mich das Volk in dieses Amt gewählt hat, die Menschen hier und anderswo, Freunde und Tausende von Unbekannten. Das Volk hat mich zu dem gemacht, was ich bin, und ihm fühle ich mich verpflichtet. Falls Señor Salgado sich, was ich nicht hoffe, eines Tages als Feind des Volkes entpuppen sollte, dann stelle ich mich ihm entgegen. Ich bin entschlossen, gegen ihn zu kämpfen und notfalls mein Leben zu lassen. Ich brauche Ihnen wohl nicht zu erklären, meine Herren, daß ich unter dem Begriff ‚Volk' nicht zwangsläufig die untersten Schichten verstehe, also das, was manch einer zu Unrecht als Pöbel bezeichnet. Für mich ist das Volk die Gesamtheit der Bürger einer Nation, und zu dieser geheiligten Gemeinschaft gehören alle bis auf diejenigen, die sich selbst freiwillig ausgeschlossen oder durch ihr unwürdiges Verhalten Anlaß für ihren Ausschluß gegeben haben."

„Die Leute, die Ihnen heute vormittag applaudiert und Sie auf den Schultern getragen haben – gehören sie zum Volk oder zum Pöbel?"

„Auch Plebs genannt", warf der Richter wichtigtuerisch ein.

Don Lino stand auf.

„Zuerst einmal wurde ich nicht auf den Schultern getragen wie ein gewöhnlicher Torero, sondern von einer Gruppe von Arbeitern, an die ich das Wort gerichtet hatte, nach Hause begleitet. Zweitens gehören sie weder zur Plebs, noch zum Pöbel, sondern sind achtbare Vertreter jener Schicht des Volkes, die hart arbeitet und Opfer bringt, einer Schicht, die gewisse Leute verketzern und zu unserem Feind machen wollen. Ich spreche hier, wie Sie sich denken können, vom Proletariat. Wer ist schuld daran, daß sich eine derart schreckliche Spaltung des Volkes anbahnt? Wer ist dafür verantwortlich, daß das Proletariat als Feind unserer Gesellschaft betrachtet wird?"

„Cayetano", sagte Cubeiro ruhig.

Don Lino zuckte zusammen.

„Das behaupte ich nicht, mein Herr, jedenfalls jetzt noch nicht!"

„Ich wollte seinen Namen eigentlich auch nicht sagen. Es war reiner Zufall. Ich habe nur gerade seinen Wagen gehört, und ich glaube, er wird gleich hier sein."

Cubeiro zeigte zur Tür. Alle sahen hin, Don Lino mit hochmütigem, entschlossenem Blick. Schweigen stellte sich ein, und innerlich bebten alle. Cubeiro und der Richter wechselten ein paar Blicke. Da ging die Tür auf, und Cayetano trat ein.

„Guten Abend, meine Herren."

Seelenruhig ging er quer durch den Saal auf die Ecke zu, wo die Männer um Don Lino einen Kreis gebildet hatten, der sich nun öffnete. Fünfzehn Gesichter waren wie zu Stein erstarrt; fünfzehn Herzen schlugen aufgeregt, als machten sie sich auf ein Donnerwetter gefaßt.

„Na? Haben Sie wieder eine Rede geschwungen? Tut mir leid, wenn ich Sie unterbrochen habe."

Cayetano sah sich nach einer Sitzgelegenheit um. Mehrere Hände schoben ihm Stühle hin. Er griff nach einem, bedankte sich und nahm Platz. Don Lino rührte sich nicht. Er stand mit arroganter Gebärde da, hatte sich in die Brust geworfen und die Hände in die Hosentaschen geschoben.

„Reden Sie weiter, Don Lino. Ich bin heute abend extra gekommen, um Ihnen zuzuhören. Ich habe mir schon gedacht, daß hier eine außerordentliche Sitzung stattfindet." Er kippte den Stuhl nach hinten, bis er die Wand berührte, und schlug die Beine übereinander. „Übrigens, ich habe Ihnen noch gar nicht gratuliert. Ich habe gesehen, wie Sie heute im Triumph durch die Straßen der Stadt gezogen sind. Meinen Glückwunsch."

„Danke."

„Ich kann gar nicht anders, als auf Ihren Erfolg stolz zu sein. Politisch gesehen sind Sie gewissermaßen mein Zögling."

Don Lino drückte den Brustkorb so weit vor, daß er ein Hohlkreuz hatte.

„Ich bin ein Sohn des Volkes und gehorche seinem Willen. Das habe ich gerade diesen Herren zu erklären versucht."

Cayetano brach in Gelächter aus.

„Der Wille des Volkes? Was ist das?"

Don Lino schob das leicht angewinkelte Bein vor, streckte den Arm aus und zielte mit der Hand genau auf Cayetanos Nase, wie ein Stierkämpfer, der dem Tier nach einem Anlauf mit dem Degen den Todesstoß versetzen will.

„So redet nur ein Faschist."

„Was das ist, weiß ich auch nicht, Don Lino."

„Dann werde ich es Ihnen erklären." Er veränderte seine Haltung: Der Stier stand nicht richtig. „Ein Faschist ist jeder, der sich dem Willen des Volkes widersetzt und ihm seinen eigenen aufzuzwingen sucht. Ein Faschist ist jeder, der eine persönliche Herrschaft ausübt und sich dabei auf seine Macht oder seinen Reichtum stützt." Er hielt inne, zögerte kurz und gab sich einen Ruck. „Sie sind ein Faschist."

Abrupt verstummte er und blickte sich um: überall verblüffte Gesichter, aber auch Gesichter, die ihn zu ermuntern schienen. Cubeiro zwinkerte ihm zu und raunte: „Weiter!" Cayetano wirkte nicht beleidigt, er lächelte noch immer. „Offensichtlich erfassen Sie nicht, wie schwerwiegend dieser Vorwurf ist."

Wieder streckte Don Lino die Hand aus. Der Stier stand nun still da, wackelte aber mit dem Kopf.

„Finden Sie wirklich, daß ich zuviel Macht habe?" fragte Cayetano mit ruhiger Stimme.

„Das fragen Sie noch?" Don Lino erdreistete sich, ihn von oben herab zu anzulächeln und wies dabei mit dem Kinn auf das Publikum in der Stierkampfarena. „Fragen Sie doch die Bürger dieser Stadt! Gehen Sie auf die Straße, halten Sie Passanten an und verletzen Sie mit Ihrer Frage die geheiligte Privatsphäre von Heim und Herd. Oh, sie werden Ihnen nicht die Wahrheit sagen, das ist mir klar! Sie würden Ihnen aus lauter Angst mit Ausflüchten kommen. Doch gerade sichtbare Angst und ausweichende Antworten wären der beste Beweis. Sie beherrschen diese Stadt, weil die Leute Sie fürchten, und sie fürchten Sie, weil sie Ihnen ihr täglich Brot verdanken. Deshalb können Sie sich den Luxus erlauben, die Gesetze der Republik mit Füßen zu treten und von mündigen Bürgern zu verlangen, daß sie ohne aufzumucken, das reaktionäre, erniedrigende und überholte Schauspiel von Prozessionen über sich ergehen lassen. Ausgerechnet Sie, der Sie nicht an Gott glauben und nie an ihn geglaubt haben! Sie, für den es keine Moral, keinen Respekt und keine Würde gibt und der Sie auf diesen Werten herumtrampeln! Wie in den düstersten Zeiten des Feudalismus..."

Cubeiro war zur Bar gegangen und hatte ein Sprudelwasser geholt. Er bot Don Lino das Glas an, und der Abgeordnete trank einen Schluck, weil ihm die Kehle allmählich trocken wurde. Cayetano wiegte noch immer den Kopf hin und her und rauchte eine Zigarette. Die Stammgäste des Casinos steckten die Köpfe zusammen, unterhielten sich leise und beobachteten den Matador mit verstohlenen Blicken.

„Warum konnten die alten Herren wie Tyrannen herrschen? Weil sie Landbesitzer waren. Sie hielten das Brot in ihren Händen und verteilten es nur an diejenigen, die ihnen blind gehorchten. *Perinde ac cadaver* – Gehorsam bis zum Tod. Ein hartes Brot, ein saures Brot, das man nur erhält, wenn man auf die eigene Würde verzichtet und die persönliche Freiheit dafür hingibt! Solch ein Brot schmeckt nach Asche, es ist das Brot des Schmerzes und des Elends. Wer es verteilt, ist Herr über mein Leben und meine Ehre. Er hat ein Anrecht auf meinen Körper und auf die Körper der Meinigen. Er hat es in der Hand, mich zum Sklaven zu machen und mir meine Ehre zu nehmen, und er stellt mich vor die tragische Wahl, mich zu unterwerfen oder aufzubegehren."

Cayetano hörte auf, mit dem Kopf zu wackeln. Er hob eine Hand. Don Lino brach ab, um sich anzuhören, was Cayetano zu sagen hatte.

„Tun Sie das gerade, Don Lino? Begehren Sie auf? Oder gab es dieses Aufbegehren schon längst, und Sie wollen sich jetzt zu seinem Sprachrohr machen?"

„Ich brauche nicht aufzubegehren, Señor, weil ich kein Unterdrückter bin! Ich klage an."

„Wen? Mich?"

„Ja, Sie. Im Namen aller Ausgebeuteten, Entrechteten und Entehrten."

Cayetano sprang auf. Sein Stuhl fiel um. Carreira und Señor Mariño eilten hin, um ihn aufzuheben.

„Moment mal, Don Lino! Was die Entehrten angeht, da können Sie sich ruhig mit einbeziehen. Ich widerspreche Ihnen in diesem Punkt nicht, sondern pflichte Ihnen sogar bei. Sie sind durchaus im Recht, wenn Sie mich anklagen. Diese Herren hier wissen alle – und deshalb kann ich es jetzt öffentlich sagen – daß ich Ihnen Hörner aufgesetzt habe."

Er machte einen Schritt rückwärts. Don Lino war blaß geworden. Nun lächelte niemand mehr. Cubeiro und der Richter sahen sich beunruhigt an. Cayetano ging zur Wand. Don Lino sank in sich zusammen, sah sich nach allen Seiten um und wich ebenfalls zurück. Zwischen Carreira und Don Rosendo, die wie zwei schützende Pfeiler neben ihm aufragten, blieb er stehen.

„Sie sind ein Schuft, Señor Salgado, und Sie sind nicht nur ein Tyrann, sondern Sie haben auch keine Moral! Sie suhlen sich im Elend der anderen und ernähren sich von Dreck wie ein Schwein."

Er blickte zu Boden. Die leere Arena zog ihn an, lockte ihn. Etwas drängte ihn, von seinen Armen Gebrauch zu machen, und sein Herz diktierte ihm die Worte. Er stellte sich mitten in den Kreis, beugte sich zu Cayetano hin und zeigte drohend mit dem Finger auf ihn.

„Wie lange soll das so weitergehen, Señor Salgado? Glauben Sie etwa, Ihre Herrschaft dauert ewig? Damit Sie Bescheid wissen: Hier im Casino lacht man bereits über Sie, den verspotteten Spötter. Wir alle lachen über Sie, wir alle, die wir dabei waren, als Sie hier an diesem Ort prahlten, Sie würden nur mit Jungfrauen ins Bett gehen." Abrupt drehte er sich zu den Anwesenden um und sah um sich herum staunende Gesichter, angsterfüllte Blicke. „Erinnern Sie sich, meine Herren? Wir sprachen über eine gewisse Señorita aus der Stadt, und Señor Salgado sagte wortwörtlich, Material aus zweiter Hand käme ihm nicht ins Haus! Und? Zu unser aller Verwunderung und Belustigung läuft Señor Salgado dem Material aus zweiter Hand seit fast einem Jahr nach und kriegt einen Korb nach dem anderen." Er lachte, doch sein Lachen klang aufgesetzt und scheppernd. „Er will die verrufenste Frau von ganz Pueblanueva heiraten, nur weil sie die Tochter eines Grafen ist!"

Cayetano hatte aufgehört zu lächeln. Die Kibitze beobachteten voller Entsetzen, wie sein Gesicht sich veränderte, wie es sich verfinsterte; seine Augen wurden klein und durchdringend; seine Finger krümmten sich und krallten sich in die Luft. „Er wird ihn umbringen", sagte der Richter leise und schloß die Augen, als Cayetano aufsprang.

Er stürzte sich auf Don Lino, packte ihn am Revers und riß ihn an sich. Da schrie der große Redner:

„Lassen Sie das! Ich bin Abgeordneter der Republik! Sie dürfen nicht Hand an mich legen!"

Cayetano schüttelte ihn heftig, schleuderte ihn gegen die Brüstung der Arena. Don Linos massiger Körper und sein großer, stolzer Kopf prallten zurück. Er sah aus wie eine Gliederpuppe: schlaff, verschreckt, zitternd.

„Sie haben kein Recht –!"

Cayetanos Hände packten ihn erneut und schüttelten ihn durch.

„Zur Strafe werden Sie das Nachthemd von dem Mädchen fressen!"

Er stieß ihn von sich. Don Lino riß Don Rosendo mit sich um. Cayetano versetzte ihm mit der Fußspitze einen Tritt, und Don Lino wälzte sich auf dem Boden. Er fing an zu schreien. Don Rosendo stand auf und klopfte sich den Staub ab. Don Lino blieb, alle viere von sich gestreckt, mitten in der Arena liegen.

„Sie, meine Herren, sorgen mir dafür, daß dieser Idiot hier bleibt, bis ich zurück bin!"

Cayetano eilte hinaus und schlug die Tür so heftig zu, daß die Flaschen an der Bar klirrten. Fünfzehn Gesichter drehten sich zur Tür. Don Lino versuchte mühsam, auf die Beine zu kommen. Cubeiro half ihm.

„Sie sind zu weit gegangen!"

„Geben Sie mir etwas zu trinken, bitte."

Er ließ sich auf einen Stuhl sinken. Das zerwühlte, schüttere Haar fiel ihm in die Stirn. Er schob es sich aus dem Gesicht und starrte mutlos ins Leere. Cubeiro kam mit einem Glas Cognac angelaufen, hielt es Don Lino an die Lippen und nötigte ihn, einen Schluck zu trinken.

„Glauben Sie wirklich, daß ich zu weit gegangen bin?"

„Das haben Sie doch selbst gesehen!"

„Was hat er gesagt, bevor er gegangen ist?"

„Große Töne hat er gespuckt, nichts weiter."

Don Lino versuchte sich aufzurichten.

„Ich gehe jetzt wohl besser."

„Nein, Don Lino. Sie müssen hierbleiben."

„Wollen Sie, daß er mich windelweich prügelt?"

„Er hat uns dafür verantwortlich gemacht, daß Sie sich nicht vom Fleck rühren."

Der flackernde Blick des Abgeordneten wanderte von einem Gesicht zum anderen.

„Aber ... Sie ... Sie werden mich doch verteidigen! Ich bin der Abgeordnete dieser Stadt! Sie haben mich gewählt! Sie können mich doch nicht hilflos dem Tyrannen ausliefern!"

Jetzt lächelte niemand mehr. Der Richter stellte sich neben Cubeiro und klopfte ihm ein paarmal leicht auf die Schulter. Cubeiro überließ Don Lino sich selbst.

„Wir müssen das wieder in Ordnung bringen."

„Glauben Sie, Clara Aldán ist noch Jungfrau?"

„Gehen wir einmal davon aus, daß sie es noch ist."

„Wenn Clara Aldán nämlich noch Jungfrau ist, verstehe ich die Welt nicht mehr."

„Das Leben ist voller Überraschungen."

„Ich glaube es auf keinen Fall."

„Cayetano wird eine Dummheit machen. Haben Sie nicht gesehen, wie geladen er war? Und wir haben das alles angezettelt."

„Da haben Sie allerdings recht, aber wir konnten ja nicht ahnen, daß Don Lino so ein Trottel ist."

„Ich finde, wir sollten Juan Aldán holen."

„Wozu?"

„Damit er hier ist, wenn Cayetano zurückkommt."

Cubeiro klopfte ihm kräftig auf die Schulter.

„Auf was Sie nicht alles kommen!" Er sah den Richter bewundernd an. „Genau genommen, geht das nur die Churruchaos etwas an. Sollen sie doch sehen, wie sie mit dem Herrn und Meister zurechtkommen! Jetzt handelt es sich nur noch darum, Juan Aldán zu finden."

„Ich würde in der Taverne von El Cubano anrufen. Wenn er nicht dort ist –"

„Dann tun Sie das mal."

Cubeiro schob ihn zum Telephon. Die anderen unterhielten sich leise. Aus ihren Gesten sprach Besorgnis. Don Lino saß einsam wie ein Verbannter im Schaukelstuhl und grübelte vor sich hin. Cubeiro klatschte zweimal in die Hände. Alle drehten sich zu ihm um.

„Hören Sie mir bitte kurz zu, meine Herren. Der Richter und ich haben uns überlegt..."

Cayetano ging durch eine Gasse, die zwischen den Lehmmauern vor Hinterhöfen und zwischen den Hecken kleiner Gemüsegärten verlief. Gerade hatte er den Lichtschein einer schwachen Straßenlaterne hinter sich gelassen, und die nächste war noch zu weit weg, um sein Gesicht zu erhellen. Er hielt sich in der Mitte der Gasse, und seine Füße stießen gegen eine Konservendose, verfingen sich in ein paar heruntergefallenen Zweigen, rutschten im stinkenden Schlamm einer Pfütze aus. Er hatte es eilig, ja, er rannte fast, war ganz besessen von seiner

Hast. Vornübergebeugt starrte er beim Gehen gedankenverloren in den dunklen Morast. Auf halber Strecke blieb er stehen, blickte auf und betrachtete die verglasten Balkons, die über die Lehmmauern hinausragten, doch sie sahen alle gleich aus, und alle waren sie durch ein graues Zinkdach gegen den Regen geschützt. Er ging bis zum Ende der Gasse weiter und machte dann kehrt. Jetzt zählte er die Häuser mit: „Eins, zwei, drei ... das ist es." Die frischgekalkte Lehmmauer bot keinen Halt. Ein Stück weiter oben erblickte er die Äste eines Baumes: Er versuchte sie zu greifen, indem er ein paarmal in die Höhe sprang, berührte jedoch nur die äußersten Blätter mit den Fingerspitzen. Noch weiter oben entdeckte er unter dem abblätternden Putz Kerben in der Wand, die seinen Händen und Füßen Halt bieten könnten, doch da ließ das von weitem kommende Licht die Glasscherben auf dem Rand der Mauer aufblitzen. Entmutigt tastete er mit den Händen den im Dunkeln liegenden Teil der Wand ab, fand ein paar Stellen, an denen er sich festhalten konnte und kletterte hoch. Auf allen vieren kroch er den moosbewachsenen, glitschigen Mauerfirst entlang. Der Schweiß stand ihm auf der Stirn, und sein Herz pochte heftig. Er setzte sich rittlings auf die Mauer und wischte sich die Schweißperlen ab. In allen Häusern bis auf eines waren die Lichter gelöscht, und weit und breit war kein Laut zu hören. Er zog das Feuerzeug heraus und betrachtete in seinem Schein die Glassplitter auf der Mauer direkt vor ihm: grüne und weiße Flaschenscherben, spitz und mit messerscharfen Kanten. Er fuhr mit der Hand darüber und zuckte zusammen. Er zog einen Schuh aus und klopfte mit dem Absatz solange auf die Splitter um sich herum, bis die Spitzen abbrachen und die Kanten nicht mehr so scharf waren. Doch die Mauer war lang und der First so zugespitzt, daß er fürchtete, unterwegs das Gleichgewicht zu verlieren. Am Ende der Gasse erklangen Schritte, und im fernen Licht tauchte eine schattenhafte Gestalt auf. Cayetano ließ sich an der Innenseite der Mauer herabgleiten und hängte sich daran, so daß seine Füße in der Luft baumelten. Er wartete ab. Wer immer es war, er ging in großem Abstand vorbei, und bald waren die festen Schritte und das Lied, das der Unbekannte summte, nicht mehr zu hören. Mit zwei Klimmzügen gelang es Cayetano, sich wieder auf den Mauerfirst hochzuhieven. Er legte sich bäuchlings darauf, hielt sich gut fest und verschnaufte. Seine Augen starrten die Glassplitter an; wenn er das Kinn ein wenig reckte, konnte er sie berühren.

Er ließ ein paar Minuten verstreichen, dann richtete er sich auf und ging in die Hocke. Er zog das Jackett aus, stülpte es um, faltete es, prüfte seine Dicke und legte es auf die Glasscherben. Er stützte sich mit den Händen darauf, drückte fest und verlagerte sein ganzes Körpergewicht auf die Arme. Gleich darauf schob er das Jackett ein Stück weiter nach vorn und wiederholte den Test. Seine Füße traten auf die Glassplitter, zerbrachen sie, fanden jetzt aber zumindest Halt. Auf allen vieren und mit gekrümmtem Rücken arbeitete er sich voran: zuerst die eine Hand, dann die andere; erst ein Fuß, dann der zweite. Immer nur ein kleines Stückchen, eine Elle, höchstens zwei. Alles, was er in der Dunkelheit erkennen konnte, war die mit Glassplittern gekrönte Mauer.

Ab und zu hielt er inne, um auszuruhen, den Oberkörper zu entspannen und den Bauch bis fast zu den Scherben durchhängen zu lassen, dann nahm er wieder Kriechhaltung ein, und weiter ging es: erst die eine Hand, dann die andere, erst ein Fuß, dann der zweite. Die Hände waren durch das Jackett gut geschützt; die Füße hakten sich zwischen den Scherben ein und prüften, wieviel sie aushielten. Cayetano hatte Angst, daß er ausrutschen und rittlings auf dem Mauergrat landen könnte; er hatte Angst, an den Glasstückchen sein Geschlecht zu verletzen. In einem Garten in der Nachbarschaft schlug ein Hund an. Im Innenhof zu seiner Linken bewegte sich etwas. Gleich darauf erklangen die Stimmen von Leuten, die die Hauptstraße entlangkamen, Stimmen und Schritte, doch schon bald waren sie nicht mehr zu hören. Im Hafen heulte eine Sirene, und etwas weiter weg dröhnte ein Motor. „Das ist doch unsere Wasserpumpe", dachte er.

Schweiß rann ihm übers Gesicht, und sein Herz klopfte

wild. Seine Beine wurden langsam müde, und in der Armbeuge verspürte er einen stechenden Schmerz. Nur noch ein kleines Stück, vielleicht nur noch einen oder anderthalb Meter... Die spitzen Glasscherben bohrten sich schon durch das Jackett, er spürte sie immer deutlicher unter seinen Händen. Er suchte nach Stellen, an denen es noch nicht beschädigt war, und das kostete ihn einige Minuten. Schließlich erblickte er das Ende der Mauer und die letzten Glassplitter. Mit größter Mühe schaffte er auch noch das letzte Stück. Nachdem er auf die angrenzende Mauer geklettert war, legte er sich flach darauf, ließ Arme und Beine erschlaffen und ruhte sich aus. Es waren wohl etwa zwanzig Minuten vergangen. Im Casino glaubte man bestimmt, Clara hätte ihn nicht hereingelassen.

Seine Kehle war trocken, sein Haar naß; Gesicht und Hände glühten. Er strich über den Stein, suchte seine feuchte, erfrischende Kühle und preßte die Lippen darauf. Nach und nach kam er wieder zu Kräften. Wieder zählte er ab: Zwei Mauern hatte er hinter sich, die nächste gehörte zu Claras Haus. Er erinnerte sich, daß es im Hof angeblich einen Brunnen gab. Der Gedanke an Wasser trieb ihn voran. Die letzten Meter legte er stehend zurück, hatte jedoch alle Mühe, das Gleichgewicht zu wahren. Er sprang hinunter, zog den Eimer aus dem Brunnen und führte ihn vorsichtig an den Mund. Es war ein wenig Wasser darin. Cayetano trank. Dann legte er sich auf den Boden, zündete eine Zigarette an und rauchte ein paar Minuten lang, bis er in Armen und Beinen wieder Kraft fühlte. Am Himmel funkelten hell die Sterne; der Qualm der Zigarette vernebelte sie kurz, doch kaum hatte er sich verflüchtigt, waren sie wieder zu sehen. Cayetano hatte sich nie für die Sterne interessiert, er kannte ihre Namen nicht, doch jetzt, um Mitternacht, fand er sie sehr schön.

In der gekalkten Hauswand erkannte er eine Tür und zwei Fenster. Er schlich hin und stellte fest, daß die Tür abgeschlossen war. Ob er ein Fenster einschlagen sollte? Er machte ein paar Schritte nach rechts: Das Fenster stand offen. Als er die Nase durch den Spalt steckte, schlug ihm ein Geruch von Urin und

Schnaps entgegen. Er lächelte im Dunkeln, richtete sich auf und drückte einen Fensterflügel soweit auf, bis sein Körper durch die Öffnung paßte, dann beugte er sich über den Fenstersims, streckte tastend die Arme aus, bis sie den Boden berührten, stützte sich ab und ließ sich nach innen gleiten. Neben ihm atmete jemand, der Atem klang wie ein Röcheln und zugleich wie ein Klagelaut. Er ließ das Feuerzeug aufflammen und stand auf: Die Glassplitter, die in seinen Schuhen steckten, knirschten auf den Bodendielen. Er öffnete die Tür und machte das Feuerzeug aus. Die Stille wurde von vielen kleinen Geräuschen erfüllt. Dicht an die Wand gedrückt, tastete er sich Schritt um Schritt voran, bis seine Hand einen Türrahmen berührte. Er suchte nach der Klinke, drückte sie herunter und lauschte. Da, ganz nah vor ihm, schlief Clara, und der Duft ihres gepflegten Körpers, der sauberen Wäsche und des frisch geschrubbten Bodens stieg ihm in die Nase. Seine Beine zitterten, das Blut pochte an seinen Schläfen und an seinem Hals. Er wartete kurz ab, dann schob er sich in den Raum, blieb dicht neben dem Türrahmen stehen und stieß dabei mit dem Kopf gegen den Lichtschalter. Er knipste das Licht seelenruhig an, ohne sich von dem lauten Knacken stören zu lassen. Clara stieß einen Schrei aus und setzte sich im Bett auf. Cayetano umklammerte mit den Händen das Bettgestell. Er sah sie an. Beide blinzelten, weil sie sich im ersten Moment nur undeutlich erkennen konnten. Die Lampe strahlte von der Zimmerdecke herunter, und Cayetanos Schatten wanderte über das weiße Laken. Clara verschränkte die Hände über der Brust. Ihr flackernder Blick glitt über Cayetanos Gesicht, über seinen Körper, seine Arme. Er bewegte sich: Sie sprang aus dem Bett. Er kam auf sie zu: Sie streckte ihm die Hände entgegen und krümmte die Finger, so daß sie wie Krallen aussahen. Er beugte sich vor, stürzte sich auf sie, aber sie stieß ihn gegen die Wand. Sie rannte zur Tür, doch da spürte sie, wie er sie packte und fest die Arme um sie schlang. Sie wand sich, befreite sich aus seinem Griff und stieß ihn erneut weg. Nun stand sie in der Ecke und er unter der Lampe. Er sah sie voller Begierde mit glühenden Augen an. Claras Haar hatte sich gelöst und fiel ihr ins Gesicht. Sie warf es in den Nacken. Sie beobachtete Cayetanos Beine und wartete nur darauf, daß er eine Bewegung machte. Als er auf sie zukam, trat sie ihm in den Bauch; trotzdem fiel Cayetano über sie her und umklammerte sie. Sie wälzten sich auf dem Boden, keuchend und engumschlungen. Ihre Beine schlugen gegen die Möbel und stießen einen Krug voll Wasser um. Clara fühlte das kühle Naß an ihrem Rücken, und diese Kühle verlieh ihr neue Kraft. Mit ihren Fingernägeln und Zähnen krallte und biß sie sich fest, wo es nur ging. Sie spürte Cayetanos heißen Atem auf der Haut; sein Körper lastete schwer auf ihrem; seine Knie drückten sie auf den Boden. Sie bekam einen Arm frei und umklammerte mit den Fingern seine Kehle. Cayetano hustete und riß den Mund auf. Er packte Clara am Handgelenk und verdrehte es, bis ihre Finger lockerließen.

Jetzt suchte Cayetano mit leicht geöffneten Lippen ihren Mund. Sie ließ sich küssen, doch als sie merkte, wie er sich anschickte, sie mit einer Hand zu begrapschen, bot sie ihre letzten Kräfte auf, stieß ihn weit von sich, sprang auf und floh hinter das Bett. Cayetano kam rasch auf die Beine, und wieder krümmte sich sein Körper wie bei einem Raubtier, das zum Sprung ansetzt. Sein Hemd war zerknittert, sein Haar zerwühlt, seine Hände und sein Gesicht waren blutverschmiert; trotzdem sah er sie triumphierend an, wie ein siegreicher Gockel nach dem Hahnenkampf. Clara wich zurück. Mehr als der Schmerz und die Erschöpfung setzte ihr die Begierde zu, die in ihr aufstieg, eine Begierde, die ihr angst machte und die gegen ihren Willen von dem starken Mann vor ihr mit den stählernen Muskeln und der hohen, breiten Brust ausgelöst wurde. Sie schloß die Augen und atmete tief durch; sie suchte nach etwas, womit sie sich verteidigen konnte. Cayetano, der die Hände auf den Rücken gelegt hatte, näherte sich ihr erneut. Lächelnd kniete er sich aufs Bett. Clara sah, wie sich die Schweißtropfen mit dem Blut vermischten, sie sah, wie sich seine Brust hob und senkte, und daß aus den Rissen in seinem Hemd dichtes, dunkles Brusthaar hervorschaute. Dann hörte sie ihn sagen:

„Tut mir leid, Clara."

Gleich darauf verspürte sie einen Schlag und schreckliche Schmerzen am Kiefergelenk. Sie verlor das Bewußtsein.

Cayetano küßte sie wie ein Besessener und riß ihr Nachthemd mit einem Ruck von oben bis unten auf.

„Der Abgeordnete hat doch hoffentlich keinen Rückzieher gemacht!"

„Er hat dich sicher rufen lassen, um mit dir die letzten Einzelheiten zu klären."

„Aber warum ausgerechnet im Casino?"

„Vergiß nicht, daß er sich an der Menge berauscht. Er braucht inzwischen für alles ein Publikum."

Der Gaul trottete dahin. Carlos hielt vornübergebeugt die Zügel, Juan rauchte zurückgelehnt eine Zigarette. Eine Sirene heulte, und das Knattern eines Motors war zu hören. Der Widerschein der Lichter tanzte auf dem grünlichen Meer.

„Du kommst doch mit, oder?"

„Eigentlich hat er nur dich rufen lassen."

„Aber du wirst mich doch nicht allein ins Casino gehen lassen! In diese Höhle habe ich mich bisher nicht hineingewagt."

„Machen dir die alten Füchse etwa angst?"

„Sie gehen mir auf die Nerven."

„Ich habe mich an sie gewöhnt, und meinen Spaß an ihnen habe ich auch, das kannst du mir glauben. Sie geben gute Studienobjekte ab."

„Alte Lustmolche sind sie, weiter nichts."

„Nicht mehr als andere, vielleicht sogar weniger. Ich wage sogar zu behaupten, daß sie im Grunde keine schlechten Menschen sind. Wie es um ihre Moral bestellt ist, kümmert mich nicht. Es wäre aber interessant, sie zu beobachten und bei jedem von ihnen herauszufinden, inwieweit das Milieu ihn geprägt hat."

„Ihr Milieu heißt Cayetano."

„Und wenn schon! Zugegeben, all die Verformungen ihrer Seelen, ihre Knoten und Windungen, ja ich möchte sogar sagen ihre Mysterien, sind Cayetanos Werk. Deshalb sind sie jedoch nicht weniger interessant. Nehmen wir zum Beispiel Don Baldomero. Ihn kenne ich von allen am besten. Ich glaube nicht, daß er unter Cayetano weniger gelitten hat als andere, aber er zeigt seinen Haß offener."

„Nicht offener als Don Lino."

„Aber auf andere Art. Don Lino nimmt die Realität nicht so hin, wie sie ist, sondern verwandelt sie in ein Geflecht aus Abstraktionen. Erst verklärt er Cayetano, dann stellt er ihn als den Tyrannen schlechthin dar, den er mit nicht minder abstrakten Argumenten bekämpft. Cayetano verkörpert für ihn alle Tyrannen der Welt, und alle Proteste sind in Don Linos Gefasel auf einen Nenner gebracht. Vielleicht fühlt er sich selbst als Paradebeispiel aller Freiheitskämpfer, doch ein Mensch, der nichts als abstraktes Geschwätz absondert, kann in der Praxis gegen das Paradebeispiel des Tyrannen nichts ausrichten. Don Lino verpulvert seine Kraft durch Worte, und etwas anderes will er auch gar nicht. Seine größte Wonne wäre es, vor den staunenden Mitgliedern des Casinos wie Cicero vor dem Senat eine Rede gegen Catilina zu halten. ‚Wie lange noch, Cayetano, willst du unsere Geduld mißbrauchen?' Don Baldomero hingegen würde Cayetano umbringen, wenn die Umstände günstig wären, aber da die Umstände ihm nicht gewogen sind – der einzig günstige Umstand wäre in seinen Augen ein neuer Karlistenkrieg –, begnügt er sich damit, vom Mord an Cayetano zu träumen, ihn auf ein unbestimmtes Datum zu verschieben und ihn letztlich in Gottes Hand zu legen."

„Es gibt in Pueblanueva wohl niemanden, der Cayetano nicht gerne umbringen würde, niemanden, der nicht schon einmal daran gedacht hat, ihn umzubringen."

„Ich wäre schon zufrieden, wenn ich einmal nach Lust und Laune mit ihm umspringen könnte. O ja, ich würde mit ihm und Don Baldomero Experimente machen!"

„Das würdest du nicht tun, Carlos, denn du würdest mit Menschen spielen, und du bringst es nicht fertig, einen Menschen zu einer Figur in einem intellektuellen Spielchen zu machen."

Juan warf den Zigarettenstummel fort und legte den Arm um Carlos' Schulter. Die Kutsche fuhr unter dem Torbogen nahe der Kirche Santa María hindurch.

„Auch wenn du es nicht gern hörst: Im Grunde sind wir alle menschliche Wesen für dich und keine Studienobjekte. Wir sind Menschen, die du magst, mit denen du fühlst und denen du hilfst, wenn du kannst. Ich habe dich längst durchschaut. Die Wissenschaft interessiert dich nicht die Bohne, und wenn du nach wie vor davon redest, dann nur, um vor dir selbst gut dazustehen. Du kannst nicht hassen, und sogar für Cayetano empfindest du so etwas wie Freundschaft. Wir alle haben mal daran gedacht, ihn umzubringen, wir alle bis auf dich. Und nicht nur ich weiß das. Neulich hat El Cubano etwas ganz Ähnliches über dich gesagt. Du bist ein Mensch mit einem weichen Herzen, jedenfalls bringst du es nicht fertig, etwas Böses zu tun. Du hast den Fischern geholfen, obwohl es deine eigenen Möglichkeiten überstieg, und das war für dich sicher nicht nur ein Experiment."

„Warum nicht? Es war ein ganz allgemeines Experiment, das mir interessante Ergebnisse gebracht hat, auch wenn es zum Schluß etwas kompliziert wurde."

Er zog die Zügel an, und die Kutsche hielt.

„Wir lassen sie hier stehen. Und faß dich kurz mit dem Abgeordneten. Ich falle fast um vor Müdigkeit."

Carlos öffnete die Tür, trat als erster ein, ließ Juan vorbei und schloß die Tür wieder. Fünfzehn Gesichter wandten sich ihnen zu; fünfzehn zuerst erschrockene, gleich darauf jedoch lächelnde Gesichter. Cubeiro lief Carlos mit ausgestreckten Armen entgegen. Don Lino rief Juan zu:

„Señor Aldán! Endlich sind Sie da! Setzen Sie sich zu mir. He, Junge, bring Señor Aldán etwas zu trinken! Möchten Sie ein Gläschen?"

In der Stimme des Abgeordneten schwang Bangigkeit mit, wenngleich er versuchte, sich nichts anmerken zu lassen. Seine Bewegungen waren fahrig. Er forderte Juan auf, neben ihm Platz zu nehmen, und redete auf ihn ein. Cubeiro hatte Carlos an die

Theke entführt. Hin und wieder brach Don Lino ab, wandte sich an einen der Anwesenden und führte dann sein zusammenhangloses Gespräch mit Juan fort, das nur aus Ausrufen zu bestehen schien. Cubeiro erzählte Carlos unterdessen allerlei Dinge über die Prozessionen in Pueblanueva, unter anderem, daß der Zivilgouverneur den Bürgermeister seines Amtes enthoben hatte.

„Übrigens geht das Gerücht um, daß Don Baldomero das Feuer in der Kirche gelegt hat. Jemand sah ihn rauskommen. Er torkelte, so betrunken war er, und unter dem Arm trug er ein Bündel. Wenig später loderten die ersten Flammen auf."

„Was Sie nicht sagen!"

„Also, ich könnte mir das ohne weiteres vorstellen. Die Gemälde haben ihm nicht gefallen, und wenn er ein bißchen Schnaps getrunken hat... Finden Sie die Geschichte nicht auch eher lustig?"

Don Lino fuchtelte mit Armen und Händen. Carlos beobachtete seine Bewegungen über Cubeiros Schulter hinweg. Ihm entging auch nicht, daß die anderen miteinander tuschelten, immer wieder flüchtig zur Tür blickten oder nervös auf und ab gingen. Alles kam ihm seltsam und aufgesetzt vor.

„Sagen Sie, Cubeiro, was geht hier vor?"

„Was hier vorgeht? Nichts, soweit ich weiß. Es sind mehr Leute hier als sonst, und wir sind nicht dazu gekommen, eine Partie zu spielen, weil Don Lino die ganze Zeit Reden geschwungen hat. Haben Sie Don Lino gesehen? Er ist so aufgeplustert, daß er fast platzt! Natürlich haben Sie ihn gesehen, Sie haben ihn ja in Ihrer Kutsche mitgenommen! Sie sind also auf dem laufenden."

Auch Don Lino warf ab und zu einen Blick zur Tür und dann auf die Uhr. Jemand neben ihm sagte: „Jetzt ist schon fast eine Dreiviertelstunde um! Die Nuß ist wahrscheinlich hart zu knacken!" Die anderen drängten den Mann in eine Ecke. Als Cubeiro einmal kurz verstummte, nutzte der Bursche an der Bar die Gelegenheit, um ihn an die versprochenen zwei Peseten zu erinnern. Cubeiro warf sie auf die Theke und bedachte den Jungen mit einem vernichtenden Blick.

„Was Sie mir über den Apotheker erzählt haben, ist wirklich interessant. Wer hat ihn denn gesehen?"

„Ein paar Frauen, die von der Totenwache bei einem Verwandten heimgingen. Er kam aus der Kirche, aus der Seitentür, und ging nicht direkt nach Hause, sondern machte einen Umweg. Die Frauen wunderten sich, daß die Kirche um diese Uhrzeit offen war."

„Und die Leute hier im Casino – wissen sie Bescheid?"

„So was macht schnell die Runde: Señora Soundso hat von Señora Sowieso gehört, daß ihre Freundin gesehen hat, wie ... Aber sie werden ihn decken, Sie werden schon sehen, wie sie ihn decken. Dem Pfarrer von Santa María hat er jedenfalls die Arbeit abgenommen."

Die Tür flog auf, und Cayetano kam herein. Alle drehten sich zu ihm um, wichen ein Stück zurück und hielten plötzlich mitten in der Bewegung wie gelähmt inne. Juan saß mit dem Rücken zur Tür, und auch von der Theke aus war der Eingang nicht zu sehen. Carlos fragte:

„Was ist los?"

Cubeiro hielt ihn fest.

„Still! Das geht Sie nichts an."

Cayetano ging mit festen Schritten durch den Saal. Er wirkte erschöpft, war zerkratzt, hatte zerwühltes Haar. Vor Don Lino blieb er stehen, hob seelenruhig den Arm und warf ein zerrissenes, beflecktes Nachthemd auf den Marmortisch. Da drehte sich Juan um, und Cayetano erblickte ihn. Er machte einen Schritt rückwärts. Juan stand auf, sah ihn an, wandte sich zum Tisch um und nahm das Nachthemd in die Hand.

„Was hast du hier zu suchen?" brüllte Cayetano ihn an. „Halte dich da gefälligst raus!"

Juan versetzte dem Stuhl einen Fußtritt und zog rasch sein Jackett aus. Der Richter eilte zu ihm, um ihn festzuhalten; Cubeiro ließ Carlos stehen und war mit einem Satz neben Cayetano.

„Keine Prügeleien im Casino, meine Herren! Tragen Sie es auf der Straße aus!"

Cayetano stieß ihn weg. Alles rief:

„Auf die Straße! Auf die Straße! Prügelt euch auf der Straße!"

Juan versuchte, den Richter abzuschütteln, der dicht neben seinem Ohr rief:

„Gehen Sie raus auf die Straße! Ich bin der Richter, und ich verbiete Ihnen, daß Sie sich hier drinnen prügeln!"

Er erhielt einen kräftigen Stoß und wurde zu Boden geschleudert. Juan rannte zur Tür.

„Komm raus auf die Straße, damit ich dich umbringen kann!"

Er wartete mit angewinkelten Armen und geballten Fäusten auf dem Gehsteig. Cayetano ging seelenruhig auf ihn zu, die Mitglieder des Casinos hielten sich ein paar Schritte hinter ihm. Als Cayetano auf den Gehsteig trat, stürzte sich Juan auf ihn, und beide gingen zu Boden.

Carlos war allein an der Theke zurückgeblieben. Er trat an den Tisch, an dem Juan und Don Lino gesessen hatten, nahm das Nachthemd, betrachtete es und steckte es ein. Dann ging er zur Tür. Man hatte ein Fenster geöffnet, und von dort aus verfolgten ein paar Stammgäste die Prügelei. Carlos blieb, die Hände in den Hosentaschen, auf der Türschwelle stehen. Blutverschmiert und in gebückter Haltung schlugen Cayetano und Juan mitten auf der Straße aufeinander ein. Sie stießen sich gegenseitig von sich, verkeilten sich gleich darauf wieder ineinander, fielen hin und rappelten sich erneut auf. In das dumpfe Geräusch der Faustschläge mischten sich unterdrückte Schreie und leise Flüche. Cubeiro ging zur Tür und fragte Carlos:

„Na, auf wen setzen Sie?"

„Und Sie? Wer soll Ihrer Meinung nach gewinnen?"

In den Fenstern anderer Häuser tauchten Köpfe auf. Ein paar Frauen kreischten, und aus einem Erker tönte eine Männerstimme:

„Bringt sie auseinander! Warum bringt sie niemand auseinander?"

Juan stürzte und hatte Mühe, wieder auf die Beine zu kommen. Cayetano wich ein paar Schritte zurück und holte tief

Luft. Juan kniete auf dem Boden und schwankte so sehr, daß er sich mit den Händen abstützen mußte. Cayetano kam näher, hob den Arm und verpaßte Juan einen Fausthieb auf die Nase. Mit lauerndem Blick und vornübergebeugt sah er zu, wie Juan umkippte, sich wand und schließlich reglos dalag. Er versetzte ihm einen Fußtritt. Juans Körper zuckte ein letztes Mal, dann rührte er sich nicht mehr. Da zog Carlos sein Jackett aus, trat auf die Straße, packte Cayetano an der Schulter und schüttelte ihn.

„So, jetzt geht es mit mir weiter!"

Cayetano wischte sich mit der Hand über die Augen, sah Carlos an und brach in Gelächter aus.

„Mit dir? Da brauchen wir gar nicht erst anzufangen!"

Carlos verpaßte ihm einen Schlag mit dem Handrücken, wobei er Cayetano mit ungedecktem Oberkörper gegenüberstand. Er bekam einen Fausthieb in den Magen, krümmte sich und kassierte unmittelbar danach einen Schlag auf die Nase. Er verlor das Gleichgewicht, strauchelte, stürzte und streckte alle viere von sich. Er wand sich, versuchte hochzukommen, doch da bekam er mit der Fußspitze einen Tritt ins Kreuz und schlug mit dem Gesicht aufs Steinpflaster.

Cayetano stand mit hocherhobenen Armen mitten auf der Straße.

„Das war das Aus für die Churruchaos!"

Cubeiro eilte mit einem Glas Wasser herbei. Cayetano trank es mit einem Schluck halbleer und schüttete Cubeiro den Rest ins Gesicht. Er ging auf den Eingang des Casinos zu. Die Männer, die den Kampf beobachtet hatten, sprangen rasch aus dem Fenster des Erdgeschosses. Die Frauen unterhielten sich von Balkon zu Balkon miteinander, fragten, wer sich denn da geprügelt habe, und kamen einhellig zu dem Schluß, daß es für Männer nichts Übleres gäbe als zuviel Wein. Die Stammgäste des Casinos gingen schweigend auseinander, während Cayetano an der Bar vor den staunenden Augen des Burschen eine Cognacflasche an die Lippen setzte und trank.

„Geh raus in den Hof, hol einen Eimer voll Wasser und schütte ihn über mir aus."

Er setzte sich auf einen Stuhl und wartete. Der Bursche ging in den Hof und drehte sich unterwegs immer wieder nach Cayetano um.

„Hebt denn niemand die beiden Männer auf?"

„Keine Sorge, die sind nicht tot."

„Es ist eine Schande, sie einfach so liegen zu lassen."

„Angeblich sind es die beiden Churruchaos."

„Na, wenn es die Churruchaos sind, sollen sie selber schauen, wo sie bleiben!"

Die Fenster wurden eines nach dem anderen wieder geschlossen. Eine brennende Zigarette fiel herunter und landete neben Juans Kopf. Carlos richtete sich auf und blickte sich um. Sein Gesicht und seine Brust schmerzten; Blut lief ihm über Kinn und Hals. Er schleppte sich zum Eingang des Casinos, griff nach seinem Jackett, zog das Taschentuch heraus und preßte es an die Nase. Dann ging er zu Juan, lud ihn sich auf die Schultern und trug ihn zur Kutsche. Er nahm die Zügel in die Hand und fuhr die Straße entlang. Vor der Apotheke hielt er an, trommelte mit beiden Fäusten an die Tür und rief Don Baldomeros Namen. Er hörte, wie ein Fenster geöffnet wurde.

„Wer ist da? Was ist los?"

„Machen Sie auf! Ich bin es, Carlos Deza."

Don Baldomero brauchte eine Weile, bis er herunterkam. Er hatte sich das nächstbeste Kleidungsstück übergezogen und sah Carlos entsetzt an.

„Don Carlos! Was ist denn mit Ihnen passiert?"

„Kommen Sie und helfen Sie mir."

Er kletterte in die Kutsche und legte dem Apotheker Juans reglosen Körper in die Arme.

„Wer ist das? Ist er tot?"

„Es ist Juan Aldán. Bringen Sie ihn in die Apotheke und verarzten Sie ihn. Und geben Sie mir etwas Wasser, damit ich mir das Blut abwaschen kann."

„Schnaps ist besser. Nehmen Sie erst mal einen kräftigen Schluck, dann gebe ich Ihnen Wasser. Fassen Sie Juan an den Füßen. Ich mache die Tür auf."

Juan stöhnte leise, sein Körper wog schwer wie der eines Toten. Sie legten ihn auf den Boden und machten Licht. Don Baldomero schloß die Tür, verriegelte sie und ging Schnaps holen. Er reichte Carlos die entkorkte Flasche.

„Trinken Sie, soviel Sie wollen. Und dann gehen Sie in den Hof und waschen Sie sich. Ich kümmere mich um Juan Aldán. Im Hof brennt Licht."

Carlos fühlte, wie er langsam wieder zu Kräften kam. Don Baldomero schleifte Juan ins Hinterzimmer. Carlos half ihm, ihn auf einen Stuhl zu setzen und hielt ihn fest, während Don Baldomero die Wunden mit Wattebäuschen betupfte, die er zuvor in Wasserstoffperoxid getunkt hatte.

„Gehen Sie ruhig und waschen Sie sich, Don Carlos. Ich komme allein zurecht."

Carlos trat hinaus in den Hof. Er steckte den Kopf in den Wassereimer und ließ ihn einen Augenblick lang drin. Das Wasser troff ihm aus den Haaren, als er wieder hereinkam.

„Haben Sie ein Handtuch für mich?"

„Ja, hier. Kommen Sie her, ich stopfe Ihnen etwas in die Nase, damit das Bluten aufhört."

Carlos setzte sich und wartete ab. Juan war an der Stirn, an den Lippen und an einer Wange verletzt und hatte überall Blutergüsse. Don Baldomero bestrich die Wunden mit einer Salbe, legte Gazebinden darauf und klebte sie mit Heftpflaster fest.

„Wie sie ihn zugerichtet haben! Er sieht aus wie der Gekreuzigte höchstpersönlich, nicht? Und Sie haben auch ganz schön was abgekriegt."

„Das ist halb so schlimm."

„Wer war das?"

„Cayetano."

Don Baldomero unterbrach die Behandlung einen Moment. Er sah erst Juan und dann Carlos an und machte eine vage Geste.

„So, jetzt sind Sie dran."

Juans Kopf lag, auf die Arme gebettet, auf dem Tischchen mit dem Kohlebecken. Er atmete heftig und stöhnte ab und zu.

„Er hat bestimmt Quetschungen und Prellungen. Ich gebe Ihnen eine Salbe mit. Er soll sich damit einreiben."

Carlos legte den Kopf in den Nacken, und der Apotheker machte sich an seiner Nase zu schaffen. Das gestaute Blut rann Carlos in die Kehle. Er mußte husten.

„Das ist gleich vorbei. Legen Sie sich dann am besten hin."

„Ich kann nicht. Es gibt noch ein Opfer."

„Noch eins?"

Carlos stand auf.

„Geben Sie Juan ein bißchen Schnaps, bleiben Sie bei ihm und warten Sie hier auf mich. Ich bitte Sie darum."

Besorgt fragte Don Baldomero ihn:

„Wohin gehen Sie?"

„Machen Sie sich keine Sorgen und warten Sie auf mich. Ich bin gleich wieder da."

Er ging hinaus und stieg in die Kutsche. Seine Lippe schmerzte mehr als alles andere, und er spürte, wie sie anschwoll. Er spuckte Blut aus und stellte mit der Zungenspitze fest, daß ein Zahn wackelte.

„Der Kerl hat mich ganz schön übel zugerichtet!"

Er fuhr mit der Kutsche zum Platz, hielt vor Claras Haus, sprang hinaus und lief zu den Kolonnaden. Vor der Tür blieb er zögernd stehen, doch dann drückte er mit zitternden Händen dagegen, und sie schwang auf. Ein Gefühl der Freude erfüllte ihn. Der Laden lag im Dunkeln. Er schloß die Tür hinter sich, schob den Riegel vor und lauschte. Unter der Tür, die zu den Wohnräumen führte, schimmerte durch den Spalt ein schwacher Lichtschein hindurch. Carlos betrat den Flur. Der Lichtschein kam aus einem Zimmer mit verglaster Tür. Er ging darauf zu, klopfte mit den Fingerknöcheln und öffnete. Clara saß auf dem Bett. Ihren nackten Körper hatte sie bis zur Taille in das Laken gewickelt. Umgestürzte Stühle, das Kopfkissen auf dem Boden, hier und da verstreute Kleidungsstücke. Clara regte sich nicht. Carlos legte seine Hand auf ihre warme, zitternde Schulter.

„Clara."

Sie hob den Kopf und sah ihn hinter dem zerwühlten Haar hervor mit dem ausdruckslosen Blick eines verschreckten Tieres an. Es verging eine Weile, bis sie sich bewegte und lächelte. Doch dann fing ihr Blick plötzlich zu flackern an. Sie schloß die Augen, streckte einen Arm aus und stöhnte.

„Warte. Rühr dich nicht. Ich bringe dir etwas zum Anziehen."

Er öffnete den Kleiderschrank und nahm einen schwarzen Mantel heraus. Clara hatte sich nun ganz mit dem Laken zugedeckt und die Hände vors Gesicht geschlagen. Carlos legte den Mantel neben sie.

„Bring mir bitte ein Glas Wasser. In der Küche..."

„Ja."

Er ging hinaus, suchte nach einem Glas und füllte es. Clara zog den Mantel über und setzte sich auf den Bettrand. Nachdem sie das Wasser mit gierigen Schlücken getrunken hatte, gab sie Carlos das Glas zurück und sah ihn an. Erneut streckte sie die Hand aus und berührte seine geschwollene Lippe.

„Was? Du auch?"

„Das ist nicht wichtig."

Carlos schob ihr Haar beiseite und betrachtete sie. Ihre Unterlippe war geschwollen und schwarzblau, ihr Gesicht mit Schweiß und Blut verschmiert.

„Warte. Hast du ein Handtuch?"

„Ja, da drüben."

Es lag neben der Waschschüssel; er ging in die Küche und füllte die Schüssel mit Wasser.

„So, jetzt beug den Kopf nach hinten."

Er wusch ihr das Gesicht und trocknete es ab.

„Komm, laß uns gehen."

„Wohin?"

„Zu mir."

„Meine Schuhe..."

Carlos kniete hin, suchte unter dem Bett nach ihren Schuhen und zog sie ihr an. Clara atmete heftig. Sie schlug den Mantel übereinander und hielt ihn mit einer Hand fest.

„Na gut, wie du meinst."

Sie löschten das Licht und gingen hinaus. Carlos nahm den riesigen eisernen Schlüssel vom Haken und sperrte damit die Ladentür ab. Dann half er Clara in die Kutsche.

„Setz dich neben mich."

„Und Juan?"

„Den holen wir jetzt ab."

Sie hielten vor dem Haus des Apothekers. Carlos bat Clara, auf ihn zu warten. Don Baldomero öffnete die Tür.

„Es geht ihm besser. Er spricht schon wieder. Wer sitzt da in der Kutsche?"

„Clara."

„Aber... Was ist mir ihr?"

„Das brauche ich Ihnen wohl nicht zu erklären. Sie können es sich denken."

„Diesen Kerl sollte man umbringen!"

Juan erschien an der Tür zum Hinterzimmer; sein Gesicht war von Schwellungen und Pflastern entstellt, und er zog ein Bein nach.

„Ich habe ihm Kampferöl zum Einreiben und ein paar Schlaftabletten mitgegeben. Morgen komme ich zu Ihnen hinauf und sehe nach Ihnen. Sie fahren doch in den pazo, nehme ich an..."

Juan faßte Carlos am Arm.

„Was ist mit Clara?"

„Sie ist draußen. Sie kommt mit zu uns."

Don Baldomero geleitete sie hinaus und wartete an der Tür, bis die Kutsche anfuhr. Die Straße war leer. In der Ferne sangen mehrere Personen im Chor ein Lied.

„Morgen mittag komme ich hinauf."

Juan lag im Fond der Kutsche. Carlos hatte den freien Arm um Clara gelegt und hielt sie die ganze Fahrt über fest. Sie fuhren schweigend. Ab und zu schnaubte Juan durch die Nase und stöhnte. Als er aus der Kutsche stieg, knickte ein Bein unter ihm weg, und er fiel hin. Clara half ihm beim Aufstehen. Carlos war inzwischen in die Vorhalle gegangen und rief nach Paquito dem Uhrmacher. Paquito erschien mit einer Lampe in der Hand auf der Türschwelle zu seiner Kammer. Er starrte Carlos mit weit aufgerissenen Augen an, zeigte auf seine geschwollene Lippe, die Blutflecken, die...

„Leuchte uns den Weg, Paco. Und dann versorg bitte den Gaul und bring die Kutsche weg. Sei so nett."

„Hat es Krieg gegeben?"

„Ja, und wir haben verloren."

Juan erschien, von Clara gestützt, auf der Türschwelle. Der Uhrmacher drehte sich zu ihnen um, ging durch die Vorhalle auf die beiden zu und hielt die Lampe über seinen Kopf.

„Caramba!"

„Geh voraus, Paco."

Sie halfen Juan die Treppe hoch. Alle zwei Stufen blieb Paquito stehen und sah die anderen an. Er betrat Juans Zimmer und machte Licht.

„Und was jetzt?"

„Jetzt machst du in meinem Schlafzimmer und dann im Turmzimmer Licht."

Paquito deutete auf das Bein, das Juan nachzog.

„Das Bein sollte sich jemand ansehen. Ich verstehe was davon."

„Mach in den Zimmern Licht und komm dann wieder."

„Ich bin wohl Ihr Mädchen für alles, was?"

„Nun geh schon, und komm gleich zurück."

Sie legten Juan aufs Bett und zogen ihn aus. Jede Bewegung schmerzte ihn, sogar die Matratze tat ihm weh. Die Unterwäsche behielt er an; Clara wandte sich ab, bis Carlos ihn zugedeckt hatte. Nur die Füße schauten noch hervor, sie steckten in glänzenden Schuhen mit langen Schrammen. Clara kniete sich hin, um sie ihm auszuziehen.

„Ich könnte ihn mit Essig abreiben", sagte sie.

„Ich habe hier etwas, womit wir ihn einreiben sollen, aber laß das lieber Paquito machen."

Er reichte dem Uhrmacher das dunkle Fläschchen mit dem Kampferöl.

„Ich vertraue ihn dir an, Paco."
Der Uhrmacher lachte.
„Mich hat man schon viel schlimmer verprügelt. Und? Sieht man es mir etwa noch an?"
„Komm, Clara."
Er führte sie in sein Zimmer. Paquito hatte Kerzen und Öllampen angezündet. Clara ließ sich aufs Bett fallen, Carlos setzte sich neben sie und strich ihr übers Haar. Sie schloß die Augen, suchte Carlos' Hand und drückte sie.
„Du brauchst mich nicht zu bemitleiden, Carlos. Ich habe mich verteidigt, so gut ich konnte, aber es gab sogar einen Moment, da verspürte ich Lust, mich ihm hinzugeben. Wenn er es gemerkt hätte, wenn er etwas Geduld gehabt hätte, hätte er mich gar nicht erst zu schlagen brauchen."
Sie richtete sich auf und stützte sich auf den Ellbogen.
„In mir ist etwas, das mir immer alles kaputtmacht."
„Das bist nicht du, sondern das ist das, was du den Teufel in dir nennst."
„Mag sein, aber er steckt schon so lange in mir drin, daß er gewissermaßen ein Teil von mir geworden ist."
„Meinst du nicht, daß er heute abgetötet worden ist?"
„Ich weiß nicht."
Wieder streckte sie die Hand aus und berührte zärtlich Carlos' Lippe.
„Tut es sehr weh?"
„Es kribbelt, als wären lauter Ameisen drin."
Clara lächelte.
„Du siehst schrecklich aus, Carlos! Es tut mir so leid, daß man dich meinetwegen verprügelt hat."
„Der Faustschlag drohte mir schon seit über einem Jahr. Jetzt habe ich ihn eben kassiert. Du warst nur der Auslöser."
Clara ließ den Kopf hängen und breitete die Arme aus.
„Ob Gott gewollt hat, daß ausgerechnet Cayetano –?" Sie brach ab und packte Carlos am Arm. „Irgendwann wäre es sowieso passiert, mit Gewalt oder ohne. Dem, was geschrieben steht, entkommt man nicht."

„Nichts steht geschrieben, Clara. Alles, was zählt, ist unser Wollen und der Wille der anderen. Manchmal ist der Wille der anderen stärker als unser eigener, dann fügen sie uns Schaden zu, manchmal aber machen auch wir einen Fehler, und dann schaden wir den anderen und uns selbst."

Sie schwiegen. Auf dem Flur waren die Schritte des Uhrmachers zu hören, und gleich darauf klopfte es.

„Herein."

Paquito öffnete die Tür einen Spaltbreit und steckte den Kopf herein.

„Das wäre geschafft. Er sagt, er hätte irgendwo Schlaftabletten."

„In der Jackentasche."

„Wieviele soll ich ihm geben?"

„Das laß dir von ihm sagen."

Der Uhrmacher schloß die Tür wieder. Clara sagte:

„Ich würde jetzt auch gerne schlafen."

„Ich hole dir eine Schlaftablette."

Er ging hinaus und betrat Juans Zimmer. Paquito gab Juan gerade ein Glas Wasser zu trinken.

„Der ist durchgedroschen worden wie ein Bündel Stroh."

„Wo sind die Schlaftabletten?"

Der Uhrmacher wies auf ein Röhrchen, das auf dem Nachttisch lag.

„Er hat überall Prellungen und Blutergüsse, und an einem Bein war ein Knochen ausgerenkt. Ich habe ihn wieder eingerenkt und das Bein bandagiert, aber vielleicht ist es gebrochen."

„Geh jetzt schlafen."

„Ich bin nicht müde."

Clara hatte sich ins Bett gelegt. Als Carlos sie aufrichtete, um ihr die Tablette mit einem Schluck Wasser zu geben, stellte er fest, daß sie nackt war.

„Wenn du willst, kannst du meinen Pyjama haben. Er hat ein paar Risse, aber einen anderen habe ich nicht."

„Das macht nichts."

„Morgen hole ich dir etwas zum Anziehen. Schlaf jetzt."
„Adiós, Carlos."
Er löschte die Kerzen und ging hinaus. Der Uhrmacher stand im Flur vor Juans Zimmer.
„Ist was?"
„Nein, nichts, aber wo schlafen eigentlich Sie heute nacht?"
„Das laß meine Sorge sein. Bis morgen."
Carlos betrat das Turmzimmer und zog die Tür zu. Das Blut pochte in der geschwollenen Lippe, an den Schläfen und in den Handgelenken. Er trank einen Schluck Cognac, ließ sich in einen Sessel fallen und schloß die Augen.

Ein herrlicher Tag kündigte sich an. Die Sonne erschien am klaren Himmel und überzog ihn mit ihrem Licht. Von seinem Sessel aus betrachtete Carlos die rötliche Scheibe und sah zu, wie sie über den Bergen aufging. Er streckte sich und zuckte im selben Moment zusammen: Ihm taten die Muskeln, die Gelenke, die Knochen, ja sogar die Seele weh. Seine Lippe war noch mehr angeschwollen: Er konnte sie dunkel erkennen, wenn er nur die Augen niederschlug.

Als er aufstand, empfand er einen stechenden Schmerz im rechten Bein. „Au!" Im Kreuz spürte er noch den Tritt, den Cayetano ihm mit der Fußspitze verpaßt hatte. Er humpelte zum Tisch, trank einen Schluck Cognac, und schon fühlte er sich ein wenig gestärkt. Er öffnete das Fenster und ließ frische Luft herein. Die Stadt schlief noch. Er ließ den Blick über das dunkle Tal, das sich aufhellende Meer und die fernen Berge schweifen. Wie schön alles war!

Er ging in die Küche, wusch sich im Spülbecken, zog die Stopfen aus der Nase und wischte die Blutflecken ab. Als er sich in Paquitos Spiegel betrachtete, mußte er lachen. Auf dem Flur waren feste Schritte zu hören, die Tür ging auf, und Paquito kam herein.

„Ist etwas mit Ihnen, Don Carlos?"
„Nein, nichts."

„Gehen Sie aus?"

„Ja."

„Soll ich die Kutsche anspannen?"

„Ja, gut."

„Ich kann Sie auch begleiten."

„Nein."

Der Uhrmacher drehte in der Küche eine Runde.

„Es ist noch zu früh, um Kaffee zu machen."

„Wir machen ihn später."

„Kommen Sie bald wieder?"

„Ja, sehr bald."

„Es wäre gut, wenn Sie Verbandszeug für Juan Aldán mitbringen könnten."

„Der Apotheker kommt später und verarztet ihn."

„Aha."

Als Carlos in die Vorhalle herunterging, stand die Kutsche schon bereit. Unterwegs und auch auf dem Platz begegnete er niemandem, doch im Vorbeifahren bemerkte er, wie hier und dort eine Gardine zur Seite geschoben wurde. Er betrat Claras Haus, ging geradewegs zum Schrank, nahm die gesamte Garderobe heraus, packte sie in ein Bettlaken und schleppte das Bündel zur Kutsche. Dann ging er nochmals hinein, sah sich im Laden um und überlegte, was Clara wohl brauchen könnte, griff sich ihre Nähsachen, schloß ab und steckte den Schlüssel ein. Als er auf den Platz hinaustrat, rollte gerade der Morgenbus aus der Garage. Ein paar Leute warteten schon auf ihn, und gleich darauf bog Don Lino, den Koffer auf der Schulter, in Begleitung seiner Frau um die Ecke der Kirche. Carlos kletterte in die Kutsche und wartete ab. Don Lino wirkte gehetzt und blickte sich nach allen Seiten um; er bestieg als erster den Omnibus und verdrückte sich in eine Ecke; María wartete voller Unruhe.

„Der macht sich aus dem Staub", dachte Carlos.

Er fuhr zu Doña Marianas Haus, stellte die Kutsche im Vorgarten ab und ging hinein. Es roch feucht, und der Staub hatte dem gewachsten Fußboden den Glanz genommen. Er lief durch die Flure, öffnete hier und dort ein Fenster, holte Wäsche aus einem Schrank und stapelte sie in eine Kiste. Danach zerlegte er das Bett, in dem Germaine geschlafen hatte, trug die Einzelteile zur Kutsche und schleifte die Kiste mit der Wäsche hinter sich her. Dabei kam er ins Schwitzen, und in der Kehle hatte er den Geschmack von Blut.

Paquito erwartete ihn mit dem Spazierstock in der Hand in der Vorhalle. Sein Blick wirkte zerstreut.

„Hilf mir, Paco. Wir stellen das Bett im Zimmer meiner Mutter auf. Die Kiste tragen wir zu zweit hoch."

„Haben Sie keinen Hunger?"

Sie hatten eine Stunde lang zu tun, bis das Bett zusammengebaut in der Ecke stand; es sah hübsch aus mit der seidenen Tagesdecke und dem Baldachin aus Damast.

„Jetzt kannst du Frühstück machen."

Er räumte Claras Kleider in den Schrank, fegte ein wenig den Boden, wischte den Staub von Fenstern und Möbeln. Paquito erschien, um ihm zu melden, daß der Kaffee fertig sei.

„Die Bäckersfrau ist gerade hier. Wieviel Brot soll ich kaufen?"

„Entscheide das selbst. Für vier Personen."

Carlos gab ihm Geld und ging in die Küche. Die Kaffeekanne stand dampfend auf dem Tisch. Er stellte zwei Tassen auf das Tablett. Da kam Paquito mit einem braunen, knusprigen Brot nach oben.

„Bring den Kaffee zu Señor Aldán."

„Jawohl, Don Carlos", sagte Paquito, rührte sich jedoch nicht.

„Worauf wartest du?"

„Wer hat Sie beide verprügelt?"

„Kannst du dir das nicht denken?"

„Ich habe da so eine Vermutung."

Paquito hängte den Stock an einen Nagel und bereitete ein Tablett für Juan vor. Carlos trug seines ins Turmzimmer und ging danach zu Clara.

„Bist du wach?"

„Ja."

Clara starrte an die Decke, und Carlos bemerkte, daß in ihrem Blick dieselbe Ruhe, aber auch derselbe Schrecken lag wie ein paar Stunden zuvor, als er in ihr Zimmer gekommen war und sie nackt vorgefunden hatte. Er erschauerte, denn Claras Blick erinnerte ihn an Blicke, die er in Wien und Berlin bei Patienten in Sanatorien gesehen hatte.

Er trat näher und nahm ihre Hand.

„Geht es dir besser?"

„Weiß nicht."

„Ich habe deine Kleider und noch ein paar andere Sachen geholt. Sie sind in einem anderen Zimmer."

Er nahm Claras Mantel und legte ihn aufs Bett. Sie hatte sich nicht bewegt, starrte jedoch nicht mehr an die Decke.

„Zieh dir das über und komm frühstücken."

Während Clara sich den Mantel überzog, stellte er sich ans Fenster.

„Du kannst dich wieder umdrehen", sagte sie.

Die zerrissenen Hosenbeine des Pyjamas schauten unter dem Mantel hervor. Sie hatte ihr Haar zusammengebunden und suchte nach etwas, das sie als Gürtel benützen konnte. Carlos brachte ihr ein Stück Schnur.

„Beim Gehen öffnet er sich nämlich", erklärte Clara, „und dann kann man mein nacktes Fleisch sehen."

Er begleitete sie ins Turmzimmer. Clara beeilte sich, die Tassen bereitzustellen. Sie bewegte sich ruhig und leise und sah Carlos nicht an. Manchmal fuhr sie sich mit der Zunge über die schwarz angelaufene Lippe, oder aber sie zog jäh die Hände zurück und versteckte sie. Als sie Kaffee einschenkte, traf der schwarze Strahl nicht die Tasse, sondern ging daneben. Sie errötete und entschuldigte sich. Mit zitternden Händen schnitt sie das Brot in Scheiben.

„Ich mache mir Sorgen um Juan", sagte Carlos. „Ein Mann wie er steckt so einen Schlag nicht so einfach weg. Du ahnst nicht, mit welcher Freude, mit welcher Wut er Cayetano erwartete! Man merkt es an seinen blitzenden Augen, an seiner festen Stimme. Es hätte für ihn der Augenblick seines großen Sieges werden können, aber dann wurde daraus eine Niederlage, eine öffentliche, gnadenlose, für alle sichtbare Niederlage, die nicht zu verheimlichen ist. Bei mir liegen die Dinge etwas anders. Ich habe mir sozusagen den Luxus geleistet, mich in die Schlägerei einzumischen, obwohl ich wußte, daß ich unterliegen würde. Ich tat es aus Solidarität zu Juan, und mein einziger Gedanke war, daß es ihm gut tun würde, wenn er mit seiner Niederlage nicht allein dasteht. Ich war innerlich gefaßt und wußte, was passieren würde. Egal, wie lange der Kampf dauern würde – Juan hatte verloren, bevor er überhaupt loslegte. Wären beide gleich stark, hätte er Cayetano besiegt, weil seine Wut größer war. Trotzdem, ich habe mich gefreut, als ich sah, daß Juan sich mit Cayetano schlug, ich war stolz auf ihn, als er wie ein aufgeplusterter Gockel kämpfte, aber nicht seinetwegen, sondern deinetwegen. Ich habe eine Zeitlang daran gezweifelt, daß er dich liebhat, aber was er gestern getan hat, hat er nur getan, weil er dich liebt."

Clara hob den Kopf und fragte sanft:

„Warum versuchst du, mit etwas vorzumachen? Du weißt ganz genau, daß Juan mich nicht liebt, und er hat sich gestern nicht geprügelt, um mich zu rächen, sondern um gut dazustehen, um seine Mannesehre zu retten. Trotzdem bin ich ihm dankbar, und er tut mir leid, aber ich mache mir nichts vor."

„Du irrst dich, Clara. Juan –"

Clara fiel ihm ins Wort.

„Hör auf! Sag von mir aus über Juan, was du willst, aber laß mich aus dem Spiel. Das geht nur mich etwas an."

Ihre Stimme klang zitterig, und ihr Blick war verstört. Trotz des improvisierten Gürtels öffnete sich der Mantel, und im Ausschnitt des Pyjamas war ihre Haut zu sehen. Mit linkischen Bewegungen zog sie den Mantel wieder zu.

„Es ist meine Sache, und als ihr euch meinetwegen geprügelt habt, kam es mir so vor, als würdet ihr mir etwas wegnehmen. Aber egal. Selbst wenn ihr Cayetano umgebracht hättet, würde ich mich genauso fühlen. Cayetano zählt nicht, und auch sonst niemand. Was passiert ist, ist passiert, und dagegen ist nichts mehr zu machen."

„Doch, Clara. Man könnte Cayetano zwingen, dich zu heiraten."

Clara rang sich zu einem Lächeln durch. Sie spielte mit dem Messer, steckte es in einen Spalt in der Tischplatte, bog es zur Seite, ließ es los und sah zu, wie es federte.

„Wozu?"

„Was ist, wenn du ein Kind bekommst?"

„Und wenn schon!" Sie packte das Messer mit einer heftigen Bewegung, als wäre es ein Dolch. „Glaubst du, es macht mir etwas aus, wenn es unehelich zur Welt kommt? Cayetano wäre ihm kein guter Vater, selbst wenn ich ihn heiraten würde. Ich weiß auch nicht, ob es mir gelingen würde, mich als seine Mutter zu fühlen. Ich habe kein Kind gewollt. Kann sein, daß eines in mir heranwächst und ich die ganze Last tragen muß, aber mich beschäftigen andere Dinge mehr, die vielleicht irgendwann wachsen oder schon zu wachsen angefangen haben. Ich fühle sie hier drin."

Sie lehnte sich auf dem Sofa zurück und legte die Hand aufs Herz. Ihr Kopf befand sich genau unter Doña Marianas Porträt. Carlos sah die beiden Frauen abwechselnd an und erschauerte, als er die Ähnlichkeit in ihrer Haltung, in ihrem Blick feststellte.

„Ich bin heute bei Tagesanbruch aufgewacht. Die Lippe tat mir weh, ich lag im Halbschlaf, wälzte mich im Bett hin und her und hatte Durst. Also stand ich auf und ging in die Küche, um etwas zu trinken. Danach ging ich in Juans Zimmer und blieb eine Weile bei ihm, ohne daß er es merkte. Ich versuchte, Mitleid für ihn zu empfinden, irgendein Gefühl, das mich mit ihm verband, und sei es nur Dankbarkeit. Ich sage mir, daß ich so etwas doch fühlen müßte, aber ich fühlte es nicht. Er kam mir vor wie ein Fremder, ein Unbekannter."

Sie hatte den Oberkörper vorgebeugt und gestikulierte mit den Armen in einer Weise, die er an ihr nicht kannte, jedenfalls paßten die eckigen Gesten nicht zu ihren Worten. Wieder hatte sich der Mantel über dem Ausschnitt ein wenig geöffnet. Carlos hörte ihr beunruhigt zu. Claras Hände kamen ihm vor, als gehörten sie nicht zu ihr.

„Da beschloß ich, zu dir zu gehen. Ich hätte dir bestimmt besser als jetzt schildern können, was in mir vorging, aber ich kam nur bis zur Tür und traute mich nicht hineinzugehen."

Sie richtete sich auf, sah Carlos freiheraus an und schlug sich mit den Händen auf die Schenkel.

„Weißt du, was gestern nacht mit mir passiert ist? Als ich wieder zu Bewußtsein kam, war mir, als gehörte mir mein Körper nicht mehr, als hätte man auch ihn mir geraubt. Heute morgen beim Aufwachen war es dasselbe. Ich traute mich nicht, mich anzufassen. Deshalb wollte ich vorhin nicht, daß du meine Haut siehst. Würde mein Körper mir gehören, würde es mir nichts ausmachen."

Sie knabberte an einem Stück Brotkruste. Ohne ihr Gesicht aus den Augen zu lassen, zündete sich Carlos eine Zigarette an. Clara schien sich allmählich zu beruhigen. Sie lächelte.

„Ich weiß, daß das Unfug ist. Mein Körper gehört natürlich mir, das ist mir klar. Trotzdem hat sich etwas an ihm verändert. Gut, vielleicht hat Cayetano mir ein Kind gemacht" – Sie schloß die Augen und preßte die Hände zusammen –, „aber er hat noch etwas anderes in mich hineingepflanzt, etwas Schlechtes, ich weiß nicht genau, was. Ich bin völlig durcheinander, verstehst du, und ich wundere mich über mich selbst. Ich verspüre weder Ekel, noch Wut, sondern Gelassenheit, und diese Gelassenheit macht mir angst. Was wächst wohl gerade in mir heran? Carlos, du verstehst dich doch auf solche Dinge. Sag es mir!"

„Keine Ahnung. Ich weiß ja nicht einmal, wie es in dir aussieht. Bisher habe ich mich immer geirrt, und es wäre schrecklich, wenn mir das jetzt noch einmal passieren würde."

Er stand auf und setzte sich neben Clara.

„Ich bin ein Tolpatsch. Verzeih mir."

Clara fuhr fort:

„Heute früh, nachdem ich in mein Zimmer zurückgegangen war, legte ich mich wieder ins Bett, aber ich konnte nicht mehr einschlafen. Die Lippe tat mir weh, und in meinem Herzen verspürte ich einen sehr merkwürdigen Wunsch. Es drängte mich, zu Cayetano zu gehen und ihm diesen Körper zu überlassen, damit er mir meinen zurückgibt. Aber das ist sicher auch wieder Unfug, nicht wahr?"

„Vielleicht nicht."

„Ich sagte mir, daß ich dann bestimmt die Kraft habe, ihn umzubringen. Wenn ich ihn nämlich nicht umbringe, kann ich nicht weiterleben, weil er mich in seiner Gewalt hat."

Sie fuhr erschrocken hoch. Carlos hielt sie fest.

„Das macht mir mehr angst als alles andere, mehr noch als der Gedanke, daß ich womöglich ein Kind bekomme. Ich habe immer allen Menschen verziehen, nur denen nicht, die jemanden getötet haben. Ich habe nie eine Rechtfertigung für einen Mord gefunden, aber jetzt begreife ich, warum manche Menschen einen anderen umbringen."

Sie setzte sich wieder und faltete die Hände. Ihre Schultern und Arme zitterten, ihre Augen waren kleiner geworden, ihr Blick hatte sich verfinstert. Sie sprach mit heiserer, stockender Stimme weiter. Carlos legte den Arm um sie, doch sie schüttelte ihn ab.

„Vielleicht wächst in mir jetzt ein böses Wesen heran, das schlimmer ist als das, das vorher in mir war, nur mich etwas anging und niemandem etwas zuleide getan hat."

Sie drehte sich jäh zu Carlos um und ergriff seine Hände.

„Ich liebe dich noch immer, Carlos, aber irgendwann werde ich es schaffen, dich nicht mehr zu lieben, und dann bedeutet mir nichts mehr etwas." Ihre Stimme wurde dünn und zitterig. „Und du kannst mir nicht einmal helfen!"

Carlos rief:

„Ich könnte dich heiraten! Schon morgen!"

„Nein, Carlos, nicht jetzt! Jetzt schon gar nicht! Du könntest zwar der Vater von dem Kind werden, sofern ich wirklich eins bekomme, aber niemals von all dem Bösen, das ich in mir trage! Es gehört nur mir, vergiß das nicht! Ich kann es mit niemandem teilen, nicht einmal mit dir! Es ist wie mit der Lust, die mir mein früheres Laster bereitet hat."

Sie ließ Carlos los, schlug die Hände vors Gesicht und sprang auf.

„Ich bin vom Teufel besessen!"

Wieder sah Carlos den Schrecken in ihren Augen. Er faßte sie an den Armen und zwang sie, sich wieder hinzusetzen.

„Sei still! Rede nicht so einen Unsinn!"

Mit einer Hand hielt er sie am Gelenk fest, mit der anderen griff er nach der Cognacflasche. Clara wand sich und versuchte, sich zu befreien.

„Laß mich los!"

Er hielt ihr die Flasche an den Mund. Clara stöhnte und nahm einen Schluck.

„Jetzt hör mir mal zu: Wenn ich es nicht schaffe, dir zu helfen, verdiene ich nicht, daß mir ehrliche Menschen ins Gesicht schauen."

Clara schob die Flasche weg.

„Du kannst nichts tun! Könnte ich doch bloß mit dir zusammen das fühlen, was ich alleine gefühlt habe! Aber ich begehre dich nicht mehr. Heute früh, als ich zu dir gehen wollte, wünschte ich mir, daß du derjenige bist, der mir meinen Körper zurückgibt. Ich habe dich so begehrt! Aber gleichzeitig fand ich die Vorstellung schrecklich, sie stieß mich ab, weil es so gewesen wäre, als hätte ich mich dir mit einem fremden Körper hingegeben. Deshalb kam ich nicht zu dir. Ich habe keinen Körper, mit dem ich dich lieben könnte, Carlos! Mein Körper gehört mir nicht! Alles, was mir bleibt, ist das Böse in mir!"

Sie hatte diese Worte unter Schluchzern hervorgepreßt. Plötzlich wurde sie von einem heftigen Weinkrampf geschüttelt und warf sich aufs Sofa. Carlos faßte sie an den Handgelenken.

„Clara! Clara!"

Er riß die Tür auf. Ein Stück weiter hinten, etwa auf der Hälfte des Flurs, hatte sich Paquito der Uhrmacher mit seinem Spazierstock in der Hand postiert. Carlos rief nach ihm.

„Bring mir die Tabletten von gestern und ein Glas Wasser. Schnell!"

„Ist etwas passiert?"

Carlos ging zu Clara zurück. Vor Angst zitterte sie am ganzen Körper. Ihre Brust hob und senkt sich heftig. Carlos hob sie hoch und trat auf den Gang hinaus. Paquito erschien mit dem Wasser und den Tabletten.

„Komm mit."

Er legte sie aufs Bett und nötigte sie, die Tabletten mit ein bißchen Wasser zu schlucken.

„Schließ die Fensterläden und laß uns allein. Mach keinen Krach."

Der Uhrmacher verdunkelte das Zimmer und ging auf Zehenspitzen hinaus. Clara krümmte sich und stöhnte. Carlos setzte sich auf den Bettrand und hielt ihre Arme fest. Langsam ließen ihre Beklemmungen nach. Sie hörte auf zu weinen und sich zu winden und atmete wieder gleichmäßiger. Wenig später war sie eingeschlafen.

Carlos fühlte ihren Puls und lauschte ihrem Herzschlag. Nach ein paar Minuten tat er dasselbe noch einmal.

Er zog ihr den Mantel aus und deckte sie zu. Dann ging er auf den Flur hinaus. Paquito stand wartend auf dem Treppenabsatz.

„Komm her. Laß die Tür offen und rühr dich nicht vom Fleck. Wenn sie irgendeinen Laut von sich gibt, sag mir Bescheid."

„Wer ist eigentlich an allem schuld, Don Carlos?"

„Ich."

Paquito schüttelte lächelnd den Kopf.

„Sie wissen, daß das nicht stimmt, Don Carlos. Der Kerl, der mächtiger sein will als Gott, ist schuld."

Juan hatte sich im Bett aufgesetzt. Das Bein tat ihm weh. Ein Auge war so zugeschwollen, daß es nicht mehr zu sehen war, die Nase war entstellt, und überall klebten Pflaster. Den Arm, den er nicht bewegen konnte, hatte er durch den Ausschnitt des Nachthemds wie durch eine Armschlinge geschoben. In der anderen Hand hielt er eine Zigarette.

„Was ist mit Clara?"

„Sie hat es tapfer hingenommen, aber jetzt sind ihr die Nerven durchgegangen und sie ist zusammengeklappt. Das ist ganz normal."

Er zog einen Stuhl heran und setzte sich ans Bett.

„Laß mal sehen. Zeig mir dein Bein."

„Es ist bestimmt gebrochen."

Es war geschwollen und dunkel verfärbt. Als Carlos auf die Schwellung klopfte, schrie Juan auf. Die Zigarette fiel ihm aus der Hand. Carlos bückte sich, um sie aufzuheben.

„Dazu kann ich nichts sagen. Wir müssen auf Don Baldomero warten. Vielleicht versteht er davon mehr als ich."

„Es tut sehr weh. Der ganze Körper tut mir weh."

Juan legte die Zigarette auf den Nachttisch und berührte Carlos am Arm.

„Wir sind erledigt. In Pueblanueva werden wir es nie wieder zu etwas bringen."

Carlos sah ihn streng an.

„Na und?"

„Unter diesen Umständen ist mir alles egal."

„Ich denke nicht an uns, Juan, ich will es nicht und kann es nicht, weil ich mir sonst meine Schuld eingestehen müßte, und das könnte ziemlich unbequem für mich sein und würde mich vor allem zwingen, etwas zu tun, das ich nicht tun will."

„Ich weiß nicht, was für eine Beziehung du zu meiner Schwester hast. Auf jeden Fall fühle ich mich, was sie angeht, in gewisser Weise schuldig. Und was Cayetano betrifft... Nun, der ist sowieso an allem schuld. Da hat der verrückte Uhrmacher ganz recht."

„Nein, ich bin bereit einzugestehen, daß ihn weniger Schuld trifft als uns."

„Warum hast du dich dann mit ihm geschlagen?"

„Das steht auf einem anderen Blatt."

Juan verzog vor Schmerzen das Gesicht und änderte seine Haltung.

„Das verstehe ich nicht."

„Wenn ich mich nur selbst verstehen könnte! Aber diese Frage interessiert mich im Moment nicht. Deine Schwester ist viel wichtiger."

„Was soll ich tun? Cayetano die Pistole auf die Brust setzen und von ihm verlangen, daß er sie heiratet? Das würde ich niemals tun, weil wir damit den Frieden zwischen unseren Familien besiegeln würden, und das will ich nicht. Damit du Bescheid weißt: Ich werde Cayetano umbringen. Ich weiß noch nicht wann und wie, aber umbringen werde ich ihn, selbst wenn ich dazu die ganze Stadt aufwiegeln muß. Das ist gar keine schlechte Idee, du wirst schon sehen."

„Sehr originell! Ist dir eigentlich aufgefallen, wie wenig sich hier seit meiner Ankunft getan hat? Schon damals hast du darauf gewartet, daß Clara dir einen Vorwand bietet, Cayetano umzubringen. Jetzt hast du diesen Vorwand, aber du wirst ihn trotzdem nicht umbringen."

„Da kennst du mich schlecht!"

„Kann sein. Es ist mir auch egal. Cayetano Salgado existiert für mich nicht mehr. Übrigens darfst du ihn nicht zwingen, Clara zu heiraten. Sie will es nicht, das soll ich dir von ihr ausrichten."

„Das freut mich. So bleiben die Fronten klar: Cayetano und ich. Vielleicht brauche ich nicht einmal einen Vorwand. Außerdem –"

Ein Kissen war verrutscht. Carlos rückte es ihm zurecht.

„– außerdem ist es mir ganz recht, wenn du dich von uns distanzierst, weil es zwischen dir und Cayetano nie um etwas Persönliches ging. Du hast ihn nie gehaßt, und er haßt dich auch nicht. Du bist hier angekommen und hast dich aus Freundschaft zur Alten auf unsere Seite geschlagen, das ist alles. Im Grunde wäre er genauso gern dein Freund geworden wie du seiner. Das ist mir seit langem klar, und, glaub mir, ich finde es ganz normal. Über Clara möchte ich mich nicht äußern. Dieses Kapitel der Geschichte lege ich ganz und gar in deine Hände, wo du dich doch so sehr für sie interessierst."

Carlos kramte in seinen Taschen.

„Ich würde jetzt gerne Punkt für Punkt rekapitulieren, was du einmal in Madrid zu mir gesagt hast, als wir zusammen gegessen haben."

„In Madrid war ich gezwungen, viele Lügen zu erzählen."

Endlich fand Carlos das Päckchen Zigaretten, das jedoch nur noch eine Zigarette enthielt. Er bot sie Juan an, doch Juan lehnte ab und zeigte auf seine Zigarettenschachtel.

„Nimm dir welche raus. Du hast nur noch eine."

Während Carlos die Zigarette anzündete, sprach er weiter.

„Es war an dem Tag, an dem wir beide uns wer weiß wie ehrlich vorkamen."

„Gerade in solchen Momenten lügt man mehr als sonst. Das müßtest du längst begriffen haben."

„Ich habe an jenem Abend nicht gelogen."

Die Zigarette zwischen den Lippen, stand Carlos auf und stellte sich neben das Eisenbett.

„Ich halte mich ab jetzt aus allem heraus, was Cayetano angeht, weil es meiner Meinung nach nicht um uns, sondern um deine Schwester geht. Ich habe deine Ansichten über sie nie geteilt, und ich glaube, daß sie in dieser Angelegenheit keinerlei Schuld trifft. Außerdem wüßte ich nicht, wie du ihr in dieser Lage helfen könntest."

Er ging hinaus. Paquito der Uhrmacher hielt an Claras Zimmertür Wache.

„Paco, wir haben fast keine Zigaretten mehr, aber ich kann nicht in die Stadt hinunter."

„Was? Wollen Sie den Verbrecher etwa nicht umbringen?"

„Das ist ein anderes Thema, Paco. Im Augenblick sind die Zigaretten wichtiger."

„Es ist Ihre Pflicht, ihn umzubringen!"

„Mag sein, aber ich habe es nicht eilig. Tu dich lieber mit Juan Aldán zusammen, der denkt genauso wie du."

„Er ist ein Großmaul."

„Das finde ich auch, so leid es mir tut. Was hältst du davon, die Kutsche zu nehmen und mir Zigaretten zu besorgen? Du könntest bei Don Baldomero vorbeifahren und ihn abholen.

Damit würdest du ihm einen Gefallen tun, verstehst du? Er ist nämlich so dick, daß er hier oben ganz außer Atem ankommen würde."

„Ich war seit genau einer Woche nicht mehr in der Stadt. Die Leute werden sich wer weiß wie aufregen, wenn sie mich sehen."

„Das werden sie erst recht, wenn sie mich mit diesem Gesicht sehen. Sie haben bestimmt über nichts anderes mehr geredet, als über das, was gestern abend passiert ist."

„Wenn sie Sie sehen, werden sie denken, Sie wollen Cayetano umbringen."

„Und das wäre nicht leicht, was? Sie würden es nicht zulassen."

„Kommt drauf an."

„Man sollte dabei kein Risiko eingehen. Cayetano müßte man hinterrücks umbringen, am besten, ohne daß jemand etwas merkt."

„Das wird schwer sein, aber ihn hinterrücks umzubringen, ist eine gute Idee, da stimme ich dir bei. Man muß ihn an der Nase herumführen, verstehst du, und ihm das Gefühl geben, daß man auf seiner Seite ist. Sonst wehrt er sich."

„Klar."

„Und dann könnte es sogar passieren, daß er seinen Angreifer umbringt. Wenn er ihn in Notwehr tötet, passiert ihm nichts."

„Deshalb muß man sich die Sache genau überlegen und handeln, bevor er Verdacht schöpfen kann."

„Was ist mit den Zigaretten?"

„Ich geh ja schon."

Carlos gab ihm Geld und betrat Claras Zimmer.

Sie schlief, und ihr Puls ging ruhig. Er setzte sich zu ihr, fand es aber unbequem. Er spürte an seinem Körper noch jeden einzelnen Schlag, und die Lippe brannte. Im Stehen kam er jedoch auch nicht zur Ruhe, außerdem war er müde. Vorsichtig legte er sich zu Claras Füßen, und gleich darauf war er eingeschlafen.

Die Tabakverkäuferin unterhielt sich mit zwei Klatschweibern über den Sieg, den Cayetano über die Churruchaos errungen hatte. Sie gierte geradezu nach Einzelheiten, wobei sich ihre Neugier vor allem auf die umstrittene Frage konzentrierte, ob Claras Nachthemd blutbefleckt gewesen war oder nicht. Anfangs bestritt die Tabakverkäuferin dies rundweg. Paula, eine der beiden Klatschtanten, hatte sich alles von einem Augenzeugen berichten lassen, und das Blut spielte in ihrer Darstellung eine dramatische Rolle: rotes Blut, frisches Blut, blutige Schlieren. Solche Auskünfte waren der Tabakverkäuferin jedoch zu ungenau, sie reichten für eine glaubhafte Version nicht aus, denn das Blut konnte ja schließlich von Nasenbluten oder einer ganz gewöhnlichen Blutung herrühren. Die andere Schwatzbase namens Ignacia, die ganz Ohr war, nickte nur und bestätigte durch entsprechende Gesten die Tabakverkäuferin in ihrer Skepsis, und sie verwarfen beide Paulas Schilderung, nachdem sie sie unter die Lupe genommen und in allen Einzelheiten durchgesprochen hatten. „Bei jeder anderen würde ich es glauben, aber bei Clara...! Wenn der Mais auf dem Feld und der Sand am Strand reden könnten...!"

Paquito der Uhrmacher kam herein, um drei Päckchen Zigaretten und drei Schachteln Zündhölzer zu kaufen. Die Tabakverkäuferin fragte ihn: „Für wen ist das?", und der spinnerige Uhrmacher erwiderte: „Was geht Sie das an?" Da ging Paula zum Direktangriff über: „Ich habe gehört, die Aldáns haben heute im Pazo del Penedo übernachtet."

„Ich führe keine Gästeliste."

Ignacia, die bisher geschwiegen hatte, meldete sich plötzlich zu Wort: „Wie geht es Don Carlos?"

„Gut. Und Ihnen?"

Die Frauen warfen Paquito im hohen Bogen hinaus. „Um aus dem ein Wort rauszukriegen, muß man ihm Schnaps einflößen."

Paquito fuhr zum Apotheker, um ihn abzuholen. Das Hausmädchen teilte ihm mit, er sei zur Messe gegangen und Paquito solle lieber nicht auf ihn warten. Der Uhrmacher parkte die Kutsche vor der Pfarrkirche, spielte mit seinem Spazierstock herum und rief den vorbeigehenden Mädchen Komplimente zu. Um halb eins kamen die ersten Leute aus der Kirche. Als Paquito Don Baldomero erblickte, rief er nach ihm und sagte ihm, weshalb er gekommen war. „Warte vor der Apotheke auf mich. Ich bin sofort da." Don Baldomero ging neben Señor Mariño her, der an diesem Ostertag wie er selbst und ein rundes Dutzend anderer im Mittelpunkt des allgemeinen Interesses stand. Er teilte es nur widerwillig mit ihnen, denn allzu gern wäre er als einziger Augenzeuge des Geschehens aufgetreten, als einziger Berichterstatter der tatsächlichen Begebenheiten, und zwar nicht etwa, weil er das Erzählmonopol für sich beanspruchte, sondern aus Respekt vor der Wahrheit, die die anderen skrupellos verdrehten und entstellten. Zwanzigmal hatte Don Baldomero ein- und dieselbe Geschichte erzählt, mal in Kurzfassung, mal in allen Einzelheiten; mal mit derben, schlüpfrigen Worten für die Männer, mal in Gleichnissen und voller Andeutungen für die Frauen. Zuvor hatte er Cubeiro ausgequetscht, und nun verglich er die beiden Schilderungen: Sie stimmten in groben Zügen überein, unterschieden sich jedoch in gewissen Einzelheiten und in der Sichtweise des Ganzen. Cubeiro wollte die Flecken auf dem Nachthemd nicht nur gesehen, sondern sie sogar gezählt und berührt haben, und sie seien frisch gewesen; Señor Mariño konnte sehr wohl bezeugen, daß der Stoff ein paar dunkle Stellen aufgewiesen hatte, mehr jedoch nicht; dies konnten ebenso Flecken wie Risse sein, auf jeden Fall wollte er nicht beschwören, daß es Blut war. Und was die Zahl der Schläge anging, die jeder der Kämpfer ausgeteilt und eingesteckt hatte, so klafften die Schätzungen der beiden weit auseinander: Auf jedem Fall waren es viele gewesen.

„Und Don Carlos? Warum hat er sich eingemischt?"

„Wer soll das wissen! Es hatte doch überhaupt nichts mit ihm zu tun. Ich war ganz schön überrascht, das können Sie mir glauben. Wahrscheinlich dachte er, Cayetano wäre erschöpft, und er könnte ihn nach Lust und Laune verdreschen und würde am Ende als der tolle Hecht dastehen. Eine andere Erklärung habe ich nicht."

„Klar, er wollte gut dastehen, aber um noch mal auf das Nachthemd zurückzukommen: Haben Sie die Flecken nun gesehen oder nicht?"

Señor Mariño blieb stehen und flüsterte dem Apotheker ins Ohr:

„Wenn Sie mich fragen: Ich halte die Geschichte mit dem Nachthemd für reine Sensationsmache. Mir redet keiner so schnell aus, daß das Ganze ein Trick ist."

„Na, jedenfalls hat der Trick ganz schön Wind gemacht. Da kann ich nur lachen!"

„Hören Sie, Don Baldomero: Die Sache ist von Clara, diesem Flittchen, und von Cayetano fein säuberlich eingefädelt worden. Er war sauer, weil die Leute über ihn redeten und man sich erzählte, daß er ihr nachläuft wie ein Hündchen, und das hätte man ja auch wirklich meinen können. Die beiden haben diesen Trottel von Don Lino ausgenützt, wie sie es mit jedem anderen hätten tun können. Cubeiro hat ihnen als Handlanger gedient: Er hat gestern abend alles arrangiert. Da Juan Aldán nicht mehr mit seiner Schwester spricht, seit sie Cayetanos Freundin ist, haben sie ihn ins Casino gelockt, um ihm kräftig eins auszuwischen und ihn sich vom Hals zu schaffen. Wir haben es ja alle miterlebt. Ich persönlich bin überzeugt, daß dies die Wahrheit ist und Clara das ganze Theater angezettelt hat, um die Stadt von ihrer Ehrbarkeit zu überzeugen. Sie werden schon sehen, wie sie in ein paar Tagen wieder mit Cayetano zusammensteckt, als wäre nichts geschehen."

„Aber er hat Clara geschlagen!"

„Haben Sie es gesehen? Niemand war dabei. Er kam blutend bei uns an, aber wer sagt uns, daß er sich nicht mit dem Nachthemd die Nase abgewischt hat? Ein einfacher Trick, Don Baldomero, aber viel zu leicht zu durchschauen. Keiner von den Leuten, mit denen ich gesprochen habe, nimmt ihnen ab, daß Clara noch Jungfrau war und daß Cayetano sie vergewaltigt hat. Wie soll er denn ins Haus gekommen sein, wenn sie ihm nicht aufgemacht hat? Das ist noch ein Punkt, den sich niemand erklären kann."

Er klopfte dem Apotheker auf die Schulter.

„Ein abgekartetes Spiel, Don Baldomero, machen Sie sich nichts vor. Die wollen uns anständige Leute auf den Arm nehmen und uns für dumm verkaufen. Clara Aldán will noch Jungfrau gewesen sein! Finden Sie das nicht auch zum Lachen?"

„Natürlich finde ich das zum Lachen." Er lachte gekünstelt. „Clara Aldán und Jungfrau!"

Don Baldomero öffnete die Tür zur Apotheke und ließ Paquito hinein. Ohne ein Wort zu sagen, schob er ihn ins Hinterzimmer und stellte die Schnapsflasche und ein Glas vor ihn hin.

„Trink einen Schluck. Ich packe unterdessen das Verbandszeug in meine Tasche. Wie geht es denen da oben im pazo?"

„So wie die Sache aussieht, einigermaßen. Dem Anarchisten eher schlecht."

Paquito der Uhrmacher nippte am Schnaps und leckte sich die Lippen. Don Baldomero ging drei- oder viermal aus und ein. „Ich bin gleich soweit. Trink noch ein Glas." Der Uhrmacher trank noch drei Gläser und bat um eine Zigarette. „Ich habe zwar drei Päckchen dabei, aber die sind für die anderen." – „Sind denn drei Raucher oben?" – „Nein, eins ist für mich, weil ich die Zigaretten besorgt habe, aber ich will es mir nicht vorher nehmen." – „Da hast du ganz recht. Du bist eben gut erzogen." – „Ich habe Respekt vor Don Carlos."

Der Apotheker erschien mit seiner Tasche. „Gehen wir?" fragte der Uhrmacher. – „Ich würde vorher auch gern ein Schlückchen trinken. Da oben haben sie bestimmt keinen Schnaps." – „Don Carlos trinkt immer Cognac." – „Mir ist Zuckerrohrschnaps lieber. Und wie steht es mit dir?" – „Mir auch, aber wenn kein Schnaps da ist . . ." Don Baldomero setzte sich und schenkte sich ein Gläschen ein. Bevor er trank, strich er zärtlich darüber und sah es wieder und wieder an. „Seit meine heilige Frau gestorben ist, trinke ich weniger, aber an Sonn- und Feiertagen mache ich eine Ausnahme."

Paquito der Uhrmacher mußte lachen.

„Und du, wie denkst du über gestern abend?"

„Wenn Sie mir erzählen, was passiert ist, sage ich Ihnen meine Meinung dazu."

„Weißt du es denn nicht?"

„Daß es eine Schlägerei gegeben hat, weiß ich, mehr nicht."

„Und das mit Clara?"

„Ich würde gerne wissen, was mit Clara ist."

„Tja, nun, man sagt, Cayetano hätte sie..."

Der Uhrmacher hörte ihm zu. Sein Blick war nach innen gerichtet, seine Hände umklammerten fest den Stock. Ab und zu nickte er oder schüttelte den Kopf.

„Und was jetzt?"

„Jetzt setzen wir uns in die Kutsche und fahren los. Es ist schon spät. Außerdem geht es bergauf, wir haben also genug Zeit zum Reden."

Sie redeten jedoch kein Wort miteinander, bis das Städtchen hinter ihnen lag. Paquito ließ den Gaul mal im Trab, mal im Schritt gehen. Als sie die Anhöhe erreichten, lockerte er die Zügel.

„Sie haben im Priesterseminar studiert, stimmt's?"

„Ja, in meiner Jugend, aber das ist Gottseidank lange her."

„Finden Sie, daß man Cayetano umbringen sollte?"

„Natürlich."

„Aber wer soll es tun? Juan Aldán, Don Carlos oder Clara?"

„Wenn man es recht betrachtet, ist Clara die Geschädigte, aber da sie eine Frau ist, kann man diese Aufgabe ruhig einem Mann übertragen. Auf den ersten Blick würde ich sagen, Juan Aldán sollte es tun, weil er ihr Bruder ist und es ihn mehr getroffen hat als sie. Juan hat außerdem seine eigenen Gründe, die in diesem Fall sogar allein schon ausreichen würden, und dazu kommt noch seine Verpflichtung gegenüber Clara. In früheren Zeiten hätte er Cayetano öffentlich herausfordern müssen."

„Sein Bein ist gebrochen, darauf verwette ich mein letztes Hemd."

„Dann ist er nicht in der richtigen Verfassung, um Rache zu üben. Kranke, Behinderte, Taugenichtse und Minderjährige sind von dieser Pflicht entbunden."

„Bleibt Don Carlos."

„Don Carlos ist weder der Bruder noch ein naher Verwandter des Opfers, obwohl er sicher auch private Gründe hätte, um sich zu rächen, aber die sind nicht so gravierend, daß er Cayetano deshalb umbringen würde. Es soll allerdings schon vorgekommen sein, daß sich ein ehrbarer Mann der Sache einer wehrlosen Frau angenommen hat. In diesem Fall gehen die Meinungen jedoch auseinander. Ich neige zu folgender Ansicht: Wenn Don Carlos will, daß seine Tat gerechtfertigt ist, muß er zuvor alle Beleidigungen, die gegen ihn und seine Ehre gerichtet waren, vergeben oder sie auf andere Weise bereinigen, denn ein Mord als Vergeltung für ein paar Schläge wäre in jeder Hinsicht eine unverhältnismäßige Maßnahme."

„Ich werde aus Ihrem Kauderwelsch nicht schlau."

„Ich manchmal auch nicht."

„Was würden Sie an Don Carlos' Stelle tun?"

„Cayetano umbringen, natürlich."

„Hinterhältig oder Auge in Auge?"

„Kommt drauf an. Ich würde jedenfalls nie von einem Hinterhalt sprechen, sondern von Vorsichtsmaßnahmen. Früher bereinigte man so etwas mit einem Duell, aber das hat die Kirche verboten."

„Duelle waren eine hübsche Sache."

Der Gaul zog die kleine Kutsche mühsam bergauf, blieb ab und zu stehen, um zu verschnaufen, und trottete dann weiter.

„Die Ehre verlangt es, ihn umzubringen, da bin ich Ihrer Meinung", sagte Paquito. „Wenn Cayetano nicht umgebracht wird – wo soll dann alles enden?"

„Das frage ich mich auch: Wo soll das enden?"

„Cayetano ist nämlich an allem schuld."

„Das bestreitet niemand."

„Aber diese Art von Schuld wird vom Gesetz nicht bestraft."

„Das Gesetz! Wer legt sich schon mit Cayetano an? Wenn es auf der Welt Gerechtigkeit gäbe, hätte man Cayetano schon vor Jahren aufgeknüpft!"

„Und wenn die Leute mehr Mumm hätten, auch. Aber sie haben keinen Mumm."

„Glaubst du, Don Carlos würde sich trauen?"

„Darüber habe ich noch nicht nachgedacht."

„Dann würde man ihn als Mann endlich für voll nehmen."

„Stimmt. Und wenn er ihn nicht umbringt?"

„Dann wird Cayetano ewig so weitermachen, und Don Carlos steht schlecht da."

„Aber Cayetano ist an allem schuld."

„Darauf hatten wir uns schon geeinigt."

„Gott läßt auf Dauer nicht zu, daß böse Menschen den anderen auf der Nase herumtanzen."

„Natürlich nicht, nur kommt es manchmal vor, daß Gott sich ein bißchen zu spät einschaltet."

„Da haben wir es! Und warum schaltet er sich zu spät ein? Weil er niemanden findet, der genug Schneid hat, um ihm die Arbeit abzunehmen. Aber wenn er ihn erst einmal gefunden hat, dann –"

„O ja, dann –"

Sie bogen auf den Weg zum pazo ein. Der Gaul fiel von allein in Trab.

„Nehmen wir mal an, Don Baldomero, wir würden die ganze Stadt zum Schwurgericht ernennen. Was für ein Urteil würden die Leute fällen? Schuldig oder nicht schuldig?"

„Wie soll ich das wissen! Bestimmt würde Cayetano sie bestechen. Auf die Leute hier kann man sich nicht verlassen."

„Verlassen kann man sich auf niemanden."

„Nicht einmal auf sich selbst, Paquito, mach dir nichts vor. Man selbst ist nämlich manchmal –"

„Und ob ich mich auf mich selbst verlassen kann!"

Er sagte das in überzeugtem, feierlichem, resolutem Tonfall. Don Baldomero warf ihm einen zweifelnden Blick zu und setzte eine ungläubige Miene auf.

Die Kutsche hielt auf dem kleinen Vorplatz. Carlos wartete schon an der Eingangstür auf sie.

„Schnell, Don Baldomero. Juan Aldán hat Fieber."

„Dann muß er es eben durchstehen und Aspirin nehmen. Ein anderes Mittel gibt es nicht."

Paquito trug die Apothekertasche; Don Baldomero riß sie ihm aus der Hand und eilte davon. Juans Fieber war gestiegen, und sein Bein schmerzte so sehr, daß er sich krümmte. Don Baldomero untersuchte die Schwellung.

„Ich bin kein Arzt, aber so, wie es aussieht, ist das Bein gebrochen."

Der Uhrmacher, der sich ans Fußende des Bettes gelehnt hatte, gab seinen Senf dazu:

„Ich habe noch nie erlebt, daß von einem Tritt gegen das Schienbein der Knochen gebrochen ist."

„Das hängt vom Fußtritt ab", preßte Juan unter Stöhnen hervor.

Don Baldomero drehte sich zu Carlos um.

„Meiner Meinung nach muß man das Bein röntgen und eingipsen. Aber das soll der Arzt machen."

Juan hörte auf zu stöhnen und rief:

„Eingipsen? Einen Monat ins Krankenhaus? Dafür habe ich kein Geld!"

Er keuchte und versuchte, seine Lage zu verändern. Don Baldomero half ihm.

„Ich an Ihrer Stelle würde noch heute nach Santiago fahren. Erstens haben wir hier keinen Röntgenapparat und unser Arzt hat bisher alle Knochen so eingegipst, daß sie krumm zusammengewachsen sind, und zweitens gibt es im Krankenhaus von Santiago für besonders Bedürftige kostenlose Betten."

„In meinem Zustand kann ich nicht mit dem Bus fahren."

Don Baldomero blickte auf und sah Carlos an.

„Man könnte einen Wagen mieten."

„Gehen Sie hinunter in die Stadt, Don Baldomero", sagte Carlos, „rufen Sie im Krankenhaus an, mieten Sie einen Wagen und kommen Sie wieder hierher. Ich kann den pazo aus bestimmten Gründen nicht verlassen, aber Sie tun mir doch sicher den Gefallen und begleiten Juan nach Santiago."

„Na klar! Wenn Sie mich darum bitten!"

Paquito brachte Don Baldomero in die Stadt. Als sie den Hang hinunterfuhren und der Gaul in gemächlichen Trott verfiel, kamen das Gespräch wieder auf eine eventuelle Ermordung Cayetanos. Der Uhrmacher war sich nicht ganz im klaren, der Apotheker auch nicht. In den wesentlichen Punkten stimmten sie überein, doch von allem anderen hatten sie nur eine nebulöse Vorstellung. Während sie im Hinterzimmer neben dem Telephon auf das Ferngespräch warteten, tranken sie die Schnapsflasche leer.

„Also ich sage Ihnen, daß es in diesem Fall nötig und gerecht ist, ihn umzubringen."

„Ja, aber deshalb brauchst du noch lange nicht zu schreien. Du weißt doch, daß ich genauso denke."

Carlos ging zu Juan ins Zimmer, erneuerte die Pflaster auf einigen Wunden und packte in zwei Koffer die Kleidungsstücke und Gegenstände, die Juan ihm nannte. Er saß im Bett, hatte zwei Kissen im Rücken und dirigierte Carlos: „Das ja, das nicht. Ich muß mindestens vierzig Tage im Krankenhaus bleiben, und man weiß nie, was man ... Die Bücher werde ich gut gebrauchen können, um die Zeit totzuschlagen."

Carlos ging hinaus und kehrte gleich darauf mit ein paar Geldscheinen wieder.

„Hier, nimm. Mehr habe ich nicht im Haus und anderswo vielleicht auch nicht. Aber ich werde versuchen –"

„Das kann ich nicht annehmen! Es reicht, wenn du den Wagen bezahlst."

„Keine Sorge, ich werde mit Clara abrechnen. Sie hat sicher Geld."

Juan lächelte bitter.

„Bestimmt mehr als ich, und auch mehr als du. Außerdem ist es in gewisser Weise nur gerecht, daß sie uns jetzt aus der Patsche hilft."

Er zog eine Grimasse und streckte das gesunde Bein aus.

„Das alles ist nur ihretwegen passiert. Wäre sie nicht gewesen, hätte ich mich nie mit Cayetano geprügelt."

„Ich bin sicher, daß Clara nur zu gerne für die Kosten aufkommt."

„Aber mach ihr klar, daß es kein Almosen, sondern ihre Pflicht ist, ja? Außerdem hat sie aus dem Erlös für das Haus den Anteil meiner Mutter behalten und das, was er an Zinsen abwirft. Die Hälfte von ihrem Geld gehört also meiner Mutter, und meine Mutter würde mir bestimmt helfen, da bin ich mir sicher."

„Ich werde dafür sorgen, daß sie dir das gibt, was dir zusteht."

Meinte Carlos das ernst? Juan sah ihn geringschätzig an. Carlos bückte sich, um die Koffer zu schließen.

„Wo ist Clara? Ich würde gerne –"

„Sie schläft und wird nicht so schnell aufwachen. Ich habe ihr zwei Schlaftabletten gegeben."

Carlos stand auf. Er hielt ein Päckchen Zigaretten in der Hand. Das legte er nun aufs Bett, dicht neben Juans freie Hand.

„Ich begleite dich nicht nach Santiago, weil sie nicht allein bleiben darf, verstehst du? Sie macht gerade eine Krise durch, in der mit ihr wer weiß was passieren kann, und ich fühle mich für sie verantwortlich."

Er setzte sich neben Juan.

„Deine Probleme lassen sich mit Geld und Geduld lösen, bei ihr sind Feingefühl und Zuneigung vonnöten."

„Und am besten ist es, wenn ich weit weg bin, nicht?"

„Deine Anwesenheit wäre für sie wahrscheinlich nicht von Vorteil, weil dir genau das fehlt, was sie braucht."

Juan streckte die Hand aus und nahm eine Zigarette.

„Im Grund verachtest du mich."

„Nein, Juan. Ich schätze dich, aber auf schmerzliche Weise."

„Du hast Clara immer lieber gemocht als mich."

„Nicht so sehr, wie sie es verdient hätte."

„Zünde bitte ein Streichholz an. Ich schaffe es mit einer Hand nicht."

Carlos riß ein Zündholz an, und Juan beugte sich mit der Zigarette zwischen den Lippen zu ihm hin. Dabei sahen sie sich an. Juan hielt sich am Bettgestell fest, nahm all seine Kraft zusammen und zog sich hoch.

„Ich hätte mich gefreut, wenn du Inés geheiratet hättest. Paco Gay ist bestimmt kein übler Bursche, aber ich habe das Gefühl, daß ich die beiden nie wiedersehen werde. Hättest du Inés geheiratet, wärst du mir näher und hättest mich besser kennengelernt. Alles wäre anders gekommen. Ich brauche das Gefühl, daß jemand Vertrauen zu mir hat, jemand, den ich bewundere."

Er nahm einen Zug aus der Zigarette und gleich einen zweiten. Noch immer blickte er Carlos an. Das linke tränenfeuchte Auge mit der grünen Iris auf dem blutunterlaufenen Augapfel war kaum zu sehen; dafür hatte er das rechte übermäßig weit aufgerissen.

„Du hast mich nie ernst genommen, aber du hast dich in mir getäuscht. Ich bin nicht so, wie ich wirke, und ich bin auch nicht der, für den du mich hältst. Ich stecke seit langem in einer Krise, das gebe ich offen zu, aber noch habe ich mich nicht aufgegeben."

„Heute morgen hast du das genaue Gegenteil gesagt."

„Heute morgen war ich deprimiert, aber dann habe ich über mich und meine Lage nachgedacht. Mit meiner Moral geht es aufwärts. Ich habe sie nie ganz verloren, und eines Tages werde ich als Sieger dastehen."

Er lehnte sich mit dem Gesäß an den Nachttisch und beugte sich leicht vor. Sein gebrochenes Bein baumelte in der Luft.

„Ich werde Cayetano umbringen. Denk daran, falls du meiner Schwester aus der Krise helfen willst, indem du sie mit ihm verheiratest. Ich werde ihn umbringen, selbst wenn er mein Schwager wird, selbst wenn Clara ein hübsches Kind auf die Welt bringt, ein Kind mit Sommersprossen und einer spitzen

Nase, selbst wenn ich dabei mein Leben verliere. Dazu bin ich bereit."

Er faßte sich mit der Hand ans Gesicht und betastete die Wunden, strich über den verletzten Arm und versuchte, das gebrochene Bein zu berühren.

„Es kann nicht alles so bleiben, wie es ist. Die Welt steht nicht still, sie dreht sich, Carlos!"

„Ja, sie dreht sich alle vierundzwanzig Stunden einmal um die eigene Achse und ungefähr alle dreihundertfünfundsechzig Tage einmal um die Sonne. Aber sie dreht sich um noch andere Zentren. Seit neuestem heißt es, das Sonnensystem bewege sich langsam auf das Sternbild Waage zu, und es sei durchaus möglich, daß ein unermeßlich großes Sternensystem, von dem wir ein Teil sind, um einen anderen, noch ferneren Stern kreist, und warum sollte es nicht sogar ein Stern sein, der längst erloschen und vom Firmament verschwunden ist? In diesem gewaltigen Geschwader dreht sich die Erde und dreht sich und dreht sich –"

Juan beugte sich mit zornigem Blick und aufeinandergepreßten Lippen vor. Er unterbrach Carlos mit einer heftigen Geste.

„Worte, nichts als Worte, Carlos! Hör schon auf! Ist das deine Art von Humor? Hohle Worte, die Schaden anrichten? Du willst dich über jemanden lustigmachen, und alles, was du erreichst, ist, daß du ihn verletzt. Du machst dich immer über Menschen lustig, die dir unterlegen sind, die du in der Hand hast, wie jetzt mich. Vielleicht hattest du auch die arme Germaine in der Hand. Ich möchte nicht wissen, was für einen Schaden du bei ihr angerichtet hast."

Er blickte Carlos von oben herab an, und sein glänzendes Auge bewegte sich. Es sah scheußlich aus. Carlos hielt seinem Blick ohne zu blinzeln stand. Er erhob sich.

„Ich bitte dich und sie um Verzeihung." Er hob die Koffer hoch. „Ich bringe sie nach unten in die Halle", sagte er und verließ das Zimmer.

„Feigling!" preßte Juan zwischen den Zähnen hervor.

Auf einen Stuhl gestützt, humpelte er zum Schrank, öffnete

ihn, kramte in einem Winkel und holte ein paar Geldscheine hervor, die er zu denen legte, die Carlos ihm gegeben hatte. Nach einem raschen Blick zur Tür zählte er sie und steckte sie in die Innentasche. Auf der Treppe erklangen Stimmen, und gleich darauf kam Carlos herein, gefolgt vom spinnerigen Uhrmacher.

„Wo ist dein Mantel?"

„Da drüben, im Schrank. Der Regenmantel."

„Du wirst ihn brauchen."

Carlos warf sich den Mantel über die Schulter.

„Du gehst auf dieser Seite, Paco. Mal sehen, den gesunden Arm legen wir am besten über meine Schulter. Keine Angst, Juan. Und dein Hut? Wo ist der?"

„Auch im Schrank."

„Den hole ich später. Vorsichtig, Paco!"

Sie brachten Juan in die Vorhalle hinunter; fast schwebte er über dem Boden. Die Koffer waren bereits auf dem Dachgepäckträger des Wagens festgeschnürt, und Don Baldomero, in einen altertümlichen Mantel gehüllt, erwartete sie. Sie verfrachteten Juan auf den Rücksitz, wo er das gebrochene Bein ausstrecken konnte, und legten ihm die Zigaretten in Griffweite. Carlos war noch einmal hinaufgegangen, um den Hut zu holen. Er reichte ihn Juan durch das Wagenfenster.

„Viel Glück."

„Danke."

„Ich werde Clara von dir grüßen."

Juan schloß die Augen. Don Baldomero streckte die Hand zum Fenster hinaus.

„Morgen komme ich bei Ihnen vorbei. Ich fahre nämlich heute nacht wieder zurück, es sei denn, ich treffe in Santiago einen alten Freund. Wissen Sie, wenn man schon mal aus dem Haus kommt..."

„Gute Fahrt. Kümmern Sie sich darum, daß Juan gut untergebracht wird."

„Keine Sorge. Der Direktor der Klinik hat mit mir zusammen studiert."

„Im Priesterseminar?"

„Zum Teufel mit Ihnen, Don Carlos! Wir sind jeden Samstag zusammen ins Puff gegangen."

Der Motor sprang geräuschvoll an, und der Wagen fuhr ein Stück rückwärts. Carlos drückte sich gegen die Wand. Paquito der Uhrmacher, der mitten auf dem Vorplatz stand, gab den Weg frei.

„Adiós!"

Gleich darauf verschwand der Wagen hinter der nächsten Kurve. Carlos zog Zigaretten hervor und bot Paquito eine an.

„Kann ich mit Ihnen unter vier Augen sprechen, Don Carlos?"

„Wir sind doch allein, Paco. Außer uns gibt es hier nur eine Frau, und die schläft. Es sei denn, die Bäume machen dir angst."

„Gut. Gleich hier?"

„Wie du willst."

Paquito zog ein gelbes Luntenfeuerzeug heraus, ließ es aufflammen und reichte es Carlos.

„Haben Sie vor, Cayetano umzubringen?"

Carlos gab ihm das Feuerzeug zurück.

„Warum fragst du?"

„Wenn Sie ihn nämlich nicht umbringen, tue ich es. Das habe ich schon neulich zu Ihnen gesagt, aber Sie haben mir geraten, noch zu warten. Jetzt hat sich aber etwas geändert. Sie haben natürlich Vorrang, und ich lasse Ihnen den Vortritt. Daß Sie Vorrang haben, daran ist nicht zu rütteln, aber wenn Sie ihn nicht umbringen..."

„Du findest, es ist meine Pflicht, stimmt's?"

„Das habe ich schon heute morgen gesagt."

„Du hast nicht genau das, sondern etwas Ähnliches zu mir gesagt. Antworte mir: Hältst du es für meine Pflicht, ihn umzubringen?"

Der Uhrmacher steckte das Feuerzeug weg. Er schnitt Grimassen und verdrehte die Schielaugen nach außen.

„Genau genommen haben alle diese Pflicht, aber Sie und ich, wir haben persönliche Gründe und sind deshalb noch mehr dazu verpflichtet als die anderen."

„Ist diese Pflicht unumgänglich?"
„Was meinen Sie damit?"
„Daß man sie erfüllen muß, egal um welchen Preis."
„Genau. Egal um welchen Preis."
„Was würdest du an meiner Stelle tun?"
„Ihn umbringen."
„Und wenn ich es nicht tue, was denkst du dann über mich?"

Paquitos Pupillen rutschten jäh in die Tränenwinkel der Augen.

„Nichts Gutes, Don Carlos. Verzeihen Sie, daß ich es Ihnen so offen sage. Die Sache ist eben die, daß es zwischen uns nie Heucheleien gegeben hat. Ein Mann ist nur ein Mann, wenn er seine Pflichten erfüllt."

„Und was ist, wenn ich wichtigere Dinge zu tun habe? Wenn mich diese Pflicht davon abhalten würde, einer anderen, viel wichtigeren nachzukommen?"

„Dann müßte man noch mal darüber nachdenken."

„Es ist nicht so, Paco, ich will dir nichts vormachen. Ich werde Cayetano nicht umbringen, weil ich es für unnötig und auch nicht für gerecht halte, nicht etwa, weil mich eine andere Verpflichtung davon abhält."

„Dann halten Sie ihn also nicht für schuldig?" Paquito musterte ihn kühl und abschätzig von oben bis unten, wie einen Fremden.

„Nein."

Der Uhrmacher fing an zu lachen; plötzlich hörte er jedoch zu lachen auf, zuckte mit den Schultern, fuchtelte mit seinem Spazierstock und pfiff leise vor sich hin.

„Es macht Ihnen doch nichts aus, wenn ich woanders hinziehe, Don Carlos?"

„Nein, Paco. Wir hatten ausgemacht, daß du ein freier Mensch bist."

„Wenn Sie erlauben, packe ich jetzt meine Siebensachen zusammen."

„So eilig?"

„Sofort, wenn Sie erlauben."

Er wollte hineingehen, doch Carlos verstellte ihm den Weg.

„Warte einen Augenblick. Ich bin neugierig und würde gerne wissen, wie du Cayetano umbringen willst."

Der spinnerige Uhrmacher sah ihn argwöhnisch an.

„Warum wollen Sie das wissen?"

„Das habe ich dir doch gesagt: aus reiner Neugier."

„Ich traue Ihnen nicht."

Er versteckte rasch den Stock hinter dem Rücken. Carlos trat beiseite und ließ ihn durch.

„Ich nehme an, du hast dir etwas ganz Raffiniertes einfallen lassen. Der einzige Mensch in der Stadt, der in der Lage ist, Cayetano umzubringen, und gegen den er sich nicht schützen kann, bist nämlich du."

Paquito drehte sich mitten in der Vorhalle um. Er faßte den Stock mit beiden Händen und preßte ihn an seinen Rücken. Carlos' freundliches Lächeln quittierte er mit einer feindseligen Geste. In seiner Antwort schwangen Enttäuschung und Verachtung mit.

„Darauf können Sie sich verlassen! Er wird sterben, so wahr es einen Gott gibt. *Ich* habe nämlich den Mut dazu."

Er ging in seine Kammer und fing an, seine Siebensachen zusammenzupacken. Carlos trat näher und beobachtete durch die staubige Scheibe, wie er sich emsig zu schaffen machte. Der spinnerige Uhrmacher schenkte ihm keine Beachtung. Er hatte eine Kiste hervorgeholt und legte seine Werkzeuge hinein. Der Spazierstock hing über dem Bett an einem Nagel.

„Tja, Paco, wenn du wirklich fortgehen willst..."

Carlos streckte den Arm aus, legte dem Uhrmacher eine Hand auf die Schulter und zog sie nicht gleich zurück. Paquito warf einen Blick darauf, sah Carlos in die Augen und kehrte ihm wortlos den Rücken zu. Carlos ließ die Hand langsam sinken, steckte sie in die Hosentasche und stieg die Treppe hinauf. Der Uhrmacher schleifte sein Gepäck über den Boden: ein nicht ganz eingeschlagener Nagel kratzte über die ausgetretenen Steinplatten. Carlos ging in den Salon: Seit dem Morgen, an dem Germaine ihm einen Besuch abgestattet hatte, hatte er ihn nicht mehr betreten. Er strich mit den Fingern über die Tasten des Klaviers. „Jetzt ist niemand mehr da, der dich stimmt!" Durch die offene Tür drangen die letzten Geräusche zu ihm, die Paquito bei seinem Auszug verursachte. Carlos öffnete die Balkontür und beugte sich hinaus. Es dauerte eine Weile, bis Paquito unten auftauchte: Er hatte eine Schnur an die Kiste gebunden, sie sich über die Schulter gelegt, und sie mit beiden Händen umklammernd, zerrte er die Kiste hinter sich her. Ohne sich umzudrehen, ging er weit vornübergebeugt auf dem Gartenweg davon. Ein paarmal blieb er stehen, um zu verschnaufen, dann zog er seine Last weiter, bis ihn das dunkle Grün verschluckte. Die Kiste hatte auf dem Weg eine tiefe Furche hinterlassen. Carlos schnippte den Zigarettenstummel weg. Die glühende Spitze beschrieb in der Luft einen Bogen und zerstob beim Aufprall auf dem Sand des Vorplatzes. Carlos schloß die Balkontür. Aus den Zimmerecken schwand das Licht, die Möbel verloren ihren Glanz. Mit verschränkten Armen und gesenktem Kopf lehnte er sich an die Wand und verharrte so, bis der Salon im Halbdunkel lag. Er fühlte sich wie an dem Tag, als er zum erstenmal in diesem Haus gewesen war, allein in diesem riesigen Haus, für immer allein. Dabei schlief Clara ganz in seiner Nähe, und vielleicht würde sie ihn nie mehr verlassen. Vielleicht. Wenn er sie zu halten wußte. Trotzdem fühlte er sich allein, als hätte er auch sie verloren.

Die Uhr auf dem Klavier schlug sechs. Gleich darauf antwortete ihr wie ein Echo die Uhr auf der Konsole, die ein Glockenspiel hatte. Und auch andere Uhren, fern und nah, schlugen sechsmal mit dünnem oder kräftigem Klang, zuallerletzt die englische Standuhr im Flur, die Paquito abgeschrieben hatte, weil sie in vierundzwanzig Stunden eine Minute nachging. „Es ist die beste von allen, Don Carlos, Sie werden sehen!" Paquito hatte die ruhigsten Stunden des Tages den Uhren gewidmet, die Stunden im fahlen Licht der Morgendämmerung. Manchmal hatte er sie alle um sich herum aufgestellt und ein gewaltiges Glockengebimmel veranstaltet, das Carlos vor Sonnenaufgang weckte. „Es ist eine Wonne, sie alle auf einmal zu hören, Don Carlos!"

Und nun war Paquito fortgegangen, das Herz voller Verachtung. Mit welchem Widerwillen er Carlos' ausgestreckte Hand angesehen hatte! Und mit welch schmerzerfülltem Ausdruck! Ob auch Clara ihn früher oder später so sehr verachten würde, weil er sich nicht traute, Cayetano umzubringen? Weil er die Notwendigkeit, es zu tun, nicht einsah? „Trotzdem! Es ist das erste Mal, daß ich mich richtig verhalte. Zum erstenmal fühle ich mich im Einklang mit dem, was mir mein Herz sagt, und dazu stehe ich!"

Um ihn herum herrschte Finsternis. Durch die schmutzigen Scheiben der Balkontür hindurch sah er, wie sich die Silhouetten der Bäume vom malvenfarbenen Himmel abhoben. Er eilte in Claras Zimmer, trat ans Bett und lauschte ihrem Atem. Clara bewegte sich, zog einen Arm heraus und drehte sich auf die andere Seite. Carlos zündete Kerzen an, stellte eine auf den Nachttisch und eine zweite unter den dunklen Spiegel auf die Konsole, neben die Uhr, die auch gerade geschlagen hatte. Er setzte sich auf eine Ecke des Bettes, lehnte sich mit dem Rücken an den Pfosten des Baldachins und wartete ab. Claras Haar hatte sich unten am Hals, auf dem Kopfkissen, zusammengekringelt: Es schimmerte wie dunkle Bronze. Er fuhr mit den Fingern hinein, und Clara bewegte sich erneut. Als sie den Arm hob, war der Riß im Pyjama zu sehen, ein breiter, langer Riß, durch den am Schulteransatz ein Fleck wie von einem Schlag oder einem Biß zu erkennen war. Unter der Bettdecke zeichneten sich die Rundungen ihres Körpers, die angewinkelten Knie und die langen Beine ab.

Sobald Clara aufwachte, oder kurz danach, würde sich die Partie zu seinen Gunsten oder aber gegen ihn entscheiden: dann hätte er sie endgültig gewonnen oder verloren. Er hoffte, daß der lange Schlaf ihr geholfen hatte, zu sich zurückzufinden, daß er in ihrem Gemüt die noch allzu frischen Spuren des ersten Schocks gemildert hatte. Mag sein, daß in ihrem Kopf dann mehr Klarheit herrschte und sie ihren Körper wieder als den eigenen empfand. Aber was, wenn in ihrem Körper und ihrer Seele gleichzeitig das „Böse" herangewachsen war und tiefe, dauerhafte Spuren hinterlassen hatte? Aus der Art, wie Clara atmete, konnte er nicht schließen, wozu ihre Seele, war sie erst einmal erwacht, neigen würde, und auch nicht, ob der Teufel, der in ihren Leib eingedrungen war, sich auch ihres Geistes bemächtigen und ihn für immer beherrschen würde. Vielleicht hing alles von den ersten Worten ab, die sie beide sagen würden, unmittelbar nachdem sie aufgewacht war oder in den ersten Augenblicken danach. Unvorhersehbare Worte. Jedenfalls konnte er sie nicht vorausplanen, sie sich nicht zurechtlegen, nicht ihre Wirkung abschätzen. Er wagte es nicht, sich diese Szene vorzustellen, sich Fragen und Antworten auszudenken und sich den Ausgang des Gesprächs auszumalen. Alles blieb dem Zufall überlassen. Carlos fühlte sich verunsichert, auf seinem Gemüt lastete die Erinnerung an seine Ungeschicklichkeiten, seinem Gewissen machte das Wissen zu schaffen, daß er für sie und für noch vieles mehr verantwortlich war. „Es wäre besser gewesen, wenn Cayetano mich an jenem Abend getötet hätte!"

„Ich habe Cayetanos Leben in der Hand", entfuhr es ihm plötzlich mit lauter Stimme, und Clara wachte auf.

„Du bist hier? Wieviel Uhr ist es?"

Carlos ging zu ihr und nahm ihre Hand.

„Es ist schon spät abends. Du hast viele Stunden geschlafen. Jetzt geht es dir bestimmt besser."

„Ich weiß nicht..."

„Hast du Hunger? Ich bringe dir etwas zu essen. Warte."

Er nahm eine Kerze, ging in die Küche und suchte nach etwas, wußte aber gar nicht, wonach. Hinten in einem Schrank fand er ein fast leeres Glas Marmelade. Er bestrich ein Butterbrot damit, goß Milch in ein Glas und brachte beides zu Clara. Sie aß schweigend und mit Appetit. Ab und zu sah sie Carlos an und lächelte.

„Später mache ich uns ein Abendessen", sagte er.

„Du? Du willst kochen?"

„Ich bin daran gewöhnt."
„Und was ist mit den anderen?"
„Sie sind weg. Juans Bein ist gebrochen. Der Apotheker hat ihn ins Krankenhaus gefahren. Er konnte sich von dir nicht verabschieden, weil du geschlafen hast." Rasch fügte er hinzu: „Ich habe es ihm nicht erlaubt. Er wollte sich nämlich von dir verabschieden."

Clara streckte die Arme.
„Und der Uhrmacher?"
„Der ist auch weg. Eine von seinen Launen."
„Ich würde gerne aufstehen."
„Gut. Ich warte im Turmzimmer auf dich."

Carlos nahm das Tablett und brachte es zurück in die Küche. Dann ging er mit der Kerze in der Hand den Flur entlang. Als er wieder an Claras Tür vorbeikam, rief sie:
„Ich komme gleich."

Carlos hörte, wie sie sich wusch, und ging weiter. Er zündete die Öllampen am Kamin an und öffnete das Fenster. In Pueblanueva waren die Lichter angegangen. Irgendwo spielte eine kleine Musikkapelle: Die Stadt feierte Christi Auferstehung mit einem Tango. Der Leuchtturm an der Mole schickte seine Lichtsignale durch die klare Luft: eins, zwei, Pause. Eins, zwei, Pause ... Weit draußen auf dem Wasser blinkten eine rote und eine grüne Lampe.

Als er Claras Schritte auf dem Flur hörte, lehnte er sich an den Kamin und stopfte die Pfeife. Clara trat wortlos ein und setzte sich aufs Sofa. Sie hatte das Haar zu einem Zopf geflochten, sich vollständig angekleidet und Strümpfe angezogen. Den Mantel, den sie über dem Arm getragen hatte, legte sie neben sich.

„Ich muß jetzt gehen, Carlos. Du warst sehr gut zu mir."
„Warte einen Moment."
„Ist noch etwas?"
„Ja, und vielleicht ist es das Wichtigste von allem."
Sie sah ihn beunruhigt an. Carlos fuhr fort:
„Es hat sich etwas geändert. Es ist etwas passiert, womit ich nicht gerechnet habe."

Clara stand auf und ging auf ihn zu.

„Sag es mir, egal, was es ist."

„Erschrick nicht. Es handelt sich um eine sehr merkwürdige Nachricht. Eine dumme Situation. Ich blicke nicht ganz durch und weiß nicht, wie ich mich verhalten soll."

Er führte sie zu einem Sessel und drückte sie sacht hinein. Dann kniete er vor ihr nieder und bemühte sich, seinen Worten einen beiläufigen Klang zu verleihen.

„Es gibt jemanden, der Cayetano umbringen will, und nur ich kann es verhindern."

Clara ballte die Fäuste und kniff die Lippen zusammen.

„Warum erzählst du mir das?"

„Weil du es wissen mußt. Ich fühle mich, als hätte ich etwas in der Hand, das mir nicht gehört und das ich zurückgeben muß. Cayetanos Leben gehört dir. Ich darf dir einfach nicht verschweigen, daß Paquito der Uhrmacher ihn umbringen will, morgen oder an einem anderen Tag. Er wird es tun, wenn du und ich es nicht verhindern."

Clara hatte den Kopf sinken lassen und verbarg ihn in den Händen. Carlos richtete sich auf, faßte sie an den Handgelenken und bog sanft ihre Arme auseinander.

„Ich kann eine Entscheidung für dich treffen, wenn du es von mir verlangst, aber nicht für mich. Fest steht, daß er dich mehr gekränkt hat als mich. Und diese Schmach gehört dir, dir ganz allein, das hast du heute morgen selbst gesagt. Glaubst du nicht auch, daß ich falsch gehandelt hätte, wenn ich mir die Entscheidung vorbehalten hätte?"

„Das ist ja furchtbar!"

„Ja, und gleichzeitig so bequem! Wir bräuchten nur die Hände in den Schoß zu legen und abzuwarten, bis eines Tages Don Baldomero schweißgebadet hier auftaucht, um ein Glas Wasser bittet und uns erzählt, daß der Uhrmacher Cayetano mit einer selbstgebauten Waffe den Bauch durchbohrt hat. ‚Ach ja? Und wie ist das passiert?'"

„Hör um Gotteswillen auf!"

„Wir würden ungestraft davonkommen, denn selbst, wenn

jemand auf den Verdacht käme, ich hätte den Uhrmacher zu dem Verbrechen angestiftet, würde Paquito es ganz allein auf seine Kappe nehmen, und zwar voller Stolz. Er würde jeden auslachen, der mir die Verantwortung zuschieben wollte. ‚Wer? Don Carlos Deza? Dieser Feigling?' Der Uhrmacher wird Cayetano umbringen, weil ich es nicht tun will, und er verachtet mich deswegen. Er ist vor einer Stunde hier ausgezogen, weil seiner Meinung nach ein Feigling wie ich seine Gesellschaft nicht verdient. Noch nie hat mich jemand so angesehen wie er."

Carlos stand auf und holte die Pfeife, die er auf den Kaminsims gelegt hatte. Er drückte den Tabak fest, schraubte das Mundstück ab und putzte es. Dabei kehrte er Clara halb den Rücken zu und sah sie nicht an.

„Auch dein Bruder hat mich verachtet, als er heute nachmittag weggefahren ist, und weißt du, warum? Weil ich der Meinung bin, daß er Cayetano niemals umbringen wird, nicht einmal jetzt, wo es um dich geht. Er wartet auf irgendeinen dramatischen Vorwand, auf eine annehmbare Rechtfertigung. Ich habe nie geglaubt, daß er es eines Tages tun könnte, und ich habe mich sogar ein bißchen über ihn lustiggemacht. Gut, das war nicht richtig, aber er verachtet mich nicht, weil ich ihn ausgelacht habe. Ich weiß nicht einmal, ob er mich tatsächlich verachtet oder ob er es sich nur einredet. Juan ist sehr kompliziert. Damit er an sich selbst glauben kann, müssen zuerst einmal die anderen an ihn glauben. Wenn ich zu ihm sagen würde, ja, ich halte dich für fähig, Cayetano umzubringen und ich bewundere dich deswegen, würde er ihn vielleicht tatsächlich umbringen. Aber ich habe das genaue Gegenteil zu ihm gesagt oder es ihm wenigstens zu verstehen gegeben, und das fand er nicht gut."

Carlos stützte sich auf den Kaminsims und putzte weiter an dem Mundstück herum, spähte durch die Öffnung und pustete hinein.

„Nur du, Clara, bist unkompliziert, nur du machst dir selbst nichts vor, nur du schätzt oder verachtest Menschen wegen ihres tatsächlichen Wesens und nicht wegen etwas, das sie zu sein vorgeben. Vor allem: Nur du hast ein Gespür dafür, was gerecht und was ungerecht ist. Deshalb habe ich dir das alles erzählt und die Entscheidung in deine Hände gelegt. Ich allein wüßte nie, ob ich mich richtig verhalten habe. Ich würde entweder bedauern, wenn Cayetano am Leben bleibt oder mein Leben lang bereuen, daß ich seinen Tod nicht verhindert habe."

Als ihm das Mundstück der Pfeife sauber genug erschien, schraubte er es wieder fest und zündete ein Streichholz an. Clara hatte ihre Haltung verändert und spielte nervös mit den Händen.

„Du hast trifftigere und schwerwiegendere Gründe als jeder andere von uns, um Cayetano nach dem Leben zu trachten. Einfach lachhaft, aus welchen Gründen Juan sich seinen Tod wünscht. Und ich erst! Im Grunde genommen habe ich überhaupt keine Gründe, und deshalb lohnt es sich nicht, darüber zu sprechen. Viele Männer mußten es allerdings mit dem Leben bezahlen, daß sie einer Frau angetan haben, was man dir angetan hat. Das ist so, seit es die Welt gibt und seit die Menschen Gründe erfunden haben, um sich gegenseitig umzubringen. Was Cayetano getan hat, ist abscheulich. Ja, es ist abscheulich, daß jemand es wagt, auf diese Weise die Freiheit eines anderen mit Füßen zu treten, und noch abscheulicher ist es, sich auszumalen, in was für einen Zustand ein Mann gerät, wenn er so etwas tut. Trotzdem –"

Clara hielt den Kopf noch immer gesenkt. Ihre Finger krallten sich in das Polster der Armlehnen.

„Trotzdem hat Cayetano nicht ganz allein schuld. Er ist provoziert worden und hat auf diese Provokation mit übermäßiger, unverhältnismäßiger Brutalität reagiert. Aber wir dürfen nicht vergessen – das heißt, *ich* darf nicht vergessen –, daß er mich hier seit anderthalb Jahren geduldet hat, und meine Anwesenheit stellt für ihn ebenfalls eine Provokation dar, die ihn bis zur Raserei gebracht hat. Seit ich in Pueblanueva bin, bin ich für Cayetano wie ein Nagel, den man sich in einen Schuh getreten hat, der einen stört, wütend macht, zur Raserei bringt. Und alles, was in dieser Zeit passiert ist . . ."

Das Streichholz war erloschen, ohne daß Carlos es verwendet hatte. Er hatte sich verbrannt, schüttelte die Hand und lutschte an den Fingern.

„Ach was, warum soll ich alte Erinnerungen wecken? Die wären für uns beide schmerzlich und für mich peinlich. Ich sollte das alles vergessen, wenn ich weiterleben will. Trotzdem, die Konsequenzen muß ich tragen. Ich werde mich selbst nicht ertragen können, wenn ich mir nicht verzeihe, aber wie soll ich mir selbst verzeihen, wo ich doch nicht einmal den anderen verziehen habe?"

Er klopfte mit der Pfeife auf die Innenfläche seiner Hand und lächelte.

„Ich sage das alles, um mich vor dir zu rechtfertigen, für den Fall, daß du auch der Meinung bist, daß ich Cayetano umbringen sollte. Ich versichere dir, daß ich mich dir nicht in den Weg stelle, wenn du es selbst tun willst. Nein, ich würde mich dir nicht in den Weg stellen. Heute morgen hast du gesagt, daß man den Keim des Bösen in dich eingepflanzt hätte. Cayetano hat das getan, und er darf sich deshalb nicht wundern, wenn die erste Frucht, die sein Samen hervorbringt, sein eigener Tod ist."

Clara fuhr vom Sessel hoch.

„Hör auf, Carlos! Ich bin kein Menschenleben wert!"

Mit aggressiver Gebärde stand sie hochaufgerichtet da. Carlos faßte sie an den Armen und sah ihr in die Augen.

„Du bist viel mehr wert, Clara."

Sie hielt seinem Blick eine Weile stand, ließ dann den Kopf sinken, als wollte sie das Gesicht vor ihm verbergen, und fing an zu schluchzen. Carlos ging zum Tisch und schrieb etwas auf. Clara wischte sich die Tränen ab und nahm sich zusammen. Die Feder kratzte über das Papier. Carlos schrieb ein paar Zeilen. Clara war neugierig, sie trat näher an den Tisch heran, richtete den Blick jedoch nicht auf den Brief, sondern auf Carlos: auf seinen über das Papier gebeugten Kopf, seine Hände. Carlos sagte:

„Hör zu." Er hob das Papier hoch und las: „Ich kann

vielleicht nicht verhindern, daß der verrückte Uhrmacher dich umbringt, aber ich kann dich immerhin warnen. Ich weiß nicht, was für eine Waffe er gebrauchen wird, aber an deiner Stelle würde ich mich vor seinem Spazierstock in acht nehmen. Diese Warnung hast du nicht mir zu verdanken, sondern Clara." Er hielt ihr das Papier hin, doch sie rührte sich nicht. „Das bringe ich noch heute abend zu ihm, für den Fall, daß der spinnerige Uhrmacher es eilig hat."

„Streich den Satz, der mich betrifft."

„Warum?"

„Weil Cayetano mich liebt, vergiß das nicht. Es wäre gemein, wenn ich ihm verzeihe und ihm sogar das Leben rette."

„Aber genau darum geht es doch."

Carlos faltete das Papier zusammen, steckte es in einen Umschlag und schrieb Cayetanos Namen darauf.

„Ich nehme an, daß sogar er . . ." Er lächelte – „daß sogar er sich darüber freuen wird, daß man ihm verzeiht. Falls das, was er dir angetan hat, das Schlimmste ist, was er überhaupt je einem Menschen angetan hat, dann könnte es sogar sein, daß für ihn auch all seine anderen Vergehen abgegolten sind, wenn du ihm verzeihst." Carlos gestikulierte beim Reden mit den Armen. Er stand mitten im Licht, und zum erstenmal sah Clara in seinen Augen ein freudiges Funkeln. „Die Sünde ist unerträglich, man muß sich irgendwie von ihr befreien, das weißt du selbst, weil sie einen sonst kaputtmacht. Ich halte Cayetano nicht für fähig, die eigenen Sünden zu verdrängen oder sie gar zu vergessen, und ich habe sogar die Hoffnung, daß er nicht so pervers ist, seine eigene Tat gutzuheißen. Perverse Menschen gibt es nur wenige."

Er steckte den Umschlag in die Tasche, lächelte und wandte das Gesicht ab.

„Nach dem Abendessen gehe ich in die Stadt hinunter und bringe ihm den Brief."

Clara stand vor ihm, als wartete sie auf etwas. Als Carlos verstummte und den Blick von ihr abwandte, streckte sie die Hand aus, zog sie aber gleich wieder zurück, weil er ein Gesicht machte, als wollte er noch etwas hinzufügen, doch dann zuckte er nur mit den Schultern.

„Ich gehe jetzt", sagte Clara. „Meine Mutter ist seit gestern allein, ohne Essen und ohne Schnaps. Was muß sie geschrien haben, die Arme! Es gibt in der Küche bestimmt keinen heilen Tontopf mehr."

„Ich fahre dich nach Hause. Je eher ich den Brief abgebe..."

Seine Hände zitterten, und seine Stimme klang belegt. Die Freude war aus seinem Blick verschwunden, und die dunkelviolette, geschwollene Lippe ließ sein Lächeln zu einer Fratze geraten. Er kramte in den Papieren auf den Tisch, als suchte er etwas. Dann drehte er sich um und sah zwischen den Büchern im Regal nach. Schließlich sagte er:

„Gehen wir."

Er eilte vor ihr den Flur entlang, als wäre er vor etwas auf der Flucht. Mit flehentlich ausgestreckten Händen und einem Wort auf den Lippen, das sie nicht aussprach, sah Clara ihm nach, bis er sich im Dunkel verlor. Sie machte eine entmutigte Geste, nahm ihren Mantel vom Sofa, zog ihn an und verließ ebenfalls das Zimmer. Als sie in die Eingangshalle trat, fuhr auf dem Vorplatz die Kutsche vor. Das Licht der Mondsichel fiel auf das graue Gemäuer, und eine Maulwurfsgrille trieb ihr Spiel, indem sie ihr Gezirpe mal nah, mal fern erklingen ließ. Wenn sich der Gaul bewegte, bimmelten die Glöckchen. Clara überquerte den Vorplatz und stieg wortlos ein. Carlos zog die Zügel an, murmelte ein kaum hörbares „Hüh!", und der Gaul trottete den dunklen Weg entlang. Clara verschränkte die Arme und lehnte sich zurück: Sie saß neben Carlos, doch ihre Körper berührten sich nicht. Carlos, die Pfeife zwischen den Zähnen, blickte starr nach vorn auf die Zügel, die bimmelnden Glöckchen und den finsteren Weg. Sie fuhren durch das Tor und ließen die Bäume hinter sich. Zwischen den Hecken schimmerte hell die Landstraße, und in der Luft funkelten die Lichter von Pueblanueva. Clara versuchte sie zu unterscheiden: das war der Marktplatz, das da drüben war die Mole, und da hinten, das war die Werft. Die helle, mondbeschienene Landstraße führte sie geradewegs darauf zu, die Kutsche brachte sie hin, und bald würden sie sagen: „Adiós, Clara!", – „Adiós, Carlos!". Ein Schaudern überlief sie, und sie unterdrückte einen Schrei. Carlos starrte auf die Landstraße oder einfach nur in die Dunkelheit. Vielleicht dachte er dasselbe. Clara hob den Arm und legte ihre Hand auf Carlos' Hand. Da ließ er die Zügel los und nahm die Pfeife aus dem Mund.

„Wir müssen umkehren", sagte er. „Mir fällt gerade ein, daß ich gestern bei dir all deine Kleider aus dem Schrank genommen und zu mir gebracht habe. Du wirst sie brauchen."

„Warum hast du sie geholt?"

„Weil ich dachte, daß du bei mir bleiben würdest. Deine Mutter hatte ich ganz vergessen."

Clara zog die Hand weg.

„Wenn du willst", fuhr Carlos fort, ohne sie anzusehen, „holen wir sie und nehmen sie mit zu uns. Sie wird uns schon nicht stören, die Arme, und du könntest bei mir bleiben."

Langsam wandte er ihr das Gesicht zu.

„Natürlich nur für den Fall, daß dein Körper jetzt wieder dir gehört."

Clara ließ den Kopf an seine Brust sinken.

„Ja, Carlos."

Die Churruchaos, diese Pest! Diese Sippe von Verrückten! Endlich ist Pueblanueva von ihnen erlöst. Jahrhundertelang – sieben, wie es heißt – mußten die Leute sie ertragen, ohne Hoffnung. Die Welt drehte und drehte sich, alles veränderte sich, die Sitten und die Regierungen, und sie hausten immerfort in ihren pazos, mit ihren spitzen Nasen und ihren Sommersprossen, als gäbe es auf der Welt nichts als ihre Zwistigkeiten und ihre Launen und ihre Schnapsideen, und Pueblanueva mußte sie erdulden. Ein Jahr nach dem anderen, ein Jahrhundert nach dem anderen, die ganze lange Zeit. Der Tod konnte ihnen nichts anhaben. Wenn einer von uns auf die Welt kam, konnte man ihm prophezeien: „Du kriegst die Masern, wirst dir dein Leben im Schweiße deines Angesichts verdienen müssen, und früher oder später begegnest du einem Churruchao, die warten nur darauf, und diese Begegnung verhunzt dir dann dein restliches Leben!" Niemand wagte mehr daran zu glauben, daß wir sie eines Tages los sein könnten: Sie waren wie eine unheilbare Krankheit, wie eine Warze auf der Nase, wie krumme Beine, wie ein angeborener Buckel. Oder, wenn man es aus der Sicht der Frömmler betrachtete, die Strafe für unsere Sünden. Daß wir Sünder sind, darüber gibt es keinen Zweifel, aber caramba!, so sehr unterscheiden wir uns nun auch wieder nicht von anderen Sündern, daß wir eine besondere Strafe verdient hätten. Man sagt, alle Völker hätten die Regierung, die sie verdienen, aber von Strafen ist nirgends die Rede. Deshalb hat man sich auch noch kein Mittel gegen sie einfallen lassen, sondern erträgt die ärgerliche Bürde und wartet darauf, daß sich das Schicksal ändert. Für uns hat es sich geändert. Bald ist es ein Jahr her, und es steht zu hoffen, daß ein kluger Bürgermeister den Jahrestag zum örtlichen Feiertag erklärt, wenngleich über das genaue Datum Unklarheit herrscht. Gewiß, es stimmt, daß Doktor Deza mit Clara Aldán und deren Mutter, dieser Trinkerin, fortgegangen ist, aber da niemand es gesehen hat und sie sich auch von niemandem verabschiedet haben – höchstens vom Apotheker, aber der schweigt sich aus –, sind der Tag und die Uhrzeit nicht bekannt. Es war nach Ostern, soviel steht fest, in der ersten oder zweiten Woche danach, aber was spielt das schon für eine Rolle? Die Schlägerei mit Cayetano fand am Karsamstag statt, und ab da ist jeder Tag recht, um dieses Ereignis festlich zu begehen.

Doktor Deza hat sich nach der Prügelei nicht mehr blicken lassen. Er kam zwar noch ein paarmal ins Städtchen herunter, allein oder mit Clara, jedoch jedesmal in der Kutsche und zu Uhrzeiten, wenn schon keine Menschenseele mehr auf der Straße war; und wenn man überhaupt davon erfuhr, dann nur, weil irgendein Nachtschwärmer die Kutsche auf dem Marktplatz oder vor Doña Marianas Haus stehen sah. Eines Tages tauchte aus Santiago oder La Coruña ein Möbelwagen auf, lud in aller Herrgottsfrühe die Möbel aus dem pazo ein und fuhr mit unbekanntem Ziel davon. Der pazo blieb geschlossen, und an der Mitteilungstafel des Rathauses hing ein Papier, auf dem zu lesen stand, Don Baldomero Piñeiro habe Vollmacht, Doña Marianas Pachtbeträge einzuziehen. Als Doktor Dezas Bevollmächtigter verkaufte der Apotheker auch dessen in der Nachbarschaft verstreute Ländereien, schlug für sie aber nicht mehr als dreitausend Duros heraus, obwohl sie mehr wert waren. Das Geld hat er nach eigenem Bekunden auf ein Bankkonto in Vigo eingezahlt, und die Fahrt dorthin nützt er, um mal wieder richtig auf den Putz zu hauen. Das hielt ihn drei Tage und drei Nächte von Pueblanueva fern, und wie man sich erzählt, kam er betrunken zurück.

Niemand wußte, wohin die beiden gegangen waren, und der Apotheker schwieg wie ein Grab. Doch dann erhielt er Briefe aus Portugal, die Briefe wurden geöffnet und gelesen. So fand man heraus, daß Doktor Deza in Oporto lebte, und am Briefkopf war zu ersehen, daß er in einem Krankenhaus arbeitete. Das sorgte im Casino für ein großes Palaver, weil Cubeiro nicht glauben wollte, daß Doktor Deza arbeitete. „Der hat doch in seinem Leben keinen Finger krumm gemacht! Der taugt doch zu nichts!" – „Und was ist mit den Hörnern? Was fängt er wohl mit seinen Hörnern an? Wenn er sie klug einsetzt, kann er damit gut verdienen." – „Sie glauben doch nicht, daß er Clara losschickt, damit sie sich ihr Geld als Nutte verdient?" – „Das kann er sich sparen. Soviel ich weiß, ist Oporto eine Stadt mit vielen Brücken, denn sie liegt auf mehreren Hügeln, und der Fluß teilt sie mitten durch. Wenn er sein Geweih von einem Ufer zum anderen legt, so daß die Leute darübergehen können, könnten sich die beiden, wenn sie jedem Passanten eine Maut kassieren, eine goldene Nase verdienen." Wir alle stellten uns vor, wie Carlos am Flußufer lag und die Leute auf seinen Hörnern den Fluß überquerten, während Clara am gegenüberliegenden Ufer abkassierte. Bis Mitternacht wurde darüber gelacht, und wir alle waren zufrieden, als wären Doktor Dezas Hörner der Grund für unsere Fröhlichkeit und als könnte die ehrlose Clara die längst vergessene Doña Mariana ersetzen. Denn wenn jetzt jemand neu in die Stadt kommt, erzählt man ihm nicht mehr die Geschichte von der Alten, sondern man zeigt ihm die Türme des Pazo del Penedo, dort oben zwischen den Bäumen, und sagt: „Die Frau des Besitzers ist mal von Cayetano Salgado heimgesucht worden", und so weiter. Wir sagen „seine Frau", obwohl wir bis heute nicht herausgefunden haben, ob er sie wirklich geheiratet hat oder ob sie in wilder Ehe leben, denn Doktor Deza hat sich zwar seine Geburtsurkunde und seinen Taufschein zuschicken lassen, aber vielleicht brauchte er sie nur für die Ausstellung eines neues Passes, und was Clara angeht, so war über sie nichts zu erfahren, weil sie nicht hier geboren ist. Betrachtet man die Angelegenheit aus der Warte der Vernunft, so liegt die Vermutung nahe, daß sie in wilder Ehe leben, doch es handelt sich nun mal um Churruchaos, und wer weiß schon, wie sie es mit der Vernunft halten! Doktor Deza könnte es glatt fertiggebracht haben, sie zu heiraten. Aber das ist seine Sache.

Vom anderen Churruchao, Juan Aldán, gibt es auch Neuigkeiten. El Cubano fuhr neulich nach Santiago, um ihn im Krankenhaus zu besuchen, und er kehrte beunruhigt zurück, da Juan allem Anschein nach Faschist geworden war. Das hatte gerade noch gefehlt! Dennoch – es sieht ihm ähnlich: Irgendwann hat er eben begriffen, daß die Rolle als Erlöser der Arbeiterschaft nicht die richtige für ihn ist. Obwohl hier niemand genau weiß, was es mit den Faschisten auf sich hat, das Wort jedoch wie ein Schimpfwort klingt, sagen wir gerne: „Wissen Sie schon, daß Juan Aldán Faschist geworden ist?", und als solchen stempeln wir ihn einmütig ab, Linke ebenso wie Rechte. Señor Mariño sagte einmal, in welchem Zusammenhang, weiß ich nicht mehr: „Wir können uns doch nicht mit einer Partei verbünden, die Mitglieder wie Juan Aldán hat!" Der arme Teufel wurde vor kurzem aus dem Krankenhaus entlassen, doch nach Pueblanueva ist er nicht zurückgekehrt. Wir rechnen auch nicht damit, aber ebensowenig wissen wir, wo er sich herumtreibt. Ob Faschist oder Anarchist – am besten ist er dort aufgehoben, wo ihn keiner kennt und wo er sich seiner vielen Schandflecken nicht zu schämen braucht. Einer dieser Schandflecke besteht darin, daß er die Fischer in das berühmt-berüchtigte Unternehmen mit den Fischerbooten hineingezogen hat, das kläglich im

Sande verlief, jedoch noch zu einer großen Abschiedsfeier führte, denn Don Lino konnte bei der Regierung ein paar Peseten lockermachen, mit denen ein Teil der Schulden beglichen wurde und die zugleich den Vorwand lieferten, um eine pompöse Feier zu Ehren des Abgeordneten zu veranstalten. Wein, Feuerwerksraketen, Ansprachen – aber kein Wort mehr über den Tyrannen. Das war an einem Samstag. Am nächsten Tag wurde in der Werft das Schiff, das auf der Hellig gelegen hatte, vom Stapel gelassen. In der darauffolgenden Woche wurden zwei weitere Schiffe auf Kiel gelegt, und Cayetano ließ dem Vorstand der Gewerkschaft ausrichten: „Ich muß rund hundert Arbeiter einstellen. Es liegt an Ihnen, ob ich sie mir von auswärts besorge oder ob Sie den Fischfang, dieses Verlustunternehmen, endlich aufgeben und die Leute zu mir schicken." Die Fischer versammelten sich, es kam zu Diskussionen, Beschimpfungen und Schlägereien. Schließlich jedoch setzte sich der gesunde Menschenverstand durch, und der Vorstand sprach bei Cayetano vor. „Und was sollen wir mit den Booten machen?" – „Sie stillegen." – „Und was ist mit den Schulden?" – „Die bezahle ich." Wieder versammelten sie sich, diskutierten und prügelten sich. El Cubano holte sich dabei ein blaues Auge. Doch am nächsten Montag standen die Fischer in Reih und Glied vor dem Eingang zur Werft und warteten auf das Heulen der Sirene.

Die Boote sind seitdem im Fischereihafen vertäut und rotten vor sich hin, bei Flaute liegen sie still da, und wenn der Wind bläst, dümpeln sie auf dem Wasser. Requiescat in pace.

An jenem Abend ging Cayetano ins Casino. Normalerweise kommt er nur selten, bleibt nicht lange und ist nicht gerade zu Scherzen aufgelegt. Doch an jenem Abend wirkte er umgänglicher, und wir alle gratulierten ihm: zum Stapellauf, zu den neu auf Kiel gelegten Schiffen und auch dazu, daß die Fischer endlich zur Vernunft gekommen waren. Soweit lief alles gut, doch Cubeiro wirkte unzufrieden, als fehlte ihm etwas. Er spazierte mit seinem schmeichlerischen Lächeln herum, denn er ist nämlich ein Schmeichler, und dann sagte er: „Na also! Wer hätte das gedacht! Als Doktor Deza hier ankam, sah es so aus, als würde er sich die Stadt unter den Nagel reißen!" Als Doktor Dezas Name fiel, hörte Cayetano zu lächeln auf. Cubeiro war nicht mehr zu bremsen: „Wie er uns verschaukelt hat, dieser Halunke! Und alles nur, um am Ende ein Flittchen zu heiraten!" Da stand Cayetano auf und verpaßte Cubeiro einen solchen

Faustschlag, daß er gegen die Wand geschleudert wurde. Wortlos und ohne sich umzusehen, ging Cayetano hinaus und ließ sich nie wieder im Casino blicken. Cubeiro preßte die Hand ans Gesicht. „Den Kerl soll einer verstehen!" Wie wahr! Ein paar Tage später erhielt Cubeiro ein amtliches Schreiben aus Madrid, in dem man ihm die Betriebserlaubnis für die Zapfsäule entzog. Er mußte zur Werft gehen, sich vor Cayetano auf die Knie werfen (so erzählt man sich), ihm etwas vorheulen, ihn um Verzeihung bitten und seine Worte zurücknehmen. Der Wahrheit zuliebe muß hier gesagt werden, daß wir alle auf seiner Seite standen, denn er hatte ja nichts wirklich Schlimmes angestellt.

Damals war Don Lino, dessen Ruhm in der Stadt nicht lange vorhielt, schon wieder abgereist. Eines Tages stand in La Gaceta zu lesen, daß er nach La Coruña versetzt worden war. Der Abgeordnete begründete dies mit persönlichen Verdiensten und lief aufgebläht wie ein Gockel herum. Bei einem Gläschen Wein beteuerte er, er werde Pueblanueva sein Leben lang nicht vergessen. Als die Möbel schon fortgeschafft waren und Don Lino mit seiner Familie in den Omnibus steigen wollte, brach Aurorita plötzlich in Tränen aus und weigerte sich mitzufahren. Es war ein einziges Hin und Her, der Busfahrer hupte, Schaulustige strömten herbei, und der Abgeordnete wußte weder aus noch ein. Es stellte sich heraus, daß seine Tochter im zweiten Monat schwanger war. Don Lino verschob die Abreise, die Hochzeit wurde ausgerichtet, und die Klatschgeschichten verstummten. Seine Tochter heiratete standesamtlich, doch nachdem ihr Vater abgereist war, ging sie eines Morgens mit Mann, Taufpaten und Trauzeugen in die Kirche, und Don Julián erteilte dem Paar den kirchlichen Segen. Die Trauung wurde zum Anlaß genommen, um die neue Beleuchtung einzuschalten, nicht jedoch zu Ehren des Brautpaares, sondern für Doña Angustias, die als Trauzeugin fungierte und der es zu verdanken war, daß Don Linos Tochter sich kirchlich trauen ließ. Doña Angustias hatte sich nämlich eingeschaltet und den beiden ein schönes Geschenk versprochen.

Die Beleuchtung ist ein Thema für sich. Nachdem die Kirche ausgebrannt war, Doktor Deza sich an unbekanntem Ort aufhielt und Bruder Eugenio Quiroga sich anscheinend bei lebendigem Leibe im Kloster begraben hatte, denn er verließ es nie wieder, erschien Don Julián eines Tages bei Doña Angustias, um ihr sein Leid zu klagen: „Wenn Sie die Kirche nicht reparieren lassen, dann wird sie per saecula saeculorum ausgebrannt und leer bleiben!" Doña Angustias war gerührt und brach in Tränen aus. Die beiden gelangten zu einer Einigung, und schon am nächsten Tag machten sich erneut die Maurer in der Kirche zu schaffen. Im Handumdrehen baute man in der Hauptapsis, in der sich vor dem Brand die Gemälde befunden hatten, eine wunderschöne Grotte aus Zement, mit Blumen und Gräsern und Büschen, einem kleinen künstlichen Wasserfall, einer mit einer Krone aus Glühbirnen versehenen Jungfrau von Lourdes, einer heiligen Bernardette mit einer elektrischen Kerze in der Hand und hier und da versteckten Lichtlein – es sah aus wie im Theater. Der Tag der Einweihung wurde zu einem Festtag. Drei Pfarrer lasen die Messe, und für die Predigt holte man eigens einen berühmten Domherrn aus Santiago. Der Domherr beschränkte sich jedoch darauf, Doña Angustias zu loben und ihr zu beteuern, daß sie sich mit diesem Geschenk einen Platz im Himmel gesichert habe. Jemandem fiel auf, daß die Bank der Privilegierten aus dem Presbyterium verschwunden war, und als man Don Julián darauf ansprach, meinte er nur: „Was weiß ich! Wahrscheinlich haben die Maurer sie weggeworfen." Auch der Abt mit seinem unergründlichen Lächeln war anwesend. „Was macht Bruder Eugenio?" – „Er arbeitet. Was soll er schon machen? Er arbeitet, und mit seiner Arbeit finanziert er fast ganz allein das Kloster." – „Was arbeitet er denn?" – „Er malt." Der Abt wurde weiter ins Verhör genommen, gab jedoch keine Antwort mehr.

So leben wir also friedlich vor uns hin, dem Herrn und Cayetano Salgado sei Dank. Außerhalb von Pueblanueva ist die Lage mehr als brenzlig, doch in unserem Städtchen rührt sich keine Ratte vom Fleck, warum auch. Die Leute arbeiten, sie machen ihrem Herrn und Gebieter Freude, und er freut sich darüber, daß tüchtig gearbeitet wird und sich die einen nicht mit den anderen anlegen. Die Frömmler gehen in die Kirche; die Sozialisten in ihr Wahllokal; die Trunkenbolde in die Taverne. Da die Linken an der Macht sind, haben die Rechten nichts zu sagen, aber das kümmert sie nicht sonderlich, denn sie schlagen sich recht gut durch. Als Señor Mariño aus Santiago zurückkam und sagte, daß es bald knallen werde, da waren wir alle überzeugt, daß das nicht für Pueblanueva galt. Hier läuft alles bestens. Jeder kümmert sich um seinen eigenen Kram, und Verrückte raus! Apropos Verrückte: Mit unserem Irren hat sich etwas sehr

Ulkiges zugetragen. Eines Tages tauchte er in der Werft auf und verlangte, Cayetano zu sprechen. „Warten Sie", sagte man zu ihm, „er kommt gleich." – „Ich möchte ihn unter vier Augen sprechen." Man richtete Cayetano seine Worte aus, und Cayetano willigte ein, doch als Paquito das Büro betrat, riß Martínez Couto ihm den Spazierstock aus der Hand. „Her mit dem Stock, du verdammter Hurensohn! Entweder du läßt ihn hier oder du kommst nicht rein!" Der Uhrmacher kämpfte um seinen Stock wie ein wildes Tier, und in diesem Moment trat Cayetano ein. „Was ist denn hier los? Wie könnt ihr meinen Freund den Uhrmacher so behandeln?" Die Angestellten des Büros hatten sich im Kreis aufgestellt und johlten. „Dieser Hund hat mir meinen Stock weggenommen!" – „Komm schon, Martínez, gib ihn mir." – „Nein!" rief der Uhrmacher. „Der Stock gehört mir", und er wollte ihn mit aller Macht an sich bringen; aber Martínez Couto warf ihn Cayetano zu und Cayetano Martínez Couto, und so trieben sie ihr Spielchen, bis auf ein Zeichen Cayetanos zwei oder drei Männer den Verrückten festhielten, während Cayetano den Spazierstock untersuchte. Es stellte sich heraus, daß er einen versteckten Mechanismus hatte: Wenn man an einem Haken zog, schnellte eine rund fünfzehn Zentimeter lange Stahlspitze heraus, die so hart und scharf wie ein Seziermesser war und, als Cayetano sie ausprobierte, eine Tür durchbohrte. „So so, du Schuft, du wolltest mich also umbringen!" – „Wer hat Ihnen das erzählt?" – „Das sieht man doch! Du wolltest mir den Bauch durchbohren!" – „Diesen Spazierstock brauche ich zu meiner Verteidigung!" Der Verrückte stampfte auf den Boden, wand sich und stieß allerlei Flüche aus, vor allem auf Don Carlos Deza, den er einen Verräter nannte, was sich niemand so recht erklären konnte. Es nützte ihm nichts. Er wurde verhaftet und ist jetzt im Irrenhaus von Conjo, wo er angeblich mit niemandem spricht und vor Traurigkeit langsam vor sich hinstirbt.

Auch Cayetano läuft mit trauriger Miene herum. Warum? Er hat doch alles erreicht, was er sich in seinem Leben gewünscht hat, und niemand macht es ihm streitig. Trotzdem ist er traurig. Anfangs waren wir darüber bestürzt. Inzwischen haben wir uns daran gewöhnt und verlieren kein Wort mehr darüber. Es wird kaum noch über ihn geredet, und wenn, dann nur Gutes. Draußen heißt es, wir hätten keine Freiheit. So ein Unfug! Die Leute trinken wie immer nach Lust und Laune; wenn die Rede auf die Regierung kommt, wird gelästert, und in heißen Sommernächten verlustiert sich die Jugend auf den Saatfeldern, daß es eine Freude ist. Gibt es eine größere Freiheit? Wer nicht zufrieden ist, der soll gehen. Pueblanueva del Conde ist, mit früher verglichen, ein Paradies. Und es wird immer eines sein.

Madrid, Ferrol, Villagarcía de Arosa, Madrid.
März 1961 – Januar 1962.

GLOSSAR

ABC   seit 1905 in Madrid erscheinende konservative bzw. monarchistische Tageszeitung

Alberti, Rafael   spanischer Lyriker, geb. 16. 12. 1902 in Puerto de Santa María (Cádiz); verbindet in seiner Lyrik Stilelemente der volkstümlichen Poesie mit den ausgesuchten Kunstmitteln der metaphorischen Dichtung Góngoras und modernen surrealistischen Tendenzen; ging Ende des Spanischen Bürgerkriegs in die Emigration, lebt seit 1977 wieder in Spanien

Azaña y Díaz, Manuel   spanischer Politiker und Schriftsteller (geb. Alcalá de Henares 1880, gest. Montauban/Frankreich 1940); nach dem Sturz der Monarchie 1931 erst Kriegsminister, dann bis 1933 Ministerpräsident und später Präsident der spanischen Republik; 1939 Emigration nach Frankreich

Céntimo   100 Céntimos = 1 spanische Pesete (abgeschafft)

C. N. T.   Confederación Nacional del Trabajo; 1910 durch Zusammenschluß anarcho-syndikalistischer Gruppierungen entstandener spanischer Gewerkschaftsbund

Castelar y Ripoll, Emilio   berühmter spanischer Politiker, Schriftsteller und Redner (1832–1899)

Cortes   das spanische Parlament

Duro   5 Peseten

Frente Nacional   wörtlich: Nationale Front; Bündnis der Rechtsparteien vor und im Spanischen Bürgerkrieg

Frente Popular   wörtlich: Volksfront; Bündnis der Linksparteien vor und im Spanischen Bürgerkrieg

Gautier, Marguérite Hauptperson in „Die Kameliendame" von Alexandre Dumas d. J. und in der Verdi-Oper „La Traviata"

granja Gutshof, Landgut, Bauernhof

Isabel II. Königin von Spanien (1833-1870); Tochter Ferdinands VII. und seiner 4. Gemahlin Maria Cristina; Thronerbin aufgrund der Pragmatischen Sanktion von 1830; bis 1843 unter der Regentschaft ihrer Mutter und B. Esparteros, mußte sie ihren Thron gegen die Karlisten verteidigen

Jovellanos y Ramirez, Gaspar Melchor de spanischer Politiker und Literat (1744-1811)

Juventud Antoniana Jugendorganisation der spanischen Falange vor und im Spanischen Bürgerkrieg; Name leitet sich ab von José Antonio Primo de Rivera, dem Gründer der Falange

Juventud de Acción Popular Jugendorganisation der Linksparteien vor und im Spanischen Bürgerkrieg

Karlistenkriege Kriege von 1834-39 und 1872-76, in denen die Karlisten, stark klerikal und absolutistisch gesinnte Anhänger des spanischen Thronprätendenten Don Carlos und seiner Nachfahren, ihre Ziele durchzusetzen versuchten

Königsmarsch ursprünglich Militärmarsch, von Karl III. am 3. Sept. 1770 zur Nationalhymne erklärte

Largo Caballero, Francisco spanischer Politiker (1869-1946), Sozialist; baute im ersten Weltkrieg die sozialistischen Gewerkschaften aus (U. G. T.); 1931 Arbeitsminister; im Bürgerkrieg führte er 1936-37 eine Volksfront-Regierung (Sozialisten, Anarcho-Syndikalisten, Kommunisten)

Montemolin, der Graf von Carlos Luis de Borbón (1818-1861); spanischer Thronprätendent; wurde von den Karlisten als rechtmäßiger König angesehen

Morral, Mateo spanischer Anarchist (1880-1906); warf im Jahr 1906 nach der Hochzeit Alphons XIII. mit Prinzessin Ena von Battenberg eine Bombe ins Hochzeitsgefolge, als dieses durch die Calle Mayor in Madrid zog; 23 Tote und 100 Verletzte; das Königspaar blieb unversehrt; Morral konnte in den Wirren entkommen, wurde jedoch 1906 in Torrejón de Ardoz gestellt und beging Selbstmord, um der Verhaftung zu entgehen

Pasionaria, La (die Leidenschaftliche), richtiger Name: Ibárruri, Dolores, spanische Politikerin (1895-1989), 1920 Mitbegründerin der spanischen KP; trat im Spanischen Bürgerkrieg durch leidenschaftliche Rundfunkreden zugunsten der Republik hervor. Nach Zusammenbruch der Republik (1939) ging sie in die UdSSR. 1942-60 Generalsekretärin der spanischen KP im Exil; 1960-67 deren Vorsitzende. 1977 konnte sie nach Spanien zurückkehren

Patti, Adelina in Madrid als Kind italienischer Eltern geborene Opernsängerin (1843-1919); lebte vorwiegende in New York

pazo galicisches Stammhaus einer Adelsfamilie; alter Herrensitz

Prieto y Tuero, Indalecio spanischer Politiker (1883-1962), Sozialist; ab 1931 mehrere Ministerposten, u. a. Finanz- bzw. Verteidigungsminister; 1931 ging er ins Exil und gehörte bis 1947 der spanisch-republikanischen Exilregierung an

Quevedo y Villegas, Francisco Gómez spanischer Schriftsteller (1580-1645), Dichter des Síglo de Oro; Hauptvertreter des Konzeptismus

Real alte spanische Münze; 4 Reales = 1 Pesete

ría schlauch- oder trichterförmige Flußmündung an der nordwestspanischen Küste

Riego-Hymne Nationalhymne der 2. Republik

Robles, José María Gil spanischer Politiker und Rechtsanwalt (1898-1980); 1935 spanischer Ministerpräsident; ab 1936 Führer der katholischen Emigranten-Opposition gegen Franco

tresillo Kartenspiel für drei Personen, bei dem jeder Spieler neun Karten erhält

U. G. T. Unión General de Trabajadores; 1888 gegründeter, straff organisierter marxistischer Gewerkschaftsbund; gewann nur in den baskischen Bergbaugebieten und in Madrid größeren Einfluß

Unamuno, Miguel de spanischer Schriftsteller und Philosoph (1864-1936); überragende geistige Gestalt im Spanien nach der Jahrhundertwende; 1904-14 und 1931-36 Rektor der Universität Salamanca; 1924-30 nach kurzer Verbannung aus Protest gegen Primo de Rivera und die spanische Monarchie im französischen Exil

Übersetzt mit Unterstützung der „Dirección General del Libro y Bibliotecas del Ministerio de Cultura de España."

Verlagsgemeinschaft Ernst Klett Verlag –
J. G. Cotta'sche Buchhandlung
Die Originalausgabe erschien unter dem Titel
Los gozos y las sombras. La pascua triste
© Alianza Editorial, S. A., Madrid, 1972
© für die deutsche Ausgabe
Ernst Klett Verlag für Wissen und Bildung GmbH, Stuttgart 1991
Fotomechanische Wiedergabe
nur mit Genehmigung des Verlages
Printed in Germany
Schutzumschlag: Klett-Cotta-Design
Gesetzt aus der Palatino von Steffen Hahn, Kornwestheim
Gedruckt auf holzfreiem und säurefreiem Werkdruckpapier und
gebunden von Wilhelm Röck, Weinsberg

Die Deutsche Bibliothek – CIP-Einheitsaufnahme
Torrente Ballester, Gonzalo:
Licht und Schatten / Gonzalo Torrente Ballester. Aus dem Span. von
Hartmut Zahn und Carina von Enzenberg. – Stuttgart : Klett-Cotta.
Einheitssacht.: Los gozos y las sombras <dt.>
Bd. 3. Das Osterfest. – 1991
ISBN 3-608-95674-3